全国高职高专医药院校规划教材

供中药学和药学类专业用

无机化学

第2版

刘幸平　张　拴　主编

科学出版社
北京

内 容 简 介

本书是在第1版的基础上,根据教学的基本要求进行编写修订而成。本书为"全国高职高专医药院校规划教材"之一。全书共10章,以化学平衡为主线,介绍无机化学的四大平衡原理,利用元素周期表,将化学反应原理、物质结构基础知识与元素性质尽可能地结合在一起,着眼于提高学生分析问题和解决问题的能力。书中附有一些链接,将无机化学的原理与实际应用结合,具有启发性和趣味性,可提高学生的学习兴趣。

本书可供本科、高职类本科、成教院校的中药、药学、临床药学、生物制药、药物制剂、药理等专业学生作为教材使用。

图书在版编目(CIP)数据

无机化学/刘幸平,张拴主编.—2版.—北京:科学出版社,2011.6

全国高职高专医药院校规划教材

ISBN 978-7-03-030089-8

Ⅰ.无… Ⅱ.①刘… ②张… Ⅲ.无机化学-高等学校:技术学校-教材 Ⅳ.O61

中国版本图书馆CIP数据核字(2011)第012491号

责任编辑:郭海燕 杨 扬 / 责任校对:陈玉凤

责任印制:刘士平 / 封面设计:范璧合

科学出版社出版

北京东黄城根北街16号

邮政编码:100717

http://www.sciencep.com

骏杰印刷厂印刷

科学出版社发行 各地新华书店经销

*

2005年2月第 一 版 开本:787×1092 1/16

2011年6月第 二 版 印张:15 3/4 插页:1

2011年6月第九次印刷 字数:367 000

印数:21 001—24 000

定价:34.00元

(如有印装质量问题,我社负责调换)

《无机化学》编委会名单

主　　编　刘幸平　张　拴

副 主 编　吴培云　吴巧凤　关　君

　　　　　　王颖莉　卞金辉

编　　委　（按姓氏笔画排列）

王　燕　陕西国际商贸学院

王颖莉　山西中医学院

卞金辉　成都中医药大学

支兴蕾　南京中医药大学

吕惠卿　浙江中医药大学

刘幸平　南京中医药大学

关　君　北京中医药大学

吴巧凤　浙江中医药大学

吴培云　安徽中医学院

张师愚　天津中医药大学

张　拴　陕西中医学院

杨茂忠　贵阳中医学院

陈　莉　福建中医药大学

郭　惠　陕西中医学院

陶阿丽　安徽新华学院

第2版编写说明

本教材是在2005年版“21世纪高职高专教材”《无机化学》基础上进行修订的，此次修订中，全书的基本框架没有改变。对各章内容根据2010年6月科学出版社召开的编写会议精神进行了修订。

本次修订工作是将近5年的教学经验与科研发展中的新进展融入到教材中去，对上一版编写中存在的问题进行了修订。主要修改的地方有：

(1) 坚持体现“三基”(即“基本知识、基本技能、基本理论”)和“五性”(即思想性、科学性、先进性、启发性、适用性)的原则；明确本套教材的读者对象是高职高专的学生，突出教材的可读性和可操作性(实用性)。

(2) 增加了分子结构中的价层电子对互斥理论，离子的相互极化，配位化合物的几何异构现象；增加了一些小的链接，如能斯特的简历，铂系抗癌药物的简介等。

(3) 修改了电极电势的符号，替换了一些图片；对上一版说法上欠妥之处进行了修订。

(4) 标准态压力 p^0 原定为101.325kPa，按现在国际上的要求，改 p^0 为100kPa。相应的标准摩尔体积也就有了改变，V^0 由22.4L改为22.71L。

(5) 参考一些新的文献、手册对附录的数据进行了全面修订。

这次修订工作主要由各使用教材的老师参加，各位老师在自己任课过程中发现了一些问题，提出宝贵的修改意见，并得到了全国中医药院校高职高专教材建设委员会的指导和南京中医药大学、陕西中医学院、北京中医药大学、江西中医学院、浙江中医药大学、安徽中医学院、湖南中医药大学、天津中医药大学、山西中医学院、成都中医药大学等单位领导和教务处的大力支持，在此一并表示感谢。同时，还要感谢为本书第1版编写工作作出了贡献的黄尚荣、戎惠珍、卢文标、张晓薇、黄莺、房方老师。

由于我们水平有限，编写时间仓促，难免有考虑不周与错误之处，恳请读者与同行提出宝贵意见。

编　者

2010年8月

第1版编写说明

本教材是根据2004年6月在南京中医药大学召开的“21世纪全国中医药院校高职高专教育与教材建设研讨会”的精神,由全国10多所中医药院校长期从事基础化学教育的教师共同编写而成的。

近年来随着职业教育和成人教育的不断发展,招生规模不断扩大,对其配套教材有了更高的要求,这类教材应该与本科教学使用的教材在内容和形式上有所区别。本教材的内容由无机化学中与药学关系较为密切的基础理论、基本知识、基本技能组合而成。我们力求突出教材的“思想性、科学性、实用性和创造性”原则,贴近社会、贴近岗位、贴近学生,内容不必过专,以必知、必会内容为基础,符合培养目标和教学要求。同时设计了内容精致的链接,一方面拓宽学生的视野,另一方面将理论与实际联系,增强了学习的趣味性。因此,本教材不仅可供高职高专学生使用,也适合药学类函大、夜大等成人教育学院各专业学生使用。

教学过程设置为三个模块:基础模块、实践模块和选学模块。基础模块和实践模块是必学内容,选学模块可由各院校根据专业、学时、学分等实际情况选择使用。

本教材的编写得到了全国中医药院校高职高专教材建设委员会的指导,并得到了山东中医药大学、北京中医药大学、江西中医学院、浙江中医学院、安徽中医学院、湖南中医学院、天津中医学院、山西中医学院、成都中医药大学的大力支持,在此一并表示感谢。

由于我们水平有限,编写时间仓促,难免有不当与错误之处,恳请读者与同行提出宝贵的意见,以期改正。

编　者

2004年8月

目 录

绪论

一、化学研究的对象

世界是由物质构成的,物质是人类赖以生存的基础。“物质是作用于我们感官引起感觉的东西;物质是我们感觉到的客观实在”。物质的概念是广泛的,它包括人们意识之外独立存在的一切。物质以“实物”和“场”两种基本形态存在。既具有相对静止质量和体积,又具有运动质量和体积的物质称为实物。例如铁、铝、金、石、水、分子、原子、人体等都是实物。另一种,没有静止质量和体积,但具有运动质量和体积的物质称为场。例如引力场、电磁场、光场、核力场等。

化学研究的对象是构成自然界中各种各样实物的基本物质。浩瀚的宇宙和地球上人类用肉眼能见到的和不能直接观察到的以原子或分子形态存在的物质,都是我们要了解和研究的对象。化学是在分子、原子和离子等层次上研究物质的组成、结构、性质、变化及其应用和合成的一门自然科学。

二、无机化学的研究对象及内容

化学科学按其研究物质的类别可分为有机化学和无机化学。研究碳氢化合物及其衍生物的化学科学,称为有机化学。研究除有机化合物以外的其他元素及其化合物的化学科学,称为无机化学。无机化学是研究无机物质的组成、结构、性质及反应规律的科学。它是化学中最古老的分支学科,是其他化学学科的基础。无机物质包括所有化学元素和它们的化合物,不过大部分碳化合物除外(除二氧化碳、一氧化碳、二硫化碳、碳酸盐等简单化合物仍属于无机物质外,其余均属于有机物质)。

19 世纪末开始,随着物理学科新技术的采用,科学上一系列重大发现猛烈地冲击着人们关于原子不可再分的旧观念。它把整个自然科学的研究推进到更深层次的物质结构来探索,也孕育着化学发展中又面临着的一场深刻的改革,标志着现代化学的建立。在这期间,原子结构的理论相继建立,初步揭示了原子内部构成的奥秘,尤其是所提出的关于电子层结构的成就,曾为原子的电子理论的建立,也为人们进一步探求元素周期律的本质原因和丰富发展元素周期理论奠定了基础。20 世纪 30 年代初,建立在量子力学基础上的现代原子结构模型及化学键理论,大大加深了人们对物质分子内部结构的本质认识,对现代化学的发展起了有力的促进作用。

近几十年来,由于科学技术的迅猛发展,无机化学冲破了历史的局限,与生物化学、有机化学等学科相互渗透,产生了不少新的边缘学科(例如:生物无机化学,金属有机化学,金属酶化学等),从而开拓了无机化学的研究新领域。把无机化学的理论知识、近代物理测试手段用于生物体系的研究就产生了生物无机化学。现代物理实验方法如 X 射线、中子衍射、磁共振、光谱学等方法的应用,从而将元素及其化合物的性质与其结构联系起来,形成了现代无机化学。现代无机化学就是应用物理技术及物质微观结构的观点来研究和阐述化学元素及其所有无机化合物的组成、性能、结构和反应规律的科学。无机化学未来的发展趋向于新型化合物的合成和应用，以及新研究领域的开辟和建立。

本教材所编写的内容是根据中药专业的特点，在中学化学知识的基础上着眼于今后的药学学习，精选了无机化学的经典章节，它包括以下两个方面：

1. 基础知识部分（普通化学原理） 四大平衡：①弱电解质的电离平衡；②氧化还原平衡；③沉淀溶解平衡；④配合平衡。两大结构：①原子结构；②分子结构。

2. 元素化学部分 根据专业特点有选择地介绍一些常用的非金属元素和金属元素的单质及化合物的性质。

三、化学学习的基本方法

学习化学，首先要准确、牢固地掌握好化学的基本概念、基本知识和基础理论。加强对这"三基"的理解和记忆，做到在理解的基础上加强记忆，在记忆的基础上加深理解。把这"三基"灵活贯穿在全部内容和实践之中。第二，要树立辩证唯物主义观点，应用自然辩证法和对立统一法则去分析各种化学变化。通过分析来掌握变化的本质，认识变化的规律，寻找各种变化之间的内在联系和转化条件。第三，要及时进行分析比较、归纳总结。做到每学完一章节后，及时比较各知识点之间的联系和区别，归纳出本章节的内容提要。第四，要及时复习，善于思考，勤于钻研；复习时要做到勤学好问，对疑难问题可开展讨论。第五，要多做习题，通过做习题来检验对知识点的掌握程度，发现自己的薄弱环节，及时解决学习中遇到的问题，才能继续学习下去。药学类专业的化学课程较多，无机化学、有机化学、分析化学、中药化学等等，若是一门化学学不好，往往会影响下一门化学课程的学习，故一定要扎扎实实地学好每一门化学课。决不能靠临时抱佛脚的方式学习。第六，要理论联系实际，重视化学实验，通过实验，巩固所学知识。通过实验，培养提高自己的操作技能和技巧，为今后的实际工作奠定基础。实验时，还要做到仔细观察现象，及时做好记录，做出综合分析，这样既可有效地巩固课堂知识，又可培养自己实事求是、办事严谨的科学态度。

四、化学与医药学的关系

医学科学，包括药学科学，是生命科学的一部分。它以人体为主要研究对象，探索疾病发生和发展的规律，寻找预防和治疗的途径。预防和治疗主要依靠药物，用药物来调整因疾病而引起的种种异常变化。

无机化学与药学的关系密切，有些无机物质可直接作为药物，如药用 NaCl 可直接配制成生理盐水，I_2 与 KI 溶于乙醇得碘酊等。研究金属元素，特别是微量金属元素和药物的关系，研究在生物体内由于这些元素的失衡所引起的各种疾病和治疗它们的药物，则属于药物无机化学。就目前所知，许多疾病都与金属离子有关。早在 20 世纪 50 年代就发现金属配合物具有抗菌和抗病毒的能力，特别是铁、铑的邻菲罗啉配合物，在极低的浓度下就对流感病毒的分裂有强烈的抑制作用。许多癌症与病毒是紧密相关的。不少药物化学家试图从中寻找有效的抗癌药物。最令人瞩目的无机药物发展之一是美国卢森堡格（B. Rosenberg）在 20 世纪 60 年代意外地发现"惰性的铂电极"引起细菌丝状生长这一事实，从而展现了顺式二氯二氨合铂（Ⅱ）的抗肿瘤特性，为进一步研究金属微量元素配合物抗癌作用开辟了新的领域。

药学研究通常分为两大部分：①药物的分离（中草药）、合成与构效关系研究；②制剂即不同的原料药需制成不同的剂型(如片剂、喷雾剂、针剂等),同一原料药不同疗效有时也需制成不同剂型,在其中必须用到有关无机化学、有机化学的知识。例如药典上记载有 $NaHCO_3$ 片和 $NaHCO_3$ 注射液,是作为抗酸药,用于治疗糖尿病昏迷及急性肾炎等引起的代谢性酸中毒。$NaHCO_3$ 为什么有抗酸作用?因 $NaHCO_3$ 溶解在水中后发生电离,产生 Na^+ 和 HCO_3^-,这两个成分谁是抗酸成分?各种无机药和有机药的性能都与它们的结构有关。只有通过化学的学习,才能制好药,用好药,故医药工作者必须具备一定的化学知识。

第1章 非电解质稀溶液

学习目标

1. 了解物质的量、溶液各种浓度的名称及定义

2. 熟悉渗透现象产生的条件知道溶液的渗透压与浓度、温度之间的关系

3. 能熟练地进行溶液浓度之间的计算和换算;会比较溶液的渗透压大小,判断渗透方向

4. 了解渗透压在医学上的意义

两种或两种以上的物质相混合,如果每一种物质都以分子、原子或离子的形式分散到其他物质中构成均匀而又稳定的分散体系,这种分散体系叫溶液(solution)。为了研究方便,我们将溶液中的一种物质叫做溶剂(solvent),通常用A表示,而将其他物质叫溶质(solute),用B表示,一般将含量较多的组分称为溶剂,含量较少的称为溶质。我们最熟悉的液态溶液(liquid solution)是以水为溶剂的水溶液。例如:食盐水、糖水等。若以酒精、丙酮、氯仿、苯等作为溶剂的称为非水溶液。除液态溶液外,还有气态溶液(gaseous solution)和固态溶液(solid solution)。气体混合物均是气态溶液,如空气等。在一定条件下多种不同的固体可构成固态溶液,如Au和Ag,Zn和Cu的合金等。本章讨论的溶液是水溶液。

溶液的溶质可以是电解质(electrolyte)或非电解质(nonelectrolyte),电解质是在水中或熔融状态下能导电的物质,非电解质是指在上述状态下不导电的物质。本章只讨论非电解质溶液。关于电解质溶液,将在后面章节讨论。

第1节 物质的量

在中学化学中,我们学习过原子、分子、离子等构成物质的粒子,还学习了一些常见物质之间的化学反应。通过这些知识的学习,使我们认识到物质之间所发生的化学反应,实际上是由肉眼看不见的微粒之间按一定数目关系进行的,例如碳的燃烧是碳原子和氧分子之间的反应,没有氧气,碳是不能燃烧的,但燃烧一定量的碳需要多少氧气呢?实验证明,微粒的数目和物质的质量之间有一定的关系。要将它们之间建立联系,科学上采用“物质的量”这个物理量把一定数目的原子、分子或离子等微观粒子与可称量的物质的质量联系起来。

一、物质的量及其单位

物质的量是表示以某一特定数目的基本单元粒子为集体数及其倍数的物理量。即是表示微粒集体数的物理量,其符号用“n”表示。书写物质的量n时,应在右下角或用括号形式写明物质的化学式,如:氢原子的物质的量,记为n_{H}或$n(H)$;水分子的物质的量,记为n_{H_2O}或$n(H_2O)$。“物质的量”是一个特定词组,是专有名词,使用时不能颠倒、拆开、缺字或加字。

1960 年第十一届国际计量大会（CGPM）决定，物质的量的单位是摩尔，单位符号为 mol。正如米是长度的单位，千克是质量的单位一样，摩尔是表示物质的量的单位，它是国际单位制（SI）的 7 个基本物理量之一。

国际单位制的七个基本物理量

量的单位	单位名称	单位符号
长度	米	m
质量	千克（公斤）	kg
时间	秒	s
电流	安[培]	A
热力学温度	开[尔文]	K
物质的量	摩[尔]	mol
发光强度	坎[德拉]	cd

链接

物质的量实际上表示含有一定数目粒子的集体，科学实验表明，在 0.012kg ^{12}C 中所含有的碳原子数约为 6.02×10^{23} 个，如果在一定量的粒子集体中所含有的粒子数与 0.012kg ^{12}C 中所含有的碳原子数相同，我们就说它为 1mol。

例如，1mol O 中约含有 6.02×10^{23} 个 O；

1mol H_2O 中约含有 6.02×10^{23} 个 H_2O；

1mol O^{2-} 中约含有 6.02×10^{23} 个 O^{2-}；

1mol 的任何物质含有的粒子数叫做阿伏伽德罗常量。阿伏伽德罗常量的符号为 N_A，通常使用 $6.02\times10^{23}mol^{-1}$ 这个近似值。

阿伏伽德罗（Amedeo Avogadro，1776 ~1856）

阿伏伽德罗是意大利物理学家、化学家。1811 年发表"阿伏伽德罗假说"（后称阿伏伽德罗定律），并提出分子概念及原子、分子区别等重要化学问题。由于他的论点不易理解，以致这假说在当时没有得到大家的赞同，后来经坎尼札罗用实验加以论证，到 1860 年才获得普遍的公认，但他已不在人世。

链接

物质的量、阿伏伽德罗常量与粒子总数（符号为 N）之间存在着下列关系：

$$n=\frac{N}{N_A} \tag{1-1}$$

从式（1-1）可以看出，物质的量是粒子总量与阿伏伽德罗常量之比。例如，3.01×10^{23} 个 O_2 的物质的量为 0.5mol。

值得注意的是，所谓基本单元可以是原子、离子、分子、电子及其他粒子，或是这些粒子的特定组合。例如：硫酸的基本单元可以是 H_2SO_4，也可以是 $1/2H_2SO_4$。当用 H_2SO_4 作基本单元时，98g 的硫酸，其基本单元数目与在 0.012kg ^{12}C 的原子数目相等，因而是 1mol H_2SO_4；若是以 $1/2H_2SO_4$ 作基本单元，其基本单元数目是 0.012kg ^{12}C 的两倍，因而 98g 硫酸是 2mol $1/2H_2SO_4$。

可见,同样质量的物质,所采用的基本单元不同,物质的量也就不同。

二、摩尔质量

1mol不同物质中所含的分子、原子或离子的数目虽然相同,但由于不同粒子的质量不同,因此,1mol不同物质的质量也不同。

我们知道,1mol ^{12}C 的质量是0.012kg,即 6.02×10^{23} 个 ^{12}C 的质量是0.012kg,利用1mol任何粒子集体中都含有相同数目的粒子这个关系,我们可以推知1mol任何粒子的质量。例如,1个 ^{12}C 与1个H的质量比约为12:1,1mol ^{12}C 与1mol ^{1}H 含有的原子数目相同,因此,1mol ^{12}C 与1mol H的质量比也约为12:1。而1mol ^{12}C 的质量是12g,所以,1mol ^{1}H 的质量就是1g。

同样的,我们可以推知,1mol N_2 的质量为28g,1mol O_2 的质量为32g,1mol Na的质量为23g,1mol NaCl的质量为58.5g,等等。

对于离子来说,由于电子的质量很小,当原子得到或失去电子变成离子时,电子的质量可忽略不计。因此,1mol Na^+ 的质量为23g,1mol Cl^- 的质量为35.5g。

通过以上分析,我们不难看出,1mol任何粒子或物质的质量以克为单位时,其数值上都与该粒子的相对原子质量或相对分子质量相等。我们将单位物质的量的物质所具有的质量叫摩尔质量。也就是说,物质的摩尔质量是该物质的质量与该物质的物质的量之比。摩尔质量的符号为 M(或 M_B),常用的单位为 $g\cdot mol^{-1}$ 或 $kg\cdot mol^{-1}$(习惯上也有写作g/mol或kg/mol)。

物质的量(n)、物质的质量(m)和物质的摩尔质量(M)之间存在着下列关系:

$$M=\frac{m}{n} \tag{1-2}$$

【例1-1】 49g H_2SO_4 的物质的量是多少?

解 由H、S、O原子的原子量,可计算出 H_2SO_4 的摩尔质量为

$$M_B=1g\cdot mol^{-1}\times2+32g\cdot mol^{-1}\times1+16g\cdot mol^{-1}\times4=98g\cdot mol^{-1}$$

利用关系式:$n=\frac{m}{M_B}=\frac{49g}{98g\cdot mol^{-1}}=0.5mol$

答:49g H_2SO_4 的物质的量为0.5mol。

通过物质的量 n 和摩尔质量 M,把肉眼看不见的微粒数 N 与可称量的物质质量 m 紧密联系起来,给化学研究带来了极大的方便。

$$n=\frac{m}{M}=\frac{N}{N_A} \tag{1-3}$$

三、气体摩尔体积

1mol物质在一定条件下所具有的体积,称为该物质在该条件下的摩尔体积。定义为:

$$V_m=\frac{V}{n}(V_m\text{为摩尔体积的符号}) \tag{1-4}$$

摩尔体积的SI单位是 $m^3\cdot mol^{-1}$,化学上对固态或液态物质常用 $cm^3\cdot mol^{-1}$,对气态物质则常用 $L\cdot mol^{-1}$ 作单位。

在物理学中,学习过物质的体积、密度、质量之间的关系。现在我们又可以根据物质的相对原子质量或相对分子质量,知道1mol物质的质量,如果再知道物质的密度,就可以计算出1mol物质的体积。

如室温下,1mol Al 的质量为 27g,密度为 $2.7g \cdot cm^{-3}$,则体积为 $27g/2.7g \cdot cm^{-3} = 10cm^3$

1mol Fe 的质量为 56g,密度为 $7.8g \cdot cm^{-3}$,则体积为 $56g/7.8g \cdot cm^{-3} = 7.2cm^3$

1mol H_2O 的质量为 18g,密度为 $1.00g \cdot cm^{-3}$,则体积为 $18cm^3$

通过上述计算可以看出:对于固态或液态物质来说,1mol 不同物质的体积是不相同的。这是为什么呢? 实际上摩尔体积的大小,一是取决于构成这种物质的微粒本身的大小,二是取决于微粒间平均距离的大小。由于构成固态或液态物质的分子、原子或离子间的距离很小,因此它们的体积大小主要取决于这些微粒的大小。所以各种固态或液态物质之间的摩尔体积差异很大。

那么,1mol 气态物质的体积是不是也不相同呢?

生活经验告诉我们,气体比固体和液体更容易被压缩。这说明气体分子之间的距离要比固体或液体中的粒子之间的距离大得多。在气体中,分子之间的距离要比分子本身的体积大很多倍,分子可以在较大的空间内运动(如图 1-1 所示)。在通常状况下,相同质量的气态物质的体积要比它在固态或液态时的体积大 1000 倍左右。

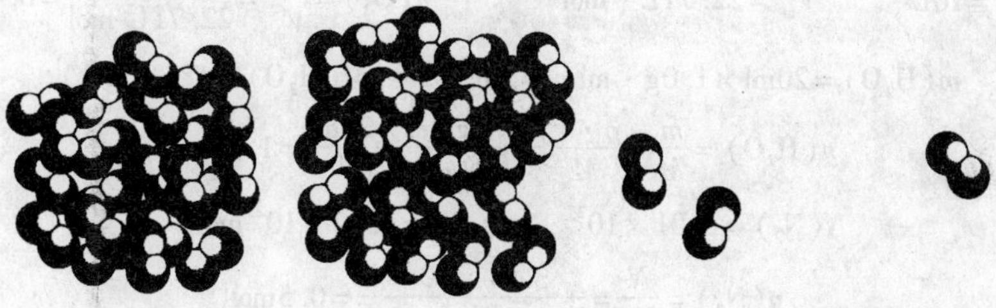

图 1-1　固体、液体、气体分子之间距离比较示意图

一般来说,若气体分子的直径为 0.4nm,而分子之间的距离则约为 4nm,即分子之间的距离约是分子直径的 10 倍。因此,当分子数目相同时,气体体积的大小主要取决于气体分子之间的距离,而不是气体分子本身体积的大小。

气体的体积与温度、压强等外界条件的关系非常密切。一定质量的气体,当温度升高时,气体分子之间的距离增大,当温度降低时,气体分子之间的距离缩小;当压强增大时,气体分子之间的距离减小,当压强减小时,气体分子之间的距离增大。因此,要比较一定质量气体的体积,就必须要在相同的温度和压强下才有意义。

我们通常将温度为 273.15K(即 0℃)、压强为 100kPa 时的状况称为标准状况。

大量实验证明,在标准状况下,1mol 任何实际气体占有的体积都约为 22.71L,记为 $V_m^{\ominus}$(标准摩尔体积)。注意:由于标准压力规定的改变,而引起标准摩尔体积的变化。

欲比较几种气体的物质的量 n 或分子数 N 的大小,只要比较它们在相同状况下的体积大小即可。在同温、同压下,相同体积的任何气体都含有相同的数目的分子。这就是阿伏伽德罗定律。几种常见气体在标准状况下的摩尔体积见表 1-1。

表 1-1　几种气体在标准状况下摩尔体积

物质名称	摩尔质量 $M/(g \cdot mol^{-1})$	密度 $\rho/(g \cdot L^{-1})$	摩尔体积 $V_m^{\ominus}/(L \cdot mol^{-1})$	
O_2	32.00	1.410	22.69	
H_2	2.106	0.0887	22.72	≈22.7
N_2	28.02	1.2342	22.71	
CO_2	44.01	1.9511	22.51	

【例 1-2】 据估算，成人在平静呼吸时，每小时呼出 CO_2 气体约 11.35L（标准状况下），问每小时呼出的 CO_2 的质量是多少？

解 $\because$ $V = 11.35L$ $\qquad V_m^{\ominus} = 22.71L \cdot mol^{-1}$ $\qquad M(CO_2) = 44g \cdot mol^{-1}$

$$\therefore n(CO_2) = \frac{V}{V_m^{\ominus}} = \frac{11.35L}{22.71L \cdot mol^{-1}} = 0.5mol$$

$$m = n \times M = 0.5mol \times 44g \cdot mol^{-1} = 22g$$

答：平静呼吸时成人每小时呼出 CO_2 约 22g。

【例 1-3】 将下列物质按分子数从多到少排列成序，3g H_2、10L O_2（标准状况）、20ml H_2O（$\rho = 1.0g \cdot ml^{-1}$）和 3.01×10^{23} 个 N_2。

解 要比较分子数多少，只须比较物质的量 n 的大小。

已知：$m(H_2) = 3g$ $\qquad M(H_2) = 2g \cdot mol^{-1}$ $\qquad n(H_2) = \frac{m}{M} = \frac{3g}{2g/mol} = 1.5mol$

$V(O_2) = 10L$ $\qquad V_m^{\ominus} = 22.71L \cdot mol^{-1}$ $\qquad n(O_2) = \frac{V}{V_m^{\ominus}} = \frac{10L}{22.71L/mol} = 0.44mol$

$$m(H_2O) = 20ml \times 1.0g \cdot ml^{-1} = 20g \qquad M(H_2O) = 18g \cdot mol^{-1}$$

$$n(H_2O) = \frac{m}{M} = \frac{\rho \cdot V}{M} = \frac{1.0g/ml \times 20ml}{18g \cdot mol^{-1}} = 1.1mol$$

$$N(N_2) = 3.01 \times 10^{23} \qquad N_A = 6.02 \times 10^{23} mol^{-1}$$

$$n(N_2) = \frac{N}{N_A} = \frac{3.01 \times 10^{23}}{6.02 \times 10^{23} mol^{-1}} = 0.5mol$$

$$\because n(H_2) > n(H_2O) > n(N_2) > n(O_2)$$

$$\therefore N(H_2) > N(H_2O) > N(N_2) > N(O_2)$$

第 2 节 溶液的浓度

一、分散系的概念

一种或几种物质以细小粒子分散在另一种物质里形成的体系称为分散系。分散系中被分散的物质称为分散相（或分散质），容纳分散相的物质称为分散介质（分散剂）。例如氯化钠溶液是分散系，其中氯化钠是分散相，水是分散介质。

根据分散程度的不同，分散系可分为以下三类。

（一）分子（或离子）分散系

分散相颗粒直径小于 10^{-9}m（<1nm）的分散系称为分子或离子分散系。这类分散系中的分散相的粒子实际上是单个的分子或离子，分散相和分散介质之间不存在界面，因此它称为均匀的分散系或称为真溶液。因为分子或离子都非常小，它们能透过滤纸，不能阻止光线通过，所以这类分散系是均匀透明的，也是稳定的。

（二）胶体分散系

分散相颗粒直径在 $10^{-9} \sim 10^{-7}$m（1～100nm）之间的分散系称为胶体分散系，简称胶体溶液。胶体分散系中分散相粒子分为两类，一类是由许多分子聚集而成的，比分子或离子分散相的粒子大得多，分散相和分散介质之间有界面存在，属非均匀体系。如氢氧化铁溶胶、氯化银溶胶等。另一类是由大分子化合物溶于水形成的溶液，分散相粒子的直径在此范围内，分散相和分散介质之间没有相界面存在，属均匀体系。如蛋白质溶液、聚乙二醇溶液等。胶体溶液中粒子可以透过滤纸，但不能透过半透膜，可用半透膜将它们与溶剂分离。

（三）粗分散系

分散相颗粒直径大于 10^{-7}m（>100nm）的分散系称为粗分散系。这类分散系中的分散相粒子比胶体分散系中的粒子更大，分散相和分散介质之间有相界面存在，所以粗分散系是不均匀的。由于分散相的粒子更大，不能透过滤纸和半透膜，能阻止光线通过，所以粗分散系的外观是浑浊、不透明的；而且分散相易受重力的作用而沉降，因此粗分散系是不稳定的。如悬浊液和乳浊液，泥浆、氧化锌搽剂等。

在无机化学中，我们侧重讨论真溶液的一些性质。

二、溶液的浓度

在生产和科学实验中，我们经常要使用溶液，为了表明溶液中溶质和溶剂之间的定量关系，需要使用表示溶液组成的物理量。

稀溶液的浓度表示方法主要有两种，一是用单位体积溶液中溶质的质量或物质的量表示，一是用单位质量溶剂中溶质的物质的量表示，通常使用前者。

下面介绍几种常用的溶液浓度表示方法：

（一）质量浓度

在一定量体积的溶液中所含溶质 B 的质量来表示溶液组成的物理量，其符号为 ρ_B。定义为：

$$\rho_B = \frac{m_B}{V} \tag{1-5}$$

质量浓度的 SI 单位是 $kg \cdot m^{-3}$，化学和医学上多用 $g \cdot L^{-1}$、$mg \cdot L^{-1}$、$\mu g \cdot L^{-1}$ 等作单位。

溶液的浓度在医学上的应用

医学上表示液体的组成时，对于相对分子质量 M 已知的物质，可使用物质的量浓度，如在注射液的标签上同时写明质量浓度和物质的量浓度，如生理盐水瓶上标明 $\rho_B = 9g \cdot L^{-1}$，$c_B = 0.15mol \cdot L^{-1}$；对于体液中少数的相对分子质量尚未准确测定的物质可以暂时使用质量浓度。例如，免疫球蛋白 G（IgG）的质量浓度的正常值范围为 7.60～16.60$g \cdot L^{-1}$，免疫球蛋白 D（IgD）含量的正常值范围为 30～50$mg \cdot L^{-1}$。

链接

【例 1-4】 我国药典规定，注射用生理盐水的规格是 0.5L 生理盐水中含 NaCl 4.5g。问生理盐水的质量浓度是多少？如某病人已滴注 0.8L 生理盐水，问有多少克氯化钠进入了体内？

解

$$\because\ m_{NaCl} = 4.5g \qquad V = 0.5L$$

$$\therefore\ \rho_B = \frac{m_B}{V} = \frac{4.5g}{0.5L} = 9g \cdot L^{-1}$$

由

$$\rho_B = 9g \cdot L^{-1},\ V = 0.8L$$

$$m_{NaCl}=\rho_{NaCl}V=9g\cdot L^{-1}\times 0.8L=7.2g$$

答:生理盐水的质量浓度是$9g\cdot L^{-1}$。有7.2g NaCl进入体内。

(二)质量分数

用在一定质量的溶液中所含溶质B的质量来表示溶液组成的物理量,其符号为ω_B。定义为:

$$\omega_B=\frac{m_B}{m} \tag{1-6}$$

质量分数用小数和百分数表示均可。用质量分数表示浓度,配制方法简单,使用方便,是常用的浓度表示方法。

【例1-5】 将15g氯化钠配制成质量分数为0.25的氯化钠水溶液,所需溶剂的量为(g)

A. 10　　B. 15

C. 25　　D. 45

E. 55

解 此题为A型题,可自行分析后选择。

设需加入溶剂的量为xg,代入上述公式

$$\omega_B=\frac{m_B}{m}=\frac{15}{15+x}=0.25$$

解得$x=45$g,故答案选择D。

(三)体积分数

用在一定量体积的溶液中所含溶质B的体积来表示溶液组成的物理量,其符号为ϕ_B。定义为:

$$\phi_B=\frac{V_B}{V} \tag{1-7}$$

正常人红细胞体积分数(即红细胞在全血中所占的体积分数,临床上称为红细胞压积)记为$\phi_B=0.37\sim0.50$;消毒用酒精的体积分数记为$\phi_B=0.75$或75%。

【例1-6】 我国药典规定,药用酒精$\phi_B=0.95$,问500ml药用酒精中含纯酒精多少毫升?

解 $\because\ \phi_B=0.95$　　$V=500ml=0.5L$

$\therefore\ V_B=\phi_B\times V=0.95\times0.5L=0.475L=475ml$

答:500ml药用酒精中含475ml纯酒精。

(四)摩尔分数

混合物中某物质的物质的量与总物质的量之比,常以x_B表示。设某溶液仅由溶质B和溶剂A组成,则

$$x_B=\frac{n_B}{n_A+n_B} \tag{1-8}$$

n_B、n_A分别为溶质与溶剂的物质的量。

同理:

$$x_A=\frac{n_A}{n_A+n_B}$$

显然,$x_A+x_B=1$。即溶液中各物质的摩尔分数之和等于1。

质量分数、体积分数和摩尔分数的量纲均为1。

(五) 物质的量浓度

以单位体积溶液中所含溶质B的物质的量来表示溶液组成的物理量,称为物质的量浓度:

$$c_B = \frac{n_B}{V} \quad (1\text{-}9)$$

式中:n_B 是溶质B的物质的量;V 是溶液的总体积。c_B 的单位是 $mol \cdot dm^{-3}$ 或 $mol \cdot L^{-1}$,这是通常使用的单位,若用SI单位制表示,此浓度的单位应该为 $mol \cdot m^{-3}$,由于立方米的单位太大,不大适用,故一般化学书中的物质的量浓度在不加说明的情况下,均为每升溶液中溶质B的物质的量。

物质的量浓度表示法是实验室最常用的,只要用量筒、滴定管或移液管取一定体积的溶液,很容易用物质的量浓度计算出其中所含溶质的物质的量(mol)。

【例1-7】 市售浓HCl的浓度为 $12mol \cdot L^{-1}$,要配制 $0.1mol \cdot L^{-1}$ 的HCl溶液1升,需量取多少浓HCl多少毫升?

A. 1.2　　B. 2

C. 8.3　　D. 12

E. 24

解 先求配制溶液所需HCl物质的量为 $n(HCl) = 0.1mol \cdot L^{-1} \times 1L = 0.1mol$,再求需浓盐酸的体积为 $V(HCl) = 0.1mol/12mol \cdot L^{-1} = 0.0083L = 8.3ml$,故答案选C。如粗略配制,可用量筒取8.3ml浓盐酸,然后加水稀释成1000ml溶液就可以了,若要准确配制,则用移液管准确量取,在容量瓶中配制。

【例1-8】 如何配制500ml $0.1mol \cdot L^{-1}$ Na_2CO_3 溶液?

解 $\because M(Na_2CO_3) = 23 \times 2 + 12 + 16 \times 3 = 106g \cdot mol^{-1}$

$\therefore m(Na_2CO_3) = 106g \cdot mol^{-1} \times 0.1mol \cdot L^{-1} \times 0.5L = 5.3g$

答:用天平称量5.3g无水 Na_2CO_3 固体放入烧杯中,用适量的蒸馏水溶解后,再加水至500ml即可。

溶液浓度的计算在化学中是最基本的基础知识,无论哪一门化学课程,都会涉及浓度的计算,尽管在中学中已经学习过,但在化学学习之初,也需多练习,加以巩固。

(六) 质量摩尔浓度

溶质的物质的量 n_B 除以溶剂 m_A 的质量称为质量摩尔浓度,单位为 $mol \cdot kg^{-1}$。

$$b_B = \frac{n_B}{m_A} \quad (1\text{-}10)$$

b_B 为溶质B的质量摩尔浓度。

【例1-9】 将20g NaOH溶于1L水中,所得溶液的质量摩尔浓度($mol \cdot kg^{-1}$)为

A. 0.01　　B. 0.05

C. 0.10　　D. 0.20

E. 0.50

解 因为NaOH的摩尔质量为40g,20g即为0.5mol,因水的密度约为 $1g \cdot ml^{-1}$,故1L水为1000g,这样质量摩尔浓度为 $0.5mol \cdot kg^{-1}$,故答案应选E。

(七) 密度

单位体积的物体所具有的重量称密度,单位是 $kg \cdot m^{-3}$ 或 $g \cdot cm^{-3}$。

$$\text{密度} = \frac{\text{重量}}{\text{体积}} = \frac{W}{V} \quad (1\text{-}11)$$

ppm 和 ppb 所代表的溶液浓度

当所用的药品是一些极稀的溶液,可使用百万分浓度(ppm)或十亿分浓度(ppb)表示。

ppm 表示溶质质量占溶液质量的百万分之几(10^{-6})。即每千克溶液中含溶质的毫克数。如:在正常人体的血浆中,含胆红素每 100g 中约为 0.2 ~ 1.0mg,相当于每千克血浆中 2 ~ 10mg。以 ppm 表示就是 2 ~ 10ppm。

ppb 表示溶质质量占溶液质量的十亿分之几(10^{-9})。即每千克溶液中含溶质的微克数。例如,人的血浆中含有微量的氨,约为每 100g 血浆含血氨氮 10 ~ 60μg,以 ppb 表示,就是人体中血氨氮的量为 100 ~ 600ppb。

链接

以前也常用比重的概念,比重是相同体积的某物质与4℃下水的重量之比。由于4℃时水的密度是 $1g \cdot cm^{-3}$。所以比重与密度在数值上是相等的,但比重的量纲为 1。在质量分数与物质的量浓度的换算中,常借助密度和比重进行换算。

【例 1-10】 96%(质量分数)的硫酸溶液的摩尔浓度是多少?(已知其密度为 $1.84g \cdot cm^{-3}$)

解 由密度可知,1L 硫酸溶液重 $W = 1000 \times 1.84 = 1840g$

1L 硫酸溶液中含纯硫酸:$1840 \times 96\% = 1766g$

硫酸的摩尔质量为 98g,故 1L 溶液中硫酸的物质的量为 1766/98 = 18mol

答:此硫酸溶液的物质的量浓度为 $18mol \cdot L^{-1}$。

第3节 溶液的渗透压

一、渗透现象和渗透压

在一杯纯水中加入少量糖,过一会儿整杯水都有甜味,最后得到浓度均匀的糖水。这种现象称为扩散,它是溶质和溶剂分子相互接触而相互展开的结果。当两种不同浓度的溶液相互接触时,也会发生同样的扩散现象,最后形成浓度均匀的溶液。

有一种特殊的膜,它只允许较小的溶剂水分子自由通过,而溶质大分子很难通过(或只允许小分子通过,而大分子很难通过),这种膜叫做半透膜。如生物细胞膜,动物的膀胱膜、人工制得的羊皮纸、火棉胶膜等都是半透膜。如果用半透膜把水和糖水隔开,将会发生怎样的现象呢?

如图 1-2 所示,设有一容器中间用半透膜(semi-permeable membrane)隔开成两部分,分别放入等体积的水和蔗糖溶液。经过一段时间后,发现糖水这边的液面比纯水的液面高,这种现象叫渗透(osmosis)。为什么会产生渗透现象呢?这是因为在单位体积内,从纯溶剂(或稀溶液)一方通过半透膜进入溶液(或浓溶液)一方的水分子数目比从溶液(或浓溶液)一方通过半透膜进入纯溶剂(或稀溶液)的水分子数目多。结果使浓溶液一侧液面缓慢上升,并同时产生静压强。随着液面的升高,水分子从蔗糖溶液渗入纯水中的速率增加,最后使膜两边进出的水分子数相等,即达到渗透平衡。半透膜两边的水位差所表示的静压强就称为溶液的渗透压(osmotic pressure)。渗透压是恰能阻止渗透现象继续发生而达到动态平衡的压强。显然,溶液浓度越大,其渗透压越

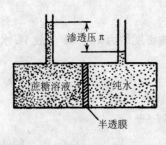

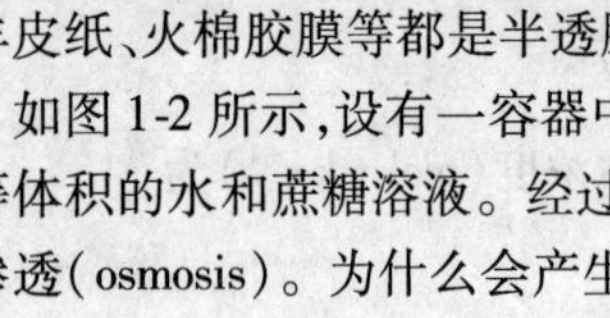

图 1-2 渗透压示意图

大。如果上图膜的两边放置的是两种不同浓度的蔗糖溶液，也能观察到类似的现象。

渗透压是溶液的一种性质，产生渗透现象的两个必要条件是：一是两溶液之间要有半透膜存在，二是半透膜两侧溶液的浓度不相等，即半透膜两侧的溶液要有浓度差。渗透总是使溶剂分子从纯溶剂向溶液，或是从稀溶液向浓溶液迁移。

二、渗透压与溶液浓度的关系

渗透压大小与溶液浓度密切相关，溶液的浓度越大，单位体积内溶质分子数就越多，而溶剂水分子数就越少，因此纯水中的水分子渗透进入浓溶液就越多，渗透压就越大。

牧场化学家

范托夫(Jacobus van Hoff，1852～1911)，荷兰物理化学家。1874年提出了碳原子的正四面体理论，为立体化学奠定了基础。他后来又发现了溶液中化学动力学法则和渗透压的法则，为近代物理化学中的重要贡献。为此，他获得1901年诺贝尔化学奖。

生活在他周围的人们直到有一天看到报纸上刊登出“范托夫荣获首届诺贝尔化学奖”和他的素描像，才知道每天早上赶着马车为大家送鲜奶的牧场主人竟是著名的化学家，而且还获得了诺贝尔化学奖！最终，送奶的范托夫和化学家范托夫被人们合并传成了“牧场化学家”。

链接

1886年范托夫(van Hoff)指出：“非电解质稀溶液的渗透压与溶液的浓度和温度的关系同理想气体状态方程式一致”。即

$$\pi V = n_B RT \tag{1-12}$$

$$\pi = c_B RT$$

对于极稀的溶液 $b_B \approx c$

$$\pi = b_B RT \tag{1-13}$$

式中：π 是渗透压(kPa)；T 是热力学温度(K)；V 是溶液的体积(L)；c_B 是溶质B物质的量浓度($mol \cdot L^{-1}$)；R 是气体摩尔常量，用 $8.314J \cdot mol^{-1} \cdot K^{-1}$ 表示。

反渗透及其应用

反渗透是在浓溶液一边加上比自然渗透压更高的压力，将浓溶液中的溶剂(水)压到半透膜的另一边的稀溶液中。反渗透技术通常用于海水淡化、饮用水的净化、高纯水的生产、废水处理，以及食品、医药工业、化学工业的提纯、浓缩、分离等方面。

链接

从上式可以看出，难挥发非电解质稀溶液的渗透压，在一定体积和一定温度下，与溶液中所含溶质的物质的量成正比，而与溶质的本性无关。

因此，如要比较两种溶液的渗透压大小，就只要比较这两种溶液的粒子的总浓度大小即可。

三、等渗、低渗和高渗溶液

在相同温度下，相对于纯水渗透压相等的两种溶液称为等渗溶液。若两种溶液的渗透压不相等，那么渗透压高的称为高渗溶液，渗透压低的称为低渗溶液。如 $0.1mol \cdot L^{-1}$ 葡萄糖溶液与

0.1mol·L^{-1}蔗糖溶液是等渗溶液；而0.1mol·L^{-1}葡萄糖溶液与0.1mol·L^{-1}氯化钠溶液相比，则0.1mol·L^{-1}葡萄糖溶液是低渗溶液，而0.1mol·L^{-1}氯化钠溶液是高渗溶液，因为1个NaCl分子在水中是2个离子Na^+和Cl^-，即2个粒子。可见高渗或低渗是相比较而言的。

等渗溶液在医学上有着重要意义，例如医生给病人换药时，通常用与组织液等渗的生理盐水冲洗伤口，如用纯水或高渗盐水则会引起疼痛。当配制眼药水时，也必须与眼黏膜细胞的渗透压相同，否则也会使眼睛感到不适。

医学上常用渗透浓度(osmolarity)来比较溶液渗透性的大小，它定义为渗透活性物质(溶液中产生渗透效应的溶质粒子)的物质的量除以溶液的体积，单位为mOsm/L^{-1}，称为渗量每升或毫渗量每升(即mol·L^{-1}或mmol·L^{-1})。医学上的等渗、低渗和高渗溶液都是以血浆的渗透压为标准确定的。正常人血浆的渗透浓度为303.7mOsm·L^{-1}。故临床上规定浓度在280～320mOsm·L^{-1}的溶液为等渗溶液(isotonic solution)，如9.0g·L^{-1} NaCl，12.5g·L^{-1}的$NaHCO_3$，1/6mol·L^{-1}乳酸钠($NaC_3H_5O_3$)等都是等渗溶液。高于血浆渗透压范围的称高渗溶液(hypertonic solution)，低于血浆渗透压范围的称低渗溶液(hypotonic solution)。

在临床上对于大量失水的病人，往往需要输液以补充水分，静脉输入液体必须和血液的渗透压相等，否则会导致机体内水分调节紊乱及细胞变形和破坏。因为红细胞膜具有半透膜性质，正常情况下，红细胞膜内的细胞液和膜外的血浆是等渗的。若大量输入高渗溶液，红细胞膜内液体的渗透压小于膜外血浆渗透压，使红细胞内的细胞液渗出膜外，造成红细胞皱缩，皱缩的红细胞易互相凝结成团，在小血管内将产生"栓塞"。若大量输入低渗溶液，红细胞内液体渗透压高于膜外血浆渗透压，血浆中的水分将向红细胞渗透，使红细胞胀裂，医学上称为溶血现象。因此，临床上大量输液时必须输入等渗溶液。

小结

1. 物质的量的SI单位是摩尔。1mol任何物质所含有的基本单元数都是6.02×10^{23}个。物质的量与物质的质量及摩尔质量之间的关系为：$n=\dfrac{m}{M_B}$；物质的量与气体的体积及标准体积的关系为：$n=\dfrac{V}{V_m^\ominus}$；物质的量与物质的数量的关系为：

$$n=\frac{N}{N_A}$$

2. 溶液的浓度是指一定量溶液或溶剂中所含溶质的量。常用的有质量浓度$\left(\rho_B=\dfrac{b_B}{V}\right)$、质量分数$\left(\omega_B=\dfrac{b_B}{m}\right)$、体系分数$\left(\varphi_B=\dfrac{V_B}{V}\right)$、摩尔分数$\left(x_B=\dfrac{n_B}{n_A+n_B+\cdots}\right)$、物质的量浓度$\left(c_B=\dfrac{n_B}{V}\right)$。质量摩尔浓度$\left(b_B=\dfrac{n_B}{m_A}\right)$等。

3. 溶剂分子通过半透膜由纯溶剂进入溶液或由稀溶液进入浓溶液的现象称为渗透现象。渗透现象产生的条件有两个：一是有半透膜存在，二是在半透膜两边溶液的溶质粒子浓度不相等。恰能阻止渗透现象继续发生而需施加在溶液液面上的压力称为该溶液的渗透压。稀溶液的渗透压公式为：$\pi=c_BRT$。

医学上常用渗透浓度表示渗透压π。临床上渗透浓度在280～320mOsmol·L^{-1}范围内的溶液为等渗液；高于320mOsmol·L^{-1}的溶液称高渗液，低于280mOsmol·L^{-1}的溶液称低渗液。

目标检测

一、是非题

1. 22.71L 氢气中一定含有 6.02×10^{23} 个氢分子。
2. 71g HCl 的物质的量为 2.0mol。
3. 在标准状况下,20ml 氧气与 40ml 氢气所含的分子个数比为 1:2。
4. 物质的量与物质的质量是同义词。
5. 2g N_2 与 2g O_2 所含分子数相等。
6. HNO_3 的摩尔质量为 $63g\cdot mol^{-1}$。
7. 将 40g NaOH 溶液于 1L 水中,所得溶液的物质的量浓度为 $2mol\cdot L^{-1}$。
8. 0.5mol 氢气中氢气的分子数为 3.01×10^{23}。
9. 病人在静脉输液时,若大量输入低渗溶液,会出现溶血现象。
10. 正常人血浆的渗透浓度为 $303.7mOsmol\cdot L^{-1}$。

二、A 型题

1. 关于摩尔的叙述正确的是

A. 是表示体积的单位　B. 是表示物质质量的单位
C. 是表示物质的量的单位　D. 是表示物质数量的单位
E. 既是表示物质质量,又是表示物质数量的单位

2. 下列物质中所含微粒数最少的是

A. 2g H_2　B. 4.4g CO_2　C. 16g O_2
D. 40g NaOH　E. 49g H_2SO_4

3. 下列物质的摩尔质量最小的是

A. HCl　B. $MgSO_4$　C. CO
D. CO_2　E. KCl

4. 下列物质的质量相等时,其中含分子数最多的是

A. O_2　B. CO_2　C. Cl_2
D. H_2　E. NaOH

5. 4.9g H_2SO_4 与 0.2mol H_2O 中,含有相同的

A. 氢原子数　B. 氧原子数　C. 氢分子数
D. 氧分子数　E. 硫原子数

6. 生理盐水中,NaCl 的质量浓度为(单位 $g\cdot L^{-1}$)

A. 0.90　B. 1.8　C. 4.5
D. 9　E. 90

7. 将 111g $CaCl_2$配制成 2L 溶液,溶液中[Cl^-]为(单位 $mol\cdot L^{-1}$)

A. 0.10　B. 0.30　C. 0.50
D. 1.0　E. 2.0

8. 配制 500ml $0.1mol\cdot L^{-1}$ NaOH 溶液,需 NaOH 的质量是(单位:克)

A. 0.10　B. 0.50　C. 1.0
D. 1.5　E. 2.0

9. 临床上大量补液时应使用

A. 等渗溶液　B. 高渗溶液　C. 低渗溶液
D. 浓度越大越好　E. 浓度越小越好

10. 与人体血浆不等渗的溶液是

A. 生理盐水　　B. $9g \cdot L^{-1}$ NaCl　　C. $1/6mol \cdot L^{-1}$乳酸钠

D. $50g \cdot L^{-1}$葡萄糖　　E. $50g \cdot L^{-1}$ $NaHCO_3$

11. $0.10mol \cdot L^{-1} Fe_2(SO_4)_3$ 溶液中 SO_4^{2-} 的浓度为(单位:$mol \cdot L^{-1}$)

A. 0.10　　B. 0.20　　C. 0.3

D. 0.4　　E. 0.6

12. 从 1L $2mol \cdot L^{-1}$ NaCl 溶液中取出 100ml,将这 100ml 溶液加水稀释到 1L,稀释后溶液中 NaCl 的物质的量是(单位:mol)

A. 0.1　　B. 0.2　　C. 0.5

D. 1.0　　E. 2.0

三、填空题

1. 标准状况下,2.8g CO 的体积是______。

2. 3.65g HCl 的物质的量为______。

3. 分子(或离子)分散系中分散相颗粒直径为______。

4. 消毒用酒精的浓度为 ϕ_B ______。

5. 1mol H_2O 的质量是______g,含有______个 H_2O 基本单元。

6. 2mol Cl 的质量是______g,3.01×10^{22} 个 CO_2 分子是______mol。

7. 渗透压是______。

8. 渗透现象发生的条件是______和______。

9. 生理盐水的渗透浓度为______$mmol \cdot L^{-1}$,$50g \cdot L^{-1}$葡萄糖注射液的渗透浓度为______$mmol \cdot L^{-1}$。

10. 4.0g NaOH 配制成 1000ml 溶液,其溶液的物质的量浓度是______$mol \cdot L^{-1}$。

四、名词解释

1. 物质的量　2. 摩尔体积　3. 半透膜　4. 渗透压

五、计算题

1. 配制 $0.5mol \cdot L^{-1} CaSO_4$ 溶液 500ml,需要 $CaSO_4$ 的质量是多少克?

2. 多少克硼酸(H_3BO_3)与 9.8g H_2SO_4 中所含的分子数相同?

3. 在 9.8g H_2SO_4 里含多少摩尔氢原子?多少个硫原子?多少克氧原子?

4. 在 500ml $2mol \cdot L^{-1}$ HNO_3 溶液中含多少克 HNO_3?

5. 某人体内需补充 2.3gNa^+,问需补充多少毫升生理盐水?

6. 如何配制 1800ml $9g \cdot L^{-1}$ NaCl 溶液?

7. 密度为 $1.84g/cm^3$、质量分数为 98% 的浓硫酸溶液的物质的量浓度是多少?

8. 制取 500gHCl 的质量分数为 14.6% 的盐酸,需要标准状况下 HCl 气体的体积是多少?

9. 71g Na_2SO_4 中含有 Na^+ 和 SO_4^{2-} 的物质的量各是多少?

10. 在标准状况下,2.2gCO_2 的体积是多少?

11. 3% Na_2CO_3 溶液的密度为 1.03,配制这种溶液 200ml,需用 $Na_2CO_3 \cdot 10H_2O$ 多少克?此溶液的物质的量浓度是多少?

第 2 章　化学反应速率和化学平衡

学习目标

1. 了解化学反应速率的表示方法及影响化学反应速率的因素
2. 能根据化学反应方程写出其平衡常数并进行计算
3. 理解浓度、压力及温度对化学平衡移动的影响

化学反应往往需要在一定条件下进行。例如合成氨的反应需要在高温、高压和有催化剂存在的条件下进行。又如，汽车尾气的有毒成分有 NO 和 CO，从理论上讲，NO 和 CO 可以反应生成 CO_2 和 N_2，但是在没有催化剂存在时，这个反应的速率非常小。要改善汽车尾气对大气的污染，就必须研究这个反应的速率，要寻找合适的催化剂来加快这个反应。可见，研究化学反应的条件对日常生活、工农业生产和科学研究等具有重要的意义。为什么一个反应的进行需要这样或那样的条件呢？需要从两个方面来认识：一个是化学反应进行的快慢，即化学反应速率问题；另一个是反应的方向和限度，也就是化学平衡问题。这两个问题不仅是今后学习化学所必需的基础理论知识，也是选择化工生产适宜条件时所必须了解的化学变化的规律。

这一章我们将重点学习化学反应速率和化学平衡的有关知识。

第 1 节　化学反应速率

一、化学反应速率的概念与表示方法

我们知道，化学反应的进行有快有慢。有的反应瞬间即可完成，如炸药爆炸反应，强酸强碱中和反应等；而有的反应则需要很长时间才能完成，如铁的锈蚀、塑料的老化分解等反应；而石油的形成要经历亿万年。即使是同一化学反应，在不同的条件下，其反应的快慢也不相同。如氢气和氧气化合生成水的反应，在通常条件下，其反应慢得难以觉察，但若在高温(1000℃)进行，就会立即发生爆炸而生成水。

为了定量地比较化学反应进行的快慢，人们引入了化学反应速率(简称反应速率)的概念。化学反应速率是用来衡量化学反应快慢程度的物理量，其符号为 v。通常用单位时间内某种反应物浓度的减少或某种生成物浓度的增加来表示反应速率。即

$$反应速率 = \frac{某一反应物(或生成物)浓度的变化}{变化所需的时间}$$

若用 Δc 表示某一反应物浓度或生成物浓度的变化量，Δt 表示反应的时间间隔，则反应速率 v 为

$$v = \pm\frac{\Delta c}{\Delta t} \tag{2-1}$$

当用反应物浓度的变化来表示反应速度时，因反应物浓度随时间而减小，Δc 为负值，速率公式中应取负号，使速率 v 为正值；反之若用生成物浓度的变化来表示反应速率时，速率公式应取

正号。如浓度的单位用 $mol \cdot L^{-1}$表示，时间的单位用 s(秒)、min(分)、h(时)表示，则化学反应速率的单位可以用 $mol \cdot L^{-1} \cdot s^{-1}$、$mol \cdot L^{-1} \cdot min^{-1}$、$mol \cdot L^{-1} \cdot h^{-1}$表示。

例如，在给定条件下氢气和氮气合成氨的过程中，氮气的浓度为 $1.0 mol \cdot L^{-1}$，反应经过 2min 后，氮气的浓度变为 $0.80 mol \cdot L^{-1}$，即在 2min 内，氮气的浓度减少 $0.20 mol \cdot L^{-1}$，那么，该合成反应中，氮气的反应速率为

$$v_{N_2} = \frac{0.20 mol \cdot L^{-1}}{2 min} = 0.10 mol \cdot L^{-1} \cdot min^{-1}$$

实际上，在整个反应过程中，反应物或生成物的浓度在随时变化，反应速率也在随时变化。因此，通常所说的反应速率是指某一时间范围内的平均反应速率。而反应的真实速率应写为：

$$v = \pm \frac{dc}{dt}$$

其中负号对应于反应物浓度的变化。

质量作用定律

19 世纪对溶液中的反应进行了大量研究，后由挪威化学家古尔堡（Guldberg）及维格（Waage）总结出一条规律：在一定温度下，反应速率与各反应物的浓度幂的乘积成正比，各反应物浓度的幂等于反应式中各反应物的系数。这就是质量作用定律。例如下列反应：

$$aA + bB = dD + eE$$

速率写为：

$$v_A = -\frac{dc_A}{dt} = C_A^a C_B^b$$

值得注意的是：质量定律只适用于基元反应和简单反应。

链接

二、影响化学反应速率的因素

不同的化学反应，它们的反应速率是各不相同的。例如，氢气和氯气混合后，常温下反应缓慢，但在光照下立即发生爆炸，反应迅速完成。而氢气与溴蒸气混合后，即使在加热条件下，反应也比较缓慢。显然，这种反应速率的差别是由于反应物本身的组成、结构和性质不同而引起的。因此，影响反应速率大小的决定性因素是反应物的本性，其次是反应时的外界条件。这就是说，对某一给定的化学反应，其反应速率大小还受该反应进行时所处的外界条件制约。当外界条件发生改变时，其反应速率也随着发生变化。因此，我们可以通过改变反应的外界条件来加快或减慢反应速率。

改变化学反应速率的意义

对某些我们需要的化学反应，我们希望加快它的速率，例如炼钢、合成药物、生产橡胶等反应往往要加入催化剂加速反应。而对于某些反应，我们则希望其速率越慢越好，如药物的分解、船体的腐蚀、塑料的老化等，则会采取措施尽量减小其反应速率。

链接

下面，我们将探讨浓度、压强（主要对有气体参加的反应）、温度和催化剂对反应速率的影响。

(一) 浓度或分压对化学反应速率的影响

在硫代硫酸钠溶液中加入稀硫酸,将发生如下反应:

$$Na_2S_2O_3 + H_2SO_4 \rightarrow Na_2SO_4 + SO_2 + S\downarrow + H_2O$$

由于反应中有不溶于水的硫生成,使溶液变浑浊。因此,反应的快慢可借助溶液中出现浑浊所需的时间来量度和比较。

【演示实验 1】 取两支试管,在第 1 支试管中加入 $0.1mol \cdot L^{-1}$ $Na_2S_2O_3$ 溶液 4ml;在第 2 支试管中加入 $0.1mol \cdot L^{-1}$ $Na_2S_2O_3$ 溶液 2ml 和蒸馏水 2ml。

另取两支试管,在每一支试管中加入 $0.1mol \cdot L^{-1}$ H_2SO_4 溶液 4ml。然后,同时分别倒入上面两支盛有 $Na_2S_2O_3$ 溶液的试管里,观察两支试管里出现浑浊现象的先后顺序。

实验结果表明:第 1 支试管的硫代硫酸钠浓度大,先出现浑浊现象,反应快;第 2 支试管的硫代硫酸钠浓度小,后出现浑浊现象,反应慢。

大量实验证明,**当其他条件不变时,增大反应物的浓度或分压,反应速率会加快;减小反应物的浓度或分压,反应速率会减慢。**

这是为什么呢? 我们知道,化学反应的过程就是反应物分子中的原子重新组合成生成物分子的过程,也就是反应物分子中化学键的断裂、生成物分子中化学键的形成过程。旧键的断裂和新键的形成都是通过反应物分子(或离子)的相互碰撞来实现的,如果反应物的分子(或离子)相互不接触、不碰撞,就不可能发生化学反应。因此,反应物分子(或离子)间的碰撞是发生反应的先决条件。若以气体反应为例,由气体分子运动论可知,任何气体中分子间的碰撞次数都是非常巨大的。在 100kPa 和 500℃ 时,$0.001mol \cdot L^{-1}$ 的 HI 气体,每升气体中,分子碰撞达 3.5×10^{28} 次/秒之多。如果每次碰撞都能导致化学反应的发生,HI 的分解反应将瞬间完成,而事实并不是这样。这就说明反应物分子的每一次碰撞并非都是有效的,都能导致化学反应的发生,能够发生化学反应的碰撞是很少的。我们把能够发生化学反应的碰撞叫做有效碰撞,把能够发生有效碰撞的分子叫做活化分子。

在化学反应中,断裂旧键要克服原有分子中原子的相互作用力,形成新键要克服原子靠近时的相互排斥力,只有活化分子具有比普通分子更高的能量,在碰撞时有足够的能量克服这些作用力,因而可以发生反应。在其他条件不变时,对某一反应来说,活化分子在反应物分子中所占的比例是一定的,因此,单位体积内活化分子的数目与单位体积内反应物分子的总数成正比,也就是说,反应物浓度越大,其中的活化分子数就越多,有效碰撞次数就越多,化学反应速率将增大。因此,增大反应物的浓度或分压可以增大化学反应速率,反之亦然。

(二) 温度对化学反应速率的影响

很多实验事实证明,温度对化学反应速率有显著影响。影响的程度各不相同,但绝大多数情况下,温度升高,反应速率加快。

在浓度一定时,升高温度,反应物分子的能量增加,使一部分原来能量较低的分子变成活化分子,从而增加了反应物分子中活化分子的比例,使有效碰撞次数增多,因而化学反应速率增大。当然,由于温度升高,会使分子的运动加快,这样单位时间内反应物分子间的碰撞次数增加,反应也会相应地加快,但这不是反应加快的主要原因,而前者是反应加快的主要原因。

经过多次实验测得,许多反应温度每升高 10℃,化学反应速率通常增大 2~4 倍。

升高或降低温度是控制和改变反应速率的有效方法之一。因此,在化学实验和化工生产中经常采用加热的方法使反应加快进行;在药物的储存方面,通常把那些易变质的药物,特别是生物制剂存放在冰箱中,以减慢反应的进行。

(三) 催化剂对化学反应速率的影响

在反应体系中,因加入少量某种物质而使反应速率发生改变,但它本身的化学组成、质量和化学性质在反应前后均保持不变的一类物质叫做催化剂,催化剂改变反应速率的作用叫做催化作用。凡是能加快化学反应速率的催化剂称正催化剂,能减慢化学反应速率的催化剂称负催化剂。

催化剂能够改变化学反应速率是因为它能够改变反应的途径,改变了反应的活化能。若降低反应所需要的活化能,则加快化学反应速率;若增加反应所需要的活化能,则减慢化学反应速率。由于催化剂能成千成万倍地增大(或减慢)化学反应速率,因此,它在现代化工生产中占有极为重要的地位。据初步统计,约有85%的化学反应需要使用催化剂,有很多反应还必须靠使用性能优良的催化剂才能进行。

综上所述,许多实验和事实都证明,对于同一化学反应来说,条件不同时,反应速率会发生变化。除了上述影响因素以外,光、电磁波、超声波、溶剂的性质、反应物颗粒的大小等,都会对反应速率产生影响。

第2节　可逆反应与化学平衡

在化学研究和化工生产中,只考虑化学反应速率是不够的,还需要考虑化学反应所能达到的最大限度。例如,在合成氨工业中,除了需要考虑使 N_2 和 H_2 尽可能快地转变为 NH_3 外,还需要考虑使 N_2 和 H_2 尽可能多地转变为 NH_3,这就涉及化学反应进行的程度问题——化学平衡。化学平衡主要是研究可逆反应规律的,如反应进行的程度以及各种条件对反应进行程度的影响等。

一、可逆反应与化学平衡

(一) 可逆反应与不可逆反应

根据反应进行的方向,化学反应可分为可逆反应和不可逆反应两类。

在一定条件下,只能向一个方向进行而不能向相反方向进行的化学反应称为不可逆反应。例如,$KClO_3$ 在加热时能分解生成 KCl 和 O_2,但在同样条件下,KCl 和 O_2 却不能化合生成 $KClO_3$。故 $KClO_3$ 的分解反应就是不可逆反应。不可逆反应是单向反应,化学方程式中,通常用单向箭头"→"或反应号"="表示不可逆反应。如:

$$2KClO_3 \rightarrow 2KCl + 3O_2 \uparrow$$

不可逆反应的特点是:反应能够进行到底,即反应物可以全部转化为生成物而几乎无剩余。

但大多数化学反应和上述反应不同。同一条件下,不仅反应物可以转化为生成物,而且生成物也可转化为反应物。反应是双向的,即两个相反方向的反应可以同时进行。例如,在同一条件下,氢气和氮气可以化合成氨;同时,氨也可以分解生成氢气和氮气。这种在一定条件下,既能正方向进行,又能逆方向进行的化学反应称为可逆反应。在可逆反应方程式中,通常用两个指向相反的符号"⇌"(又称可逆符号)表示可逆反应。如上述合成氨的反应可表示为:

$$N_2 + 3H_2 \rightleftharpoons 2NH_3$$

在可逆反应中,把从左到右的反应称为正向反应,把从右到左的反应称为逆向反应。可逆反应的特点是:化学反应不能进行到底,即在密闭容器中,反应物不能全部转化为生成物。不管反应进行多久，密闭容器中的反应物和生成物总是同时存在。

（二）化学平衡的建立

为什么可逆反应不能进行到底呢？这可以从正反应和逆反应的反应速率来说明。

在上例可逆反应的密闭容器中充入 N_2 和 H_2 的混合气体，使 N_2 的起始浓度为 $5mol\cdot L^{-1}$，H_2 的起始浓度为 $15mol\cdot L^{-1}$。反应刚开始时，由于只有反应物而没有生成物，反应物浓度最大，所以这时正反应速率 $v_正$ 最大，随着反应进行，反应物 N_2 和 H_2 的浓度逐渐减小，$v_正$ 也相应减小；另一方面，由于反应刚开始时还没有 NH_3 的生成，NH_3 的浓度为零，所以这时的逆反应速率最小，但随着反应的进行，生成物 NH_3 的浓度逐渐增大，逆反应速率 $v_逆$ 也相应增大（图 2-1）。当反应经过一段时间后，正反应速率和逆反应速率相等，即 $v_正=v_逆$，并且只要外界条件保持不变，正、逆反应速率相等这一状态也就不会改变（直线段）。我们把在一定条件下，正反应速率和逆反应速率相等时的状态，称为化学平衡状态，简称化学平衡。

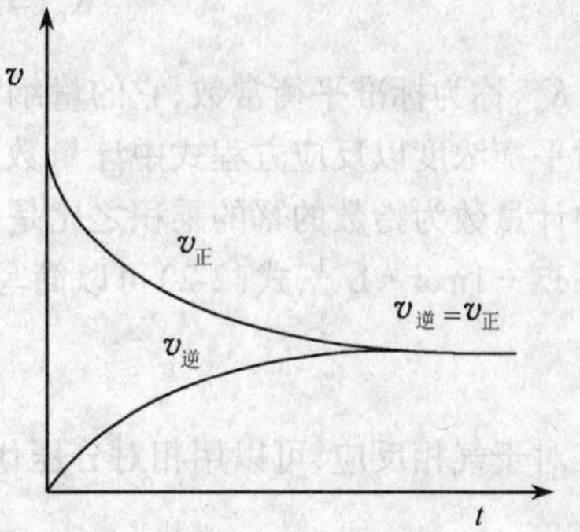

图 2-1　正逆反应速率随时间变化示意图

化学平衡有三个特点：①化学平衡是一动态平衡，正逆反应都在进行，但速率相等；②在平衡状态下，反应物和生成物的浓度或分压不再随时间发生变化；③平衡是暂时的、相对的，一旦外界条件发生变化，平衡将被破坏，可逆反应从暂时的平衡变为不平衡。经过一定的时候，在新的条件下又建立了新的平衡状态。

二、标准平衡常数

可逆反应达到平衡后，体系中各物质的浓度不再随时间的改变而改变。此时体系中各物质的浓度称为平衡浓度。若把平衡浓度除以标准态浓度 $c^{\ominus}$，则得到一个比值，称为相对平衡浓度。化学反应达平衡时，各物质的相对平衡浓度也不再发生变化。相对平衡浓度的量纲为 1。通过实验发现，在定温下，可逆反应无论从正反应开始，或是从逆反应开始，也不管反应物的初始浓度如何变化，平衡时生成物和反应物的相对平衡浓度幂的乘积之比却是一个恒定值。以下面反应为例：

$$CO(g)+H_2O(g)\rightleftharpoons CO_2(g)+H_2(g)$$

在 1237K 时，分别用不同浓度的 CO 和 H_2O 作用，在反应达平衡时测定平衡体系中各物质的浓度所得值见表 2-1。

表 2-1　$CO(g)+H_2O(g)\rightleftharpoons CO_2(g)+H_2(g)$ 反应的实验数据

初始浓度（体积分数/%）		平衡浓度（体积分数/%）				$\frac{[CO_2]/c^{\ominus}\cdot[H_2]/c^{\ominus}}{[CO]/c^{\ominus}\cdot[H_2O]/c^{\ominus}}$
CO	H_2O	CO	H_2O	CO_2	H_2	
10.1	89.9	0.7	80.5	9.4	9.4	1.57
49.1	50.9	21.2	23.0	27.9	27.9	1.60
70.3	29.7	47.6	6.8	22.8	22.8	1.61

从这些实验数据可以看出，在一定温度下，反应达平衡时生成物浓度幂的乘积与反应物浓

度幂的乘积之比是一恒定值。

实验证明,对于任一可逆反应

$$aA + bB \rightleftharpoons dD + eE$$

在一定温度下,达到平衡时,体系中各物质的相对平衡浓度间有如下关系。

$$K_c^{\ominus} = \frac{([D]/c^{\ominus})^d \cdot ([E]/c^{\ominus})^e}{([A]/c^{\ominus})^a \cdot ([B]/c^{\ominus})^b} \quad (2\text{-}2)$$

$K_c^{\ominus}$ 称为标准平衡常数,它的量纲为1。它表示在一定温度下,可逆反应达平衡时,生成物的相对平衡浓度以反应方程式中计量数为指数的幂的乘积与反应物的相对平衡浓度以反应方程式中计量数为指数的幂的乘积之比是一个常数。

$c^{\ominus} = 1\text{mol} \cdot \text{L}^{-1}$,式(2-2)可以简写为:

$$K_c^{\ominus} = \frac{[D]^d[E]^e}{[A]^a[B]^b}$$

对于气相反应,可以用相对分压代表浓度,达平衡时各物质的相对分压可表示为:

$$\frac{p_A}{p^{\ominus}}, \frac{p_B}{p^{\ominus}}, \frac{p_D}{p^{\ominus}}, \frac{p_E}{p^{\ominus}}$$

对标准平衡常数 $K_p^{\ominus}$ 可表示为:

$$K_p^{\ominus} = \frac{(p_D/p^{\ominus})^d \cdot (p_E/p^{\ominus})^e}{(p_A/p^{\ominus})^a \cdot (p_B/p^{\ominus})^b} \quad (2\text{-}3)$$

如果用平衡时各物质的分压之间关系式来表示,则有

$$K_p = \frac{(p_D)^d (p_E)^e}{(p_A)^a (p_B)^b}$$

K_p 称为化学反应的非标准平衡常数(也称经验平衡常数),若 $a+b=d+e$,则两者相等,若 $a+b \neq d+e$,则两者不相等,有如下关系

$$K_p^{\ominus} = \frac{p_D{}^d p_E{}^e}{p_A{}^a p_B{}^b} \cdot (p^{\ominus})^{(a+b)-(d+e)} = K_p \cdot (p^{\ominus})^{(a+b)-(d+e)} \quad (2\text{-}4)$$

标准平衡常数在化学中十分重要,它的大小能在一定程度上反映化学反应的方向、反应可进行的程度,并进行各物质浓度之间的换算。因此,一定要掌握平衡常数的写法,它必须根据反应的计量方程式来写。同一反应式,写法不同,平衡常数的表示也不同,数值就不同,但相互间有一定的关系。例如合成氨的反应可有以下两种写法:

$$N_2 + 3H_2 \rightleftharpoons 2NH_3 \qquad K_{p,1}^{\ominus} = \frac{p_{NH_3}^2}{p_{N_2} p_{H_2}^3} \cdot (p^{\ominus})^2$$

$$\frac{1}{2}N_2 + \frac{3}{2}H_2 \rightleftharpoons NH_3 \qquad K_{p,2}^{\ominus} = \frac{p_{NH_3}}{p_{N_2}^{1/2} p_{H_2}^{3/2}} \cdot (p^{\ominus})$$

$$K_{p,1}^{\ominus} = (K_{p,2}^{\ominus})^2$$

第3节　化学平衡的移动

如上所述,化学平衡是一种动态平衡,只有在反应条件不变的前提下,可逆反应才能保持平衡状态。一旦外界条件发生变化,就势必引起正反应速率或逆反应速率的改变,并有可能使正、逆反应速率不再相等,原有的平衡遭到破坏,可逆反应就由原来的平衡变为不平衡,直至在新的条件下又重新建立起平衡为止。这种因反应条件的改变,使可逆反应从一种平衡状态向另一种平衡状态转变的过程,称为化学平衡的移动。

当反应条件改变后，如果正反应速率大于逆反应速率（$v_{正} > v_{逆}$），那么原来的化学平衡就会向正方向移动（或称向右移动），结果使生成物的浓度增大，或被减少的生成物浓度得到补充；如果正反应速率小于逆反应速率（$v_{正} < v_{逆}$），那么化学平衡就会向逆方向移动（或称向左移动），结果使反应物浓度增大，或被减少的反应物浓度得到补充。如果正反应速率和逆反应速率都增大（或都减小），并且增大（或减小）和程度相同，即可逆反应仍处于（$v_{正} = v_{逆}$）的状态，那么化学平衡就不移动。影响化学平衡移动的因素主要有浓度、压强和温度。

一、浓度对化学平衡的影响

当可逆反应达到化学平衡后，如果改变反应中任何一种物质的浓度，就会立即引起正反应速率或逆反应速率的变化而使它们不再相等，平衡被破坏而发生移动，例如，三氯化铁（$FeCl_3$）溶液和硫氰酸钾（KSCN）溶液反应生成硫氰酸铁，溶液显红色，其反应方程式如下：

$$FeCl_3 + 3KSCN \rightleftharpoons \underset{(血红色)}{Fe(SCN)_3} + 3KCl$$

【演示实验2】 在烧杯中加入50ml水，然后滴加0.1mol·L^{-1} $FeCl_3$溶液和0.1mol·L^{-1} KSCN溶液各5滴，混合后溶液呈血红色。

取3支试管，各加上述血红色溶液5ml。在第1支试管中加0.1mol·L^{-1} $FeCl_3$溶液2滴，在第2支试管中加0.1mol·L^{-1}KSCN溶液2滴，然后将这两支试管摇荡混合均匀后与第3支试管比较颜色深浅。

可以看到，加入$FeCl_3$溶液或KSCN溶液的试管中，溶液的红色更深了。这表明：由于增加了反应物$FeCl_3$或KSCN的浓度，正反应速率增大，使正反应速率大于逆反应速率，原来的化学平衡被破坏而向正反应方向移动，结果使生成物$Fe(SCN)_3$浓度增大，因此溶液的颜色加深。

许多实验都证明：减少任何一种生成物浓度，平衡就向正反应方向移动，减少任何一种反应物浓度，平衡就向逆反应方向移动。

由此可见，因浓度变化引起化学平衡移动的规律：**在其他条件不变时，增大反应物的浓度或减小生成物的浓度，有利于正向反应的进行，平衡向右移动；增加生成物的浓度或减小反应物的浓度，有利于逆向反应的进行，平衡向左移动。**

通过浓度对平衡影响的讨论，可以得出两个重要的结论：

（1）在可逆反应中，为了尽可能利用某一反应物，经常用过量的另一物质和它作用。如在工业上制硫酸时，存在下列反应：

$$2SO_2 + O_2 \rightleftharpoons 2SO_3$$

为了尽量利用成本较高的SO_2，就要用过量的氧（空气），按方程式SO_2和O_2的物质的量之比是1∶0.5，实际工业上采用的比值是1∶1.6。

（2）不断将生成物从反应体系中分离出来，则平衡将不断地向生成产物的方向移动，例如通氢于红热的四氧化三铁上时，把生成的水蒸气不断从反应体系中移去，四氧化三铁就可以不断地还原为金属铁：

$$Fe_3O_4(s) + 4H_2(g) \rightleftharpoons 3Fe(s) + 4H_2O(g)$$

如果反应在密闭容器中进行，到一定时候就达到平衡了。

二、压强对化学平衡的影响

由于压强对固体和液体体积的影响极小，所以压强改变对固相和液相反应的平衡体系几乎没有影响。对于有气体参加的反应，压强可能使平衡发生移动。压强改变有两种情况，一是改变某一气体的分压；二是改变体系的总压。

改变某气体的分压与改变某物质的浓度情况相同。如增大反应物的分压或减小生成物的分压，平衡将向正反应方向移动，使反应物的分压减小或生成物分压增大。如减小反应物的分压或增大生成物的分压，平衡将向逆反应方向移动，使反应物的分压增大和生成物的分压减小。

若是改变体系的总压，由实验证明，只对那些反应前后气体分子数有变化的反应有影响。增大体系的总压强，平衡向着气体分子数减少的方向移动；减少体系的总压强，平衡向着气体分子数增多的方向移动。

例如，合成氨的反应，气体分子数是减少的，若增大总压强，平衡向右进行

$$N_2 + 3H_2 \rightleftharpoons 2NH_3$$

而下列反应气体分子数不变，总压强的改变对平衡没有影响，

$$CO(g) + H_2O(g) \rightleftharpoons CO_2(g) + H_2(g)$$

三、温度对化学平衡移动的影响

化学反应实质上是反应物分子中的化学键被破坏，生成物分子中化学键形成的过程，破坏化学键需要向外界吸收能量，形成化学键就会向外界释放能量。任何一个化学反应，不可能是吸收的能量与释放的能量恰好相等。化学反应中的这种能量变化，通常表现为热量的变化。习惯上把反应中破坏反应物分子中化学键所需要的热量与生成物分子形成时所释放的热量之差称为反应热，并用符号 Q 表示。

如果在反应中，破坏反应物分子所需要的热量大于形成生成物分子时所释放的热量，该反应热 Q 大于零，表示这个反应以吸热为主，故称为吸热反应。通常用“－”号表示在化学方程式右边。

$$CaCO_3 \longrightarrow CaO + CO_2 - Q$$

反之，如果破坏反应物分子中化学键需要的热量小于形成生成物中化学键所释放的热量，则反应热 Q 小于零，这样的反应称为放热反应。通常用“＋”号表示在化学方程式右边。

$$C + O_2 \longrightarrow CO_2 + Q$$

实验证明，在其他条件不变时，升高温度，平衡向吸热反应的方向移动；降低温度，平衡向放热反应的方向移动。

由于催化剂能够同等程度地增加正反应速率或逆反应速率，即仍然保持平衡中正反应速率和逆反应速率相等，平衡没有被破坏，因此平衡就不移动。即催化剂不影响化学平衡的移动。由此可见，加入催化剂的目的在于：加速化学反应的进行以缩短反应到达平衡所需的时间，从而提高单位时间内的生产效益。

总结浓度、压力、温度对化学平衡的影响，可用法国化学家 Le Chatelier 在 1887 年得出的著名规律描述：如果改变平衡状态的任一条件，如浓度、压力、温度，平衡则向减弱这个改变的方向移动。

小结

化学反应速率为单位时间内反应物浓度的减小或生成物浓度的增加。影响反应速率的因素有浓度、压强、温度和催化剂。通常反应物浓度（或压强）增大，反应速率加快；温度升高，反应速率加快；若加入正催化剂，反应速率加快。

小结

可逆反应是正、反方向都能进行的反应，当正向速率与逆向速率相等时，可逆反应达到平衡，此时各物质的浓度不再随时间改变，可用平衡常数 $K^{\ominus}$ 表示。

影响化学平衡的因素有浓度、压强及温度。对于一个已达平衡的反应，增加反应物浓度或减少生成物浓度，平衡向正反应方向移动；减少反应物浓度或增加生成物浓度，平衡向逆反应方向移动。对于有气体参加的反应，增加总压力，平衡向气体总分子数减少的方向移动；减小总压力，平衡向气体总分子数增加的方向移动。升高温度，平衡向吸热方向移动；降低温度，平衡向放热的方向移动。

目标检测

一、是非题

1. 用来表示化学反应快慢的量称为化学反应速率。
2. 当化学反应达到平衡时，正、逆反应立即停止。
3. 反应速率的单位是 $mol \cdot L^{-1}$。
4. 产物浓度增大，正向反应速率加快。
5. 压强的改变并不一定影响化学反应速率。
6. 有气体参加的可逆反应达到平衡时，其他条件不变，增大总压，平衡不一定会移动。
7. 升高温度可使正、逆反应速率都增大，故温度对化学平衡无影响。
8. 当化学平衡移动时，平衡常数也一定随之改变。

二、A 型题

1. 可逆反应 $N_2 + 3H_2 \rightleftharpoons 2NH_3$ 达到平衡时，下列说法中正确的是

A. N_2 和 H_2 不再化合　　B. 与平衡前相比，正逆反应速率都加快
C. N_2、H_2、NH_3 浓度相等　　D. 正、逆反应速率等于零
E. N_2、H_2、NH_3 浓度不变

2. 下列可逆反应达到平衡状态后，若同时加大压强和降低温度，平衡向右移动的是

A. $2NO_2(g) \rightleftharpoons N_2O_4(g) + Q$　　B. $2NO_2(g) \rightleftharpoons 2NO(g) + O_2(g) - Q$
C. $H_2O(g) + CO(g) \rightleftharpoons CO_2(g) + H_2(g) - Q$　　D. $2HI(g) \rightleftharpoons H_2(g) + I_2(g) - Q$
E. $CaCO_3 \rightleftharpoons CaO + CO_2(g) - Q$

3. 可逆反应 $2CO + O_2 \rightleftharpoons 2CO_2 + Q$ 达到平衡时，若降低温度，下列说法正确的是

A. 正反应速率加快，逆反应速率减慢　　B. 正反应速率减慢，逆反应速率加快
C. 正、逆反应速率都加快　　D. 正、逆反应速率都减慢
E. 对平衡无影响

4. 在反应 $mA(s) + nB(g) \rightleftharpoons dD(g) + eE(g)$ 到达平衡后，增大体系压强，平衡右移，下列关系一定成立的是

A. $m + n < d + e$　　B. $m + n > d + e$
C. $m + n = d + e$　　D. $n > d + e$
E. $n < d + e$

5. 下列方法中，可改变可逆反应的平衡常数的是

A. 改变体系的温度　　B. 改变反应物浓度
C. 加入催化剂　　D. 改变平衡压力
E. 改变生成物浓度

三、填空题

1. 化学反应速率是用来衡量______的物理量。

2. 影响化学反应速率的主要外界因素有______、______、______和______。

3. 影响化学平衡的主要因素有______、______和______。

4. 在一定条件下，下列反应达到化学平衡：$2HI(g) \rightleftharpoons H_2(g) + I_2(g) - Q$，如果升高温度，反应速率将______；如果加入一定量的氢气，平衡______移动；如果使密闭容器的体积增大，平衡______移动。

5. 压强只对有______参加的反应速率有影响。

6. 可逆反应的特点是______。

四、计算题

1. 蔗糖水解反应如下：

$$C_{12}H_{22}O_{11} + H_2O \longrightarrow C_6H_{12}O_6(\text{葡萄糖}) + C_6H_{12}O_6(\text{果糖})$$

若蔗糖的起始浓度为 $0.05\text{mol} \cdot L^{-1}$，反应达到平衡时蔗糖水解了 60%，求平衡常数 $K_c^{\ominus}$。

(0.045)

2. 使 1mol HCl 与 0.48mol O_2 混合，在 660K 和 100kPa 达成下列平衡时，生成 0.40mol 的 Cl_2。

$$4HCl(g) + O_2(g) = 2H_2O(g) + 2Cl_2(g)$$

试求(1)各气体的平衡分压；(2)平衡常数 $K_p^{\ominus}$。

(HCl 15.6kPa，O_2 21.9kPa，H_2O 31.2kPa；73.1)

3. 乙苯脱氢生产苯乙烯的反应为

$$C_6H_5C_2H_5(g) = C_6H_5C_2H_3(g) + H_2(g)$$

900K 时，$K_p^{\ominus} = 2.7$。若开始时只有反应物乙苯 1mol，试求平衡时：

(1) 在 100kPa 下生成苯乙烯的物质的量。

(2) 在 100.5kPa 下得到苯乙烯的物质的量。

(0.85mol，0.98mol)

4. 在 400K 时，将 0.0163mol 的 PCl_5 置于 1.0L 容器中，当分解反应

$$PCl_5(g) = PCl_3(g) + Cl_2(g)$$

达平衡后(设为理想气体)，测得压力 $p = 100\text{kPa}$。计算反应的解离度 α(转化率)和平衡常数 $K_p^{\ominus}$。

(0.845，2.50)

第3章　电解质溶液

学习目标

1. 熟悉溶液的酸碱性、电离度、pH的概念及影响电离度的因素

2. 掌握弱电解质的电离平衡、电离度、标准平衡常数的概念;会计算弱电解质溶液的pH、电离度

3. 了解同离子效应和盐效应对弱电解质电离平衡的影响

4. 熟悉盐类水解后溶液的酸碱性

5. 熟悉酸碱质子理论和酸碱电子理论,进一步认识酸、碱及酸碱反应的实质

电解质是指溶于水或融熔状态下能导电的物质,如酸、碱、盐等。本章主要讨论电解质溶于水的体系。

电解质可分为两大类,一类是在水溶液中能完全电离的,称之为强电解质,一类是在水溶液中仅部分电离的,称之为弱电解质。在我们日常的工作、科研及生活中,经常会遇到电解质溶液,例如体内的体液之间由于有电解质而存在渗透平衡、酸碱平衡等,这些平衡对神经、肌肉等组织的生理、生化功能起着重要作用。因此有必要通过学习,掌握电解质溶液的基本理论、性质及变化规律,以便指导实际工作。

第1节　弱电解质的电离平衡

在水溶液中能完全电离的电解质称为强电解质。强电解质的电离不是可逆的,其电离方程式用"→"或"="表示。例如:

$HCl \rightarrow H^+ + Cl^-$　　　$HCl = H^+ + Cl^-$

$NaOH \rightarrow Na^+ + OH^-$　　　$NaOH = Na^+ + OH^-$

$NaCl \rightarrow Na^+ + Cl^-$　　　$NaCl = Na^+ + Cl^-$

强酸、强碱和绝大多数盐都是强电解质。例如 H_2SO_4、HNO_3、$HClO_4$、$Ba(OH)_2$、KOH、KCl、Na_2SO_4 等。

在水溶液中只能部分电离的电解质称为弱电解质。在弱电解质溶液里,弱电解质分子电离成离子的同时,离子又结合成分子。其电离过程是可逆的。电离方程式用"$\rightleftharpoons$"表示。例如:

$$HAc \rightleftharpoons H^+ + Ac^-$$

弱酸、弱碱及水都是弱电解质。在弱电解质溶液里,同时存在着弱电解质分子和电离出的离子。如乙酸、氨水和碳酸等。

一、电离度及影响电离度的因素

弱电解质的电离过程跟可逆的化学反应一样。以HAc(CH_3COOH的简写式)为例:

$$HAc \rightleftharpoons H^+ + Ac^-$$

开始电离时,主要是乙酸分子的电离,正向电离速度较大,溶液里分子浓度不断减小,离子浓度不断增大,因而正向速度逐渐减慢,逆向速度即离子结合成分子的速度逐渐加快。当正、逆过程的速度相等时,溶液里 HAc 分子、H^+ 和 Ac^- 的浓度不再改变,体系达到电离平衡。

在一定温度下,当电离达到平衡时,溶液中已经电离的溶质分子数与溶质分子总数(已经电离的分子数和未电离的分子数之和)之比叫做该电解质的电离度,用符号 α 来表示:

$$\alpha = \frac{\text{已电离的分子数}}{\text{分子总数}} \times 100\% = \frac{\text{已电离的电解质浓度}}{\text{溶液中原有电解质的总浓度}} \times 100\% \quad (3\text{-}1)$$

例如在25℃时,浓度为 $0.1\text{mol} \cdot L^{-1}$ 的 HAc 溶液中,每 1000 个 HAc 分子中有 13 个分子电离成 H^+ 和 Ac^-,因此,电离度为:

$$\alpha = \frac{13}{1000} \times 100\% = 1.3\%$$

影响电离度大小的因素有以下几个方面:

1. 电解质的本性　在相同浓度和温度下,不同的弱电解质的电离度相差很大。见表 3-1。

表 3-1　几种 $0.1\text{mol} \cdot L^{-1}$ 弱电解质溶液的电离度(291K)

电解质	化学式	电离度 α/%	电解质	化学式	电离度 α/%
磷酸	H_3PO_4	26	碳酸	H_2CO_3	0.17
亚硫酸	H_2SO_3	20	氢硫酸	H_2S	0.115
氢氟酸	HF	15	硼酸	H_3BO_3	0.0078
水杨酸	HOC_6H_4COOH	10	氢氰酸	HCN	0.007
乙酸	HAc	1.3	氨水	$NH_3 \cdot H_2O$	1.3
	HCOOH	4.2			

从上表可以看出,相同浓度的不同弱电解质,电离度大小不同,电解质越弱,电离越困难,电离度越小。因此电离度的大小,可以表示弱电解质的相对强弱。

2. 溶液的浓度　同一弱电解质的溶液,浓度越稀,电离度越大。因为溶液越稀,离子相距越远,离子重新结合成分子的速度会显著下降,故电离度增大。但对一弱酸而言,决不能认为溶液越稀,H^+ 离子浓度越大。因为 $[H^+] = \alpha \times c$,c 减小时,α 增大,但 c 的减小占主导地位,$[H^+]$ 仍是减小的。当溶液极稀时,任何电解质都接近完全电离。

3. 溶剂的性质　同一物质在不同的溶剂中电离度大小也不同。溶剂的极性、酸碱性也会影响电离度。如乙酸在水中电离度就比在苯中的电离度大。

4. 温度的影响　电离过程的热效应不显著,故温度对电离度影响不大,但水的电离有较明显的吸热现象,故温度升高,水的电离度明显增大。

5. 电解质的影响　溶液中同时存在其他电解质时,对弱电解质的电离度也有影响。这将在同离子效应与盐效应中讨论。

【例 3-1】　$0.1\text{mol} \cdot L^{-1}$ 的氨水的电离度 α 为 1.3%,则该溶液中的 $[OH^-]$ 离子浓度是

A. 1.8×10^{-5}　　B. 1.3×10^{-3}

C. 1.3%　　D. 0.13

E. 1.3

解　由电离度的计算式可知,分子为已电解的电解质的浓度,而氨水电离的量就是氢氧根离子的量,故 $[OH^-] = \alpha \times c = 1.3\% \times 0.1 = 1.3 \times 10^{-3}\text{mol} \cdot L^{-1}$,该题答案应选 B。

另外,溶解度与电离度是两个不同的概念。乙酸在水中溶解度很大,但是它的电离度很小;氯化银在水中的溶解度很小,但它是完全电离的。因为乙酸是共价化合物,溶解时是以分子形态进入溶液,然后再进行电离,虽然它溶解得很多,但却只有一小部分电离,在溶液中存在着大量的未电离的乙酸分子,与电离出来的离子建立平衡关系。而氯化银是离子化合物,当它溶解于水时,并不是以分子形态进入溶液,而是在溶剂作用下,晶体表面上的离子一个个地进入溶液,虽然它溶解得不多,但所有溶解的部分都是处于离子状态,在溶液中并不存在氯化银分子。由此可见,溶解度大的物质,电离度不一定大;反之亦然。

二、水的电离与溶液的 pH

通常认为纯水不导电。但用精密仪器测定时,发现水有微弱的导电性。这说明水是一种极弱的电解质,它能电离出极少量的 H^+ 和 OH^-。水的电离式为:

$$H_2O + H_2O \rightleftharpoons H_3O^+ + OH^-$$

或简写为:

$$H_2O \rightleftharpoons H^+ + OH^-$$

$$K_c^{\ominus} = \frac{[H^+][OH^-]}{[H_2O]} \tag{3-2}$$

$K_c^{\ominus}$ 称标准平衡常数。由实验测得纯水在25℃时,H^+ 和 OH^- 离子的浓度都是 $1.0\times10^{-7}\,mol\cdot L^{-1}$。可见水的电离度是很小的,故可忽略已电离的水量,而未电离的又是纯溶剂,其浓度为一常数,合并常数项得:

$$[H^+]\cdot[OH^-] = K_w^{\ominus} \tag{3-3}$$

$K_w^{\ominus}$ 代表水溶液中氢离子浓度和氢氧根离子浓度的乘积,是一个很重要的常数,称为水的离子积常数,简称水的离子积,25℃时 $K_w^{\ominus}$ 的值等于 1×10^{-14}。

水的离子积不仅适用于纯水,也适用于一切稀水溶液。只要知道溶液中的$[H^+]$,就可以根据 $K_w^{\ominus}$ 来计算出$[OH^-]$。因此水溶液中酸度或碱度都可以用$[H^+]$表示。

酸性溶液中,$[H^+] > [OH^-]$

碱性溶液中,$[H^+] < [OH^-]$

中性溶液中,$[H^+] = [OH^-]$

智商与酸度

1996年,牛津约翰·拉德克利夫(John Radcliffe)医院的科学家公布了他们的研究结果:人类智商(IQ值)和大脑皮质的酸碱度(pH)直接相关。大脑的pH越高,人的智商也就越高。

他们用磁共振光谱法对6~13岁男孩进行测试,发现pH在6.99~7.09的0.1个单位变化范围内,IQ值却有着非常显著的变化,从63~138。

现在还不能肯定大脑皮质的酸度是否完全决定人的智力。北爱尔兰大学的理查德·莱恩教授指出:对于有些人来说,其智商高低取决于体内神经纤维传导信号的速度。但是,脑物质的pH能够影响这种信号的传导速度,显然它也能影响到人的智商。

链接

由此可见,溶液里由于存在水的电离平衡,即使在酸性溶液里仍然有 OH^-,在碱性溶液里同样也有 H^+。无论是中性、酸性还是碱性溶液里,都同时含有 H^+ 和 OH^-,只不过是两种离子的浓度大小不同而已。$[H^+]$越大,溶液的酸性越强,$[H^+]$越小,溶液的酸性越弱。

不能把$[H^+] = 1.0 \times 10^{-7} mol \cdot L^{-1}$作为溶液中性的不变标志,因为水的电离反应为吸热的,温度升高时,$K_w^{\ominus}$ 值增大,中性溶液$[H^+] = [OH^-]$,但却大于$1.0 \times 10^{-7} mol \cdot L^{-1}$。

在生产和科学研究中,经常使用一些 H^+ 浓度很小的溶液,如血清中的$[H^+] = 3.98 \times 10^{-8} mol \cdot L^{-1}$,书写十分不便,为此,常用氢离子浓度的负对数——pH 来表示溶液的酸碱度:

$$pH = -lg[H^+] \tag{3-4}$$

例如:$[H^+] = 1.0 \times 10^{-7} mol \cdot L^{-1}$,则 $pH = -lg10^{-7} = 7$

$[H^+] = 1.0 \times 10^{-3} mol \cdot L^{-1}$,则 $pH = -lg10^{-3} = 3$

$[OH^-] = 1.0 \times 10^{-3} mol \cdot L^{-1}$,则$[H^+] = \dfrac{K_w^{\ominus}}{[OH^-]} = \dfrac{1.0 \times 10^{-14}}{1.0 \times 10^{-3}} = 1.0 \times 10^{-11} mol \cdot L^{-1}$

$$pH = -lg1.0 \times 10^{-11} = 11$$

同样也可用 pOH 表示溶液中氢氧根离子浓度负对数

$$pOH = -lg[OH^-] \tag{3-5}$$

若用 $pK_w^{\ominus}$ 表示水的离子积负对数,则

$$pK_w^{\ominus} = -lgK_w^{\ominus}$$

$$pK_w^{\ominus} = pH + pOH$$

在常温下,$K_w^{\ominus} = 1.0 \times 10^{-14}$,故 $pH + pOH = 14$。此时

酸性溶液中,$pH < 7$

中性溶液中,$pH = 7$

碱性溶液中,$pH > 7$

即溶液的 pH 的范围在 0~14。溶液的 pH 越小,酸性越强;溶液的 pH 越大,碱性越强。用 pH 也可以表示溶液酸碱性的强弱。若 pH 增大 1 个单位,溶液的 H^+ 浓度减小 10 倍,若 pH 减小 2 个单位,H^+ 浓度增大 100 倍。不过,当溶液中 H^+ 浓度或 OH^- 浓度大于 $1mol \cdot L^{-1}$ 时,不用 pH 表示,直接表示更方便。pH 概念不仅在化学中很重要,在生物化学、药理学、病理学、药物分析中也很重要。

溶液的 pH 的计算和使用在化学中非常普遍,必须要掌握。

人体各种体液的 pH

体 液	pH	体 液	pH
血清	7.35~7.45	大肠液	8.3~8.4
成人胃液	0.9~1.5	乳汁	6.0~6.9
婴儿胃液	5.0	泪水	~7.4
唾液	6.35~6.85	尿液	4.8~7.5
胰液	7.5~8.0	脑脊液	7.35~7.45
小肠液	~7.6		

链接

【例 3-2】 已知某酸溶液的 pH 为 4.4,则该溶液的$[H^+]$浓度是多少?

解 $pH = -lg[H^+]$,故$[H^+] = 10^{-4.4} = 3.98 \times 10^{-5} mol \cdot L^{-1}$

【例 3-3】 已知某酸溶液 pH 为 3,另一酸的 pH 为 5,求溶液等体积混合后 pH?

人体体液 pH 与健康

医学研究表明，人体血液的 pH 在 7.35 ~ 7.45之间，也就是说，我们的体液应该呈现弱碱性才能保持正常的生理功能和物质代谢。可是据一项都市人群健康调查发现，在生活水平较高的大城市里，80% 以上的人体液 pH 经常处于较低的一端，使身体呈现不健康的酸性体质，人体的体液偏酸，细胞的作用就会变弱，新陈代谢就会减慢，这时候对一些的脏器功能来说就会造成一定的影响，那么时间长了，疾病就会随之而来了，这里有一组数据：当人的体液 pH 低于中性 7 时就会产生重大疾病；下降到 6.9 时就会变成植物人；如果只有 6.8 到6.7时人就会死亡。当然，大多数酸性体质的人并不会酸得这么严重，一般来说体内的 pH 仍然是在7.35左右，与偏向 7.45 的人相比只是偏酸一点，甚至检查不出什么病症，但是您可不要小看这零点几甚至零点零几的变化，长此以往，女性的皮肤就会过早的黯淡和衰老，少年儿童会造成发育不良、食欲不振、注意力难以集中等症状，中老年人则会因此而引发糖尿病、神经系统疾病和心脑血管疾病。

链接

解 先根据 pH 求出混合前各溶液的氢离子浓度，

pH = 3，$[H^+] = 0.001 mol \cdot L^{-1}$，pH = 5，$[H^+] = 0.00001 mol \cdot L^{-1}$

混合后体积增大一倍，浓度稀释一倍，故总氢离子浓度为：

$[H^+] = 0.0005 + 0.000005 = 0.000505 mol \cdot L^{-1}$，求此数的负对数，即 pH 为 3.3。

质 子

质子是一种基本粒子，是氢原子的核，也是其他任何原子核的组成部分。原子核所含质子的数目就是该原子的原子序数。氢离子是氢原子失去一个电子的产物，仅剩一个质子，故氢离子也称为质子。

链接

三、一元弱酸(碱)的电离平衡及其计算

在水溶液中一个分子只能给出一个氢离子的弱酸叫一元弱酸。在水溶液中一个分子能给出一个氢氧根离子的弱碱叫一元弱碱。

(一) 电离平衡常数

醋酸是一个典型的一元弱酸，在水溶液中建立如下电离平衡

$$HAc + H_2O \rightleftharpoons H_3O^+ + Ac^-$$

或写成

$$HAc \rightleftharpoons H^+ + Ac^-$$

上式的平衡常数表达式为

$$K_a^{\ominus} = \frac{[H^+][Ac^-]}{[HAc]} \qquad (3\text{-}6)$$

式中的各项浓度均是达电离平衡时的物质的相对平衡浓度。

氨水是典型的一元弱碱

$$NH_3 \cdot H_2O \rightleftharpoons NH_4^+ + OH^-$$

上式的平衡常数表达式为

$$K_b^{\ominus}=\frac{[NH_4^+][OH^-]}{[NH_3\cdot H_2O]} \tag{3-7}$$

根据平衡常数的物理意义，电离常数可以表示电离平衡时弱电解质电离为离子的趋势大小。K值越大，表示电离程度越大。因此，可以由电离常数的大小，看出弱电解质电离能力的强弱。

对于同类型弱酸的相对强弱程度，可以由比较它们的$K_a^{\ominus}$（或$K_b^{\ominus}$）值大小来决定。例如

$$K_a^{\ominus}(HAc)=1.76\times10^{-5}$$

$$K_a^{\ominus}(HCN)=4.93\times10^{-10}$$

虽然HAc和HCN都是弱酸，但后者的电离常数远小于前者，故HCN是比HAc更弱的酸。$K_a^{\ominus}$和所有平衡常数一样，只与温度有关而与浓度无关。由于弱电解质电离的热效应不大，故温度的影响也不大，一般不影响其数量级。所以，在室温范围内，可以忽略温度对$K_a^{\ominus}$的影响。

（二）一元弱酸或弱碱的[H^+]或[OH^-]的计算

以HAc为例，令$c_{酸}$是HAc的起始浓度，平衡时有[H^+]=[Ac^-]，[HAc]=$c_{酸}$−[H^+]，代入式(3-6)得

$$K_a^{\ominus}=\frac{[H^+][Ac^-]}{[HAc]}=\frac{[H^+]^2}{c_{酸}-[H^+]} \tag{3-8}$$

当$c_{酸}/K_a^{\ominus}\geqslant400$时，则$c_{酸}\gg[H^+]$，所以$c_{酸}-[H^+]\approx c_{酸}$，于是式(3-7)可简化为

$$K_a^{\ominus}=\frac{[H^+]^2}{c_{酸}}$$

$$[H^+]=\sqrt{K_a^{\ominus}\times c_{酸}} \tag{3-9}$$

当$c_{酸}/K_a^{\ominus}<400$时，需解一元二次方程来求[H^+]：

$$[H^+]^2+K_a^{\ominus}[H^+]-K_a^{\ominus}c_{酸}=0 \tag{3-10}$$

同理对于一元弱碱，例如$NH_3\cdot H_2O$达平衡时也有

$$K_b^{\ominus}=\frac{[OH^-]^2}{c_{碱}-[OH^-]} \tag{3-11}$$

食物的酸碱性

把常吃的食品区分出酸碱性并不难，富含糖类、蛋白质和脂肪的糖、酒、米、面、肉、蛋、鱼等食物，由于在体内氧化分解的最终产物是二氧化碳和水，两者结合就会形成酸性的代谢物，所以这些食品属于酸性；而水果、蔬菜以及豆制品、乳制品、菌类和海藻类等食物，含有较多的金属元素，代谢后会生成碱性氧化物，这些食物属于碱性。

链接

当$c_{碱}/K_b^{\ominus}\geqslant400$时，溶液中的[$OH^-$]可用公式

$$[OH^-]=\sqrt{K_b^{\ominus}\times c_{碱}} \tag{3-12}$$

当$c_{碱}/K_b^{\ominus}<400$时，也需解一元二次方程

$$[OH^-]^2+K_b^{\ominus}[OH^-]-K_b^{\ominus}c_{碱}=0 \tag{3-13}$$

【例3-4】 求$0.05mol\cdot L^{-1}$的乙酸溶液的[H^+]，已知$K_a^{\ominus}=1.8\times10^{-5}$。

解　因　　$c_{酸}/K_a^{\ominus}=0.05/1.8\times10^{-5}$

$=2777>400$

故

$$[H^+]=\sqrt{K_a^{\ominus}\times c_{HAc}}=\sqrt{1.8\times10^{-5}\times0.05}$$
$$=9.5\times10^{-4}mol\cdot L^{-1}$$

答：此乙酸溶液的$[H^+]$为$9.5\times10^{-4}mol\cdot L^{-1}$。

电离度和电离常数都可以用来比较弱电解质的相对强弱程度，它们既有联系又有区别。电离常数是化学平衡常数的一种形式，而电离度则是转化率的一种形式，电离常数不受浓度的影响，对某一弱电解质来说，是一个特征常数；电离度则随浓度的变化而变化。一些无机弱酸、弱碱的电离平衡常数列在附录一中。

四、多元弱酸的电离

在水溶液中一个分子能电离一个以上H^+的酸叫做多元酸。如H_2S、H_2CO_3是二元弱酸，H_3PO_4是一个三元弱酸。

多元弱酸在水中电离是分步进行的，以氢硫酸为例。第一步电离生成H^+和HS^-

$$H_2S\rightleftharpoons H^++HS^-$$

其第一步电离平衡常数用$K_{a_1}^{\ominus}$表示

$$K_{a_1}^{\ominus}=\frac{[H^+][HS^-]}{[H_2S]}=1.32\times10^{-7}\tag{3-14}$$

HS^-又可电离出H^+和S^{2-}，称为第二步电离：

$$HS^-\rightleftharpoons H^++S^{2-}$$

其第二步电离平衡常数用$K_{a_2}^{\ominus}$表示

$$K_{a_2}^{\ominus}=\frac{[H^+][S^{2-}]}{[HS^-]}=7.08\times10^{-15}\tag{3-15}$$

多元酸的电离常数是逐级显著减小的，这是多级电离的一个规律（见表3-2）。

表3-2　一些多元弱酸的电离常数（298.15K）

弱　酸	$K_{a_1}^{\ominus}$	$K_{a_2}^{\ominus}$	$K_{a_3}^{\ominus}$
氢硫酸H_2S	1.32×10^{-7}	7.08×10^{-15}	
过氧化氢H_2O_2	2.4×10^{-12}	1.0×10^{-25}	
亚硫酸H_2SO_3	1.26×10^{-2}	6.31×10^{-8}	
碳酸H_2CO_3	4.17×10^{-7}	5.62×10^{-11}	
磷酸H_3PO_4	7.59×10^{-3}	6.31×10^{-8}	4.37×10^{-13}

由于H_2S的$K_{a_2}^{\ominus}$比$K_{a_1}^{\ominus}$小了约10^8倍，所以第一级电离出的HS^-在第二级电离中只能电离出极其微量的H^+和S^{2-}。因此，无论在计算氢硫酸的第一级或第二级电离平衡时，都可以认为H^+和HS^-的浓度近似相等，即$[H^+]\approx[HS^-]$。在室温和一个大气压下，硫化氢的饱和水溶液中的H_2S的浓度约为$0.1018\approx0.10mol\cdot L^{-1}$。根据上述情况可以计算出饱和$H_2S$水溶液中的$H^+$、$H_2S$和$S^{2-}$的浓度。

设$[H^+]$为x，$[HS^-]\approx x$，$[H_2S]=0.10-x$

$$H_2S \rightleftharpoons H^+ + HS^-$$
$$0.10 - x \qquad x \qquad x$$

因 x 很小，$0.10 - x \approx 0.10$，这样电离平衡可写为：

$$K_{a_1}^{\ominus} = \frac{[H^+][HS^-]}{[H_2S]} = \frac{x^2}{0.10} = 1.32 \times 10^{-7}$$

解得

$$x = [H^+] = \sqrt{K_{a_1}^{\ominus} \times c_{酸}} = \sqrt{1.32 \times 10^{-7} \times 0.10} = 1.15 \times 10^{-4} \text{mol} \cdot \text{L}^{-1}$$

故溶液中，$[H^+] = [HS^-] = 1.15 \times 10^{-4} \text{mol} \cdot \text{L}^{-1}$，而硫离子浓度可用第二级电离常数计算，

$$K_{a_2}^{\ominus} = \frac{[H^+][S^{2-}]}{[HS^-]} = [S^{2-}] = 7.08 \times 10^{-15}$$

从以上计算可知氢硫酸溶液中的硫离子浓度数值等于其第二级电离常数值，而溶液中的 H^+ 则主要由第一级电离平衡所决定，可按一元弱酸电离来处理，这种处理方法同样适用于其他 $K_{a_1}^{\ominus}/K_{a_2}^{\ominus} \geqslant 10^4$ 的二元弱酸。

【例 3-5】 $0.030 \text{mol} \cdot \text{L}^{-1} H_2CO_3$ 溶液的 pH 是

A. −1.52　　B. 2.33

C. 3.00　　D. 3.95

E. 5.50

解　$[H^+] = \sqrt{K_{a_1}^{\ominus} \times c_{酸}} = \sqrt{4.17 \times 10^{-7} \times 0.030} = 1.12 \times 10^{-4} \text{mol} \cdot \text{L}^{-1}$

$\text{pH} - \lg[H^+] = 4 - \lg 1.12 = 4 - 0.05 = 3.95$。故此题选 D。

【例 3-6】 上述溶液中浓度最小的物质是

A. H^+　　B. OH^-

C. H_2CO_3　　D. HCO_3^-

E. CO_3^{2-}

解　根据本节计算可知弱酸电离的仅是很小一部分，氢离子、碳酸氢根离子浓度为 1.12×10^{-4}，$[OH^-]$ 为 8.93×10^{-11}，但 $[CO_3^{2-}] = K_{a_2}^{\ominus} = 5.61 \times 10^{-11}$，故浓度最小的应该是选 E 项。若此题是问浓度最大的物质，则应该选 C，因为电离的量太少，原浓度几乎没变，故仍为 0.03，比其他物质的浓度都大。

五、同离子效应与盐效应

弱酸、弱碱的电离平衡和其他平衡一样，当外界条件改变时，即平衡发生移动，使弱酸或弱碱的电离程度有所变化。所以可以应用平衡移动原理，通过改变外界条件，控制弱酸或弱碱的电离程度。

（一）同离子效应

在弱电解质溶液中，加入一种与弱电解质有相同离子的强电解质时，将对弱电解质的电离发生极为显著的影响。例如在乙酸溶液中，加入一些固体乙酸钠，乙酸的电离平衡将被破坏：

$$HAc \rightleftharpoons H^+ + Ac^-$$
$$NaAc \longrightarrow Na^+ + Ac^-$$

由于 NaAc 完全电离，Ac^- 离子浓度大大增加，平衡向生成 HAc 分子的一方移动。结果使乙酸的电离度降低，溶液的酸性减弱。

同理如果在氨水中加入一些固体氯化铵，同样使氨水的电离平衡向左移动，从而降低了氨水的电离度，溶液的碱性减弱。

$$NH_3 \cdot H_2O \rightleftharpoons NH_4^+ + OH^-$$

$$NH_4Cl \longrightarrow NH_4^+ + Cl^-$$

由此得出结论：在弱电解质溶液中加入与弱电解质具有共同离子的强电解质时，使弱电解质电离度降低的现象，称同离子效应。

下面我们通过计算来说明同离子效应对弱电解质电离度影响的程度。

【例3-7】 计算(1) 0.10mol·L^{-1}氨水溶液中OH^-浓度及电离度α；

(2) 0.10mol·L^{-1}氨水溶液中同时含有0.10mol·L^{-1} NH_4Cl时溶液的OH^-浓度及电离度α。

解 (1) 在0.10mol·L^{-1}氨水溶液中，设$[OH^-] = x$

由于$[OH^-] = [NH_4^+]$　　所以$[NH_3] = 0.10 - x$

$$NH_3 \cdot H_2O \rightleftharpoons NH_4^+ + OH^-$$

平衡时　　$0.10 - x$　　x　　x

$$K_b^{\ominus} = \frac{[NH_4^+][OH^-]}{[NH_3]} = \frac{x \cdot x}{0.10 - x} \approx \frac{x^2}{0.10} = 1.74 \times 10^{-5}$$

解得　$x = 1.32 \times 10^{-3}$mol·L^{-1}

$$\alpha = \frac{[OH^-]}{c_{碱}} \times 100\% = \frac{1.32 \times 10^{-3}}{0.10} \times 100\% = 1.32\%$$

(2) 在含有NH_4Cl的溶液中，NH_4Cl完全电离，产生0.10mol·L^{-1}的NH_4^+离子，且氨水部分电离产生OH^-及NH_4^+离子水溶液中，设溶液中$[OH^-] = x$，平衡时：

$$[NH_4^+] = 0.1 + x; [NH_3] = 0.10 - x$$

$$NH_3 \cdot H_2O \rightleftharpoons NH_4^+ + OH^-$$

$$0.10 - x \qquad 0.10 + x \qquad x$$

$$K_b^{\ominus} = \frac{[NH_4^+][OH^-]}{[NH_3]} = \frac{(0.10 + x) \cdot x}{0.10 - x} \approx \frac{0.10 \cdot x}{0.10} = 1.74 \times 10^{-5}$$

解得　$x = 1.74 \times 10^{-5}$mol·L^{-1}

$$\alpha = \frac{[OH^-]}{c} \times 100\% = \frac{1.74 \times 10^{-5}}{0.10} \times 100\% = 1.74 \times 10^{-4} \times 100\% = 0.0174\%$$

由上述计算可知，由于加入了NH_4Cl，使氨水溶液的电离度由1.32%降至0.0174%，可见同离子效应对弱电解质的电离的影响是很大的。

(二) 盐效应

若在溶液中加入的强电解质与弱电解质不具有共同离子时，实验证明将使弱电解质的电离度略有增加。这种由于强电解质的加入使弱电解质电离度增加的效应，叫盐效应。仍以乙酸溶液为例，加入一些固体氯化钠：

$$HAc \rightleftharpoons H^+ + Ac^-$$

$$NaCl \longrightarrow Na^+ + Cl^-$$

由于NaCl完全电离，溶液中离子浓度大大增加，离子间的相互作用大大增强，Cl^-对H^+有吸引力，Na^+对Ac^-有吸引力，致使H^+和Ac^-结合成HAc的速度下降，弱电解质电离平衡破坏，平衡向HAc解离的一方移动。结果使乙酸的电离度稍有增加。但通常盐效应较同离子效应弱得多，故在同离子效应中实际上也有盐效应，但其对电离平衡的影响远不如同离子效应，故在考虑同离子效应时，往往忽略盐效应。

第2节 缓冲溶液

一、缓冲作用原理及pH的计算

（一）缓冲作用原理

溶液的pH是影响化学反应的重要条件之一。许多化学反应，特别是生物体内的化学反应，往往需要在一定的pH条件下才能正常进行。当pH不合适或反应过程中介质的pH发生剧烈变化时，都会影响反应的正常进行。因此研究生物化学反应或者要使这些反应能顺利地进行必须保持一定的pH。人体内的各种体液都具有一定的pH范围，如血液的pH范围为7.35～7.45，若超过这个范围，就会出现不同程度的酸中毒或碱中毒症状，严重时可危及生命。在药剂的生产上，植物药材、生化制剂中有效成分的提取，液体药物制剂的贮存等，也都需要控制一定的pH，才能达到预期效果。因此，维持溶液和体液的pH基本恒定在化学上和医学上都很重要。那么溶液的pH如何控制，怎样使溶液的pH保持稳定呢？这就要靠缓冲溶液了。

能对抗外来少量强酸、强碱和水的稀释而保持溶液的pH几乎不变的作用称为缓冲作用。具有缓冲作用的溶液称为缓冲溶液。

缓冲溶液一般是由弱酸和弱酸盐、弱碱和弱碱盐、多元弱酸与其次级盐或多元弱酸酸式盐及其次级盐组成。例如HAc-NaAc，$NH_3 \cdot H_2O$-NH_4Cl，NaH_2PO_4-Na_2HPO_4等都可以配制成不同pH的缓冲溶液。

缓冲溶液为什么能起缓冲作用呢？现以HAc-NaAc缓冲溶液为例，分析缓冲溶液的缓冲原理。

在HAc-NaAc的混合溶液中，存在着下列电离

设：$c_{盐}$、$c_{酸}$分别为盐和酸的初始浓度，x为电离的HAc的浓度

$$NaAc \rightarrow Na^+ + Ac^-$$
$$\qquad\quad c_{盐} \quad\ c_{盐}$$

$$HAc \rightleftharpoons H^+ + Ac^-$$

平衡浓度 $\qquad c_{酸}-x \qquad x \qquad c_{盐}+x$

从电离式可以看出，溶液中存在着大量的乙酸分子和乙酸根离子。

可见，由弱酸及其对应盐的缓冲溶液中的弱酸和弱酸根离子浓度都较大。当向此溶液中加入少量强酸时，Ac^-和外来H^+结合生成HAc，使乙酸的电离平衡向左移动，建立新的平衡时，溶液中[HAc]略有增大，而$[Ac^-]$略有减少，$[H^+]$改变很少，故溶液的pH几乎不变，保持了相对稳定。抗酸的离子方程式为：

$$H^+ + Ac^- \rightleftharpoons HAc$$

溶液中Ac^-起了对抗$[H^+]$增大的作用，所以Ac^-（主要来自NaAc）是抗酸成分。

反之，当向此溶液中加入少量强碱时，溶液中的HAc电离出H^+和外来OH^-结合生成H_2O，使乙酸电离平衡向右移动。由于溶液中HAc的浓度较大，能补充因中和外来OH^-消耗的H^+。建立新的平衡时，溶液中[HAc]仅略有减少，而$[Ac^-]$略有增加，但$[H^+]$几乎没有改变，故溶液的pH几乎不变。抗碱的离子方程式是：

$$HAc + OH^- \rightleftharpoons H_2O + Ac^-$$

溶液中 HAc 起了对抗[OH^-]增大的作用,所以 HAc 是抗碱成分。

可见乙酸和乙酸钠混合溶液具有抗酸和抗碱的能力,即具有缓冲作用。

其他各缓冲溶液的作用原理,与上述作用原理基本相同。

应当注意,当外来酸或碱的量过多时,缓冲溶液的抗酸成分或抗碱成分将被消耗尽,缓冲溶液就会失去缓冲作用,溶液的 pH 将会变化很大。所以缓冲溶液的缓冲作用是有限度的。

(二)缓冲溶液 pH 的计算

现以 HA 代表弱酸,MA 代表弱酸盐,HA-MA 组成的缓冲溶液为例,推导缓冲溶液的 pH 的计算公式

$$HA \rightleftharpoons H^+ + A^-$$

平衡浓度　$c_{酸}-x$　x　$c_{盐}+x$

因同离子效应 x 很小,$[HA]=c_{酸}-x\approx c_{酸}$,$[A^-]=c_{盐}+x\approx c_{盐}$

$$K_a^{\ominus}=\frac{[H^+][A^-]}{[HA]} \qquad [H^+]=K_a^{\ominus}\frac{[HA]}{[A^-]}\approx K_a^{\ominus}\frac{c_{酸}}{c_{盐}}$$

$$-\lg[H^+]=-\lg K_a^{\ominus}-\lg\frac{c_{酸}}{c_{盐}} \tag{3-16}$$

$$pH=pK_a^{\ominus}-\lg\frac{c_{酸}}{c_{盐}} \tag{3-17}$$

弱碱和弱碱盐类型的缓冲溶液,pH 的计算公式可用类似方法求得:

$$BOH \rightleftharpoons OH^- + B^+$$

平衡浓度　$c_{碱-x}$　x　$c_{盐+x}$

$$K_b^{\ominus}=\frac{[B^+][OH^-]}{[BOH]} \qquad [OH^-]=K_b^{\ominus}\frac{[BOH]}{[B^+]}=K_b^{\ominus}\frac{c_{碱}}{c_{盐}}$$

$$pOH=pK_b^{\ominus}-\lg\frac{c_{碱}}{c_{盐}} \tag{3-18}$$

$$pH=pK_w-pK_b^{\ominus}+\lg\frac{c_{碱}}{c_{盐}} \tag{3-19}$$

【例3-8】　A. 3.76　B. 4.76　C. 9.02　D. 9.06　E. 9.12

(1) 0.20mol·L^{-1} NH_3 和 0.30mol·L^{-1} NH_4Cl 缓冲溶液的 pH 为(　　)

(2) 往 400ml 该缓冲溶液中加入 0.050mol·L^{-1} NaOH 溶液 100ml,溶液的 pH 为(　　)

(3) 往 400ml 该缓冲溶液中加入 0.050mol·L^{-1} HCl 溶液 100ml,该溶液的 pH 为(　　)

已知 NH_3 的水溶液 $K_b^{\ominus}=1.74\times10^{-5}$。

解　此题为 B 型题

(1) 因为 $c_{碱}$ 和 $c_{盐}$ 较大,$[NH_3]\approx c_{碱}=0.20mol\cdot L^{-1}$,$[NH_4^+]\approx c_{盐}=0.30mol\cdot L^{-1}$,代入

$$pH=pK_w^{\ominus}-pK_b^{\ominus}+\lg\frac{c_{碱}}{c_{盐}}=14-4.76+\lg\frac{0.20}{0.30}=9.06$$

即答案应选 D。

(2) 往 400ml 该缓冲溶液中加入 0.050mol·L^{-1} NaOH 溶液 100ml 后

$[NH_3]\approx c_{碱}=(400\times0.20+100\times0.050)/500=0.17mol\cdot L^{-1}$

$[NH_4^+]\approx c_{盐}(400\times0.30-100\times0.050)/500=0.23mol\cdot L^{-1}$

$$pH = 14 - 4.76 + \lg\frac{0.17}{0.23} = 9.11$$

答案选 E。

(3) 往 400ml 该缓冲溶液中加入 0.050mol · L^{-1}HCl 溶液 100ml 后

$$[NH_3] \approx c_{碱} = (400 \times 0.20 - 100 \times 0.050)/500 = 0.15mol \cdot L^{-1}$$

$$[NH_4^+] \approx c_{盐} = (400 \times 0.30 + 100 \times 0.050)/500 = 0.25mol \cdot L^{-1}$$

$$pH = 14 - 4.76 + \lg\frac{0.15}{0.25} = 9.02$$

答案应选 C。

以上计算充分说明,缓冲溶液确有抵抗少量外加酸碱的能力。

若将缓冲溶液进行适当稀释或浓缩时,由于溶液体积变化,$c_{盐}$、$c_{酸}$ 浓度虽然改变,但改变的倍数相同,故 $c_{盐}/c_{酸}$(或 $c_{盐}/c_{碱}$)值不变,因此溶液 pH 亦不变。故缓冲溶液还有抗稀释及浓缩的能力。但要注意这不是绝对的,因稀释后,浓度降低,弱酸的电离度增加,当稀释倍数太大时,则不能用原始酸的浓度代替平衡时酸的浓度,同样也不能用盐的浓度代替平衡时酸根的浓度,因而 $c_{盐}/c_{酸}$ 比值会发生较大变化,影响 pH。

必须指出,浓度较大的强酸、强碱溶液,也具有一定的缓冲能力。因外加少量的酸、碱到这样的溶液中,引起原来酸、碱浓度的变化很小,因而 pH 基本稳定。

二、缓冲溶液的组成

缓冲溶液之所以具有缓冲作用,是因为其中既含有抗酸成分,又含有抗碱成分,而且这两种成分之间存在化学平衡(同离子效应)。

通常把同一缓冲溶液中的抗酸、抗碱成分合称为缓冲对或缓冲系。根据缓冲对的组成不同,缓冲溶液可分为以下三种类型。

(一) 弱酸及其对应的盐

例如:

抗碱 抗酸	抗碱 抗酸
HAc - NaAc	HAc - KAc
H_2CO_3-$NaHCO_3$	H_2CO_3-$KHCO_3$

其中的弱酸为抗碱成分,对应的弱酸盐为抗酸成分。

(二) 弱碱及其对应的盐

例如:

抗酸 抗碱

$NH_3 \cdot H_2O$-NH_4Cl

其中的弱碱为抗酸成分,对应的弱碱盐为抗碱成分。

(三) 多元弱酸的酸式盐及其对应的次级盐

例如:

抗碱 抗酸	抗碱 抗酸
$NaHCO_3$-Na_2CO_3	$KHCO_3$-K_2CO_3
NaH_2PO_4-Na_2HPO_4	KH_2PO_4-K_2HPO_4

其中在组成中含氢多的盐为抗碱成分,而含氢少的盐为抗酸成分。

三、缓冲溶液的选择及配制

实际工作中有时需要制备某一 pH 的缓冲溶液，可参考下列步骤进行配制：

1. 选择一种缓冲对，使其中弱酸（或弱碱）的 $pK_a^{\ominus}$（或 $pK_b^{\ominus}$）与所要求的 pH（或 pOH）相等或接近。这样可保证具有较大的缓冲能力。

2. 如 $pK_a^{\ominus}$ 与 pH 不相等，则按所要求的 pH，利用缓冲公式算出所需弱酸及其盐的浓度比。

3. 为了有较大的缓冲能力，一般要求酸、盐浓度范围为 $0.05 \sim 0.5\text{mol}\cdot\text{L}^{-1}$。

4. 选择药用缓冲对时，还要考虑是否与主药发生配伍禁忌；缓冲对在加温灭菌和贮存期内是否稳定；以及是否有毒等。例如硼酸盐缓冲液，因它有毒，显然不能用作口服和注射用药液的缓冲剂。

5. 最后，用 pH 计来测定所配缓冲溶液 pH。应该指出，由实验测得的 pH 与缓冲公式计算的 pH 稍有差异，这是由于计算公式作了近似处理所致。因此进行实际测定是必要的。

【例 3-9】 如果要配制 pH = 5.0，具有中等缓冲能力的缓冲溶液：

（1）应选择下列哪对缓冲对

A. $NH_3 \cdot H_2O$-HCl　　B. HCOOH-HCOONa

C. HAc-NaAc　　D. $NH_3 \cdot H_2O$-NH_4Cl

E. NaH_2PO_4-Na_2HPO_4

（2）若组成缓冲对的两溶液浓度相等，应选下列哪种配制方式

A. $V_{酸}:V_{盐} = 1:1$　　B. $V_{酸}:V_{盐} = 1:1.78$

C. $V_{酸}:V_{盐} = 1.78:1$　　D. $V_{酸}:V_{盐} = 1:5$

E. $V_{酸}:V_{盐} = 5:1$

解　（1）根据 HAc 的 $pK_a^{\ominus} = 4.75$，接近 5.0，故选用 HAc 和 NaAc 缓冲对，即选 B。

血液中 $H_2CO_3 - HCO_3^-$ 的缓冲作用

当人体内各组织和细胞在代谢中产生的酸进入血液时，血液中 CO_2-HCO_3^- 缓冲系的共轭碱 HCO_3^- 就和 H^+ 反应，并转变为其共轭酸 H_2CO_3 及 CO_2，即 H_2CO_3 离解平衡向左移动。因碳酸仅轻度离解，所以，等于把加入的 H^+ 从溶液中有效地除去，维持 pH 基本不变。而溶解的 CO_2 转变为气相 CO_2 从肺部呼出。如果代谢产生的碱进入血液，则上述血液中的离解平衡向右移动，从而抑制 pH 的升高。而血液中升高的 $[HCO_3^-]$ 可通过肾脏功能的调节使其浓度降低。

链接

（2）$pH = pK_a^{\ominus} - \lg\dfrac{c_{酸}}{c_{盐}}$，$5.0 = 4.75 - \lg\dfrac{c_{酸}}{c_{盐}}$

$$\lg\frac{c_{酸}}{c_{盐}} = -5.0 + 4.75 = -0.25,$$

$$\frac{c_{酸}}{c_{盐}} = \frac{1}{1.78}$$

根据计算结果，答案应选 C。因配制前缓冲对溶液浓度相等，故此比例就是体积比。

四、缓冲溶液在医学上的意义

缓冲溶液无论是在基础医学还是在临床医学上都有着广泛的应用。例如，微生物培养、组织

切片、细菌染色、临床检验、血液冷藏、蛋白质分离提纯、药物制剂等都要使用 pH 一定的缓冲溶液；缓冲溶液的基本原理在理解和研究人体生理机制和病理生理的变化，特别是在研究体液的酸碱平衡和水、电解质代谢等方面起着非常重要的作用。人体血液的 pH 经常维持在 7.4 左右，这是由于人的血液中含有 H_2CO_3-$NaHCO_3$、NaH_2PO_4-Na_2HPO_4、H_nP-$H_{n-1}P^-$（血浆蛋白系）、HHb-Hb^-（血红蛋白系）、$HHbO_2$-HbO_2^-（氧合血红蛋白系）多对缓冲对共同对机体起作用。

第3节　盐类的水解

盐的离子与水电离出的 H^+ 或 OH^- 作用，生成弱电解质的反应，叫盐的水解。

由于形成盐的酸和碱强弱不同，各种盐的反应进行的程度也各有差别，溶液的酸碱性也不相同。

一、各种类型盐的水解

（一）弱酸强碱盐

以 NaAc 为例，它在水中完全电离为 Na^+ 和 Ac^-，水则微弱电离为 H^+ 和 OH^-。

$$\begin{array}{c} NaAc \rightarrow Na^+ + Ac^- \\ + \\ H_2O \rightleftharpoons OH^- + H^+ \\ \Updownarrow \\ HAc \end{array}$$

水解总反应式为：$Ac^- + H_2O \rightleftharpoons HAc + OH^-$

由于 Ac^- 离子与水电离出的 H^+ 结合生成 HAc 分子，使 H^+ 浓度减小，这又导致水的电离平衡向右移动，随着 HAc 分子不断生成，OH^- 浓度就逐渐增大，溶液中 $[OH^-] > [H^+]$，所以 NaAc 溶液就显碱性。从这个例子可以看出，凡是弱酸强碱盐，其水溶液均显碱性。

Na_2CO_3、Na_2S 等盐的水解属于此类。不同的是只考虑第一步水解。

下面以 NaAc 的水解反应为例说明此时溶液 pH 的计算，

$$Ac^- + H_2O \rightleftharpoons HAc + OH^-$$

平衡时：
$$K_h^{\ominus} = \frac{[HAc][OH^-]}{[Ac^-]}$$

$K_h^{\ominus}$ 称为水解常数，它的值大小可表示盐的水解程度。

对于任何水溶液都存在 $[H^+][OH^-] = K_w^{\ominus}$，即 $[OH^-] = K_w^{\ominus}/[H^+]$，则

$$K_h^{\ominus} = \frac{[HAc][OH^-]}{[Ac^-]} = \frac{[HAc]K_w^{\ominus}}{[Ac^-][H^+]} = \frac{K_w^{\ominus}}{K_a^{\ominus}} \quad (3\text{-}20)$$

因常温下 $K_w^{\ominus}$ 是常数，故形成盐的酸越弱，$K_a^{\ominus}$ 越小，$K_h^{\ominus}$ 越大，即水解趋势越大，溶液的碱性越强。从水解反应可看出，水解产生弱酸的浓度应与氢氧根浓度相等，故水解后溶液的 pH 可用下式计算。

$$[OH^-] = \sqrt{K_h^{\ominus} \cdot c_{盐}} = \sqrt{\frac{K_w^{\ominus}}{K_a^{\ominus}} c_{盐}} \quad (3\text{-}21)$$

（二）强酸弱碱盐

以 NH_4Cl 为例，NH_4Cl 电离产生的 NH_4^+ 与水电离产生的 OH^- 结合为 NH_3 分子和 H_2O 分子，OH^- 浓度减小，使水的电离平衡向右移动，结果溶液中 $[H^+]>[OH^-]$，所以 NH_4Cl 溶液就显酸性。凡是强酸弱碱盐，其水溶液均显酸性。

$$NH_4Cl \rightarrow NH_4^+ + Cl^-$$
$$+$$
$$H_2O \rightleftharpoons OH^- + H^+$$
$$\Updownarrow$$
$$NH_3 \cdot H_2O$$

水解总反应可写为

$$NH_4^+ + H_2O \rightleftharpoons NH_3 + H_3O^+$$

平衡时：
$$K_h^{\ominus}=\frac{[NH_3][H^+]}{[NH_4^+]}=\frac{[NH_3]K_w^{\ominus}}{[NH_4^+][OH^-]}=\frac{K_w^{\ominus}}{K_b^{\ominus}} \tag{3-22}$$

同理：
$$[H^+]=\sqrt{K_h^{\ominus}\cdot c_{盐}}=\sqrt{\frac{K_w^{\ominus}}{K_b^{\ominus}}c_{盐}} \tag{3-23}$$

【例3-10】 下列哪种盐的水溶液显酸性

A. $FeCl_3$　　B. NaCl
C. KNO_3　　D. NaAc
E. Na_2S

解 因为 $FeCl_3$ 是 $Fe(OH)_3$ 和 HCl 作用生成的盐，前者是弱碱，后者是强酸，故因而显酸性；NaCl 是强碱 NaOH 与强酸 HCl 形成的盐，因而显中性；KNO_3 性质与 NaCl 相同；NaAc 和 Na_2S 均为强碱弱酸盐，水解后应显碱性，故只能选 A。

$(NH_4)_2SO_4$、$Cu(NO_3)_2$ 等盐的水解属于此类。不同的是只考虑第一步水解。

（三）弱酸弱碱盐

组成这类盐的酸和碱都是弱电解质，盐中的阳离子和阴离子都能分别同水中的 OH^- 和 H^+ 结合，生成弱碱和弱酸，使水解平衡较强烈地向右移动。例如 NH_4Ac 在溶液中水解时，整个反应可表示为：

$$NH_4Ac \rightarrow NH_4^+ + Ac^-$$
$$+ \qquad +$$
$$H_2O \rightarrow OH^- + H^+$$
$$\Updownarrow \qquad \Updownarrow$$
$$NH_3 \cdot H_2O \qquad HAc$$

改写成离子反应式　　$NH_4^+ + Ac^- + H_2O \rightarrow NH_3 \cdot H_2O + HAc$

同样，可推导出水解后 H^+ 的浓度计算式为

$$[H^+]=\sqrt{\frac{K_w^{\ominus}K_a^{\ominus}}{K_b^{\ominus}}} \tag{3-24}$$

对于一般弱酸弱碱盐的水溶液，究竟显酸性还是中性和碱性，这由组成盐的酸和碱的相对强弱而定，亦即酸较碱强时显酸性，酸较碱弱时显碱性，若两者同样程度的强弱，则显中性，例如 NH_4Ac 显中性，因为乙酸的 $K_a^{\ominus}$ 与氨水的 $K_b^{\ominus}$ 相等；而 NH_4CN 则显碱性，因氢氰酸酸性很弱，而

氨水的碱性相比之下强一些,故溶液显碱性。

【例 3-11】 下列哪种盐的水溶液水解程度最大

A. $CaCl_2$　　B. NaF

C. NH_4Ac　　D. NaAc

E. NH_4CN

解 该题的选择主要看弱酸弱碱的相对强弱,A 为强酸强碱盐,不水解;B、D 为强碱弱酸盐,而 C、E 则是酸碱均弱,碱相同则比较酸,HAc 比 HCN 强,故水解程度最大的应该是 E。

NH_4F、$(NH_4)_2CO_3$、NH_4CN 等盐的水解属于此类。

二、影响水解平衡移动的因素

在实际工作中,水解现象是经常遇到的,凡是有弱酸的酸根离子和弱碱的阳离子以及某些重金属离子参加的反应,都应考虑水解的问题。

盐类水解程度的大小,除与盐的本性有关外,还受到温度、浓度及酸度的影响。现分别讨论。

(一) 温度的影响

水解反应是中和反应的逆反应,中和反应是放热反应,故水解反应均为吸热反应。加热会促进水解反应,使水解程度增大。例如,在 NaAc 溶液中加一滴酚酞,溶液仍为无色,因为酚酞的变色范围在 pH 8 ~ 10,此时溶液虽为弱碱性,但 pH 小于 8,故不变色。如果将此溶液加热,可见溶液颜色逐渐变红,说明水解程度在增加。

(二) 浓度的影响

稀释会促进水解,以乙酸钠水解为例:

$$Ac^- + H_2O \rightleftharpoons HAc + OH^-$$

浓度减小时,正向反应的生成物中只有 Ac^-浓度减小,水的浓度增大,而逆向反应的 HAc 和 OH^-浓度都在减小,故平衡右移,水解度增大。

(三) 酸度的影响

盐类的水解会使溶液的酸度发生改变,因此,可以通过控制酸度来控制水解平衡移动。如上述乙酸钠的水解,使溶液呈碱性,若在上述溶液中加入碱,因 OH^-浓度增大,平衡左移,水解程度会降低;但若在上述溶液中加入酸,则 OH^-浓度将减小,平衡右移,水解程度会增加。其他盐的水解也可同样分析。例如,在配制 $FeCl_3$ 溶液时,不能只用蒸馏水配制,因为此时 $FeCl_3$ 在水中会水解,产生 $Fe(OH)_3$ 棕色沉淀,必须用已经用盐酸酸化的水来进行配制,以抑制 $FeCl_3$ 的水解。

第 4 节　强电解质溶液理论

在水溶液中能完全电离的电解质,称为强电解质。强电解质由于全部电离,不存在电离平衡,在溶液中以水合离子状态存在,具有很强的导电性。

一、活度和活度系数

近代强电解质溶液理论可分为缔合式和非缔合式两类。

非缔合式电解质理论，也叫电解质的互吸理论，于1923年由德拜和休克尔提出来的。他们认为溶液中只有溶质的简单的正、负离子，没有未离解的分子，没有正、负离子间的缔合，但离子都是带有电荷的粒子，每一个离子的运动都受周围的其他离子的影响。弱电解质溶液中离子浓度很小，离子间的相互影响可以忽略。但在强电解质溶液中，离子浓度较大，离子间的静电作用比较显著，离子的分布有一定规律。如在KCl溶液中，K^+的周围总是Cl^-多些，而在Cl^-周围总是K^+多些。正离子的周围形成了负离子组成的“离子氛”，负离子周围也有由正离子组成的“离子氛”。由于离子不断地进行运动，“离子氛”时而拆散，时而形成。同一个离子某时为“离子氛”的一分子，在另一时刻又可能成为“离子氛”的中心离子。离子间的这种相互牵制作用，使得离子不能完全自由运动。这样，根据溶液导电性所测定的单位体积电解质溶液中所含的离子数目，比按照电解质完全电离计算所得的数目要少，即由依数性、导电性等实验测得的强电解质的电离度都小于100%。这种由实验测得的电离度，并不代表强电解质在溶液中实际的电离百分数，它反映了溶液中离子间的相互作用的强弱，因此称为表观电离度。

溶液中的离子浓度越大电荷越高，离子间的相互牵制作用就越强。

另一种为缔合式电解质理论，这种理论认为电解质在溶液中是不完全电离的。在溶液中存在着正、负离子和未电离的分子或离子对。像HCl这样的电解质溶液，在高达$6mol \cdot L^{-1}$以上的浓溶液时就存在HCl分子，在稀的HCl溶液中都看做几乎是完全电离的。其他的所有强酸溶液中，尤其是浓度较高的情况下，都存在着酸分子，浓度低时酸分子的数目很少。

由于离子间有静电作用力，在正、负离子不断地运动、互相碰撞的过程中，带有相反电荷的离子互相吸引，带有相同电荷的离子互相排斥，就有可能在某一瞬间两个带有相反电荷的离子彼此接近到某一临界距离，使它们之间的静电吸引能大于热运动的能量，从而形成缔合的离子对，这样的离子对有足够的稳定性。离子对把离子束缚起来，降低了溶液的导电能力。除了离子对以外，溶液中还存在着自由离子和三离子物，如$NaClNa^+$，溶液浓度越大，离子的电荷数越多，形成离子对越多。

以上两种理论均说明强电解质溶液中起作用的离子有效浓度小于其真实浓度，这种有效浓度称为活度，用a表示，它等于实际浓度乘上一个系数，即

$$a = fc \tag{3-25}$$

式中：f称活度系数，表示电解质溶液中离子间互相牵制作用的大小，以及离子水化作用所产生的影响。

一般来说，溶液浓度越大，单位体积内离子数目越多，离子间的牵制作用越强，活度与浓度之间的差距越显著；相反，溶液的浓度越小，单位体积内离子数目越少，离子间的牵制作用越弱，活度与浓度之间的差距越不显著。当溶液极稀时，离子间的牵制作用就减低到极微弱的程度，即$f \to 1$，这时活度与浓度基本上趋于相等。

电解质溶液的浓度与活度的数值，一般是有差别的，在有关计算中，严格地讲，都应使用活度来计算。不过，对于稀溶液，或作近似计算时，为了简便起见，通常用浓度来进行。

二、离子强度

离子的活度系数，不仅决定于该离子本身的浓度和电荷数，还受溶液中其他离子的浓度和电荷的影响。为了说明这些影响，在1921年路易斯提出了离子强度的概念，把溶液中各离子质量摩尔浓度与离子电荷平方乘积的总和的1/2定义为该溶液的离子强度：

$$I = \frac{1}{2}(m_1 Z_1^2 + m_2 Z_2^2 + \cdots) = \frac{1}{2}\sum_i m_i Z_i^2 \tag{3-26}$$

式中：I 是离子强度；b_B 是离子的质量摩尔浓度（$mol \cdot kg^{-1}$）；Z_i 是离子的电荷。因浓度一般较稀，所以质量摩尔浓度 m 近似和物质的量浓度 c 相等。故在有关计算中，直接用 c 代替 m。

离子强度表示当溶液中含有多种离子时，每一种离子受到所有离子所产生的静电力的影响。由式(3-26)知，离子强度仅与溶液中各离子浓度及电荷数有关，而与离子种类无关。离子浓度愈大，电荷数越多，则溶液的离子强度越大，离子间的相互牵制作用就越强，活度系数就越小。当离子浓度很小时，离子强度就很小，此时离子间的牵制作用就降低到极微弱程度。当 $I<10^{-4}$ 时，$f\approx 1$，这时活度就与浓度基本相等。

德拜-休克尔从理论上导出电解质离子的活度系数与离子强度的关系：

$$\lg f_i = -A \cdot Z_i^2 \sqrt{I} \quad 或 \quad \lg f_{\pm} = -A|Z_+ \cdot Z_-|\sqrt{I} \tag{3-27}$$

式中：Z_+ 和 Z_- 分别表示正、负离子所带电荷；f_i 和 $f_{\pm}$ 分别为 i 离子的活度系数和离子的平均活度系数；在 298K 时的水溶液中 A 值为 0.0509。式(3-27)只适用于极稀的溶液。对于最简单的 1-1 价型电解质，其适用浓度也不能超过 $0.02mol \cdot L^{-1}$。在德拜-休克尔之后，一些学者根据实验提出了一些修正公式，使其适用浓度不断提高。1961 年戴维斯在实验数据基础上，将德拜-休克尔方程修改为如下公式：

$$\lg f_{\pm} = -0.509 \times Z_i^2 \left(\frac{\sqrt{I}}{1+\sqrt{I}} - 0.30I \right) \tag{3-28}$$

应用式(3-28)对离子强度高达 $0.1 \sim 0.2mol \cdot L^{-1}$ 的许多电解质，均可有较好的结果。

第5节 酸碱理论

人类对酸碱的认识经历了一个由表及里、由浅入深、由感性到理性的漫长过程。最初，人们把具有酸味的物质称为酸，具有涩味和滑腻感的物质称为碱。随着人们对于物质的了解，逐渐从物质内在的结构特征上去区分酸与碱这样两类性质不同的物质，并提出了各种酸碱理论。其中比较重要的有：①阿累尼乌斯（S. A. Arrhenius）酸碱理论，也称水-离子论；②布朗斯特（Bronsted）和劳莱（Lowry）的酸碱质子论；③路易斯（Lewis）的酸碱电子论。

一、水-离子论

1887 年阿累尼乌斯提出了电离理论，并对酸和碱下了定义：在水溶液中离解出的阳离子仅仅是 H^+ 的物质称为酸，如 HCl、H_2SO_4 等；离解出的阴离子仅仅是 OH^- 的物质称为碱，如 NaOH、KOH 等。酸碱反应实质是 H^+ 与 OH^- 作用生成 H_2O 的反应。这种酸碱观念在化学中沿用了很长的时间，它对阐明酸、碱在水溶液中的性质方面起了积极作用，至今仍在普遍应用。但它把酸碱局限在水溶液中，对非水体系及无溶剂体系均不能使用，因而有很大的局限性。如氨水的弱碱性，阿氏理论认为是由于氨水存在着以下的平衡：

$$NH_3 + H_2O \rightleftharpoons NH_4OH \rightleftharpoons NH_4^+ + OH^-$$

可是实验证明在氨水中不存在 NH_4OH 分子，那么氨水为什么是弱碱性的呢？这无法用阿氏酸碱理论解释，人们又提出各种酸碱的新观念，使酸碱理论得到了很大的发展。

二、酸碱质子理论

（一）酸和碱的定义

质子论认为：凡是能给出质子（H^+）的分子或离子都是酸；凡是能接受质子的分子或离子都

是碱。例如 HCl、NH_4^+、HS^-、$[Cu(H_2O)_4]^{2+}$ 等都是质子酸，因为它们都能给出质子；而 NH_3、OH^-、HS^-、CO_3^{2-}、$[Al(H_2O)_5OH]^{2+}$ 等都是质子碱，因为它们都能结合质子。

质子论中的两性物质，是指既能给出质子又能接受质子的分子或离子。如 H_2O、HCO_3^-、HS^- 等。以水为例，水能发生以下两种作用：

$$H_2O \rightleftharpoons OH^- + H^+$$

$$H_2O + H^+ \rightleftharpoons H_3O^+$$

在第一个反应中，水是质子酸，而在第二个反应中，水则是质子碱。

（二）酸和碱的共轭关系

按酸碱质子理论，酸和碱并不是彼此孤立的，而是统一在对质子的关系上，这种关系可以表示为：

$$酸 \rightleftharpoons 碱 + 质子$$

即酸给出质子后就成为碱，碱接受质子后就变成酸。满足上述关系的一对酸和碱称为共轭酸碱。例如 HCl-Cl^- 就构成了一个共轭酸碱对。HCl 是 Cl^- 的共轭酸，反过来 Cl^- 是 HCl 的共轭碱。又如：

$$H_2CO_3 \rightleftharpoons H^+ + HCO_3^-$$

$$NH_4^+ \rightleftharpoons H^+ + NH_3$$

$$H_2PO_4^- \rightleftharpoons H^+ + HPO_4^{2-}$$

$$[Al(H_2O)_6]^{3+} \rightleftharpoons H^+ + [Al(H_2O)_5OH]^{2+}$$

从上面几对共轭酸碱可看出质子酸可以是分子，如 H_2CO_3，可以是阳离子，如 NH_4^+，也可以为阴离子，如 $H_2PO_4^-$ 等。

【例 3-12】 根据酸碱质子论中，下列哪个物质是 HS^- 的共轭碱

A. H^+　　B. H_2S

C. S^{2-}　　D. OH^-

E. H_2O

解　由前面定义可知，应选 C，因为 HS^- 给出质子 H^+ 后，就成为 S^{2-}。

（三）酸碱反应和酸碱平衡

根据质子论，作为酸，它所给出的质子必定被溶剂或其他碱接受，酸给出质子后，它就变成了碱；作为碱必定从溶剂或其他酸分子中获取质子，碱获得质子后，就变成了酸，因此酸碱反应的实质，就是两个共轭酸碱对之间的质子传递反应，如：

$$HCl + NH_3 \rightleftharpoons NH_4^+ + Cl^-$$

HCl 和 NH_3 的反应，无论在水溶液中，苯溶液中或气相中，其实质都是一样的。HCl 给出了质子后变成了它的共轭碱 Cl^-，NH_3 接受质子后变成了它的共轭酸 NH_4^+。因此溶剂的自偶电离，酸或碱的电离，盐类水解以及中和反应全都可以纳入质子论的酸碱反应范围。这些反应实质都可以理解为质子传递的过程。

$$\overset{H^+}{\overbrace{酸_1 + \quad 碱_2}} \rightleftharpoons 酸_2 + 碱_1$$

溶剂的自偶电离

$$H_2O + H_2O \rightleftharpoons H_3O^+ + OH^-$$

$$NH_3 + NH_3 \rightleftharpoons NH_4^+ + NH_2^-$$

溶剂的均化效应与区分效应

1. 均化效应(或拉平效应)　将某些酸如 HCl、H_2SO_4、HBr、HNO_3 等分别溶于水中,它们都是强酸,没有区别,这种效应就称均化效应。这是因为溶剂夺取质子的能力比这些酸的共轭碱夺取质子的能力强,溶剂水能调平这些酸,使之强度相同。

2. 区分效应　若将 HCl、H_2SO_4、HBr、HNO_3 等酸溶于冰醋酸中,则各种酸给质子的能力显现出了差异,其顺序是: $HBr > HCl > H_2SO_4 > HNO_3$。由于溶剂作用,使溶质酸或碱的强弱得以区分的效应就称为区分效应。

一般来讲,酸性溶剂对酸产生区分效应,而对碱产生均化效应;碱性溶剂对酸产生均化效应,而对碱产生区分效应。

链 接

弱酸的电离

$$HCN + H_2O \rightleftharpoons H_3O^+ + CN^-$$

高氯酸在冰醋酸中的电离

$$HClO_4 + HAc \rightleftharpoons H_2Ac^+ + ClO_4^-$$

弱碱的电离

$$H_2O + NH_3 \rightleftharpoons NH_4^+ + OH^-$$

弱碱盐的水解

$$NH_4^+ + H_2O \rightleftharpoons H_3O^+ + NH_3$$

质子论认为以上这些反应都是酸$_1$ 把质子给了碱$_2$ 后就成为碱$_1$,而碱$_2$ 夺取酸$_1$ 的质子后就成为酸$_2$。碱$_1$ 是酸$_1$ 的共轭碱;酸$_2$ 是碱$_2$ 的共轭酸。酸碱质子论不仅把水溶液中的一些离子反应系统地归纳为质子传递反应,同时把一些非水溶剂中的反应也归纳为质子传递反应,如上所示的高氯酸在冰醋酸中的电离,使酸碱的反应范围扩大了,应用更广。

(四) 酸碱的强度

在共轭酸碱对中,酸碱的强度是相对的。酸越强,代表它给出质子的能力越强,其共轭碱接受质子的能力就越弱,即碱性越弱;反之,酸越弱,其共轭碱就越强。化合物酸碱性的强弱除了与物质的本性有关外,还与反应对象及溶剂有关。同一种碱(或酸)在不同溶剂中,由于接受(或给出)质子的能力不同,显示出不同的碱性(或酸性)。如 HAc 在水中为弱酸,在液氨中却为强酸;HNO_3 在水中的酸性比在乙酸中的酸性强,而在纯硫酸中却变成了碱。

因此,要比较各种酸碱的强弱,必须固定溶剂。一般以水作溶剂来比较各种酸和碱释放和接受质子的能力。

三、酸碱电子理论

在酸碱质子论提出的同年,路易斯(Lewis)提出了酸碱电子理论。酸碱电子论认为:能够给出电子对的物质称为碱(路易斯碱),能够接受电子对的物质就是酸(路易斯酸)。酸碱反应的产物就是酸碱加合物,它是通过路易斯碱单方提供的电子而为双方共用,即以配位键结合的物质。例如:

$CaO\colon(s)+SO_3(g) \rightarrow CaSO_4(s)$

（碱） （酸） （酸碱加合物）

$H^+ + \colon OH^- \rightarrow H \leftarrow \colon OH$

（酸） （碱） （酸碱加合物）

$Ag^+ + 2\colon NH_3 \rightarrow H_3N\colon \rightarrow Ag \leftarrow \colon NH_3$

（酸） （碱） （酸碱加合物）

$CH_3CO^+ + \colon OC_2H_5 \rightarrow CH_3COOC_2H_5$

（酸） （碱） （酸碱加合物）

在上面这些反应中，第一个反应是无溶剂的加合反应，第二个是典型的酸碱反应，第三个是配合反应，第四个是有机酯化反应，但是在电子论中，它们都属酸碱反应。可见路易斯酸碱范围相当广泛，为了区别于其他理论中的酸和碱，通常把电子酸碱称为广义酸和广义碱。这个理论在第8章配位化合物中还会有具体的应用。

小结

1. 在一定温度下，弱电解质在溶液中达到电离平衡时，弱电解质各离子浓度幂的乘积与未解离的分子浓度之比值为电离常数 $K^{\ominus}$。弱电解质已电离的分子数与其分子总数之比为电离度 α。$K^{\ominus}$ 与 α 均可表示弱电解质的电离程度。它们都与电解质的本性及温度有关，但 $K^{\ominus}$ 与弱电解质浓度 c 无关，而 α 则受浓度 c 的影响。

2. 水是弱电解质，水溶液的酸碱性可用 $[H^+]$ 和 pH 表示，$pH=-\lg[H^+]$。

3. 一元弱酸、弱碱的酸、碱浓度的计算式（最简式）

$$[H^+]=\sqrt{K_a^{\ominus}c_{酸}} \quad 使用条件\ c_{酸}/K_a^{\ominus} \geqslant 400$$

$$[OH^-]=\sqrt{K_b^{\ominus}c_{碱}} \quad 使用条件\ c_{碱}/K_b^{\ominus} \geqslant 400$$

4. 多元弱酸的氢离子计算式与上式相似

$$[H^+]=\sqrt{K_{a_1}^{\ominus}c_{酸}} \quad 使用条件\ c_{酸}/K_{a_1}^{\ominus} \geqslant 400, K_{a_1}^{\ominus}/K_{a_2}^{\ominus} \geqslant 10^4$$

5. 同离子效应使弱电解质电离度显著降低，盐效应则使电离程度略有升高。

6. 若由弱电解质组成的盐在水溶液中要发生水解，其强酸弱碱盐水解后溶液显酸性，弱酸强碱盐水解后显碱性，弱酸弱碱盐水解后溶液的酸碱性取决于组成盐的酸或碱的相对强弱，仍显较强一方的性质。

7. 强电解质在水溶液中虽然完全电离，但表观电离度并非100%，这是因为离子之间的相互作用力较强所致。由于大量离子的存在，使弱电解质的电离度略有增加（盐效应），而强电解质的表观电离度并非100%，甚至会影响一些常数如 $K_a^{\ominus}$、$K_b^{\ominus}$、$K_{sp}^{\ominus}$ 等的测定。

8. 酸碱质子理论认为：酸是质子的给予体，碱是质子的接受体。酸和碱通过质子的给出与接受相互依存和相互转化。酸碱反应的实质是质子在酸碱之间的传递过程。路易斯酸碱理论认为：能够给出电子对物质是碱，能够接受电子对的物质是酸。

目标检测

一、是非题

1. 酸、碱、盐都是强电解质
2. 在碱性溶液中不存在 H^+

3. 在 HAc 溶液中加入 NaAc，会发生同离子效应和盐效应

4. 溶液的 pH 越大，则氢离子浓度越大

5. 当弱电解质达电离平衡时，电离过程就停止

6. 室温下，某盐的水溶液 pH 约等于 7，则此盐不发生水解

7. 能对抗少量外来强酸或强碱而保持溶液 pH 基本不变的溶液称为缓冲溶液

8. 缓冲溶液中加少量强酸后，溶液的 pH 一点不变

9. 醋酸与氢氧化钠溶液也可构成缓冲溶液

10. 根据酸碱质子论，Cl^- 可以是碱

二、A 型题

1. 某酸溶液的 pH 为 4.75，其氢离子浓度为

A. 5.62×10^{-10}　　B. 1.78×10^{-5}　　C. 1.78×10^{-3}

D. 1.1×10^{-2}　　E. 0.68

2. 某碱溶液的 pH 为 9，其氢离子浓度为

A. 1.0×10^{-10}　　B. 1.0×10^{-9}　　C. 1.0×10^{-8}

D. 1.0×10^{-7}　　E. 1.0×10^{-5}

3. $0.1 mol \cdot L^{-1}$ HAc 溶液中，质点浓度最大的是

A. OH^-　　B. Ac^-　　C. HAc

D. H^+　　E. Cl^-

4. 在 $0.1 mol \cdot L^{-1}$ H_2CO_3 溶液中，质点浓度最小的是

A. H_2CO_3　　B. H^+　　C. HCO_3^-

D. CO_3^{2-}　　E. OH^-

5. 在 298K，1 个标准大气压下，$0.1 mol \cdot L^{-1}$ H_2S 水溶液的 $[H^+]$ 是

A. 1.1×10^{-12}　　B. 9.1×10^{-8}　　C. 1.15×10^{-4}

D. 1.15×10^{-3}　　E. 0.01

6. 在 $NH_3 \cdot H_2O$ 溶液中加入一定量的 NH_4Cl 后，会出现的现象是

A. pH 下降　　B. pH 上升　　C. pH 不变

D. 沉淀　　E. 气泡

7. 欲配制 pH = 4.50 的缓冲溶液，选用下列哪种 $K_a^\ominus$ 值的酸的缓冲对最适宜

A. 6.4×10^{-4}　　B. 1.4×10^{-3}　　C. 1.8×10^{-5}

D. 6.23×10^{-8}　　E. 3.2×10^{-7}

8. 下列盐在水溶液中除哪项外均能发生水解反应

A. $FeCl_3$　　B. NH_4Cl　　C. NaAc

D. KCl　　E. Na_2CO_3

9. 按酸碱质子论，下列物质属两性物质的是（以水为基准）

A. NH_4^+　　B. HS^-　　C. H^+

D. OH^-　　E. Ac^-

三、B 型题

A. HAc　　B. $NH_3 \cdot H_2O$　　C. KHS

D. H_2S　　E. HCl

1. 若加 NaAc 于上述物质的溶液中，电离度减小的是

2. 上述物质在水溶液中能发生分步电离的是

四、填空题

1. 纯水是一种极弱的电解质，它能微弱地电离出______和______。

2. 在室温下,纯水中的[H^+]和[OH^-]的浓度均为______,其离子浓度的乘积为______,该乘积叫做______。

3. 根据电解质电离程度不同,把电解质分为______和______。在水溶液里只有部分电离的电解质称为______。

4. 正常人体血液的 pH 总是维持在______之间。

5. 电离度大小与溶液的______和______有关。

6. 在中性溶液中,[H^+]______[OH^-];在酸性溶液中,[H^+]______[OH^-];在碱性溶液中[H^+]______[OH^-]。(填 >,<,=)

7. 硫化钠水溶液显______性,加入酚酞试液后显______色。

8. 强酸弱碱所生成的盐,其水溶液呈______;强碱弱酸所生成的盐,其水溶液呈______;强酸与强碱所生成的盐,其水溶液呈______。

五、名词解释

1. 弱电解质　2. 电离度　3. 溶液的 pH　4. 缓冲溶液　5. 盐类水解

六、计算题

1. 将 0.2g NaOH 固体溶于水,制成 500ml 溶液,求此溶液的 pH。

2. 配制 1000ml pH = 3 的 HCl 溶液,需量取 pH = 1 的 HCl 溶液多少毫升?

3. 计算下列混合溶液的 pH:

(1) 20ml 0.1mol · L^{-1} HCl 加 20ml 0.1mol · L^{-1} NaOH;

(2) 20ml 0.1mol · L^{-1} HCl 加 20ml 0.1mol · L^{-1} NH_3 水;

(3) 20ml 0.1mol · L^{-1} HAc 加 20ml 0.1mol · L^{-1} NaOH。

4. 0.01mol · L^{-1} HAc 溶液的电离度为 0.042,求 HAc 的电离常数和该溶液的[H^+]。

5. 将 NaAc 和 HAc 各 0.1mol 配制成 100ml 缓冲溶液(用水配制),计算在下列情况下该溶液 pH 的变化:

(1) 加入 0.1mol · L^{-1} HCl 溶液 10ml;

(2) 加入 0.1mol · L^{-1} NaOH 溶液 10ml;

(3) 加入水 100ml。

6. 在锥形瓶中放有 20ml 0.1mol/L $NH_3 \cdot H_2O$ 溶液,现以 0.1mol · L^{-1} HCl 溶液滴定之,计算:

(1) 当滴入 10ml HCl 后,混合溶液的 pH;

(2) 当滴入 20ml HCl 后,混合溶液的 pH;

(3) 当滴入 30ml HCl 后,混合溶液的 pH。

7. 通过计算说明:100ml 0.1mol · L^{-1} NaOH 溶液和 250ml 0.1mol · L^{-1} H_2SO_4 溶液混匀后,混合溶液显何性(酸性、中性、碱性)?

第4章 难溶强电解质的沉淀-溶解平衡

学习目标

1. 简述难溶强电解质沉淀-溶解平衡、溶度积及溶解度的概念
2. 能根据难溶强电解质的类型写出溶度积常数；知道溶度积规则
3. 会利用溶度积与溶解度的关系相互求算，能应用溶度积规则判断沉淀的生成与溶解

按照溶解度的不同，可将电解质划分为难溶和易溶两大类。习惯上把溶解度小于0.01g/100g水的物质称为难溶物。如AgI、$BaSO_4$、Ag_2CrO_4等是难溶电解质，而$AgNO_3$、$BaCl_2$、NaCl和H_2SO_4等，是易溶电解质。本章讨论难溶强电解质的沉淀溶解平衡，即是溶液中的固体和它的离子间的平衡，溶解的固体完全电离。

第1节 溶度积原理

一、溶度积常数

在一定温度下，将固态AgI放入水中，则固体AgI表面上的Ag^+和I^-在极性水分子作用下，离开固体表面，成为水化离子$Ag^+(aq)$和$I^-(aq)$而进入溶液，这个过程称为溶解(process of dissolution)。与此同时，随着溶液中$Ag^+(aq)$和$I^-(aq)$离子浓度增加，它们又受固体表面正、负离子的吸引，重新回到固体表面，这个过程称为沉淀(process of precipitation)。当溶解和沉淀这两个相反过程的速率相等时，溶解和沉淀达到平衡，溶液是饱和溶液。此时，虽然这两个相反过程还不断进行着，但溶液中离子的浓度(严格讲是活度)不再随时间而改变。在AgI的饱和溶液中存在下列平衡：

$$AgI(s) \rightleftharpoons Ag^+(aq) + I^-(aq)$$

$$K = \frac{[Ag^+][I^-]}{[AgI]}$$

温度一定时，固体AgI的"浓度"视为1，因此有

$$K_{sp}^{\ominus} = [Ag^+][I^-]$$

上式表明，在难溶电解质的饱和溶液中，温度一定时，其离子浓度幂次方的乘积为一常数，称为溶度积常数，简称为溶度积(solubility product)，用$K_{sp}^{\ominus}$表示。式中各离子的浓度是相对于标准浓度$c^{\ominus} = 1mol \cdot L^{-1}$的相对值，故$K_{sp}^{\ominus}$的量纲为1。离子浓度的相应方次在数值上等于多相平衡反应式中相应离子的计量系数。严格地讲，应该用活度积表示，但因是难溶物，离子浓度很小，可以近似用浓度代替活度表示。另外书写时要将难溶电解质的化学式表示在括号中，例如$K_{sp}^{\ominus}(AgI)$。溶度积与其他平衡常数一样，只与难溶电解质的本性和温度有关，而与沉淀的量和溶液中离子浓度的变化无关，溶液中离子浓度变化只能使平衡移动，不会改变溶度积。

对不同类型的难溶电解质，溶度积$K_{sp}^{\ominus}$有不同的表达式，举例如下：

AB 型　指一个阳离子和一个阴离子形成的难溶电解质。如 $CaSO_4$

$$CaSO_4(s) \rightleftharpoons Ca^{2+}(aq) + SO_4^{2-}(aq)$$

$$K_{sp}^{\ominus}(CaSO_4) = [Ca^{2+}][SO_4^{2-}]$$

AB_2 型　如 $PbCl_2$

$$PbCl_2(s) \rightleftharpoons Pb^{2+}(aq) + 2Cl^-(aq)$$

$$K_{sp}^{\ominus}(PbCl_2) = [Pb^{2+}][Cl^-]^2$$

A_2B 型　如 Ag_2CrO_4

$$Ag_2CrO_4(s) \rightleftharpoons 2Ag^+(aq) + CrO_4^{2-}(aq)$$

$$K_{sp}^{\ominus}(Ag_2CrO_4) = [Ag^+]^2[CrO_4^{2-}]$$

对难溶电解质的沉淀溶解平衡,可以用下列通式表示

$$A_mB_n(s) \rightleftharpoons mA^{n+}(aq) + nB^{m-}(aq)$$

$$[A^{n+}]^m[B^{m-}]^n = K_{sp}^{\ominus}(A_mB_n) \tag{4-1}$$

上式表示,在一定温度下,难溶电解质达到沉淀溶解平衡,溶液中各离子浓度幂的乘积是一常数。$K_{sp}^{\ominus}$与其他平衡常数($K_a^{\ominus}$、$K_b^{\ominus}$)一样,会随温度升高而增大。

但是,由于温度对 $K_{sp}^{\ominus}$的影响不大,实际工作中常用室温的数据,表 4-1 和附录二中列出了一些常见难溶电解质在常温下的溶度积常数。

表 4-1　一些常见难溶电解质的溶度积 $K_{sp}^{\ominus}$(298K)

难溶电解质	$K_{sp}^{\ominus}$	难溶电解质	$K_{sp}^{\ominus}$
AgCl	1.8×10^{-10}	HgS(红色)	4.0×10^{-53}
AgBr	5.2×10^{-13}	$Fe(OH)_2$	8.0×10^{-16}
Ag_2CrO_4	1.1×10^{-12}	$Fe(OH)_3$	4.0×10^{-38}
AgI	8.3×10^{-17}	$Mg(OH)_2$	1.8×10^{-11}
$BaCO_3$	5.1×10^{-9}	$Mn(OH)_2$	2.06×10^{-13}
$BaSO_4$	1.1×10^{-10}	$Al(OH)_3$	4.57×10^{-33}
$BaCrO_4$	1.2×10^{-10}	MnS	2.5×10^{-13}
$CaCO_3$	2.8×10^{-9}	$PbCrO_4$	2.8×10^{-13}
$CaC_2O_4\cdot H_2O$	4.0×10^{-9}	$PbSO_4$	1.6×10^{-8}
$CaSO_4$	9.1×10^{-6}	PbI_2	7.1×10^{-9}
CuS	6.3×10^{-36}	ZnS	1.6×10^{-24}
CdS	3.6×10^{-29}	PbS	1.0×10^{-28}

二、溶度积与溶解度的关系

溶度积和溶解度都能代表难溶电解质的溶解能力。根据溶度积原理,它们之间可以互相换算。按物质溶解度的定义,在一定温度下,100g 溶剂在形成饱和溶液时,所能溶解物质的质量(g)。当然物质的溶解度也可用物质的量浓度($mol\cdot L^{-1}$)来表示,因溶度积的计算中,离子浓度是相对浓度,即相对于标准浓度 $c^{\ominus}$而言的,只能以 $mol\cdot L^{-1}$表示,故换算时必须注意。另外,由于难溶电解质的溶解度都很小,即溶液很稀,换算时可以把饱和溶液的密度近似地看成为纯水密度($1g\cdot cm^{-3}$),这样不会引起很大的误差。

不同类型的难溶电解质,其溶度积和溶解度间有不同的定量关系,现分别进行讨论。

(一) AB 型难溶电解质

对 AB 型难溶电解质,如 AgBr、$BaSO_4$ 等。在沉淀溶解平衡时产生的阳离子和阴离子是等量的,即 1mol 沉淀溶解,就产生 1mol 阳离子和 1mol 阴离子。因此,阳离子和阴离子的浓度在数值上等于该物质的溶解度。以 S 表示物质的溶解度,那么溶解度和溶度积的互换关系为

$$AB(s) \rightleftharpoons A^+(aq) + B^-(aq)$$
$$\qquad\qquad S \qquad\quad S$$
$$K_{sp}^{\ominus} = [A^+][B^-] = S^2$$

即

$$S = \sqrt{K_{sp}^{\ominus}} \tag{4-2}$$

【例 4-1】 室温下 $PbSO_4$ 的溶度积为 1.6×10^{-8},它的溶解度 S 是($mol\cdot L^{-1}$)

A. 1.21×10^{-5}　　B. 1.26×10^{-4}

C. 2.52×10^{-4}　　D. 1.58×10^{-4}

E. 2.52×10^{-3}

解 $PbSO_4(s) \rightleftharpoons Pb^{2+}(aq) + SO_4^{2-}(aq)$,为 AB 型

$$K_{sp}^{\ominus}(PbSO_4) = [Pb^{2+}][SO_4^{2-}] = S^2 = 1.6\times10^{-8}$$

溶解度: $S = \sqrt{K_{sp}^{\ominus}(PbSO_4)} = \sqrt{1.6\times10^{-8}} = 1.26\times10^{-4} mol\cdot L^{-1}$

即此题答案应选 B。

对同类型难溶电解质,溶度积大者溶解度也大,溶度积小者溶解度也小。也就是说对同类型的难溶电解质可以用 $K_{sp}^{\ominus}$ 的大小来估计和比较它们的溶解度的大小。

(二) AB_2 型或 A_2B 型难溶电解质

同理,对 AB_2 或 A_2B 型难溶电解质,如 $Mg(OH)_2$、PbI_2、Ag_2CrO_4 等,它们的溶度积和溶解度之间的关系为

$$AB_2(s) \rightleftharpoons A^{2+}(aq) + 2B^-(aq)$$
$$\qquad\qquad S \qquad\quad 2S$$
$$K_{sp}^{\ominus} = [A^+][B^-]^2 = S\cdot(2S)^2 = 4S^3$$

$$\therefore\ S = \sqrt[3]{\frac{K_{sp}^{\ominus}}{4}} \tag{4-3}$$

【例 4-2】 已知 $Mg(OH)_2$ 在 298K 时的溶解度为 $1.65\times10^{-4} mol\cdot L^{-1}$,求 $Mg(OH)_2$ 的溶度积常数。

解 设 $Mg(OH)_2$ 在水溶液中完全电离

$$Mg(OH)_2(s) \rightleftharpoons Mg^{2+}(aq) + 2OH^-(aq)$$

即

$$[OH^-] = 2[Mg^{2+}] = 2S$$

所以

$$K_{sp}^{\ominus}[Mg(OH)_2] = [Mg^{2+}][OH^-]^2 = S\cdot(2S)^2$$
$$= 1.65\times10^{-4}\times(2\times1.65\times10^{-4})^2 = 1.8\times10^{-11}$$

答:$Mg(OH)_2$ 的溶度积常数为 1.8×10^{-11}。

(三) AB_3 型或 A_3B 型难溶电解质

$Al(OH)_3$ 是 AB_3 型,Ag_3PO_4 是 A_3B 型,此类难溶电解质其溶解度和溶度积之间有如下关系

$$AB_3(s) \rightleftharpoons A^{3+}(aq) + 3B^-(aq)$$
$$S \qquad 3S$$
$$K_{sp}^{\ominus} = [A^{3+}][B^-]^3 = S \cdot (3S)^3 = 27S^4$$
$$S = \sqrt[4]{\frac{K_{sp}^{\ominus}}{27}} \tag{4-4}$$

溶度积常数可对难溶电解质的溶解度大小进行估计和比较。相同类型的难溶电解质相比，溶度积越小，溶解度也越小。对于不同类型的难溶电解质则不能这样比较。如$K_{sp}^{\ominus}[Mg(OH)_2] < K_{sp}^{\ominus}(PbSO_4)$，但是$S[Mg(OH)_2] > S(PbSO_4)$。这是因为两者是两种不同类型的难溶电解质，$Mg(OH)_2$是$AB_2$型，而$PbSO_4$是AB型，对不同类型的难溶电解质来说，溶度积大的溶解度不一定大，或者溶度积小的溶解度不一定小。

三、溶度积规则

难溶电解质的多相平衡是一种动态平衡。当溶液中离子浓度变化时，平衡就向一定方向移动，直至离子浓度幂的乘积等于溶度积为止。在一定条件下某一难溶电解质的沉淀能否生成或溶解，可根据溶度积规则来判断。

这里引入一个浓度积(concentration product)Q_c的概念，Q_c表示在难溶电解质溶液中，任意情况下(无论饱和、不饱和、过饱和)离子相对浓度(严格讲应是活度)的幂的乘积，以AgCl为例

$$AgCl(s) \rightleftharpoons Ag^+(aq) + Cl^-(aq)$$

在一定温度下，达沉淀溶解平衡时，Ag^+离子浓度和Cl^-离子浓度的乘积是个常数，$K_{sp}^{\ominus} = [Ag^+][Cl^-]$。而在含$Ag^+$及$Cl^-$的任意溶液中，可能并未建立平衡，此时的$Ag^+$浓度和$Cl^-$浓度乘积不是常数，称为浓度积，$Q_c = c(Ag^+) \cdot c(Cl^-)$。必须指出浓度积$Q_c$具有与溶度积$K_{sp}^{\ominus}$相同的表达式，但概念上有所区别。即在一定温度下，$K_{sp}^{\ominus}$为一常数值而$Q_c$的数值不定，可以说$K_{sp}^{\ominus}$是$Q_c$中的一个特例。在任何给定的溶液中，$Q_c$与$K_{sp}^{\ominus}$的大小可能有三种情况：

1. $Q_c = K_{sp}^{\ominus}$，为饱和溶液，达沉淀—溶解平衡。
2. $Q_c > K_{sp}^{\ominus}$，溶液处于过饱和状态，平衡向析出沉淀的方向移动，直至溶液的$Q_c = K_{sp}^{\ominus}$达到新平衡为止，即有沉淀生成。
3. $Q_c < K_{sp}^{\ominus}$，是不饱和溶液，若溶液中有难溶电解质固体存在，则固体将溶解直至达到$Q_c = K_{sp}^{\ominus}$为止，即沉淀溶解。

上述三种情况，概括了Q_c与$K_{sp}^{\ominus}$的关系，称为溶度积规则(the rule of solubility product)，它是难溶电解质的多相平衡规律的总结，可以用来判断沉淀的生成和溶解。所以，溶度积规则是沉淀反应的基本原理。在一定温度下，控制难溶电解质溶液中离子浓度来改变Q_c，使得溶液中Q_c大于$K_{sp}^{\ominus}$或小于$K_{sp}^{\ominus}$，就可以控制沉淀的生成或使沉淀溶解，从而使反应向我们所需要的方向转化。

第2节　沉淀的生成与溶解

一、沉淀的生成与转化

(一) 沉淀的生成

根据溶度积规则，可以推测沉淀能否生成。欲使某物质析出沉淀，必须使其溶液中某电解

质离子浓度幂的乘积大于该难溶电解质的溶度积。因此 $Q_c > K_{sp}^{\ominus}$ 是生成沉淀的必要条件。通过增大离子浓度,反应向生成沉淀的方向转化。

【例 4-3】 将 $0.001mol \cdot L^{-1}$ $AgNO_3$ 溶液和等体积等浓度的 NaCl 溶液混合,结果是 $[K_{sp}^{\ominus}(AgCl) = 1.8 \times 10^{-10}]$

A. $c(Ag^+) \cdot c(Cl^-) = 2.5 \times 10^{-7} > K_{sp}^{\ominus}(AgCl)$ 有沉淀生成

B. $c(Ag^+) \cdot c(Cl^-) = 1.0 \times 10^{-6} > K_{sp}^{\ominus}(AgCl)$ 有沉淀生成

C. $c(Ag^+) \cdot c(Cl^-) = 2.5 \times 10^{-7} > K_{sp}^{\ominus}(AgCl)$ 无沉淀生成

D. $c(Ag^+) \cdot c(Cl^-) = 1.0 \times 10^{-6} > K_{sp}^{\ominus}(AgCl)$ 无沉淀生成

E. $c(Ag^+) \cdot c(Cl^-) = 1.8 \times 10^{-7} > K_{sp}^{\ominus}(AgCl)$ 有沉淀生成

解 AgCl 的沉淀反应为 $Ag^+ + Cl^- \rightleftharpoons AgCl\downarrow$

由于两种溶液等体积混合,所以每种溶液的浓度均减半,即混合溶液中

$$c(Ag^+) = c(Cl^-) = 0.0005mol \cdot L^{-1}$$

$$Q_c = c(Ag^+) \cdot c(Cl^-) = 0.0005 \times 0.0005 = 2.5 \times 10^{-7} > K_{sp}^{\ominus}(AgCl)\text{,有沉淀生成}$$

根据规则上述答案应选 A。

【例 4-4】 将 10ml $0.0020mol \cdot L^{-1}$ Na_2SO_4 溶液与等体积等浓度 $CaCl_2$ 溶液混合,能否生成 $CaSO_4$ 沉淀? $[K_{sp}^{\ominus}(CaSO_4)] = 9.10 \times 10^{-6}$

解 $CaSO_4$ 的沉淀反应为 $Ca^{2+} + SO_4^{2-} \rightleftharpoons CaSO_4\downarrow$

混合溶液中 $c(Ca^{2+}) = c(SO_4^{2-}) = 0.0020/2 = 0.0010mol \cdot L^{-1}$

$Q_c = c(Ca^{2+}) \cdot c(SO_4^{2-}) = 0.0010 \times 0.0010 = 1.0 \times 10^{-6}$

答:$Q_c < K_{sp}^{\ominus}(CaSO_4)$,所以溶液中不会有 $CaSO_4$ 沉淀生成。

【例 4-5】 在 $0.0010mol \cdot L^{-1} CrO_4^{2-}$ 溶液中加入 $AgNO_3$ 固体,Ag^+ 必须超过多大浓度才能发生沉淀?[不考虑加入 $AgNO_3$ 固体引起体积的改变,单位 $mol \cdot L^{-1}$,$K_{sp}^{\ominus}(Ag_2CrO_4) = 1.1 \times 10^{-12}$]

A. 1.10×10^{-9}　　B. 1.10×10^{-6}

C. 3.35×10^{-5}　　D. 3.35×10^{-4}

E. 3.10×10^{-3}

解

$$Ag_2CrO_4(s) \rightleftharpoons 2Ag^+ + CrO_4^{2-}$$

根据

$$[Ag^+]^2[CrO_4^{2-}] = K_{sp}^{\ominus}(Ag_2CrO_4) = 1.1 \times 10^{-12}$$

得

$$[Ag^+] = \sqrt{\frac{K_{sp}^{\ominus}(Ag_2CrO_4)}{[CrO_4^{2-}]}} = \sqrt{\frac{1.1 \times 10^{-12}}{0.001}} = 3.35 \times 10^{-5} mol \cdot L^{-1}$$

所以 Ag^+ 浓度必须大于 $3.35 \times 10^{-5} mol \cdot L^{-1}$ 才能产生 Ag_2CrO_4 沉淀,故选择 C。

(二) 分步沉淀(fractional precipitation)

以上讨论的沉淀反应是只有一种沉淀的情况。实际上溶液里常常同时含有多种离子,当加入某种试剂时,有可能与多种离子生成难溶化合物而沉淀。在这种情况下,沉淀按怎样的顺序进行?例如 $AgNO_3$ 溶液逐滴加入到同时含有相等浓度的 Br^- 和 Cl^- 的溶液中,开始生成的是浅黄色的 AgBr 沉淀,继续滴加 $AgNO_3$ 溶液到一定量,才会生成白色 AgCl 沉淀。这种先后生成沉淀的现象叫分级沉淀或分步沉淀(fractional precipitation)。那么,为什么是 AgBr 先沉淀?当 AgCl 开始沉淀时,溶液中 Br^- 离子的浓度是多少?这个问题可以通过计算来说明。

例如:在含有 $0.010mol \cdot L^{-1}$ KBr 和 $0.010mol \cdot L^{-1}$ KCl 的溶液中逐滴加入 $AgNO_3$,则开始生成 AgBr 和 AgCl 沉淀所需 Ag^+ 浓度分别为

$$[Ag^+] > \frac{K_{sp}^{\ominus}(AgBr)}{[Br^-]} = \frac{5.2\times10^{-13}}{0.01} = 5.2\times10^{-11}\text{mol}\cdot\text{L}^{-1}$$

$$[Ag^+] > \frac{K_{sp}^{\ominus}(AgCl)}{[Cl^-]} = \frac{1.8\times10^{-10}}{0.01} = 1.8\times10^{-8}\text{mol}\cdot\text{L}^{-1}$$

以上结果说明，沉淀 Br^- 所需的 Ag^+ 浓度比沉淀 Cl^- 所需的 Ag^+ 浓度小得多，溶度积较早达到的 AgBr 先沉淀。即在离子浓度相同或相近的情况下，对 AgBr 和AgCl来说，首先生成的是这两种化合物中溶解度较小的 AgBr 沉淀。

那么当 AgCl 开始沉淀时，溶液中 Br^- 的浓度是多少呢？这也可以通过计算解决。如果不考虑加入试剂所引起的溶液体积变化，此时溶液中 Ag^+ 浓度至少要达到 $1.8\times10^{-8}\text{mol}\cdot\text{L}^{-1}$，则：

$$[Br^-] = \frac{K_{sp}^{\ominus}(AgBr)}{[Ag^+]} = \frac{5.2\times10^{-13}}{1.8\times10^{-8}} = 2.9\times10^{-5}$$

通过计算表明，当 AgCl 开始沉淀时，Br^- 几乎沉淀完全。（分析化学中一般认为只要溶液中残留离子的浓度小于 $10^{-5}\text{mol}\cdot\text{L}^{-1}$ 时，可忽略不计）

必须指出，分步沉淀的顺序不是固定不变的，除了与溶度积有关外，还与被沉淀的各离子在溶液中的浓度有关。如果将生成沉淀物的离子浓度加以适当改变，也可能改变沉淀顺序。如果溶液中 Br^- 浓度很微小，而 Cl^- 的浓度又很大，则开始析出 AgCl 沉淀所需的 Ag^+ 浓度较小。当往溶液中加 $AgNO_3$ 溶液时，AgCl 会先析出。

(三) 沉淀的转化

向 $PbCl_2$ 沉淀的溶液中加入 KI 溶液并搅拌之，可以观察到沉淀由白色的 $PbCl_2$ 变成黄色 PbI_2 的过程。这种由一种沉淀转化为另一种沉淀的过程，称为沉淀的转化，此过程可以表示为

$$PbCl_2(s) \rightleftharpoons Pb^{2+}(aq) + 2Cl^-(aq)$$

$$Pb^{2+}(aq) + 2I^-(aq) \rightleftharpoons PbI_2(s)$$

总反应　$$PbCl_2(s) + 2I^-(aq) \rightleftharpoons PbI_2(s) + 2Cl^-(aq)$$

为什么难溶电解质 $PbCl_2$ 能够转化为另一种难溶电解质 PbI_2 呢？这是因为 PbI_2 的 $K_{sp}^{\ominus}(7.1\times10^{-9})$ 比 $PbCl_2$ 的 $K_{sp}^{\ominus}(1.6\times10^{-5})$ 小得多。沉淀的转化取决于沉淀转化的平衡常数，上式的平衡常数为

$$K^{\ominus} = \frac{[Cl^-]^2}{[I^-]^2} = \frac{[Cl^-]^2[Pb^{2+}]}{[I^-]^2[Pb^{2+}]} = \frac{K_{sp}^{\ominus}(PbCl_2)}{K_{sp}^{\ominus}(PbI_2)} = \frac{1.6\times10^{-5}}{7.1\times10^{-9}} = 2.2\times10^3$$

根据沉淀转化的平衡常数大小来判断转化的可能性。从该转化反应的平衡常数来看，这个反应完全可以进行。由此可见，将溶解度较大的沉淀转化为溶解度较小的沉淀，沉淀转化的平衡常数较大，转化较为容易实现。如果溶解度较小的沉淀转化为溶解度较大的沉淀，在平衡常数小于 1 的情况下，这种转化虽然比较困难，但在一定的条件下也是能够实现的。如 $BaSO_4$ ($K_{sp}^{\ominus} = 1.1\times10^{-10}$) 沉淀不溶于酸；若用 Na_2CO_3 溶液处理即可转化为易溶于酸的 $BaCO_3$ 沉淀 (5.1×10^{-9})，此转化反应为

$$BaSO_4(s) + CO_3^{2-}(aq) \rightleftharpoons BaCO_3(s) + SO_4^{2-}(aq)$$

溶液中的 Ba^{2+} 的浓度需要同时满足下面两个溶度积公式

$$[Ba^{2+}][SO_4^{2-}] = K_{sp}^{\ominus}(BaSO_4) \qquad [Ba^{2+}] = \frac{K_{sp}^{\ominus}(BaSO_4)}{[SO_4^{2-}]}$$

$$[Ba^{2+}][CO_3^{2-}] = K_{sp}^{\ominus}(BaCO_3) \qquad [Ba^{2+}] = \frac{K_{sp}^{\ominus}(BaCO_3)}{[CO_3^{2-}]}$$

$$[Ba^{2+}] = \frac{K_{sp}^{\ominus}(BaSO_4)}{[SO_4^{2-}]} = \frac{K_{sp}^{\ominus}(BaCO_3)}{[CO_3^{2-}]}$$

所以,该转化反应的平衡常数为

$$K^{\ominus} = \frac{[SO_4^{2-}]}{[CO_3^{2-}]} = \frac{K_{sp}^{\ominus}(BaSO_4)}{K_{sp}^{\ominus}(BaCO_3)} = \frac{1.1 \times 10^{-10}}{5.1 \times 10^{-9}} = \frac{1}{46}$$

$$[CO_3^{2-}] = 46[SO_4^{2-}]$$

可见当上述转化反应达到平衡时,$[CO_3^{2-}]$为$[SO_4^{2-}]$的 46 倍。要使 $BaSO_4$ 继续转化为 $BaCO_3$,必须设法使溶液中的$[CO_3^{2-}] > 46[SO_4^{2-}]$。这个条件在开始时是完全可以达到的。在转化前,溶液中的 SO_4^{2-} 的浓度是:$[SO_4^{2-}] = \sqrt{K_{sp}^{\ominus}(BaSO_4)} = \sqrt{1.1 \times 10^{-10}} \approx 1 \times 10^{-5} mol \cdot L^{-1}$,这个值是很小的,要使$[CO_3^{2-}]$超过它的 46 倍是完全可能的。但是随着转化反应的进行,溶液中$[SO_4^{2-}]$是逐渐增大,要使转化反应继续进行,需要的$[CO_3^{2-}]$也越来越大。我们知道,在室温时饱和的 Na_2CO_3 溶液浓度约为 $2mol \cdot L^{-1}$,难以维持上述转化条件。在实际工作中需要采用多次转化的办法,即:用浓 Na_2CO_3 溶液处理 $BaSO_4$ 沉淀后,取出溶液,再用新鲜的浓 Na_2CO_3 溶液处理残渣,$BaSO_4$ 就能继续转化。如此重复处理 3 ~ 5 次,$BaSO_4$ 就可以完全或基本完全转化成 $BaCO_3$ 了。

从上例可见,当溶解度较小的沉淀转化为溶解度较大的沉淀时,如果 $K^{\ominus}$ 值不太小的沉淀转化反应在适当条件下还是能够进行的。

二、沉淀的溶解

根据溶度积规则,难溶电解质沉淀溶解的必要条件是使溶液中的浓度积小于溶度积,即 $Q_c < K_{sp}^{\ominus}$。因此,设法降低溶液中沉淀的某一离子浓度,使 $Q_c < K_{sp}^{\ominus}$,平衡就向溶解方向移动,难溶电解质的沉淀就会溶解。减小离子浓度的方法有下面几种:

(一) 加酸

难溶性的弱酸盐,如 $CaCO_3$、$BaCO_3$ 和 FeS 等一般都溶于强酸,这是因为这些弱酸盐的酸根阴离子与强酸提供的 H^+ 结合生成难电离的弱酸,甚至生成有关气体。溶液中酸根离子浓度减小,使 $Q_c < K_{sp}^{\ominus}$,于是平衡向沉淀溶解方向移动。只要有足够酸量,固体就会全部溶解。现以 $CaCO_3$ 溶于 HCl 为例来说明。

$$CaCO_3(s) \rightleftharpoons Ca^{2+} + CO_3^{2-}$$

$$+$$

$$2HCl \rightarrow 2Cl^- + 2H^+$$

$$\Downarrow$$

$$H_2CO_3 \rightarrow H_2O + CO_2 \uparrow$$

由于上述反应的发生,CO_3^{2-} 浓度大大降低。这时

$$[Ca^{2+}][CO_3^{2-}] < K_{sp}^{\ominus}$$

结果 $CaCO_3$ 开始溶解,只要有足够的盐酸存在,固体 $CaCO_3$ 就会全部溶解。即使像乙酸这样的弱酸,它所提供的 H^+ 离子浓度,也足以使 $CaCO_3$ 溶解。

某些难溶于水的碱,在溶液中电离出 OH^-,能与 H^+ 结合生成难电离的 H_2O 分子,也可以用加酸的方法使沉淀溶解。如 $Mg(OH)_2$ 沉淀可溶于 HCl 溶液。

$$\begin{array}{lcl} Mg(OH)_2(s) \rightleftharpoons & Mg^{2+}(aq) + & 2OH^-(aq) \\ & & + \\ 2HCl \longrightarrow & 2Cl^- & +2H^+ \\ & & \Updownarrow \\ & & 2H_2O \end{array}$$

总反应为　　$Mg(OH)_2(s) + 2H^+(aq) \rightleftharpoons Mg^{2+}(aq) + 2H_2O$

此反应平衡常数为

$$K^{\ominus} = \frac{[Mg^{2+}]}{[H^+]^2} = \frac{K_{sp}^{\ominus}[Mg(OH)_2]}{K_w^{\ominus 2}}$$

从以上关系看出因为 $Mg(OH)_2$ 固体电离出来 OH^-，与酸提供的 H^+ 结合，生成难电离的 H_2O，溶液中 OH^- 浓度降低，使 $Q_c < K_{sp}^{\ominus}$，如有足够盐酸可使 $Mg(OH)_2$ 沉淀全部溶解。

(二) 加盐

$Mg(OH)_2$ 沉淀除了溶于 HCl 溶液以外，还可以溶于铵盐溶液。是因为铵盐中 NH_4^+ 可与 $Mg(OH)_2$ 饱和溶液中 OH^- 结合生成弱碱 $NH_3 \cdot H_2O$，OH^- 离子浓度大大减少，使 $Q_c < K_{sp}^{\ominus}$，$Mg(OH)_2$ 沉淀溶解。

$$\begin{array}{lcl} Mg(OH)_2(s) \rightleftharpoons & Mg^{2+}(aq) + & 2OH^-(aq) \\ & & + \\ 2NH_4Cl \longrightarrow & 2Cl^- + & 2NH_4^+ \\ & & \Updownarrow \\ & & 2NH_3 \cdot H_2O \end{array}$$

总反应为　　$Mg(OH)_2(s) + 2NH_4^+(aq) \rightleftharpoons Mg^{2+}(aq) + 2NH_3 \cdot H_2O$

此反应的平衡常数

$$K^{\ominus} = \frac{[Mg^{2+}][NH_3 \cdot H_2O]^2}{[NH_4^+]^2} = \frac{K_{sp}^{\ominus}[Mg(OH)_2]}{K_b^{\ominus 2}[NH_3 \cdot H_2O]}$$

$Mg(OH)_2$ 溶于盐 NH_4Cl。从溶解反应的平衡常数表达式可知，此类难溶电解质溶解反应的难易取决于难溶氢氧化物的溶度积和生成的弱碱的电离常数这两个因素。如果沉淀的 $K_{sp}^{\ominus}$ 越大，弱碱的电离常数 $K_b^{\ominus}$ 越小，那么溶解反应越易进行，反之则越难进行。

【例 4-6】 在 100ml 0.02mol·L^{-1} $MgCl_2$ 溶液中，加入 100ml 0.2mol·L^{-1} 氨水溶液，有无 $Mg(OH)_2$ 沉淀生成？如欲使生成的沉淀溶解，或是在混合时就不致生成沉淀，则在该体系中应加入多少克 NH_4Cl（设两种溶液混合时体积具有加和性，加入 NH_4Cl 后，体积也不发生变化）。已知 $K_{sp}^{\ominus}[Mg(OH)_2] = 1.8 \times 10^{-11}$，$K_b^{\ominus}(NH_3 \cdot H_2O) = 1.74 \times 10^{-5}$

解　两溶液等体积混合后，各物质的浓度为：

$$[Mg^{2+}] = 0.01 mol \cdot L^{-1}, [NH_3] = 0.10 mol \cdot L^{-1}$$

此时，　$[OH^-] = \sqrt{K_b^{\ominus} c_b} = \sqrt{1.74 \times 10^{-5} \times 0.10} = 1.32 \times 10^{-3} mol \cdot L^{-1}$

$$Q_c = c(Mg^{2+}) \cdot c(OH^-)^2 = (0.01) \times (1.32 \times 10^{-3})^2$$
$$= 1.74 \times 10^{-8}$$
$$Q_c > K_{sp}^{\ominus}(Mg(OH)_2) = 1.8 \times 10^{-11}$$

答：有 $Mg(OH)_2$ 沉淀生成。

如果要使 $Mg(OH)_2$ 沉淀溶解，或混合两溶液时就不致生成 $Mg(OH)_2$ 沉淀，只要 $Q_c < K_{sp}^{\ominus}[Mg(OH)_2]$，就不会生成 $Mg(OH)_2$ 沉淀，因 $[Mg^{2+}] = 1.0 \times 10^{-2} mol \cdot L^{-1}$，则

$$[OH^-] = \sqrt{\frac{K_{sp}^{\ominus}[Mg(OH)_2]}{[Mg^{2+}]}} = \sqrt{\frac{1.8 \times 10^{-11}}{0.010}} = 4.2 \times 10^{-5}$$

即溶液中 $[OH^-]$ 小于 $4.2 \times 10^{-5} mol \cdot L^{-1}$ 时就不致产生沉淀，或已生成的沉淀也能够溶解。

计算出体系中不能产生沉淀的 $[OH^-]$ 最大值后，可以将此值代入氨水的平衡常数关系式，求算出溶液中需要加 NH_4Cl 的最小值。

从氨水的电离平衡可知：

$$\underset{0.10}{NH_3 \cdot H_2O} \rightleftharpoons NH_4^+ + \underset{4.2 \times 10^{-5}}{OH^-}$$

$$[NH_4^+] = K_b^{\ominus} \times \frac{[NH_3]}{[OH^-]} = 1.74 \times 10^{-5} \times \frac{0.10}{4.2 \times 10^{-5}} = 4.1 \times 10^{-2} mol \cdot L^{-1}$$

当氨水中含有 NH_4^+ 等于 4.1×10^{-2} mol 时，OH^- 浓度可降为 $4.1 \times 10^{-5} mol \cdot L^{-1}$。已知 $M(NH_4Cl) = 53.45 g \cdot mol^{-1}$

$$53.45 g \cdot mol^{-1} \times 4.1 \times 10^{-2} mol \cdot L^{-1} = 2.21 g \cdot L^{-1}$$

混合后的总体积为 0.200L

$$2.21 g \cdot L^{-1} \times 0.200 L = 0.442 g$$

计算说明，混合前溶液中加入 NH_4Cl 的量大于 0.442g 时，就不会生成 $Mg(OH)_2$ 的沉淀。

三、同离子效应与盐效应

溶液中除有难溶盐外，还有其他易溶强电解质时，其他电解质的存在会影响难溶电解质的溶解度。下面讨论同离子效应和盐效应对难溶电解质溶解度的影响。

（一）同离子效应

在难溶电解质的饱和溶液中，加入一种与难溶电解质含有相同离子的强电解质，难溶电解质的沉淀平衡将发生移动，其结果可使难溶电解质的溶解度降低。这种因加入含有共同离子的强电解质而使沉淀溶解度降低的效应叫做沉淀溶解平衡中的同离子效应。例如在难溶电解质 $BaSO_4$ 饱和溶液中，加入含有相同离子的强电解质 Na_2SO_4 溶液，使 $BaSO_4$ 的溶解度降低。

$$BaSO_4(s) \rightleftharpoons Ba^{2+}(aq) + SO_4^{2-}(aq)$$

$$Na_2SO_4 \longrightarrow 2Na^+(aq) + SO_4^{2-}(aq)$$

因为一定温度下，在 $BaSO_4$ 饱和溶液中，$Q_c = [Ba^{2+}][SO_4^{2-}] = K_{sp}^{\ominus}(BaSO_4)$，加入 Na_2SO_4 后，Na_2SO_4 在水中完全离解使溶液中 SO_4^{2-} 浓度增大。此时 $Q_c = c(Ba^{2+}) \cdot c(SO_4^{2-}) > K_{sp}^{\ominus}$，平衡遭到破坏，反应向着生成沉淀方向移动，将析出更多的 $BaSO_4$，直至再次建立平衡（$Q_c = K_{sp}^{\ominus}$）为止。

同离子效应的定量影响可通过计算确定。

【例 4-7】 已知 $BaCO_3$ 的 $K_{sp}^{\ominus} = 5.1 \times 10^{-9}$，求 298K 时 $BaCO_3$ 在纯水中和 $0.1 mol \cdot L^{-1}$ Na_2CO_3 溶液中的溶解度。

解　(1) $BaCO_3$ 在纯水中的溶解度为 S

$$S = [Ba^{2+}] = [CO_3^{2-}] = \sqrt{K_{sp}^{\ominus}(BaCO_3)}$$

$$S = \sqrt{5.1\times10^{-9}} = 7.14\times10^{-5}\,mol\cdot L^{-1}$$

(2) 设在 $0.1mol\cdot L^{-1}\,Na_2CO_3$ 溶液中 $BaCO_3$ 的溶解度为 $x\,mol\cdot L^{-1}$，则有

$$BaCO_3(s) \rightleftharpoons Ba^{2+} + CO_3^{2-}$$

$$[Ba^{2+}] = x \qquad [CO_3^{2-}] = 0.10 + x$$

根据溶度积规则

$$[Ba^{2+}][CO_3^{2-}] = K_{sp}^{\ominus}(BaCO_3)$$

$$x\cdot(0.10 + x) = 5.1\times10^{-9}$$

因为 $K_{sp}^{\ominus}$ 很小，CO_3^{2-} 主要来自 Na_2CO_3 的电离，所以 x 比 0.10 小得多，$0.10 + x\approx 0.10$，同时溶液中离子强度不大，故不考虑离子强度的影响，则有

$$x = \frac{5.1\times10^{-9}}{0.10} = 5.1\times10^{-8}\,mol\cdot L^{-1}$$

即 $BaCO_3$ 在 $0.10mol\cdot L^{-1}\,Na_2CO_3$ 溶液中的溶解度为 $5.1\times10^{-8}\,mol\cdot L^{-1}$，比在纯水中的溶解度 $7.14\times10^{-5}\,mol\cdot L^{-1}$ 降低很多，这就是同离子效应的结果。Ba^{2+} 在过量沉淀剂 Na_2CO_3 的作用下，由于继续生成 $BaCO_3$ 沉淀，溶液中 Ba^{2+} 离子浓度会不断降低。因此实际工作中，可以利用同离子效应降低难溶电解质溶解度，加入适量的沉淀剂，就可使沉淀反应更趋完全。通常，当溶液中残余离子的浓度小于 $10^{-5}\,mol\cdot L^{-1}$ 便可认为沉淀已经完全。因为没有任何一个沉淀反应是绝对完全的，即使是极难溶的电解质，其溶度积也不会等于零，所以沉淀作用不可能绝对完全。

(二) 盐效应

若在难溶电解质溶液中，加入一种与难溶电解质无共同离子的强电解质，将使难溶电解质的溶解度稍有增大。由于加入了易溶的强电解质而增大难溶电解质溶解度的现象称作盐效应。例如 $BaCO_3$ 在 KNO_3 溶液中的溶解度就比在纯水中稍大，并且 KNO_3 浓度越大，$BaCO_3$ 的溶解度也变得越大。这是因为 KNO_3 的加入使溶液中的离子强度大大增加，溶液中离子的有效浓度(即活度 a)降低，使原来已达平衡时 $Q_c = K_{sp}^{\ominus}$ 的情况变为 $Q_c < K_{sp}^{\ominus}$，必须多溶解一些 $BaCO_3$ 沉淀，增加溶液中相应的离子浓度才能达到新的平衡，结果使得溶液中 $BaCO_3$ 沉淀减少。因此，$BaCO_3$ 沉淀在 KNO_3 溶液中，Ba^{2+} 和 CO_3^{2-} 浓度比在纯水中大。

盐效应和同离子效应是影响沉淀完全的两个主要因素，同离子效应可以降低难溶电解质的溶解度，盐效应可以增大难溶电解质的溶解度。

第 3 节　沉淀反应的某些应用

沉淀反应的应用是多方面的，例如，某些难溶无机药物的制备、易溶药物产品中某种杂质的分离除去，以及产品质量分析和难溶硫化物、难溶氢氧化物的分离等方面的应用，都涉及沉淀平衡的有关知识。

一、在药物生产上的应用

难溶电解质的制备，原则上是两种易溶电解质溶液互相混合进行制备的。通常是将作

为原料的各易溶物质分别溶解，适当控制反应的条件（如溶液浓度、反应温度、pH 以及混合的速度和方式，放置时间等），以制得难溶物沉淀。为制取高纯度、高质量的沉淀，不同的产品需经过反复实践，才能确定最佳的制备工艺。

现在以中国药典法定药物 $BaSO_4$、$Al(OH)_3$ 的制备为例，说明沉淀平衡在药物的生产和精制方面的应用。

（一）硫酸钡的制备

$BaSO_4$ 是唯一可供内服的钡盐药物。由于钡的原子量大，X 射线不能透过钡原子，硫酸钡又不溶于水和酸（可溶性钡盐对人体有害），因此可以用作 X 射线造影剂，诊断胃肠道疾病。

硫酸钡的制备一般是以氯化钡和硫酸钠为原料，或向可溶性钡盐溶液中加入硫酸，反应式如下

$$BaCl_2 + Na_2SO_4 \rightleftharpoons BaSO_4 + 2NaCl$$

制得的沉淀经过滤、洗涤、干燥后，再经杂质检验，测定其含量，符合中国药典的质量标准方可供药用。

生产硫酸钡最佳工艺条件是：在适当稀的热溶液中，缓慢地加入沉淀剂（Na_2SO_4 或 H_2SO_4），不断搅拌溶液，待硫酸钡沉淀析出后，让沉淀与溶液在一起放置一段时间（称作沉淀的老化）。沉淀老化的作用是使小晶体溶解，大晶体长大，小晶体表面和内部的杂质在溶解过程中进入溶液，最后所得硫酸钡沉淀不仅颗粒粗大，而且更加纯净。

（二）氢氧化铝的制备

药用氢氧化铝常制成干燥氢氧化铝和氢氧化铝片（胃舒平），用于治疗胃酸过多，胃及十二指肠溃疡等疾病。它的优点是本身不被吸收，具有两性，其碱性很弱，作口服药物时无碱中毒的危险，与胃酸中和后生成的 $AlCl_3$ 具有收敛性和局部止血作用，是一种常用抗酸药。

生产氢氧化铝是用矾土（主成分为 Al_2O_3）作原料，使之溶于硫酸生成的硫酸铝，再与碳酸钠溶液作用，得到氢氧化铝胶状沉淀。反应式为

$$Al_2O_3 + 3H_2SO_4 \rightleftharpoons Al_2(SO_4)_3 + 3H_2O$$

$$Al_2(SO_4)_3 + 2Na_2CO_3 + 3H_2O \rightleftharpoons 2Al(OH)_3\downarrow + 3Na_2SO_4 + 3CO_2$$

氢氧化铝是胶状沉淀，具有含水量高，体积庞大的特点。最佳的生产条件是，在较浓的热溶液中，加入沉淀剂的速度快一些，溶液的 pH 保持在 8 ~ 8.5 之间，使之生成沉淀。沉淀完全后不必老化，立即过滤，经过洗涤、干燥，检查杂质，测定其含量，符合中国药典质量标准便可供药用。

二、在药物质量控制上的应用

任何药品、化学试剂都不可能绝对纯净的。不同的产品可以根据其使用上的要求，制订各自的标准。为保证药物质量，必须根据国家规定的药品质量标准进行药品检验工作。对产品的质量鉴定，主要是对杂质检查和含量测定两方面，沉淀反应在药品检验工作中经常用到。

沉淀反应在杂质检查上的应用，是利用一定浓度的沉淀剂加入产品的溶液中，观察是否与要检查的离子产生沉淀。从产品溶液的用量和沉淀剂的浓度与体积，根据 $K_{sp}^{\ominus}$ 数值，可

以计算出杂质含量是否符合规定的限度。例如注射用水氯离子的检查规定如下：

取水样 50ml，加稀硝酸（$2mol \cdot L^{-1}$）5 滴，硝酸银试液（$0.1mol \cdot L^{-1}$）1ml，放置半分钟，不得发生浑浊。

该项检查所依据的原理是 Ag^+ 和 Cl^- 可以形成白色的 AgCl 沉淀。加硝酸的作用是防止 CO_3^{2-} 和 OH^- 的干扰。它们的反应式分别为

$$Ag^+ + Cl^- \longrightarrow AgCl\downarrow \text{（白色）}$$

$$2Ag^+ + CO_3^{2-} \longrightarrow Ag_2CO_3\downarrow \text{（白色）}$$

$$2Ag^+ + 2OH^- \rightarrow 2AgOH\downarrow \longrightarrow Ag_2O\downarrow \text{（褐色）} + H_2O$$

Ag_2CO_3 和 Ag_2O 都是难溶的，但在酸性溶液中不能生成。

根据样品的体积和所用试剂的浓度和体积，从 AgCl 的 $K_{sp}^{\ominus}$ 可以计算出这种方法允许 Cl^- 离子存在的限度：

$$[Ag^+] = 0.1/(50+1) = 2\times10^{-3} mol\cdot L^{-1}$$

因为 $$K_{sp}^{\ominus} = [Ag^+][Cl^-] = 1.8\times10^{-10}$$

所以 $$[Cl^-] = \frac{K_{sp}^{\ominus}}{[Ag^+]} = \frac{1.8\times10^{-10}}{2\times10^{-3}} = 9\times10^{-8} mol\cdot L^{-1}$$

以上计算说明如果 $[Cl^-] > 9\times10^{-8} mol\cdot L^{-1}$ 时，将产生 AgCl 沉淀，使溶液混浊。这个浓度（$9\times10^{-8} mol\cdot L^{-1}$）就是 Cl^- 存在的限度。

药品杂质检验的一个重要项目是重金属的检查，它是利用 PbS 的沉淀反应进行的。所谓重金属系指在弱酸性（pH 约为 3）溶液中，能与 H_2S 试液作用的盐类，如锌、铜、钴、镍、银、铅、铋、砷、锑、锡等盐类。因为在药品的生产过程中，遇到铅的机会较多，而且铅又易产生积蓄性中毒，故检查时以铅为代表。其方法是在样品溶液中加入 H_2S 试液，使与微量铅离子作用，即生成棕色液或暗棕色浑浊，与一定量的标准铅溶液按同法处理后所显的颜色或浑浊进行比较，以推断出样品中重金属的含量限度。必要时重金属的检查也可在碱性溶液中以 Na_2S 为试剂进行检查。

小结

溶度积是一定温度下难溶强电解质达到沉淀与溶解平衡时离子浓度幂的乘积，溶解度是一定量饱和溶液中所含溶质的量。溶度积和溶解度均能反映电解质在水中的溶解能力，两者之间的换算关系为：

$K_{sp}^{\ominus} = S^2$（AB 型电解质）

$K_{sp}^{\ominus} = 4S^3$（AB_2 型或 A_2B 型电解质）

$K_{sp}^{\ominus} = 27S^4$（AB_3 型或 A_3B 型电解质）

溶度积规则为：

1. $Q_c = K_{sp}^{\ominus}$，为饱和溶液，达沉淀—溶解平衡。
2. $Q_c > K_{sp}^{\ominus}$，溶液处于过饱和状态，将有沉淀生成。
3. $Q_c < K_{sp}^{\ominus}$，是未饱和溶液，如有固体将进一步溶解。

运用这个规则可以判断沉淀是否能生成还是溶解。分步沉淀则是根据先达到溶度积的物质先产生沉淀。

目标检测

一、是非题

1. 一定温度下，难溶强电解质达到沉淀溶解平衡时，溶液中各离子浓度的乘积是常数。
2. 离子沉淀完全的条件是，该离子浓度为零。
3. 如果两难溶物的溶度积相等，它们的溶解度也相等。
4. 在饱和的 AgCl 溶液中加入少量 NaCl 固体，将使 AgCl 的溶解度减小。
5. 一定温度下，某难溶物的浓度积大于溶度积时，将产生沉淀。
6. 因为 $K_{sp}^{\ominus}(Ag_2CrO_4) < K_{sp}^{\ominus}(AgCl)$，则 Ag_2CrO_4 的溶解度必小于 AgCl 的溶解度。

二、A 型题

1. 下述反应的溶度积表达式不正确的是

A. $AgCl \rightleftharpoons Ag^+ + Cl^-$　　$K_{sp}^{\ominus} = [Ag^+][Cl^-]$

B. $Mg(OH)_2 \rightleftharpoons Mg^{2+} + 2OH^-$　　$K_{sp}^{\ominus} = [Mg^{2+}][OH^-]^2$

C. $Ag_2CrO_4 \rightleftharpoons 2Ag^+ + CrO_4^{2-}$　　$K_{sp}^{\ominus} = [Ag^+]^2[CrO_4^-]$

D. $BaSO_4 \rightleftharpoons Ba^{2+} + SO_4^{2-}$　　$K_{sp}^{\ominus} = [Ba^{2+}][SO_4^{2-}]$

E. $Fe(OH)_3 \rightleftharpoons Fe^{3+} + 3OH^-$　　$K_{sp}^{\ominus} = [Fe^{3+}][OH^-]$

2. 下列说法正确的是

A. 一定温度下，AgCl 饱和水溶液中的 Ag^+ 与 Cl^- 离子浓度的乘积是一常数

B. 溶度积较大者溶解度也较大

C. 为使沉淀完全，加入沉淀剂的量越多越好

D. 溶度积较小者溶解度较大

E. 溶解度与溶度积成正比

3. 在含有等浓度的 I^-、Br^-、Cl^- 离子的溶液中逐滴加入 $AgNO_3$ 溶液，会出现什么现象

A. 只出现白色沉淀　　B. 只出现淡黄色沉淀

C. 只出现黄色沉淀　　D. 上述离子的沉淀依次出现

E. 以上均非

4. 一定温度下 $BaSO_4$ 在纯水中的溶解度为 1.03×10^{-6} mol/100gH_2O，则它的溶度积为

A. 1.09×10^{-15}　　B. 1.03×10^{-12}

C. 1.06×10^{-12}　　D. 1.03×10^{-10}

E. 1.06×10^{-10}

5. Ag_2CrO_4 的 $K_{sp}^{\ominus} = 1.10 \times 10^{-12}$，其溶解度为

A. 6.50×10^{-5}　　B. 1.05×10^{-6}

C. 1.05×10^{-10}　　D. 1.10×10^{-4}

E. 6.50×10^{-4}

6. 在 0.05L 2.0×10^{-3} mol·L^{-1} Pb^{2+} 离子中加入 0.05L 0.030mol·L^{-1} I^- 离子溶液后，浓度积是

A. 1.2×10^{-5}　　B. 6.0×10^{-5}

C. 2.25×10^{-7}　　D. 1.5×10^{-6}

E. 1.8×10^{-4}

7. 在饱和 Ag_2CrO_4 溶液中，加入 $AgNO_3$，将发生哪种情况

A. $[CrO_4^{2-}]$ 增加　　B. $[CrO_4^{2-}]$ 减少，但 ≠0

C. $[CrO_4^{2-}] = 0$　　D. $[Ag^+] = [CrO_4^{2-}]$

E. $[CrO_4^{2-}] = \frac{1}{2}[Ag^+]$

8. 下列离子组成的溶液中加入 $AgNO_3$ 溶液,产生砖红色沉淀的是

A. Cl^-　　B. Br^-

C. I^-　　D. S^{2-}

E. $Cr_2O_7^{2-}$

三、简答题

1. 什么是溶度积？什么是浓度积？两者有何区别？

2. 什么是溶度积规则,沉淀生成和溶解的必要条件是什么？

3. 写出下列难溶电解质 AgI、$PbCl_2$、$Fe(OH)_3$、As_2S_3、$Ca_3(PO_4)_2$ 的溶度积表达式。

四、计算题

1. 通过计算说明下列情况下有无沉淀生成。

(1) $0.0010mol \cdot L^{-1}$ Ba^{2+} 和 $0.0010mol \cdot L^{-1}$ SO_4^{2-} 等体积混合[$K_{sp}^{\ominus}(BaSO_4) = 1.1 \times 10^{-10}$]

(2) $0.010mol \cdot L^{-1}$ $SrCl_2$ 溶液 2ml 和 $0.10mol \cdot L^{-1}$ K_2SO_4 溶液 3ml 混合[$K_{sp}^{\ominus}(SrSO_4) = 3.2 \times 10^{-7}$]

(3) 在 1L 自来水中(氯离子浓度约为 $1.0 \times 10^{-5} mol \cdot L^{-1}$),加入 $1.0mol \cdot L^{-1}$ $AgNO_3$ 溶液 1 滴(1 滴按 0.05ml 计)

(4) 1 滴 $0.0001mol \cdot L^{-1}$ $AgNO_3$ 溶液与 2 滴 $0.0006mol \cdot L^{-1}$ K_2CrO_4 溶液相混合[$K_{sp}^{\ominus}(Ag_2CrO_4) = 1.1 \times 10^{-12}$]

2. 根据下列物质在25℃时的溶解度求溶度积(不考虑阴、阳离子的副作用)。

(1) PbI_2 在纯水中的溶解度为 $1.21 \times 10^{-3} mol \cdot L^{-1}$。

(2) $BaSO_4$ 在纯水中的溶解度为 $2.4 \times 10^{-4} g/100gH_2O$。

(3) $BaCrO_4$ 在纯水中的溶解度为 $2.91 \times 10^{-3} g \cdot L^{-1}$。

3. 根据下列各物质 $K_{sp}^{\ominus}$ 的数据,求溶解度(不考虑阴、阳离子的副作用)。

(1) Ag_2CrO_4($K_{sp}^{\ominus} = 1.1 \times 10^{-12}$)

(2) MgF_2($K_{sp}^{\ominus} = 6.5 \times 10^{-9}$)

(3) CuS($K_{sp}^{\ominus} = 6.3 \times 10^{-36}$)

4. 在 0.05L $2.0 \times 10^{-3} mol \cdot L^{-1}$ Pb^{2+} 离子中加入溶液 0.10L $0.030mol \cdot L^{-1}$ I^- 离子溶液后,能否产生 PbI_2 沉淀？[$K_{sp}^{\ominus}(PbI_2) = 7.1 \times 10^{-9}$]

5. 已知 $PbBr_2$ 的 $K_{sp}^{\ominus} = 4.0 \times 10^{-5}$,分别计算 298K 时 $PbBr_2$ 在纯水中和在 $0.30mol \cdot L^{-1}$ NaBr 溶液中的溶解度？

6. 假设溶液中 Fe^{3+} 离子浓度为 $0.2mol \cdot L^{-1}$,则开始生成 $Fe(OH)_3$ 沉淀的 pH 是多少？沉淀完全的 pH 是多少？{已知 $K_{sp}^{\ominus}[Fe(OH)_3] = 4.0 \times 10^{-38}$}

7. 一溶液中含有 Fe^{3+} 和 Fe^{2+},它们的浓度都是 $0.05mol \cdot L^{-1}$,如果只要求 $Fe(OH)_3$ 沉淀,需控制 pH 在什么范围？{已知 $K_{sp}^{\ominus}[Fe(OH)_2] = 8.0 \times 10^{-16}$,$K_{sp}^{\ominus}[Fe(OH)_3] = 4.0 \times 10^{-38}$}

8. 某溶液中含 $0.10mol \cdot L^{-1}$ Cd^{2+} 和 $0.10mol \cdot L^{-1}$ Zn^{2+}。为使 Cd^{2+} 形成 CdS 沉淀而与 Zn^{2+} 分离,S^{2-} 离子的浓度应控制在什么范围？{已知 $K_{sp}^{\ominus}(CdS) = 3.6 \times 10^{-29}$,$K_{sp}^{\ominus}(ZnS) = 1.6 \times 10^{-24}$}

9. 现有 1000ml 溶液,其中含有 0.001mol 的 NaCl 和 0.001mol 的 K_2CrO_4。当逐滴加入 $AgNO_3$ 时,产生沉淀的次序如何？[已知 $K_{sp}^{\ominus}(AgCl) = 1.8 \times 10^{-10}$,$K_{sp}^{\ominus}(Ag_2CrO_4) = 1.1 \times 10^{-12}$]

10. 将 H_2S 气体通入 $0.075mol \cdot L^{-1}$ $Fe(NO_3)_2$,溶液中达到饱和状态。试计算 FeS 开始沉淀时的 pH。[已知 $K_{sp}^{\ominus}(FeS) = 6.0 \times 10^{-18}$,$K_{a_1}^{\ominus} \times K_{a_2}^{\ominus}(H_2S) = 9.34 \times 10^{-22}$]

第5章　原子结构与元素周期系

学习目标

1. 简述原子的结构与微观粒子的特性
2. 详述核外电子运动的状态与电子的排布；知道屏蔽效应与钻穿效应
3. 详述原子核外电子排布三规则
4. 解释原子的电子层结构与元素周期系的关系
5. 知道元素的原子半径、电离势、电子亲和势及电负性的变化趋势

元素的所有性质都是由它们的原子决定。元素的原子是由带正电荷的原子核和核外的若干电子组成的。在不涉及元素的放射性反应中，原子的一切性质及变化只与核外电子的运动状态有关，原子核不发生变化。通常所谓原子结构就是指原子核外电子的数目、排布、能量及其运动状态。物质的分子是由原子组成的。为了研究物质的性质，我们必须首先了解原子的结构，然后才能知道它们是如何结合成分子的，从而对物质的性质有比较本质的认识。

第1节　原子的结构

一、原子的组成

原子很小，但原子核更小，它的半径是原子半径的十万分之一，它的体积只占原子体积的几千亿分之一。原子核是由质子和中子构成。现将原子的粒子及其性质归纳于表5-1中。

表5-1　构成原子的粒子及其性质

构成原子的粒子	电　子	原子核	
		质子	中子
电性和电量	1个电子带1个单位负电荷	1个质子带1个单位正电荷	不显电性
质量/kg	9.109×10^{-31}	1.673×10^{-27}	1.675×10^{-27}
相对质量	1/1836②	1.007①	1.008

① 是指对^{12}C原子（原子核内有6个中子的碳原子）质量的1/12（1.661×10^{-27}）相比较所得的数值。
②是电子质量与质子质量之比。

原子作为一个整体不显电性，而核电荷数又是由质子数决定的。按核电荷数由小到大的顺序给元素编号，所得的序号称为该元素的原子序数。显然

$$原子序数 = 核电荷数 = 核内质子数 = 核外电子数$$

由于电子的质量很小，因此，原子质量主要集中在原子核上。质子和中子的相对质量都近似为1，如果忽略电子的质量，将原子核内所有的质子和中子的相对质量取近似整数值加起来所得的数值，叫做质量数，用符号A表示。中子数用符号N表示。则

$$质量数(A) = 质子数(Z) + 中子数(N)$$

因此只要知道上述三个数值中的任意两个，就可以推算出另一个数值来。例如，知道氧原子的核电荷数为8，质量数为16，则氧原子的中子数 $N=A-Z=16-8=8$。

归纳起来，如以 ${}^{A}_{Z}X$ 代表一个质量数为 A，核电荷数为 Z 的原子，那么，构成原子的微粒之间的关系表示如下：

原子核的发现

1911年，英国物理学家卢瑟福（1871～1937）用α射线（带正电的氦粒子流）照射到金箔上时，发现大部分α粒子可以穿透薄的金箔，但少数粒子会偏转，而个别粒子却反弹回来，由此现象进行分析而发现原子内部有空隙，且有原子核的存在，并提出了原子的天体模型。在这个模型中，每个原子的中央都有一个带正电荷的原子核，核外有若干电子绕核高速旋转。即原子由带正电荷的原子核和带负电荷的电子构成。原子核所带的正电量和核外电子所带的负电量相等，整个原子是电中性的。

链接

$$\text{原子}{}^{A}_{Z}X\begin{cases}\text{原子核}\begin{cases}\text{质子数 } Z\\ \text{中子数 } N=A-Z\end{cases}\\ \text{核外电子数 } Z\end{cases}$$

例如，${}^{23}_{11}Na$ 表示钠原子的质量数为23，质子数为11，中子数为12，核外电子数为11。

原子失去电子变成阳离子，得到电子则变成阴离子。因此，同种元素的原子和离子的区别只是核外电子数不同。

例如，${}^{23}_{11}Na^{+}$ 表示钠原子的质量数为23，质子数为11，中子数为12，核外电子数为10，钠是第11号元素。

二、核外电子运动的特征

原子是参加化学反应的最小微粒，在一般化学反应中，原子核不变，起变化的只是核外电子。也就是说，化学反应只涉及核外电子的变化规律。因此，要想了解化学变化的内因，必须了解原子结构方面的知识，而了解了原子的结构、核外电子运动的规律性，才能更好的理解化学反应的发生，对化学变化的规律的掌握有着十分重要的意义。

（一）量子化特征

1900年，德国物理学家普朗克（M. Planck，1858～1947）根据实验提出：辐射能的吸收或发射是以基本量一小份、一小份整数倍作跳跃式的增或减，是不连续的，这种过程叫做能量的量子化。这个基本量的辐射能叫做量子，量子的能量 E 和频率 ν 的关系是：

$$E=nh\nu$$

式中：h 为普朗克常数，$h=6.626\times10^{-34}\ \mathrm{J\cdot s}$，而 $n=1,2,3,4,\cdots$，为正整数。

原子核外电子的能量也具有量子化特性，它的研究首先是从氢原子光谱开始的。

（二）玻尔的氢原子模型

1. 氢原子光谱　我们知道，如果将白光（太阳光）通过棱镜，就能观察到颜色逐渐过渡的红、橙、黄、绿、青、蓝、紫的光谱，像雨后天晴天空中出现的彩虹一样，这样的光谱叫连续光谱（也称带状光谱),即不具有量子化特性。

原子光谱的研究可以追溯到19世纪。当时物理学家就已观察到,当某些元素在火焰中加热,或者将其气体通过管中电弧或其他方法灼热时,原子被激发能发出不同波长的光线,通过棱镜后,可以得到一系列按照波长顺序排列的清晰的亮线,这样的光谱叫做线状光谱(line spectra)或原子的发射光谱(emission spectra)。原子光谱都是线状光谱,即具有量子化特性。

每种元素都有它自己的特征线状光谱,能发出其特征的光,如钠原子能发出黄色的光(589nm),现代照明用的节能高效高压钠灯就是根据钠原子的特性制造的。原子特有的线状光谱可以作为化学分析的工具,根据原子的发射光谱可以作元素的定性分析,利用谱线的强度可以作元素的定量测定。

在元素原子光谱中,氢原子线状光谱是最简单的光谱(图5-1)。

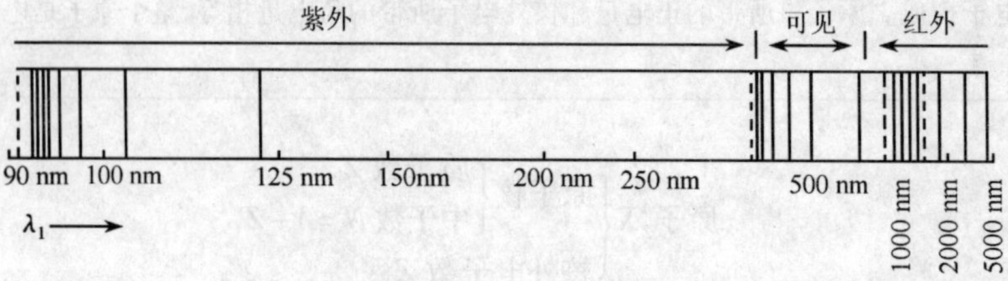

图5-1 氢原子线状光谱

在氢原子光谱中,红外光区、可见光区、紫外光区都有数根具有不同波长的特征谱线。在可见光区内有四根比较明显的主要谱线,分别为H_α、H_β、H_γ、H_δ,并且可以看出,从H_α到H_δ等谱线间的距离越来越短(图5-2),呈现出明显的规律性。氢原子光谱可以说明这样一个事实:原子中的电子运动的能量是不连续的,是量子化的。

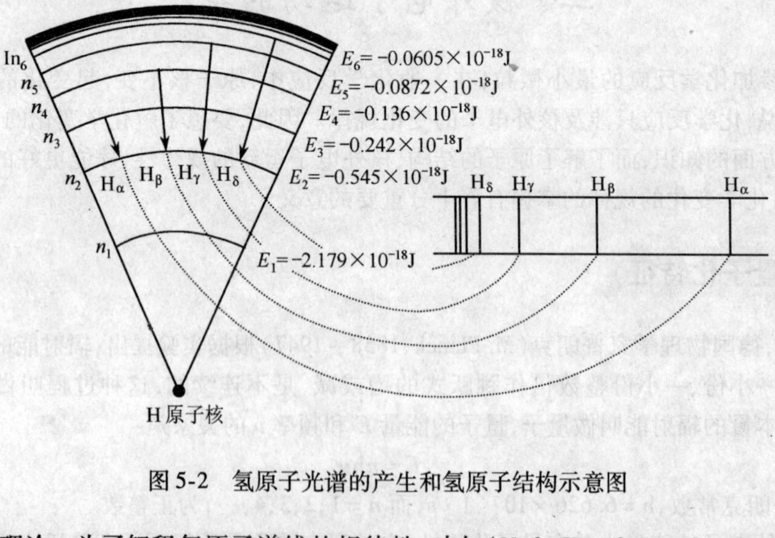

图5-2 氢原子光谱的产生和氢原子结构示意图

2. 玻尔理论 为了解释氢原子谱线的规律性,玻尔(Niels Henrik David Bohr,1885~1962)应用量子论大胆提出氢原子模型,其中心思想可概括为:

(1) **定态假设**:原子内只能有一系列的不连续的能量状态,在这些状态中,电子绕核做圆形轨道运动不辐射也不吸收能量。在这些轨道上运动的电子所处的状态称为原子的定态。能量最低的定态称为**基态**,能量较高的定态称为**激发态**。

玻 尔

玻尔(Niels Henrik David Bohr,1885 ~ 1962)是丹麦物理学家。他在普朗克量子假说和卢瑟福原子行星模型的基础上,于 1913 年提出了氢原子结构和氢原子光谱的初步理论。稍后又提出了“对应原理”。对量子论和量子力学的建立起了重要作用。在原子核反应理论和解释重核裂变现象等方面,也有重要的贡献。为此,于 1922 年获诺贝尔物理学奖。

链 接

(2) **频率假设**:原子由一个定态跃迁到另一定态时,就要吸收或辐射出一定频率的光。光的能量 $h\nu$ 等于这两个定态的能量差(h 为普朗克常数):

$$h\nu = E_2 - E_1$$

(3) **量子化条件假设**:在一定轨道上运动的电子有一定的能量,它们只允许是不连续的分立值,即量子化的。玻尔推求出氢原子中各种特许轨道的能量服从下式:

$$E = -\frac{13.6}{n^2}(\mathrm{eV}) = -\frac{2.18\times10^{-18}}{n^2}(\mathrm{J})$$

$$n = 1,2,3,4,5,6,\cdots \text{正整数}$$

根据玻尔理论可计算出氢原子光谱中各条谱线的频率,计算结果与实测十分吻合。如图 5-2所示,当氢原子中电子从 $n=3$ 的较高能级跃迁到 $n=2$ 的较低能级时,辐射出具有频率 $4.57\times10^{14}\,\mathrm{s}^{-1}$(波长为 656nm)的光子,相当 H_α 谱线。根据玻尔理论可以求出基态氢原子轨道半径为 53pm(0.53Å),这个数值叫玻尔半径(a_0),常用 a_0 作为原子、分子中的长度单位。

玻尔理论成功地说明了氢原子光谱和原子轨道能级的关系,指出核外电子运动的量子化特性,对探索原子的结构起了重要作用。但其主要缺陷是把宏观的经典力学引进了微观领域,认为电子运动是沿着固定的原子轨道绕核旋转,这种原子轨道的概念和微观粒子运动的规律是相违背的。所以玻尔理论不能解释复杂原子的原子光谱。

(三) 波粒二象性

人们对光的本性研究表明:凡是与光的传播有关的各种现象,如衍射、干涉,称光具有波动性;凡是光与实物相互作用的各种现象,如实物反射光、光电效应等,称光具有粒子性。它们彼此相互联系、相互渗透,并在一定条件下相互转化,这是光的本性。即光既有波动性又有微粒性,它具有波粒二象性。

在光具有波粒二象性的启发下,1924 年,法国年青的物理学家德布罗意(L. de Broglie,1892 ~)大胆地提出:微观粒子(如电子,原子等)都具有波粒二象性。并预言:像电子等具有质量 m,运动速度 v 的微粒,与其相应的波长 λ 的关系式为:

$$\lambda = \frac{h}{mv}$$

通过普朗克常数,把电子的波动性和粒子性联系起来了,并且定量化了。

电子具有粒子性这是无可非议的,因电子具有一定的质量、速度、能量等。那么电子是否具有波动性呢? 如果电子具有衍射现象,就可证明电子具有波动性。

1927 年戴维(C. J. Davisson)和革末(L. S. Germer)在纽约贝尔实验室,用高能电子束轰击一块镍金属晶体样品时(图 5-3),得到了与 X 射线图像相似的衍射照片。电子衍射照片具有一系列明暗相间的衍射环纹,这是由于波的互相干涉的结果,而且从衍射图样上求出的电子波的波长证实了德布罗意的预言。

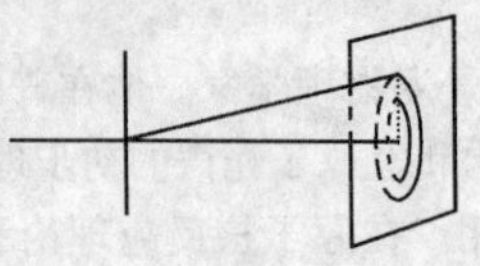

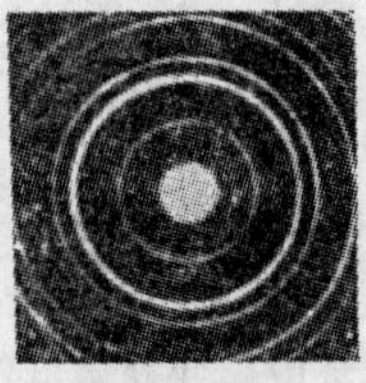

图 5-3 电子衍射示意图

测不准原理

测不准原理是指同时准确地知道微观粒子的位置和动量是不可能的。

按照经典力学，物体运动有确定的轨道，在任一瞬间都有确定的坐标和动量（或速度）。而对于具有波粒二象性的微观粒子，却不能同时得到准确的位置和动量。也就是说，对于高速运动的微观粒子，若某个瞬间能够确定它的位置，就不能准确测定它的运动速度。

测不准原理，并不是目前测量技术不精确，而是微粒运动的固有属性，是区别宏观与微观物质的尺度。所以，经典力学的轨道概念在微观世界中也就不能存在了，不能用经典力学的方法来描述电子的运动。

链接

电子具有波粒二象性，实际上波粒二象性是所有微观粒子运动的一个重要特性。微观粒子的粒子性无须解释，但波动性是每个运动着的粒子本身具有的特性，具有统计规律，即物质波是大量粒子在统计行为下的概率波。

第 2 节 核外电子运动状态和电子的排布

一、核外电子运动状态的描述

（一）原子轨道和波函数

1926 年，奥地利物理学家薛定谔（E. Schrodinger）根据电子的特性，提出了著名的描述微观粒子运动的波动方程：

$$\frac{\partial^2\psi}{\partial x^2}+\frac{\partial^2\psi}{\partial y^2}+\frac{\partial^2\psi}{\partial z^2}+\frac{8\pi^2 m}{\mathrm{h}^2}(E-V)\psi=0$$

式中：ψ 为波函数，是空间坐标 x、y、z 的函数，E 为总能量，V 为势能，m 为电子的质量，h 为普朗克常数。

这是一个二阶偏微分方程，这里不做解释。这个方程的解我们称之为波函数，是描述电子运动状态的函数，故也称为原子轨道。在求解波函数时，必需引入三个参数（n, l, m），薛定谔方程的解为系列解，每个解对应于一个运动状态，因而原子中电子有一系列可能的运动状态。由于每个解受到三个参数 n、l、m 的规定，因而一个波函数（一个运动状态或一个原子轨道）可以简化用一组量子数来表示。后来在解决电子自旋问题时，又需引入另一个参数（m_s），叫自旋量子数。这些参数的数值是不能随意变化的，只允许是某些不连续的分立值，这就是微粒运动的量子化的特征，叫量子数。当前三个量子数组合方式一定，波函数的具体形式也就一定，就代表一个确定的原子轨道，加上第四个量子数，则一个电子的运动状态就确定了。下面分别讨论这四个量子数的取值和与电子运动状态的关系。

（二）四个量子数

1. 主量子数 n（也称电子层数）　主量子数（principal quantum number）用来描述核外电子出现的概率最大区域离核的平均距离，是决定原子轨道能量高低的主要因素。

原子中，主量子数 n 相同的电子，可认为在同一区域内运动，这个区域又称电子层。n 的取值为除零外的正整数，并用相应的电子层符号表示（按光谱学习惯表示）。

n 值	1	2	3	4	5	6	7……
电子层	一	二	三	四	五	六	七……
电子层光谱符号	K	L	M	N	O	P	Q……
离核平均距离	近 → 远						

对单电子原子或离子来说，n 值越大，电子离核的平均距离就越远，则电子运动的能量就越高。

2. 角量子数 l（也称电子亚层）　研究发现，在同一电子层中，电子的能量还稍有差别，轨道的形状也不相同。根据这个差别，又可把同一电子层分为一个或几个亚层。

角量子数 l（azimuthal quantum number）决定电子在原子中角度运动的行为，代表了轨道或电子云的形状，是影响轨道能量的次要因素。取值受 n 的限制，对于给定的 n，l 的取值从 0 到 $(n-l)$ 的正整数，共可取 n 个值，并用相应的轨道光谱符号（s、p、d、f…）表示，不同的 l 值，电子运动区域的形状是不同的，如表 5-2 所示。

表 5-2　l 与 n 的取值关系、轨道符号和形状

n 值	l 取值	l 值	轨道符号	轨道形状
1	0	0	s	球形对称
2	0,1	1	p	哑铃形
3	0,1,2	2	d	梅花瓣形
4	0,1,2,3	3	f	
⋮	⋮	⋮	⋮	
n	$0,1,2,3\cdots(n-l)$			

l 的物理意义可理解为：①多电子原子的原子轨道的能量与 n、l 有关；②轨道的能级由 n、l 共同决定，一组（n、l）对应于一个能级，能量相同的轨道称为简并轨道；③对给定 n，l 越大，轨道能量越高，$E_{ns}<E_{np}<E_{nd}<E_{nf}$；④给定 n 值，讨论 l 就是在电子层内讨论，习惯称 l（s、p、d、f……）为电子亚层。

注意，氢原子轨道的能级仅由 n 决定，与 l 无关。

3. 磁量子数 m　磁量子数（magnetic quantum number）是描述原子轨道在空间伸展的方向，它是根据线状光谱在磁场中还能发生分裂，显示微小的能量差别的现象提出的。

m 的取值，受角量子数 l 的限制，m 的取值可以为 $0,\pm1,\pm2,\cdots\pm l$，对于给定的 l 值，m 可取 $2l+1$ 个值。对于 n 和 l 相同、m 不同的轨道，其能量基本相同，我们称为等价轨道（equivalent orbital）或简并轨道（degenerate orbital）。

m 的物理意义可理解为：①轨道的伸展方向是指电子出现机会最多的方向；②m 不同的轨道在形状上基本相同，只是伸展方向不同；③m 也可用光谱符号表示。当 $l=0$，$m=0$，只有一个取值，即一个取向，用 s 表示，$l=1, m=+1,0,-1$，有三种取向，光谱符号为(p_x, p_y, p_z)，$l=2, m=+2,+1,0,-1,-2$，有五种取向，光谱符号为$(d_{z^2}, d_{xz}, d_{yz}, d_{xy}, d_{x^2-y^2})$，$l=3, m=+3,+2,+1,0,-1,-2,-3$ 有七种取向，为 f 轨道，即七个等价轨道。

每一个原子轨道是指 n, l, m 组合一定时的波函数 $\psi_{n,l,m}$，代表原子核外某一电子的运动状态，例如：

量子数	$\psi_{n,l,m}$	运动状态
$n=2, l=0, m=0$	$\psi_{2,0,0}$ 或 ψ_{2s}	2s 轨道
$n=2, l=1, m=0$	$\psi_{2,1,0}$ 或 ψ_{2pz}	$2p_z$ 轨道
$n=3, l=2, m=0$	$\psi_{3,2,0}$ 或 ψ_{3dz^2}	$3d_{z^2}$ 轨道

由 n 和 l 表示的 2s、2p、3d 等原子轨道，其能量肯定不同，常称它们为 2s 能级、2p 能级、3d 能级等。

4. 自旋量子数 m_s（描述电子自身的） 自旋量子数（spingquantun number）是根据氢原子光谱具有精细结构（每一根谱线是由二根靠得很近的谱线组成）引入的，认为电子除绕核高速运动外，还可有自身旋转运动。根据量子力学计算，自旋量子数只能取两个值，即 $m_s=+\frac{1}{2}$，$m_s=-\frac{1}{2}$，这表明电子在核外运动有自旋相反的两种运动状态，通常用↑和↓表示，表示顺时针自旋和逆时针自旋。

综上所述，描述一个原子轨道要用三个量子数，而描述一个原子轨道上运动的电子，要用四个量子数。同时，在同一原子中，没有彼此完全处于相同运动状态的电子，换句话说，在同一原子中，不能有四个量子数完全相同的两个电子存在，这称为泡利不相容原理。

因为四个量子数的取值是相互限制的，所以，知道主量子数 n 值，就可以知道该电子层中，最多可能容纳的电子运动状态数，如表 5-3。

表 5-3 核外电子运动的可能状态数

n	l（取值 $l<n$）	轨道符号（能级）	m（取值 $m \leq l$）	轨道数	各电子层轨道数	最多可容纳的电子数（$2n^2$）
1	0	1s	0	1	1	2
2	0	2s	0	1	4	8
	1	2p	+1,0,−1,	3		
3	0	3s	0	1	9	18
	1	3p	+1,0,−1	3		
	2	3d	+2,+1,0,−1,−2	5		
4	0	4s	0	1	16	32
	1	4p	+1,0,−1,	3		
	2	4d	+2,+1,0,−1,−2	5		
	3	4f	+3,+2,+1,0,−1,−2,−3	7		

（三）电子运动状态的图像表示

1. 波函数（原子轨道）角度分布图 波函数是描述核外电子运动状态的函数，物理意义不够明确，但它的图形表示有助于我们了解原子中电子运动规律及研究分子结构。

为使波函数的图像更加直观，需将三维直角坐标转换为球极坐标，如图 5-4 所示。

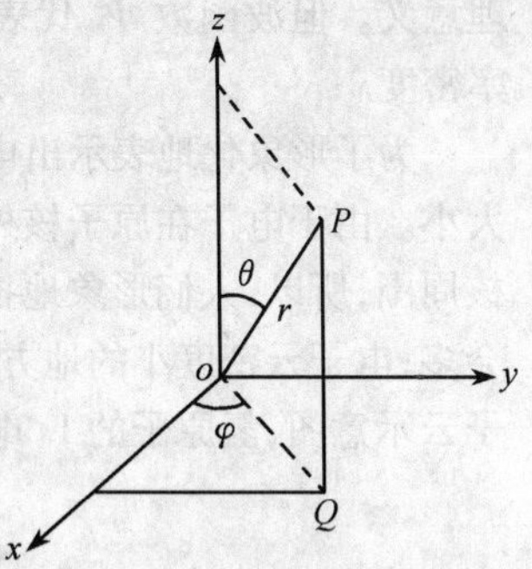

图 5-4　球极坐标图

波函数 $\Psi_{n,l,m}(r,\theta,\varphi)$ 中包含 Ψ,r,θ,Φ 四个变量。在三维空间无法表示四维空间的图像。因此将球坐标波函数可以分解成两部分的乘积，$\Psi_{n,l,m}(r,\theta,\varphi)=R_{n,l}(r)\cdot Y_{l,m}(\theta,\varphi)$，其中 $R_{n,l}(r)$ 仅与径向坐标 r 有关，称为径向波函数，$Y_{l,m}(\theta,\varphi)$ 仅与角度 θ,φ 有关称为角度波函数。因此，我们可以利用 $R_{n,l}(r)$，$Y_{l,m}(\theta,\varphi)$ 的图像从径向和角度两个侧面来研究波函数。下面仅介绍波函数的角度图。

将原子轨道角度分布函数随角度的变化作图，可以得到波函数的角度分布图，现绘出氢原子 s、p、d 各轨道角度分布剖面图，图中正、负号是从 $Y_{l,m}(\theta,\varphi)$ 的三角函数中自然得出，如图5-5所示。

原子轨道角度分布图的着眼点是描述原子轨道的角度分布情况，其形状与能级层数无关，不论第几能层的 s 轨道，其 Y 值相同，故角度分布图是相同的；不论第几能层的 p 轨道角度分布图也是相同的，有三个，分别叫 p_x、p_y、p_z，它们的图像分别是沿 x 轴、y 轴、z 轴的两个球；不论是第几能层的 d 轨道都各有五个，见图 5-5。f 轨道有七个，其图形较复杂，本书从略。

原子轨道角度分布图是单纯考虑波函数的角度部分绘制的，不能将此图形误认为是原子轨道的形状。

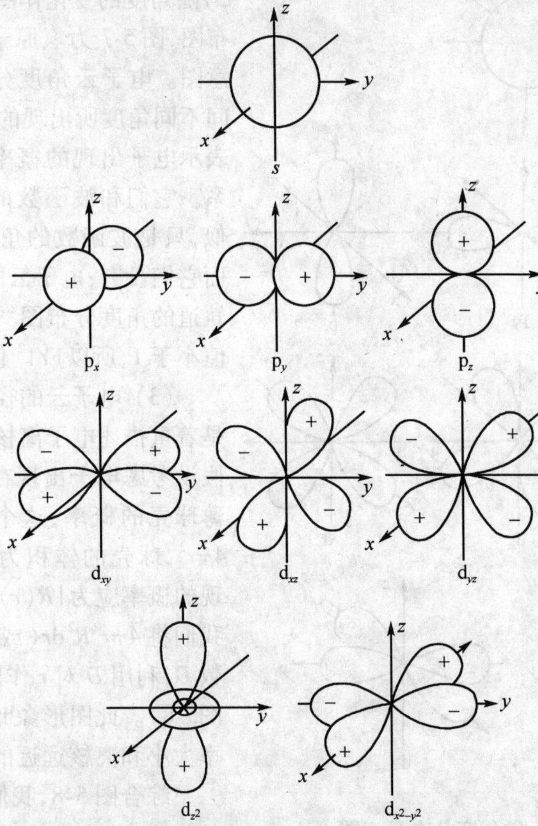

图 5-5　原子轨道的角度分布示意图

2. 电子云

(1) 电子云：波函数 Ψ 仅仅是一个描述核外电子运动的数学表达式，它本身没有确切的物理意义。但波函数 Ψ^2 代表电子在空间某点单位微体积中出现的概率，即电子在空间出现的概率密度。

为了形象化地表示出电子的概率密度分布，可用小黑点的疏密来表示空间各点的概率密度大小。由于电子在原子核外空间一定范围内出现，可以想像为一团带负电荷的云雾笼罩在原子核周围，所以，人们形象地把它叫做“**电子云**”。电子云密度大的地方，表明电子在该处出现的机会多；电子云密度小的地方，表明电子在该处出现的机会少。图 5-6 是在通常状况下氢原子的电子云示意图，氢原子的 1*s* 电子云呈球形对称。

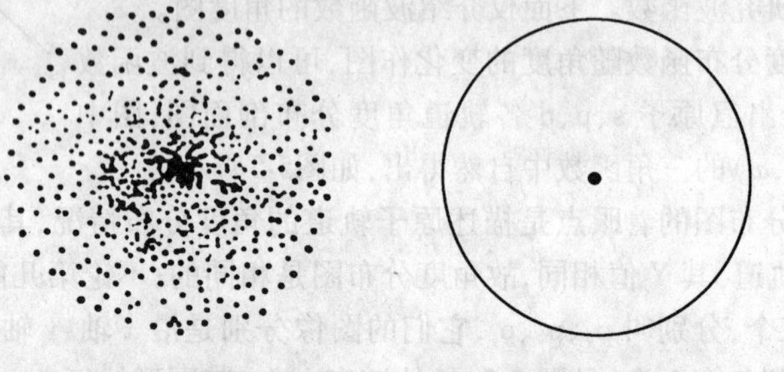

图 5-6　氢原子 1*s* 电子云和电子云剖面界面图

(2) 电子云的角度分布图：将 $Y_{1,m^2}(\theta,\varphi)$ 随角度的变化作图，可得电子云的角度分布图，图 5-7 为氢原子电子云的角度分布示意图。电子云角度分布能表示出电子在空间不同角度所出现的概率密度大小，但不能表示电子出现的概率密度与离核远近的关系。它们和波函数的角度分布图的形状相似，只是波函数的角度分布图上有正负号，而它们没有；电子云的角度分布图要比原子轨道的角度分布图“瘦”一些，这是因为 $|Y|$ 值小于 1，所以 $|Y|^2$ 值更小。

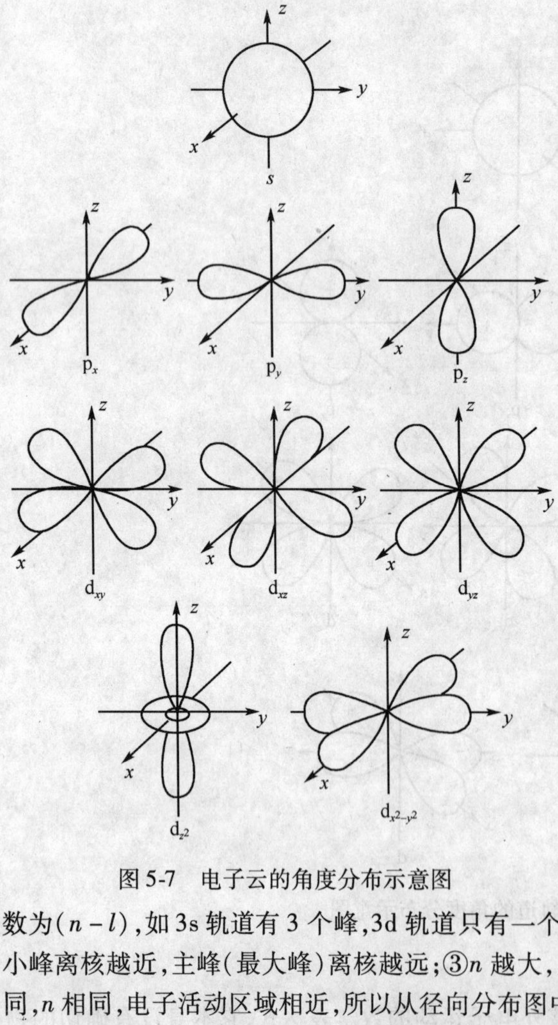

图 5-7　电子云的角度分布示意图

(3) 电子云的径向分布图：径向分布图是着重描述电子离核远近的概率分布情况。假设考虑电子出现在半径为 r，厚度为 $\mathrm{d}r$ 的薄球壳的概率，这个球壳的相应球面积是 $4\pi r^2$，球壳的体积为 $4\pi r^2\mathrm{d}r$，球壳内电子出现的概率应为 $|R(r)|^2\times 4\pi r^2\mathrm{d}r = 4\pi r^2R^2\mathrm{d}r$。我们将 $4\pi r^2R^2\mathrm{d}r$（或 r^2R^2）称为径向分布函数 D，利用 D 对 r 作图，得到径向分布图（见图5-8）。此图形象地显示出电子出现的概率大小和离核远近的关系。

综合图 5-8，我们可以发现：①不同类型的轨道，径向分布的极大值即峰数不同，峰数为 $(n-l)$，如 3s 轨道有 3 个峰，3d 轨道只有一个峰；②n 相同，l 不同，峰数不同，但 l 越小，最小峰离核越近，主峰（最大峰）离核越远；③n 越大，主峰离核越远；④n 不同，其电子活动区域不同，n 相同，电子活动区域相近，所以从径向分布图中可看出核外电子是分层分布的。

(4) 电子云黑点图：在电子云黑点图上，综合径向分布图和角度分布图，较全面地反映电子云强度大小和形状，如图 5-9、图 5-10 所示。

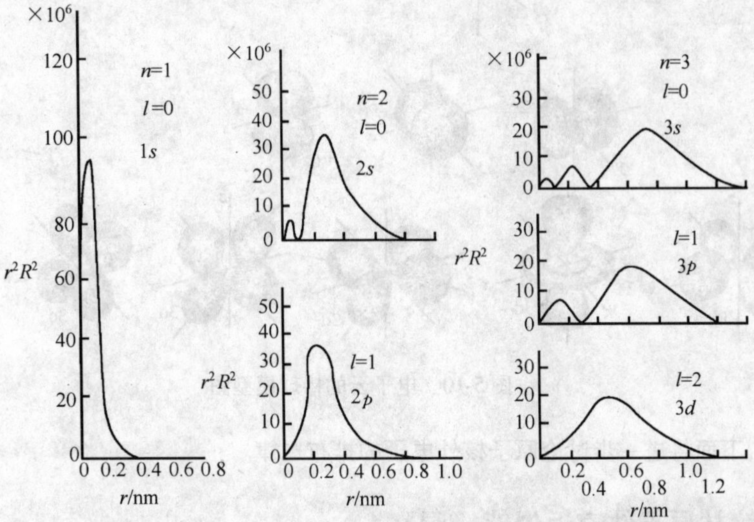

图 5-8　电子云的径向分布示意图

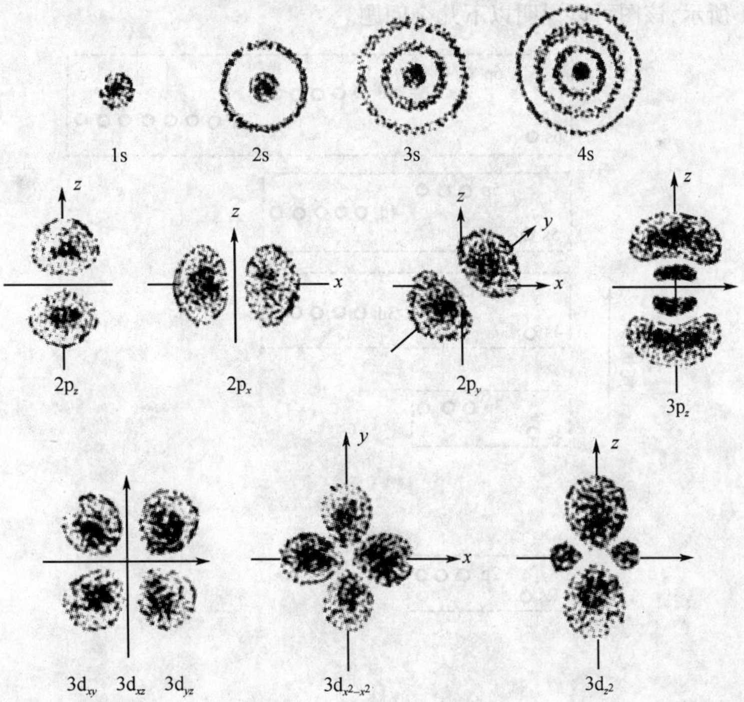

图 5-9　电子云黑点剖面图

二、多电子原子的原子轨道能级

我们已学习原子核外电子的运动状态，了解了电子是分层排布，而每个电子层又可分为几

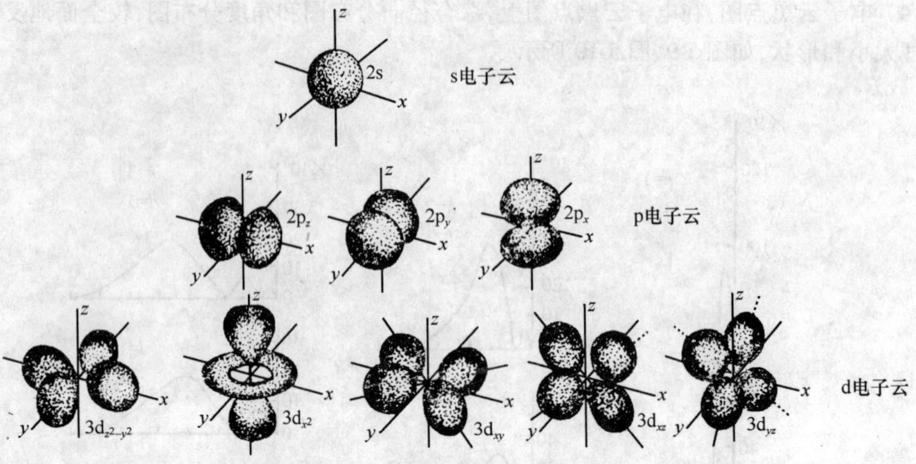

图 5-10 电子云的棒球模型图

个电子亚层，下面将进一步讨论原子核外电子的排布规律。

(一) 鲍林原子轨道近似能级图

鲍林(L. Pauling)根据光谱实验的结果，总结出多电子原子中电子填充各原子轨道能级顺序，如图 5-11 所示，该图可以说明以下几个问题。

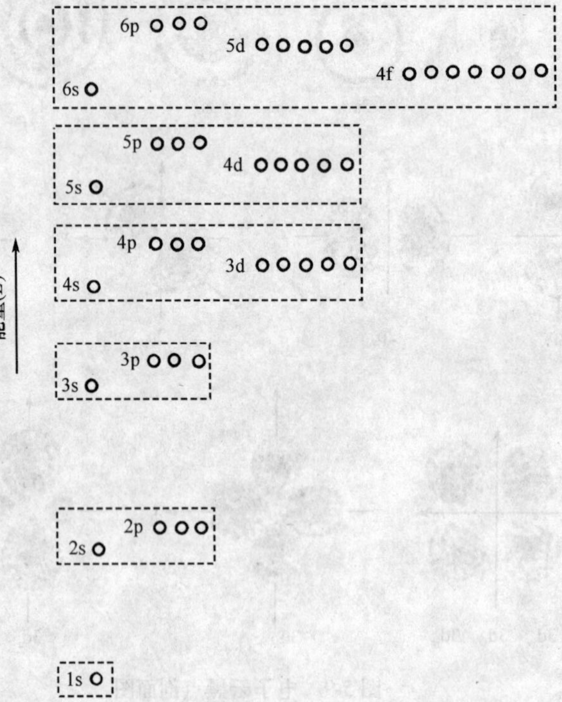

图 5-11 鲍林原子轨道近似能级图

1. 将能级相近的原子轨道排在一组，目前分为七个能级组，并按照能量从低到高的顺序从下往上排列。

2. 每个能级组中,每一个小圆圈表示一个原子轨道,将3个等价p轨道、5个等价d轨道、7个等价f轨道…排成一列,表示在该能级组中它们的能量相等。除第一能级组外,其他能级组中,原子轨道的能级也有差别。

3. 多电子原子中,原子轨道的能级主要由主量子数 n 和角量子数 l 来决定,如:$E_{1s}<E_{2s}<E_{3s}<E_{4s}$;$E_{4s}<E_{4p}<E_{4d}<E_{4f}$。这种同层轨道能级差异不同的现象,称为能级分裂。在第4能级组以上,出现 n 较大,但能量较低的情况,如:$E_{4s}<E_{3d}$,这种能级错位的现象我们称"能级交错"(energy level overlap)。这些原子轨道能级高低变化的情况,可用"屏蔽效应"和"钻穿效应"来加以解释。

(二)屏蔽效应

在多电子原子中,一个电子不仅要受原子核的吸引,而且还要受到其他电子的排斥力,从而会使核对该电子的吸引力降低。我们将其他电子对某一电子排斥的作用归结为抵消了一部分核电荷,使其有效核电荷(effective nuclear charge)降低,削弱了核电荷对该电子吸引的作用,称为屏蔽效应(screening effect)。如$_4$Be电子结构为 $1s^2 2s^2$,外层 $2s$ 电子要受到内层两个 $1s$ 电子的屏蔽,还要受到本层另一个 s 电子的屏蔽,实际上只能感受到约2个核电荷对它的吸引。

(三)钻穿效应

当主量子数 n 相同,而角量子数 l 不同,由于 l 较小的电子钻穿到核附近的概率较大,回避其他电子的屏蔽的能力较强,能感受到更多的有效核电荷,这等于削弱了其他电子的屏蔽作用,能量随之降低。这种由于角量子数 l 不同,电子的钻穿能力不同,而引起的能级能量的变化称为钻穿效应(drill through effect)。

在多电子原子中,原子轨道的能级变化大体有以下三种:

(1) n 不同、l 相同的能级,n 越大,轨道离核越远,外层电子受内层的屏蔽效应也越大,能量越高,核对该轨道上的电子吸引力就越弱。如:$E_{1s}<E_{2s}<E_{3s}<E_{4s}$。

(2) n 相同、l 不同的能级,当 n 相同时,角量子数小的,峰越多,钻的就越深,离核就越近,受核的吸引力就越强,由于钻穿能力 $ns>np>nd>nf$,所以核对电子的吸引能力 $ns>np>nd>nf$,或 l 增大,轨道离核较远,受同层其他电子的屏蔽效应就大,能量升高,核对该轨道上的电子吸引力相应减弱,产生能级分裂。如:$E_{4s}<E_{4p}<E_{4d}<E_{4f}$。

(3) n 不同,l 不同的能级,原子轨道的能级顺序较为复杂。如:$E_{4s}<E_{3d}$;$E_{5s}<E_{4d}$;$E_{6s}<E_{4f}<E_{5d}$等。这可用钻穿效应加以解释。例如4s的能级低于3d,因4s电子钻的较深,核对它的吸引力增强,使轨道能级降低的作用超过了主量子数增大使轨道能级升高的作用,故 $E_{4s}<E_{3d}$,使能级发生错位。同样也能解释 $E_{5s}<E_{4d}$;$E_{6s}<E_{4f}<E_{5d}$等。

三、原子核外电子的排布(电子结构)

各种元素的原子,其核外电子排布主要根据光谱实验得出的(见表5-4)。此处仅列出前五周期原子的电子层结构。

表 5-4　原子的电子层结构

周期	原子序数	元素符号	元素名称	电子层结构						
				K	L	M	N	O	P	Q
				1s	2s 2p	3s 3p 3d	4s 4p 4d 4f	5s 5p 5d 5f	6s 6p 6d	7s
1	1	H	氢	1						
	2	He	氦	2						
2	3	Li	锂	2	1					
	4	Be	铍	2	2					
	5	B	硼	2	2 1					
	6	C	碳	2	2 2					
	7	N	氮	2	2 3					
	8	O	氧	2	2 4					
	9	F	氟	2	2 5					
	10	Ne	氖	2	2 6					
3	11	Na	钠	2	2 6	1				
	12	Mg	镁	2	2 6	2				
	13	Al	铝	2	2 6	2 1				
	14	Si	硅	2	2 6	2 2				
	15	P	磷	2	2 6	2 3				
	16	S	硫	2	2 6	2 4				
	17	Cl	氯	2	2 6	2 5				
	18	Ar	氩	2	2 6	2 6				
4	19	K	钾	2	2 6	2 6	1			
	20	Ca	钙	2	2 6	2 6	2			
	21	Sc	钪	2	2 6	2 6 1	2			
	22	Ti	钛	2	2 6	2 6 2	2			
	23	V	钒	2	2 6	2 6 3	2			
	24	Cr	铬	2	2 6	2 6 5	1			
	25	Mn	锰	2	2 6	2 6 5	2			
	26	Fe	铁	2	2 6	2 6 6	2			
	27	Co	钴	2	2 6	2 6 7	2			
	28	Ni	镍	2	2 6	2 6 8	2			
	29	Cu	铜	2	2 6	2 6 10	1			
	30	Zn	锌	2	2 6	2 6 10	2			
	31	Ga	镓	2	2 6	2 6 10	2 1			
	32	Ge	锗	2	2 6	2 6 10	2 2			
	33	As	砷	2	2 6	2 6 10	2 3			
	34	Se	硒	2	2 6	2 6 10	2 4			
	35	Br	溴	2	2 6	2 6 10	2 5			
	36	Kr	氪	2	2 6	2 6 10	2 6			
5	37	Rb	铷	2	2 6	2 6 10	2 6	1		
	38	Sr	锶	2	2 6	2 6 10	2 6	2		
	39	Y	钇	2	2 6	2 6 10	2 6 1	2		
	40	Zr	锆	2	2 6	2 6 10	2 6 2	2		
	41	Nb	铌	2	2 6	2 6 10	2 6 4	1		
	42	Mo	钼	2	2 6	2 6 10	2 6 5	1		
	43	Tc	锝	2	2 6	2 6 10	2 6 5	2		
	44	Ru	钌	2	2 6	2 6 10	2 6 7	1		
	45	Rh	铑	2	2 6	2 6 10	2 6 8	1		
	46	Pd	钯	2	2 6	2 6 10	2 6 10			
	47	Ag	银	2	2 6	2 6 10	2 6 10	1		
	48	Cd	镉	2	2 6	2 6 10	2 6 10	2		

续表

周期	原子序数	元素符号	元素名称	电子层结构						
				K	L	M	N	O	P	Q
				1s	2s 2p	3s 3p 3d	4s 4p 4d 4f	5s 5p 5d 5f	6s 6p 6d	7s
5	49	In	铟	2	2 6	2 6 10	2 6 10	2 1		
	50	Sn	锡	2	2 6	2 6 10	2 6 10	2 2		
	51	Sb	锑	2	2 6	2 6 10	2 6 10	2 3		
	52	Te	碲	2	2 6	2 6 10	2 6 10	2 4		
	53	I	碘	2	2 6	2 6 10	2 6 10	2 5		
	54	Xe	氙	2	2 6	2 6 10	2 6 10	2 6		

实验结果表明,核外电子排布必须服从三个原则:

(一)能量最低原理

电子在原子轨道中的排布,应尽可能使整个体系的能量最低,才能符合自然界的能量越低越稳定的普遍规律。也就是说,电子在原子轨道填充的顺序,应先从最低能级1*s*轨道开始,依次往能级较高的轨道上填充,称为能量最低原理(lowest energy principle)。

(二)泡利不相容原理

1925年奥地利科学家泡利(W. Paoli)在光谱实验现象的基础上,提出了一个后被实验所证实的一个假设,即在一个原子中不可能存在四个量子数完全相同的两个电子,我们称为泡利不相容原理(exclusion principle)。

按照泡利不相容原理,每个原子轨道最多能容纳两个电子,这两个电子自旋量子数的取值分别为 $m_s = +\frac{1}{2}$ 和 $m_s = -\frac{1}{2}$,或用"↑"、"↓"表示,即一个为顺时针自旋,另一个为逆时针自旋。

(三)洪特规则

1925年,德国科学家洪特(F. Hund)根据大量光谱实验数据,总结出,在 *n* 和 *l* 相同的等价轨道中,电子尽可能分占各等价轨道,且自旋方向应相同,称为洪特规则(Hund's rule),也称为等价轨道原理。量子力学计算证实,按洪特规则,且自旋方向相同的单电子越多,能量就越低,体系就越稳定。

此外,量子力学理论还指出,在等价轨道中电子排布全充满、半充满和全空状态时,体系能量最低最稳定,这也可称为洪特规则的补充说明。

全充满 p^6,d^{10},f^{14}　　半充满 p^3,d^5,f^7　　全空 p^0,d^0,f^0

根据核外电子排布三原则,结合鲍林近似能级图,可排布各种原子基态时的电子层结构。下面讨论核外电子排布和书写电子结构式的几个实例。

按照鲍林原子轨道近似能级图,电子填充各能级轨道的先后顺序为:

1s　2s2p　3s3p　4s3d4p　5s4d5p　6s4f5d6p　7s5f6d7p ……

【例5-1】 根据核外电子排布原则,写出原子序数为8,17,24,29的元素原子的符号及电子结构式。

解 根据核外电子排布原则

元素原子的符号	电子排布式	原子实式	价电子层构型
$_{8}O$	$1s^22s^22p^4$	或[He]$2s^22p^4$	$2s^22p^4$
$_{18}Ar$	$1s^22s^22p^63s^23p^6$	或[Ne]$3s^23p^6$	$3s^23p^6$
$_{24}Cr$	$1s^22s^22p^63s^23p^63d^54s^1$	或 [Ar]$3d^54s^1$	$3d^54s^1$
$_{29}Cu$	$1s^22s^22p^63s^23p^63d^{10}4s^1$	或[Ar]$3d^{10}4s^1$	$3d^{10}4s^1$。

24,29 号元素的排布是因半充满的 d^5 和全充满的 d^{10} 结构体系非常稳定的缘故。

为了避免电子结构式过长,将内层电子结构用前一周期稀有气体元素电子结构表示,并用“[ ]”括起来,称为原子实体。如$_{24}$Cr 的后一电子结构式。当我们按鲍林近似能级图排布完电子后,体系的能量就会发生变化,如 Cr 原子内层 3d 轨道上有电子,就会对外层上的 4s 电子有屏蔽效应,使 4s 轨道上的电子能量升高,所以此时 $E_{3d} < E_{4s}$。而电子的失去和得到都是从最外层开始的,所以要进行调整。进行调整的目的,便于写出它的离子电子结构。同理,原子序数为 9 的 F 原子,电子结构为 $1s^22s^22p^5$,其 F^- 离子电子结构为 $1s^22s^22p^6$,只需在外层加一个电子即可。

第 3 节 原子的电子层结构和元素周期系

一、原子的电子层结构与周期系

(一)原子电子层结构与周期的划分

为什么会有元素性质周期性的出现呢? 人们发现,随着原子序数(核电荷)的增加,不断有新的电子层出现,并且最外层的电子的填充始终是从 ns^1 开始到 ns^2np^6 结束(除第一周期外),即都是从碱金属开始到稀有气体结束,重复出现。由于最外电子层的结构决定了元素的化学性质,因此就出现了元素性质呈现周期性变化的一个又一个周期。同时表明,元素性质呈现周期性的变化规律(周期律)是由于原子的电子层结构呈现周期性变化所造成的。

结合原子的电子层结构和能级组的划分以及元素性质呈现周期性变化的规律,它们有以下的关系,如表 5-5 所示。

表 5-5 周期数与能级组数和最大电子容量关系

能级组	1s	2s2p	3s3p	4s3d4p	5s4d5p	6s4f5d6p	7s5f6d7p
能级组数	1	2	3	4	5	6	7
周期数	1	2	3	4	5	6	7
电子层数(最外层主量子数)	1	2	3	4	5	6	7
元素数目	2	8	8	18	18	32	23(未完)
最大电子容量	2	8	8	18	18	32	未满

即 周期数 = 能级组数 = 电子层数

由能级组和周期的关系可知,能级组的划分是导致周期表中各元素能划分为周期的本质原因。第七周期为未填满周期。

(二) 原子的电子层结构与族的划分

按长式周期表(见附页),元素被分为16个族,排成18个纵列,其中

7个主族(A族):ⅠA~ⅦA族　　1个0族为稀有气体元素

8个副族(B族):ⅠB~Ⅷ族　　Ⅷ族占了三个纵列

族数=价电子层上电子数(参与反应的电子)=最高氧化值

(Ⅷ族只有Ru和Os元素可达+8,ⅠB族有例外。)

要特别注意,ⅠB、ⅡB族与ⅠA、ⅡA族的主要区别在于:ⅠB、ⅡB族次外层d轨道上电子是全满的,而ⅠA、ⅡA族从第四周期开始元素才出现次外层d轨道,且还未填充$(n-1)d$电子。

相对原子质量

各种元素的相对质量,亦称相对原子质量。绝大多数的元素是由两种或两种以上的放射性核素组成。氧有三种放射性核素,^{16}O、^{17}O、^{18}O它们在普通纯氧中的含量分别为99.759%、0.037%、0.204%,碳有两种稳定放射性核素^{12}C、^{13}C,它们的相对丰度分别为98.892%和1.108%。各元素的相对原子质量是它所含放射性核素以C=12.0000作为标准所得的平均相对质量(放射性核素量的平均值)。例如氧的相对原子质量为15.9994,碳的相对原子质量为12.01115。

链接

对于同一族的元素因其价电子层构型相似,所以它们的化学性质也十分相似。

(三) 原子的电子层结构与区的划分

根据各元素原子的核外电子排布以及价电子层构型的特点,可将长式周期表中的元素分为五个区。

1. s区元素　最后一个电子填充在s轨道上的元素属s区元素,包括碱金属的ⅠA族元素和碱土金属的ⅡA族元素,位于周期表中左侧的位置,它们都是活泼金属。

2. p区元素　最后一个电子填充在p轨道上的元素属p区元素,包括ⅢA~0族元素,分别称为硼族元素(ⅢA)、碳族元素(ⅣA)、氮族元素(ⅤA)、氧族元素(ⅥA)、卤族元素(ⅦA)和零族稀有气体元素,它们位于周期表中右侧位置,大部分元素为非金属元素。

3. d区元素　最后一个电子填充在d轨道上的元素属d区元素,包括ⅢB~Ⅷ族元素,它位于周期表中的中间位置。通常d区元素又称过渡元素,其含义是指从s区金属元素向着p区非金属元素过渡,也有的指从d能级不完全的电子填充到完全填充的过渡。d区元素都是金属元素。

4. ds区元素　最后一个电子填充在d轨道上,且d能级达全满状态的元素称ds区元素,包括称为铜分族的ⅠB族元素和锌分族的ⅡB族元素,位于周期表中间的d区元素和p区元素之间位置,它们的特点是次外层d轨道能级上的电子排布是全满的。ds区元素均为金属元素。

5. f区元素　最后一个电子填充在f轨道上的元素称为f区元素,其电子构型是$(n-2)f^{1\sim14}(n-1)d^{0\sim2}ns^2$,包括镧系元素(57~71号元素)和锕系元素(89~103号元素)。由于外层和次外层上的电子数几乎相同,只是倒数第三层f轨道上电子数不同,所以每个系列各元素的化学性质极为相似。

下面我们通过一个例子来运用和熟悉以上所学的知识。

【例5-2】 已知某元素的原子序数是35,试写出该元素的电子结构式,并指出该元素位于

周期表中哪个周期？哪一族？哪一区？并写出该元素的名称和化学符号？

解 原子序数为35的元素，电子结构式为：$1s^22s^22p^63s^23p^63d^{10}4s^24p^5$

或简写为：$[Ar]3d^{10}4s^24p^5$

根据　　周期数 = 能级组数　　族数 = 价层电子数

因为第4能级组为$4s3d4p$，价电子层构型为$4s^24p^5$，所以该元素属于第4周期，ⅦA族元素，位于p区，元素名称为溴，化学符号为Br。

二、元素某些性质的周期性

我们知道，一切客观事物本来是互相联系的和具有内在规律的。因此各元素之间也应存在着联系和内在规律。实际上，人们在长期的生产斗争和科学实验中已经认识了这些元素的相互联系和内在规律性。

（一）原子半径

从量子力学理论观点考虑，电子云没有明确的界限，就像云雾没有明确界限一样，因此严格来讲原子半径有不确定的含义，也就是说要给出一个准确的原子半径是不可能的。原子半径是假设原子为球形，根据实验测定和间接计算方法求得的。原子半径常用的有三种定义，即共价半径、范德瓦尔斯半径和金属半径，可用于不同的情况下。

1. 共价半径(r_c)　同种元素的两个原子以共价单键结合时（如H_2，Cl_2等），它们核间距离的一半称为原子的共价半径，如图5-12所示。

对于给出的如果是共价双键或共价三键结合的共价半径，必须要加以注明。

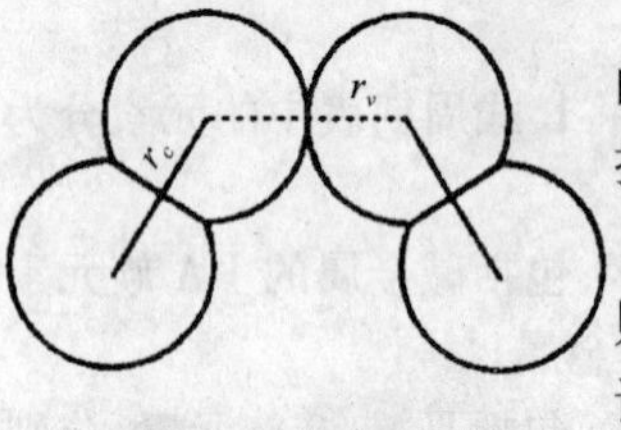

图5-12　共价半径和范德瓦尔斯半径

2. 范德瓦尔斯半径(r_v)　在分子晶体中，相邻分子间两个邻近的非成键原子的核间距离的一半称为范德瓦尔斯半径，也称为分子接触半径，如图5-12所示。

3. 金属半径　将金属晶体看成是由球状的金属原子堆积而成，则：在金属晶体中，相邻的两个接触原子它们的核间距离的一半称该原子的金属半径。

通常情况下，范德瓦尔斯半径都比较大，而金属半径比共价半径大一些。在比较元素的某些性质时，原子半径的取值最好用同一套数据。

在讨论原子半径在周期系中的变化，我们采用的是共价半径。而稀有气体（零族元素）通常为单原子分子，只能用范德瓦尔斯半径。表5-6列出了周期系中各元素的原子半径。

同一周期元素原子半径的变化：

短周期：是指周期表中第1，2，3周期的元素。在同一短周期中，从左到右由于增加的电子同在外层，电子层数不变，而原子的有效核电荷逐渐增大，对核外电子的吸引力逐渐增强，故原子半径依次变小。而最后一个稀有气体的原子半径变大，这是由于稀有气体的原子半径采用范德瓦尔斯半径所致。

长周期：在同一长周期中，从左到右，原子半径的变化总体趋势与短周期相似，也是依次变小的。但过渡元素的变化由于所增加的电子填充在次外层的d轨道上，因决定原子半径大小的屏蔽效应大，原子的有效核电荷有所降低，核对核外电子的吸引力有所下降。但核电荷的增加还是占主导的，所以，过渡元素的原子半径依次变小的幅度很缓慢，但电子填充至d^5半满或d^{10}

全满的稳定状态时，d 轨道对核外电子的屏蔽效应更强，故原子半径有所变大。到了 p 区元素又逐渐恢复正常。

表 5-6　元素的原子半径(pm)

ⅠA	ⅡA	ⅢB	ⅣB	ⅤB	ⅥB	ⅦB	Ⅷ			ⅠB	ⅡB	ⅢA	ⅣA	ⅤA	ⅥA	ⅦA	0
H																	He
30																	93
Li	Be											B	C	N	O	F	Ne
123	89											82	77	70	66	64	112
Na	Mg											Al	Si	P	S	Cl	Ar
157	136											125	117	110	104	99	154
K	Ca	Sc	Ti	V	Cr	Mn	Fe	Co	Ni	Cu	Zn	Ga	Ge	As	Se	Br	Kr
203	174	144	132	122	118	117	117	116	115	117	125	125	122	121	117	114	169
Rb	Sr	Y	Zr	Nb	Mo	Tc	Ru	Rh	Pd	Ag	Cd	In	Sn	Sb	Te	I	Xe
216	192	162	145	134	130	127	125	125	128	134	141	150	140	141	137	133	190
Cs	Ba	La	Hf	Ta	W	Re	Os	Ir	Pt	Au	Hg	Tl	Pb	Bi	Po	At	Rn
235	198	169	144	134	130	128	126	127	130	134	144	155	154	152			220

同一族元素原子半径的变化：

主族元素：同一主族元素，从上至下，电子层逐渐增加所起的作用大于有效核电荷增加的作用，所以原子半径逐渐增大。

副族元素：同一副族元素，从上到下原子半径的变化趋势总体上与主族相似，但原子半径增大不很明显。主要原因是内过渡元素镧系收缩（lanthanide contraction 收缩原子半径约为 11pm），使得第六周期过渡元素的原子半径与第五周期同一族过渡元素的半径相近。

（二）电离势

原子若失去电子成为正离子，需要克服核对电子的吸引力而消耗一定的能量。

元素的一个气态原子在基态时失去一个电子成为气态的正一价离子时所消耗的能量，称为该元素的第一电离势（first ionizaton energy），用符号“I_1”表示，单位为 $kJ \cdot mol^{-1}$。

若从气态的正一价离子再失去一个电子成为气态的正二价离子时，所消耗的能量就称为第二电离势 I_2，依次类推，分别为 I_3、I_4…通常情况下 $I_1 < I_2 < I_3 < I_4$…这是因为，气态正离子的价数越高，核外电子数越少，且离子的半径也越小，外层电子受有效核电荷作用就越大，故失去电子越困难，所消耗的能量就越大。

例如：

$H(g) - e^- \rightarrow H^+(g)$　　$I_1 = 1312 kJ \cdot mol^{-1}$

$Li(g) - e^- \rightarrow Li^+(g)$　　$I_1 = 520 kJ \cdot mol^{-1}$

$Li^+(g) - e^- \rightarrow Li^{2+}(g)$　　$I_2 = 7298 kJ \cdot mol^{-1}$

$Li^{2+}(g) - e^- \rightarrow Li^{3+}(g)$　　$I_3 = 11815 kJ \cdot mol^{-1}$

电离势的大小可表示原子失去电子的倾向，从而可说明元素的金属性。如电离势越小表示原子失去电子所消耗能量越少，就越易失去电子，则该元素在气态时金属性就越强。

元素的电离势可以从元素的发射光谱实验测得。通常情况下，常使用的是第一电离势。元素的电离势在周期表中呈现明显的周期性变化。图 5-13 为元素的第一电离势周期性变化示意图。

一般说来，同一周期的元素具有相同的电子层数，从左到右随着核电荷数增加，原子半径减

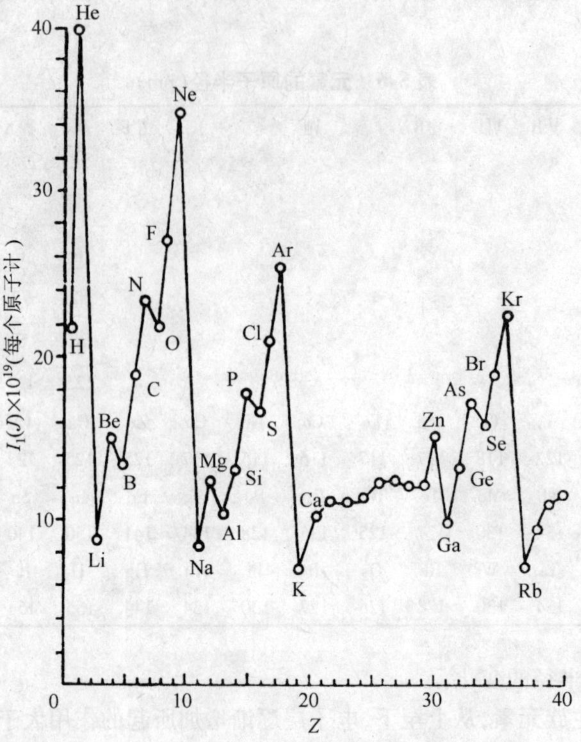

图 5-13　元素的第一电离势周期性变化示意图

小,核对外层电子的引力增大。因此,每一周期电离势最低的是碱金属,越往右电离势越大。同一族元素,原子半径增大起主要作用,半径越大,核对外层电子的吸引力越小,越易失去电子,电离势越小,从图中看到ⅠA族中按 Li、Na、K…顺序电离势越来越小。还可注意到,在每一周期的最后元素稀有气体原子具有最高的电离势,因为它们有 ns^2ns^6 的稳定结构。此外,图中曲线中有小的起伏,例 N、P、As 元素的电离势分别比 O、S、Se 元素的电离势高,这是因前者具有 ns^2np^3 组态,p 亚层半满,失去一个 p 电子破坏了半满的稳定状态,需较高能量。

过渡元素,由于电子是填充入内层,引起屏蔽效应大,它抵消了核电荷增加所产生的影响,因此它们的第一电离势变化不大。

(三) 电子亲和势

与原子失去电子需消耗一定的能量正好相反,电子亲和势是指原子获得电子所放出的能量。

元素的一个气态原子在基态时获得一个电子成为气态的负一价离子所放出的能量,称为该元素的第一电子亲和势(first electron affinity)。与此类推,也可得到第二、三电子亲和势。第一电子亲和势用符号“E_1”表示,单位为 kJ · mol^{-1},如:

$$Cl(g) + e^- \rightarrow Cl^-(g) \qquad E_1 = +348.7\ kJ \cdot mol^{-1}$$

大多数元素的第一电子亲和势都是正值(放出能量),也有的元素为负值(吸收能量)。这说明这种元素的原子获得电子成为负离子时比较困难,如:

$$O(g) + e^- \rightarrow O^-(g) \qquad E_1 = +141\ kJ \cdot mol^{-1}$$

$$O^-(g) + e^- \rightarrow O^{2-}(g) \qquad E_2 = -780\ kJ \cdot mol^{-1}$$

这是因为,负离子获得电子是一个强制过程,很困难,需消耗很大能量。

在元素周期表中,电子亲和势的变化规律类似电离势的变化规律。一般来说,如果一个元素的电离势较高则它的电子亲和势也较高。但ⅢA～ⅦA各族的第二周期元素的电子亲和势呈现反常现象,均比第三周期元素的电子亲和势小。这是因为第二周期的B、C、N、O、F虽然有很强的接受电子的倾向,但是由于半径很小,加入电子后负电荷密集,电子和电子间的排斥作用急剧增大,使电子亲和势变小以致破坏从上到下随原子半径增大而电子亲和势变小的正常顺序。

(四)元素的电负性

元素的电离势和电子亲和势可反映某元素的原子失去和获得电子的能力,但并不是完美的,因为有些元素在形成化合物时,并没有失去和获得电子。为了更全面地反映分子中原子对成键电子的吸引能力,又提出了元素电负性的概念。

1923年,鲍林首先提出:在分子中,元素原子吸引电子的能力叫做元素的电负性。用符号"X_p"表示,并指定氟的电负性为4.0,根据热化学的方法可求出其他元素的相对电负性,故元素的电负性没有单位。

元素的电负性在周期表中也呈现出周期性变化。根据元素的电负性大小也可衡量元素的金属性和非金属性的强弱。

在每一周期都是左边碱金属的电负性最低,右边的卤素电负性最高,由左向右电负性逐渐增加,主族元素间的变化明显,副族元素之间的变化幅度小一些。

主族元素的电负性一般是从上向下递减,但也有个别元素的电负性值异常,其原因有待进一步研究。副族元素由上向下的规律性不强。

在所有元素中铯的电负性最小,是金属性最强的元素;氟的电负性最大,是非金属性最强的元素。通常情况下,金属元素的电负性在2.0以下,非金属元素的电负性在2.0以上。但它们没有严格的界限。

总之,元素的电离势、电子亲和势和电负性在衡量元素的金属性和非金属性强弱时结果大致相同的。但由于元素的电负性的大小是表示分子中原子吸引电子的能力大小,所以它能方便地定性反映元素的某些性质,如:金属性与非金属性、氧化还原性、估计化合物中化学键的类型、键的极性等,因此在化学领域中被广泛地运用。

小结

1. 原子由核和核外电子构成,核外电子运动特征为①能量量子化,②波粒二象性。

2. 核外电子运动状态由波函数(或称原子轨道)描述,或通过解波函数所得的几个量子数描述,其中主量子数 n 描述电子出现的区域离核远近、能量高低;角量子数 l 描述轨道的形状及亚层轨道能量高低;磁量子数 m 描述轨道在空间的伸展方向,自旋量子数 m_s 描述电子自旋状态。电子云是波函数的平方,代表电子在核外空间单位体积中出现的概率密度。

3. 原子核外电子的排布应遵循三个原则:能量最低原则、泡利不相容原理、洪特规则。其中轨道能量的高低可用鲍林原子轨道近似能级图、屏蔽效应、钻穿效应分析决定。

4. 元素周期表的排布与原子的电子层结构密切相关。周期与电子层数有关,族与最外层电子数有关,区与最后一个电子排布的位置有关。

5. 元素的某些性质呈现周期性变化,如原子半径、电离势、电子亲和势、电负性等。

目标检测

一、是非题

1. 凡核外电子排布相同的微粒,它们的化学性质也相同。
2. 同一周期的元素从左至右,因原子半径逐渐减小,故电离能也是逐渐减小。
3. 同周期元素从左至右,金属性逐渐减弱,非金属性逐渐增强。
4. 当钠原子失去一个电子成为像氖原子那样的稳定结构,就应该叫氖原子。
5. 非金属元素的最高正价与负价绝对值之和等于8。
6. 电子云是指对核外电子出现的概率大小用统计方法作形象化描述。
7. 原子核外第2层与第3层原子轨道的角度分布图是一样的。
8. 鲍林能级近似图中的能级组数与元素周期表中的周期数是一致的。
9. 氧原子的第一电离能大于氮原子的第一电离能。
10. 每个原子轨道只能容纳两个电子,且自旋方向相同。

二、A型题

1. 下列五套量子数中,能量最高的是

A. $3,1,-1,+\frac{1}{2}$　　B. $3,1,+1,+\frac{1}{2}$　　C. $3,0,0,+\frac{1}{2}$

D. $3,0,0,-\frac{1}{2}$　　E. $3,2,+2,+\frac{1}{2}$

2. 下列五套量子数中,能量最低的是

A. $3,2,0,+\frac{1}{2}$　　B. $3,2,2,+\frac{1}{2}$　　C. $3,1,1,-\frac{1}{2}$

D. $3,0,0,+\frac{1}{2}$　　E. $3,1,-1,-\frac{1}{2}$

3. 下面给出了$_4Be$,$_5B$,$_3Li$,$_9F$和一未知元素的电子构型,哪一个代表那个未知元素

A. $1s^22s^22p^4$　　B. $1s^22s^22p^1$　　C. $1s^22s^1$

D. $1s^22s^2$　　E. $1s^22s^22p^5$

4. 原子序数为24的元素Cr,属于哪个区的元素

A. p　　B. s　　C. d

D. ds　　E. f

5. 下列各对元素中,第一电离势大小不正确的是

A. Li < Be　　B. Be < B　　C. C < N

D. O < F　　E. F < Ne

6. 当主量子数 $n=4$ 时,该电子层最多可容纳电子数为

A. 2　　B. 8　　C. 10

D. 18　　E. 32

7. *s* 区元素包括几个纵列

A. 1　　B. 2　　C. 6

D. 8　　E. 10

8. 下列元素中电负性最大的是

A. H　　B. Cs　　C. Cr

D. Cu　　E. F

9. 下列元素中原子半径最小的是

A. H　　B. Cs　　C. Cr

D. Cu　　E. F

10. 元素周期表中有几个完整周期

A. 3　　B. 4　　C. 5

D. 6　　E. 7

三、填空题

1. ⅠB、ⅡB族元素的价电子层结构分别是________，________。

2. 多电子原子的原子轨道的能量是由________决定的；而原子轨道是由________决定的；电子的运动状态是由________决定的。

3. 主族元素的原子半径从左至右逐渐________，从上至下逐渐________。

4. 核外电子排布应遵守________、________、________。

5. 原子序数为29的元素的电子排布式为________，属第________周期、第________族、________区元素。

四、简答题

1. 根据下列原子序数，写出它们的元素符号和电子结构(长式)。

(1) 原子序数为8　　(2) 原子序数为15

(3) 原子序数为27　　(4) 原子序数为48

2. 写出下列各族元素的价电子层构型

(1) ⅡA族　　(2) ⅡB族

(3) ⅦB族　　(4) ⅤA族

(5) 稀有气体

3. 写出下列元素的原子和其离子的价电子层结构

(1) O和O^{2-}　　(2) Fe和Fe^{3+}

(3) Ag和Ag^{+}　　(4) Br和Br^{-}

4. 根据元素原子的电子层结构，周期表中的元素可分为几个区？并分别写出它们的价电子构型。

5. 某电子的$l=2$，则该电子可能有的m值是多少？

6. 在$n=3$的电子层中最多能有多少个电子？试结合四个量子数分析之。

7. 指出下列各组元素中，哪个元素具有较高的电离能，并说明理由。

(1) K和Ca　　(2) Mg和Ba

(3) Be和B　　(4) P和S

8. 在下面各对元素中，元素的原子半径和第一电离能的关系如何？

(1) Mg和Ca　　(2) Cl和Br

(3) K和Fe　　(4) Al和P

9. 核外电子排布应遵循哪几个规则？

10. 什么叫做能级组？能级组是怎样划分的？试写出第一到第四能级组所包含的能级，并指出各能级组所包含的轨道数。

第6章　分子结构

学习目标

1. 简述离子键的形成、特征、离子的特征
2. 详述共价键的特征、类型、价键理论、杂化轨道理论
3. 根据杂化轨道理论能说出一些常见化合物的空间构型
4. 解释分子的极性、偶极矩，会分析给定分子的极性
5. 知道离子的极化概念及极化对无机化合物性质的影响

分子是保持物质性质的最小微粒，也是参与化学反应的基本单元。物质的化学性质主要取决于分子的性质，而分子的性质与分子的结构密切相关。学习了原子结构以后，必然会想到原子是怎样结合成分子的？化合物中原子为什么总是按着一定的数目相结合？只有了解了这些，才能了解物质的性质及其变化规律。

第1节　离　子　键

一、离子键的形成与特点

氯化钠在熔融或溶解状态下能导电，说明它是由带相反电荷的正负离子所组成。将钠在氯气中燃烧，可生成氯化钠固体。在钠跟氯气起反应时，钠原子最外电子层的1个电子转移到氯原子的最外电子层上，从而形成了带正电荷的钠离子 Na^+ 和带负电荷的氯离子 Cl^-。这两种带有相反电荷的离子通过静电作用力，形成稳定的化合物。这种由静电引力而形成的化学键就称为离子键。离子键形成的过程可简单表示如下：

$$n\mathrm{Na}(3s^1) \xrightarrow{-e^-} n\mathrm{Na}^+\ (2s^22p^6) \longrightarrow n\mathrm{Na}^+\ \mathrm{Cl}^-$$

$$n\mathrm{Cl}(3s^23p^5) \xrightarrow{+e^-} n\mathrm{Cl}^-\ (3s^23p^6)$$

生成离子键的重要条件是两成键原子间的电负性相差较大，一般要大于2.0。由离子键形成的化合物叫做离子型化合物(ionic compound)。

在周期表中，大多数活泼金属（ⅠA、ⅡA族及低价过渡金属）电负性较小，活泼非金属（卤素、氧等）电负性较大，它们之间相化合形成的卤化物、氧化物、氢氧化物及含氧酸盐中均存在离子键。相互作用的元素的电负性差值越大，它们之间键的离子性也就越大。

离子键的特征：没有方向性和没有饱和性。没有方向性是指在离子晶体（或熔融物）中，离子是一个带电球体，它在空间各个方向上的静电作用是相同的，正、负离子可以在空间任何方向与电荷相反的离子相互吸引，所以离子键是没有方向性的。只要空间允许，一个正、负离子可以同时与几个电荷相反的离子相互吸引，并不受离子本身所带电荷的限制，因此离子键也没有饱和性。当然，这并不意味着一个正、负离子所结合的反离子的数目可以是任意的。实际上，在离子晶体中，每一个正、负离子周围排列的相反电荷离子的数目都是固定的。例如，在 NaCl 晶体

中，每个 Na^+ 离子周围等距离排列着6个 Cl^- 离子，每个 Cl^- 离子周围也等距离排列着6个 Na^+ 离子。那么，为什么只排6个带相反电荷的反离子呢？是否意味着它们的电性作用达到饱和了呢？我们知道任何正、负离子间均存在着静电作用，其作用力之大小只决定离子所带的电荷与离子间的距离。而钠离子周围只排列了6个最接近的带相反电荷的氯离子，这是由正负离子半径的相对大小、电荷多少等因素决定的，并非是钠离子的电场已达饱和，所以离子键是没有饱和性的。例如在 CsCl 晶体中，Cs^+ 离子半径大于 Na^+ 离子的半径，一个 Cs^+ 周围可以排列8个 Cl^- 离子。

二、离子的特征

离子键的强度与正、负离子的性质有关。一般离子具有三个重要的特征：离子的电荷、离子的半径和离子的电子层结构。

（一）离子的电荷(ionic charge)

从离子键的形成过程可知，正离子的电荷就是相应原子（或原子团）失去的电子数；负离子的电荷就是相应原子（或原子团）得到的电子数。该得失电子数等于它们在化合物中的氧化值。

离子电荷越高，对相反电荷的离子的吸引力越强，形成的离子化合物的熔点也越高。例如，大多数碱土金属离子 M^{2+} 的盐类的熔点比碱金属离子 M^+ 的盐类高。如 NaCl 熔点远低于 MgO 的熔点。

（二）离子半径(ionic radius)

离子半径，是根据离子晶体中正、负离子的核间距测出的，并假定正、负离子的核间距为正、负离子的半径之和。可利用 X 射线衍射法测定正、负离子的平均核间距，若知道了负离子的半径，就可推出与之相结合的正离子的半径。

由于离子半径是决定离子间引力大小的重要因素，因此离子半径的大小对离子化合物性质有显著影响。离子半径越小离子间的引力就越大，要拆开它们所需的能量也越大。因此，离子半径越小，其离子化合物的熔、沸点也越高。例如 BeO、MgO、CaO、SrO、BaO 的熔点分别为 3131K、3073K、2863K、2733K、2193K。

（三）离子的电子层结构

原子形成离子时，所失去或者得到的电子数和原子的电子层结构有关。一般是原子得或失电子之后，使离子的电子层达到较稳定的结构，就是使亚层充满的电子构型。

简单负离子（如 Cl^-、F^-、S^{2-} 等）的最外电子层都是8个电子的稀有气体结构。但是，简单的正离子的电子构型比较复杂，其电子构型有以下几种：

1. 2电子构型：最外层电子构型为 $1s^2$，如 H^-、Li^+、Be^{2+} 等。
2. 8电子构型：最外层电子构型为 ns^2np^6，如 Na^+、F^-、Mg^{2+} 等。
3. 18电子构型：最外层电子构型为 $ns^2np^6nd^{10}$，如 Cu^+、Hg^{2+} 等。
4. 18+2电子构型：次外层有18个电子，最外层有2个电子，如 Sn^{2+}、Pb^{2+} 等，电子构型为 $(n-1)s^2(n-1)p^6(n-1)d^{10}ns^2$。
5. 9～17电子构型：属于不规则电子构型，最外层有9～17个电子，电子构型为

$ns^2np^6nd^{1\sim9}$，如 Fe^{2+}、Co^{3+} 等。

离子的外层电子构型对于离子之间的相互作用力有影响，从而使键的性质有所改变。例如 Na^+ 和 Cu^+ 的电荷相同，离子半径几乎相等，但 NaCl 易溶于水，而 CuCl 难溶于水。显然，这是由于 Na^+ 和 Cu^+ 具有不同的电子构型所造成的。这将在“离子的极化”中讨论。

第2节 共 价 键

与氯化钠的形成过程不同，在氢原子与氢原子结合形成氢气的过程中，由于两个原子电负性完全相同，不可能发生电子的转移，那么氢分子又是如何形成的呢？

一、价键理论

1927 年海特勒（W. Hertler）和伦敦（F. London）用量子力学处理两个 H 原子形成 H_2 分子的过程，得到 H_2 分子的能量与原子核间距离的关系的曲线，如图 6-1。

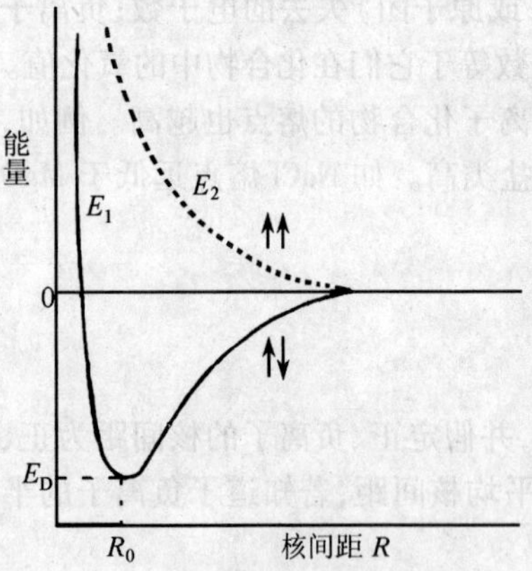

图 6-1　H_2 分子形成时能量随核间距的变化

由图可知，当两个 H 原子从远处互相接近时，出现两种情况：如果两个 H 原子的 1s 电子自旋方向相同，随着核间距 R 的减小，体系能量逐渐升高；如果两个 H 原子的 1s 电子自旋方向相反，随两原子的核间距离 R 的减小，系统能量逐渐降低，当核间距为 $R = R_0$ 时，能量降到最低值 E_D，两核间电子云密度较为密集。由此可知，自旋方向相反的两个 H 原子以核间距 R_0 相结合，可以形成稳定的 H_2 分子，这一状态称为氢分子的基态，此时体系的能量低于两个未结合时 H 原子的能量。相反，如两个 H 原子的1s 电子自旋方向相同，则体系的能量随 R 的减小而增大，1s 电子在核间的概率密度很小，这意味着两个氢原子趋向分离而不能键合。

因此根据量子力学的基本原理，氢分子的基态之所以能成键，是由于两个氢原子的 1*s* 原子轨道互相重叠时，使两个核间的电子云密度有所增加。在两核间出现的电子云密度较大的区域，一方面降低了两核间的正电荷的排斥，另一方面增大了两个核对电子云密度较大区域的吸引，有利于体系势能的降低和形成稳定的化学键。这种由共用电子对所形成的化学键称为共价键（covalent bond）。见图 6-2。

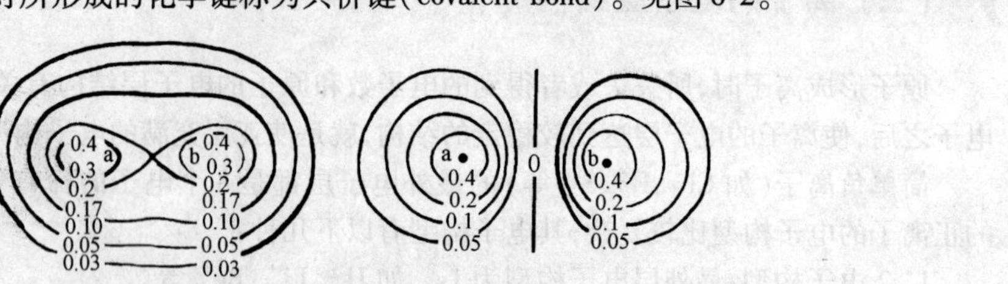

图 6-2　H_2 分子的两种状态

可见量子力学较好地阐明了共价键的本性。在上述稳定态中，原子能形成共价键，是因为自旋相反的两个电子的电子云密集在两个原子核之间，使两核正电荷的排斥力减弱，从而导致体系的能量降低。排斥态之所以不能成键，是因为自旋相同的两个电子的电子云在核间稀疏，两核的排斥力增加，从而使体系的能量升高。这表明共价键的本质是电性的。量子力学对氢分子处理的结果，可以推广到其他分子体系，形成现代价键理论。

（一）价键理论的基本要点

（1）具有单电子的两个原子相互接近时，自旋方向相反的成单电子可以配对形成共价键。

（2）成键电子的原子轨道重叠越多（原子轨道的正号和正号、负号和负号重叠），其电子云密度也越大，所形成的共价键就越稳定。因此共价键的形成在可能范围内，一定采取原子轨道最大重叠的方向。此点也称原子轨道最大重叠原理。

（二）共价键的特征

1. 有饱和性　共价键的饱和性是指一个原子能提供几个单电子，就只能与几个自旋相反的单电子配对形成共价键。即一个原子所形成共价键的数目不是任意的，一般受单电子数目的制约。如果A原子和B原子各有1个、2个或3个成单电子，且自旋相反，则可以互相配对，形成共价单键、双键或叁键（如 H—H 、O═O 、N≡N ）。如果A原子有2个单电子，B原子有1个单电子，若自旋相反，则1个A原子能与2个B原子结合生成AB_2型分子，如2个H原子和1个O原子结合生成H_2O分子。

2. 有方向性　根据原子轨道的最大重叠原理，共价键的形成将沿着原子轨道最大重叠的方向进行，两核间的电子云越密集，形成的共价键就越牢固。这就是共价键的方向性。除*s*轨道呈球形对称无方向性外，p、d、f轨道在空间都有一定的伸展方向。在形成共价键时，除*s*轨道与*s*轨道在任何方向上都能达到最大限度的重叠外，p、d、f轨道只有沿着一定的方向才能发生最大限度的重叠。例如，当H原子的1s轨道与Cl原子的$3p_x$轨道发生重叠形成HCl分子时，H原子的1s轨道必须沿着*x*轴才能与Cl原子的含有单电子的$3p_x$轨道发生最大限度的重叠，形成稳定的共价键[图6-3(c)]；而沿其他方向的重叠，则原子轨道不能重叠[图6-3(a)]或重叠很少[图6-3(b)]，因而不能成键或成键不稳定。

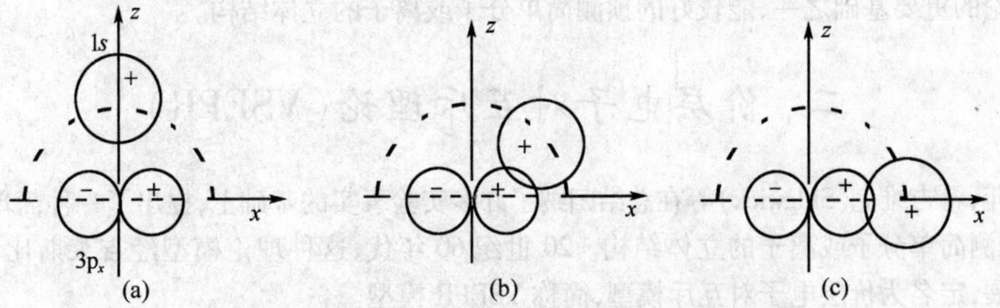

图6-3　H原子轨道和Cl原子轨道重叠示意图

（三）共价键的类型

按原子轨道的重叠方式的不同，可以将共价键分成σ键和π键两种类型。例如两个原子都含有成单的s和p_x、p_y、p_z电子，当它们沿x轴接近时，能形成共价键的原子轨道有：s－s、p_x－s、p_x－p_x、p_y－p_y、p_z－p_z。这些原子轨道之间可以有两种成键方式：一种是沿键轴的方向，以"头碰头"的方式发生轨道重叠，轨道重叠部分是沿着键轴呈圆柱形分布的，这种键称为σ键[图6-4(*a*)]s－s、p_x－s、p_x－p_x等。另一种是原子轨道以"肩并肩"方式发生轨道重叠，如p_z－p_z、p_y－p_y。

轨道重叠部分对通过一个键轴的平面具有镜面反对称性,这种键称为 π 键[图 6-4(*b*)]。

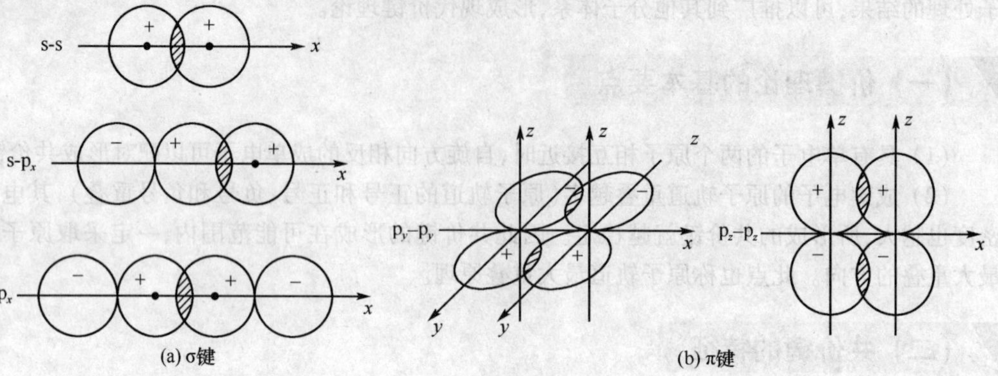

图 6-4 σ 键和 π 键示意图

π 键的重叠程度小于 σ 键,因此 π 键的键能也小于 σ 键,π 键的稳定性也小于 σ 键,π 键电子的能量较高,较活泼,是化学反应的积极参与者。两个原子间形成共价单键时,只能是 σ 键;形成共键双键或叁键时,只有一个 σ 键,其余的是 π 键。

前面所讨论的共价键的共用电子对都是由成键的两个原子分别提供一个电子组成的。此外还有一类共价键,其共用电子对不是由成键的两个原子分别提供,而是由其中一个原子单方面提供的。这种由一个原子提供电子对为两个原子共用而形成的共价键称为共价配键,或配位键(coordination bond)。这将在第 8 章介绍。

价键理论成功地阐明了共价键的本质和特性,但是在解释多原子分子的空间构型方面却遇到了一些困难。已知基态碳原子的电子层构型是 $1s^2 2s^2 2p_x^1 2p_y^1$,其中 $1s^2$ 电子在原子的内层不参与成键作用,不必考虑。外层只有两个未成对的 2p 电子,似乎只能形成两个共价键,而且键角也应当是 90°左右。但实验事实指出,在 CH_4 分子中,中心 C 原子分别与四个 H 原子形成了四个性质完全等同的共价键,C—H 键间的夹角均为 109°28′,为正四面体结构,这是价键理论不能解释的。1931 年鲍林进一步发展了价键理论,提出了"杂化轨道理论",几十年来经过不断发展、充实,已成为近代化学键理论的重要基础之一,能较好的预测简单分子或离子的立体结构。

二、价层电子对互斥理论(VSEPR)

1940 年,希吉维克(Sidgwick)等在总结归纳了许多实验事实的基础上,提出了一种简单的理论模型,用以预测简单分子或离子的立体结构。20 世纪 60 年代,这种理论模型经吉莱斯比(Gillespie)等加以发展,定名为价层电子对互斥模型,简称 VSEPR 模型。

(一)价层电子对互斥理论的基本要点

1. 分子或离子的空间构型取决于中心原子周围的价层电子对数。价层电子对是指 σ 键电子对与孤对电子。

2. 价层电子对间尽可能远离以使斥力最小。价电子对相距角度越小,排斥力越大。价层电子对间斥力大小还与价层电子对的类型有关。孤对电子—孤对电子 > 孤对电子—成键电子 > 成键电子—成键电子。分子中若有多重键,只作单键处理。多重键的电子云密度大,对其他电子对的排斥力也大,所以键的类型和数目不同,斥力也不同:叁键 > 双键 > 单键。

（二）推断分子或离子的空间构型的具体步骤

以 AX_m 为例（A—中心原子，X—配位原子）：

（1）确定中心原子的价层电子对数，判断电子对的空间构型。中心原子的价层电子对数可用下式计算：

$$\text{价层电子对数(VPN)} = \frac{\text{A 的价电子数} + \text{X 提供的价电子数} \mp \text{离子的电荷数 q} \pm}{2}$$

注意：①A 的价电子数 = 主族序数；②配体 X：H 和卤素每个原子各提供一个价电子，氧与硫不提供价电子；③正离子应减去电荷数，负离子应加上电荷数。

（2）根据斥力最小的原则，价层电子对数与电子对空间构型关系表示如下（表 6-1）：

表 6-1 价层电子对数与电子对空间构型关系

价层电子对数	2	3	4	5	6
电子对空间构型	直线形	平面三角形	正四面体	三角双锥	八面体
示意图		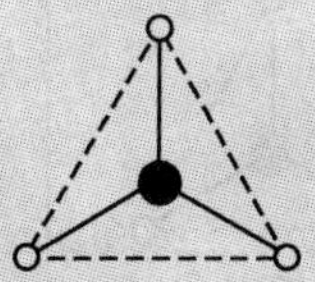	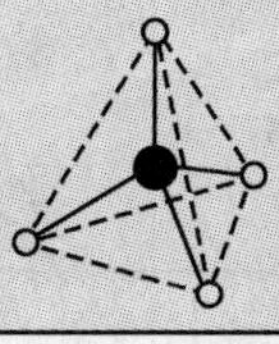	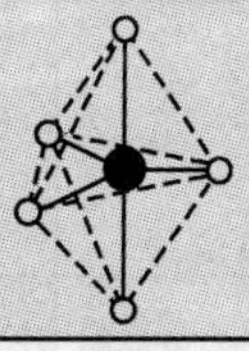	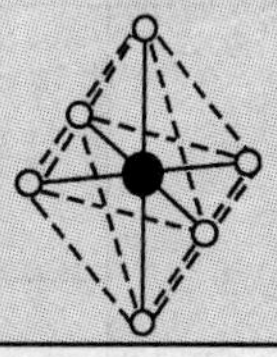

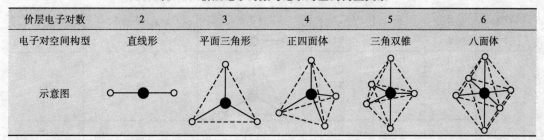

（3）比较中心原子价电子对数与配位原子数，确定中心原子的孤对电子数，推断分子的空间构型。中心原子价电子对数与配位原子数相同，则分子的几何构型就与价层电子对排布的几何构型一致；中心原子价电子对数与配位原子数不相同，则分子的几何构型与价层电子对排布的几何构型也不一致（参见表 6-2）。对于中心原子价电子对数与配位原子数不相同的分子，若有几种可能的构型，最终采用的应该是斥力最小的几何构型。例如由于弧对电子的存在，使价层电子对间斥力不等，造成 NH_3，H_2O 等分子的电子对空间构型偏离正四面体。孤对电子施加于邻近电子对的斥力较大，使 NH_3 中键角（∠HNH）小于四面体中的 109°28′，呈 107°18′，H_2O 中键角∠HOH 进一步压缩成 104°30′。

（三）价层电子对互斥理论的优缺点

优点：简明、直观、应用范围比较广泛；利用 VSEPR 法，仅需依据分子中成键电子对及孤电子对的数目，便可定性判断和预见分子属于哪一种几何构型。

缺点：只能作定性的描述，不能定量的讨论，不能说明原子间的成键情况；同时，该理论还存在着若干问题。在如何说明过渡元素的分子构型上尚有待进一步完善。

（四）判断分子（离子）几何构型的实例

（1）确定中心原子的价层电子对数

例：CH_4 分子中，VPN = (4 + 1 × 4)/2 = 4

H_2O，VPN = (6 + 1 × 2)/2 = 4

NH_4^+，VPN = (5 + 1 × 4 − 1)/2 = 4

SO_3，VPN = (6 + 0)/2 = 3

SF_4，VPN = (6 + 4)/2 = 5

(2) 确定价层电子对的排布方式：价层电子对尽可能远离，以使斥力最小。

CH_4、H_2O、NH_4^+的价层电子对排布呈正四面体，SO_3的价层电子对排布呈平面三角形，SF_4分子的价层电子对排布呈三角双锥构型。

(3) 确定中心原子的孤对电子对数 n，推断分子的几何构型：n = VPN − m。$n=0$：分子的几何构型与电子对的几何构型相同。$n\neq0$ ：分子的几何构型不同于电子对的几何构型。

CH_4、NH_4^+、SO_3中 $n=0$，其构型与价电子对的构型一致，而 H_2O 分子的 $n=4-2=2$，属于AX_2L_2型分子，几何构型为 V 形。SF_4分子：$n=(5-4)=1$ 为变形四面体。

再如 BrF_3分子：VPN = (7 + 1 × 3)/2 = 5，价层电子对排布呈三角双锥构型，$n=(5-3)=2$

BrF_3属于 AX_3L_2型分子，几何构型为 T 形。

表 6-2　AX_mL_n分子的几何构型与价层电子对的排布方式

VPN	m	n	AX_mL_n	VP 排布方式	分子几何构型	实例
2	2	0	AX_2		直线形	$BeCl_2$
3	3	0	AX_3	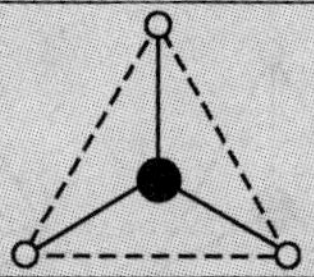	三角形	BF_3
	2	1	AX_2L		V 形	$SnCl_2$
4	4	0	AX_4	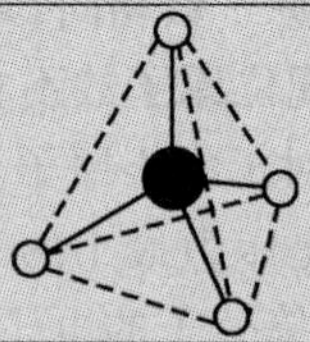	四面体	CH_4
	3	1	AX_3L	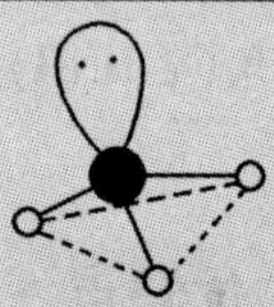	三角锥	NH_3
	2	2	AX_2L_2	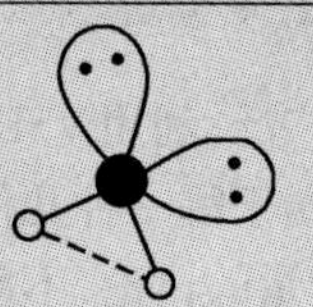	V 形	H_2O
5	5	0	AX_5	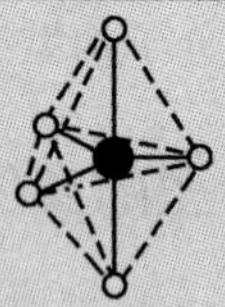	三角双锥	PCl_5
	4	1	AX_4L	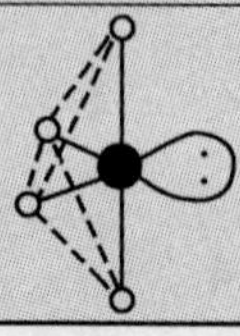	变形四面体(跷跷板形)	SF_4

续表

VPN	m	n	AX_mL_n	VP 排布方式	分子几何构型	实例
5	3	2	AX_3L_2	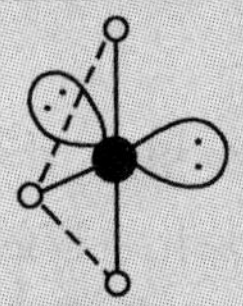	T形	ClF_3
	2	3	AX_2L_3	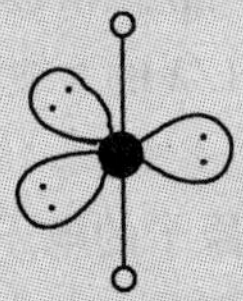	直线形	XeF_2
6	6	0	AX_6	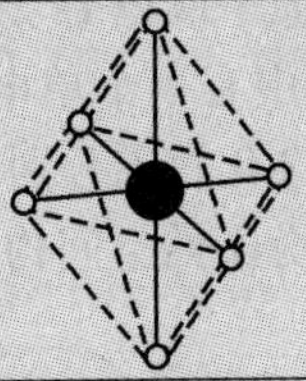	八面体	SF_6
	5	1	AX_5L	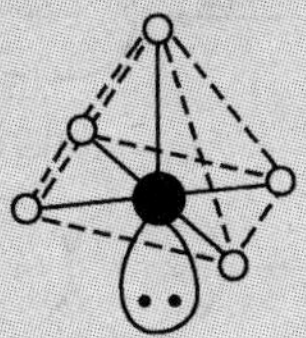	四方锥	ClF_5
	4	2	AX_4L_2	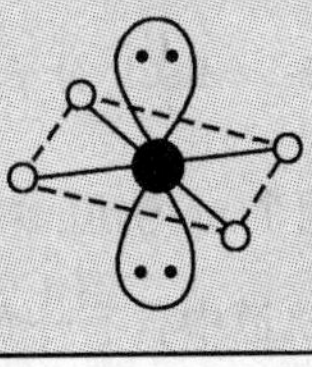	正方形	XeF_4

思考题:解释 NO_2^+,O_3,$SnCl_3$,OF_2,ICl_3,I_3^-,XeF_5^+,ICl_4^- 等离子或分子的空间构型,并指出其中心原子的轨道杂化方式。

三、杂化轨道理论

1931 年,美国化学家鲍林(L. Pauling)在价键理论的基础上,提出了杂化轨道理论,进一步补充和发展了价键理论,并成功运用于多原子分子或离子空间构型的解释说明。

(一)杂化轨道理论的基本要点

1. 杂化和杂化轨道:原子在形成分子的过程中,由于原子间的相互影响,同一原子中若干能量相近的不同类型的原子轨道进行重新组合,形成一系列能量相等或相近的新轨道,这个过程叫做原子轨道的杂化,所形成的新的轨道称为杂化轨道。杂化轨道的数目等于参与杂化的原子轨道数目,即轨道数目守恒。

2. 杂化轨道比原子轨道具有更强的成键能力,在成键时必须满足最大重叠原理。

3. 杂化轨道在空间分布是必须满足最小排斥原理,即有特定的空间伸展方向,杂化轨道间的夹角决定分子空间构型,不同类型的杂化所形成分子的空间构型不同。

4. 同种类型的杂化轨道(如 sp^3)又可分为等性杂化与不等性杂化轨道。

(二)杂化轨道的类型

对于主族元素来说,ns、np 轨道能级相近,往往采用 sp 型杂化。因 ns 原子轨道有一条,np 原子轨道有三条,因此可采取下列三种杂化轨道的类型。

1. sp 杂化　由一个 ns 轨道和一个 np 轨道参与的杂化称为 sp 杂化,所形成的轨道称为 sp 杂化轨道。每一个 sp 杂化轨道中含有 1/2 的 s 轨道成分和 1/2 的 p 轨道成分,两个杂化轨道间的夹角为 180°,呈直线形。

例如气态的 $BeCl_2$ 分子的结构,Be 原子的电子结构是 $1s^22s^2$,在 Cl 原子的影响下,Be 的一个 2s 电子可以激发进入 2p 轨道,使 Be 原子取得 $1s^22s^12p_x^1$ 的结构,其 2s 轨道与 2p 轨道进行杂化,形成两个 sp 杂化轨道,每个杂化轨道中有一个单电子,其角度分布图是由 1 个肥大的正瓣和 1 个小的负瓣组成。Be 原子用两个 sp 杂化轨道分别与两个 Cl 原子含有单电子的 3p 轨道进行重叠,形成两个 σ 键,键的夹角为 180°,分子的空间构型为直线型见图 6-5。

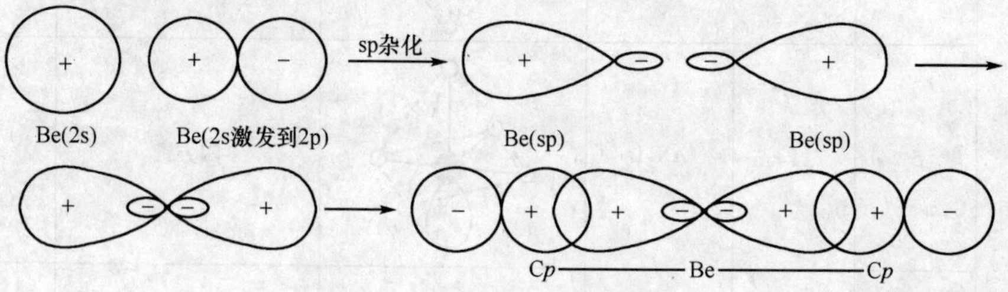

图 6-5　$BeCl_2$ 分子形成示意图

2. sp^2 杂化　由一个 ns 轨道和两个 np 轨道参与的杂化称为 sp^2 杂化,所形成的三个杂化轨道称为 sp^2 杂化轨道。每个 sp^2 杂化轨道中含有$\frac{1}{3}$的 s 轨道成分和$\frac{2}{3}$的 p 轨道成分,杂化轨道间的夹角为 120°,呈平面正三角形。

例如 BF_3 分子中 B 原子属于 sp^2 杂化。基态 B 原子最外层电子构型是 $2s^22p^1$,在 F 原子的影响下,B 原子的一个 2s 电子激发进入一个空的 2p 轨道中,使 B 原子取得了 $2s^12p_x^12p_y^1$ 的结构,其一个 2s 轨道和 2 个 2p 轨道进行 sp^2 杂化,形成三个 sp^2 杂化轨道,每个 sp^2 杂化轨道中有一个单电子。B 原子用三个 sp^2 杂化轨道,分别与三个 F 原子含有单电子的 3p 轨道重叠形成三个 σ 键,夹角为 120°,BF_3 的分子空间构型为平面三角形,如图 6-6 所示。

3. sp^3 杂化　由一个 ns 轨道和三个 np 轨道参与的杂化称为 sp^3 杂化,所形成的四个杂化轨道称为 sp^3 杂化轨道。sp^3 杂化轨道的特点是每个杂化轨道中含有$\frac{1}{4}$的 s 成分和$\frac{3}{4}$的 p 成分,杂化轨道间的夹角 109°28′,空间构型为四面体形。

气态 CH_4 分子中的 C 原子属于 sp^3 杂化。基态 C 原子的最外层电子构型是 $2s^22p^2$,在 H 原子的影响下,C 原子的一个 2s 电子激发进入一个 $2p_z$ 轨道中,使 C 原子取得 $2s^12p_x^12p_y^12p_z^1$ 的结构,其一个 2s 轨道和三个 2p 轨道进行 sp^3 杂化,形成四个 sp^3 杂化轨道,每个 sp^3 杂化轨道中有一个单电子。C 原子用四个 sp^3 杂化轨道,分别与四个 H 原子的 1s 轨道重叠形成四个 σ 键。由于 C 原子的四个 sp^3 杂化轨道间的夹角为 109°28′,所以生成的 CH_4 分子的空间构型为正四面体形。如图 6-7 所示。

4. sp^3 不等性杂化——NH_3 分子和 H_2O 分子的结构　杂化轨道又可分为等性和不等性杂

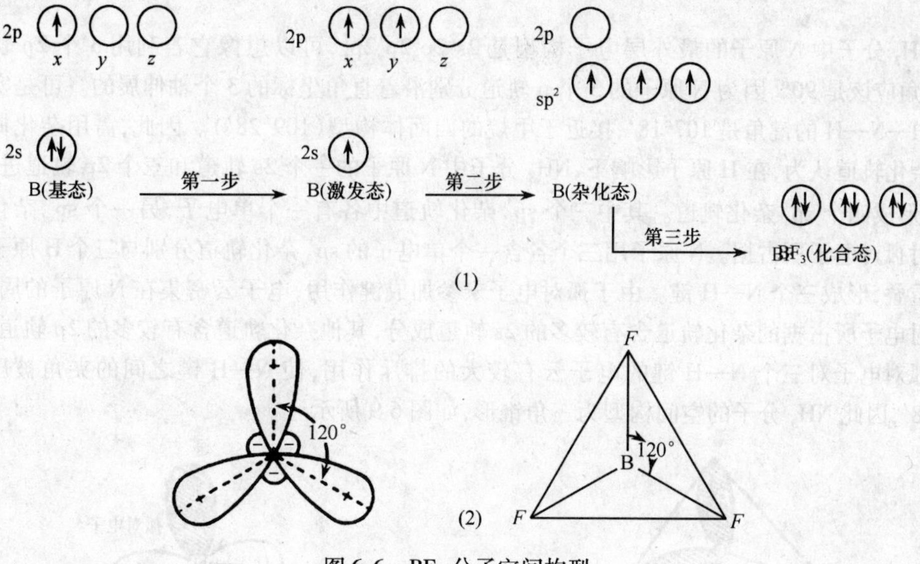

(1)

(2)

图 6-6 BF_3 分子空间构型

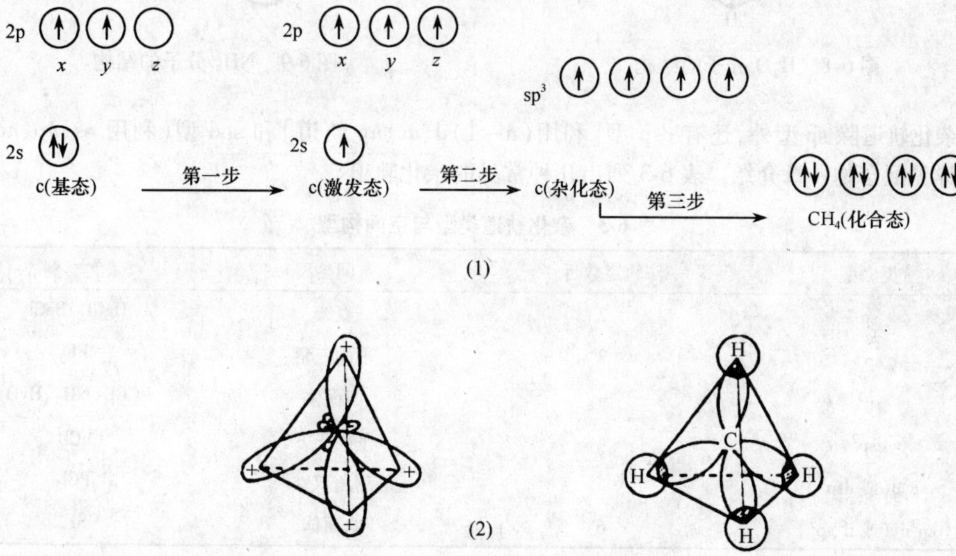

(1)

(2)

图 6-7 CH_4 分子构型

化轨道两种。凡是由不同类型的原子轨道混合起来，重新组合成一组完全等同（能量相等、成分相同）的杂化轨道叫做等性杂化。例如 CH_4 分子中的 C 原子采取等性的 sp^3 杂化。

凡是由于杂化轨道中有不参加成键的孤对电子对的存在，而造成不完全等同的杂化轨道，这种杂化叫不等性杂化。例如 H_2O 分子和 NH_3 分子中的 O 原子和 N 原子分别采取 sp^3 不等性杂化。

H_2O 分子中 O 原子的最外电子构型为 $2s^22p^4$，在 H 原子的影响下，O 原子采取 sp^3 杂化，形成四个 sp^3 杂化轨道。其中两个杂化轨道中各有一个单电子，另外两个杂化轨道分别为氧原子的孤对电子所占据。O 原子用两个各含有一个单电子的 sp^3 杂化轨道分别与两个 H 原子的 1s 轨道重叠，形成两个 O—H 键。由于两对孤对电子对两个 O—H 键的成键电子有较大的排斥作用，使 O—H 键之间的夹角被压缩到 104°30′，因此水分子的空间构型为 V 形或角形。如图 6-8

所示。

NH_3 分子中 N 原子的最外层电子构型是 $2s^2 2p_x^1 2p_y^1 2p_z^1$，可以想像它若利用 3 个 2p 轨道成键，键角应该是 90°，因为 N 原子的 3 个 p 轨道分别沿着直角坐标的 3 个轴伸展的。可是实验测得的 H—N—H 的键角是 107°18′，接近于甲烷的四面体构型（109°28′）。因此，需用杂化概念解释。杂化轨道认为，在 H 原子影响下，NH_3 分子中 N 原子的一个 2s 轨道和三个 2p 轨道进行 sp^3 杂化，形成四个 sp^3 杂化轨道。其中三个 sp^3 杂化轨道中各有一个单电子，另一个 sp^3 杂化轨道为一对孤对电子所占据。N 原子用三个各含一个单电子的 sp^3 杂化轨道分别与三个 H 原子的 1s 轨道重叠，形成三个 N—H 键。由于孤对电子未参加成键作用，电子云密集在 N 原子的周围，因此孤对电子所占据的杂化轨道含有较多的 2s 轨道成分，其他杂化轨道含有较多的 2p 轨道成分。并且孤对电子对三个 N—H 键的电子云有较大的排斥作用，使 N—H 键之间的夹角被压缩到 107°18′，因此 NH_3 分子的空间构型为三角锥形，如图 6-9 所示。

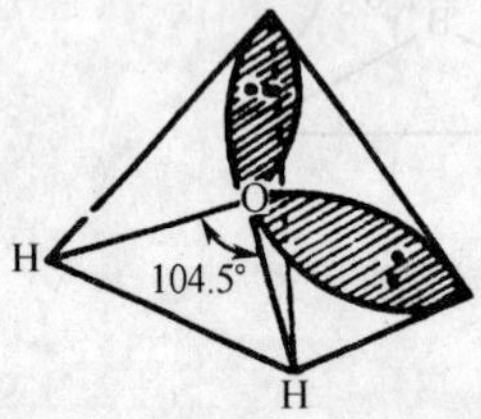

图 6-8　H_2O 分子的结构

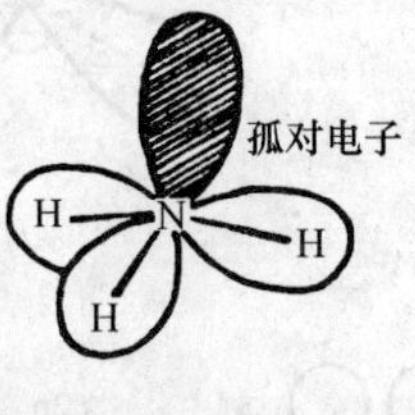

图 6-9　NH_3 分子的结构

杂化轨道除 sp 型外，还有 dsp 型［利用 (n－1)d、*n*s、*n*p 轨道］和 spd 型（利用 *n*s、*n*p、*n*d 轨道），详见配合物一章介绍。表 6-3 列出几种常见的杂化轨道。

表 6-3　杂化轨道类型与空间构型

类　型	轨道数目	空间构型	实　例
sp	2	直线	$HgCl_2$、$BeCl_2$
sp^2	3	平面三角	BF_3
sp^3	4	四面体	CCl_4、NH_3、H_2O
dsp^2	4	平面正方	$CuCl_4^{2-}$
sp^3d（或 dsp^3）	5	三角双锥	PCl_5
sp^3d^2（或 d^2sp^3）	6	八面体	SF_6

综上所述，杂化轨道理论成功地解释了一些分子或原子团的几何构型，从理论上阐明了为什么要采用杂化轨道成键。然而，它只能解释实验的结论。由于价键理论本身的局限，使它在进一步讨论物质的性质（例如键长，分子磁性等）时难以说明，甚至违背实验结论，从而导致新的理论产生。1932 年，莫立根和洪特等人提出分子轨道理论，本教材不再介绍，有兴趣的同学可参考其他相关书籍。

第 3 节　分子的极性

一、非极性键和极性键

在单质分子中，同种原子形成共价键，两个原子吸引电子的能力相同，共用电子对不偏向任何一个原子，因此成键的原子都不显电性。这样的共价键叫做非极性共价键，简称非极性键。

例如,H—H、O—O、N—N 等非金属单质分子和巨分子单质如金刚石、晶态硼中的共价键都是非极性键。

在化合物分子中,不同种原子形成的共价键,由于不同原子吸引电子能力不同,共用电子对必然偏向吸引电子能力强的原子一方,因而吸引电子能力较强的原子一方相对地显负电性,吸引电子能力较弱的原子一方相对地显正电性。人们把这样的共价键叫做极性共价键,简称极性键。例如,HCl 分子里,Cl 原子吸引电子能力比 H 原子强,共用电子对的电荷偏向 Cl 原子一端,使 Cl 原子一端相对地显负电性,H 原子一端相对地显正电性,因此,H 原子与 Cl 原子之间的共价键为极性键。

共价键极性的大小可以用键矩 μ_B 来衡量,键矩 μ_B 的定义式为:

$$\mu_B = q \times d$$

式中:q 是正、负两极所带的电荷,d 为正、负两电荷重心距离。键矩是矢量,其方向是从正极到负极。因为一个电子所带的电荷为 1.602×10^{-19} 库仑(C),而正、负两极的距离 d 相当于原子之间距离,其数量级为 10^{-10} 米(m),因此键矩 μ_B 的数量级在 10^{-30} C·m 范围。通常把 3.33×10^{-30} C·m 作为键矩 μ_B 的单位,称"德拜",以 D(Debye)表示,即 $1\text{D} = 3.33 \times 10^{-30}$ C·m。如表6-4 列出键型与电负性差值的关系。

表6-4 键型与成键原子电负性差值(ΔX)的关系

	KCl(g)	HF(g)	HCl(g)	HBr(g)	HI(g)	Cl_2
电负性差值	2.2	1.9	0.9	0.7	0.3	0.0
键矩 μ_B/D	34.16	6.37	3.50	2.67	1.40	0.0
键型	离子键		极性共价键			非极性共价键

不难理解,成键原子的电负性相差越大,键的极性越大。当电负性差值大到一定程度,成键电子对几乎完全偏向电负性大的一方,使其成为负离子,另一方成为正离子,此时共价键已变成离子键。因此,随着成键元素电负性差值减小,化学键可以由离子键通过极性共价键向非极性共价键过渡。

二、分子的极性和偶极矩

从共价键的极性可以想到,对于双原子分子来说,键的极性就是分子的极性,所以由极性共价键构成的双原子分子都是极性分子,例如氯化氢分子。多原子分子的情况稍微复杂些。如分子中所有共价键都是非极性键,则分子也是非极性分子,例如 P_4,S_8 等都是多原子单质分子。如果分子中有极性键,分子是否有极性要看分子的形状。

例如,以 CO_2 是直线型分子,两个 O 原子对称地位于 C 原子两侧。

$$O=C=O$$

在 CO_2 分子中,因为 O 原子吸引电子的能力比 C 原子强,共用的两对电子偏向于 O 原子,使得 O 原子一端相对地显负电性,C 原子一端相对地显正电性,因此 C=O 键是极性键。但从 CO_2 分子的电荷分布看,正电荷的重心和负电荷的重心都在分子的重心互相重合,所以,CO_2 分子是非极性分子。

H_2O 分子则不同,两个 O—H 键成 104.5°角,而且氧原子还有两对孤对电子。O—H 键是极性键,靠 H 的一端正电荷稍强,靠 O 的一端负电荷稍强,从整个分子的电荷分布看,正电荷的重心应该在两个氢原子的中间,负电荷的重心应该在氧原子附近,正负电荷的重心不重合,所以水分子是极性分子。所谓偶极就是分子的正、负电荷重心。

分子极性的大小常用偶极矩(dipole emoments)μ_M 来衡量,定义为正、负电荷的重心间的距离 d 与电荷量 q 的乘积:

$$\mu_M = q \times d$$

偶极矩是一个矢量,其方向和单位与键矩相同。利用分子的偶极矩,可以判断分子的极性。偶极矩越大,分子的极性也越大,分子的偶极矩为零,则为非极性分子。对双原子分子来说,分子的极性与键的极性是一致的。例如同核双原子分子 O_2、N_2 等属于非极性分子,而异核双原子分子 HBr、CO 等分子都是极性分子。复杂的多原子分子的极性则不仅与键的极性有关,还与分子的空间构型有关。若组成原子相同,键无极性(各键矩为零),分子必无极性;若键有极性,而分子的空间构型恰好使各极性键键矩的矢量和为零,则分子的偶极矩 $\mu_M = 0$,分子无极性;若键有极性,分子的几何构型又不能使各化学键的极性抵消,即各极性键键矩的矢量和不为零,分子的偶极矩不等于零,分子有极性。例如,在 SO_2 和 CO_2 分子中,虽然都有极性键(SO_2 中有 S ═O 键;CO_2 中有 C ═O 键),但因为 CO_2 分子具有直线型结构,两个 C ═O 极性键键矩的矢量和等于零,即键的极性相互抵消,分子的偶极矩为零,所以 CO_2 是一个非极性分子。相反,SO_2 分子具有角形结构,两个 S ═O 极性键键矩的矢量和不等于零,分子的偶极矩不为零,因而 SO_2 是一个极性分子。

第 4 节 分子间的作用力与氢键

一、分子间的作用力

化学键是分子中相邻原子之间的较强烈的相互作用力。不仅分子内原子之间有作用力,分子与分子之间也有作用力。物质在气态时,分子之间的距离很大,分子可以自由运动,人们不容易感觉到分子之间有作用力。然而,当压缩和冷却气体时,分子之间的距离缩短,分子运动减缓,气体可以凝聚成液体,直至固体。这表明分子之间存在着作用力(气体凝聚成固体后具有一定的形状和体积)。范德华(Van der Waals)早在 1873 年就已经注意到这种作用力的存在,并对此进行了卓有成效的研究,所以后人将分子间的作用力又叫范德华力。分子间力与化学键相比很弱,即使在固体中它也只有化学键强度的百分之一到十分之一。然而,分子间力是决定物质的熔点、沸点和硬度等物理化学性质的一个重要因素。

从总体上说,分子是不带电的,但是仍由带电的微粒—原子核和电子组成。当分子的正、负电荷中心不重合时,分子将显示出极性,从而形成偶极之间有相互作用。这是分子间力的电性作用理论的基本思想。根据分子间力产生的原因,一般从理论上将分子间力分成三个基本组成部分:取向力、诱导力和色散力。

(一) 取向力

这是指极性分子与极性分子之间的作用力。由于极性分子一端为正,一端为负,存在着一个永久偶极。因此,当两个极性分子相互靠近时,同极相斥,异极相吸。分子将产生相对的转动,分子转动的过程叫取向。在已取向的分子之间,由于静电引力而互相吸引。这种由于固有偶极(永久偶极)的取向而产生的静电作用力称为取向力(orientation force)。如图 6-10 所示。

(二) 诱导力

非极性分子与极性分子之间也存在着作用力。当极性分子与非极性分子靠近时,极性分子的固有偶极所产生的电场使非极性分子的电子云变形,电子云偏向极性分子固有偶极的正极,使非极性分子的正、负电荷中心不再重合而产生了诱导偶极。由诱导偶极与固有偶极产生的作用力叫做诱导力(induction force),如图6-11所示。

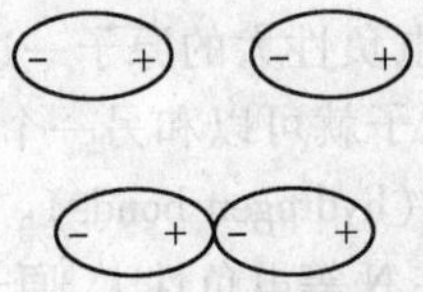

图6-10 取向力作用示意图

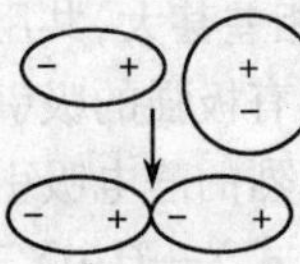

图6-11 诱导作用

在极性分子和极性分子之间也存在着诱导力。极性分子的固有偶极间的相互作用,使其电子云进一步变形,产生诱导偶极,其结果使极性分子的偶极矩增大。因此极性分子与极性分子之间除了有取向力外,还存在着诱导力。

(三)色散力

非极性分子中无偶极,似乎不存在什么静电作用。但实际情况表明,非极性分子之间也有相互作用。如常温下,Br_2是液体,I_2是固态,F_2是气态;在低温下,Cl_2,N_2,O_2甚至稀有气体也能液化。另外,对于极性分子来说,按前两种力计算出的分子间力与实验值相比要小得多,说明分子中还存在第三种力,这个力叫色散力。色散力的名称并不是由于它的产生原因,而是由于从量子力学导出的这种力的理论公式与光的色散公式类似而得名。

对于任何一个分子来说,由于原子核的振动和电子的运动而不断地改变它们的相对位置,在某一瞬间可造成正、负电荷中心不重合而产生一个短时间的偶极,称为瞬时偶极。这种瞬时偶极也会诱导邻近的分子产生瞬时偶极,于是两个分子相互靠瞬时偶极吸引在一起。这种由于存在"瞬时偶极"而产生的相互作用力称为色散力(dispersion force),如图6-12所示。

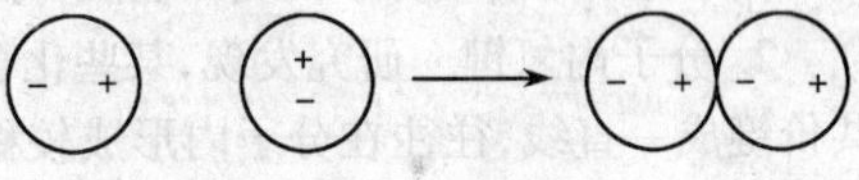

图6-12 色散作用

由于色散力包含瞬间诱导极化作用,因此色散力的大小主要与相互作用分子的变形性有关。一般说来,分子体积越大,其变形性也就越大,分子间的色散力就越大。不难理解,只要分子可以变形,不论其原来是否有偶极,都会有瞬时偶极产生。因此,色散力是普遍存在的。

范德华力从本质来讲是一种静电引力,没有方向性和饱和性,只要周围空间允许就能相互吸引,但其作用距离仅在几百皮米以内,并随距离增大作用力迅速下降。分子间作用力约比化学键键能小1~2个数量级;分子间力主要影响物质的物理性质,化学键则主要影响物质的化学性质。

二、氢 键

水的一些物理性质,如熔点、沸点等有反常现象。根据范德瓦尔斯力的大小,同系物中分子量大的变形性大,分子间作用力强,则熔点、沸点等比分子量小的高。在水和硫化氢、硒化氢、碲化氢的同系物中,水的分子量最小,应该熔、沸点较低,可实际上它的熔点、沸点最高,出现反常现象。同样,氟化氢在卤化氢系列中、氨在氮族氢化物中也有类似的反常现象。可见,在水、氟化氢和氨分子中,分子之间除有范德瓦尔斯力之外还有其他作用力,它就是我们下面要讨论的氢键。

（一）氢键的形成

研究结果表明，当氢原子同电负性很大、半径又很小的原子（氟、氧和氮）形成共价型氢化物时，由于二者电负性相差甚大，共用电子对强烈地偏向于电负性大的原子一边，而使氢原子几乎变成裸露的质子而具有极强的吸引电子的能力，这样氢原子就可以和另一个电负性大且含有孤对电子的原子产生强烈的静电吸引，这种吸引力就叫氢键（hydrogen bonds）。

氢键通常可用通式X—H…Y表示。X和Y代表F，O，N等电负性大、原子半径较小，且含孤对电子的原子。

（二）氢键的特点

1. 有饱和性　由于氢原子很小，在它周围容不下两个或两个以上的电负性很强的原子，使得一个氢原子只能形成一个氢键。即每一个X—H只能与一个Y原子形成氢键。

2. 有方向性　氢键的方向性是指Y原子与X—H形成氢键时，为减少X与Y原子电子云之间的斥力，应使氢键的方向与X—H键的键轴在同一方向，因此X—H…Y通常在同一直线上。

（三）氢键的类型

1. 分子间氢键　氢键在分子之间生成称为分子间氢键。通过分子间氢键，分子可以缔合成多聚体。例如常温下，水中除有H_2O外，尚有$(H_2O)_2$、$(H_2O)_3$。

由于分子缔合使分子的变形性及“分子量”增加，分子间力增加，物质的熔点和沸点随之升高。

2. 分子内氢键　研究发现，某些化合物的分子内也可以形成氢键。但分子内氢键不可能与共价键成一直线，往往在分子内形成较稳定的多原子环状结构，化合物的熔、沸点较低。由此可以理解为什么硝酸是低沸点酸（沸点是83℃），因为它形成分子内氢键，使分子偶极矩减小，分子间作用力减弱。与此不同，硫酸中的氢是形成分子间的氢键从而将很多H_2SO_4结合起来，致使硫酸成为高沸点的酸，因为它形成分子间氢键，使分子间作用力增强。另外，在苯酚的邻位上有—OH，—COOH，—NO_2，—CHO等，都可以形成分子内氢键。

（四）氢键对化合物性质的影响

物质的许多理化性质都要受到氢键的影响，如熔点、沸点、溶解度、黏度等。形成分子间氢键时，会使化合物的熔、沸点显著升高，这是由于要使液体汽化或使固体熔化，不仅要破坏分子间的范德瓦尔斯力，还必须给予额外的能量去破坏分子间的氢键。

若溶剂与溶质之间能形成氢键，则溶解度增大。如NH_3，HF在水中的溶解度很大，就是因为NH_3或HF分子与H_2O分子之间形成了分子间氢键。溶质分子如果形成分子内氢键，则分子的极性降低，在极性溶剂中的溶解度降低，而在非极性溶剂中的溶解度增大。如邻硝基酚在水中溶解度比对硝基酚小，但它在苯中的溶解度却比对硝基酚大。

液体分子间若形成氢键，则黏度增大。例如甘油的黏度很大，就是因为$C_3H_5(OH)_3$分子间有氢键的缘故。

第5节　离子极化

离子和分子一样，阳、阴离子在电场作用下，电子云形状发生改变，产生诱导偶极，而导致离子的极化,致使物质在结构和性质上发生相应的变化。任何离子都有两重性,一方面因它带有电荷,是一个小电场,可以对它周围的异号离子产生极化作用,称之为离子的极化作用;另一方面,某离子在其他离子的极化作用下,它的最外层电子云也会发生变形,称之为离子的变形性。无论是阳离子还是阴离子,都既有极化作用,又有变形性。通常对阳离子来说,离子半径比其原子半径小,电场强,极化作用占主要地位;对阴离子来说,离子半径比其原子半径大,较容易变形,故变形性占主要地位。对于电荷不高,半径较大的离子,通常这两种作用都会较强。下面对离子极化作用的强弱和它的变形性大小分别进行讨论。

一、离子极化作用的强弱

离子极化作用的强弱主要决定于:

(1) 离子的电荷:电荷数越多,极化能力越强。如 $Al^{3+} > Mg^{2+} > Na^{+}$。

(2) 离子的半径:半径越小,极化能力越强。

(3) 离子的电子层结构:因 *d* 电子屏蔽作用小,能使离子电荷发挥作用,因此含有 *d* 电子的离子,比电荷数相同,半径相近的8电子离子极化作用强。其顺序是:

8电子 <9~17电子 <18电子和18+2电子

二、离子的变形性大小

(1) 离子的电荷:阴离子所带电荷越多,即电子云越丰富,变形性越大。阳离子所带电荷越少,电子云受吸引小,变形性越大。因此 Cu^{+} 和 Ag^{+} 易变形。

(2) 离子的半径:离子半径越大,变形性越大。如卤素阴离子的变形性顺序是:

$$F^{-} < Cl^{-} < Br^{-} < I^{-}$$

(3) 离子的电子层结构:*d* 电子受核吸引力小易变形。所以离子的变形性大小的关系与极化作用强弱的关系相似。其变形性顺序为:

8电子 <9~17电子 <18电子和18+2电子

三、离子的相互极化

无论是阳离子还是阴离子均存在极化作用与变形性。但通常对8电子构型的阳离子因其极化作用强,变形性小,主要注重其极化作用。而8电子构型的阴离子因其极化作用小,变形性较大,主要注重其变形性。从上面讨论可以看出,对非稀有气体构型的阳离子,因最外层含有d电子极化作用强,一方面它可以极化阴离子,使阴离子变形而产生内部偶极,而这个偶极又反过来使阳离子极化,使阳离子变形。阳离子被极化后,对阴离子的极化作用更加强。这种反复的作用叫做相互极化,这种作用产生了附加极化效应,比单纯的极化作用更强。而且随着d电子数增多,附加极化也越大,从而对其构成的离子化合物的性质也会有较大的影响。

四、离子极化对无机化合物的性质的影响

(一) 离子极化对键型的影响

离子极化对物质的性质产生的影响,其本质的原因是对键型产生影响。

如 AgI^- 是由 I^- 和 Ag^+ 组成的，它表现出共价化合物的性质，在水中难溶。这说明它们之间存在着相互极化作用。I^- 半径较大，受 Ag^+ 极化后容易发生变形，Ag^+ 是 18 电子构型，它不但极化作用较强，而且变形性也较大。彼此的变形程度增大，使诱导偶极矩加大，从而进一步增加相互极化能力。由于相互极化的结果，电子云产生较大幅度的变形，阴、阳离子外层电子云重叠，极性减弱，由离子键过渡到共价键，离子型晶体也就转变成共价型晶体了。从离子极化的观点看，可以说没有 100% 的离子键。实验表明，即使是电负性最大的氟离子与电负性最小的铯离子组成的化合物，也只有 92% 的离子性。

（二）离子极化对无机化合物性质的影响

1. 对溶解度的影响　我们知道，氯化银、溴化银、碘化银的溶度积是依次减小的，即溶解度依次减小。这是因为银离子有较大的极化作用且易变形，而卤离子随半径增大变形性增加，故变形性 $I^- > Br^- > Cl^-$，故键的共价性氯化银 < 溴化银 < 碘化银，溶解度也依次减小。

2. 对熔、沸点的影响　离子化合物有较高的熔、沸点，而共价化合物的熔、沸点较低。因此随着离子极化能力的增加，化合物的熔、沸点下降。例如在 $BeCl_2$、$MgCl_2$、$CaCl_2$ 等化合物中，Be^{2+} 的离子半径最小，且是 2 电子构型，有很强的极化力，使 Cl^- 离子的电子云发生比较显著变形。实测 $BeCl_2$、$MgCl_2$ 和 $CaCl_2$ 的熔点依次为 683K、987K、1055K，就是一个很好的例证。

3. 对无机化合物颜色的影响　由于极化作用使外层电子能级差变小，核外电子跃迁所需能量减小，吸收可见光中波长较长的光多一些，而显示出波长较短的光的颜色。故极化作用越强，化合物的颜色越深。例如：氯化银为白色，溴化银为浅黄色，碘化银为黄色就是因为碘化银极化作用最强，故最深。又如大多数氧化物为白色，而大多数硫化物有颜色。

离子的极化理论在阐明无机化合物的性质方面起着一定的作用，可以说是离子键理论的补充。但是在无机化合物中，离子型化合物毕竟只是一部分，所以在应用这个观点时，应注意它的局限性。

小结

1. 离子键的作用力为静电引力，其特征为：无饱和性、无方向性。离子本身的特征是：离子的电荷、半径、电子层结构。

2. 共价键的价键理论要点：①原子中有自旋成单的电子相互配对时自旋方向要相反；②原子轨道应最大限度重叠。共价键的特征：有饱和性、有方向性；类型分为 σ 键（“头碰头”）、π 键（“肩并肩”）。杂化轨道理论要点：不同类型的能量相近的原子轨道重新组合的过程称杂化，杂化轨道形状为葫芦状、空间构型由杂化轨道间相互排斥力最小决定。

3. 分子的极性：偶极是指分子的正、负电荷重心所在。偶极矩 $\mu_M = q \times d$，$\mu_M = 0$，分子无极性，$\mu_M \neq 0$，分子有极性。

4. 分子间力包括取向力、诱导力、色散力。极性分子与极性分子之间三个力都存在，极性分子与非极性分子之间有诱导力与色散力，非极性分子之间则只有色散力。分子间力与氢键只影响物质的物理性质。

5. 离子的极化：通常主族正离子以极化作用为主，负离子以变形性为主，而过渡族离子极化与变形性都较大，极化主要对分子的键型产生影响，进而影响物质的物理性质。

目标检测

一、是非题

1. 凡是中心原子采用 sp^3 杂化轨道成键的分子，其空间构型必定是四面体。
2. CH_4 中，C—H 键为极性键，故 CH_4 分子为极性分子。
3. 非极性分子中一定不含极性键。
4. 直线型分子一定是非极性分子。
5. 正离子的半径小于相应原子半径。
6. 非金属单质的分子之间只存在色散力。
7. 根据价键理论，原子中有几个成单电子，就只能形成几个共价键。
8. 相同原子间，双键键能小于单键键能。

二、A 型题

1. 下列物质中熔点最高的是
   A. NaCl　B. KCl　C. MgO　D. BaO　E. $CaCl_2$
2. 下列哪个分子是极性分子
   A. $CHCl_3$　B. CCl_4　C. CO_2　D. CS_2　E. $SiCl_4$
3. 下列分子中哪个是"V"形的
   A. HCl　B. CCl_4　C. CO_2　D. CS_2　E. H_2S
4. 在下列化合物中，化学键极性最大的是
   A. NH_3　B. PH_3　C. AsH_3　D. SbH_3　E. BiH_3
5. 下列分子中，采取 sp^2 杂化成键的是
   A. PH_3　B. BCl_3　C. NH_3　D. CS_2　E. $BeCl_2$
6. 下列分子中，采取 sp^3 等性杂化成键的是
   A. PH_3　B. CCl_4　C. CO_2　D. CS_2　E. H_2O
7. 下列分子中，各键之间的夹角为120°的是
   A. PH_3　B. NH_3　C. BF_3　D. CS_2　E. $BeCl_2$
8. 下列分子中，各键之间的夹角为180°的是
   A. PH_3　B. NH_3　C. H_2O　D. SO_2　E. $BeCl_2$
9. 下列说法不正确的是
   A. 键能就是键的离解能
   B. 水分子间除了范德瓦尔斯力以外，还有氢键
   C. 二氧化碳分子间只有色散力
   D. 双原子分子的键能就是键的离解能
   E. 对双原子分子来说，键有极性，分子就有极性
10. 下列说法正确的是

A. 液体分子间若形成氢键,则黏度减小
B. 形成分子间氢键会使化合物的熔点、沸点升高
C. 形成分子内氢键会使化合物的熔点、沸点升高
D. 溶剂与溶质间若形成氢键,则溶解度减小
E. 氢键无饱和性,无方向性

三、B 型题

1 ~ 4 题

A. C_6H_6 和 CCl_4　　B. He 和 H_2O　　C. NaCl 固体
D. HBr 气体　　E. CH_3OH 和 H_2O

1. 以上各分子之间,只存在色散力的是
2. 以上各分子之间,有色散力和诱导力的是
3. 以上各分子之间,有色散力、诱导力和取向力的是
4. 以上各分子之间,有色散力、诱导力、取向力和氢键的是

5 ~ 9 题

A. Be^{2+}　　B. Fe^{3+}　　C. Zn^{2+}
D. Br^-　　E. Pb^{2+}

5. 上述离子中属于 2 电子构型的是
6. 上述离子中属于 8 电子构型的是
7. 上述离子中属于 18 电子构型的是
8. 上述离子中属于 9 ~ 17 电子构型的是
9. 上述离子中属于 18 + 2 电子构型的是

10 ~ 14 题

A. C_2H_2　　B. C_2H_4　　C. CH_3OH
D. C_2H_6　　E. $CHCl_3$

10. 上述分子中仅有 4 个 σ 键的是
11. 上述分子中有 5 个 σ 键,1 个 π 键的是
12. 上述分子中有 3 个 σ 键,2 个 π 键的是
13. 上述分子中有 7 个 σ 键
14. 上述分子中仅有 5 个 σ 键的是

四、简答题

1. 离子键与共价键的特征分别是什么?
2. 何谓 σ 键,何谓 π 键?
3. 试分析下列各对物质之间存在何种作用力?
(1) C_6H_6 和 CCl_4　(2) He 和 H_2O
(3) CO_2 气体　(4) HBr 气体
(5) 氯水中 Cl_2 与 H_2O　(6) CH_3OH 和 H_2O
4. 试比较下面两组化合物中正离子极化能力的大小。
(1) $ZnCl_2$, $FeCl_2$, $CaCl_2$, KCl
(2) $SiCl_4$, $AlCl_3$, $MgCl_2$, NaCl
5. 试用离子极化的观点,解释下列现象:
(1) AgF 易溶于水,AgCl、AgBr、AgI 难溶于水,且溶解度依次减小。
(2) AgCl、AgBr、AgI 的颜色依次加深。

第7章　氧化还原反应

学习目标

1. 简述氧化还原反应、氧化数、氧化剂、还原剂、氧化还原电对的概念
2. 知道原电池的组成；写出电极反应、电池反应和原电池的符号式
3. 知道电极电势产生的机理、测定原理和方法
4. 会利用能斯特方程式计算电极电势
5. 通过电极电势的高低判断氧化剂、还原剂的相对强弱，判断氧化还原反应的方向

氧化还原反应（oxidation-reduction reaction）是在日常生活和化工生产上经常遇到的一类反应。最初是根据反应中物质是否得到氧或失去氧，把化学反应分为氧化反应和还原反应。如碳的燃烧过程，产生二氧化碳，碳得到氧，故为氧化反应。但这种分法不够全面，也不能够反映该类反应的本质。下面，我们根据化学反应中是否有电子转移（得失或偏移），来学习一类重要的化学反应——氧化还原反应。

第1节　氧化还原反应

一、氧化还原反应的实质

最初人们根据化学反应中物质是否得到氧或失去氧，把化学反应分为氧化反应和还原反应。例如硫的氧化反应为

$$S + O_2 \xlongequal{} SO_2$$

氧化铜、氧化铁的还原反应为

$$CuO + H_2 \xlongequal{} Cu + H_2O$$

$$Fe_2O_3 + 3CO \xlongequal{} 2Fe + 3CO_2\uparrow$$

但在这两个反应中，H_2 和 CO 却又得到氧，发生了氧化反应。因此，从物质在反应中是否得氧或失氧的角度把化学反应分为氧化反应和还原反应，也是不够全面的，这是把在一个反应中同时发生的两个过程人为地分割开，因而，不能反映该类反应的本质。

随着物质结构和电化学知识的发展，氧化还原反应范围扩大了。人们发现，物质与氧的反应同一系列没有氧参加的反应存在共同的特征，即在反应过程中均伴有电子的得失。例如：

$$Zn + 2H^+ \xlongequal{} Zn^{2+} + H_2\uparrow$$

$$2I^- + Cl_2 \xlongequal{} 2Cl^- + I_2$$

上述反应中 Zn、I^- 失去电子；H^+、Cl_2 得到电子。

我们把物质失去电子的过程称为氧化（oxidation）；物质得到电子的过程称为还原（reduction）。在上述反应中给出电子的物质（如 Zn、I^-）称为还原剂（reducing agent），还原剂本身被氧化；在反应中得到电子的物质（如 H^+、Cl_2）称为氧化剂（oxidizing agent），氧化剂本身被还原。如

果没有还原剂给出电子,就不存在氧化剂得到电子。在氧化还原反应中,电子不能游离存在,因此一种物质失去电子必然意味着另一物质得到电子,故氧化还原反应总是同时发生而共存于一个反应之中。氧化剂与还原剂之间发生电子转移可表示如下:

$$\text{氧化剂} + ne^- \rightleftharpoons \text{还原剂}$$

式中 e^- 代表电子。在上述有简单离子参与的反应中,反应物之间电子的转移是很明显的。但在仅有共价化合物参与的反应中,电子得失不那么明显,没有发生上述那种电子的完全转移,而发生了电子对的偏移。例如:

$$H_2 + Cl_2 \rightleftharpoons 2HCl$$

在这个反应中,由于氯的电负性大于氢,所以在 HCl 分子中共用的电子对偏向氯的一方,尽管其中的氯和氢都没有获得电子或失去电子,却也有一定程度的电子对的转移(或偏移)。这种反应同样属于氧化还原反应。

综上所述,氧化还原反应实质上是包含有电子得失或电子对偏移的反应。

二、氧 化 数

(一)氧化数概念

为了方便地判断氧化还原反应,进行氧化还原反应式的配平,引入了氧化数(oxidation number)(又叫氧化值)的概念。1990 年,国际纯粹化学和应用化学联合会(IUPAC)给氧化数的定义是:元素的氧化数是该元素的一个原子的荷电数,这种荷电数是人为地将成键电子指定给电负性较大的原子而求得的。例如在 $CaCl_2$ 中,Ca 元素电负性比 Cl 元素小,因此 Cl 的氧化数为 -1,Ca 的氧化数为 +2;在单质中元素原子的氧化数等于零;在共价化合物中,如 H_2O 分子中,氧的电负性较大,故两对成键电子都归电负性更大的元素氧,O 的氧化数为 -2,H 的为 +1。多原子分子中,氧化数的指定只是一种人为的做法,而且很少与这些化合物中实际的电荷分布有关。应该指出的是,在共价化合物中,原子的氧化数并不是原子实际所带的净电荷数,而是原子在化合状态时的一种形式或表观荷电数,它不同于离子的电荷。

确定氧化数有下述一般规则:

1. 单质分子中,元素的氧化数为零。因为在单质分子中,同类原子的电负性相同,原子间成键电子对无偏离。如:P_4、Cl_2 分子中 P、Cl 的氧化数为零。

2. 一般情况下,在含氧化合物中,氧的氧化数为 -2,但也有例外,在过氧化物(如 Na_2O_2、H_2O_2)中氧的氧化数为 -1、超氧化物(如 KO_2)中氧的氧化数为 -1/2、在氧的氟化物(如 OF_2)中氧为 +2。

3. 通常在含氢化合物中,氢的氧化数为 +1,但在金属氢化物中氢的氧化数为 -1。

4. 对于单原子离子来说,元素的氧化数等于它所带的电荷数,如 Ca^{2+} 离子的氧化数为 +2。在复杂离子中各元素氧化数的代数和等于离子所带的电荷数,如 SO_4^{2-} 离子因 S 的氧化数为 +6,O 的氧化数为 -2。

5. 中性分子的所有原子的氧化数代数和等于零。

根据以上规则,可以计算出各种物质中任一元素的氧化数。

【例 7-1】 A. 1　　B. 2.5　　C. 8/3　　D. 6　　E. 7

(1) MnO_4^- 中 Mn 元素的氧化数是

(2) $Cr_2O_7^{2-}$ 中 Cr 元素的氧化数是

(3) Fe_3O_4 中 Fe 元素的氧化数是

解　设 MnO_4^- 中 Mn 的氧化数为 W，则

$$W+4\times(-2)=-1 \qquad W=+7$$

设 $Cr_2O_7^{2-}$ 中 Cr 的氧化数为 X，则

$$2\times X+7\times(-2)=-2 \qquad X=+6$$

设 Fe_3O_4 中 Fe 的氧化数为 Y，则

$$3\times Y+4\times(-2)=0 \qquad Y=+8/3$$

故上述3小题中答案分别是E、D、C。

在定义氧化数时，人为地把原子间成键电子的偏移看成是电子的得失，而当分子中同一元素的原子处在不同价态时，该元素的氧化数还可能出现分数，这与中学学到的化合价有一点区别。Fe_3O_4 实际上是 FeO 与 Fe_2O_3 的混合物，但在计算氧化数时，只看表观的。显然，氧化数不能确切地表示分子中原子的真实荷电数。但是在反应前后，每一分子中元素氧化数的升高(或降低)值还是和它失去(或得到)的电子数一致的。如在 Fe_3O_4 的生成反应中

$$3Fe+2O_2 \longrightarrow Fe_3O_4$$

每生成一分子 Fe_3O_4，Fe 的氧化数升高总数为 $3\times(+8/3)=+8$，相当于给出8个电子；而氧的氧化数降低总数为 $4\times(-2)=-8$，相当于得到8个电子。可见氧化还原反应的实质是电子转移的过程，它反映在氧化数的改变上。根据氧化数的概念，可给氧化还原反应下一更确切的定义：由于电子得失或电子对偏移致使单质或化合物中元素氧化数改变的反应称氧化还原反应。元素氧化数升高的过程是氧化；元素氧化数降低的过程是还原。反应中失电子(氧化数升高)的物质称为还原剂，反应中得电子(氧化数降低)的物质称为氧化剂。氧化数的用途：①用于判断氧化还原反应；②用于配平氧化还原反应方程式。

(二) 常用的氧化剂和还原剂

氧化剂一般是指具有较高氧化数某元素的化合物或一些单质。因其元素的氧化数有降低的趋势，故可作氧化剂。常见的氧化剂有：

1. 活泼的非金属单质。如 O_2、Cl_2、Br_2、I_2 等。其中，I_2 是较温和的氧化剂。
2. 元素处在较高氧化数的含氧化合物。如 $KMnO_4$、$KClO_3$、$K_2Cr_2O_7$、$K_2S_2O_8$、浓 H_2SO_4 和 HNO_3 等。
3. 具有较高氧化态的金属离子及其配合物。如 Fe^{3+}、Ce^{4+}、$[PtCl_6]^{2-}$ 等。

还原剂一般是指具有较低氧化数某元素的化合物或一些单质。因其元素的氧化数有升高的趋势，故可作还原剂。常见的还原剂有：

1. 活泼的金属单质及非金属单质。如：Na、Ca、Zn、Fe、H_2 和 C 等。
2. 低价金属离子及配合物。如 Fe^{2+}、Sn^{2+}、$[Fe(CN)_6]^{4-}$ 等。
3. 非金属的阴离子。如 S^{2-}、I^- 等。
4. 具有较低氧化数某元素的化合物。如 NH_2OH(羟胺)、CO、SO_2 和 Na_2SO_3 等。

在实际工作中视不同的需要加以选择使用。此外，介于最高氧化数与最低氧化数即具有中间氧化数的物质，既可作氧化剂，又可作还原剂。

【例7-2】　在下列选项中，既可以是氧化剂，又可以是还原剂的物质是

A. H_2S　　B. CO_2　　C. $KMnO_4$　　D. H_2O_2　　E. Fe

解　对于这一题，主要熟悉各元素的常见氧化值，最高氧化值和最低氧化值是什么，才能进行判断，若是最高氧化值，则该物质只能作氧化剂，若是最低氧化值，则只能作还原剂，只有具有中间价态的元素，才可能既是氧化剂，又是还原剂。

对于 H_2S、Fe 中硫、铁均是最低氧化态，只能作还原剂；CO_2、$KMnO_4$ 中 C、Mn 元素是最高氧化态，只能作氧化剂；故只有 H_2O_2 中的氧是 -1 价的，处在 0 和 -2 价之间，所以答案应选 D。

三、氧化还原反应方程式的配平

氧化还原反应往往比较复杂，反应中涉及的物质比较多，除了氧化剂与还原剂外，常常还有介质（酸、碱和水）参加，因此难以用一般的观察法配平反应方程式。对此介绍两种配平的方法：氧化数法和离子-电子法。

（一）氧化数法

配平氧化还原反应式，首先要明确在反应条件下的主要产物是什么，以便正确写出反应式。反应条件如浓度、温度、介质的酸碱性、催化剂等都有可能影响产物的种类。所以反应的产物需要根据物质的性质并通过实验来确定。当然，通过学习，要熟记一些已知的、常见的氧化还原反应的产物；其次是根据物质守恒定律，反应前后各物质的总量不变，氧化还原反应中氧化剂和还原剂的氧化数增减总数必须相等的原则来配平反应方程式。

现以锌与稀硝酸的反应为例，说明此法配平的步骤。

1. 根据实验事实写出产物（或叫生成物）：

$$Zn + HNO_3 \longrightarrow Zn(NO_3)_2 + NH_4NO_3$$

2. 标明氧化数有变化的元素，并根据元素的氧化数的升高和降低总数必须相等的原则，按最小公倍数确定氧化剂和还原剂的计量系数。

$$\overbrace{Zn+HNO_3 \xlongequal{\quad} Zn}^{2-0=2\times4}(NO_3)_2+NH_4NO_3$$

$$Zn+\underbrace{HNO_3 \xlongequal{\quad} Zn(NO_3)_2+NH_4}_{-3-5=-8\times1}NO_3$$

Zn 的氧化数由 0 被氧化为 +2，用氧化数（+2）表示。HNO_3 中的 N 的氧化数由 +5 还原为 -3，因此氧化数变化为（-3-5）= -8，它们的最小公倍数为 4，即为氧化剂与还原剂分子式前面的系数。

$$4Zn + HNO_3 \longrightarrow 4Zn(NO_3)_2 + NH_4NO_3$$

3. 配平各种原子数　通常，H、O 原子的配平放在最后进行。上式中，Zn 原子数已平，反应中一部分硝酸作为氧化剂，另一部分仅提供 H^+ 和酸根，从产物的 N 原子数可确定 HNO_3 分子式前的系数为 10。然后考虑 H、O 原子数：反应式左边多 6 个 H 和 3 个氧化数为 -2 的 O，即在右边加 3 个 H_2O 予以配平。

$$4Zn + 10HNO_3 \xlongequal{\quad} 4Zn(NO_3)_2 + NH_4NO_3 + 3H_2O$$

【例 7-3】 配平下列离子方程式：

$$Cr_2O_7^{2-} + H^+ + Cl^- \longrightarrow Cr^{3+} + H_2O + Cl_2$$

解　（1）调整分子式前的系数

$$Cr_2O_7^{2-} + H^+ + 2Cl^- \longrightarrow 2Cr^{3+} + H_2O + Cl_2$$

（2）标明氧化数有变化的元素，按最小公倍数确定氧化剂和还原剂的计量系数。

$$\overbrace{Cr_2O_7^{2-} + H^+ + 2Cl^- \longrightarrow 2Cr^{3+}}^{3-6=-3\times2} + H_2O + Cl_2$$

$$Cr_2O_7^{2-} + H^+ + \underbrace{2Cl^- \longrightarrow 2Cr^{3+} + H_2O + Cl_2}_{0-(-1)=+1\times2\times3}$$

于是得到：
$$Cr_2O_7^{2-} + H^+ + 6Cl^- = 2Cr^{3+} + H_2O + 3Cl_2$$

(3) 配平离子方程式，左边的离子电荷是 -7，右边的离子电荷是 +3，H^+ 离子前乘以系数 14，则两边电荷相等，都是 +6，14 个 H^+ 可以生成 7 个 H_2O 分子，得到配平的反应方程式：
$$Cr_2O_7^{2-} + 14H^+ + 6Cl^- = 2Cr^{3+} + 7H_2O + 3Cl_2$$

(二) 离子-电子法(半反应法)

离子-电子法是根据氧化还原反应中氧化剂和还原剂得失电子总数必须相等的原则来配平反应方程式的。现以 $KMnO_4$ 和 K_2SO_3 在稀 H_2SO_4 溶液中的反应为例，说明离子-电子法配平方程式的步骤。

1. 根据实验事实写出未配平的离子方程式：
$$MnO_4^- + SO_3^{2-} \longrightarrow Mn^{2+} + SO_4^{2-}$$

2. 将上面未配平的离子方程式分写为两个半反应式，一个代表氧化剂的还原反应，另一个代表还原剂的氧化反应：
$$MnO_4^- \longrightarrow Mn^{2+} \quad (还原反应)$$
$$SO_3^{2-} \longrightarrow SO_4^{2-} \quad (氧化反应)$$

3. 配平两个半反应式，使等式两边的原子的总数相等，且净电荷数也相等。方法是首先配平原子数，然后在半反应的左边或右边加上适当的电子数来配平电荷数。

MnO_4^- 还原为 Mn^{2+} 时，要减少 4 个氧原子，在酸性介质中，与 8 个 H^+ 结合生成 4 个 H_2O 分子。
$$MnO_4^- + 8H^+ \longrightarrow Mn^{2+} + 4H_2O$$
上式中左边的净电荷数为 +7，右边的净电荷数为 +2，所以需要在左边加 5 个电子(1 个电子带 1 个单位负电荷)，两边的电荷数才相等。
$$MnO_4^- + 8H^+ + 5e^- = Mn^{2+} + 4H_2O$$

SO_3^{2-} 氧化为 SO_4^{2-} 时，增加 1 个氧原子，由溶液中的 H_2O 分子提供，同时生成 2 个 H^+：
$$SO_3^{2-} + H_2O \longrightarrow SO_4^{2-} + 2H^+$$
上式中左边净电荷数为 -2，右边的净电荷数为 0，所以右边应加上 2 个电子：
$$SO_3^{2-} + H_2O \longrightarrow SO_4^{2-} + 2H^+ + 2e^-$$

4. 根据氧化剂和还原剂得失电子数必须相等的原则，在两个半反应式中乘上适当系数(由得失电子数的最小公倍数确定)，然后两式相加，得到配平的离子反应方程式。
$$
\begin{array}{ll}
MnO_4^- + 8H^+ + 5e^- \longrightarrow Mn^{2+} + 4H_2O & \times 2 \\
+)\ SO_3^{2-} + H_2O \longrightarrow SO_4^{2-} + 2H^+ + 2e^- & \times 5 \\
\hline
2MnO_4^- + 5SO_3^{2-} + 6H^+ = 2Mn^{2+} + 5SO_4^{2-} + 3H_2O &
\end{array}
$$

5. 加上原来参与氧化还原的离子，写成分子方程式：
$$2KMnO_4 + 5K_2SO_3 + 3H_2SO_4 = 2MnSO_4 + 6K_2SO_4 + 3H_2O$$
最后核对方程式两边氧原子数是否相等，即可证实这个方程式已经配平。这一方法基于分别配平氧化、还原两个半反应，又称半反应法。

可见，配平以上半反应利用了原子和电荷守恒的原理。至于反应物和生成物氧原子数的不同，则可结合溶液的酸碱性，在半反应式中加入 H^+、OH^- 或 H_2O，以使两边氧原子数相等。配平氧原子数的具体方法可归纳如下：

(1) 在还原反应中，当氧化剂中氧原子数减少时；如果是酸性介质，则在配平半反应时，每减少 1 个氧原子，加入 2 个 H^+，同时生成 1 个 H_2O 分子。例如 $Cr_2O_7^{2-}$ 在酸性溶液中被还原为

Cr^{3+}的半反应：

$$Cr_2O_7^{2-} + 14H^+ + 6e^- \longrightarrow 2Cr^{3+} + 7H_2O$$

如果在中性或碱性介质中，则在配平半反应时，每减少1个氧原子，要加入1个H_2O分子，同时生成2个OH^-。例如MnO_4^-在中性溶液中被还原为MnO_2的半反应：

$$MnO_4^- + 2H_2O + 3e^- \longrightarrow MnO_2 + 4OH^-$$

（2）在氧化反应中，当还原剂中氧原子数增加时，如果是在酸性或中性介质中，则在配平半反应时，每增加1个氧原子，要加入1个H_2O分子，同时生成2个H^+。例如S在酸性溶液中被氧化为SO_2的半反应：

$$S + 2H_2O \longrightarrow SO_2 + 4H^+ + 4e^-$$

如果是碱性介质，每增加1个氧原子，要加入2个OH^-，同时生成1个H_2O分子，

$$SO_3^{2-} + 2OH^- \longrightarrow SO_4^{2-} + H_2O + 2e^-$$

总之，酸性介质多氧加H^+；碱性介质少氧加OH^-；其他均加水。

【例7-4】 用离子-电子法配平方程式：$K_2Cr_2O_7 + H_2S \longrightarrow Cr^{3+} + S$（$H_2SO_4$介质中）

解 （1）根据实验事实，写出未配平的离子方程式：

$$Cr_2O_7^{2-} + H_2S \longrightarrow Cr^{3+} + S$$

（2）将上述未配平的反应式分为两个未配平的半反应式：

$$Cr_2O_7^{2-} \longrightarrow Cr^{3+} \quad \text{（还原反应）}$$

$$H_2S \longrightarrow S \quad \text{（氧化反应）}$$

（3）配平两个半反应式，使等式两边的原子个数和净电荷数相等：

$$Cr_2O_7^{2-} + 14H^+ + 6e^- \longrightarrow 2Cr^{3+} + 7H_2O$$

$$H_2S + 2e^- \longrightarrow S + 2H^+$$

（4）根据氧化剂和还原剂得失电子数必须相等的原则，在两个半反应式中乘上适当的系数（由得失电子数的最小公倍数确定），然后两式相加，得到配平的离子方程式。

$$\begin{array}{rl|l} & Cr_2O_7^{2-} + 14H^+ + 6e^- \longrightarrow 2Cr^{3+} + 7H_2O & \times 1 \\ +) & H_2S - 2e^- \longrightarrow S + 2H^+ & \times 3 \\ \hline & Cr_2O_7^{2-} + 8H^+ + 3H_2S = 2Cr^{3+} + 7H_2O + 3S & \end{array}$$

（5）加上未参与氧化还原反应的正、负离子，使上述配平的离子方程式改写成分子反应方程式。得：

$$K_2Cr_2O_7 + 3H_2S + 4H_2SO_4 = Cr_2(SO_4)_3 + 3S + 7H_2O + K_2SO_4$$

在有些反应中，氧化剂和还原剂是同一物质，这种反应称为自身氧化还原反应，又叫歧化反应，见下例。

【例7-5】 氯气在热的氢氧化钠溶液中生成氯化钠和氯酸钠，完成并配平该反应方程式。

解 写出未配平的分子方程式：

$$Cl_2 + NaOH \longrightarrow NaCl + NaClO_3 + H_2O$$

未配平的离子方程式为：

$$Cl_2 + OH^- \longrightarrow Cl^- + ClO_3^- + H_2O$$

配平如下的两个半反应式：

$$Cl_2 + 12OH^- \longrightarrow 2ClO_3^- + 6H_2O + 10e^-$$

$$Cl_2 + 2e^- \longrightarrow 2Cl^-$$

将两个半反应配平电荷后合并：

$$
\begin{array}{ll}
Cl_2 + 12OH^- \longrightarrow 2ClO_3^- + 6H_2O + 10e^- & \times 1 \\
+)\ Cl_2 + 2e^- \longrightarrow 2Cl^- & \times 5 \\
\hline
6Cl_2 + 12OH^- = 2ClO_3^- + 6H_2O + 10Cl^- &
\end{array}
$$

应使配平的离子方程式中各离子、分子的系数为最小：

$$3Cl_2 + 6OH^- = ClO_3^- + 3H_2O + 5Cl^-$$

核对方程式两边电荷数和原子个数是否相等。其分子方程式为：

$$3Cl_2 + 6NaOH = NaClO_3 + 3H_2O + 5NaCl$$

上述两种配平方法中，氧化数法既适用于水溶液中的反应的配平，也适用于非水高温熔融状态下反应的配平，应用范围比较广泛。离子-电子法只适用于水溶液中的反应，但不需要计算氧化数，对配平有复杂化合物及某些有机物参加的反应，是比较方便的。而且学习离子-电子法有助于掌握书写半反应式的方法，而半反应式正是电极反应（见下一节）的基本反应式。

第2节 电极电势

为了能定量地讨论在水溶液中各种氧化剂和还原剂的相对强弱、判断在实验条件下氧化还原反应自发进行的可能性以及进行的程度，有必要熟悉电极电势的基本概念。下面就介绍这方面的内容。

一、原 电 池

（一）原电池的组成与工作原理

通常，在氧化还原反应中，氧化剂和还原剂总是通过热运动发生有效碰撞并进行了电子的转移。例如，锌和硫酸铜溶液的反应：

$$Zn + CuSO_4 = ZnSO_4 + Cu$$

我们将一块锌片放在 $CuSO_4$ 溶液中，过一会就会观察到有一层红棕色的铜沉积在锌片的表面上，蓝色 $CuSO_4$ 溶液的颜色逐渐变浅，与此同时，锌片也慢慢溶解变小。现象表明：Zn 给出电子成为 Zn^{2+} 而溶解，Cu^{2+} 获得电子还原为 Cu。由于锌与铜直接接触，我们不能直接观察到金属和溶液接界处的电子转移现象。随着氧化还原反应的进行，有热量放出，溶液温度随之升高，说明反应过程中化学能转变成热能，但观察不到电流的产生。

盐桥的作用

盐桥一般用饱和的 KCl 或 KNO_3 溶液和琼脂做成冻胶的“U”形管，这样溶液不会流出。在电场作用下，盐桥允许离子迁移而沟通两个半电池，形成电子流的通路，使电极反应得以顺利进行。在铜锌原电池中有电流通过时，Zn 半电池溶液中的 Zn^{2+} 离子增加，溶液带正电荷；Cu 半电池溶液中 Cu^{2+} 离子减少，SO_4^{2-} 离子相对过剩而带负电荷，这样会阻碍电子从锌棒流向铜棒而中断电流。当用盐桥连接两溶液时，就有较多的 Cl^- 或 NO_3^- 离子自盐桥移向锌盐溶液，而较多的 K^+ 离子自盐桥移向铜盐溶液，使两溶液维持电中性。这样，锌的溶解和铜的析出能继续进行，电流便可持续产生。

链 接

为了证明氧化还原反应过程中确有电子的转移，将上述反应在如图7-1所示装置中进行，在左边烧杯中盛有$ZnSO_4$溶液并插入锌棒，在右边烧杯中盛有$CuSO_4$溶液并插入铜棒，两溶液之间用一个充满电解质溶液的U型管作为盐桥。然后，将锌棒和铜棒用导线连接起来，中间再串联一个检流计。此时就发现检流计的指针向一方偏转，说明导线中确有电流通过。并且电子是从锌棒定向地转移到铜棒（电流的方向与电子转移的方向相反，即由铜棒流向锌棒）。这说明锌棒作负极（negative electrode），发生了氧化反应，向外电路输出电子而逐渐溶解；而铜棒作正极（positive electrode），发生了还原反应，使Cu^{2+}离子从外电路接受电子变成铜析出。锌电极和铜电极分别发生了氧化和还原反应，称为半电池反应（half cell reaction）或电极反应。两个半电池反应组成电池反应。因此Zn-Cu原电池的电池反应为：

$$Zn + Cu^{2+} \xlongequal{\quad} Zn^{2+} + Cu$$

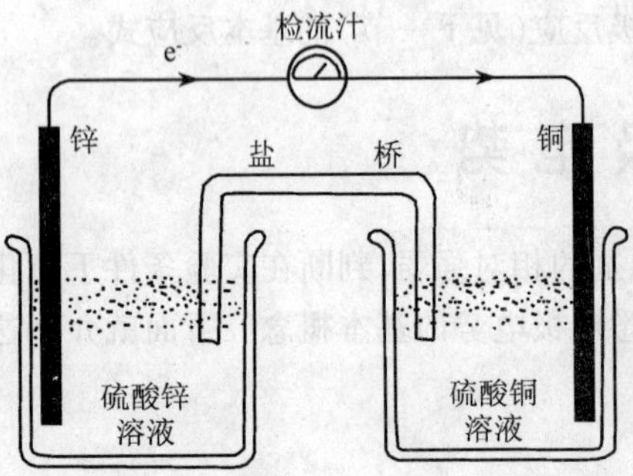

图7-1 氧化还原反应过程装置示意图

这个反应与上述锌置换硫酸铜所发生的氧化还原反应完全一样，只是在原电池装置中，电子不是直接从还原剂转移到氧化剂，而是通过电路由锌极定向流向铜极。从而产生了电流，将化学能转变成电能。这种将氧化还原反应的化学能转变为电能的装置称为原电池（primary cell）。它是由两个半电池（half cell）、盐桥（salt bridge）、检流计（或电压计）和导线组成的。

原电池由两个半电池组成，每个半电池也叫一个电极，每一个电极反应都包含有同一元素的不同氧化态的两种物质，一种是可作为还原剂的低氧化态物质，称为还原态（型），例如半反应：

$$Cu^{2+} + 2e^- \longrightarrow Cu$$

式中Cu为还原态；一种是可作为氧化剂的高氧化态物质，称为氧化态（型），上述半反应式中的Cu^{2+}。这样氧化型物质和还原型物质（Cu^{2+}/ Cu）就构成一个氧化还原电对，简称电对。原则上，同一元素的不同氧化态之间都可组成氧化还原电对。为统一起见，氧化还原电对的写法规定为“氧化型/还原型”。如Sn^{4+}/Sn^{2+}、Zn^{2+}/Zn、O_2/H_2O、Cl_2/Cl^-等都是氧化还原电对。

原电池的设计证明氧化还原反应确实发生了电子的转移，从而揭示了化学现象与电现象的联系，并为化学的一个新领域——电化学的建立和发展开拓了道路。

（二）原电池的表示方法

原电池的组成用图示表达，未免过于麻烦。为书写简便，原电池的装置常用方便而科学的符号来表示。仍以铜-锌原电池为例：

$$(-)Zn(s)|Zn^{2+}(c_1)\parallel Cu^{2+}(c_2)|Cu(s)(+)$$

书写顺序为：负极（-），“|”表示界面（因负极固体插入溶液有界面），负极这边的溶液（括号内是浓度），“‖”表示盐桥，正极这边的溶液，“|”表示界面（因正极溶液与正极固体有界面），正极（+）。

若参与氧化还原反应的物质为气体物质应注明其分压（Pa）；同一相中的不同物质之间用“，”隔开，如Fe^{3+}，Fe^{2+}都在溶液中，且不能区分先后；非金属或气体不导电，因此非金属元素在不同价态时构成的氧化还原电对作半电池时，需外加惰性导体（如铂Pt和石墨C等）做电极导体。其中，惰性导体不参与电极反应，只起导电（输送或接送电子）的作用，故称为“惰性”电极。

理论上,任何氧化还原反应都可以设计成原电池,例如反应:

$$Cl_2 + 2I^- = 2Cl^- + I_2$$

此反应可分解为两个半电池反应:

负极: $2I^- \longrightarrow I_2 + 2e^-$(氧化反应)

正极: $Cl_2 + 2e^- \longrightarrow 2Cl^-$(还原反应)

该原电池的符号为:

$$(-)Pt|I_2(s)|I^-(c_1) \parallel Cl^-(c_2)|Cl_2(p)|Pt(+)$$

【例 7-6】 将氧化还原反应 $2MnO_4^- + 10Cl^- + 16H^+ = 2Mn^{2+} + 5Cl_2\uparrow + 8H_2O$ 设计成原电池,并写出该原电池的符号。

解 先将氧化还原反应分解成两个半反应

氧化反应: $2Cl^- \longrightarrow Cl_2 + 2e^-$　　Cl 元素氧化值从 -1 升至 0

还原反应: $MnO_4^- + 8H^+ + 5e^- \longrightarrow Mn^{2+} + 4H_2O$　　Mn 元素氧化值从 $+7$ 降至 $+2$

在原电池中正极发生还原反应,负极发生氧化反应,因此组成原电池时,MnO_4^-/Mn^{2+} 电对为正极,Cl_2/Cl^- 电对为负极。故原电池的符号为:

$$(-)Pt|Cl_2(p)|Cl^-(c_1) \parallel H^+(c_2), Mn^{2+}(c_3), MnO_4^-(c_4)|Pt(+)$$

(三) 常见电极类型

1. 金属-离子电极　这种电极是金属棒插入到此金属的盐溶液中构成的,它只有一个界面。如金属锌与锌离子组成的电极,简称锌电极。

电极组成　$Zn|Zn^{2+}(c)$

电极反应　$Zn^{2+} + e^- \longrightarrow Zn$

2. 气体-离子电极　将气体物质通入其相应离子的溶液中,气体与其溶液中的阴离子成平衡体系。如氯电极 Cl_2/Cl^-、氢电极 H^+/H_2 等。由于气体不导电,需借助不参与电极反应的惰性电极(如铂、石墨)起导电作用,这种电极叫气体电极。

氯电极与氢电极的电极反应分别为: $Cl_2 + 2e^- \longrightarrow 2Cl^-$

$$2H^+ + 2e^- \longrightarrow H_2$$

电极符号分别是: $Pt|Cl_2(p_{Cl_2})|Cl^-(c)$ 和 $Pt|H_2(p_{H_2})|H^+(c)$

3. 氧化还原电极　从广义上说,任何电极包含有氧化及还原作用,故都是氧化还原电极。但习惯上仅将其还原态不是金属态的电极称为氧化还原电极。它是将惰性电极(如铂或石墨)浸入含有同一元素的两种不同氧化态的离子的溶液中构成的。如 Pt 插入含有 Sn^{4+} 离子及 Sn^{2+} 离子的溶液中,即构成 Sn^{4+}/Sn^{2+} 电极。其电极反应为:

$$Sn^{4+} + 2e^- \rightleftharpoons Sn^{2+}$$

电极符号是: C(石墨) | $Sn^{4+}(c_1), Sn^{2+}(c_2)$

4. 金属及其难溶盐-阴离子电极　这类电极是在金属表面上覆盖一层该金属难溶盐(或氧化物),然后将其浸入含有该盐阴离子的溶液中构成,有两个界面。最常见的有银-氯化银电极。它是将表面涂有 AgCl 薄层的银丝插入 $1mol \cdot L^{-1}$ KCl(或 HCl)溶液中制得的。其电极反应是: $AgCl + e^- \longrightarrow Ag + Cl^-$ 电极符号为: $Ag(s)|AgCl(s)|Cl^-(c)$

此外,实验室常用的甘汞电极也属此类电极,它是由汞、汞和甘汞混合研磨成的糊状物(甘汞糊)以及 KCl 溶液组成。甘汞电极可表示为:

$$Pt|Hg(l)|Hg_2Cl_2(s)|Cl^-(c)$$

电极反应: $2Hg + 2Cl^- \longrightarrow Hg_2Cl_2 + 2e^-$

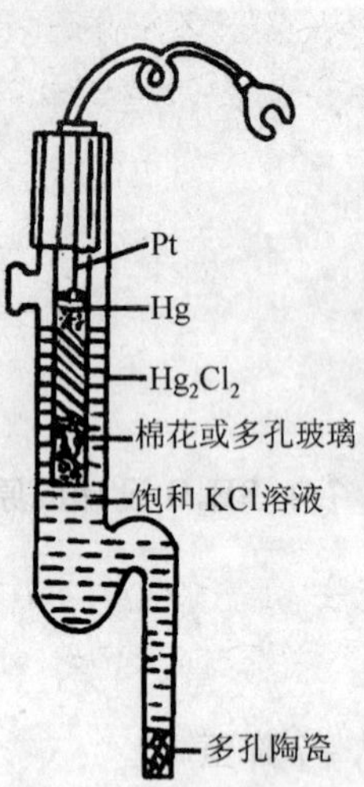

图 7-2 饱和甘汞电极

随着 KCl 溶液浓度的不同有不同的甘汞电极。最通用的是饱和甘汞电极（图 7-2），它是用饱和 KCl 溶液制得的，室温下其电极电势为 +0.2415V，若 KCl 溶液浓度为 $1mol \cdot L^{-1}$，其标准电极电势为 +0.2676V。

二、电 极 电 势

（一）电极电势的产生

将原电池两极用导线连接起来可以产生电流，说明两个电极之间存在电势差。是什么原因使原电池的两个电极的电势不同呢？下面以金属电极为例讨论电极电势产生的原因。

当我们把金属插入含有该金属盐的溶液时（如将锌棒插入硫酸锌溶液中，见图 7-3），初看起来似乎不起什么变化。实际上溶液中同时发生两种相反的过程：一方面，受到极性水分子的作用以及本身的热运动，金属晶格中的金属离子 M^{n+}，有脱离金属表面进入溶液中，成为水合离子而把电子留在金属表面的倾向；金属越活泼，金属离子浓度越小，这种倾向越大。另一方面，溶液中的金属离子 M^{n+} 也有从金属表面获得电子而沉积在金属表面上的倾向，金属越不活泼，溶液中金属离子浓度越大，这种沉积倾向越大。在一定条件下，当金属溶解的速率与金属离子沉积的速率相等时，就建立了如下的动态平衡：

$$M(s) \underset{\text{析出}}{\overset{\text{溶解}}{\rightleftharpoons}} M^{n+}(aq) + ne^-$$

若金属溶解的趋势大于金属离子析出的趋势，则达到平衡时金属表面因积累了过剩的电子而带负电，等量带正电荷的金属离子则分布在电极板附近的溶液中，金属表面过剩的电子和附近溶液中的金属离子就构成了界面双电层（见图 7-3a），其厚度虽然很小（约 10^{-10}m），但其间存在电位差，这种界面双电层之间的电位差就称为电极电势。显然，金属越活泼，溶解趋势就越大，平衡是金属表面负电荷越多，该金属电极的电极电势就越低。反之亦然（见图 7-3b）。

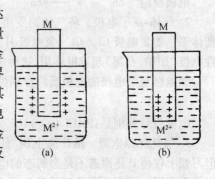

图 7-3 双电层结构

电极电势用符号 $E_{\text{氧化型/还原型}}$ 表示，单位是伏特（V），电极电势的大小主要取决于电极的本性，并受温度、介质和离子浓度（或活度）等因素的影响。

（二）标准氢电极

如前所述，电极电势值不仅取决于电对的本性，还受到离子浓度、温度等实验条件的影响。如果能在相同的实验条件下测定各种电极的电势值，一方面能反映出相应电对得失电子的能力，另一方面也可以用来衡量在水溶液中各种氧化剂或还原剂的相对强弱。为此，人们规定：以离子浓度为 $1mol \cdot L^{-1}$（严格讲是活度 $a = 1mol \cdot L^{-1}$），气体的分压为 100kPa，液体和固体都是纯态，作为电极的标准状态。在标准状态下的电极电势称为标准电极电势（standard electrod potential），用符号 $E^{\ominus}$ 表示，指定温度为 298.15K。但是，迄今为止，任一半电池电极电势的绝对值仍无法测定。人们可以将任何两个半电池组成原电池，测定电池的电动势，即测得该电池正、负电极的电极电势的差值为：

$$E^{\ominus}_{MF}=E^{\ominus}_{正极}-E^{\ominus}_{负极}$$

如果知道其中一个电极的电势，就可以求得另一个电极的电势。为此，人为地指定在 298.15K 时标准氢电极（standard hydrogen electrode 缩写为 SHE）作为标准电极，并规定其电极电势为 0.0000V（伏）。将其他电极电势与标准电极电势作比较，从而确定出各电对的电极电势，所以电极电势都是相对值。这种方法与确定海拔高度以海平面为基准一样。

标准氢电极（图 7-4）是将镀有一层多孔铂黑的铂片浸入含有氢离子浓度（严格讲用活度表示）为 $1mol\cdot L^{-1}$ 的硫酸（或盐酸）溶液中，在 298K 时不断通入纯氢气，保持氢气的压力为 100kPa，氢气为铂黑所吸附。被铂黑吸附的氢气与溶液中的氢离子建立了如下的动态平衡：

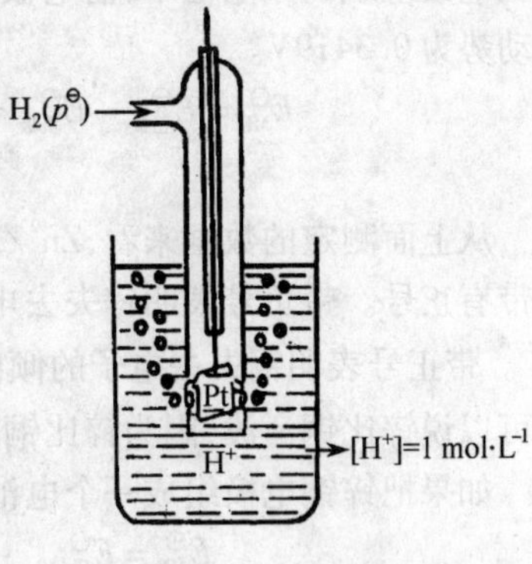

图 7-4 标准氢电极

$$H^+(aq)+2e^-\rightleftharpoons H_2(g)$$

标准氢电极的电极电势表示为：

$$E^{\ominus}_{H^+/H_2}=0.0000V$$

（三）标准电极电势的测定

按照 IUPAC 的建议：任一给定电极的标准电极电势定义为该标准电极与标准氢电极组成原电池，通过测定原电池的标准电动势 $E^{\ominus}_{MF}$，从而计算出该电极的标准电极电势。

$$E^{\ominus}_{MF}=E^{\ominus}_{正极}-E^{\ominus}_{负极}$$

例如要测定 Zn^{2+}/Zn 电对的标准电极电势，是将纯的锌片放在 $1mol\cdot L^{-1}$ 的 $ZnSO_4$ 溶液中，把它和标准氢电极用盐桥连接起来，组成一个原电池，如图 7-5（a）所示：

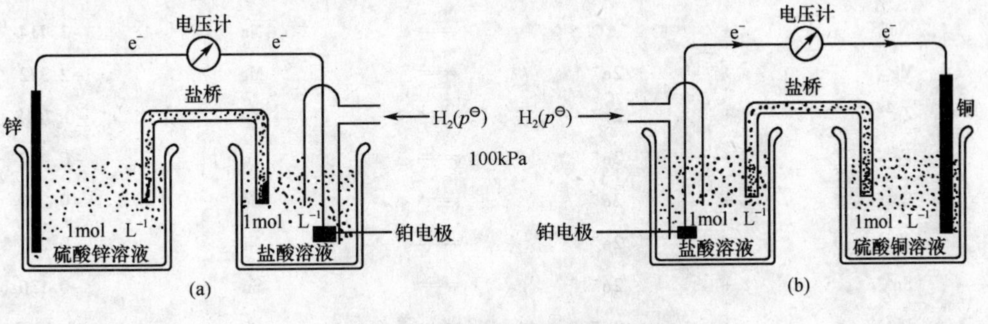

图 7-5 测定标准电极电势的装置

由直流电流表的指针测知电流是从氢电极流向锌电极，故氢电极为正极，锌电极为负极。电池反应为：

$$Zn+2H^+=Zn^{2+}+H_2\uparrow$$

原电池符号为：

$$(-)Zn|Zn^{2+}(1mol\cdot L^{-1})\parallel H^+(1mol\cdot L^{-1})|H_2(p^{\ominus})|Pt\ (+)$$

在 298K 时，用电压计测得标准氢电极和标准锌电极所组成的原电池的标准电动势：$E^{\ominus}_{MF}=0.7618V$

$$E^{\ominus}_{MF}=E^{\ominus}_{正极}-E^{\ominus}_{负极}=E^{\ominus}_{H^+/H_2}-E^{\ominus}_{Zn^{2+}/Zn}=0.0000-E^{\ominus}_{Zn^{2+}/Zn}=0.7618V$$

$$E^{\ominus}_{Zn^{2+}/Zn} = -0.7618V$$

用同样的方法可测得 Cu^{2+}/Cu 电对的标准电极电势，如图 7-5(b)所示。将标准铜电极与标准氢电极组成的原电池中，铜电极为正极，氢电极为负极。在 298K 时，测得铜氢原电池的标准电动势为 0.3419V。

$$E^{\ominus}_{MF} = E^{\ominus}_{正极} - E^{\ominus}_{负极} = E^{\ominus}_{Cu^{2+}/Cu} - E^{\ominus}_{H^+/H^+} = E^{\ominus}_{Cu^{2+}/Cu} - 0.0000 = 0.3419V$$

$$E^{\ominus}_{Cu^{2+}/Cu} = +0.3419V$$

从上面测定的数据来看，Zn^{2+}/Zn 电对的标准电极电势带有负号，Cu^{2+}/Cu 电对的标准电极电势带有正号。带负号表明锌失去电子的倾向大于 H_2，或 Zn^{2+} 获得电子变成金属锌的倾向大于 H^+。带正号表明铜失去电子的倾向小于 H_2，或 Cu^{2+} 离子获得电子变成金属铜的倾向大于 H^+，也可以说锌比铜活泼，因为锌比铜更容易失去电子转变成 Zn^{2+} 离子。

如果把锌铜电极组成一个电池，电子必定从锌极流向铜极，电池的电动势 $E^{\ominus}$ 为：

$$E^{\ominus}_{MF} = E^{\ominus}_{Cu^{2+}/Cu} - E^{\ominus}_{Zn^{2+}/Zn} = 0.3419 - (-0.7618) = 1.104V$$

上述原电池装置不仅可以用来测定金属的标准电极电势，它同样可以用来测定非金属离子和气体的标准电极电势。对某些与水剧烈反应而不能直接测定的电极，例如 Na^+/Na、F_2/F^- 等的电极可以通过热力学数据用间接的方法来计算标准电极电势。常用的一些标准电极电势数值列于表 7-1 及书后的附录三中。

（四）标准电极电势表

表 7-1 298K 时的部分电对的标准电极电势

氧化型		电子数		还原型	$E^{\ominus}$/V
1. 在酸性溶液中					
Li^+	+	e^-	⇌	Li	-3.045
K^+	+	e^-	⇌	K	-2.931
Na^+	+	e^-	⇌	Na	-2.714
Mg^{2+}	+	$2e^-$	⇌	Mg	-2.372
Zn^{2+}	+	$2e^-$	⇌	Zn	-0.7618
Fe^{2+}	+	$2e^-$	⇌	Fe	-0.447
Co^{2+}	+	$2e^-$	⇌	Co	-0.280
Ni^{2+}	+	$2e^-$	⇌	Ni	-0.257
Sn^{2+}	+	$2e^-$	⇌	Sn	-0.136
Pb^{2+}	+	$2e^-$	⇌	Pb	-0.1262
$2H^+$	+	$2e^-$	⇌	H_2	0.000
Sn^{4+}	+	$2e^-$	⇌	Sn^{2+}	+0.154
Cu^{2+}	+	$2e^-$	⇌	Cu	+0.3419
Cu^+	+	e^-	⇌	Cu	+0.521
I_2	+	$2e^-$	⇌	$2I^-$	+0.5355
$H_3AsO_4 + 2H^+$	+	$2e^-$	⇌	$HAsO_2 + 2H_2O$	+0.560
$O_2 + 2H^+$	+	$2e^-$	⇌	H_2O_2	+0.695

续表

氧化型		电子数		还原型	$E^{\ominus}$/V
Fe^{3+}	+	e^-	$\rightleftharpoons$	Fe^{2+}	+0.771
Ag^+	+	e^-	$\rightleftharpoons$	Ag	+0.7996
Br_2	+	$2e^-$	$\rightleftharpoons$	$2Br^-$	+1.066
$Cr_2O_7^{2-}+14H^+$	+	$6e^-$	$\rightleftharpoons$	$2Cr^{3+}+7H_2O$	+1.33
Cl_2	+	$2e^-$	$\rightleftharpoons$	$2Cl^-$	+1.3583
$MnO_4^-+8H^+$	+	$5e^-$	$\rightleftharpoons$	$Mn^{2+}+4H_2O$	+1.51
$H_2O_2+2H^+$	+	$2e^-$	$\rightleftharpoons$	$2H_2O$	+1.776
F_2	+	$2e^-$	$\rightleftharpoons$	$2F^-$	+2.866
2. 在碱性溶液中					
$ZnO_2^{2-}+2H_2O$	+	$2e^-$	$\rightleftharpoons$	$Zn+4OH^-$	−1.215
$2H_2O$	+	$2e^-$	$\rightleftharpoons$	H_2+2OH^-	−0.8277
S	+	$2e^-$	$\rightleftharpoons$	S^{2-}	−0.508
$Cu(OH)_2$	+	$2e^-$	$\rightleftharpoons$	$Cu+2OH^-$	−0.224
$CrO_4^{2-}+4H_2O$	+	$3e^-$	$\rightleftharpoons$	$Cr(OH)_3+5OH^-$	−0.13
$NO_3^-+H_2O$	+	$2e^-$	$\rightleftharpoons$	$NO_2^-+2OH^-$	+0.01
$ClO_4^-+H_2O$	+	$2e^-$	$\rightleftharpoons$	$ClO_3^-+2OH^-$	+0.17
Ag_2O+H_2O	+	$2e^-$	$\rightleftharpoons$	$2Ag+2OH^-$	+0.343
O_2+2H_2O	+	$4e^-$	$\rightleftharpoons$	$4OH^-$	+0.41
$ClO_3^-+3H_2O$	+	$6e^-$	$\rightleftharpoons$	Cl^-+6OH^-	+0.62
ClO^-+H_2O	+	$2e^-$	$\rightleftharpoons$	Cl^-+2OH^-	+0.89

溶液的酸碱性对不少电对的电极电势 E 值有影响，因此，标准电极电势表常分为酸表（$E_A^{\ominus}$）和碱表（$E_B^{\ominus}$），它们分别表示 $[H^+]=1mol\cdot L^{-1}$ 溶液中各电对的标准电极电势和 $[OH^-]=1mol\cdot L^{-1}$ 溶液中各电对的标准电极电势。电极反应中有 H^+ 离子的查酸表，电极反应中有 OH^- 离子的查碱表，没有 H^+ 离子或 OH^- 离子参加的电极反应的电极电势，可以从存在状态来考虑，但一般查酸表。

为了能正确使用标准电极电势表，现将几项有关的问题概述如下：

1. 标准电极电势表中的电极反应，均以还原反应的形式表示：

$$氧化型+ne^-\rightleftharpoons还原型$$

$E^{\ominus}$代表标准还原电势。

2. 各电对按 $E^{\ominus}$ 由负值到正值的顺序排列。H^+/H_2 以上的电对的 $E^{\ominus}$ 为负值；H^+/H_2 以下的电对的 $E^{\ominus}$ 为正值。

即氧化型物质获得电子的本领或氧化能力自上而下依次增强；还原型物质失去电子的本领或还原能力自下而上依次增强。其强弱程度可以从 $E^{\ominus}$ 值的大小来判断。比较还原能力必须用还原型物质所对应的 $E^{\ominus}$ 值，比较氧化能力必须用氧化型物质所对应的 $E^{\ominus}$ 值。

3. 标准电极电势与得失电子数多少无关，即与半反应中的系数无关。例如：

$$Cl_2(g)+2e^-\rightleftharpoons 2Cl^- \qquad E^{\ominus}=+1.3583V$$

也可以书写为：

$$\frac{1}{2}Cl_2(g) + e^- \rightleftharpoons Cl^- \qquad E^\ominus = +1.3583V$$

【例7-7】 在含有Br^-和I^-混合溶液中，为使I^-离子氧化为I_2而Br^-离子不被氧化，在常用的氧化剂$Fe_2(SO_4)_3$和$KMnO_4$中，选择哪一种能符合要求？

解 查表得：

$$I_2 + 2e^- \rightleftharpoons 2I^- \qquad E^\ominus = +0.5355V$$

$$Fe^{3+} + e^- \rightleftharpoons Fe^{2+} \qquad E^\ominus = +0.771\ V$$

$$Br_2 + 2e^- \rightleftharpoons 2Br^- \qquad E^\ominus = +1.087V$$

$$MnO_4^- + 8H^+ + 5e^- \rightleftharpoons Mn^{2+} + 4H_2O \qquad E^\ominus = +1.51V$$

从上述数据可知，$E^\ominus_{MnO_4^-/Mn^{2+}}$值最大，该电对中的氧化型物质$MnO_4^-$能将混合液中的$Br^-$和$I^-$离子分别氧化成$Br_2$和$I_2$。由此，$KMnO_4$不合题意要求。而

$$E^\ominus_{Fe^{3+}/Fe^{2+}} > E^\ominus_{I_2/I^-},$$

$$E^\ominus_{Fe^{3+}/Fe^{2+}} < E^\ominus_{Br_2/Br^-}。$$

Fe^{3+}能将I^-氧化成I_2析出，作氧化剂：

$$2Fe^{3+} + 2I^- \rightleftharpoons 2Fe^{2+} + I_2$$

却不能将Br^-氧化为Br_2。所以应选用$Fe_2(SO_4)_3$作氧化剂。

第3节 电极电势的影响因素

标准电极电势是在标准状态下测定的，但是绝大多数的氧化还原反应都是在非标准状态下进行。此时，由于溶液的浓度偏离了标准状态，从而使电对的电极电势也随之发生改变，其定量关系可由能斯特(Nernst)方程计算。

一、能斯特方程式

电极电势的大小，首先取决于电极的本性，它是通过标准电极电势$E^\ominus$来体现的。其次，溶液中离子的浓度（或气体的分压）、温度等的改变都会引起电极电势的变化。它们之间的关系可由能斯特方程式来表示：

$$E = E^\ominus + \frac{RT}{nF}\ln\frac{[氧化型]}{[还原型]}$$

式中：E为氧化型和还原型在热力学温度T及某一浓度时的电极电势(V)；$E^\ominus$为标准电极电势(V)；R为气体常数8.314 $J \cdot K^{-1} \cdot mol^{-1}$；$T$为热力学温度K；$F$为法拉第常数(96 500 C/mol)；$n$为电极反应中得失的电子数；[氧化型]/[还原型]为表示在电极反应中，氧化型一边各物质浓度幂次方的乘积与还原型一边各物质浓度幂次方的乘积之比，方次是电极反应方程式中相应各物质的系数；离子浓度单位为$mol \cdot L^{-1}$；气体用分压表示，纯固体、纯液体浓度视为1。

由于温度对电极电势的影响较小，而一般化学反应又在常温下进行，若在298K时，将自然对数变换为常用对数，并将R和F等常数代入，则能斯特方程式可写为：

$$E = E^\ominus + \frac{0.0592}{n}\lg\frac{[氧化型]}{[还原型]}$$

能斯特

能斯特(Walther Hermann Nernst,1864～1941)是德国卓越的物理学家、物理化学家和化学史家。是 W. 奥斯特瓦尔德的学生,热力学第三定律创始人,能斯特灯的创造者。1864 年 6 月 25 日能斯特生于西普鲁士的布里斯(今属波兰),1887 年毕业于维尔茨堡大学,并获博士学位,1886 年获维尔茨堡大学博士学位。1887 年开始任莱比锡大学奥斯特瓦尔德教授助手;1892 年任格丁根大学副教授。1894 年升任该校第一任物理化学教授。1905 年任柏林大学物理化学主任教授兼第二化学研究所所长,1924 年还兼任实验物理研究所长。1932 年当选英国皇家学会会员。1934 年退休。他的研究成果很多,主要有:发明了闻名于世的白炽灯(能斯特灯),建议用铂氢电极为零电位电极、能斯特方程、能斯特热定理(即热力学第三定律),低温下固体比热测定等,因而获 1920 年诺贝尔化学奖。他把成绩的取得归功于导师奥斯特瓦尔德的培养,因而自己也毫无保留地把知识传给学生,先后有三位诺贝尔物理奖获得者(米利肯 1923,安德森 1936 年,格拉泽 1960 年)。师徒五代相传是诺贝尔奖史上空前的。

能斯特

能斯特一生著作有 14 部,有关热力学、电化学、光化学等方面论文 157 篇,代表作是《物理化学》一生获得包括 1920 年诺贝尔化学奖在内的十多种奖赏。由于纳粹迫害,能斯特于 1933 年离职,1941 年 11 月 18 日在德国逝世,终年 77 岁。

链接

二、浓度对电极电势的影响

对于一给定的电极,在一定温度下,无论是氧化型还是还原型物质,浓度的变化都将引起电极电势的变化。增大氧化型物质的浓度或减小还原型物质的浓度,都会使电极电势增大;反之电极电势将减小。

【例 7-8】 求下列电极在 298K 时的电极电势:

(1) 金属 Zn 放在 $1.5\text{mol}\cdot\text{L}^{-1}\text{Zn}^{2+}$ 盐溶液中;

(2) 非金属 I_2 放在 $0.1\text{mol}\cdot\text{L}^{-1}$KI 溶液中;

(3) $0.01\text{mol}\cdot\text{L}^{-1}\text{Fe}^{3+}$ 和 $0.1\text{mol}\cdot\text{L}^{-1}\text{Fe}^{2+}$ 盐溶液;

(4) 298K 时,$\text{Pt}|\text{Cl}_2(100\text{kPa})|\text{Cl}^-(0.01\text{mol}\cdot\text{L}^{-1})$ 气体电极。

解 (1) $Zn^{2+}+2e^- \rightleftharpoons Zn,\qquad E^\ominus=-0.7618\text{V}$

$$E_{Zn^{2+}/Zn}=E^\ominus_{Zn^{2+}/Zn}+\frac{0.0592}{2}\lg\frac{[Zn^{2+}]}{[Zn]}=-0.7618+\frac{0.0592}{2}\lg 1.5=-0.756\text{V}$$

(2) $I_2+2e^- \rightleftharpoons 2I^-\qquad E^\ominus=+0.5355$

$$E_{I_2/I^-}=E^\ominus_{I_2/I^-}+\frac{0.0592}{2}\lg\frac{[I_2]}{[I^-]^2}=+0.5355+\frac{0.0592}{2}\lg\frac{1}{0.1^2}=+0.595\text{V}$$

(3) $Fe^{3+}+e^- \rightleftharpoons Fe^{2+},\qquad E^\ominus=+0.771\text{V}$

$$E_{Fe^{3+}/Fe^{2+}}=E^\ominus_{Fe^{3+}/Fe^{2+}}+\frac{0.0592}{2}\lg\frac{[Fe^{3+}]}{[Fe^{2+}]}=+0.771+\frac{0.0592}{1}\lg\frac{0.01}{0.1}=0.712\text{V}$$

(4) $Cl_2+2e^- \rightleftharpoons 2Cl^-,\qquad E^\ominus=+1.3583\text{V}$

$$E_{Cl_2/Cl^-}=E^\ominus_{Cl_2/Cl^-}+\frac{0.0592}{2}\lg\frac{[p_{Cl_2}/p^\ominus]}{[Cl^-]^2}=+1.3583+\frac{0.0592}{1}\lg\frac{1}{0.01^2}=1.48\text{V}$$

从该例题可以看出:相对于标准态浓度 $1\text{mol}\cdot\text{L}^{-1}$ 来说,在(1)中氧化型浓度增大,锌电对的电极电势增大;(2)中还原型 I^- 降低了 10 倍,电极电势增大较多;(3)中氧化型浓度比标准态低

100倍，但还原型浓度低10倍，总地来说，是氧化型的降低多一些，故电极电势下降；在(4)中还原型浓度低了100倍，故电极电势增大也较多。

三、酸度对电极电势的影响

在许多电极反应中，H^+或OH^-的氧化数虽然没有变化，却参与了电极反应。当它们的浓度改变时，电极电势也会受到影响。例如，重铬酸根还原为三价铬离子的电极反应：

$$Cr_2O_7^{2-} + 14H^+ + 6e^- \rightleftharpoons 2Cr^{3+} + 7H_2O$$

氢离子在氧化型中出现，参与了电极反应，反应后生成水。氢离子浓度和电极电势的关系，也包括在能斯特方程中：

$$E_{Cr_2O_7^{2-}/Cr^{3+}} = E^{\ominus}_{Cr_2O_7^{2-}/Cr^{3+}} + \frac{0.0592}{6}\lg\frac{[Cr_2O_7^{2-}][H^+]^{14}}{[Cr^{3+}]^2}$$

如果将$[Cr_2O_7^{2-}]$和$[Cr^{3+}]$都固定为$1mol\cdot L^{-1}$，只改变H^+离子浓度，其电极电势计算如下：

当$[H^+]=1mol\cdot L^{-1}$时，

$$E_{Cr_2O_7^{2-}/Cr^{3+}} = E^{\ominus}_{Cr_2O_7^{2-}/Cr^{3+}} = +1.33V$$

当$[H^+]=2mol\cdot L^{-1}$时，

$$E_{Cr_2O_7^{2-}/Cr^{3+}} = +1.33 + \frac{0.0592}{6}\lg 2^{14} = +1.33 + 0.0416 = +1.37V$$

当$[H^+]=10^{-3}mol\cdot L^{-1}$时，

$$E_{Cr_2O_7^{2-}/Cr^{3+}} = +1.33 + \frac{0.0592}{6}\lg(10^{-3})^{14} = +1.33 + (-0.414) = +0.916V$$

在该电极反应中，由于氢离子浓度的指数很高，氢离子浓度改变可以起到控制电极电势大小的决定性因素。这就是说，在酸性溶液中，重铬酸钾能氧化的某些物质，在中性溶液中就不一定能氧化了。例如重铬酸钾能氧化浓盐酸中的氯离子，放出氯气，而不能氧化氯化钠中的氯离子。所以许多氧化还原反应要求在一定酸度下进行是有道理的。

四、沉淀生成对电极电势的影响

如果在氧化还原反应体系中加入一种沉淀剂，由于有沉淀生成，必然降低氧化型或还原型离子的浓度，则电极电势值也必然发生改变。

从电对$Ag^+ + e^- \rightleftharpoons Ag$，$E^{\ominus}_{Ag^+/Ag} = +0.7996V$来看，$Ag^+$是一个中等偏弱的氧化剂。若在$AgNO_3$溶液中加入NaCl便产生AgCl沉淀：

$$Ag^+ + Cl^- \rightleftharpoons AgCl\downarrow$$

当达到平衡时，如果Cl^-离子浓度为$1mol\cdot L^{-1}$，Ag^+离子浓度则为：

$$[Ag^+] = \frac{K^{\ominus}_{sp}}{[Cl^-]} = K^{\ominus}_{sp} = 1.8\times10^{-10}$$

$$E_{Ag^+/Ag} = E^{\ominus}_{Ag^+/Ag} + 0.0592\times\lg(1.8\times10^{-10}) = 0.7996 - 0.5769 = +0.223V$$

可见Ag^+在NaCl溶液中的氧化能力大大降低。且这时的电极电势已成为另一电对的标准电极电势，即$E^{\ominus}_{AgCl/Ag}$：$AgCl + e^- \rightleftharpoons Ag + Cl^-$的电极中，只要求$Cl^-$离子浓度为$1mol\cdot L^{-1}$，就处于标准态，这个标准电极电势比标准银电极的下降了0.5769V，即$E^{\ominus}_{AgCl/Ag} = +0.223V$。

用同样的方法可以算出$E^{\ominus}_{AgBr/Ag}$和$E^{\ominus}_{AgI/Ag}$的标准电极电势值，现将它们对比如下：

$$E^{\ominus}_{AgBr/Ag} = E^{\ominus}_{Ag^+/Ag} + 0.0592\lg[Ag^+] = E^{\ominus}_{Ag^+/Ag} + 0.0592\lg K^{\ominus}_{sp}(AgBr)$$

$$=0.7996+0.0592\lg 5.2\times10^{-13}=0.7996-0.7272=0.0724\text{V}$$

$$E^{\ominus}_{AgI/Ag}=E^{\ominus}_{Ag^+/Ag}+0.0592\lg[Ag^+]=E^{\ominus}_{Ag^+/Ag}+0.0592\lg K^{\ominus}_{sp}(AgI)$$

$$=0.7996+0.0592\lg 8.3\times10^{-17}=0.7996-0.9520=-0.152\text{V}$$

从上面的对比中可以看出：随着卤化银的溶度积减小，银电极的 E 值也减小，换句话说，溶度积越小，金属离子的平衡浓度越小，它的氧化能力越弱。

设有如下电极，可导出 $E^{\ominus}_{MX_n/M}$ 与 $K^{\ominus}_{sp}$ 的关系为

$$M^{n+}+ne^-\rightleftharpoons M \qquad E^{\ominus}_{M^{n+}/M}$$

$$MX_n(s)+ne^-\rightleftharpoons M+nX^- \qquad E^{\ominus}_{MX_n/M}$$

$$E^{\ominus}_{MX_n/M}=E^{\ominus}_{M^{n+}/M}+\frac{0.0592}{n}\lg K^{\ominus}_{sp}$$

五、配合物的生成对电极电势的影响

已知电对

$$Ag^++e^-\rightleftharpoons Ag,\quad E^{\ominus}=+0.7996\text{V}$$

当在该体系中加入氨水时，由于 Ag^+ 和 NH_3 分子生成了难解离的 $[Ag(NH_3)_2]^+$ 离子，

$$Ag^++2NH_3\rightleftharpoons[Ag(NH_3)_2]^+$$

使溶液中 Ag^+ 浓度降低，因而电极电势值也随之下降：

$$[Ag(NH_3)_2]^++e^-\rightleftharpoons Ag+2NH_3,\quad E^{\ominus}=0.3823\text{V}$$

虽然 $[Ag(NH_3)_2]^+$ 和 NH_3 分子的浓度都为标准状态 $1\text{mol}\cdot\text{L}^{-1}$，但是电极反应不同，游离的 Ag^+ 浓度改变了。从能斯特方程可以看出这种变化，此时

$$E_{Ag^+/Ag}=E^{\ominus}_{Ag^+/Ag}+\frac{0.0592}{1}\lg[Ag^+]$$

Ag^+ 离子浓度减少时，电极电势值减小。Ag^+ 离子浓度减小越多，电极电势降低得越多，正值越小。这意味着金属银的还原能力增强，Ag 更容易转变成 Ag^+ 离子，即金属银稳定性减小，Ag^+ 离子稳定性加大。

一般来说，由于难溶化合物或配合物的生成使氧化型离子的浓度减小时，电极电势值减小，还原型的还原性增强，稳定性减小；氧化型的氧化性减小，稳定性增加。若难溶化合物或配合物的生成使还原型的离子浓度减小时，结果则正好相反。这个结论表明，可以通过电极电势变化来衡量由于生成配合物或难溶化合物各种氧化型的稳定程度；指导我们判断化合物的氧化还原稳定性的变化和寻找稳定价态。至于配位平衡与氧化还原反应的定量计算将在配位平衡一章中介绍。

第4节　电极电势的应用

一、判断氧化剂和还原剂的相对强弱

氧化剂氧化能力的大小和还原剂还原能力的大小都是相对的，这些相对大小都可以由电极电势 E 值表现出来。电极电势 E 值既可以表示物质的还原型变为氧化型的能力，即还原剂的还原能力，也可表示物质由氧化型变为还原型的能力，即氧化剂的氧化能力。E 值越小，物质还原型的还原能力越强，而其对应的氧化型的氧化能力越弱；E 值越大，物质氧化型的氧化能力越强，而其对应的还原型的还原能力越弱。但通常条件下 E 值与 $E^{\ominus}$ 值相差不大，故通常用 $E^{\ominus}$ 值来判断，例如：

$$I_2 + 2e^- \rightleftharpoons 2I^- \qquad E^\ominus = +0.5355V$$

$$Fe^{3+} + e^- \rightleftharpoons Fe^{2+} \qquad E^\ominus = +0.771V$$

由于 $E^\ominus_{Fe^{3+}/Fe^{2+}} > E^\ominus_{I_2/I^-}$，因此还原型物质 I^- 离子的还原能力比 Fe^{2+} 离子强，I^- 离子与 Fe^{2+} 离子相比较是较强的还原剂，而氧化型物质 Fe^{3+} 离子的氧化能力比 I_2 离子强，Fe^{3+} 离子与 I_2 离子相比较是较强的氧化剂。

对照表 7-1，在表中位置越上的还原型是越强的还原剂，位置越下的氧化型是越强的氧化剂，可见表中最强的还原剂是 Li，最强的氧化剂是 F_2；而相应的 Li^+ 是最弱的氧化剂，F^- 则是最弱的还原剂。

【例 7-9】 在下列电对中选择出最强的氧化剂和最强的还原剂。并指出各氧化型物种的氧化能力和各还原型物质的还原能力强弱顺序。

$$MnO_4^-/Mn^{2+}、Cu^+/Cu、Fe^{3+}/Fe^{2+}、I_2/I^-、Cl_2/Cl^-、Pb^{2+}/Pb$$

解 查表可知

$$MnO_4^- + 8H^+ + 5e \rightleftharpoons Mn^{2+} + 4H_2O \qquad E^\ominus = +1.51$$

$$Cu^+ + e^- \rightleftharpoons Cu \qquad E^\ominus = +0.521V$$

$$Fe^{3+} + e^- \rightleftharpoons Fe^{2+} \qquad E^\ominus = +0.771V$$

$$I_2 + 2e^- \rightleftharpoons 2I^- \qquad E^\ominus = +0.5355V$$

$$Cl_2 + 2e^- \rightleftharpoons 2Cl^- \qquad E^\ominus = +1.3583V$$

$$Pb^{2+} + 2e^- \rightleftharpoons Pb^{2+} \qquad E^\ominus = -0.1262V$$

电对 MnO_4^-/Mn^{2+} 的 $E^\ominus$ 值最大，故 MnO_4^- 是最强的氧化剂；电对 Pb^{2+}/Pb 的 $E^\ominus$ 值最小，其中 Pb 是最强的还原剂。

各氧化型物种的氧化能力由强到弱的顺序：

$$MnO_4^- > Cl_2 > Fe^{3+} > I_2 > Cu^+ > Pb^{2+}$$

各还原型物种的还原能力由强到弱的顺序：

$$Pb > Cu > I^- > Fe^{2+} > Cl^- > Mn^{2+}$$

通常实验室用的强氧化剂其电对的 $E^\ominus$ 值往往大于 1，如 $KMnO_4$、$K_2Cr_2O_7$、H_2O_2 等；常用的还原剂的 $E^\ominus$ 值往往小于零或稍大于零，如 Zn、Fe、Sn^{2+} 等。当然氧化剂、还原剂的强弱是相对的，并没有严格的界限。应当注意的是，用 $E^\ominus$ 判断氧化还原能力的强弱是在标准状态下的结果。如果在非标准状态下比较氧化剂和还原剂的相对强弱时，必须利用能斯特方程式进行计算，求出在某条件下的 E 值，然后再进行比较。

二、判断氧化还原反应进行的方向

利用原电池的电动势可以判断氧化还原反应进行的方向。在标准状态下，如果电池的标准电动势 $E^\ominus_{MF} > 0$，则电池反应能自发进行；如果电池的标准电动势 $E^\ominus_{MF} < 0$，则电池反应不能自发进行。在非标准状态下，则要用该电池的电动势 E_{MF} 来判断。

如果电池的电动势 $E_{MF} > 0$，则有 $E_+ > E_-$ 时，氧化还原反应才能自发地向正反应方向进行。也就是说，氧化剂所在电对的电极电势必须大于还原剂所在电对的电极电势，才能满足 $E > 0$ 的条件。

【例 7-10】 试判断反应 $Cl_2 + 2Fe^{2+} \rightleftharpoons 2Fe^{3+} + 2Cl^-$ 在标准状态下进行的方向。

解 查表知：$Fe^{3+} + e^- \rightleftharpoons Fe^{2+} \qquad E^\ominus = +0.771V$

$$Cl_2 + 2e^- \rightleftharpoons 2Cl^- \qquad E^\ominus = +1.3583V$$

由反应式可知：Cl_2 是氧化剂，Fe^{2+} 是还原剂。

故上述电池反应的 $E_{MF}^{\ominus}=E_{正极}^{\ominus}-E_{负极}^{\ominus}=+1.3583-0.771=0.5873V>0$

答:标准状态下反应正向进行。

【例7-11】 试判断298K时,氧化还原反应:$Co + Ni^{2+} \rightleftharpoons Co^{2+} + Ni$ 在下列条件下能否正向进行?

(1) 标准状态下;

(2) $[Ni^{2+}]=0.01mol \cdot L^{-1}$, $[Co^{2+}]=2mol \cdot L^{-1}$。

解 查表知:$Co^{2+} + 2e^- \rightleftharpoons Co \qquad E^{\ominus}=-0.280V$

$$Ni^{2+} + 2e^- \rightleftharpoons Ni \qquad E^{\ominus}=-0.257V$$

(1) 由反应式可知:Ni^{2+}是氧化剂,Ni^{2+}/Ni为正极,Co是还原剂,Co^{2+}/Co为负极。

$$E_{MF}^{\ominus}=-0.257-(-0.280)=0.023>0$$

所以上述反应在标准状态下自发正向进行。

(2) $$E_{Co^{2+}/Co}=E_{Co^{2+}/Co}^{\ominus}+\frac{0.0592}{n}\lg[Co^{2+}]=-0.280+\frac{0.0592}{2}\lg 2=-0.271V$$

$$E_{Ni^{2+}/Ni}=E_{Ni^{2+}/Ni}^{\ominus}+\frac{0.0592}{n}\lg[Ni^{2+}]=-0.257+\frac{0.0592}{2}\lg 0.01=-0.316V$$

故上述电池反应的 $E_{MF}=E_{正}-E_{负}=-0.316-(-0.271)=-0.0451<0$,在此条件下,$Co^{2+}$是氧化剂,Ni是还原剂,反应逆向进行。

三、判断氧化还原反应进行的程度

氧化还原反应属于可逆反应,当反应达平衡时,用平衡常数大小可以定量地说明反应进行的程度,不过氧化还原反应平衡常数的计算,有它自身的特点和规律。

从理论上讲,任何氧化还原反应都可以在原电池中进行。例如:

$$Cu + 2Ag^+ \rightleftharpoons Cu^{2+} + 2Ag$$

当反应开始时,设各离子浓度都为$1mol \cdot L^{-1}$,两个半电池的电极电势分别为:

正极 $Ag^+ + e^- \rightleftharpoons Ag \qquad E^{\ominus}=+0.7996V$

负极 $Cu - 2e^- \rightleftharpoons Cu^{2+} \qquad E^{\ominus}=+0.3419V$

原电池的电动势 $E_{MF}^{\ominus}=E_{正极}^{\ominus}-E_{负极}^{\ominus}=+0.7996-0.3419=0.4577V>0$

反应应该正向进行,正极中Ag^+浓度不断降低,银电极的电极电势不断下降;负极中Cu^{2+}浓度不断增加,铜电极的电极电势不断升高。正、负两电极的电势逐渐接近,电动势也逐渐变小,最后,两电极的电势必将相等。此时,原电池的电动势等于零,氧化还原反应达到平衡状态,各离子浓度均为平衡浓度。

根据上述平衡原理,可以从两个电对的电极电势的数值,计算平衡常数$K^{\ominus}$。

平衡时
$$E_{MF}=E_{Ag^+/Ag}-E_{Cu^{2+}/Cu}=0$$
$$E_{Ag^+/Ag}=E_{Cu^{2+}/Cu}$$
$$E_{Ag^+/Ag}^{\ominus}+\frac{0.0592}{2}\lg[Ag^+]^2=E_{Cu^{2+}/Cu}^{\ominus}+\frac{0.0592}{2}\lg[Cu^{2+}]$$

整理上式得:

$$E_{Ag^+/Ag}^{\ominus}-E_{Cu^{2+}/Cu}^{\ominus}=\frac{0.0592}{2}\lg[Cu^{2+}]-\frac{0.0592}{2}\lg[Ag^+]^2=\frac{0.0592}{2}\lg[Cu^{2+}]/[Ag^+]^2$$

该氧化还原反应的平衡常数表达式为:

$$K^{\ominus}=[Cu^{2+}]/[Ag^+]^2$$

代入上式:

$$\lg K^{\ominus}=\frac{2\times(E^{\ominus}_{Ag^+/Ag}-E^{\ominus}_{Cu^{2+}/Cu})}{0.0592}=\frac{2\times(0.7996-0.3419)}{0.0592}=15.46$$

$$K^{\ominus}=2.90\times10^{15}$$

平衡常数 $K^{\ominus}$ 值很大,表示该氧化还原反应进行得相当完全。

上述的推导可推广为一般公式:

$$\lg K^{\ominus}=\frac{n\times(E^{\ominus}_{正极}-E^{\ominus}_{负极})}{0.0592}$$

$$\lg K^{\ominus}=\frac{n\times E^{\ominus}_{MF}}{0.0592}$$

式中:n 为氧化还原反应中电子转移的数目。

由公式可知,当 $E^{\ominus}_{MF}$ 值越大,平衡常数 $K^{\ominus}$ 值也就越大,反应进行得越完全。在温度 T 一定时,氧化还原反应的标准平衡常数与标准态的电池电动势 $E^{\ominus}_{MF}$ 及转移的电子数有关。即标准平衡常数只与氧化剂和还原剂的本性有关,而与反应物的浓度无关。

此外利用组成原电池的两个电极的标准电极电势的差值,还可计算出难溶电解质的溶度积常数,弱酸的电离常数等。

前面我们已经讨论了酸度对电极电势的影响,在有 H^+ 或 OH^- 离子参与的氧化还原反应中,酸碱平衡和氧化还原平衡同时存在,利用能斯特方程可以设计原电池,计算弱电解质的电离平衡常数。

【例 7-12】 已知反应 $2H^+ + 2e^- \rightleftharpoons H_2$, $E^{\ominus}=0.0000V$

$2HAc + 2e^- \rightleftharpoons H_2 + 2Ac^-$, $E^{\ominus}=-0.281V$。

求:HAc 的 $K_a^{\ominus}$。

解 从 $E^{\ominus}$ 值的大小可知 H^+/H_2 为正极。在正极,氧化剂发生还原反应,

$$2H^+ + 2e^- \rightleftharpoons H_2, \quad E^{\ominus}=0.0000V$$

在负极,还原剂发生氧化反应:

$$H_2 + 2Ac^- \rightleftharpoons 2HAc + 2e^-, \quad E^{\ominus}=-0.281V$$

电池反应式为:

$$2H^+ + H_2 + 2Ac^- \rightleftharpoons 2HAc + H_2$$

即:

$$H^+ + Ac^- \rightleftharpoons HAc$$

此电池的电池反应恰好是弱酸 HAc 在水溶液中解离的逆过程。求出的电池反应的平衡常数 $K^{\ominus}$ 的倒数值,就是 HAc 的 $K_a^{\ominus}$。

$$\lg K^{\ominus}=\frac{n\times E^{\ominus}_{MF}}{0.0592}=\frac{n\times[E^{\ominus}_{正}-E^{\ominus}_{负}]}{0.0592}=\frac{1\times[0.000-(-0.281)]}{0.0592}=4.75$$

又

$$K_a^{\ominus}=\frac{1}{K^{\ominus}}$$

则

$$\lg K_a^{\ominus}=-\lg K^{\ominus}=-4.75 \qquad K_a^{\ominus}=1.8\times10^{-5}$$

四、元素电势图及其应用

(一)元素电势图

有的元素可以存在多种氧化态,例如:Cl 元素有 −1,0,+1,+3,+5,+7,Mn 元素有 0,+2,

+3，+4，+6，+7等等。各种氧化态之间都有相应的标准电极电势值。若将其各种氧化态按由高到低的顺序排列，在每两种氧化态之间用一直线连接起来，并且在直线上标上相应的标准电极电势，这样就构成的元素电势图。例如氯的元素电势图：

酸性溶液：

$E_A^\ominus$/V

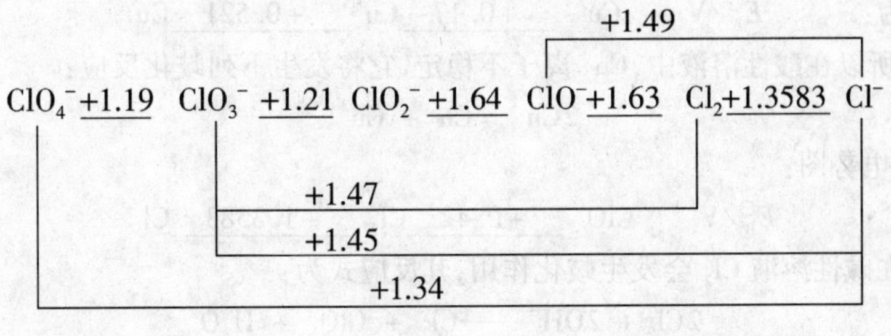

碱性溶液：

$E_B^\ominus$/V

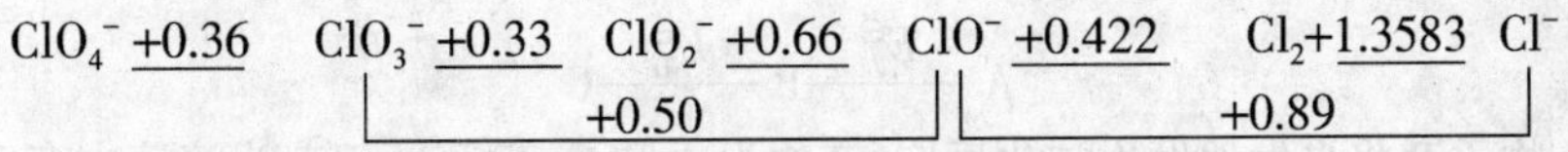

元素电势图的最左端是价态最高的氧化型物质，最右端是价态最低的还原型物质，如 ClO_4^- 和 Cl^-。中间的物质，相对于左端的物质是还原型，相对于右端的物质是氧化型，例如 Cl_2 相对于 ClO^- 是还原型，相对于 Cl^- 是氧化型。

又如铜元素在酸性溶液中的电势图：

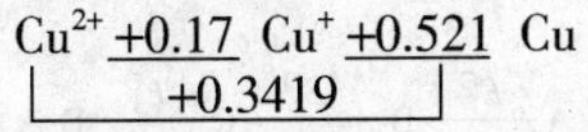

图中所对应的各半反应都是在酸性溶液中发生的，它们是：

$$Cu^{2+} + e^- \rightleftharpoons Cu^+ \qquad E^\ominus = +0.17V$$

$$Cu^+ + e^- \rightleftharpoons Cu \qquad E^\ominus = +0.521V$$

$$Cu^{2+} + 2e^- \rightleftharpoons Cu \qquad E^\ominus = +0.3419V$$

元素电势图的除了可以比较直观地了解同一元素的各种氧化态之间电势变化，判断哪些氧化态在酸性或碱性溶液中能稳定存在以外，还有两个作用：①便于判断在溶液中哪一种氧化态能自发进行歧化反应；②可以方便地利用相邻电对的 $E^\ominus$ 值，求算有关电对的 $E^\ominus$ 值。

（二）判断歧化反应能否进行

歧化反应即自身氧化还原反应，它是指在氧化还原反应中，氧化作用和还原作用是发生在同种分子内部的同一氧化态的元素上，也就是说该元素的原子（或离子）同时被氧化和被还原。

如由某元素三种不同氧化态构成两个电对，按其氧化态高低排列为从左至右氧化数降低。

$$A \xrightarrow{E^\ominus_{左}} B \xrightarrow{E^\ominus_{右}} C$$

假设B能发生歧化反应，那么这两个电对所组成的电池电动势：

$$E^\ominus_{MF} = E^\ominus_{正极} - E^\ominus_{负极}$$

B变成C是获得电子的还原过程，应是电池的正极；B变成A是失去电子的氧化过程，应是电池

的负极，所以

$$E_{MF}^{\ominus}=E_{右}^{\ominus}-E_{左}^{\ominus}>0 \qquad 即\ E_{右}^{\ominus}>E_{左}^{\ominus}$$

假设 B 不能发生歧化反应，同理：

$$E_{MF}^{\ominus}=E_{右}^{\ominus}-E_{左}^{\ominus}<0 \qquad 即\ E_{右}^{\ominus}<E_{左}^{\ominus}$$

根据以上原则，来看一看 Cu^+ 是否能够发生歧化反应？

有关的电势图为： $E_A^{\ominus}/V \quad Cu^{2+} \underline{\quad +0.17 \quad} Cu^+ \underline{\quad +0.521 \quad} Cu$

因为 $E_{右}^{\ominus}>E_{左}^{\ominus}$，所以在酸性溶液中，$Cu^+$ 离子不稳定，它将发生下列歧化反应：

$$2Cu^+ = Cu + Cu^{2+}$$

又如 Cl_2 的元素电势图：

$$E_B^{\ominus}/V \quad ClO^- \underline{\quad +0.42 \quad} Cl_2 \underline{\quad +1.3583 \quad} Cl^-$$

$E_{右}^{\ominus}>E_{左}^{\ominus}$，所以在碱性溶液 Cl_2 会发生歧化作用，其反应式为：

$$2Cl_2 + 2OH^- \longrightarrow Cl^- + ClO^- + H_2O$$

该歧化反应的电池电动势 $E_{MF}^{\ominus}=E_{右}^{\ominus}-E_{左}^{\ominus}=0.96V$，说明上述反应能自发地从左向右进行。

由以上两例可推出一般规律：在元素电势图中，

$$A \overset{E_{左}^{\ominus}}{\underline{\qquad}} B \overset{E_{右}^{\ominus}}{\underline{\qquad}} C$$

若 $E_{右}^{\ominus}>E_{左}^{\ominus}$，物质 B 将自发地发生歧化反应，产物为 A 和 C；若 $E_{右}^{\ominus}<E_{左}^{\ominus}$，当溶液中有 A 和 C 存在时，将自发地发生歧化反应的逆反应，产物为 B。

（三）从已知电对 $E^{\ominus}$ 求未知电对的 $E^{\ominus}$

假设有一元素的电势图：

$$A \frac{E_1^{\ominus}}{n_1} B \frac{E_2^{\ominus}}{n_2} C \frac{E_3^{\ominus}}{n_3} D \quad (A\text{—}D: E^{\ominus})$$

从理论上可以导出下列公式：

$$E^{\ominus}=\frac{n_1E_1^{\ominus}+n_2E_2^{\ominus}+n_3E_3^{\ominus}+\cdots}{n_1+n_2+n_3\cdots}$$

式中：$E_1^{\ominus}$，$E_2^{\ominus}$，$E_3^{\ominus}$，…分别表示相邻电对的标准电极电势，n_1，n_2，n_3，…分别表示相邻电对电子转移数，$E^{\ominus}$ 表示两端电对的标准电极电势。上式中若任一标准电极电势是未知的，其他均已知，则可用此公式求解未知标准电极电势。

【例 7-13】 已知 298K 时，氯元素在碱性溶液中的电势图，试求出 $E_1^{\ominus}(ClO_3^-/ClO^-)$，$E_2^{\ominus}(ClO_4^-/Cl^-)$，$E_3^{\ominus}(ClO^-/Cl_2)$ 的值。

解 298K 时氯元素在碱性溶液中的电势图如下：

$E_B^{\ominus}/V$

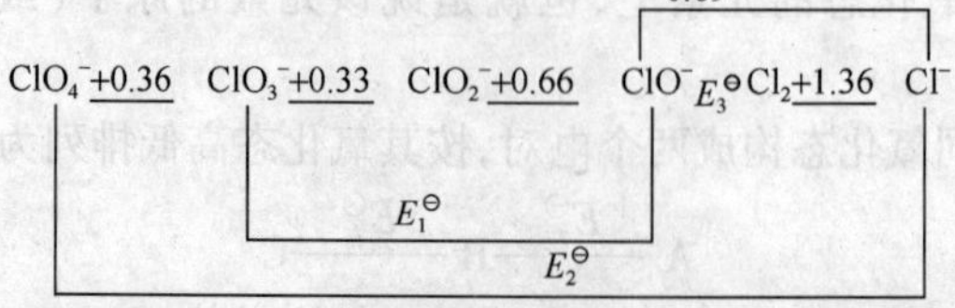

$$E_1^{\ominus}=\frac{0.33\times2+0.66\times2}{2+2}=0.50V$$

$$E_2^{\ominus}=\frac{0.36\times2+0.33\times2+0.66\times2+0.89\times2}{2+2+2+2}=0.56\text{V}$$

$$E_3^{\ominus}=\frac{0.89\times2-1.36\times1}{1}=0.42\text{V}$$

小结

1. 氧化还原反应的实质是反应物间存在电子的转移与偏移，可通过元素的氧化数的变化表现。物质失去电子或氧化数升高是还原剂，自身被氧化，物质得到电子或氧化数降低是氧化剂，自身被还原；氧化反应与还原反应同时发生、相互依存。电对是指同一元素得失电子后，形成的不同氧化态之间的关系。

2. 原电池是将化学能转变为电能的装置，电池的正极发生还原反应，负极发生氧化反应，正负电极的电势差为电池电动势，$E_{MF}=E_{正}-E_{负}$。

3. 电极电势受物质本性、溶液中离子浓度、温度等因素影响，其关系可用能斯特方程表示：

$$E=E^{\ominus}+\frac{0.0592}{n}\lg\frac{[氧化型]}{[还原型]}$$

4. 电极电势值的大小标志着物质氧化还原能力的大小。E 值越大，说明电对中氧化型物质的氧化能力越强，E 值越小，说明电对中还原型物质的还原能力越强。

5. 当 $E_{正}>E_{负}$ 氧化还原反应正向进行；当 $E_{正}<E_{负}$，氧化还原反应逆向进行。

6. 元素电势图：可用来判断某一氧化态的元素是否可以发生歧化反应，也可以用已知电对的电极电势计算未知电对的电极电势。

目 标 检 测

一、是非题

1. 在 NH_3 分子中 N 的氧化数是 +3
2. 电对的电极电势值越负，其还原型的还原能力越强
3. 电动势值越大，组成原电池的正、负的电极电势差异越大
4. 根据能斯特方程，若电对中氧化型物质浓度不变，还原型物质浓度增大，则电极电势值增大

二、A 型题

1. 在标准状况下，下列物质中氧化能力最差的是(查表后判断)

A. $KMnO_4$　　B. I_2
C. Br_2　　D. Cl_2
E. F_2

2. 某一电池反应为 $A+B^{2+}\longrightarrow B+A^{2+}$ 的平衡常数 $K^{\ominus}=1.0\times10^4$，则该电池的电动势是

A. +1.20V　　B. −1.20V
C. +0.07V　　D. +0.118V
E. −0.50V

3. 根据 $E^{\ominus}$ 值判断下列金属中还原能力最强的是

A. Na (−2.71)　　B. Mg(−2.37)
C. K (−2.92)　　D. Zn(−0.763)
E. Cu(+0.34)

4. 下列既有氧化性又有还原性的物质是

A. H_2O_2　　B. H_2S

C. NH_3　　D. H_2SO_4

E. Ag^+

5. 用下列元素电势图判断，在溶液中能自动发生歧化反应的是

A. I_2　　B. MnO_2

C. S　　D. Fe^{2+}

E. Cu^+

其有关电势图为：

$HIO \xrightarrow{+1.45} I_2 \xrightarrow{0.54} I^-$　　$MnO_4^- \xrightarrow{+1.679} MnO_2 \xrightarrow{+1.224} Mn^{2+}$

$S_2O_3^{2-} \xrightarrow{+0.5} S \xrightarrow{+0.14} H_2S$　　$Fe^{3+} \xrightarrow{+0.771} Fe^{2+} \xrightarrow{-0.447} Fe$

$Cu^{2+} \xrightarrow{+0.17} Cu^+ \xrightarrow{+0.52} Cu$

6. 下列哪组转变是被氧化的过程

A. $Cl_2 \longrightarrow Cl^-$　　B. $Fe^{2+} \longrightarrow Fe^{3+}$

C. $Cu^{2+} \longrightarrow Cu$　　D. $H_2O_2 + 2H^+ \longrightarrow H_2O$

E. $MnO_4^- + H^+ \longrightarrow Mn^{2+}$

7. 下列含氧酸既能作氧化剂又能作还原剂的是

A. H_3PO_4　　B. HNO_3

C. H_2SO_4　　D. $HClO_4$

E. H_2SO_3

8. 在溶液中将 I^- 氧化为 I_2，可用 Fe^{3+} 离子，已知 $E^{\ominus}_{Fe^{3+}/Fe^{2+}} = +0.77V$，$E^{\ominus}_{I_2/I^-} = +0.54V$，将此氧化还原反应设成一个原电池，则电池的电动势为（已知氧化还原反应方程式为 $2Fe^{3+} + 2I^- \longrightarrow 2Fe^{2+} + I_2$）

A. 0.48V　　B. 0.80V

C. 1.24V　　D. 0.23V

E. 0.96V

9. 上题中的氧化还原反应平衡常数 $\lg K^{\ominus}$ 是

A. $5 \times (0.77 - 0.53)/0.059$　　B. $6 \times (0.77 - 0.53)/0.059$

C. $2 \times (0.77 - 0.53)/0.059$　　D. $1 \times (0.77 - 0.53)/0.059$

E. $2 \times (0.77 + 0.53)/0.059$

10. 有关氧化数的叙述，下列哪项不正确

A. 单质的氧化数总是0

B. 氧化数可以是整数，也可以是分数

C. 氢的氧化数总是 +1，氧的氧化数总是 -2

D. 多原子分子中，各元素氧化数的代数和为0

E. 多原子离子中，各元素氧化数的代数和等于离子的电荷数

三、B 型题

A. H_2S　　B. $Na_2S_2O_3$　　C. $Na_2S_4O_6$

D. SO_3　　E. S

1. 硫的氧化数为 -2 的是
2. 硫的氧化数为 +2.5 的是
3. 硫的氧化数为 +6 的是

A. H_2O_2　　B. H_2S　　C. NaOH

D. I_2　　E. AgCl

4. 上述既可作氧化剂又可作还原剂的物质是

5. 只有还原性无氧化性的物质是

6. 受热或光照分解放氧的物质是

四、填空题

1. 在化学反应中，凡是在反应前后元素的氧化数发生变化的反应称为________反应。

2. 电对的 E 值越低，其氧化型的氧化能力越________；其还原型的还原能力越________。

3. 电势图 $ClO_3^- \xrightarrow{+1.21V} ClO_2^- \xrightarrow{+1.64V} ClO^- \xrightarrow{+1.63V} Cl_2$ 中，能发生歧化反应的是________，歧化的产物为________。

4. 在原电池中，正极发生________反应，负极发生________反应。

5. 在 PH_3 分子中，P 的氧化数为________；在 H_2O_2 中，O 的氧化数为________；在 NH_4^+ 中，N 的氧化数为________；在 CaH_2 中 H 的氧化数为________；在 MnO_4^{2-} 中，Mn 的氧化数为________。

五、简答题

1. 写出氧化还原反应 $Br_2 + 2KI \longrightarrow I_2 + 2KBr$ 的电池符号式、电极反应式、电池反应式及平衡常数 $K^\ominus$ 的表达式。

2. 在 HAc 溶液中加入锌粒，就有气泡产生，但加入 NaAc 后产生气体的速度变慢，为什么？产生的气体是何种？用反应方程式说明之。

六、计算题

1. 已知氧化还原反应

$2IO_3^- + 12H^+ + 10Br^- \longrightarrow 5Br_2 + I_2 + 6H_2O \quad E^\ominus_{IO_3^-/I_2} = +1.20V \quad E^\ominus_{Br_2/Br^-} = +1.066V$

计算：

(1) 在标准状况下，反应按哪一方向进行；

(2) 若 $[Br^-] = 1.00 \times 10^{-4} mol \cdot L^{-1}$，其他条件不变，反应向哪一方向进行；

(3) 若溶液的 pH = 4，其他条件不变，反应又将如何进行。

2. 查出下列电对的标准电极电势，判断各组中哪一种物质是最强的氧化剂？哪一种物质是最强的还原剂？

(1) $Na^+/Na, Al^{3+}/Al, Sn^{2+}/Sn, Sn^{4+}/Sn, Cu^{2+}/Cu$

(2) $F_2/F^-, Cl_2/Cl^-, Br_2/Br^-, I_2/I^-$

(3) $MnO_4^-/Mn^{2+}, MnO_4^-/MnO_2, MnO_4^-/MnO_4^{2-}$

(4) $Cr^{3+}/Cr, CrO_2^-/Cr, Cr_2O_7^{2-}/Cr^{3+}, CrO_4^{2-}/Cr(OH)_3$

3. 将铜片插入盛有 $0.5mol \cdot L^{-1}$ 的 $CuSO_4$ 溶液的烧杯中，银片插入盛有 $0.5mol \cdot L^{-1}$ 的 $AgNO_3$ 溶液的烧杯中，用盐桥和导线连结成原电池。

(1) 写出该原电池的符号；

(2) 写出电极反应式和原电池的电池反应；

(3) 求该电池的电动势；

(4) 若加氨水于 $CuSO_4$ 溶液中，电池电动势如何变化？若加氨水于 $AgNO_3$ 溶液中，情况又是怎样（定性回答）？

4. 根据标准电极电势，判断下列各反应在标准状态下的反应方向。

(1) $2Ag + Cu(NO_3)_2 \longrightarrow 2AgNO_3 + Cu$

(2) $2KI + SnCl_4 \longrightarrow SnCl_2 + I_2 + 2KCl$

5. 在室温下 $2HCl + Zn \longrightarrow ZnCl_2 + H_2$ 反应十分完全，其理论依据何在？

6. 在 298K 时，反应 $Fe^{3+} + Ag \longrightarrow Fe^{2+} + Ag^+$ 的平衡常数为 0.531。已知 $E^\ominus_{Fe^{3+}/Fe^{2+}} = 0.771V$。计算 $E^\ominus_{Ag^+/Ag}$。

7. 某原电池中的一个半电池是由银片浸入 $1.0mol \cdot L^{-1}$ Ag^+ 溶液中组成的，另一半电池由银片浸入 Br^- 浓度为 $1.0mol \cdot L^{-1}$ AgBr 饱和溶液中组成的。电对 Ag^+/Ag 为正极，测得电池电动势为

0.727V。计算$E^{\ominus}_{AgBr/Ag}$和$K^{\ominus}_{sp}(AgBr)$。

七、配平并完成下列反应

用氧化数法

1. $As_2S_3 + HNO_3 \longrightarrow H_3AsO_4 + NO + H_2SO_4$
2. $KMnO_4 + H_2O_2 + H_2SO_4 \longrightarrow MnSO_4 + K_2SO_4 + O_2$
3. $SO_2 + Cr_2O_7^{2-} \longrightarrow SO_4^{2-} + Cr^{3+}$（酸性溶液中）
4. $K_2Cr_2O_7 + KI + H_2SO_4 \longrightarrow Cr_2(SO_4)_3 + K_2SO_4 + I_2 + H_2O$
5. HNO_3（稀）$+ Cu \longrightarrow Cu(NO_3)_2 + H_2O + NO$

用离子电子法

6. $KMnO_4 + K_2SO_3 + KOH \longrightarrow K_2MnO_4 + K_2SO_4 + \cdots$
7. $Br_2 + AsO_3^{3-} \longrightarrow AsO_4^{3-} + Br^-$（在碱性介质中）
8. $H_2O_2 + KI \longrightarrow I_2 + KOH$
9. $K_2Cr_2O_7 + Na_2SO_3 + H_2SO_4$（稀）$\longrightarrow Cr_2(SO_4)_3 + Na_2SO_4 + \cdots$
10. $HPO_3^{2-} + BrO^- \longrightarrow Br^- + PO_4^{3-}$

第8章　配位化合物

学习目标

1. 掌握配位化合物、形成体、配位体、内界、外界等概念
2. 掌握简单配合物的命名，能区分配位体数与配位数的意义
3. 熟悉配合物的化学键理论，并根据价键理论理解配位单元的形成条件、几何构型和稳定性
4. 熟悉配位平衡、稳定常数及配位平衡移动的概念
5. 了解配合物在医学上的意义

配位化合物(coordination compound)简称为配合物，是一类组成比较复杂，而应用极广的化合物。本章将在化学键理论的基础上，对这类重要化合物的组成、结构、性质及应用作一些介绍。

可以这么说，很多无机化合物都是配合物，只是我们平时没有意识到这一点。例如，一般情况下，简单的金属离子是不存在的，当它在水溶液中，其周围为水分子所配位，称之为水合离子；在固态化合物中，其周围为负离子所配位(包围)。随着科学技术的飞速发展，在现代结构化学理论和近代物理实验方法的推动下，配位化学已发展成为一个内容丰富、成果丰硕的独立学科。配位化学的研究成果促进了分离技术、配位催化、原子能、火箭等尖端技术的发展，化学模拟固定氮、光合作用人工模拟和太阳能利用等。

配合物的形成对元素或同它相结合的配位体的性质都产生很大的影响，常由于形成配合物而改变了它们的性质。例如，氰化钾有剧毒，但氰根离子与铁离子配合后，几乎没有什么毒性。由于配合物本身具有多种特性，在生物化学、电化学、催化动力学、有机化学、分析化学等方面都有广泛的应用。总之，配位化学在整个化学领域中具有极为重要的理论和实践意义。在本章我们只概括地介绍一些配位化学中最基本的理论和相关的知识。

第1节　配位化合物的基本知识

一、配位化合物的组成及类型

(一) 什么是配位化合物

配位化合物又称络合物(complex compound)。complex 的含义为“复杂的”、“不可理解的”，这是相对于简单化合物而言。现以我们熟悉的硫酸铜为例说明配合物不同于普通无机化合物，$CuSO_4$ 在溶液中完全电离成 Cu^{2+} 和 SO_4^{2-}，因此若在该溶液中加入 Ba^{2+}，会有白色 $BaSO_4$ 沉淀生成，加入稀 NaOH 则有 $Cu(OH)_2$ 沉淀生成，这说明在硫酸铜溶液中存在着游离的 Cu^{2+} 和 SO_4^{2-}。如果在硫酸铜溶液中加入过量氨水，可得一深蓝色溶液，加乙醇后有结晶析出，过滤可得到一种深蓝色的晶体。向这种晶体配成的氨溶液中加入稀 NaOH，就得不到 $Cu(OH)_2$ 沉淀，似乎 $CuSO_4$ 溶液中加入氨水后，Cu^{2+} 不存在了，多么令人“不可思议”！但加入 Ba^{2+} 仍有白色 $BaSO_4$ 沉淀生成，即 SO_4^{2-} 还在。科学家们用 X 射线结晶分析对它进行研究，发现在晶体中除 SO_4^{2-} 外，存在一

种复杂离子$[Cu(NH_3)_4]^{2+}$，它是由一个Cu^{2+}和四个NH_3分子组成的独立基团，这个复杂基团的性质与Cu^{2+}有所不同。这个复杂基团不仅不符合经典的化学键理论，而且在水溶液中的离解方式也不同于简单化合物。如上述蓝色晶体$[Cu(NH_3)_4]SO_4$在水中离解为：

$$[Cu(NH_3)_4]SO_4 \longrightarrow [Cu(NH_3)_4]^{2+} + SO_4{}^{2-}$$

又如在$Hg(NO_3)_2$溶液中加入KI，开始会产生桔红色的HgI_2沉淀，若继续加KI，则沉淀将溶解成无色透明溶液，生成具有化学式为$K_2[HgI_4]$物质，在水溶液中的离解方式为：

$$K_2[HgI_4] \longrightarrow 2K^+ + [HgI_4]^{2-}$$

实验测定出，溶液中有大量的$[HgI_4]^{2-}$，而Hg^{2+}和I^-都很少。

AgCl可与氨水生成$[Ag(NH_3)_2]Cl$配合物，溶液中有大量的$[Ag(NH_3)_2]^+$配离子，而Ag^+离子却很少，电镀工业中的镀银液中，银离子都是以复杂离子形式出现。

从上面所举的例子中，可以看出这些复杂离子有以下共同特点：

1. 在其复杂结构中都包含有中心原子（原子和离子的统称）和一定数目的中性分子或阴离子组成的结构单元，此结构单元表现出新的特征。

2. 结构单元中中心原子都有空的价电子轨道，阴离子或中性分子都有孤对电子，它们通过形成配位共价键而结合。

什么是配合物呢？可作如下定义：**由中心原子和一定数目的中性分子或阴离子通过形成配位共价键相结合而形成的复杂结构单元称配位单元，凡是含有配位单元的化合物称配位化合物。**

无机物中有一类称为复盐的化合物，例如铝钾矾$KAl(SO_4)_2 \cdot 12H_2O$俗称明矾，是由硫酸钾和硫酸铝作用生成的。将其溶解于水，便可发现在水溶液中的铝钾矾都离解为简单的组成离子K^+、Al^{3+}、$SO_4{}^{2-}$离子，就好像K_2SO_4和$Al_2(SO_4)_3$的混合水溶液一样。氯化钙与氨水生成的$CaCl_2 \cdot 2NH_3$，在水溶液中也是以Ca^{2+}、Cl^-、NH_3的形式存在，为区别于氨配合物，称它为氨化合物。复盐不同于配合物，无论在水中的溶解情况还是它们的性质都不同，但也要指出，在简单化合物和配合物之间不可能划一明显的界限，因为即使在明矾的水溶液中也存在少量的$[Al(SO_4)_2]^-$配离子，常见的$NH_4{}^+$离子也可认为是H^+离子与NH_3分子生成的配离子。

（二）配合物的组成

一般的配合物在组成上包括两大部分——配位单元与其他部分。常把配位单元称为内界，其他部分称为外界。内界与外界之间无论在键型、化合比等关系上都与相应的普通化合物相同。配合物的特性，主要表现在配位单元上。因此，研究配位单元的组成、结构及性质是讨论配合物的核心。

在配位单元中，中心原子位于它的几何中心，叫中心原子；在中心原子周围的阴离子或中性分子叫配位体，简称配体。例如$[Cu(NH_3)_4]SO_4$，Cu^{2+}称为中心原子，四个配位的NH_3称为配位体。中心原子与配位体构成了配合物的内界，通常把它们写在方括号内。$SO_4{}^{2-}$构成配合物的外界。内外界之间以离子键结合，在水中全部解离。这种关系如下图表示：

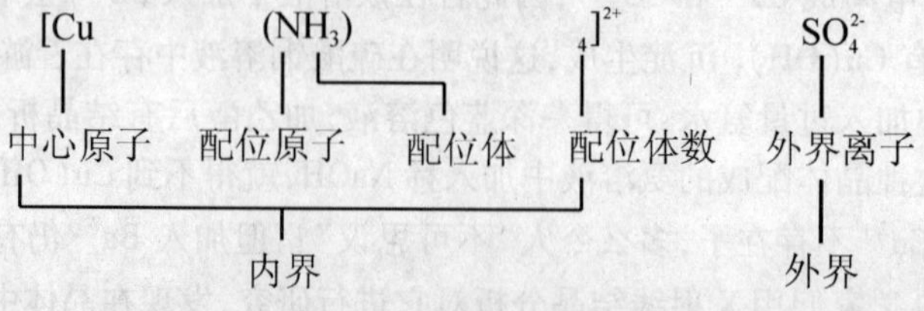

1. 中心原子 **中心原子是配合物的形成体**，位于配离子的中心，它具有空的价电子轨道，可以接受配体所给予的孤对电子。周期表中绝大多数元素都可作为中心原子。常见的是一些过渡元素如镍、铜、铬、铁、银、金、锌、汞、铂等元素的离子或原子，它们具有 $(n-1)d$、ns、np、nd 等空的价电子轨道，都是强的配合物形成体。如 $[Co(NH_3)_6]Cl_3$ 中的 Co(Ⅲ)，$K_3[Fe(CN)_6]$ 中的 Fe(Ⅲ)等。高氧化态的非金属元素也能作为形成体，如 $Na[BF_4]$ 中的 B(Ⅲ)，$K_2[SiF_6]$ 中的 Si(Ⅳ)和 $NH_4[PF_6]$ 中的 P(Ⅴ)。此外还包括极少数的阴离子，如在 $HCo(CO)_4$ 中的 Co 按氧化值计算应为 -1。

2. 配位体与配位原子 **配位体(ligand)的名称是由于它们配置在中心原子周围而得来的，简称配体，配位体中直接和中心原子键合的原子称配位原子。** 配位原子含有孤对电子，通常是一些非金属元素如 O、N、S、C 及卤素原子等。

只含一个配位原子的配位体叫单基配体（或单齿配体），如 NH_3、H_2O、X^-、CN^- 等。含多个配位原子的配位体叫多基配体（多齿配体），如乙二胺，$H_2N\text{-}CH_2\text{-}CH_2\text{-}NH_2$（缩写为 en）、乙酰丙酮基 $CH_3\text{-}CO\text{-}CH\text{-}CO\text{-}CH_3^-$（缩写为 acac）、草酸根 $C_2O_4^{2-}$ 等。多基配体能和中心原子形成环状结构，有点像螃蟹双螯钳住中心离子起螯合作用，因此，也称多基配体为螯合剂(chelating agent)。

与多基配体不同，有些配体虽然也具有两个或多个配位原子，但在一定条件下，仅有一种配位原子可与中心原子配位，不能同时配位，这类配体称两可配体。例如硫氰根(SCN^-，以 S 配位)，异硫氰根(NCS^-，以 N 配位)；又如硝基($—NO_2^-$，以 N 配位)，而亚硝酸根($—O—N=O^-$，以 O 配位)，它们都是两可配体，而这些两可配体实际上仍起单基配体的作用。

3. 配位数 为了表示形成体与配体结合的数量关系，定义配体与形成体之间的数目比为配位比。例如 $[Cu(NH_3)_4]SO_4$ 中 Cu^{2+} 离子的配位比为 4，$[Co(NH_3)_5H_2O]Cl_3$ 中 Co^{3+} 离子的配位比为 6，它表明形成体与配位体的数量关系，也称为配体数。

直接同中心原子结合的配位原子数目称配位数。 配位数与配位比的关系是，如果配体是单基配体，配位数 = 配位比；如果配体是多基配体，则配位数 = $n\times$ 配位比，n 即为配体的基数（或齿数）。如 $[Cu(en)_2]^{2+}$ 中 Cu^{2+} 离子的配位比为 2，en 是双基配体，故配位数 $=2\times2=4$。

中心原子的配位数一般是 2、4、6，最常见的是 4 和 6，配位数的多少取决于中心原子和配体的性质，如电荷多少、体积大小、电子层结构如何以及配合物形成时的条件，特别是浓度和温度。

一般来讲，中心原子的电荷越高越有利于形成配位数较高的配合物。如 Ag^+，其特征配位数为 2，如 $[Ag(NH_3)_2]^+$；Cu^{2+}，其特征配位数为 4，例 $[Cu(NH_3)_4]^{2+}$；Co^{3+}，其特征配位数为 6，例 $[Co(NH_3)_5H_2O]^{3+}$。配体电荷的增加对形成高配位数是不利的，因为它增加了配体之间的斥力，使配位数减少。如 $[Co(H_2O)_6]^{2+}$ 同 $[CoCl_4]^{2-}$ 相比，前者的配体是中性分子，后者是带负电荷的 Cl^- 离子，使 Co^{2+} 的配位数由 6 降为 4。因此，从电荷这一因素考虑，中心原子电荷的增高以及配位体电荷的减少有利于配位数的增加。

中心原子的半径越大，在引力允许的条件下，其周围可容纳的配体越多，配位数越高。例如 Al^{3+} 与 F^- 可形成 $[AlF_6]^{3-}$ 配离子，体积较小的 B(Ⅲ)原子就只能生成 $[BF_4]^-$ 配离子。但应指出中心原子半径的增大固然有利于形成高配位数的配合物，但若过大又会减弱它同配体的结合，有时反而降低了配位数。如 Cd^{2+} 可形成 $[CdCl_6]^{4-}$ 配离子，比 Cd^{2+} 大的 Hg^{2+}，却只能形成 $[HgCl_4]^{2-}$ 配离子。显然配位体的半径较大，在中心原子周围容纳不下过多的配体，配位数就减少。如 F^- 可与 Al^{3+} 形成 $[AlF_6]^{3-}$ 配离子，但半径比 F^- 大的 Cl^-、Br^-、I^- 与 Al^{3+} 只能形成 $[AlX_4]^-$ 配离子（X 代表 Cl^-、Br^-、I^- 离子）。

温度升高，常使配位数减小。这是因为热振动加剧时，中心原子与配体间的配位键减弱的缘故。而配位体浓度增大有利于形成高配位数的配合物。

综上所述,影响配位数的因素是复杂的,是由多方面因素决定的。但对于某一中心原子在与不同的配体结合时,常具有一定的特征配位数。现将某些常见金属离子的特征配位数列于表 8-1 中。

表 8-1 某些常见离子的配位数

配位数	金属离子	实 例
2	Ag^+、Cu^+、Au^+	$[Ag(NH_3)_2]^+$、$[Cu(CN)_2]^-$
4	Pt^{2+}、Cu^{2+}、Zn^{2+}	$[Cu(NH_3)_4]^{2+}$、$[ZnCl_4]^{2-}$、$[Ni(CN)_4]^{2-}$
	Hg^{2+}、Co^{2+}、Ni^{2+}、Pb^{2+}	$[PtCl_2(NH_3)_2]$、$[HgI_4]^{2-}$、$[CoCl_4]^{2-}$
6	Fe^{2+}、Fe^{3+}、Co^{3+}	$[Fe(CN)_6]^{4-}$、$[FeF_6]^{3-}$、$[Co(NH_3)_6]^{3+}$
	Pt^{4+}、Cr^{3+}、Al^{3+}	$[Cr(NH_3)_6]^{3+}$、$[AlF_6]^{3-}$、$[Pt(NH_3)_6]^{4+}$

4. 配离子的电荷 **配离子的电荷是中心原子和配位体两者电荷的代数和**。如$[Fe(CN)_6]^{3-}$中,配离子的电荷为:$+3+6\times(-1)=-3$,在$[Fe(CN)_6]^{4-}$中,配离子的电荷为:$(+2)+6\times(-1)=-4$,而在$[PtCl_2(NH_3)_2]$中,配合单元之电荷为$+2+2\times0+2\times(-1)=0$,故$[PtCl_2(NH_3)_2]$本身是一个电中性的配合物,除了像$[PtCl_2(NH_3)_2]$这种内界不带电荷的配合物外,一般内界均带电荷,为了保持整个配合物的电中性,必然有电荷相等但符号相反的外界离子与配离子结合,因此也可根据外界离子的电荷来算出配离子的电荷,如在$K_3[Fe(CN)_6]$中配离子的电荷为 -3,从而推知中心原子是Fe^{3+}。

(三)配合物的类型

1. 单核配合物 是指由一个中心原子与若干单基配体所形成的配合物称为单核配位物,其中如$[Cu(NH_3)_4]SO_4$、$K_2[HgI_4]$、$[Ag(NH_3)_2]^+$、$[ZnCl_4]^{2-}$等只含一种配体的配合物叫单核简单配合物,如$[Co(NH_3)_2(H_2O)_2Cl_2]^+$、$[CoCl_3(NH_3)_3]$等含两种或两种以上配体的配合物称为单核混合配合物。这类配合物中没有环状结构,在溶液中是逐级生成和逐级离解的,如$[Ag(NH_3)_2]^+$的生成:

$$Ag^+ + NH_3 = [Ag(NH_3)]^+$$

$$[Ag(NH_3)]^+ + NH_3 = [Ag(NH_3)_2]^+$$

2. 多核配合物 内界含有2个或2个以上中心原子的配位化合物,叫多核配位化合物,其中连接2个中心原子的配位体,叫桥联配位体。如:

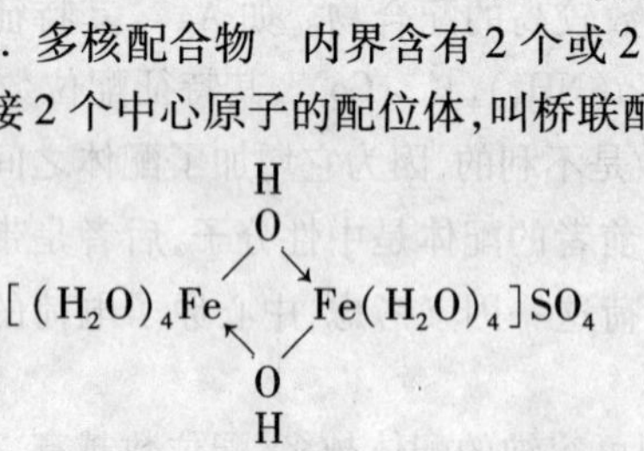

3. 螯合物 **螯合物**(chelate)又称内配合物,是由**中心原子和多基配体配合而成的具有环状结构的配合物**。例如Ni^{2+}与乙二胺(en)结合时,由于 en 的两个配位原子氮可同时提供出来同Ni^{2+}配合形成环状的结构。

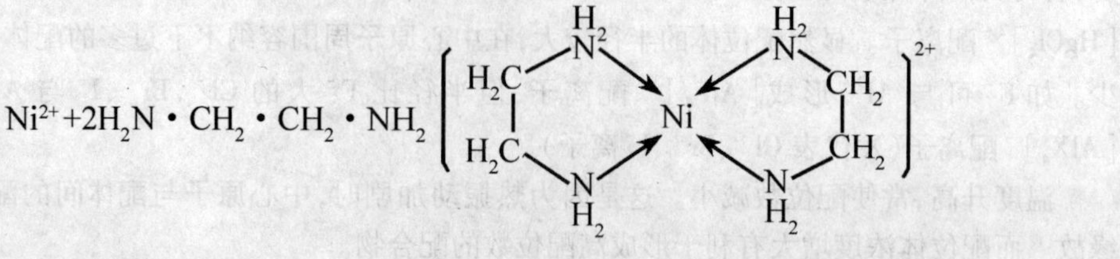

螯合物的中心原子和配位体数目之比称配合比，在$[Ni(en)_2]^{2+}$中，其配合比为1∶2。由于环状结构的存在，螯合物具有特殊的稳定性，很少有逐级解离现象。多数螯合物往往具有特殊的颜色，常用于金属离子的鉴定和含量测定。

在常见的螯合剂中，较为重要的是乙二胺四乙酸（ethylenediaminetetraacetic acid），简称EDTA，用符号H_4Y表示，因在水中溶解度不大，常用其二钠盐Na_2H_2Y，它的分子中有六个配位原子，两个是N，四个是O。它可与绝大多数金属离子形成螯合物，其中心离子的配位数为6，它包括五个五原子环具特殊的稳定性。图8-1示出乙二胺四乙酸金属螯合物的结构。

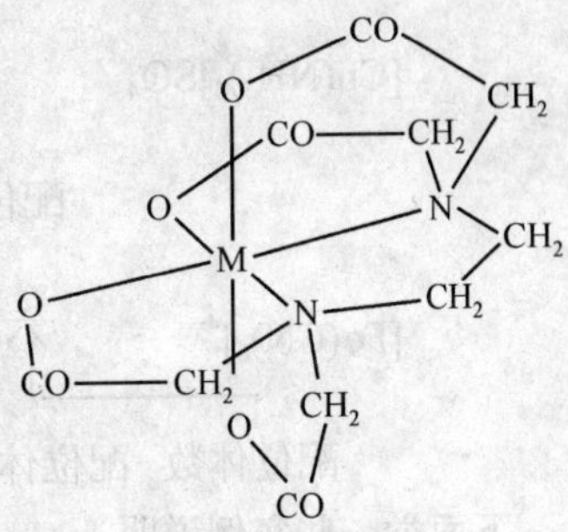

图8-1 乙二胺四乙酸金属螯合物的结构

EDTA具广泛的应用，是最常用的配合滴定剂、掩蔽剂和水的软化剂，在医药上也有多种用途，如可用于医治重金属和放射性元素的中毒。

二、配合物的命名

根据下列原则给配合物命名：

（一）内界与外界

命名同一般简单无机化合物。若配合物的外界酸根是一个简单的阴离子如Cl^-，则称某化某。例如$[Ag(NH_3)_2]Cl$，称为氯化二氨合银（Ⅰ）。若外界酸根是复杂阴离子如SO_4^{2-}，则称某酸某，例如$[Cu(NH_3)_4]SO_4$，称为硫酸四氨合铜（Ⅱ）。即同一般酸、碱、盐的命名。

（二）内界

将配体与中心体之间用介词“合”连起来，配体数用中文数字作前缀，中心体的氧化数用罗马数字括在圆括号内作后缀，不同配体名称之间以中圆点“·”分开，格式如下：

配体数－配体名称－“合”－中心体名称（中心体氧化数）

例如$[FeF_6]^{3-}$配离子的命名为六氟合铁（Ⅲ）酸根离子。

当配合单元含有多种配体时，在命名时配位体列出先后顺序按如下规定：

1. 若配体中既有无机配体又有有机配体，则无机配体在前，有机配体在后，即“先无机后有机”。

2. 在无机配体中既有离子又有分子，则阴离子在前，阳离子其次，中性分子在后，即“先离子后分子”。

3. 同类配体（如同是无机配体又同是分子），按配位原子的元素符号在英文字母中的顺序排列，如$[Co(NH_3)_5H_2O]Cl_3$命名为三氯化五氨·一水合钴（Ⅲ）。因N原子的英文符号在O原子前。

4. 同类配体，配位原子相同，则原子数目少的排在前面，即“先简单后复杂”。若原子数也相同，则按结构式中与配位原子相连原子的元素符号的英文字母顺序排列。如$[Pt(NH_2)NO_2(NH_3)_2]$，应命名为一氨基·一硝基·二氨合铂（Ⅱ）。

例如：

$[Cu(NH_3)_4]SO_4$　　硫酸四氨合铜(Ⅱ)

配位体数　配位体名称　中心原子名称　中心原子氧化值

$[Fe(CN)_6]^{4-}$　　六氰合铁(Ⅱ)酸根离子

配位体数　配位体名称　中心原子名称　中心原子氧化值

下面举一些实例说明

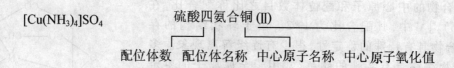

$[Cu(en)_2]^{2+}$	二乙二胺合铜(Ⅱ)离子
$H_2[SiF_6]$	六氟合硅(Ⅳ)酸
$K_2[Fe(SCN)_6]$	六异硫氰合铁(Ⅲ)酸钾
$[Cu(NH_3)_4](OH)_2$	氢氧化四氨合铜(Ⅱ)
$Na_2[Zn(OH)_4]$	四羟合锌(Ⅱ)酸钠
$[Co(NH_3)_6]Cl_3$	三氯化六氨合钴(Ⅲ)
$NH_4[Cr(SCN)_4(NH_3)_2]$	四硫氰·二氨合铬(Ⅲ)酸铵
$[CoCl_2(NH_3)_3H_2O]Cl$	氯化二氯·三氨·一水合钴(Ⅲ)
$Na_3[CoH(CN)_5]$	五氰·氢合钴(Ⅲ)酸钠
$[PtBrClNH_3(Py)]$	溴·氯·氨·吡啶合铂(Ⅱ)
$[Pt(NO_2)(NH_3)(NH_2OH)(Py)]Cl$	氯化硝基·氨·羟胺·吡啶合铂(Ⅱ)
$[Pt(NH_2)(NO_2)(NH_3)_2]$	氨基·硝基·二氨合铂(Ⅱ)
氢氧化二氨合银(Ⅰ)	$[Ag(NH_3)_2]OH$
四氯化六氨合铂(Ⅳ)	$[Pt(NH_3)_6]Cl_4$
三氯·三氨合钴(Ⅲ)	$[CoCl_3(NH_3)_3]$
四氯合金(Ⅲ)酸	$H[AuCl_4]$
三羟·水·乙二胺合铬(Ⅲ)	$[Cr(OH)_3H_2O(en)]$
氯化二氨合银(Ⅰ)	$[Ag(NH_3)_2]Cl$
二硫氰合银(Ⅰ)离子	$[Ag(SCN)_2]^-$
三氯化五氨水合钴(Ⅲ)	$[Co(NH_3)_5H_2O]Cl_3$

有些配合物，仍沿用习惯叫法，如 $H_2[SiF_6]$ 也称氟硅酸，$[Cu(NH_3)_4]^{2+}$ 称为铜氨配离子，$[Ag(NH_3)_2]^+$ 称为银氨配离子，$K_4[Fe(CN)_6]$ 亚铁氰化钾（黄血盐），$K_3[Fe(CN)_6]$ 称铁氰化钾（赤血盐）等。

第2节　配合物的化学键理论——价键理论

随着近代原子和分子结构理论的建立与发展，相继出现各种理论，其中价键理论（1913 年，鲍林和斯莱特）及分子轨道理论（1932 年，莫立根和洪特）较为成熟，前者在分子结构理论中，我们曾有所介绍。为了阐明配位单元的成键本质，产生了配合物的价键理论、晶体场理论以及配位场理论。这里我们只介绍价键理论。

一、价键理论的基本要点

1928 年鲍林（Pauling）利用量子力学的结论，把价键理论（valence bond theory）应用于配合物

中,逐渐形成近代的配合物价键理论,其基本内容归纳如下:

1. 中心体与配位原子之间是通过配位键相结合的。配体的配位原子单方面提供孤对电子;中心原子提供容纳这些电子对的空轨道。

2. 中心体提供的空轨道必须首先进行杂化,形成数目相同、能量相等且有一定空间取向的新杂化轨道,接受配原子提供的价电子对。杂化类型取决于中心体的价层电子构型和配体的种类与数目,而杂化类型又决定了配合单元的空间构型、稳定性和磁性。

例如:配合物$[Ag(NH_3)_2]Cl$中,中心体Ag^+具有价层空轨道 5s、5p 等,其配体NH_3中 N 原子上有孤对电子。当两个NH_3各提供一孤电子对进入Ag^+离子价层,Ag^+离子应提供两条相同的杂化轨道成键,即提供一个 5s 轨道和一个 5p 轨道进行空轨杂化,形成等性 sp 杂化轨道成键,所以$[Ag(NH_3)_2]^+$离子为直线形结构。

二、外轨型和内轨型配合物

对过渡金属离子来说,内层的$(n-1)$d 轨道尚未填满,而外层的 *n*s、*n*p、*n*d 是空轨道。中心原子利用哪些空轨道杂化,这既与中心原子的电子层结构有关,又与配体中配位原子的电负性有关。由于杂化方式不同,可形成两种类型的配合物。

(一)外轨型配合物

如果配位原子的电负性较大,如卤素、氧等,它们不易给出孤电子对,对中心体的 *d* 轨道上的电子影响较小,使中心体原有的电子层构型不变,**只能用外层空轨道 *ns*、*np*、*nd* 进行杂化,生成数目相同、能量相等的杂化轨道与配体结合,这类配合物称外轨型配合物**(outer orbital coordination compound)。例如,$[Fe(H_2O)_6]^{3+}$配离子,Fe^{3+}离子的价电子层结构为$3d^54s^04p^04d^0$,当Fe^{3+}与H_2O配位形成配离子时,Fe^{3+}原有的电子层结构不变,用一个 4s、三个 4p 和二个 4d 轨道组合成六个sp^3d^2杂化轨道,接受六个H_2O分子所提供的孤对电子,形成六个配位键,如图 8-2 所示:

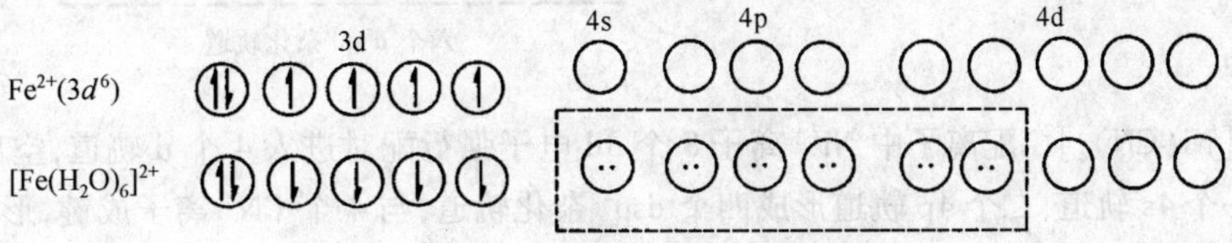

六个 sp^3d^2 杂化轨道

虚线框中的 6 个sp^3d^2杂化的空轨道可以接受 6 个配体提供的 6 对电子,形成正八面体配合物。图中黑点表示来自配体H_2O分子所提供的电子对。外轨型配合物的键能小,稳定性较差,在水中易离解。

又如,原子序为 28 的Ni^{2+}离子,价电子层结构为$3d^8$,它的最外层 4s、4p、4d 轨道都空着,在Ni^{2+}与Cl^-形成$[NiCl_4]^{2-}$配离子时,Ni^{2+}原有的电子层结构不变,用一个 4s 和三个 4p 轨道组成四个sp^3杂化轨道,接受来自四个Cl^-所提供的四对孤电子对,形成正四面体配合物。图中黑点表示来自配体Cl^-所提供的电子对。

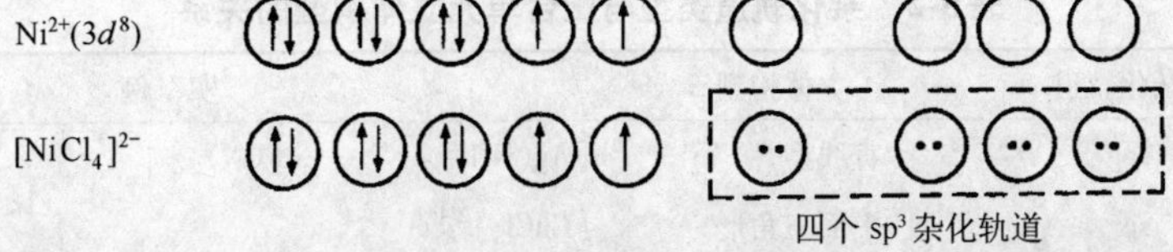

四个 sp^3 杂化轨道

还有$[Ag(NH_3)_2]^+$中的Ag^+采用了sp杂化轨道容纳两个氨分子中两个氮原子所提供的孤对电子，形成直线形的配合物。图中黑点表示来自配体：NH_3中N所提供的电子对。以上三例分别说明中心原子用sp^3d^2、sp^3、sp杂化轨道与配位原子结合成配位数分别为6、4、2的配合物，都是外轨型配合物。

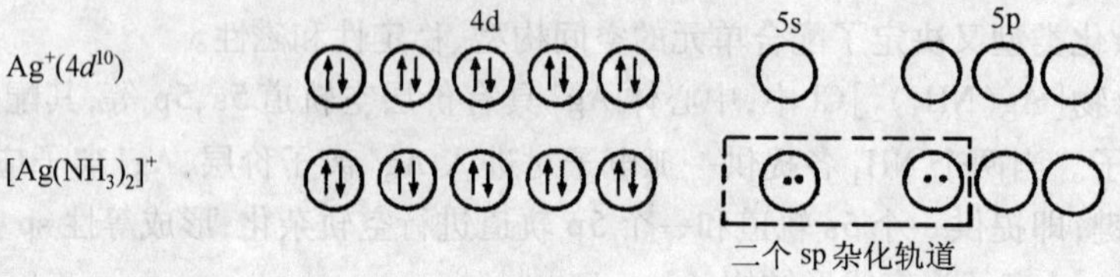

（二）内轨型配合物

当配位原子的电负性较小，如碳、氮等，较易给出孤电子对，对中心原子的影响较大，使其价电子层结构发生变化，$(n-1)$d轨道上原有的成单电子被强行配对，空出**内层能量较低的$(n-1)$d轨道与n层的s、p轨道杂化，形成数目相同，能量相等的杂化轨道与配体结合。这类配合物称内轨型配合物**(inner orbital coordination compound)。例如$[Fe(CN)_6]^{4-}$配离子中的Fe^{2+}离子在配体CN^-离子影响下，3d轨道中的6个成单电子重排只占据3个d轨道，剩余2个空的3d轨道同外层4s、4p轨道形成6个d^2sp^3杂化轨道，与6个CN^-成键，形成正八面体配合物。图中黑点表示来自配体CN^-所提供的电子对。内轨型配合物的键能较大、稳定性较高，在水中不易离解。

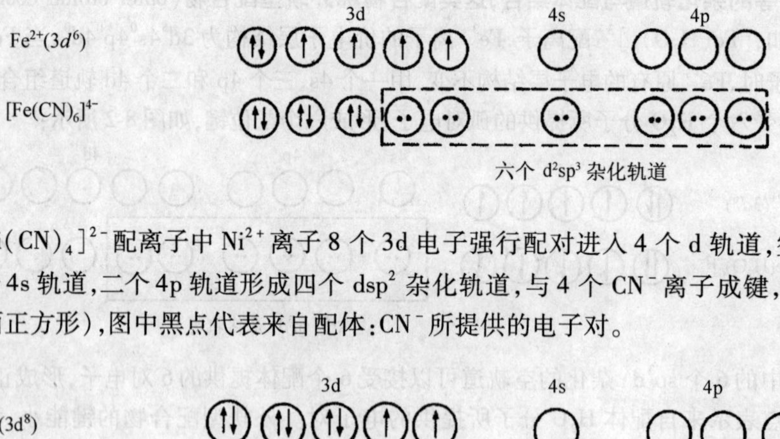

又如$[Ni(CN)_4]^{2-}$配离子中Ni^{2+}离子8个3d电子强行配对进入4个d轨道，空出一个3d轨道，与一个4s轨道，二个4p轨道形成四个dsp^2杂化轨道，与4个CN^-离子成键，形成内轨型配合物（平面正方形），图中黑点代表来自配体：CN^-所提供的电子对。

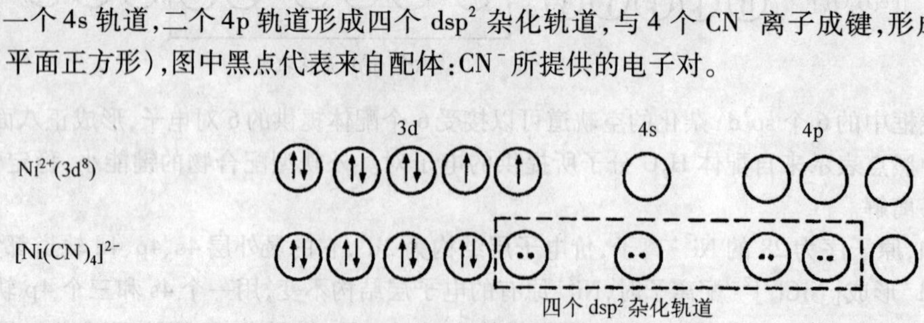

杂化轨道类型与配离子结构的关系如表8-2所示。

表8-2　杂化轨道类型与配合单元立体构型的关系

配位数	杂化轨道	立体构型	实例
2	sp	直线型	$[Ag(NH_3)_2]^+$、$[Cu(CN)_2]^-$
3	sp^2	平面三角形	$[CuCl_3]^{2-}$

续表

配位数	杂化轨道	立体构型	实 例
4	sp^3	四面体型	$[Zn(NH_3)_4]^{2+}$、$[HgI_4]^{2-}$、$[Co(SCN)_4]^{2-}$、$Ni(CO)_4$
	dsp^2	平面四方形	$[AuCl_4]^-$、$[Ni(CN)_4]^{2-}$、$[Cu(NH_3)_4]^{2+}$、$Pt(NH_3)_2Cl_2$
5	dsp^3	三角双锥	$[Fe(CO)_5]$
6	sp^3d^2	八面体型	$[FeF_6]^{3-}$、$[Fe(H_2O)_6]^{2+}$、$[AlF_6]^{3-}$
	d^2sp^3		$[Fe(CN)_6]^{4-}$、$[Fe(CN)_6]^{3-}$、$[Co(NH_3)_6]^{3+}$

对于一个配合物，我们如何判断其是内轨型还是外轨型呢？主要要看中心原子 d 轨道上的单电子数的变化，若是外轨型，中心原子 $(n-1)d$ 轨道单电子数未变；若是内轨型，中心原子 $(n-1)d$ 轨道单电子数一般会减少。而成单电子数的多少可以通过在磁天平上测磁矩来判断，物质磁矩用符号 μ 表示，磁矩与分子中未成对电子数 n 有如下近似关系(表 8-3)：

$$\mu=\sqrt{n(n+2)}\text{ 波尔磁子(B. M.)}$$

表 8-3 磁矩的近似值

未成对电子数(n)	1	2	3	4	5	6	7
磁矩(μ)/B. M.	1.73	2.83	3.87	4.90	5.92	6.93	7.94

例如，Fe^{3+} 的 $3d$ 轨道上有 5 个未成对电子，计算磁矩近似值为 5.92 B. M.，实验测得 $[FeF_6]^{3-}$ 的磁矩为 5.88B. M.，与 5.92 接近，由此可推知 $[FeF_6]^{3-}$ 中仍保留着 5 个未成对电子，所以它应该是外轨型配离子。又如 $[Fe(CN)_6]^{3-}$ 的磁矩为 2.30B. M.，与 1.73 接近，可见它只有 1 个未成对电子，推知它应该是内轨型配离子。

中心原子含未成对电子数较多的配合物称为高自旋配合物；含有未成对电子数较少的配合物称为低自旋配合物。所以，外轨型配合物多为高自旋配合物，稳定性较差；内轨型配合物多为低自旋配合物，稳定性较好。

价键理论根据配离子所采用的杂化轨道类型较成功地阐明了配离子的立体结构、中心原子的配位数以及配合物稳定性和磁性。但它不能解释成键电子的能量问题，因此不能定量解释配合物的稳定性，也不能解释配合物的颜色等问题。其根本原因在于它只看到孤对电子占据中心原子空轨道这一过程，而没有看到配体负电场对中心原子的影响，特别是中心原子的价层 d 轨道在负电场影响下电子云分布和能量会发生变化，因而在阐明配合物某些性质时发生了困难，上述这些问题可用晶体场理论得到比较满意的解释。限于篇幅，晶体场理论在此不作介绍。

三、配位化合物几何异构现象

(一) 配合物的空间结构

根据杂化轨道理论，中心原子和配位体形成配离子时，配位体之间(成键电子对之间)存在着相互斥力，趋向于使配位体之间的相对位置尽可能离得最远。也就是说配位体倾向于比较对称地分布在中心原子的周围。

配位数不同，配合物(配离子)的空间结构就不同。配合物的空间结构还要受到其他因素的影响。如中心原子和配位体不同，其空间结构也可能不同。

（二）配合物的几何异构现象

所谓配合物的异构现象（isomerism）是指化学组成完全相同的一些配合物，由于配体原子围绕中心原子的排列方式或键合方式的不同而导致结构不同的现象。配合物的异构现象不仅影响其物理和化学性质，而且与配合物的稳定性和键性质也有密切关系。在配合物中异构现象极为普遍、种类繁多，一般可分为结构异构（structural isomerism）和空间异构（spatial isomerism）。其中最重要的是空间异构中的几何异构现象。

在配位化合物中，由于配位体在中心原子周围排列的相对位置不同所产生的异构现象，称为几何异构现象。配位数为2,3或配位数为4的四面体配位化合物，因为所有配位体彼此都是相邻的，所以没有几何异构体。但在平面正方形和八面体配位化合物中，则经常会形成几何异构体。例如，平面正方形结构的[$Pt(NH_3)_2Cl_2$]存在顺式和反式2种异构体，互称为顺反异构（cis-trans isomerism）。

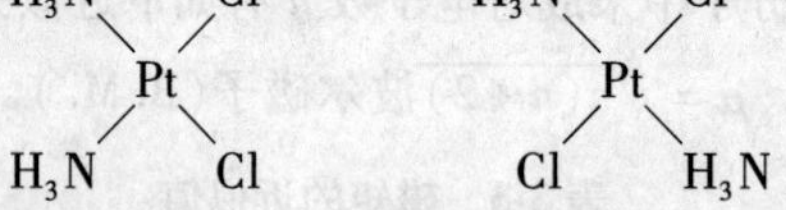

顺式（cis-）　　反式（trans-）

在顺式-[$Pt(NH_3)_2Cl_2$]中，2个相同的配位体处于相邻位置，偶极矩不为0；在反式-[$Pt(NH_3)_2Cl_2$]中，2个相同的配位体处于对角位置，偶极矩等于零。这2种异构体在物理性质和化学性质上呈现出很大差异。顺式-[$Pt(NH_3)_2Cl_2$]是一种橙黄色晶体，有一定的偶极矩，298K时溶解度为0.2523g/(100g水)，它与乙二胺（en）反应生成[$Pt(en)_2(NH_3)_2$]Cl_2。反式-[$Pt(NH_3)_2Cl_2$]是一种亮黄色晶体，偶极矩为零，溶解度为0.0366 g/(100g水)，它不与乙二胺反应。它们还具有不同的生理活性。顺式-[$Pt(NH_3)_2Cl_2$]，有时简称为顺铂（cisplatin），是目前临床上广泛使用的一种抗癌药物，而反铂（transplatin）则不具有抗癌作用。

[Mabcd]型平面正方形配位化合物，如[Pt(Cl)(Br)(Py)(NH_3)]，应该有3种几异构体：

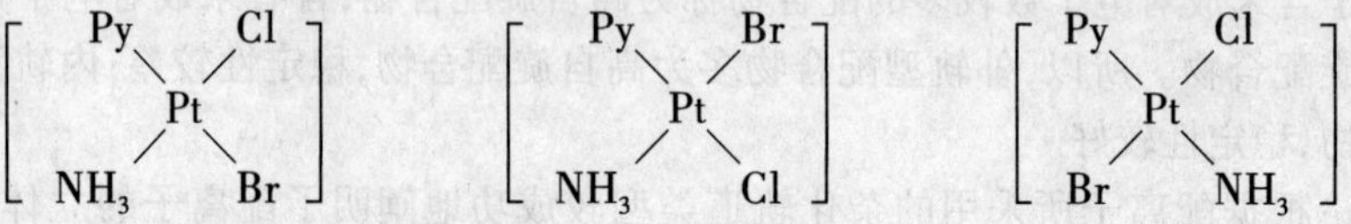

[Ma_4b_2]型的八面体配位化合物有顺、反2种异构体。例如[$Co(NH_3)_4Cl_2$]$^+$：

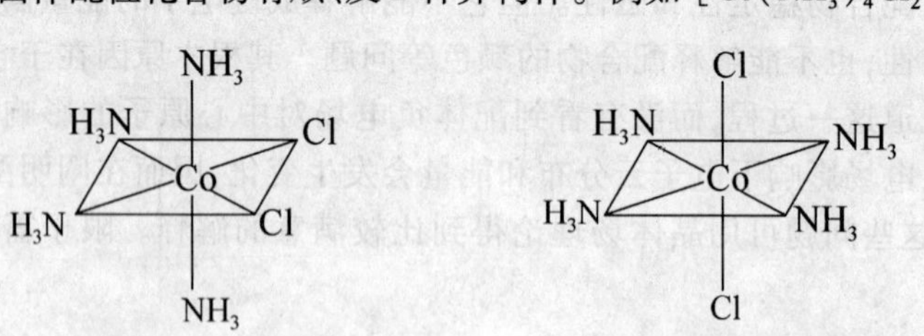

顺式-[$Co(NH_3)_4Cl_2$]$^+$　　反式-[$Co(NH_3)_4Cl_2$]$^+$

[Ma_3b_3]型的八面体配位化合物也有2种几何异构体，一种称为面式（fac-），另一种称为经式（mer-）。例如[$Rh(Py)_3Cl_3$]：

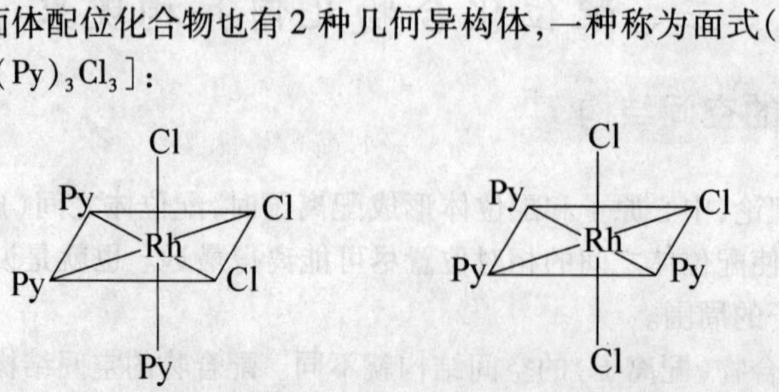

面式-[$Rh(Py)_3Cl_3$]　　经式-[$Rh(Py)_3Cl_3$]

在面式配位化合物中,3个相同的配位体(如Py)处于八四体的1个面的3个顶点上;在经式配位化合物中,3个相同的配体处于八面体外接圆的经线的位置。

一般来说,配体数越大,配体种类越多,其几何异构现象越复杂。如[Mabcdef]型八面体配合物应该有15种异构体。

第3节 配位平衡

通常,配合物的内界与外界之间是强极性键或离子键,因而是强电解质,在水溶液中几乎完全解离成内界和外界两部分。配位平衡是指配位单元与解离出来的离子之间的平衡,配合物越稳定,解离程度越低。配合平衡的实际应用主要在于判断配合物的稳定性。为了弄清影响配合物稳定性的有关规律,就要考虑和研究影响配合物稳定性的各种因素。从总体上看这些因素分内因和外因二个方面,内因是指中心体与配位体的性质,外因是指溶液的酸度、浓度、温度、压力等。以下讨论配合物稳定性衡量标准、中心体与配体性质对稳定性的影响等问题。

一、配合物的稳定常数

(一)稳定常数

配位单元的中心体与配体之间是以配位键结合,在水溶液中很少解离。如前所述,往配合物$[Cu(NH_3)_4]SO_4$溶液中加入$BaCl_2$溶液便可得到$BaSO_4$沉淀,说明$SO_4{}^{2-}$是游离的,若加入稀NaOH不见有$Cu(OH)_2$沉淀生成,但加入Na_2S时则有黑色CuS沉淀生成,这说明溶液中Cu^{2+}浓度不大,但确实存在。换句话说,Cu^{2+}并没有完全被配合。可以认为,溶液中既存在Cu^{2+}和NH_3分子,又存在$[Cu(NH_3)_4]^{2+}$,它们的量与下列配合反应的平衡有关:

$$Cu^{2+}+4NH_3 \rightleftharpoons [Cu(NH_3)_4]^{2+}$$

该反应的平衡常数表示为:

$$K^{\ominus}_{稳}=\frac{[Cu(NH_3)_4^{2+}]}{[Cu^{2+}][NH_3]^4}$$

平衡常数越大,说明生成配离子的倾向越大,而解离的倾向就越小,即配离子越稳定,所以也把它叫做$[Cu(NH_3)_4]^{2+}$的标准稳定常数(stability constant)。一般用$K^{\ominus}_{稳}$或$\lg K^{\ominus}_{稳}$表示。一些常见配合物$\lg K^{\ominus}_{稳}$的在书后附录四中列出,因测定方法和条件的不同,其数值常有差异。稳定常数的大小,直接反映了配离子稳定性的大小。例如$[Ag(NH_3)_2]^+$和$[Ag(CN)_2]^-$的$K^{\ominus}_{稳}$分别为1.1×10^7和1.2×10^{21},可见后者比前者稳定得多,这一点可通过计算来说明。

【例8-1】 试比较在$0.10mol\cdot L^{-1}$ $[Ag(NH_3)_2]^+$溶液中含有$1.0mol\cdot L^{-1}$的氨水和在$0.10mol\cdot L^{-1}$ $[Ag(CN)_2]^-$溶液中含有$1.0mol\cdot L^{-1}$的CN^-时,溶液中的Ag^+浓度。($K^{\ominus}_{稳}[Ag(NH_3)_2{}^+]=1.1\times10^7$,$K^{\ominus}_{稳}[Ag(CN)_2{}^-]=1.2\times10^{21}$)

解 第一步先求$[Ag(NH_3)_2]^+$和氨水的混合溶液中的$[Ag^+]$

设 达到平衡时离解出来的$[Ag^+]=x$,根据配合平衡关系:

$$\begin{matrix} Ag^+ & +2NH_3 & \rightleftharpoons & [Ag(NH_3)_2]^+ \\ x & 1.0+2x & & 0.10-x \end{matrix}$$

当NH_3过量时,离解受到抑制,x很小,$0.10-x\approx0.10$,$1.0+2x\approx1.0$

$$\frac{[Ag(NH_3)_2{}^+]}{[Ag^+][NH_3]^2}=\frac{0.10}{x(1.0)^2}=\frac{0.10}{x}=1.1\times10^7$$

解得　$x = 9.1 \times 10^{-9} mol \cdot L^{-1}$,即$[Ag^+] = 9.1 \times 10^{-9} mol \cdot L^{-1}$

第二步计算$[Ag(CN)_2]^-$和CN^-的混合溶液中$[Ag^+]$,

设　$[Ag^+] = y$,与上面的计算相似

$$\begin{array}{ccc} Ag^+ + 2CN^- & \rightleftharpoons & [Ag(CN)_2]^- \\ y \quad 1.0+2y & & 0.10-y \end{array}$$

$$\frac{[Ag(CN)_2^-]}{[Ag^+][CN^-]^2} = \frac{0.10}{y(1.0)^2} = \frac{0.10}{y} = 1.3 \times 10^{21}$$

解得　$y = 7.7 \times 10^{-23} mol \cdot L^{-1}$,即$[Ag^+] = 7.7 \times 10^{-23} mol \cdot L^{-1}$

计算结果表明,在水溶液中$[Ag(CN)_2]^-$比$[Ag(NH_3)_2]^+$离子更难离解,即$[Ag(CN)_2]^-$更稳定。

如果在上述混合溶液中加入I^-离子,浓度达$0.1mol \cdot L^{-1}$时,在$[Ag(NH_3)_2]^+$的溶液中会产生AgI的沉淀,因为$0.10 \times 9.1 \times 10^{-9} > K_{sp}^{\ominus}(AgI) = 8.3 \times 10^{-17}$,而在$[Ag(CN)_2]^-$溶液中不会产生AgI的沉淀,因为$7.7 \times 10^{-23} < K_{sp}^{\ominus}(AgI) = 8.3 \times 10^{-17}$。因上述两种配离子类型相同,故通过$K_{稳}^{\ominus}$大小就可以知道哪个更稳定。但如果类型不同,则不能直接用$K_{稳}^{\ominus}$比较,否则会出错误。如CuY^{2-}和$Cu(en)_2{}^{2+}$的$K_{稳}^{\ominus}$分别为6.2×10^{18}和1.0×10^{20},表面看来,似乎后者比前者稳定,事实恰好相反,这是因为它们虽然都是螯合物,但前者是1∶1型,后者是1∶2型。对于不同类型的配离子的稳定性,只能通过计算结果来比较。

(二)逐级稳定常数和累积稳定常数

对于简单配合物来说,它们的生成和解离就像多元弱酸一样,是分步进行的。例如$[Cu(NH_3)_4]^{2+}$配离子的形成和解离是分四步来完成,每一步均有相应的标准平衡常数。

第一步形成(相应于第四步解离)

$$Cu^{2+} + NH_3 \rightleftharpoons [Cu(NH_3)]^{2+} \qquad K_1^{\ominus} = \frac{[Cu(NH_3)^{2+}]}{[Cu^{2+}][NH_3]} = 10^{4.31}$$

第二步形成(相应于第三步解离)

$$[Cu(NH_3)]^{2+} + NH_3 \rightleftharpoons [Cu(NH_3)_2]^{2+} \qquad K_2^{\ominus} = \frac{[Cu(NH_3)_2^{2+}]}{[Cu(NH_3)^{2+}][NH_3]} = 10^{3.67}$$

第三步形成(相应于第二步解离)

$$[Cu(NH_3)_2]^{2+} + NH_3 \rightleftharpoons [Cu(NH_3)_3]^{2+} \qquad K_3^{\ominus} = \frac{[Cu(NH_3)_3^{2+}]}{[Cu(NH_3)_2^{2+}][NH_3]} = 10^{3.04}$$

第四步形成(相应于第一步解离)

$$[Cu(NH_3)_3]^{2+} + NH_3 \rightleftharpoons [Cu(NH_3)_4]^{2+} \qquad K_4^{\ominus} = \frac{[Cu(NH_3)_4^{2+}]}{[Cu(NH_3)_3^{2+}][NH_3]} = 10^{2.30}$$

配合物的每步生成常数称逐级稳定常数。配离子的逐级稳定常数之间一般差别不大,除少数例外,常是比较均匀地逐级减小,这是因为后面配合的配体受到前面已经配合的配体的排斥之故。

此外还可用累积稳定常数来表示配合物的平衡。

$$Cu^{2+} + NH_3 \rightleftharpoons [Cu(NH_3)]^{2+} \qquad \beta_1^{\ominus} = \frac{[Cu(NH_3)^{2+}]}{[Cu^{2+}][NH_3]} = 10^{4.31}$$

$$Cu^{2+} + 2NH_3 \rightleftharpoons [Cu(NH_3)_2]^{2+} \qquad \beta_2^{\ominus} = \frac{[Cu(NH_3)_2^{2+}]}{[Cu^{2+}][NH_3]^2} = 10^{7.98}$$

$Cu^{2+} + 3NH_3 \rightleftharpoons [Cu(NH_3)_3]^{2+}$　　　　$\beta_3^{\ominus} = \dfrac{[Cu(NH_3)_3^{2+}]}{[Cu^{2+}][NH_3]^3} = 10^{11.02}$

$Cu^{2+} + 4NH_3 \rightleftharpoons [Cu(NH_3)_4]^{2+}$　　　　$\beta_4^{\ominus} = \dfrac{[Cu(NH_3)_4^{2+}]}{[Cu^{2+}][NH_3]^4} = 10^{13.32}$

显然累积稳定常数$\beta_i^{\ominus}$和各级稳定常数$K_i^{\ominus}$之间根据多重平衡原理存在一定关系，

$$\beta_1^{\ominus} = K_1^{\ominus};\quad \beta_2^{\ominus} = K_1^{\ominus}K_2^{\ominus};\quad \beta_3^{\ominus} = K_1^{\ominus}K_2^{\ominus}K_3^{\ominus};\cdots\cdots$$

由此可推出下列关系式：

$$\beta_n^{\ominus} = K_1^{\ominus}K_2^{\ominus}K_3^{\ominus}\Lambda K_n^{\ominus};\quad K_n^{\ominus} = \frac{\beta_n^{\ominus}}{\beta_{n-1}^{\ominus}}$$

n表示逐级生成(或解离)的级数。利用配合物的稳定常数可以计算配合物溶液中有关物质的浓度以及讨论配合平衡与其他平衡之间的关系。

二、酸碱电子论与配合物的稳定性

1923年，路易斯(美国物理学家1875~1946)从电子结构观点提出了酸碱电子理论，这个理论认为：凡是可以接受电子对的物质是酸，凡是可以给出电子对的物质是碱。根据这个定义，在配合物中，中心原子是电子对的接受体，是路易斯酸；配位体是电子对给予体，是路易斯碱。1963年皮尔逊(Peauson)提出了软硬酸碱(soft and hard acids and bases，SHAB)概念，使路易斯酸碱又有软硬之别，他根据酸、碱对外层电子控制的程度，应用了“软”和“硬”两字进行分类，把接受孤对电子能力强、对外层电子吸引得紧、没有易极化的电子轨道、电荷半径比较大的金属离子叫“硬酸”；把接受电子能力弱、对外层电子抓得松、易极化、电荷半径比较小的叫“软酸”，介乎两者之间的金属离子叫“交界酸”。按同样道理也把配体分为软、硬和交界三类。给出电子对的原子电负性大、对外层电子吸引力强、不易失去电子、变形性小的叫做“硬碱”；给出电子对的原子电负性小、对外层电子吸引力弱、易给出电子、变形性大的叫做“软碱”；介乎二者之间的为“交界碱”。通过软硬酸碱的关系在一定程度上可说明配合物的稳定性。

硬酸和硬碱之所以称为“硬”是形象化地表明它们的不易变形；软酸和软碱之所以称为“软”是表明它们较易变形。

硬酸：属于硬酸的金属一般都是主族元素，它们的极化能力小、不易变形，与不同配位原子形成配合物的稳定性有如下顺序：

$$F \gg Cl > Br > I$$
$$O \gg S > Se > Te$$
$$N \gg P > As > Sb > Bi$$

如Li^+，Na^+，Al^{3+}，Fe^{3+}等。

软酸：属于软酸的金属一般都是副族元素，它们极化能力强、变形性大，并有易于激发的d电子，与不同配位原子形成配合物的稳定性有如下的顺序：

$$F \ll Cl < Br < I$$
$$O \ll S \sim Se \sim Te$$
$$N \ll P > As > Sb > Bi$$

如Cu^+，Ag^+，Cd^{2+}，Pd^{2+}等。

硬碱：不容易给出电子的配体，它们的配位原子电负性高、变形性小、难于氧化、容易同硬酸结合成较稳定的配合物，如F^-，Cl^-，OH^-等。

软碱：容易给出电子的配体，它们的配位原子电负性小、变形性大、易于氧化，容易同软酸结合成稳定的配合物，如I^-,S^{2-},CN^-等。

介于软硬之间的酸、碱分别称为交界酸和交界碱。

由于路易斯酸碱多种多样，分类比较粗糙，反应也较复杂，还没有大家公认的定量理论，目前只有一个软硬酸碱规则，其内容是：硬酸倾向于与硬碱相结合，而软酸倾向于与软碱结合。用通俗的话来说，是**“硬亲硬，软亲软，软硬交界就不管”**。所谓软硬交界就不管的意思是指中间酸（交界酸）与软、硬碱也能结合，中间碱与软、硬酸也能结合，但稳定性较前者差。显然这一规则既不定量，而且有不少例外，但它仍是一个很有用的简单规则，能用它说明大量的事实，并能作一定的预测。例如能对化合物相对稳定性给予较好的解释，如HF和HCl很稳定，但HI不稳定。从表8-4可知H^+是硬酸，F^-、Cl^-是硬碱，而I^-是软碱，前者硬-硬结合稳定，而后者硬-软结合不稳定。又如F^-为何可以从$[Fe(SCN)_6]^{3-}$中将SCN^-取代出来，因为Fe^{3+}是硬酸，SCN^-是软碱，取代前是硬-软结合不太稳定，取代后是硬-硬结合更稳定。

表8-4列出了常见金属离子及配体的软硬分类。

表8-4 常见的酸碱软硬分类

硬酸	H^+													
	Li^+	Be^{2+}												
	Na^+	Mg^{2+}	Sc^{3+}	Ti^{4+}	VO^{2+}	Mn^{2+}	Fe^{3+}				Al^{3+}	Si^{4+}		
	K^+	Ca^{2+}	Y^{3+}	Zr^{4+}	MoO^{2+}						Ga^{3+}		As^{3+}	
	Rb^+	Sr^{2+}		Hf^{4+}	Cr^{3+}						In^{3+}	Sn^{4+}		
	Cs^+	Ba^{2+}												
交界酸							Fe^{2+}	Co^{2+}	Ni^{2+}	Cu^{2+}	Zn^{2+}			
							Ru^{2+}	Rh^{3+}				Sn^{2+}	Sb^{3+}	
							Os^{2+}	Ir^{3+}				Pb^{2+}	Bi^{3+}	
软酸											Cu^+			
										Pd^{2+}	Ag^+	Cd^{2+}	Tl^+	Tl^+
										Pt^{2++}	Au^+	Hg^{2++}		
										Pt^{4+}				
硬碱	H_2O、OH^-、CH_3COO^-、PO_4^{3-}、SO_4^{2-}、CO_3^{2-}、NO_3^-、ROH、R_2O（醚）、F^-、Cl^-、NH_3													
交界碱	Br^-、N_3^-（叠氮酸根）、NO_2^-、SO_3^{2-}、N_2、C_5H_5N（吡啶）、$C_6H_5NH_2$（苯胺）													
软碱	SCN^-、$S_2O_3^{2-}$、I^-、CN^-、CO、C_6H_6（苯）、S^{2-}、C_2H_4（乙烯）													

软硬酸碱规则，在一定范围内可以说明一些物质的性质和反应，也能说明一些配合物的稳定性。由于决定配合物稳定性的因素很多，不可能靠这个规则来解释配合物稳定性的所有问题。

三、配位平衡的移动

金属离子和配位体在溶液中形成配离子时存在下列平衡：

$$M^{n+} + aL^- \rightleftharpoons ML_a^{n-a}$$

根据平衡移动原理，改变金属离子或配体的浓度均会使平衡发生移动，从而导致配离子的生成或解离。若增加金属离子或配体浓度会增加配合物的稳定性，但若降低金属离子或配体浓度就导致配离子的解离。例如加入某种沉淀剂，使金属离子生成难溶化合物或者当配体是弱酸根离子时，改变溶液的酸度使 A^- 离子生成难电离的弱酸，都可使平衡左移，使配离子解离。下面讨论配合平衡与酸碱平衡、沉淀平衡及氧化还原平衡的关系。

（一）配合平衡与酸碱电离平衡

1. 配体的酸效应　从酸碱质子理论的观点来看，一些常见的配位体一般都是碱。例如常见的 NH_3 和酸根离子如 F^- 等，可与 H^+ 离子结合而形成相应的共轭酸，从而降低了配体的浓度，导致配合物解离，如：

$$Cu^{2+} + 4NH_3 \rightleftharpoons [Cu(NH_3)_4]^{2+}$$

$$NH_3 + H^+ \rightleftharpoons NH_4^+$$

在酸性溶液中 Cu^{2+} 离子与 NH_3 分子实际上不能生成配合物，因为当 H^+ 离子浓度大时溶液中游离的 NH_3 浓度极低，配合反应进行极微，实际上不能形成配合物，即此时酸碱反应代替了配合反应。

又如在弱酸性介质中 F^- 离子能与 Fe^{3+} 离子配合，

$$Fe^{3+} + 6F^- \rightleftharpoons [FeF_6]^{3-}$$

但如酸度过大（$[H^+] > 0.5mol \cdot L^{-1}$），由于发生下列反应：

$$H^+ + F^- \rightleftharpoons HF$$

使 $[F^-]$ 降低，配合平衡左移，而使大部分 $[FeF_6]^{3-}$ 配离子破坏。因此从配位体方面来看，**酸度增大会导致配合物的稳定性降低，这种现象一般叫配合物的酸效应**。可见酸度对配合物稳定性有一定的影响，实质上这是酸度影响了配体的游离浓度，从而导致配合平衡的移动。增加 $[H^+]$，使 $[A^-]$ 变小不利于配合物的形成，而降低 $[H^+]$，有利于 $[A^-]$ 变大，有利于配合物的形成。

2. 金属离子的水解效应　金属离子在水中都会有不同程度的水解，如 Fe^{3+} 离子可能发生如下的水解反应

$$Fe^{3+} + H_2O \rightleftharpoons Fe(OH)^{2+} + H^+$$

$$Fe(OH)^{2+} + H_2O \rightleftharpoons Fe(OH)_2^+ + H^+$$

$$Fe(OH)_2^+ + H_2O \rightleftharpoons Fe(OH)_3 + H^+$$

显然**溶液的酸度（即 $[H^+]$）越小，水解平衡右移越多，水解反应越彻底**，最后生成 $Fe(OH)_3$ 沉淀，从而使溶液中游离金属离子浓度降低，故 $[FeF_6]^{3-}$ 配离子在酸度小的溶液中遭到破坏，可见金属离子的水解反应也会对配合平衡有影响。若要防止金属离子的水解，应当增加溶液的酸度来抑制水解，防止游离金属离子浓度的降低，从而有利于配合物的形成，这种现象一般称为金属离子的水解效应。

从上述两种效应来看，酸度对配合物稳定性的影响是复杂的，既要考虑配位体的酸效应，又要考虑金属离子的水解效应，酸度大，水解程度小，金属离子浓度大，有利于配离子的形成；但配体浓度小，又不利于配离子的形成。因为酸效应和水解效应两者的作用刚好相反，酸度对配体和金属离子浓度的影响也完全相反，所以在考虑酸度对配合物稳定性的影响时要全面地考虑这些因素。一般每种配合物均有其最适宜的酸度范围，调节溶液的 pH 可导致配合物的形成或破坏，实际工作中十分有用。

（二）配合平衡与沉淀-溶解平衡

往配合物溶液中加入某种沉淀剂，它若与该配合物中的中心原子生成难溶化合物，则该沉

淀剂或多或少地导致配离子的破坏。例如在$[Cu(NH_3)_4]^{2+}$配离子的溶液中加入Na_2S溶液，就有CuS沉淀生成，而$[Cu(NH_3)_4]^{2+}$离子则被破坏。即原先的配合平衡被破坏，而代之以沉淀平衡。用反应式表示：

$$[Cu(NH_3)_4]^{2+} \rightleftharpoons Cu^{2+} + 4NH_3$$

$$Cu^{2+} + S^{2-} \rightleftharpoons CuS\downarrow$$

上述反应的总反应式为：

$$[Cu(NH_3)_4]^{2+} + S^{2-} \rightleftharpoons CuS\downarrow + 4NH_3$$

该反应的平衡常数：

$$K^{\ominus} = \frac{[NH_3]^4}{[Cu(NH_3)_4^{2+}][S^{2-}]}$$

（因纯固体CuS的浓度为1）。将上式右边分子、分母均乘以$[Cu^{2+}]$，则

$$K^{\ominus} = \frac{[NH_3]^4[Cu^{2+}]}{[Cu(NH_3)_4^{2+}][S^{2-}][Cu^{2+}]} = \frac{1}{K^{\ominus}_{稳} K^{\ominus}_{sp}} = 7.59\times10^{21}$$

该反应的平衡常数很大，正向反应可以进行且很完全。

从上述关系式可见沉淀反应代替配合反应的程度取决于配合物的稳定性和所生成的难溶化合物的溶解度。显然配合物越稳定，沉淀的溶解度越大，正向反应的倾向越小，反之亦然。

同样，在化学上也能用配合平衡反应来破坏沉淀平衡，用配合剂来促使沉淀的溶解。例如用浓氨水溶解氯化银沉淀，这是由于沉淀物中的金属离子与所加的配合剂形成了稳定的配合物，导致沉淀的溶解。用方程式表示：

$$AgCl(s) \rightleftharpoons Ag^+ + Cl^-$$

$$Ag^+ + 2NH_3 \rightleftharpoons [Ag(NH_3)_2]^+$$

总反应式为： $$AgCl(s) + 2NH_3 \rightleftharpoons [Ag(NH_3)_2]^+ + Cl^-$$

反应的平衡常数

$$K^{\ominus} = \frac{[Ag(NH_3)_2^+][Cl^-]}{[NH_3]^2}$$

（固体AgCl的浓度为1）。上式分子、分母均乘以$[Ag^+]$，则

$$K^{\ominus} = \frac{[Ag(NH_3)_2^+][Cl^-][Ag^+]}{[NH_3]^2[Ag^+]} = K^{\ominus}_{稳} K^{\ominus}_{sp} = 1.1\times10^7\times1.8\times10^{-10} = 2.0\times10^{-3}$$

从$K^{\ominus}$值的大小来看，上述反应进行的程度不大，故欲使AgCl沉淀溶解应加浓氨水，促使反应的进行。

可见配合反应取代沉淀反应的趋势决定于反应的$K^{\ominus}$值，因为$K^{\ominus} = K^{\ominus}_{稳} K^{\ominus}_{sp}$，形成的配合物越稳定，沉淀的溶解度越大，正向反应进行越完全。对于一定的沉淀物来说，形成的配合物越稳定，配合剂的溶解效应就越大。

【例8-2】 在$0.10mol\cdot L^{-1}$的$[Cu(NH_3)_4]^{2+}$配离子溶液中加入Na_2S，使Na_2S的浓度达到$1.0\times10^{-3}mol\cdot L^{-1}$，有无CuS沉淀生成？已知$K^{\ominus}_{稳}[Cu(NH_3)_4{}^{2+}] = 2.1\times10^{13}$，$K^{\ominus}_{sp}(CuS) = 6.3\times10^{-36}$。

解 设$[Cu(NH_3)_4]^{2+}$配离子离解所生成的$[Cu^{2+}] = x$，

$$Cu^{2+} + 4NH_3 \rightleftharpoons [Cu(NH_3)_4]^{2+}$$

平衡时浓度 x $4x$ $0.1-x$

$$K^{\ominus}_{稳} = \frac{[Cu(NH_3)_4^{2+}]}{[Cu^{2+}][NH_3]^4} = \frac{0.1-x}{x(4x)^4} = 2.1\times10^{13}$$

因 $K^{\ominus}_{稳}$ 较大，x 很小，$0.1-x\approx0.1$

则解得：$x=4.51\times10^{-4}\text{mol}\cdot\text{L}^{-1}$

溶液中 $[S^{2-}]=1.0\times10^{-3}\text{mol}\cdot\text{L}^{-1}$，$[Cu^{2+}][S^{2-}]=4.51\times10^{-4}\times1.0\times10^{-3}>6.3\times10^{-36}$，因 $[Cu^{2+}][S^{2-}]>K^{\ominus}_{sp}$，所以有 CuS 沉淀生成。

【例 8-3】 在 298K 时，1L 6mol·L⁻¹ 氨水溶液可溶解多少摩尔 AgCl?

解 已知 $AgCl(s)+2NH_3 \rightleftharpoons [Ag(NH_3)_2]^+ + Cl^-$

由前可知该反应的 $K^{\ominus}=2.0\times10^{-3}$，设 1L 6mol·L⁻¹ 氨水可溶解 AgCl 的量为 $x$mol，平衡时各成分的浓度分别为：$[Ag(NH_3)_2]^+=x$，$[Cl^-]=x$，$[NH_3]=6-2x$，(可以认为所溶解的 Ag^+ 离子基本上均以 $[Ag(NH_3)_2]^+$ 离子形式存在)，将各浓度代入平衡关系式

$$\frac{[Ag(NH_3)_2^+][Cl^-]}{[NH_3]^2}=\frac{x\cdot x}{(6-2x)^2}=2.0\times10^{-3}$$

解方程得：$x=0.245\text{mol}\cdot\text{L}^{-1}$

计算结果表明在 1L 6mol·L⁻¹ 氨水中仅有 0.245mol AgCl 溶解，故通常要加大氨水的浓度，促使 AgCl 沉淀溶解。

(三) 配合平衡与氧化还原平衡

配合反应的发生可使溶液中的金属离子的浓度降低，从而改变了金属离子的氧化能力。例如 Cu^+ 离子不稳定的，$E^{\ominus}_{Cu^+/Cu}=0.521\text{V}$，易被还原为 Cu，如在溶液中加入 KCN，则由于形成了 $[Cu(CN)_2]^-$ 使溶液中 $[Cu^+]$ 离子浓度大大降低，从而使 Cu^+/Cu 电对的电极电势降低，使Cu(Ⅰ)状态趋于稳定。配合反应不仅能改变金属离子的稳定性，而且还能改变氧化还原的方向。例如 Fe^{3+} 可以氧化 I^-，$2Fe^{3+}+2I^-=2Fe^{2+}+I_2$。若在溶液中加入 F^- 离子后，由于生成了较稳定的 $[FeF_6]^{3-}$ 配离子，使溶液中 $[Fe^{3+}]$ 大大降低，导致电对 Fe^{3+}/Fe^{2+} 的 E 值大大减小，从而使上述反应逆向进行。下面通过计算加以说明。

【例 8-4】 试判断下列反应在下列条件下进行的方向 $2Fe^{3+}+2I^-=2Fe^{2+}+I_2$，

(1) 标准状况下；

(2) 当溶液中 $[F^-]=0.10\text{mol}\cdot\text{L}^{-1}$，$[FeF_6{}^{3-}]=1.0\text{mol}\cdot\text{L}^{-1}$，$[Fe^{2+}]=1.0\text{mol}\cdot\text{L}^{-1}$ 时。

解 (1) 从附录三中查得：$E^{\ominus}_{Fe^{3+}/Fe^{2+}}=0.771\text{V}$，$E^{\ominus}_{I_2/I^-}=0.5355\text{V}$ 因为发生氧化反应的是负极，发生还原反应的是正极，故电对 I_2/I^- 是负极，Fe^{3+}/Fe^{2+} 是正极，$E_{MF}{}^{\ominus}=E^{\ominus}_{Fe^{3+}/Fe^{2+}}-E^{\ominus}_{I_2/I^-}=0.771-0.5355=0.236\text{V}>0$，反应正向进行。

(2) 从附录四查得：$K^{\ominus}_{稳}(FeF_6{}^{3-})=1.15\times10^{12}$，由于氟离子的加入，会导致 Fe^{3+} 浓度大大降低，$[Fe^{3+}]=\dfrac{[FeF_6{}^{3-}]}{[F^-]^6K^{\ominus}_{稳}}=\dfrac{1.0}{0.1^6\times K^{\ominus}_{稳}}$ 其电极电势为：

$$E_{Fe^{3+}/Fe^{2+}}=E^{\ominus}_{Fe^{3+}/Fe^{2+}}+0.0592\lg\frac{[Fe^{3+}]}{[Fe^{2+}]}=0.771+0.0592\lg\frac{10^6}{K^{\ominus}_{稳}(FeF_6^{3-})}$$

$$=0.771+0.0592\lg\frac{10^6}{1.15\times10^{12}}=0.771-0.359=0.412\text{V}$$

$E_{MF}=E_{Fe^{3+}/Fe^{2+}}-E^{\ominus}_{I_2/I^-}=0.412-0.5355=-0.123\text{V}<0$，反应逆向进行。

由此例题不难看出：由于配合物的生成，降低了氧化型物质的浓度，使其电极电势降低，甚至影响到氧化还原反应的方向。对于一般的金属—金属离子电极：

$$M^{n+} + ne^- \rightleftharpoons M \quad E^{\ominus}_{M^{n+}/M}$$

$$ML_n + ne^- \rightleftharpoons M + nL^- \quad E^{\ominus}_{ML_n/M}$$

$$E^{\ominus}_{ML_n/M} = E^{\ominus}_{M^{n+}/M} + \frac{0.0592}{n}\lg\frac{1}{K^{\ominus}_{稳}}$$

第4节　配位化合物的应用(自学)

一、检验离子

通常利用螯合剂与某些金属离子生成有色难溶的内配盐,作为检验这些离子的特征反应。例如二甲基二肟是 Ni 的特效试剂,在严格的 pH 值和氨的浓度条件下,它与 Ni 反应生成鲜红色沉淀,用来检验 Ni 离子的存在。

二、作掩蔽剂、沉淀剂

多种金属离子共同存在时,要测定其中某一金属离子,其他金属离子往往会与试剂发生同类反应而干扰测定。例如 Cu^{2+} 和 Fe^{3+} 都会氧化 I^- 成为 I_2。因此在用 I^- 来测定 Cu^{2+} 时,共同存在的 Fe^{3+} 会产生干扰,如果加入 F^- 或 ${PO_4}^{3-}$,使其配合生成稳定的 ${FeF_6}^{3-}$ 或 $Fe(HPO_4)^+$ 就能防止 Fe^{3+} 的干扰。这种防止干扰的作用称为掩蔽作用。配合剂 NaF 和 H_3PO_4 称为掩蔽剂。

近年来发现某些有机螯合剂能和金属离子在水中形成溶解度极小的内配盐沉淀,它具有相当大的分子量和固定的组成。少量的金属离子便可产生相当大量的沉淀,这种沉淀还有易于过滤和洗涤的优点,因此利用有机沉淀剂可以大大提高重量分析的精确度。例如,8-羟基喹啉能从热的 $HAc-Ac^-$ 缓冲溶液中定量沉淀 Cu^{2+},Ca^{2+},Al^{3+},Fe^{3+},Ni^{2+},Co^{2+},Zn^{2+},Sr^{2+},Mn^{2+} 等离子。这样就可使上述离子如 Ca^{2+},Sr^{2+} 等离子分离出来。

三、在医药方面的应用

配合物可作为药物来医治某些疾病,且疗效更好或毒副作用更小。

例如,多数抗微生物的药物属配体,和金属离子(或原子)配位后形成的配合物往往能增加其活性。如丙基异烟肼与一些金属的配合物的抗结核杆菌的能力比丙基异烟肼更强,其原因可能是由于配合物的形成提高了药物的脂溶性和透过细胞膜的能力,从而活性更高。又如风湿性关节炎与局部缺乏铜离子有关。用阿司匹林治疗风湿性关节炎就是把体内结合的铜生成低分子量的中性铜配合物透过细胞膜运载到风湿病变处而起治疗作用的。但阿司匹林会螯合胃壁的 Cu^{2+},引起胃出血。如改用阿司匹林的铜配合物,则疗效增加,即使较大剂量也不会引起胃出血的副作用。20 世纪 70 年代以来配合物作为抗癌药物的研究也受到很大重视,如顺式[$PtCl_2(NH_3)_2$]已用于临床抗癌药物。

由此可见,结合实际问题开展在医药学领域中有关配合物化学的研究具有十分重要的理论和实践意义。

铂系抗癌金属配合物

铂(Pt)俗称白金,是银白色金属,具有优良的可塑性和延展性,化学性质十分稳定,常温下很难与其他试剂反应,只溶解于王水,其单质与化合物有许多特殊的应用。在医药领域,铂单质可作为牙科合金,其配合物可作为抗癌药物已广泛应用于临床。

第一代铂族抗癌药顺铂为顺式——二氯二氨合铂(Ⅱ)早在19世纪末就被化学家合成出来,在1965年才由美国生理学家B. Rosenberg等偶然发现是一个高效广谱的抗癌药。顺铂于1978年首先在美国批准临床使用,并迅速成为治疗癌症的佼佼者。1997年世界卫生组织对上百种抗癌药按疗效高低、副作用大小、市场占有率等进行综合评价,顺铂榜居第二,仅次于阿霉素,是治疗癌症的首选药物之一。它致力治疗的癌症有卵巢癌、肺癌、宫颈癌、鼻咽癌、头颈部鳞癌、前列腺癌、膀胱癌、睾丸癌、淋巴肉瘤、成骨肉瘤等等。顺铂的主要毒性表现为肾中毒和恶心呕吐。顺铂是第一个无机配合物治疗药,它不但对癌症的治疗带来了一次革命,而且带动了一门新学科——生物无机化学的形成和发展。第二代铂类抗癌药物——卡铂(Carboplatin),化学名为1,1-环丁二羧酸二氨合铂(Ⅱ),其水溶性、稳定性均大于顺铂,毒性低于顺铂,1986年投入商品化生产,作为二类新药于1990年在我国批准上市。以JM216[顺式—二氯—反式—二乙酸—氨基—环己胺合铂(Ⅳ)]为代表的第三代铂类抗癌药不但具有口服抗癌活性高,而且疗效与顺铂相当,与顺铂不产生交叉耐药性,具有良好的开发应用前景。人们先后对其他铂类抗癌药作了大量的研究,开发出草酸铂(Oxaliplatin),乙醇酸铂(Nedaplatin),Sunpla等新型铂类药物,并分别在法国、日本和南朝鲜批准上市,乐铂也于1998年在我国批准上市。上述铂的抗癌药物的化学结构如下图所示。

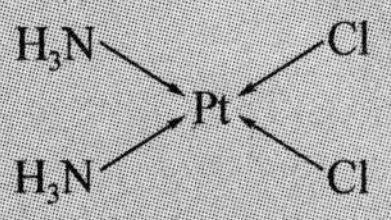
顺铂

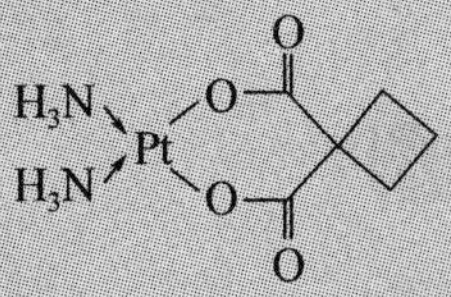
卡铂

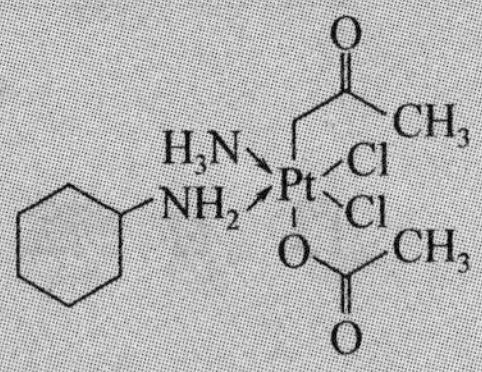
JM216

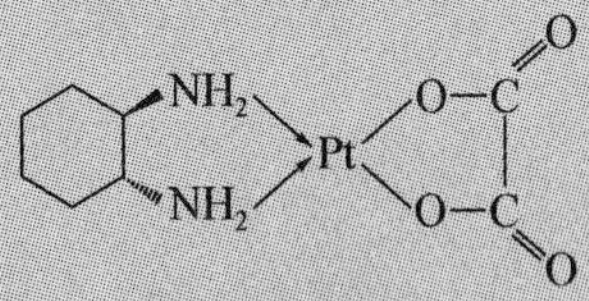
Oxaliplatin

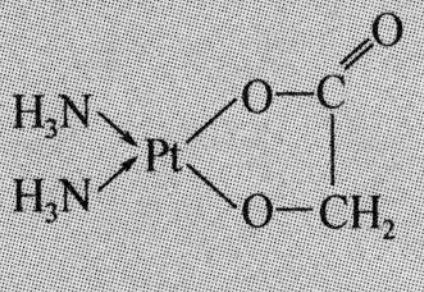
Nedaplatin

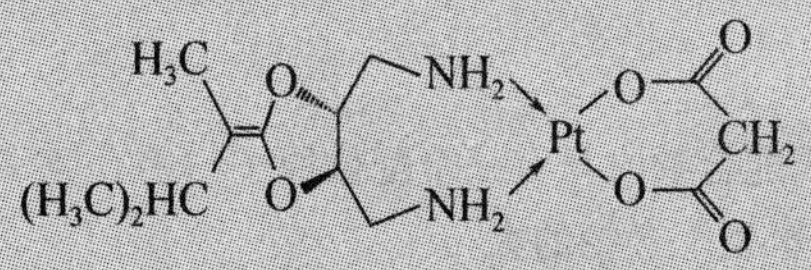
Sunpla

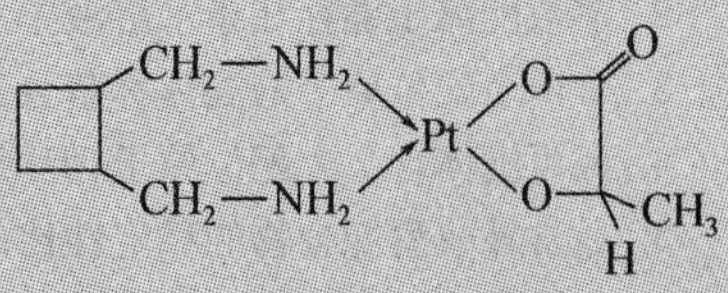
乐铂

链接

四、在生物方面的应用

金属配合物在生物化学中的应用非常广泛,而且极为重要。许多酶的作用与其结构中含有配位的金属离子有关。生物体中的能量转换、传递或电荷转移、化学键的形成或断裂以及伴随这些过程出现的能量变化和分配等,常与金属离子和有机体生成复杂的配合物所起的作用有关。例如,植物生长中起光合作用的叶绿素是含Mg^{2+}的复杂配合物。动物血液中起输送氧的血红素是Fe^{2+}卟啉配合物等等。

小结

1. 配合物由内界与外界组成，配位单元处于内界，内、外界靠离子键结合。在内界，中心原子与配位体通过配位共价键结合，中心原子结合的配位原子数称配位数，配位数的多少与中心原子和配体均有关。

2. 配位体中只有一个原子与中心原子结合，称单基(或单齿)配体，若配体中同时有两个或两个以上配位原子与中心原子结合，则称多基(或多齿)配体。中心原子与多基配体结合形成的具有环状结构的配合物称螯合物，螯合物有额外的稳定性，称螯合效应。

3. 配合物价键理论要点：①中心体与配位原子之间是通过配位键相结合的；②中心体提供的空轨道必须首先进行杂化，由杂化轨道接受配体提供的电子对。根据价键理论可将配合物分为外轨型与内轨型，外轨型配合物与内轨型配合物相比能量较高，稳定性较差。

4. 配合物的稳定性可通过稳定常数 $K^{\ominus}_{稳}$ 表示，同等类型的配合物 $K^{\ominus}_{稳}$ 越大，配合物越稳定，不同类型的不能用 $K^{\ominus}_{稳}$ 比较。溶液中配合平衡与酸碱平衡、沉淀平衡、氧化还原平衡往往共存，可根据各有关平衡常数的相对大小、溶液浓度、酸度定性或定量有关平衡移动的方向和程度。

目标检测

一、是非题

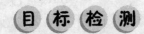

1. 配位键都是由金属离子接受电子对形成的
2. 多数配离子能存在于水溶液中
3. 含两个配位原子的配体称螯合剂
4. 两可配体含 2 个配位原子，但形成配合物时只有一个配位原子与中心原子结合
5. 通常外轨型配合物的稳定性比内轨型配合物的大
6. 在软硬酸碱规则中 Fe^{3+} 是硬酸
7. 螯合物的配体是多基配体，与中心原子形成环状结构，故螯合物稳定性大
8. 从软硬酸碱规则来看，$[AlBr_6]^{3-}$ 比 $[AlF_6]^{3-}$ 稳定
9. 将 $0.1mol \cdot L^{-1}$ $[Cu(NH_3)_4]SO_4$ 溶液加入等体积水稀释，则 $[Cu^{2+}]$ 降为原来的一半
10. 配离子 $[Zn(NH_3)_4]^{2+}$ 的空间结构为四面体型

二、A 型题

1. $[Co(en)_2Cl_2]Cl$ 的名称是

A. 氯化二氯·二乙二胺合钴(Ⅲ)　　B. 氯化二氯·二乙二胺合钴

C. 三氯化二乙二胺合钴(Ⅲ)　　D. 氯化二氯·二乙二胺合钴(Ⅱ)

E. 氯化二乙二胺·二氯合钴(Ⅲ)

2. 下列配合物属于外轨型的是

A. $[FeF_6]^{3-}$　　B. $[Fe(phen)_3]^{2+}$

C. $[Co(CN)_6]^{3-}$　　D. $[Fe(CN)_6]^{4-}$

E. $[Ni(CN)_4]^{2-}$

3. $[Co(NH_3)_6]^{2+}$、$[Co(NH_3)_6]^{3+}$的成单电子数分别是

A. 3和4　　B. 1和4　　C. 3和0

D. 1和0　　E. 4和1

4. 在下列配体中哪个是良好的螯合剂

A. NH_2-OH　　B. H_2N-NH_2　　C. CO

D. H_2N-CH_2CH_2-NH_2　　E. SO_4^{2-}

5. 配离子$[BF_4]^-$中的中心原子的杂化方式是

A. sp^3　　B. sp^2　　C. dsp^2

D. sp^3d^2　　E. dsp^3

6. 形成外轨型配合物时,中心原子不可能采取的杂化方式是

A. sp　　B. sp^2　　C. sp^3

D. dsp^2　　E. sp^3d^2

7. 实验测定得某配合物的磁矩μ=3.8B.M.,该配合物中成单电子数可能是

A. 0　　B. 1　　C. 3

D. 4　　E. 5

8. 按软硬酸碱规则,下列物质中属硬酸的是

A. H^+　　B. Cu^{2+}　　C. Zn^{2+}

D. Cu^+　　E. Hg^{2+}

9. 组成为$CrCl_3 \cdot 6H_2O$的配合物,其溶液中加入$AgNO_3$后有2/3的Cl^-沉淀析出,则该配合物的结构式为

A. $[Cr(H_2O)_6]Cl_3$　　B. $[Cr(H_2O)_5Cl]Cl_2 \cdot H_2O$　　C. $[Cr(H_2O)_4Cl_2]Cl \cdot 2H_2O$

D. $[Cr(H_2O)_3Cl_2]Cl \cdot 3H_2O$　　E. $[Cr(H_2O)_2Cl_2]Cl \cdot 4H_2O$

10. 配离子$[CaY]^{2-}$中,中心原子的配位数是

A. 1　　B. 3　　C. 4

D. 5　　E. 6

三、填空题

1. $[Ni(en)_2]Cl_2$的配位数是______,中心原子是______,配体是______,配位原子是______,配合物的名称是______。

2. NH_3、H_2O、F^-、CN^-、OH^-五种配体中,配位能力最强的是______。

3. 根据酸碱电子理论,酸的定义为______________。

4. 配合物$[Co(NH_3)_6]Cl_2$的中心原子的电荷是______。

5. 配合物$K_2[Co(NCS)_4]$中,中心原子的配位数是______,配位原子是______。

6. 配合物$[Fe(CN)_6]Cl_3$的杂化轨道类型为______,配离子的空间构型为______,中心原子的d电子的自旋方式为______。

7. 配合物$[Pt(NH_3)_2Cl_2]$中,中心原子的配位数为______,有______种异构体。

8. 亚硝酸根作为配体时,配位原子是______。

9. 二硫氰合铜(Ⅰ)酸钾的化学式为______。

10. 外轨型配合物多为______自旋配合物,内轨型配合物多为______自旋配合物。

四、简答题

1. 名词解释:配离子;内轨型配合物;软硬酸碱规则。

2. 给下列配离子或配合物命名,并指出中心原子、配位体、配位数。

$Na_3[Ag(S_2O_3)_2]$

$[Co(C_2O_4)_3]^{3-}$

$[Pt(NH_3)_2Cl_2]$

$[Co(H_2N\text{-}CH_2\text{-}CH_2\text{-}NH_2)_3]Cl_3$

$[Cr(H_2O)_4Cl_2]Cl$

五、计算题

1. 试计算 298K 时 AgBr 在 1.0mol · L^{-1} 氨水中的溶解度。已知 $K_{sp}^{\ominus}(AgBr) = 5.2 \times 10^{-13}$，$K_{稳}^{\ominus}([Ag(NH_3)_2]^+) = 1.1 \times 10^7$。

2. 在 1L6.0mol · L^{-1} 氨水中，溶解 0.10molAgCl 固体，试求溶液中 Ag^+、NH_3、$[Ag(NH_3)_2]^+$、Cl^- 离子的浓度。如果在上述溶液中加入 0.20mol KCl 固体（忽略体积变化），问能否产生 AgCl 沉淀？

已知 $K_{稳}^{\ominus}([Ag(NH_3)_2]^+) = 1.1 \times 10^7$，$K_{sp}^{\ominus}(AgCl) = 1.8 \times 10^{-10}$。

3. 将铜片浸在 1.0mol · L^{-1} $[Cu(NH_3)_4]^{2+}$ 和 1.0mol · L^{-1} NH_3 混合溶液中，用标准氢电极为正极，测得电动势为 0.0300V，已知 $E^{\ominus}(Cu^{2+}/Cu) = +0.3419V$，计算 $[Cu(NH_3)_4]^{2+}$ 的稳定常数。

4. 已知：$[Ag(CN)_2]^- + e^- \longrightarrow Ag + 2CN^-$ $E^{\ominus} = -0.45V$

$[Ag(S_2O_3)_2]^{3-} + e^- \longrightarrow Ag + 2S_2O_3^{2-}$ $E^{\ominus} = +0.0028V$

试计算反应：

$$[Ag(S_2O_3)_2]^{3-} + 2CN^- = [Ag(CN)_2]^- + 2S_2O_3^{2-}$$

在 298K 时的平衡常数 $K^{\ominus}$，并指出反应自发进行的方向。

第9章　非金属元素

学习目标

1. 了解非金属元素在周期表中的位置
2. 理解各族非金属元素单质的性质与电子层结构的关系
3. 熟悉卤素无氧酸与有氧酸的酸碱性的变化规律
4. 熟悉一些常见非金属元素化合物的性质

除氢外，非金属元素在周期表中 p 区位置，共有22种(包括零族元素)，它们为数虽不多，但其化学性质多样，且涉及的面广，重要的无机物如酸、碱、盐、氢化物、氧化物、硫化物、卤化物、配位化合物等几乎都与非金属元素有关。本章讨论其中常见的若干非金属元素及其化合物的性质。

第1节　卤　素

一、卤族元素

周期表中第ⅦA族元素氟、氯、溴、碘和砹，通称卤族元素或卤素。卤素的含意是"成盐的元素"，因为它们容易与金属直接化合生成典型的盐，如氯化钠、碘化钾等。其中砹是放射性元素，以微量在短暂的时间内存在，故不在此讨论。卤素是一组原子结构和元素性质上都具有一定相似性的非金属元素，卤素及其化合物的用途非常广泛。卤族元素的基本性质汇列于表9-1、表9-2中。

表9-1　卤族元素的一些性质

性　质	元　素			
	氟	氯	溴	碘
原子序数	9	17	35	53
元素符号	F	Cl	Br	I
相对原子质量	18.99	35.45	79.90	126.9
价电子层结构	$2s^2 2p^5$	$3s^2 3p^5$	$4s^2 4p^5$	$5s^2 5p^5$
原子半径/pm	64	99	114	133
离子半径/pm	136	181	196	216
电子亲和势/($kJ \cdot mol^{-1}$)	322	348.7	324.5	295
第一电离势/($kJ \cdot mol^{-1}$)	1682	1251	1141	1008
电负性	3.98	3.16	2.96	2.66
主要氧化数	−1、0	−1、0、+1、+3 +5、+7	−1、0、+1、+3 +5、+7	−1、0、+1、+3 +5、+7
X^- 的水合能/($kJ \cdot mol^{-1}$)	−507	−368	−335	−293

表 9-2　卤族单质的物理性质

性质	元素			
	氟	氯	溴	碘
常况时物态	气	气	液	固
常况时颜色	浅黄	黄绿	红棕	紫黑
熔点/℃	−219.62	−100.98	−7.2	113.5
沸点/℃	−188.14	−34.6	58.78	184.35
溶解度/($mol \cdot L^{-1}$)(20℃)	—	0.090(气)	0.21	1.3×10^{-3}
离解能/($kJ \cdot mol^{-1}$)	154.8	246.7	193.2	150.9

从表中可以看出：

(1) 卤素是各周期中原子半径最小，电负性、电子亲和势和第一电离势(除稀有气体)最大的元素，因而卤素是同周期中最活泼的非金属元素，如氟和氯都能与各种金属、大多数非金属直接化合。

(2) 卤素原子的价电子构型均为 ns^2np^5，这是卤素各元素性质相似的重要基础。但随着卤素原子序数增加，原子半径逐渐增大，它们的性质又有一定的差异。

(3) 物理性质呈现规律性变化。如在常温下，氟、氯是气体，溴是液体，碘是固体。颜色由浅变深。说明卤素的熔点、沸点从上到下逐渐升高。卤素的单质都有刺激性气味，有毒性。

(4) 卤素单质最突出的化学性质是它们的强氧化性。卤素原子的价电子层结构比稀有气体的稳定电子层构型只缺少一个电子，在化学反应中卤素原子都有夺取一个电子，成为卤素离子 X^- 的强烈倾向。随着原子半径的增大，卤素单质的氧化能力依次减弱。

此外，不同的卤素单质在物理性质上还有自己的特性。例如溴和碘虽能溶于水，但溶解度较小，更易溶于有机溶剂如酒精、汽油、四氯化碳等。医药上消毒用的碘酊，就是碘的酒精溶液。

碘在常压下加热，不经过熔化就直接变成紫色的蒸汽，碘蒸汽在冷却时，也不经过液态就重新凝成固体(凝华)。这种固体物质不经过转变液态而直接变成气态的现象，称为升华。利用碘有这一特性，可以精制碘。卤素是存在于人体内的重要元素，在人的生命活动中起着重要的作用。氟存在于牙齿和骨骼中，氯在胃液中以盐酸形式存在，溴以化合物形式存在于脑下垂体的内分泌腺中，碘化物存在于甲状腺内等。人体需要一定量的碘，饮水或食物中长期缺少碘化物，就可能发生甲状腺肿大症。所以，在我国很多地区都服用碘盐。碘盐是把少量碘化合物与大量食盐混合均匀后而得。

卤素在自然界中分布广泛，一般以卤化物的形式存在。如海水、盐湖、盐井里含有丰富的氯化物。溴化物常与氯化物共存，但含量较少。碘主要存在于海水中，海带、海藻内含碘尤为丰富。

二、卤素单质的化学性质

卤素单质最突出的化学性质是它们的氧化性，其氧化性按氟、氯、溴、碘的顺序依次减弱。它们的化学性质可归纳为以下几个方面。

碘的发现

法国第戎镇位于诺曼底海滩附近。每当海水退潮时，海滩上布满了海浪冲来的黑角菜、昆布和其他海藻。出生在这的库特瓦(Bernard Courtois, 1777～1838)经常到这里采集黑角菜、昆布和其他海藻，带回家晒干后烧成灰，再用水从灰中浸渍出溶液进行研究。

1811年的一天，在库特瓦的工作台上并列放着两个玻璃瓶，一个盛着海藻灰浸出液，另一个盛着硫酸，突然一只公猫跳到库特瓦的肩上，当它跳到桌上时，撞倒了这两个瓶子，液体混合起来，一缕蓝紫色的气体从中升起，犹如美丽的云彩在冉冉升起。这一奇特的景象使库特瓦惊喜不已，于是他就往海藻灰浸出液中加入浓硫酸，制得紫色气体的结晶。后经实验证实这是一种新元素——碘的单质。

链接

(一) 卤素与金属的反应

卤素能与金属直接化合，生成金属卤化物。例如金属钠点燃时能在氯气中剧烈燃烧，生成白色的氯化钠晶体。

$$2Na + Cl_2 = 2NaCl$$

氯气也能与铜反应。把灼热的细铜丝放在氯气中能燃烧，生成氯化铜。

$$Cu + Cl_2 = CuCl_2$$

与金属反应的速度氟、氯较快，溴和碘较慢。金属卤化物的稳定性，按氟化物、氯化物、溴化物和碘化物的顺序而递减。

(二) 卤素与氢气的反应

卤素都能与氢气反应。但反应的剧烈程度明显地按氟、氯、溴、碘的顺序依次减弱，生成的气态氢化物的稳定性也按 HF、HCl、HBr、HI 的顺序依次减弱。氟在低温和暗处即可与氢化合，放出大量的热并引起爆炸；氯与氢在暗处室温下反应非常慢，但在加热(523K 以上)或强光照射下，发生爆炸反应。但纯净氢气点燃后可在氯气中安静地燃烧，发出苍白色火焰；在紫外线照射时或加热至648K时，溴与氢可以反应但剧烈程度远不如氯，碘和氢的反应，则需要更高的温度，并且反应不完全。反应式如下：

$$H_2 + F_2 = 2HF\text{(暗处)}$$
$$H_2 + Cl_2 = 2HCl\text{(光照)}$$
$$H_2 + I_2 = 2HI\text{(加热)}$$

(三) 与非金属作用

氟几乎与所有的非金属元素(除氧、氮外)都能直接化合。氟与非金属元素的作用通常是剧烈的，这是因为生成的氟化物具有挥发性，它们的生成并不妨碍非金属表面与氟的进一步作用。

氯可以与大多数非金属单质直接化合，作用程度不如氟剧烈。如：

$$2P + 3Cl_2 = 2PCl_3$$

$$PCl_3 + Cl_2 = PCl_5$$

溴、碘的活泼性比氯差。

(四) 卤素间的置换反应

从标准电极势可知，卤素的氧化能力与卤离子的还原能力大小顺序为：

氧化能力　$F_2 > Cl_2 > Br_2 > I_2$

还原能力　$I^- > Br^- > Cl^- > F^-$

因此，按氟、氯、溴、碘的次序，前面的卤素单质可以将后面的卤素从它们的卤化物中置换出来。

$$Cl_2 + 2Br^- = 2Cl^- + Br_2$$

$$Cl_2 + 2I^- = 2Cl^- + I_2$$

$$Br_2 + 2I^- = 2Br^- + I_2$$

工业上常用这类反应制备单质溴和碘。

(五) 卤素与水的反应

氟、氯、溴、碘都能与水反应，但反应的剧烈程度有差别。氟与水发生剧烈反应，生成氟化氢和氧气。

$$2F_2 + 2H_2O = 4HF + O_2\uparrow \text{（全部分解水）}$$

氯、溴、碘则在水中可发生歧化反应(也称自身氧化还原反应)。

$$X_2 + H_2O = H^+ + X^- + HXO \text{（X 分别代表 } Cl^-\text{、}Br^-\text{、}I^-\text{元素）}$$

在 298K 时，上述歧化反应的平衡常数 $K^{\ominus}$ 值分别为 4.2×10^{-4}、7.2×10^{-9}、2.0×10^{-13}。可见，氯在水中能进行歧化反应，但不完全，而溴和碘可认为实际上不发生歧化反应。

氯气溶于水成为氯水。氯水中溶解的部分氯气能与水反应，生成盐酸和次氯酸。

$$Cl_2 + 2H_2O = HCl + HClO$$

次氯酸是强氧化剂，能杀死水中的细菌，所以自来水常用氯气来杀菌消毒。次氯酸还能使染料和有机色质氧化而褪色，可用作棉、麻和纸张等的漂白剂。上述歧化反应的平衡移动与溶液中的 H^+ 离子浓度有关，若增加 H^+ 离子浓度，平衡向左移动，歧化反应受到阻碍。若增加 OH^- 离子浓度，平衡向右移动，歧化反应可以发生。所以在碱性介质中，氯、溴、碘均要发生歧化反应，即氯、溴、碘在碱性溶液中不能稳定存在。反应方程式为：

$$Cl_2 + 2OH^- = Cl^- + ClO^- + H_2O$$

$$Br_2 + 2OH^- = Br^- + BrO^- + H_2O$$

而碱性溶液中生成的次卤酸根也不稳定，还要发生歧化反应：

$$3XO^- = 2X^- + XO_3^-$$

但歧化反应速度不同，ClO^- 离子在冷、稀的碱溶液中还比较稳定，如加热至 348K 以上或在浓碱溶液中，则迅速歧化；BrO^- 离子在 273K 下还比较稳定，高于这个温度则迅速歧化；IO^- 离子在任何温度下都迅速歧化。在室温时将溴或碘溶于碱溶液中，实际发生的反应是：

$$3Br_2 + 6OH^- = 5Br^- + BrO_3^- + 3H_2O$$

$$3I_2 + 6OH^- = 5I^- + IO_3^- + 3H_2O$$

三、卤化氢和氢卤酸

卤素和氢形成的二元化合物叫卤化氢，它们的水溶液称为氢卤酸。卤化氢和氢卤酸通常都用 HX 表示，但两者的性质有很大的差别，切不可混淆。

（一）卤化氢的物理性质

卤化氢均为无色气体，有刺激性气味，其中氟化氢毒性最大，并有强烈的腐蚀性。它们的熔、沸点按 HI—HBr—HCl 顺序逐渐降低，但 HF 异常，异常的原因是 HF 分子间存在氢键，存在其他卤化氢所没有的缔合作用。

卤化氢都是极性分子，易溶于水，水溶液称为氢卤酸。例如在 273K 时，1 体积水可溶解 500 体积的 HCl。氟化氢在 273K 时无限地溶于水，这和它与水分子形成氢键分不开的。卤化氢溶于水中便成为酸，分别叫氢氟酸、氢氯酸、氢溴酸和氢碘酸。除氢氟酸外，其余的氢卤酸都是强酸，在水溶液中全部离解为氢离子和卤离子，因此酸性和卤离子的还原性是卤化氢的主要化学性质。

（二）卤化氢和氢卤酸的化学性质

1. 热稳定性　卤化氢有较高的热稳定性，但对热的稳定性按着 HF ⟶HCl ⟶HBr ⟶HI 的顺序急剧下降。HF 在很高温度下并不显著地离解，HCl 和 HBr 在 1000℃ 时略有分解，而 HI 在 300℃ 时即部分分解。分解反应为：

$$2HX = H_2 + X_2$$

从分子结构角度分析，也可以得出上述热稳定性顺序。通常键能越大，键越难打开，稳定性就越强。HF 的键能是最大的，并且按 HF 至 HI 顺序，键能依次减小，所以它们的热稳定性也依次减弱。

2. 酸性　除氢氟酸外，氢卤酸都是强酸，其酸性按 HCl ⟶HBr ⟶HI 的顺序依次增强。

氢氟酸还有一特性，它能与 SiO_2 或硅酸盐反应生成气态 SiF_4，反应如下：

$$SiO_2 + 4HF = SiF_4 \uparrow + 2H_2O$$

$$CaSiO_3 + 6HF = SiF_4 \uparrow + CaF_2 + 3H_2O$$

因此，氢氟酸不宜储存于玻璃器皿中，应盛于塑料容器里。利用 HF 的这一特性可在玻璃上刻蚀标记和花纹。卤素和氢卤酸均有毒，能强烈刺激呼吸系统。液态溴和氢氟酸与皮肤接触易引起难以治愈的灼伤，使用时应注意安全。如发现皮肤沾氢氟酸，须立即用大量清水冲洗，敷以稀氨水。

3. 还原性　卤化氢或氢卤酸都有一定的还原性，其还原能力按 HF ⟶HCl ⟶HBr ⟶HI 的顺序增强。例如氢碘酸在常温下可以被空气中的氧所氧化，但氢溴酸和氧的反应很难；而盐酸不能被空气中的氧所氧化。

$$4H^+ + 4I^- + O_2 = 2I_2 + 2H_2O$$

浓硫酸能氧化溴化氢和碘化氢，但不能氧化氟化氢和氯化氢。

$$2HBr + H_2SO_4(浓) = Br_2 + SO_2 \uparrow + 2H_2O$$

$$8HI + H_2SO_4(浓) = 4I_2 + H_2S \uparrow + 4H_2O$$

故不能用浓硫酸与溴化物或碘化物反应制取溴化氢或碘化氢，须改用非氧化性的酸（如磷酸）。

四、卤化物

卤素与电负性比它小的元素形成的化合物称为卤化物。根据卤素原子与其他原子间的化学键不同,大体可分为离子型卤化物和共价型卤化物两大类型。

一般来说,碱金属、碱土金属(铍除外)和低价态的过渡元素与卤素形成离子型卤化物,如$NaCl$、$CaCl_2$、$FeCl_2$等。离子型卤化物在常温下是固态,具有较高的熔点和沸点,能溶于极性溶剂,在溶液及熔融状态下均导电。

非金属或高价态金属与卤素形成的卤化物往往是共价型卤化物,如$AlCl_3$、$FeCl_3$、CCl_4、PCl_3等。它们的分子之间作用力是范德瓦尔斯力,所以,这类卤化物大多数易挥发,熔、沸点较低,熔融时不导电,易溶于有机溶剂,难溶于水。

人体牙齿珐琅质中含氟(CaF_2)约为0.5%。氟的缺乏是产生龋齿的原因之一。用氟化锡SnF_2制成药物牙膏,可增强珐琅质的抗腐蚀能力和预防龋齿的产生。但是摄入过量时会出现氟中毒,牙釉质能出现黄褐色的斑点,形成氟斑牙。

金属卤化物能与卤素单质加合生成多卤化物。

$$KI + I_2 = KI_3$$

医药上配制药用碘酒(碘酊)时,加入适量的KI可使碘的溶解度增大,防止碘挥发,保持了碘的消毒杀菌作用。

五、卤素含氧酸及其盐

氯、溴和碘可以形成四种类型的含氧酸(表9-3),分别为次卤酸(HOX)、亚卤酸(HXO_2)、卤酸(HXO_3)和高卤酸(HXO_4)。氟的电负性大于氧,所以一般不生成含氧酸及其盐。

表9-3　卤素含氧酸

名称	卤素氧化数	氯	溴	碘
次卤酸	+1	$HClO$	$HBrO$	HIO
亚卤酸	+3	$HClO_2$	$HBrO_2$	—
卤酸	+5	$HClO_3$	$HBrO_3$	HIO_3
高卤酸	+7	$HClO_4$	$HBrO_4$	HIO_4, H_5IO_6

(一)次卤酸及其盐

次卤酸仅存在于溶液中,均为一元弱酸,其酸性按$HClO \longrightarrow HBrO \longrightarrow HIO$的顺序依次减弱,即随卤素原子电负性减小而减弱,因为含氧酸中可离解的质子均与氧相连,氧原子的电子密度将是决定酸性强弱的关键,如HIO中,I原子电负性是卤素中最小的,与它相连的氧上电子密度最大,与氢原子作用力强,氢原子不易离解,故酸性最弱。它们的电离常数分别为:

	HClO	HBrO	HIO
$K_a^{\ominus}$	3.16×10^{-8}	2.40×10^{-9}	2.3×10^{-11}

次卤酸极不稳定,在室温按下列两种方式进行分解:

$$2HXO = 2HX + O_2 \quad (9\text{-}1)$$

$$3HXO = 2HX + HXO_3 \quad (9\text{-}2)$$

这是两种能同时独立进行的平行反应,究竟以哪种反应为主,主要取决于外界条件。在光照或使用催化剂时,几乎完全按(9-1)式进行。如果加热,则主要按(9-2)式进行,这是次卤酸的歧化反应。

次氯酸的强氧化性和漂白杀菌能力就是基于(9-1)式的分解反应。

次卤酸盐比较重要的是次氯酸盐。次氯酸钙 $Ca(ClO)_2$ 是漂白粉的有效成分。将氯气与廉价的消石灰作用,通过歧化反应可制得漂白粉:

水产养殖中的卤素消毒剂

卤素消毒剂能杀灭细菌、真菌和病毒，控制水中浮游藻类的数量，增加水体中溶氧，降低COD和有害毒性物质，能有效控制水色和透明度，从而减少鱼虾病害的发生。

卤素消毒剂在水中，可形成次卤酸，有杀菌作用的主要是次卤酸分子，它有强烈氧化作用，与微生物体内的原生质结合，导致微生物死亡。按杀菌作用排序氟原子最强，依次为氯、溴、碘。

链接

$$2Cl_2 + 3Ca(OH)_2 = Ca(ClO)_2 + CaCl_2 \cdot Ca(OH)_2 \cdot 2H_2O$$

漂白粉是次氯酸钙和氯化钙的混合物,它的有效成分是次氯酸钙,故次氯酸钙又称漂白精。漂白粉放入水中(水中一般溶有少量 CO_2)能产生次氯酸;与空气中的水蒸汽和二氧化碳作用也能产生次氯酸,因而具有漂白作用。若在漂白粉水溶液中加入少量盐酸或硫酸,则会产生大量次氯酸,使漂白作用大大加强。

$$Ca(ClO)_2 + CO_2 + H_2O = CaCO_3\downarrow + 2HClO$$

$$Ca(ClO)_2 + 2HCl = CaCl_2\downarrow + 2HClO$$

所以,漂白粉的漂白作用原理和氯气漂白原理是一样的。漂白粉不仅可以用来漂白棉、麻、纸浆,还广泛用于消毒饮用水、游泳池水、污水和厕所等。

(二)卤酸及其盐

卤酸较次卤酸稳定,氯酸和溴酸能存在于水溶液中,但浓度不可太高,否则会分解。碘酸以白色晶体状态存在,比较稳定,在约583K时熔化并分解。

卤酸都是强酸,其酸性按 $HClO_3 \longrightarrow HBrO_3 \longrightarrow HIO_3$ 的顺序依次减弱。卤酸的浓溶液都是强氧化剂,其中以溴酸的氧化性最强。它们还原为单质的电极电势 $E^\ominus$ 值如下:

$$2IO_3^- + 12H^+ + 10e \longrightarrow I_2 + 6H_2O \quad E^\ominus = +1.195V$$

$$2ClO_3^- + 12H^+ + 10e \longrightarrow Cl_2 + 6H_2O \quad E^\ominus = +1.47V$$

$$2BrO_3^- + 12H^+ + 10e \longrightarrow Br_2 + 6H_2O \quad E^\ominus = +1.52V$$

故可发生下列的置换反应

$$2HClO_3 + I_2 = 2HIO_3 + Cl_2$$

$$2HBrO_3 + I_2 = 2HIO_3 + Br_2$$

$$2HBrO_3 + Cl_2 = 2HClO_3 + Br_2$$

卤酸盐的热稳定性皆高于相应的酸。它们在酸性溶液中都是强氧化剂,在水溶液中氧化性不明显。固体卤酸盐中,氯酸钾最为重要,它是强氧化剂,与易燃物如碳、硫、磷及有机物等混和,受撞击时会猛烈爆炸,故大量用于制造火柴、信号弹和礼花等。

(三)高卤酸及其盐

高氯酸是无机酸中酸性最强的酸,无水的高氯酸不稳定,在贮藏过程中可能会发生爆炸,市售试剂为70%溶液。浓热的高氯酸氧化性很强,遇到有机化合物会发生爆炸性反应。而稀冷的高氯酸溶液氧化能力极弱,当遇到活泼金属如锌、铁等,则放出氢气:

$$Zn + 2HClO_4 = Zn(ClO_4)_2 + H_2\uparrow$$

高溴酸也是极强的酸,它是比高氯酸、高碘酸更强的氧化剂。浓度在55%以下的 $HBrO_4$ 溶液才能长期稳定的存在。

高碘酸通常有两种形式,即正高碘酸 H_5IO_6 和偏高碘酸 HIO_4。高碘酸的氧化性比高氯酸强,它可将 Mn^{2+} 离子氧化为紫红色的 MnO_4^-

$$Mn^{2+} + 5IO_4^- = 2MnO_4^- + 5IO_3^- + 6H^+$$

该反应平稳、快速,分析化学中常把 IO_4^- 当做稳定的强氧化剂使用。

第2节 氧和硫

一、氧族元素的通性

周期表中第ⅥA族包括氧、硫、硒、碲、钋五种元素,通称氧族元素。氧族元素的电负性、电子亲和势和电离势均比同周期相应的卤素为小,因此非金属性不如卤族元素活泼。随着电离能的降低,本族元素从非金属过渡到金属。氧和硫为非金属,硒和碲为半金属,钋是典型的金属。它们的若干性质汇列在表9-4中。

表9-4 氧族元素的一些性质

性质	元素				
	氧	硫	硒	碲	钋
原子序数	8	16	34	52	84
元素符号	O	S	Se	Te	Po
相对原子质量	15.99	32.06	78.96	127.6	(209)
价电子层结构	$2s^22p^4$	$3s^23p^4$	$4s^24p^4$	$5s^25p^4$	$6s^26p^4$
共价半径/pm	66	104	117	137	—
离子半径/pm	140	184	198	221	—
第一电离势/($kJ\cdot mol^{-1}$)	1314	1000	941	869	812
第一电子亲和势/($kJ\cdot mol^{-1}$)	141	200	195	190	—
电负性	3.44	2.58	2.55	2.10	2.00
主要氧化数	−2,0	−2,0,+2,+4,+6	−2,0,+2,+4,+6	−2,0,+2,+4,+6	—

本族元素的价电子层结构为 ns^2np^4,有6个价电子,当它们与其他元素化合时,有夺取或共用2个电子以达稀有气体原子电子层结构的倾向,形成氧化数为−2的离子化合物或共价化合物,表现出非金属元素的特性。

氧的电负性仅次于氟,由于氧的价电子层中没有可被利用的 d 轨道,所以在一般的化合物中,氧

的氧化数为 -2。由氧到硫,电负性和电离势突然降低,因此硫、硒、碲能显正氧化态,当同电负性大的元素结合时,它们价电子层中的空 *nd* 轨道也可参加成键,所以这些元素可显示 +2、+4、+6 氧化态。

氧族元素都有同素异形体,例如氧有 O_2 和 O_3 两种;硫的同素异形体较多,最常见的有晶状的菱形硫(斜方硫)、单斜硫和无定形硫。

二、化 合 物

(一) 过氧化氢

纯的过氧化氢(H_2O_2)是一种淡蓝色的黏稠液体,与水互溶,过氧化氢的水溶液俗称双氧水。市售试剂是30%的水溶液,它有强烈的腐蚀性,使用时应当小心。

H_2O_2 分子中的过氧键的键能较小($142kJ \cdot mol^{-1}$),故不稳定,容易分解。在较低温度下即可分解放出 O_2,若受热到426K以上便剧烈分解。

$$2H_2O_2 = 2H_2O + O_2$$

光照、碱性介质和少量重金属离子的存在,都将大大加快其分解速度。为了降低和防止过氧化氢分解,在实验室里常把过氧化氢避光保存在阴凉条件下的棕色瓶或塑料容器中。

过氧化氢是极弱的酸,在水中微弱地电离:

$$H_2O_2 = H^+ + HO_2^-$$

过氧化氢中的氧处于中间氧化态(-1),因此它既有氧化性又有还原性。由于氧是活泼的非金属元素,其稳定氧化值为 -2,因此 H_2O_2 的氧化性相对于还原性来说要强些。尤其是在酸性介质中,H_2O_2 的氧化性更强。例如:

$$H_2O_2 + 2H^+ + I^- = 2H_2O + I_2$$

$$H_2O_2 + 2H^+ + 2Fe^{2+} = 2H_2O + 2Fe^{3+}$$

利用 H_2O_2 的氧化性可以漂白丝、毛织物和油画,也可以作为杀菌剂。由于 H_2O_2 是一种无公害的强氧化剂,无论是还原产物(H_2O 或 OH^-)、氧化产物(O_2)以及分解产物(H_2O 和 O_2)均不会给水溶液带进杂质,故 H_2O_2 是常用的"洁净的氧化剂或还原剂"。

当遇到强氧化剂时,H_2O_2 表现出还原性。

$$Cl_2 + H_2O_2 = 2HCl + O_2\uparrow$$

$$2KMnO_4 + 5H_2O_2 + 3H_2SO_4 = 2MnSO_4 + 5O_2 + K_2SO_4 + 8H_2O$$

医疗上,在没有氧气瓶的情况下,可利用 H_2O_2 和 $KMnO_4$ 的反应设计输氧装置。H_2O_2 有消毒、防腐、除臭等功效,医疗上常用3%的 H_2O_2 消毒杀菌。

(二) 硫化氢和金属硫化物

1. 硫化氢　H_2S 分子的结构与水类似,呈V形,它是一个极性分子,但极性弱于水分子。

硫化氢稍溶于水,常温时饱和的 H_2S 的水溶液约为 $0.1mol \cdot L^{-1}$,其水溶液称为氢硫酸。它是一种二元弱酸。

硫化氢和硫化物中的硫处于低氧化态,所以它们只具有还原性,能被氧化为单质硫或更高的氧化态。如:

$$H_2S + I_2 = 2HI + S\downarrow$$

$$2FeCl_3 + H_2S = 2FeCl_2 + 2HCl + S\downarrow$$

硫化氢

H_2S是无色、有臭鸡蛋味的有毒气体，比空气略重。它不仅刺激眼膜及呼吸道，而且还与各种血红蛋白中的铁结合，抑制了它们的活性，阻碍了物质的能量代谢。空气中如含有0.1%的H_2S就会迅速引起头疼、眩晕等症状。经常与之接触能引起嗅觉迟钝、消瘦、头痛等慢性中毒，大量吸入H_2S会引起严重的中毒甚至死亡。故使用这种气体时，必须在有效的通风条件下进行，空气中H_2S的允许含量不得超过$0.01mg \cdot L^{-1}$。

链接

2. 金属硫化物　电负性较硫小的元素与硫形成的化合物称为硫化物，其中大多数为金属硫化物。

在金属硫化物中，碱金属硫化物和硫化铵是易溶于水的，其余大多数硫化物都是难溶于水，并有特征颜色。难溶金属硫化物在酸中的溶解情况与溶度积常数的大小有一定关系。若使它们溶解，必须使金属离子和硫离子浓度乘积小于该金属硫化物的$K_{sp}^{\ominus}$，可用控制溶液酸度的方法使一些金属硫化物溶解。难溶硫化物在酸中的溶解分为以下三种情况。

$K_{sp}^{\ominus}$较大的金属硫化物如MnS、CoS、NiS及ZnS等可溶于盐酸。例如：

$$ZnS + 2HCl = ZnCl_2 + H_2S\uparrow$$

$K_{sp}^{\ominus}$较小的金属硫化物如CuS、Ag_2S、PbS等，能溶于硝酸。例如：

$$3CuS + 2NO_3^- + 8H^+ = 3Cu^{2+} + 3S\downarrow + 2NO\uparrow + 4H_2O$$

$K_{sp}^{\ominus}$非常小的HgS只能溶于王水。

$$3HgS + 2HNO_3 + 12HCl = 3[HgCl_4]^{2-} + 6H^+ + 3S\downarrow + 2NO\uparrow + 4H_2O$$

由于S^{2-}离子是弱酸根离子，所以不论是易溶硫化物还是难溶硫化物，都有不同程度的水解作用，结果使溶液呈碱性。

（三）硫的含氧酸及其盐

1. 亚硫酸及其盐　二氧化硫易溶于水，其水溶液称为亚硫酸。它是二元中强酸，在水中存在下列平衡关系。

$$SO_2 + H_2O \rightleftharpoons H_2SO_3 \rightleftharpoons H^+ + HSO_3^- \qquad K_{a_1}^{\ominus} = 1.26 \times 10^{-2}$$

$$HSO_3^- \rightleftharpoons H^+ + SO_3^{2-} \qquad K_{a_2}^{\ominus} = 6.31 \times 10^{-7}$$

亚硫酸及盐既有氧化性又有还原性，通常以还原性为主。

$$Na_2SO_3 + Cl_2 + H_2O = Na_2SO_4 + 2HCl$$

这一反应广泛应用于印染工业中漂白织物的去氯剂，在医药中可作为卤素中毒的解除剂。亚硫酸盐的还原性强于氧化性，如亚硫酸钠溶液很容易被空气中的氧氧化。

$$2Na_2SO_3 + O_2 = 2Na_2SO_4$$

亚硫酸钠常作为抗氧剂用于注射剂中，以保护药品中的主要成分不被氧化。

2. 硫酸及其盐　硫酸是工农业生产中使用最广泛的酸。纯硫酸是一种无色、无臭的透明油状液体，市售浓硫酸的质量分数约为98%的，密度约为$1.84g \cdot cm^{-3}$，浓度约为$18mol \cdot L^{-1}$。硫酸是一种难挥发高沸点（338℃）的强酸，易溶于水，能以任意比例与水混溶，溶解时放出大量的热。

热的浓硫酸具有强氧化性，可以氧化多种金属和非金属，本身的还原产物通常是SO_2，但在强还原剂作用下，可被还原为S或H_2S。

$$2H_2SO_4(浓) + Cu = CuSO_4 + 2H_2O + SO_2\uparrow$$

浓H_2SO_4有强烈的吸水性和脱水性，是工业和实验室中常用的干燥剂，如干燥氯气、氢气和二氧化碳等气体。它不但能吸收游离的水分，还能从糖类等有机化合物中夺取与水分子组成相当的氢和氧，使这些有机物炭化。浓 H_2SO_4 严重地破坏动植物的组织，使用时必须注意安全。

稀硫酸具有一般酸的通性，它的氧化性是 H_2SO_4 中 H^+ 离子的作用，这和浓硫酸的氧化性是有区别的。

硫酸可以形成两种类型的盐，正盐和酸式盐。只有碱金属和碱土金属（及铵）可生成酸式盐和正盐，其他金属只能生成正盐。

3. 硫代硫酸及其盐 硫粉和亚硫酸钠共煮可制得硫代硫酸：

$$Na_2SO_3 + S = Na_2S_2O_3$$

市售硫代硫酸俗称大苏打或海波，化学式为 $Na_2S_2O_3 \cdot 5H_2O$。它是无色透明晶体，易溶于水，其水溶液显弱碱性。在 $Na_2S_2O_3$ 溶液中加入强酸不能得到 $H_2S_2O_3$，因为它很不稳定，生成后立即分解为 SO_2 和 S，溶液变成浑浊：

$$Na_2S_2O_3 + 2HCl = 2NaCl + S\downarrow + SO_2\uparrow + H_2O$$

这一反应，在医药上用来治疗疥疮，先用40%的 $Na_2S_2O_3$ 溶液擦洗患处，几分钟后再用5%的盐酸擦洗，即生成具有高度杀菌能力S和 SO_2。

定 影 剂

摄影术中采用 $Na_2S_2O_3$ 作为底片及印像纸的定影剂，利用 $Na_2S_2O_3$ 的配合性将未曝光分解的 AgBr 溶解除去，其反应为：

$$2S_2O_3^{2-} + AgBr = [Ag(S_2O_3)_2]^{3-} + Br^-$$

链 接

$Na_2S_2O_3$ 具有还原性，最重要的反应是它与单质碘的反应，生成连四硫酸钠：

$$2Na_2S_2O_3 + I_2 = Na_2S_4O_6 + 2NaI$$

这个反应是定量地进行，是分析化学中碘量法测定物质含量的基础。

$S_2O_3^{2-}$ 离子作为一个配位体，能与重金属离子形成配位离子，如 $[Ag(S_2O_3)_2]^{3-}$。AgCl、AgBr 可溶于 $Na_2S_2O_3$ 溶液。

医药上根据 $Na_2S_2O_3$ 的还原性和配合能力的性质，常用作注射液的抗氧剂、卤素及重金属离子的解毒剂等。

4. 过二硫酸及其盐 过二硫酸是无色结晶，化学性质与浓硫酸相似。过二硫酸也有强的吸水性、脱水性并有极强的氧化性，能使纸张炭化。过二硫酸的标准电极电势仅次于 F_2。

$$S_2O_8^{2-} + 2e = 2SO_4^{2-} \qquad E^{\ominus} = +2.01V$$

它的氧化作用的速度很慢，一般用 Ag^+ 离子作催化剂以加速反应。例在 Ag^+ 离子催化下，$S_2O_8^{2-}$ 能迅速将无色的 Mn^{2+} 离子氧化为紫红色的 MnO_4^-：

$$2Mn^{2+} + 5S_2O_8^{2-} + 8H_2O = 2MnO_4^- + 10SO_4^{2-} + 16H^+$$

此反应在钢铁分析中用于含锰量的定量测定。

第3节 氮 和 磷

一、氮族元素的通性

周期表中第ⅤA族包括氮、磷、砷、锑、铋五种元素，通称氮族元素。本族元素在周期表上的位置比ⅥA、ⅦA族靠近金属，与这两族元素相比较，核电荷较少，原子半径较大，所以比较容易失去电子。因此，总的来看，这一族元素从上到下由典型的非金属元素过渡到典型金属元素。氮和磷是典型的非金属，砷、锑表现为两性，铋为金属元素。本族第一个元素氮，电负性强，原子半径小，没有外层可利用的空d轨道，它与本族其他元素之间有较大的区别。氮族元素的一些基本性质汇列于表9-5中。

表9-5　氮族元素的一些性质

性质	元素				
	氮	磷	砷	锑	铋
元素符号	N	P	As	Sb	Bi
原子序数	7	15	33	51	83
相对原子质量	14.01	30.97	74.92	121.75	208.98
价电子层结构	$2s^22p^3$	$3s^23p^3$	$4s^24p^3$	$5s^25p^3$	$6s^26p^3$
共价半径/pm	70	110	121	141	152
第一电离势/($kJ \cdot mol^{-1}$)	1402	1012	944	832	703
第一电子亲和势/($kJ \cdot mol^{-1}$)	0 ±20	74	77	101	100
电负性	3.04	2.19	2.18	2.05	2.02
主要氧化数	±1，±2，±3，+4，+5	−3，+3，+5	−3，+3，+5	(−3)，+3，+5	−(−3)，+3，+5

氮族元素原子的价电子层结构为ns^2np^3，主要形成−3、+3、+5三个氧化数的化合物。氮族元素有获得3个电子的倾向，但它们获得电子的倾向不如卤素和氧族元素，因此形成共价化合物，是本族元素的特征。氮族元素原子的电离势很大，在化学反应中难失去电子形成+3价离子化合物。由于惰性电子对效应，从氮到铋形成由高氧化态(+5)稳定过渡到低氧化态(+3)稳定的趋势。氮、磷主要形成氧化数为+5的化合物，砷和锑氧化数为+5和+3的化合物都是最常见的，而氧化数为+3的铋的化合物要比氧化数为+5的化合物要稳定得多。

在ⅢA族～ⅤA族中，由上到下低氧化态比高氧态化合物稳定的现象，在化学上称为"惰性电子对效应"。这种现象常归因于ns^2电子对由上至下稳定性增加，不易参与成键，成为"惰性电子对"。

二、化合物

(一) 氨和铵盐

氨是氮的重要化合物。自然界由于有机物腐败分解而有少量的氨存在。氨本身就是一个重要的化学试剂，另外也是制取硝酸，化肥及一些含氮化合物的重要原料。液态氨可用作制冷剂，也是一种常用的非水溶剂。

氨在常温下是一种无色有刺激性臭味的气体。它在水中溶解度很大，在273K时1体积水可溶解700体积氨。氨的水溶液称为氨水，一般市售氨水的浓度约为$15moL \cdot L^{-1}$，相对密度为0.91，是常用的弱碱。氨有较大极性，同时在液态和固态NH_3分子间还存在氢键，所以NH_3的凝固点、熔点、沸点、蒸发热都高于同族其他元素的氢化物。

氨分子中的N原子处于最低氧化态(−3)，因此氨具有还原性。在一定的条件下能被多种氧化剂氧化，生成氮气或氧化数较高的氮的化合物。例如：

$$3Cl_2 + 2NH_3 = 6HCl + N_2$$

氨分子中的氮原子上含有孤电子对，是路易斯碱，能与许多含有空轨道的离子或分子形成各种形式的加合物。氨能和金属离子形成氨配合物，如$[Ag(NH_3)_2]^+$等。氨的加合性还表现在氨水的碱性上。氨水溶液中存在下列平衡：

$$NH_3 + H_2O \rightleftharpoons NH_3 \cdot H_2O \rightleftharpoons NH_4^+ + OH^-$$

氨与水分子中的H^+加合，并放出一个OH^-，氨水溶液呈弱碱性。

氨和酸作用形成易溶于水的铵盐。铵盐的晶形、溶解度和钾盐、铷盐十分相似，因此在化合物分类时将铵盐归属于碱金属盐类。由于氨呈弱碱性，所以铵盐都有一定程度的水解。

固体铵盐加热极易分解，如果组成铵盐的酸是挥发性的，且无氧化性，就是简单分解，产物一般为氨和相应的酸：

$$NH_4Cl \xlongequal{} NH_3\uparrow + HCl\uparrow$$

$$(NH_4)_3PO_4 \xlongequal{} 3NH_3\uparrow + H_3PO_4$$

若相应酸具有氧化性，则分解出的氨被进一步氧化：

$$NH_4NO_2 \xlongequal{} N_2\uparrow + 2H_2O$$

$$NH_4NO_3 \xlongequal{} N_2O\uparrow + 2H_2O$$

温度高于300℃时NH_4NO_3分解时产生大量的热量和气体，引起爆炸性分解，因此NH_4NO_3可用于制造炸药。

$$2NH_4NO_3 \xlongequal{} 2N_2 + O_2\uparrow + 4H_2O$$

（二）氮的含氧酸及其盐

1. 亚硝酸及其盐　亚硝酸是一个很不稳定的弱酸（$K_a^\ominus = 5.13\times10^{-4}$），只存在于冷的稀溶液中，温度稍高或浓度稍大即分解。

亚硝酸盐比亚硝酸稳定。亚硝酸盐一般都有毒，并易转化为致癌物质亚硝酸胺。

NO_2^-既有氧化性，又有还原性，在酸性介质中以氧化性为主。例如它能将I^-氧化为I_2。

$$2NO_2^- + 2I^- + 4H^+ = 2NO + I_2 + 2H_2O$$

分析化学上用此反应定量测定亚硝酸盐含量。只有遇到强氧化剂时，亚硝酸及其盐才显示其还原性，被氧化产物为NO_3^-。

$$2MnO_4^- + 5NO_2^- + 6H^+ = 2Mn^{2+} + 5NO_3^- + 3H_2O$$

NO_2^-是一个很好的配位体，能与许多过渡金属离子生成配离子，如NO_2^-与钴盐生成$[Co(NO_2)(NH_3)_5]^{2+}$配离子。

2. 硝酸及其盐　硝酸是三大无机强酸之一。纯硝酸是无色透明的油状液体。市售硝酸的相对密度为1.42，含量约为68%～70%，浓度相当于$15mol\cdot L^{-1}$。

硝酸比亚硝酸稳定，但受热或见光时发生分解反应。所以实验室通常把浓HNO_3盛于棕色瓶中，存放于阴凉处。

$$4HNO_3 = 2H_2O + 4NO_2 + O_2$$

硝酸最突出的性质是它的强氧化性。它进行氧化反应的机制很复杂，除与还原剂的性质和温度有关外，硝酸本身的浓度也有关系。反应后的还原产物有多种。例如：

$$4HNO_3 + 3C = 3CO_2 + 4NO + 2H_2O$$

$$4HNO_3(浓) + C = CO_2 + 4NO_2 + 2H_2O$$

$$2HNO_3(稀) + S = H_2SO_4 + 2NO$$

$$6HNO_3(浓) + S = H_2SO_4 + 6NO_2 + 2H_2O$$

硝酸几乎可以氧化所有的金属(除Au、Pt等贵重金属外),生成相应的硝酸盐。

$$Cu + 4HNO_3(浓) = Cu(NO_3)_2 + 2NO_2\uparrow + 2H_2O$$

$$3Cu + 8HNO_3(稀) = 3Cu(NO_3)_2 + 2NO\uparrow + 4H_2O$$

$$4Zn + 10HNO_3(稀) = 4Zn(NO_3)_2 + N_2O\uparrow + 5H_2O$$

$$4Zn + 10HNO_3(很稀) = 4Zn(NO_3)_2 + NH_4NO_3 + 3H_2O$$

但铁、铝和铬能溶于稀HNO_3,在冷的浓HNO_3中因表面钝化,阻止了内部金属的进一步氧化,故用铝制容器来盛装浓硝酸。

反应中HNO_3的还原程度主要取决于它的浓度和金属的活泼性,实际上HNO_3的还原产物不是单一的,反应方程式所表示的只是最主要的还原产物,一般来说浓HNO_3作为氧化剂其还原产物主要为NO_2。稀HNO_3由于浓度的不同,它的主要还原产物可能是NO、N_2O、N_2甚至是NH_4^+。稀HNO_3作为氧化剂,它的反应速度慢,氧化能力较弱。可以认为稀HNO_3首先被还原成NO_2,但是因为反应速度慢,NO_2的产量不多,所以它来不及逸出反应体系就又被进一步还原成NO或N_2、NH_4^+等。

浓HNO_3和浓HCl的混合液(体积比为1∶3)称为王水,它具很强的氧化性(HNO_3、Cl_2、NOCl)和强的配位性(Cl^-),能够溶解Au、Pt等不与硝酸反应的金属。

$$Au + HNO_3 + 4HCl = H[AuCl_4] + NO\uparrow + 2H_2O$$

王水的溶解能力是源于HNO_3的氧化性,Cl^-离子的配合性。

三、磷酸及其盐

纯磷酸是无色晶体,熔点315.3K。市售磷酸是含82% H_3PO_4的黏稠状的液体,浓度为$14mol \cdot L^{-1}$。磷酸很稳定,不挥发也不分解,常温下没有氧化性,与水以任意比例混合。它是一个高沸点的中强酸,其电离常数为:

$$K_{a_1}^{\ominus} = 7.59 \times 10^{-3}, K_{a_2}^{\ominus} = 6.31 \times 10^{-8}, K_{a_3}^{\ominus} = 4.37 \times 10^{-13}$$

磷酸是三元酸,可形成正盐和两种酸式盐。绝大多数的磷酸二氢盐都易溶于水,而磷酸一氢盐和正盐除K^+、Na^+、NH_4^+盐外都难溶于水。实验室及医药工作中,常用各种磷酸盐的酸碱性配制缓冲溶液。

第4节 碳 和 硅

一、碳族元素的通性

周期表中第ⅣA族元素包括碳、硅、锗、锡、铅五种元素,通称碳族元素。其中碳和硅为非金属元素,锗是半金属稀有元素,锡和铅是金属元素。碳族元素的一些基本性质汇列于表9-6中。

表9-6 碳族元素的性质

性 质	元 素				
	碳	硅	锗	锡	铅
原子序数	6	14	32	50	82
元素符号	C	Si	Ge	Sn	Pb
相对原子质量	12.011	28.086	72.59	118.7	207.2

续表

性质	元素				
	碳	硅	锗	锡	铅
价电子层结构	$2s^2 2p^2$	$3s^2 3p^2$	$4s^2 4p^2$	$5s^2 5p^2$	$6s^2 6p^2$
共价半径/pm	77	117	122	140	154
第一电离势/($kJ \cdot mol^{-1}$)	1086.1	786.1	762.2	708.4	715.4
电负性	2.55	1.90	2.01	1.96	2.33
主要氧化数	+4,+2,(−4,−2)	+4,(+2)	+4,+2	+4,+2	+2,+4

碳族元素原子的价电子层结构为 ns^2np^2,形成共价化合物是本族元素的特征。惰性电子对效应在本族元素中表现得比较明显,ns^2 电子对随 n 增大逐渐趋向稳定。碳、硅主要的氧化态为+4,随着原子序数的增加,在锗、锡、铅中稳定氧化态逐渐由+4变为+2。

本族元素中的碳能与氢、氧、氮及其他元素形成种类繁多的化合物,而且它们都具有特殊的性质。对这些化合物的研究逐渐形成化学学科中的一个分支——有机化学,这是和本族其他元素最独特的区别。本节只讨论碳的简单化合物,碳的氧化物及碳酸。

硅也能与氢形成像有机烃那样的氢化物,统称为硅烷。但硅烷不能形成太长的链,也不如有机烷烃稳定,因此硅的化合物要比碳的化合物少得多。

二、化 合 物

(一) 一氧化碳

一氧化碳为无色、无味、极毒的气体。因为它能和血红素中的铁形成比较牢固的配合物,使血红素失去运载氧气的作用而使人中毒。CO在地球表面普遍存在,比空气稍轻,大气中CO浓度平均约为0.12ppm,基本恒定。

CO的主要化学性质有还原性、配合性。如在高温下,CO可以使许多金属氧化物还原为金属;与过渡金属形成羰基配合物。

$$Fe_2O_3(s) + 3CO(g) = 2Fe(l) + 3CO_2(g)$$

$$Ni + 4CO = Ni(CO)_4$$

(二) 二氧化碳

大气中的二氧化碳

CO_2 对长波辐射有强烈的吸收作用,行星表面发出的长波辐射到大气以后被 CO_2 截获,最后使大气增温,大气中的 CO_2 和暖房的玻璃一样,只准太阳的辐射能进来,却不让"室内"的长波热辐射出去。CO_2 的这种效应就叫"温室效应"。

链接

二氧化碳是无色、无味气体。比空气重1.5倍。CO_2 在空气中的平均含量约为0.03%,近年来大气中 CO_2 含量有所增加,被认为是世界气温普遍升高的一个影响因素。CO_2 是直线形分子，故无极性，在293K，加压至5.65MPa时，就能液化。CO_2 不能燃烧，也不助燃，用它可制造灭火器。CO_2 稳定性很高，当加热至2273K时才分解1.8%。

（三）碳酸及其盐

二氧化碳溶于水形成碳酸。在 CO_2 溶液中只有一小部分 CO_2 生成 H_2CO_3，大部分是以水合分子的形式存在。碳酸为二元弱酸，已知电离常数为：

$$H_2CO_3 \rightleftharpoons H^+ + HCO_3^- \qquad K_{a_1}^{\ominus} = 4.17 \times 10^{-7}$$

$$HCO_3^- \rightleftharpoons H^+ + CO_3^{2-} \qquad K_{a_2}^{\ominus} = 5.62 \times 10^{-11}$$

碳酸是二元酸，可形成两类盐：正盐和酸式盐。大多数酸式盐都易溶于水，铵和碱金属（锂除外）的碳酸盐易溶于水，其他金属的碳酸盐难溶于水。

酸式盐和碱金属的碳酸盐都易发生水解，当碱金属的碳酸盐与水解性强的金属离子反应时，由于水解相互促进，得到的产物并不是该金属的碳酸盐，而是碱式碳酸盐或氢氧化物。水解性极强的金属离子如 Al^{3+}、Fe^{3+} 等，可沉淀为氢氧化物。氢氧化物碱性较弱的金属离子如 Cu^{2+}、Zn^{2+} 等，可沉淀为碱式碳酸盐。

$$2Cu^{2+} + 2CO_3^{2-} + H_2O = Cu_2(OH)_2CO_3 \downarrow + CO_2 \uparrow$$

$$2Al^{2+} + 3CO_3^{2-} + 3H_2O = 2Al(OH)_3 \downarrow + 3CO_2 \uparrow$$

酸式碳酸盐及大多数碳酸盐受热时都易分解。如：

$$CaCO_3 \xlongequal{} CaO + CO_2 \uparrow$$

$$Ca(HCO_3)_2 \xlongequal{} CaCO_3 + CO_2 + H_2O$$

后一个反应是自然界溶洞中石笋、钟乳石的形成反应。

碳酸的热稳定性比酸式碳酸盐小，酸式碳酸盐又低于相应的碳酸盐。

$$H_2CO_3 < NaHCO_3 < Na_2CO_3$$

碳酸氢钠（$NaHCO_3$）俗称小苏打，用做制酸剂，服后能迅速解除胃溃疡病人的疼痛感。

（四）硅酸

硅酸（silicic acid）的形式较多，组成复杂，随形成的条件而变化，常以通式 $x SiO_2 \cdot y H_2O$ 表示。硅酸中以简单的单酸形式存在的只有正硅酸 H_4SiO_4 和它的脱水产物偏硅酸 H_2SiO_3。习惯上把 H_2SiO_3 称为硅酸。硅酸是极弱的二元酸（$K_{a_1}^{\ominus} = 1.7 \times 10^{-10}$，$K_{a_2}^{\ominus} = 1.6 \times 10^{-12}$）。它的溶解度极小，很容易被其他的酸从硅酸盐溶液中置换出来。

$$Na_2SiO_3 + 2HCl = H_2SiO_3 + 2NaCl$$

分子筛——合成铝硅酸盐

自然界存在的某些网络状的硅酸盐和铝硅酸盐具有笼形结构，这些均匀的笼可有选择地吸附一定大小的分子，这种作用叫做分子筛作用。现在人们根据实际需要可以人工合成各种型号的分子筛。

链接

硅酸的一个重要性质是聚合作用。上述反应中生成的硅酸在水中溶解度不大，但并不立即沉淀，而是逐渐聚合成多硅酸后形成硅酸溶胶。如有适当浓度的电解质存在，即得黏稠而有弹性的硅酸凝胶，将它干燥后成为白色透明多孔性的固体，称为硅胶。硅胶有强烈的吸附能力，是很好的干燥剂、吸附剂和载体，在层析上有广泛的应用。将硅酸凝胶用 $CoCl_2$ 溶液浸泡，干燥后得蓝色硅胶，用作变色干燥剂。由于无水 $CoCl_2$ 为蓝色，吸水后成为粉红色的 $CoCl_2 \cdot 6H_2O$，于是可根据硅胶的颜色变化来判断硅胶吸水的程度。

第5节 硼

一、硼族元素的通性

硼族元素的价电子构型为 ns^2np^1，因此它们有1和3两种氧化数，一般可激发成 ns^1np^2，进行 sp^2 杂化。硼的原子半径小，电负性较高，主要表现为非金属性，其他硼族元素都是金属元素。

硼族元素的价电子层有四个轨道，一个 *ns* 轨道，三个 *np* 轨道，但只有三个价电子，即价电子数少于价电子层轨道数，故称为“缺电子原子”。如 BF_3 的 B 原子只有三对电子，有一个空的 *p* 轨道，被称为“缺电子化合物”。它有非常强的接受电子对的能力，易形成稳定的配位化合物，如 BF_3 的 NH_3 配合物。

二、化 合 物

（一）硼酸

硼酸 H_3BO_3 是白色、有光泽的鳞片状晶体。手摸有如滑石粉状的感觉。

硼酸微溶于水，随温度的升高溶解度增大。它是一元弱酸（$K_a^{\ominus}=5.75\times10^{-10}$），它的酸性并不是由于硼酸分子本身电离出 H^+ 离子，而是由于硼酸是一个缺电子化合物，其中硼原子（有一空轨道）与来自水分子的 OH^- 离子（含有孤电子对）发生加合作用，从而释放出 H^+ 离子，反应式如下：

$$H_3BO_3+H_2O \rightleftharpoons \left[\begin{array}{c} \quad OH \\ \quad | \\ HO\text{—}B \leftarrow OH \\ \quad | \\ \quad OH \end{array}\right]^- + H^+$$

硼酸多外用，为消毒防腐剂。能抑制细菌和微生物的生长，刺激性小。2% ~5% 的水溶液可用于洗眼，漱口等；10% 的软膏用于治疗皮肤溃疡。用硼酸作原料与甘油制成的硼酸甘油酯是治疗中耳炎的滴耳剂。

（二）硼砂

硼砂是四硼酸钠的俗称，其化学式为 $Na_2[B_4O_5(OH)_4]\cdot$ 习惯上写为 $8H_2O$，$Na_2B_4O_7\cdot10H_2O$。它是无色半透明晶体，在干燥的空气中易风化。常温下不易溶于水，但较容易溶于沸水。在水中易水解呈碱性。

硼砂与金属氧化物一同灼烧，生成偏硼酸的复盐，这些复盐依金属的不同而呈现特征的颜色如：

$$Na_2B_4O_7+CoO=Co(BO_2)_2\cdot2NaBO_2 \text{（蓝宝石色）}$$

$$Na_2B_4O_7+NiO=Ni(BO_2)_2\cdot2NaBO_2 \text{（热时紫色，冷时棕色）}$$

据此，分析化学上用硼砂来鉴定金属离子，称为硼砂珠实验。

硼砂中药又叫“盆砂”，其作用与硼酸相似，治疗咽喉、口腔肿痛的破棺丹、冰硼散及复方硼砂含嗽剂的成分即为硼砂。

小结

非金属元素全部位于周期表的 p 区，价电子层结构为 $ns^2np^{1\sim5}$，非金属元素较同周期元素的原子半径小，电子亲和势较大，电负性较大，有较强的得电子趋势。

卤族元素为ⅦA 族元素，是活泼的非金属，可直接与金属、非金属、氢气、水直接反应，相互间也可发生置换反应，其重要的化合物有卤化氢、卤酸及其盐。氢卤酸的酸性按 HCl→HBr→HI 的顺序依次增强，其还原性按 HF→HCl→HBr→HI 的顺序依次增强；次卤酸均为一元弱酸，其酸性按 HClO→HBrO→HIO 的顺序依次减弱；卤酸都是强酸、强氧化剂，其酸性按 $HClO_3 \rightarrow HBrO_3 \rightarrow HIO_3$ 的顺序依次减弱；高氯酸是无机酸中最强的酸。

氧族的氧和硫为非金属元素，有同素异形体。其重要的化合物中有过氧化氢，它既有氧化性又有还原性，以氧化性为主。硫化氢为无色有毒气体，处于硫的最低价态，只具有还原性。金属硫化物大多难溶于水，有特征的颜色。亚硫酸及其盐既有氧化性又有还原性，以还原性为主，亚硫酸钠常用作注射剂中的抗氧剂。浓硫酸有强烈的吸水性和脱水性，有强氧化性。硫代硫酸俗称大苏打或海波，主要表现出还原性和配合性。

氮族元素的氮和磷为非金属元素，该族元素从上到下低氧化态比高氧化态化合物稳定，称“惰性电子对效应”，因为 ns^2 电子对从上至下稳定性增加，不易参与成键。化合物中氨为无色有刺激性臭味的气体，具有还原性和配合性；亚硝酸及其盐有毒，有氧化性、还原性和配合性；硝酸是强酸，突出性质为氧化性；磷酸为非挥发性、非氧化性酸。

碳族元素的碳和硅为非金属元素，价电子层结构为 ns^2np^2，有明显“惰性电子对效应”。其化合物中，CO 具有还原性和配合性；CO_2 为直线形分子，无极性；碳酸及其盐的热稳定性顺序为 $H_2CO_3 < NaHCO_3 < Na_2CO_3$；硅酸有聚合作用，溶解度小，聚合物得硅胶，硅胶是常用的干燥剂和吸附剂。

硼族元素的价电子层结构为 ns^2np^1，价电子数少于外层轨道数，称缺电子原子，硼酸为缺电子化合物，是典型的路易斯酸。

目标检测

一、A 型题

1. 下列分子的构型呈角型的是

A. NH_3　　B. PH_3　　C. CH_4

D. H_2SO_4　　E. H_2S

2. 下列含氧的化合物中既可作氧化剂又可作还原剂的物质是

A. H_3PO_4　　B. HNO_3　　C. H_2SO_4

D. H_2O_2　　E. H_2O

3. 下列元素中,电负性最大的是

A. O　B. S　C. F

D. N　E. H

4. 下列酸中只具有氧化性的是

A. H_3PO_4　B. HNO_2　C. H_2SO_3

D. HNO_3　E. HCl

5. 下列化合物中,氢键表现得最强的是

A. NH_3　B. H_2O　C. H_2S

D. HCl　E. HF

6. H_2O_2 中氧的氧化数是

A. −2　B. −1　C. 0

D. +1　E. +2

7. 反应 $Cr_2O_7^{2-} + H_2O_2 + H^+ \rightarrow$ 的主产物是

A. CrO_4^{2-}, H_2O　B. Cr_2O_3, H_2O_2　C. Cr^{3+}, O_2

D. Cr^{3+}, H_2O　E. Cr^{6+}, O_2

8. 无机酸中最强的酸是

A. H_2SO_4　B. $HClO_4$　C. H_2S

D. HCl　E. HF

9. 下列硫化物中,可溶于盐酸的是

A. CuS　B. Ag_2S　C. HgS

D. ZnS　E. CdS

二、B 型题

A. H_2S　B. $Na_2S_2O_3$　C. $Na_2S_4O_6$

D. H_2SO_4　E. $H_2S_2O_8$

1. S 元素的氧化数是 2.5 的分子是

2. 属强氧化剂的物质是

3. 遇酸即分解成单质硫和二氧化硫气体的物质是

4. 有强吸水性,常用作干燥剂的物质是

5. 具有臭鸡蛋味,有剧毒,且只能作还原剂的物质是

A. $Ca(ClO)_2$　B. HClO　C. HBrO

D. HIO　E. $HClO_4$

6. 属漂白粉中有效成分的物质是

7. 酸性最弱的物质是

A. HClO　B. HBrO　C. HIO

D. HCl　E. HF

8. 不能用玻璃仪器盛放的酸是

9. 氧化性最强的酸是

10. 在上述物质中酸性最强的是

三、填空题

1. 卤素单质的氧化能力的顺序为______,其离子的还原能力的顺序为______。

2. 价电子层结构为 $3s^23p^3$ 的元素,属于第______周期______族______区元素。

3. 大苏打或海波的化学式为______,小苏打的化学式为______。

4. 卤素的价电子层结构为______。

5. NH_4Cl 的分解产物是______。

6. 卤素包括______、______、______、______、______五种元素。

四、完成并配平下列反应方程式

1. $Na_2S_2O_3 + I_2 \rightarrow$
2. $KMnO_4 + H_2O_2 + H_2SO_4 \rightarrow$
3. $Na_2S_2O_3 + HCl \rightarrow$
4. $Na_2SO_3 + S \rightarrow$
5. $H_2O_2 + KI \rightarrow$
6. H_2SO_4(浓) + $HBr \rightarrow$
7. $SiO_2 + HF \rightarrow$
8. $C + HNO_3$(浓)$\rightarrow$
9. $Br_2 + OH^- \rightarrow$
10. $Cl_2 + OH^-$(稀)$\rightarrow$

五、简答题

1. 何谓惰性电子对效应。
2. 试述漂白粉的漂白原理。
3. 为什么氢卤酸的酸性顺序与其含氧酸的酸性顺序相反。
4. 干燥 H_2S 气体,可用下列干燥剂中的哪一种:浓 H_2SO_4、固体碱和无水 $CaCl_2$？为什么？
5. 为何不能用玻璃器皿来盛放氢氟酸?
6. 为什么碘难溶于水,但易溶于 KI 溶液和非极性有机溶剂中?
7. 为什么大苏打可解卤素和重金属中毒?
8. 硼酸是几元酸？为什么?

第10章 金属元素

学习目标

1. 了解金属元素在周期表中的位置
2. 解释金属元素的性质与电子层结构的关系
3. 熟悉一些常见金属的音质及化合物的性质

在周期表中,金属元素占绝大多数,s 区、d 区、ds 区、f 区及 p 区左下方的元素均为金属元素。本章从中药专业课程特点出发,将重点讨论常见金属元素及其化合物的性质。

第1节 碱金属和碱土金属

周期表中第ⅠA 族元素包括锂、钠、钾、铷、铯、钫六种金属,它们的氧化物易溶于水,呈强碱性,所以称为碱金属元素。第ⅡA 族元素包括铍、镁、钙、锶、钡、镭六种金属。由于钙、锶、钡的氧化物在性质上介于碱性和土性氧化物(常把难溶又难熔融的 Al_2O_3 称为土性)之间,故称之为碱土金属。习惯上把铍、镁也包括在内。这两族元素中,锂、铷、铯和铍是稀有元素,钫和镭是放射性元素。

一、碱金属和碱土金属的通性

碱金属和碱土金属元素的基本性质列于表 10-1、表 10-2 中。

碱金属元素的原子半径是同周期元素中最大的(稀有气体除外),碱土金属的原子半径略小些。至于同族中,自上而下原子半径递增,电离能和电负性都依次减小,金属活性增强。

两族中的第一个元素锂和铍,在性质上与同族元素差异较大,而在邻族元素之间,Li 与 Mg、Be 与 Al 的性质却更为相似。例如,不同于其他同族元素,Li 与 Mg 在空气中燃烧的产物都是普通氧化物,Li_2O 与 MgO 都具有一定程度的共价性,能溶解在有机溶剂中等等。

周期表中,第二周期的某些元素的性质与其右下方的元素的性质的相似,这一关系称为对角相似规则。周期表中的 Li 和 Mg、Be 和 Al、B 和 Si 这三对元素都具有明显的相似性。呈现对角关系的原因是两种元素的极化力(z/r^2)相近的缘故。

表 10-1 碱金属元素的一些性质

性 质	元 素				
	锂	钠	钾	铷	铯
原子序数	3	11	19	37	55
元素符号	Li	Na	K	Rb	Cs
相对原子质量	6.941	22.99	39.10	85.47	132.9
价电子层结构	$2s^1$	$3s^1$	$4s^1$	$5s^1$	$6s^1$
金属半径/pm	152	186	227	248	265
离子半径/pm	68	95	133	148	169

续表

性质	元素				
	锂	钠	钾	铷	铯
第一电离势/($kJ \cdot mol^{-1}$)	521	499	421	405	371
电负性	0.98	0.93	0.82	0.82	0.79
$E^{\ominus}$/V	-3.045	-2.714	-2.931	-2.925	-2.93
氧化数	+1	+1	+1	+1	+1

表 10-2 碱土金属元素的一些性质

性质	元素				
	铍	镁	钙	锶	钡
原子序数	4	12	20	38	56
元素符号	Be	Mg	Ca	Sr	Ba
原子量	9.012	24.3	40.08	87.62	137.34
价电子层结构	$2s^2$	$3s^2$	$4s^2$	$5s^2$	$6s^2$
金属半径/pm	111.3	160	197.3	215.1	217.3
离子半径/pm	31	65	99	113	135
第一电离势/($kJ \cdot mol^{-1}$)	905	742	593	552	564
第二电离势/($kJ \cdot mol^{-1}$)	1768	1460	1152	1070	971
电负性	1.57	1.31	1.00	0.95	0.89
$E^{\ominus}$/V	-1.85	-2.372	-2.868	-2.899	-2.912
氧化数	+2	+2	+2	+2	+2

二、单质的性质

（一）物理性质

碱金属和碱土金属中，除铍呈钢灰色、铯略呈金黄色外，其余都呈银白色。碱金属原子只有1个价电子且原子半径较大，金属的内聚力很弱，形成的金属键较有2个价电子的碱土金属弱。它们都是低熔点、质软的轻金属，导电、导热性能良好。其中锂、钠和钾的密度小于1，比水轻，浮在水面上不下沉；铯的熔点最低，只有301.5K，接近室温；钠、钾质软，可用小刀切割。碱土金属价电子有两个，金属的内聚力相对较大，单质的熔、沸点较碱金属要高，密度较大，但仍属于轻金属。

钾的发现

1807年，英国化学家戴维(Humphry Davy，1778～1829)用当时最大的伏打堆电解苛性钾，把一小块苛性钾在大气中暴露几分钟(使其表面潮解)，然后放在绝缘的铂盘上，盘与电池组的负极相连；同时用铂丝把电池正极连到钾碱的上表面，钾碱开始在与电极接触的两端熔化。一会儿，上表面剧烈地产生气泡，但见下表面有富有金属光泽、看上去很像水银的小珠出现，有的一经生成，立即燃烧并伴有爆炸，其火焰特别明亮，这就是钾元素。

实验的成功使戴维狂喜不已，他抑制不住自己的喜悦，在屋子里跳起舞来，半天后才安静下来继续做实验。

链接

金属铯中的自由电子活动性极高,当表面受到光照射时,电子便可获得能量从表面逸出。利用这种特性,铯被用来制造光电管中的阴极。

碱金属、碱土金属及它们挥发性盐都具有特征的火焰颜色(表10-3),这是因为金属或其盐在火焰中灼烧时,原子中的电子接受能量被激发到较高的能级。但处在较高能量状态的电子是不稳定的,当电子跳回到较低能级时,就将多余的能量以光的形式放出。原子结构不同,放出光的波长不同,所以呈现的颜色不同。在分析化学中,可利用火焰的颜色来检验这些元素的存在。若将硝酸锶或硝酸钡与氯酸钾和硫等以适当比例混合,可制成红色或绿色的信号弹。若将碱金属、碱土金属元素的硝酸盐或氯酸盐配以镁粉、松香、火药之类,又可做成各色焰火。

表10-3 碱金属和碱土金属的火焰颜色

金属	Li	Na	K	Rb	Cs	Ca	Sr	Ba
火焰颜色	洋红	黄	紫	紫	蓝	橙	砖红	绿

(二)化学性质

从标准电极电势看,碱金属和碱土金属都是很强的还原剂。它们能直接或间接地与卤素、氧、硫、氮、磷等非金属元素反应,生成相应的化合物。

碱金属和碱土金属均可与水反应置换出 H_2。其中锂反应较平稳,钠反应剧烈,钾、铷、铯遇水即发生燃烧,甚至发生爆炸。钙、锶、钡与水反应的激烈程度比相应碱金属差一些,而铍和镁与冷水几乎不反应,可以用热水或水蒸汽促进反应。

在ⅠA族中,随着原子序数的增加 $E_{M^{+}/M}$ 值逐渐降低(锂除外)还原能力逐渐增强。锂在碱金属中是相对稳定的,与水反应的活泼性甚至于小于钠。但从标准电极电势看,锂有相当强的还原性,主要是因为 Li^+ 半径小,水合时放出的热量最多。电极电势的大小只说明反应的倾向性,并不涉及反应速率的问题。碱金属主要在固态或有机反应体系中作还原剂。

由于碱金属在室温下即能与氧迅速反应,故碱金属单质应存放在煤油中。锂的密度最小,可浮于煤油上,通常封存于固体石蜡中保存。

三、氢化物、氧化物与氢氧化物

(一)氢化物

碱金属和钙、锶、钡在高温下都能直接与氢化合生成氢化物。

$$2M + H_2 = 2MH \quad (M = 碱金属)$$

$$M + H_2 = MH_2 \quad (M = Ca、Sr、Ba)$$

这类氢化物都是白色盐状的离子晶体,故称为离子型氢化物或称盐型氢化物。离子型氢化物中含有 H^- 离子,电解时氢气在阳极上放出。

这类氢化物都是强还原剂($E^{\ominus}_{H_2/H^-} = -2.23V$),它们遇到含 H^+ 的物质,迅速反应放出氢气,它们都是优良的氢气发生剂。

$$LiH + H_2O = LiOH + H_2\uparrow$$

$$NaH + H_2O = NaOH + H_2\uparrow$$

$$CaH_2 + 2H_2O = Ca(OH)_2 + 2H_2\uparrow$$

（二）氧化物

碱金属和碱土金属的氧化物包括普通氧化物、过氧化物和超氧化物。

1. 普通氧化物　碱金属在空气中燃烧时，只有锂能生成氧化锂，其他的碱金属的普通氧化物是用金属与它们的过氧化物或硝酸盐作用而制得的。例如：

$$Na_2O_2 + 2Na = 2Na_2O$$

碱土金属在室温或加热时，能与氧气直接化合生成普通氧化物 MO，也可由碳酸盐或硝酸盐加热分解制得：

$$CaCO_3 \xrightarrow{\triangle} CaO + CO_2$$

$$2Sr(NO_3)_2 \longrightarrow 2SrO + 4NO_2\uparrow + O_2\uparrow$$

除 BeO 为两性氧化物外，其他均为碱性氧化物。所有的碱土金属氧化物受热难于分解，氧化铍和氧化镁因为有很高的熔点，常用于制造耐火材料。氧化钙、氧化锶、氧化钡都能与水剧烈反应生成碱，并放出大量的热。CaO 为廉价的吸水剂，常用来吸收乙醇溶液中的水分，制取无水乙醇。

2. 过氧化物　过氧化物中含有过氧离子 O_2^{2-}，结构为$[—O—O—]^{2-}$。

碱金属和钙、锶、钡都能生成含有 O_2^{2-} 离子的过氧化物，其中最有实际价值的是过氧化钠。过氧化钠粉末呈黄色，易吸潮，加热至 773K 仍很稳定。它与水或稀酸反应生成过氧化氢，过氧化氢立即分解放出氧气。

$$Na_2O_2 + 2H_2O = H_2O_2 + 2NaOH$$

$$Na_2O_2 + H_2SO_4 = H_2O_2 + Na_2SO_4$$

$$2H_2O_2 = 2H_2O + O_2\uparrow$$

所以，过氧化钠常用作氧化剂、漂白剂和氧气发生剂。在潮湿的空气中，过氧化钠能吸收 CO_2，并放出氧气。

$$2Na_2O_2 + 2CO_2 = 2Na_2CO_3 + O_2\uparrow$$

利用这一性质，过氧化钠可作高空飞行和潜水时的供氧剂及 CO_2 的吸收剂。

3. 超氧化物　除锂、铍、镁外，其余碱金属和碱土金属都能形成超氧化物。其中钾、铷、铯在空气中燃烧能直接生成超氧化物。超氧化物都是强氧化剂，与水和稀酸反应放出过氧化氢和氧气。

$$2MO_2 + 2H_2O = 2MOH + H_2O_2 + O_2\uparrow$$

$$2MO_2 + H_2SO_4 = M_2SO_4 + H_2O_2 + O_2\uparrow$$

由于超氧化物能除去 CO_2 再生 O_2，其中较易制备的超氧化钾常用于急救器中和潜水、登山等方面。

$$4KO_2 + CO_2 = 2K_2CO_3 + 3O_2\uparrow$$

（三）氢氧化物

碱金属和碱土金属氢氧化物都是白色固体，在空气中易与 CO_2 反应生成碳酸盐，容易吸水潮解。所以固体 NaOH 和 $Ca(OH)_2$ 是常用的干燥剂。碱金属的氢氧化物易溶于水。碱土金属的氢氧化物在水中溶解度小，从 Be 到 Ba 溶解度递增。

碱金属和碱土金属氢氧化物的碱性，呈现有规律的变化，在同族中自上至下递增：

$$LiOH < NaOH < KOH < RbOH < CsOH$$

$$Be(OH)_2 < Mg(OH)_2 < Ca(OH)_2 < Sr(OH)_2 < Ba(OH)_2$$

碱土金属氢氧化物的碱性小于碱金属氢氧化物，$Be(OH)_2$ 呈两性，在强碱溶液中以 $[Be(OH)_4]^{2-}$ 形式存在，$Mg(OH)_2$ 为中强碱，其余为强碱。

四、重要的盐类

碱金属的盐类如卤化物、硝酸盐、硫酸盐和碳酸盐等大都是离子型晶体，易溶于水是它们的特征。而碱土金属盐类的重要特性之一是它们的难溶性，这与碱金属盐的易溶性形成了鲜明的对比。在碱土金属中，除硝酸盐、氯化物易溶，氯酸盐、高氯酸盐和醋酸盐可溶外，其余盐大多难溶于水。下面分类进行介绍。

（一）碳酸盐

碱金属的碳酸盐中，除碳酸锂外，其余均易溶于水。碳酸氢钠 $NaHCO_3$ 俗称小苏打，它的水溶液呈弱碱性。常用于治疗胃酸过多和酸中毒，它在空气中会慢慢分解生成碳酸钠，应该密闭保存于干燥处。由于它与酒石酸氢钾在溶液中反应生成 CO_2，所以它们的混合物是发酵粉的主要成分。

$CaCO_3$ 是石灰石、大理石的主要成分，也是中药珍珠、钟乳石、海蛤壳的主要成分。它可溶于稀的强酸溶液中，并放出 CO_2，故实验室常用碳酸钙来制备二氧化碳。

（二）硫酸盐

碱金属硫酸盐都易溶于水，其中以硫酸钠最重要。$Na_2SO_4 \cdot 10H_2O$ 称为芒硝，在空气中易风化脱水变为无水硫酸钠。无水硫酸钠中药上称玄明粉，为白色的粉末，有潮解性，在有机药物合成中，作为某些有机物的干燥剂。在医药上，芒硝和玄明粉都用作缓泻剂。

硫酸钙的二水合物 $CaSO_4 \cdot 2H_2O$，俗称生石灰，受热脱水生成烧石膏（煅石膏、熟石膏）$CaSO_4 \cdot \frac{1}{2}H_2O$。

$$2CaSO_4 \cdot 2H_2O = CaSO_4 \cdot \frac{1}{2}H_2O + 3H_2O$$

这是一个可逆反应，当煅石膏与水混合成糊状时逐渐硬化重新生成生石膏，在医疗上用作石膏绷带。生石膏内服有清热泻火的功效。熟石膏有解热消炎的作用，是中医治疗流行性乙型脑炎“白虎汤”的主药之一。

硫酸镁（$MgSO_4 \cdot 7H_2O$）是泻药。俗称“泻盐”。

$BaSO_4$（重晶石）是制备其他钡盐的原料，$BaSO_4$ 为诊断用药，其性质稳定，难溶于水、酸、碱或有机溶剂。$BaSO_4$ 在胃肠道内无吸收，能阻止 X 射线通过且无毒，故常用于消化道造影。

（三）氯化物

氯化钠是维持体液平衡的重要盐分，缺乏时会引起恶心、呕吐、衰竭和肌肉痉挛。故常把氯化钠配制成生理食盐水（0.85% ~0.90%），供流血或失水过多的病人补充体液。氯化钾用于低血钾症及洋地黄引起的心律不齐。氯化钙等用于治疗钙缺乏症，也可用于抗过敏药和消炎药。

$CaCl_2 \cdot 2H_2O$ 用于缺钙症，$CaCl_2 \cdot 6H_2O$ 是实验室常用的试剂，加热至 533K 时脱水生

成无水 $CaCl_2$。无水氯化钙有强吸水性，是一种常用的干燥剂。无水 $CaCl_2$ 与氨或乙醇能生成加合物，所以不能干燥乙醇和氨气。$CaCl_2 \cdot 6H_2O$ 和冰（1.44∶1）的混合物是实验室常用的制冷剂。

$BaCl_2 \cdot 2H_2O$ 是重要的可溶性钡盐，可用于医药、灭鼠剂和鉴定 SO_4^{2-} 离子的试剂。但氯化钡有剧毒，致死量为0.8g，切忌入口，使用时要注意保管。

第2节 铝 和 砷

铝（aluminum, Al）是第ⅢA族元素，砷（arsenic, As）、锑（antimony, Sb）、铋（bismuth, Bi）是第ⅤA族元素，也称砷分族。

铝是活泼的金属元素，在自然界中主要以铝矾土矿（$Al_2O_3 \cdot nH_2O$）的形式存在，铝在地壳中的含量仅次于氧和硅，占第三位。

砷、锑、铋在地壳中含量不多，主要以硫化物矿的形式存在。砷、锑、铋的次外层为18电子构型，离子的极化作用较强，变形性较大，在性质上有更多的相似之处，因此称它们为砷分族。其中砷为准金属，锑和铋为金属元素。

一、铝及其化合物

铝是银白色有光泽的金属，密度 $2.7g \cdot cm^{-3}$，熔点930K，沸点2740K。铝具有良好的导电性、导热性和延展性。因其密度小，熔点较高，又能大规模生产，所以铝及其合金被广泛用于制造电器、电讯器材、建筑材料，以及用于制造轻质合金或新型金属复合材料等。

铝的价电子构型为 $3s^23p^1$，主要氧化态为+3，是典型的两性金属。

单质铝暴露在空气中，其表面迅速与氧生成致密的 Al_2O_3 保护膜，阻止内层的铝与水和空气进一步作用。因此，铝被广泛地用于制造日用器皿。

铝能从稀酸中置换出氢，也能溶解于强碱溶液中。

$$2Al + 6H^+ = 2Al^{3+} + 3H_2\uparrow$$

$$2Al + 2OH^- + 6H_2O = 2[Al(OH)_4]^- + 3H_2\uparrow$$

冷的浓硫酸和浓硝酸可使铝表面钝化，因此可以用铝桶储运浓硫酸和浓硝酸及某些化学试剂。

氧化铝 Al_2O_3 有多种晶型，其中最主要的两种是 α-Al_2O_3 和 γ-Al_2O_3。其中 γ-Al_2O_3 粒径小，比表面积大，具有很强的吸附能力和催化活性，也能溶于酸或碱，又称活性氧化铝，广泛地用作吸附剂和催化剂载体等。

氢氧化铝 $Al(OH)_3$ 外观为白色凝胶状沉淀，是两性氢氧化物，既可溶于酸也可溶于碱，加热脱水生成氧化铝。氢氧化铝内服用于中和胃酸，其产物 $AlCl_3$ 还具有收敛和局部止血的作用。

$$Al(OH)_3 + 3HCl = AlCl_3 + 3H_2O$$

因此，$Al(OH)_3$ 是较好的抗酸药，常用于制成氢氧化铝凝胶剂或氢氧化铝片剂等，作用缓慢持久，$Al(OH)_3$ 凝胶还具有保护溃疡面及吸附有害物质的作用。

明矾 $KAl(SO_4)_2 \cdot 12H_2O$ 是含铝的矿物药，中药称白矾，0.5%～2%的溶液可用于洗眼或含漱。外科用煅明矾作伤口的收敛性止血剂，也可用于治疗皮炎或湿疹。白矾内服有祛痰燥湿、敛肺止血的功效。明矾也是最常用的净水剂。

二、砷的化合物

(一) 氢化物

砷化氢 AsH_3 是无色、带有大蒜味的剧毒性气体，极不稳定。在空气中加热会燃烧，在缺氧的条件下，AsH_3 受热分解为单质砷。

$$2AsH_3 = 2As\downarrow + 3H_2\uparrow$$

析出的砷聚集在器皿的冷却部位形成亮黑色的"砷镜"。该反应称为马氏(Marsh)试砷法，在毒物分析学上用于鉴定砷(检出限量为0.007mg)。将试样、锌和盐酸混合，使生成的气体导入热玻璃管中。若试样中含有砷的化合物，则出现亮黑色的"砷镜"。

$$As_2O_3 + 6Zn + 6H_2SO_4 = 2AsH_3\uparrow + 6ZnSO_4 + 3H_2O$$

另一种鉴定砷的方法称古氏(Gutzei)试砷法，它是利用砷化氢的强还原性，将 $AgNO_3$ 还原为 Ag，以达到检出砷的目的(检出限量为0.005mg)。

$$2AsH_3 + 12AgNO_3 + 3H_2O = As_2O_3 + 12HNO_3 + 12Ag\downarrow$$

中国药典采用古氏试砷法测定药品中的含砷量，先将药品转化为具有挥发性的砷化氢，AsH_3 遇溴化汞试纸产生黄色至棕色的砷斑，再与同条件下一定量的标准砷溶液所产生的砷斑比较，以判断砷盐的含量。反应式如下：

$$AsH_3 + 2HgBr_2 = 2HBr + AsH(HgBr)_2\text{(黄色)}$$

$$AsH_3 + 3HgBr_2 = 3HBr + As(HgBr)_3\text{(棕色)}$$

(二) 氧化物

砷的氧化物有两种，氧化数为+3的 As_2O_3 和氧化数为+5的 As_2O_5。As_2O_3 是白色剧毒粉末，致死量是0.1g，俗称砒霜，微溶于水生成亚砷酸 H_3AsO_3。As_2O_3 有去腐拔毒功效，用于慢性皮炎如牛皮癣等。中药回疗丹(消肿止痛、解毒拔脓)中含有 As_2O_3。近年来临床用砒霜和亚砷酸内服治疗白血病，取得重大进展。

As_2O_5 比 As_2O_3 的酸性强，其水合物砷酸 H_3AsO_4 易溶于水，酸的强度与磷酸相近。在较强的酸性介质中，H_3AsO_4 是中等强度的氧化剂，可把 HI 氧化成 I_2。

$$H_3AsO_4 + 2HI = H_3AsO_3 + I_2 + H_2O$$

第3节 d区元素

d区元素位于长式周期表的中部，称过渡元素(transition elements)。习惯上把第四周期的过渡元素叫轻过渡元素(或第一过渡元素)，而把第五、六周期的过渡元素叫重过渡元素(或第二、第三过渡元素)。

过渡元素有许多共同性质，本节先讨论它们的通性，然后重点介绍第一过渡元素的单质及其化合物的性质。

一、d区元素的通性

d区元素包括元素周期表中从第ⅢB族到第Ⅷ族的24个元素(镧系、锕系元素除外)。d区元素全是金属。

原子结构上的共同特点是随着核电荷的增加，电子依次填充在次外层的 *d* 轨道上，而最外层只有 1 ~ 2 个电子，其价层电子构型为 $(n-1)d^{1\sim9}ns^{1\sim2}$（钯例外，其价电子构型为 $4d^{10}5s^0$）。第四周期 *d* 区元素的一些基本性质见表 10-4。

表 10-4　第四周期 *d* 区元素基本性质

性　质	元　素							
	钪	钛	钒	铬	锰	铁	钴	镍
原子序数	21	22	23	24	25	26	27	28
元素符号	Sc	Ti	V	Cr	Mn	Fe	Co	Ni
价电子层结构	$3d^14s^2$	$3d^24s^2$	$3d^34s^2$	$3d^54s^1$	$3d^54s^2$	$3d^64s^2$	$3d^74s^2$	$3d^84s^2$
原子半径/pm	144	132	122	118	117	117	116	115
第一电离势/($kJ \cdot mol^{-1}$)	6.54	6.82	6.74	6.77	7.44	7.87	7.86	7.64
电负性	1.20	1.32	1.45	1.56	1.60	1.64	1.70	1.75
$E^{\ominus}M^{2+}/M/V$		-1.628	-1.18	-0.913	-1.185	-0.447	-0.280	-0.257

（一）物理性质

d 区元素的物理性质非常相似。由于外层 s 电子和 d 电子都参与形成金属键，所以它们的金属晶格能比较高，原子堆积紧密。因此，它们都是硬度大，密度大，熔、沸点高，是延展性、导热、导电性能良好的金属。过渡金属中熔点最高的是钨（熔点 3380℃）；硬度最大的是铬，其 Moh 硬度为 9；最重的是锇，它的密度 22.48，是最轻金属锂密度的 42 倍。

（二）化学性质

1. 金属活泼性　第一过渡系元素都是比较活泼的金属，在金属活动顺序中均位于氢以前，都能从非氧化性稀酸中置换出 H_2。第二、三过渡系元素的金属活泼性较差，它们中的大多数金属不能与强酸反应。

2. 氧化数的多变性　过渡元素具有多种氧化态，这是由它们的价电子层构型所决定的。因为过渡元素外层 s 电子与次外层 d 电子能级接近，在化学反应中，*ns* 电子首先参与成键，故元素的氧化态通常从 +2 开始，在一定条件下，$(n-1)$d 电子也可以部分或全部参与成键，形成多种氧化数。由表 10-5 可见，从左到右，同周期过渡元素的氧化态随 d 电子数的增多而依次升高，当 d 电子数目达到或超过 5 时，能级处于半充满状态，能量降低，稳定性增强，d 电子参加成键的倾向减弱，氧化态逐渐降低，可变氧化态的数目随之减少。

表 10-5　第四周期 d 区元素的氧化数

元　素	Sc	Ti	V	Cr	Mn	Fe	Co	Ni
氧化数	$\underline{+3}$	+2	+2	+2	$\underline{+2}$	+2	$\underline{+2}$	$\underline{+2}$
		+3	+3	$\underline{+3}$	+3	$\underline{+3}$	+3	$\underline{+3}$
		$\underline{+4}$	+4	+4	$\underline{+4}$	+4	+4	$\underline{+4}$
			$\underline{+5}$	+5	+5	+5	+5	
				$\underline{+6}$	+6	+6		
					$\underline{+7}$			

注：画横线者为稳定氧化态。

此外,从上到下,同族过渡元素高氧化态趋于稳定。即第一过渡系低氧化态比较稳定,而它们的高氧化态化合物是强氧化剂,而第二、第三过渡素元素高氧化态化合物比较稳定,它们的低氧化态化合物通常具有还原性。

3. 易形成配合物　过渡元素最重要和最突出的化学性质之一是易形成配合物。因为过渡元素的离子(或原子)具有能级相近的外层电子轨道$(n-1)d$、ns、np,这种构型为接受配体的孤电子对形成配位键创造了条件。同时,由于过渡元素的离子半径较小,最外层一般为未填满的d^x结构,而d电子对核的屏蔽作用较小,因而有较大的有效核电荷,对配体有较强的吸引力,并对配体有较强的极化作用,所以它们有很强的形成配合物的倾向。

4. 化合物的颜色特征　d区元素的化合物或离子普遍具有颜色,这是过渡元素区别于主族元素的重要特征之一。例如,许多过渡金属的氧化物、氢氧化物、硫化物、低氧化态水合离子及大多数配合物都具有一定的颜色。其原因一般认为由d电子d－d跃迁时吸收可见光的波长范围不同而导致的。

二、铬的化合物

铬是第四周期ⅥB族元素,价层电子构型为$3d^5 4s^1$。铬具有+2～+6的各种氧化态,常见的为+2、+3、+6,以+3为最稳定。铬是人体必须的微量元素之一。

铬是极硬的银白色有光泽的金属。纯铬有延展性,含有杂质的铬硬而脆。铬元素电势图如下:

酸性介质($E_A^\ominus$/V)　$Cr_2O_7^{2-} \xrightarrow{+1.33} Cr^{3+} \xrightarrow{-0.407} Cr^{2+} \xrightarrow{-0.913} Cr$　($Cr^{3+} \xrightarrow{-0.744} Cr$)

碱性介质($E_B^\ominus$/V)　$CrO_4^{2-} \xrightarrow{-0.13} CrO_2^- \xrightarrow{-1.1} Cr(OH)_2 \xrightarrow{-1.4} Cr$　($CrO_2^- \xrightarrow{-1.3} Cr$)

铬主要用于炼钢和电镀。铬能增强钢材的耐磨性,耐热性和耐腐蚀性能,并可使钢的硬度、弹性和抗磁性增强,因此用它可冶炼多种合金钢。铬的镀件耐磨、耐腐蚀又极光亮,广泛用于汽车、自行车及金属仪器部件的表面。

(一) 铬(Ⅲ)的化合物

Cr(Ⅲ)的价电子层构型为$3d^3 4s^0$,属于不规则电子构型。其化合物具有以下特征:①具有一定颜色;②其氧化物及其水合物具有明显的两性;③其盐有水解性;④有较强的配合性。

1. 氢氧化铬　向Cr(Ⅲ)盐溶液中加入适量碱,可析出灰绿色水合三氧化二铬($Cr_2O_3 \cdot xH_2O$)胶状沉淀,可简写为$Cr(OH)_3$。$Cr(OH)_3$难溶于水,具有两性,溶于酸生成蓝紫色的铬(Ⅲ)盐;溶于碱生成亮绿色的亚铬(Ⅲ)酸盐:

$$Cr(OH)_3 + 3H^+ = Cr^{3+} + 3H_2O$$

铬是人体必需的微量元素,在肌体的糖代谢和脂代谢中发挥特殊作用。三价的铬是对人体有益的元素,而六价铬是有毒的。人体对无机铬的吸收利用率极低,不到1%;人体对有机铬的利用率可达10%～25%。铬在天然食品中的含量较低,均以三价的形式存在。

链接

$$Cr(OH)_3 + OH^- = CrO_2^- + 2H_2O$$

或
$$Cr(OH)_3 + OH^- = [Cr(OH)_4]^-$$

铬的生理功能和主要食物来源

生理功能:

1. 铬是葡萄糖耐量因子的组成部分，对调节体内糖代谢、维持体内正常的葡萄糖耐量起重要作用。

2. 影响肌体的脂质代谢，降低血中胆固醇和三酰甘油的含量，预防心血管病。

3. 是核酸类（DNA 和 RNA）的稳定剂，可防止细胞内某些基因物质的突变并预防癌症。

缺铬主要表现在葡萄糖耐量受损，并可能伴随有高血糖、尿糖、导致脂质代谢失调，易诱发冠状动脉硬化导致心血管病。

主要食物来源:

啤酒酵母、废糖蜜、干酪、蛋、肝、苹果皮、香蕉、牛肉、面粉、鸡肉以及马铃薯等。

链接

2. 铬(Ⅲ)盐　常见的可溶性铬(Ⅲ)盐主要有:氯化铬 $CrCl_3 \cdot 6H_2O$(绿色或紫色)、硫酸铬 $Cr_2(SO_4)_3 \cdot 18H_2O$(紫色)以及铬钾矾 $KCr(SO_4)_2 \cdot 12H_2O$(蓝紫色)。它们溶于水时,Cr^{3+} 离子将发生水解反应,使溶液显酸性。

铬(Ⅲ)盐的水溶液在不同条件下可呈现不同的颜色,一般是绿色、蓝紫色或紫色。例如 $CrCl_3$ 的稀溶液呈紫色,其颜色随温度、离子浓度而变化,在冷的稀溶液中,由于 $[Cr(H_2O)_6]^{3+}$ 的存在而显紫色,但随着温度的升高和 Cl^- 浓度的加大,由于生成了 $[CrCl(H_2O)_5]^{2+}$ 而使溶液变为绿色。

(二) 铬(Ⅵ)的化合物

1. 三氧化铬　三氧化铬俗名“铬酐”,向 $K_2Cr_2O_7$ 的饱和溶液中,边搅拌边缓慢加入浓硫酸,即可析出深红色的 CrO_3 晶体。

$$K_2Cr_2O_7 + H_2SO_4(浓) = K_2SO_4 + 2CrO_3 + H_2O$$

CrO_3 呈暗红色,易溶于水,熔点较低,热稳定性较差,加热超过其熔点时分解放氧:

$$4CrO_3 = 2Cr_2O_3 + 3O_2\uparrow$$

CrO_3 具有强氧化性,工业上主要用于电镀业和鞣革业,还可用作金属清洁剂等。

2. 铬酸、重铬酸及其盐　铬酸 H_2CrO_4 和重铬酸 $H_2Cr_2O_7$ 均为强酸,只存在于水溶液中,H_2CrO_4 为二元强酸,$H_2Cr_2O_7$ 的酸性比 H_2CrO_4 还强些。

重要的可溶性铬酸盐和重铬酸盐有:铬酸钾 K_2CrO_4 和铬酸钠 Na_2CrO_4、重铬酸钾 $K_2Cr_2O_7$(俗称红矾钾)和重铬酸钠 $Na_2Cr_2O_7$(俗称红矾钠)。其中 $K_2Cr_2O_7$ 在低温下的溶解度极小,又不含结晶水,而且不易潮解,故常用作定量分析中的基准物。在铬酸盐和重铬酸盐的水溶液中都存在着下列平衡:

$$\underset{(橙红)}{Cr_2O_7^{2-}} + H_2O \rightleftharpoons 2HCrO_4^- \rightleftharpoons \underset{(黄色)}{2CrO_4^{2-}} + 2H^+$$

若向铬酸盐溶液中加酸,平衡左移,溶液由黄色变为橙红色,即 CrO_4^{2-} 转变为 $Cr_2O_7^{2-}$;反之,若向重铬酸盐溶液中加入碱时,平衡右移,溶液由橙红色变为黄色,即 $Cr_2O_7^{2-}$ 转变为 CrO_4^{2-}。所以调节溶液的 pH，就能使 CrO_4^{2-} 和 $Cr_2O_7^{2-}$ 之间相互转化。

铬酸盐中除碱金属盐、铵盐和镁盐外，一般都难溶于水，而重铬酸盐的溶解度通常较大。因此，无论向重铬酸盐还是向铬酸盐溶液中加入某种可沉淀的金属离子时，如 Ba^{2+}、Pb^{2+}、Ag^+，生成的都是相应铬酸盐沉淀，如 $BaCrO_4$、$PbCrO_4$、Ag_2CrO_4 沉淀，例如：

$$4Ag^+ + Cr_2O_7^{2-} + H_2O \longrightarrow 2Ag_2CrO_4\downarrow + 2H^+$$

3. 铬(Ⅵ)化合物和铬(Ⅲ)化合物的转化　在酸性溶液中，$Cr_2O_7^{2-}$ 是强氧化剂，可将 H_2S、I^-、Fe^{2+} 等氧化，本身被还原为 Cr^{3+}；在碱性溶液中，CrO_4^{2-} 的氧化性很弱，而 CrO_2^- 却有较强的还原性，可用 H_2O_2、Cl_2、Br_2、Na_2O_2 等将其氧化成 CrO_4^{2-}，例如：

$$2CrO_2^- + 3H_2O_2 + 2OH^- = 2CrO_4^{2-} + 4H_2O$$

由此可以看出，欲使 Cr(Ⅲ)化合物转为 Cr(Ⅵ)化合物，加入氧化剂，在碱性介质中较易进行；欲使 Cr(Ⅵ)化合物转为 Cr(Ⅲ)化合物，加入还原剂，在酸性介质中进行。

用饱和 $K_2Cr_2O_7$ 溶液和浓硫酸混合，即可得到实验室常用的铬酸洗液。铬酸洗液具有强氧化性，可用于洗涤玻璃器皿，以除去器壁上黏附的还原性污物。当洗液经多次使用后，由暗红色变为绿色，表明 Cr(Ⅵ)已转变为 Cr(Ⅲ)，洗液基本失效。

三、锰的化合物

锰是第四周期ⅦB 族元素，价层电子构型为 $3d^54s^2$。在第一过渡元素中，锰具有最多可能的氧化态，常见的有 +2，+3，+4，+6 及 +7。锰也是人体必须的微量元素之一。Mn^{2+} 离子的电子构型是 $3d^5$，为轨道半充满的稳定状态，通常是最稳定的价态。锰的元素电势图如下：

$(E_A^{\ominus}/V)$

$$MnO_4^- \xrightarrow{+0.564} MnO_4^{2-} \xrightarrow{+2.235} MnO_2 \xrightarrow{+0.95} Mn^{3+} \xrightarrow{+1.488} Mn^{2+} \xrightarrow{-1.185} Mn$$

（MnO_4^-—MnO_2：+1.68；MnO_2—Mn^{2+}：+1.224；MnO_4^-—Mn^{2+}：+1.51）

$(E_B^{\ominus}/V)$

$$MnO_4^- \xrightarrow{+0.564} MnO_4^{2-} \xrightarrow{+0.60} MnO_2 \xrightarrow{-0.2} Mn(OH)_3 \xrightarrow{+0.1} Mn(OH)_2 \xrightarrow{-1.456} Mn$$

（MnO_4^-—MnO_2：+0.588；MnO_2—$Mn(OH)_2$：−0.05）

由锰的电势图可知，在酸性溶液中 Mn^{3+} 和 MnO_4^{2-} 均易发生歧化反应，MnO_4^- 和 MnO_2 有强氧化性；在碱性溶液中，$Mn(OH)_2$ 不稳定，易被空气中的氧气氧化为 MnO_2，MnO_4^{2-} 也能发生歧化反应，但不如在酸性溶液中进行得完全。

（一）锰(Ⅱ)的化合物

重要的锰(Ⅱ)盐主要有：氯化锰 $MnCl_2$、硫酸锰 $MnSO_4$ 和硝酸锰 $Mn(NO_3)_2$ 等。锰(Ⅱ)的强酸盐均溶于水，只有少数弱酸盐如 $MnCO_3$，MnS 等难溶于水。在酸性溶液中，Mn^{2+} 相当稳定，只有用强氧化剂如过二硫酸盐（Ag^+ 作催化剂）、二氧化铅、铋酸钠等，才能将其氧化成 Mn(Ⅶ)，如：

$$2Mn^{2+} + 5S_2O_8^{2-} + 8H_2O \xrightarrow[\Delta]{Ag^+} 16H^+ + 10SO_4^{2-} + 2MnO_4^-$$

$$5NaBiO_3 + 2Mn^{2+} + 14H^+ = 5Na^+ + 5Bi^{3+} + 2MnO_4^- + 7H_2O$$

$$5PbO_2 + 2Mn^{2+} + 5SO_4^{2-} + 4H^+ = 2MnO_4^- + 5PbSO_4 + 2H_2O$$

这些反应由几乎无色的 Mn^{2+} 溶液变成紫色的 MnO_4^- 溶液，故可用上述反应来鉴定 Mn^{2+}。

碱性介质中，锰(Ⅱ)的还原性较强，空气中的氧即可氧化 Mn(Ⅱ)成 Mn(Ⅳ)，故向 Mn(Ⅱ)盐溶液中加入碱，可得到白色胶状 $Mn(OH)_2$ 沉淀，在空气中放置一会儿，即转变成棕色：

$$Mn^{2+} + 2OH^- = Mn(OH)_2\downarrow(白色)$$

$$2Mn(OH)_2 + O_2 = 2MnO(OH)_2(棕色)$$

锰的生理功能和主要食物来源

1. 可促进骨骼的生长发育。
2. 保护细胞中细粒体的完整。
3. 保持正常的脑功能。
4. 维持正常的糖代谢和脂肪代谢。
5. 可改善肌体的造血功能。

锰缺乏症状可影响生殖能力，有可能使后代先天性畸形，骨和软骨的形成不正常及葡萄糖耐量受损。另外，锰的缺乏可引起神经衰弱综合征，影响智力发育。锰缺乏还将导致胰岛素合成和分泌的降低，影响糖代谢。

锰的主要食物来源有：糙米、核桃、麦芽、赤糖蜜、莴苣、干菜豆、花生、马铃薯、大豆、向日葵籽、小麦、大麦以及肝等。

链接

(二) 锰(Ⅳ)的化合物

最重要的锰(Ⅳ)的化合物是二氧化锰 MnO_2，它是自然界中软锰矿的主要成分，也是制备其他锰的化合物的主要原料。MnO_2 的用途很广，可作有机反应的催化剂、氧化剂，干电池中的去极化剂，玻璃工业中的脱色剂，火柴工业的助燃剂，油漆油墨的干燥剂等等。

MnO_2 是灰黑色固体，不溶于水，它的酸性和碱性均极弱。

由于 Mn(Ⅳ)处于锰元素的中间氧化态，它既有氧化性又有还原性，但以氧化性为主。特别是在酸性介质中，MnO_2 是个强氧化剂。实验室制备氯气，就是利用它与浓盐酸的反应：

$$MnO_2 + 4HCl(浓) \overset{\triangle}{=} MnCl_2 + Cl_2 + H_2O$$

MnO_2 还可与浓硫酸反应放出氧气：

$$2MnO_2 + 2H_2SO_4(浓) = 2MnSO_4 + O_2 + H_2O$$

(三) 锰(Ⅶ)的化合物

最重要的锰(Ⅶ)化合物是高锰酸钾，俗称灰锰氧，它是深紫色棱柱状晶体，易溶于水，对热不稳定，加热到 200℃以上即分解放氧：

$$2KMnO_4 = K_2MnO_4 + MnO_2 + O_2\uparrow$$

$KMnO_4$ 的水溶液呈紫色，在酸性溶液中缓慢分解，在中性溶液中分解极慢，但光和 MnO_2 对其分解起催化作用，故配制好的 $KMnO_4$ 溶液应保存在棕色瓶中，放置一段时间后，需过滤除去 MnO_2。

$$4MnO_4 + 4H^+ = 4MnO_2 + 3O_2\uparrow + 2H_2O$$

$KMnO_4$ 最突出的性质是它的强氧化性，无论在酸性、中性或碱性溶液中皆有氧化性，它的氧化能力和还原产物随溶液的酸度不同而异。

例如和 SO_3^{2-} 的反应：

酸性　$2MnO_4^- + 5SO_3^{2-} + 6H^+ = 2Mn^{2+} + 5SO_4^{2-} + 3H_2O$

中性或者弱碱性　$2MnO_4^- + 3SO_3^{2-} + H_2O = 2MnO_2 + 3SO_4^{2-} + 2OH^-$

强碱性　$2MnO_4^- + SO_3^{2-} + 2OH^- = 2MnO_4^{2-} + SO_4^{2-} + H_2O$

高锰酸钾是化学上常用的氧化剂，在医药上也用作防腐剂，清毒剂，除臭剂及解毒剂等。

四、铁的化合物

铁、钴、镍是第四周期Ⅷ族元素，性质非常相似，统称铁系元素。铁的价层电子构型为 $3d^64s^2$，铁的最重要的氧化态为 +2，+3，在强氧化剂作用下可达到 +6，在特殊配位化合物中铁也表现其他氧化态。

铁元素的标准电势图如下：

酸性介质（$E_A^\ominus/V$）　$FeO_4^{2-} \xrightarrow{+1.9} Fe^{3+} \xrightarrow{0.771} Fe^{2+} \xrightarrow{-0.447} Fe$　（$Fe^{3+} \xrightarrow{-0.037} Fe$）

碱性介质（$E_B^\ominus/V$）　$FeO_4^{2-} \xrightarrow{+0.9} Fe(OH)_3 \xrightarrow{-0.56} Fe(OH)_2 \xrightarrow{-0.88} Fe$

由电势图可知：①单质铁无论在酸性还是碱性介质中都具有较强的还原性；②Fe(Ⅱ)在酸性介质中较稳定，但在碱性介质中还原性较强；③Fe(Ⅲ)在酸性介质中是中等强度的氧化剂。

（一）铁(Ⅱ)化合物

重要的亚铁盐包括：七水硫酸亚铁 $FeSO_4 \cdot 7H_2O$，它是淡绿色，俗称绿矾，硫酸亚铁铵 $(NH_4)_2SO_4 \cdot FeSO_4 \cdot 6H_2O$，俗称摩尔盐和二氯化铁 $FeCl_2$。亚铁盐的主要性质有：

1. 还原性　Fe(Ⅱ)盐的固体或溶液都可以被空气中的氧所氧化：

$$4Fe^{2+} + O_2 + 4H^+ = 4Fe^{3+} + 2H_2O$$

因此，亚铁盐溶液久置后，溶液中会有棕色的碱式 Fe(Ⅲ)盐沉淀生成。在保存铁(Ⅱ)盐溶液时，最好加几颗铁钉，以阻止 Fe^{2+} 被氧化。

2. 沉淀反应　在溶液中，Fe^{2+} 离子与 OH^-、S^{2-}、CO_3^{2-}、$C_2O_4^{2-}$ 离子及许多弱酸的酸根离子作用时，均生成难溶性沉淀。其中 $Fe(OH)_2$ 应该是白色胶状沉淀，但由于空气中氧的氧化作用，看到的沉淀颜色很快由白变化到灰绿，继而变成棕红色的氢氧化铁沉淀。

3. 配合性　Fe(Ⅱ)具有很强的形成配合物的倾向，多数配合物的配位数为6，空间构型为正八面体。最重要的 Fe(Ⅱ)配合物是六氰合铁（Ⅱ）酸钾 $K_4[Fe(CN)_6]$（又称亚铁氰化钾，黄血盐）。$K_4[Fe(CN)_6]$ 可与 Fe^{3+} 离子作用，生成深蓝色的沉淀 $KFe[Fe(CN)_6]$，俗称普鲁氏蓝，该反应可用于鉴定 Fe^{3+} 离子。

绿　　矾

绿矾结构式为 $FeSO_4 \cdot 7H_2O$，是淡绿色晶体。作农药主治小麦黑穗病，可作除草剂、饮料添加剂、染色，制造蓝黑墨水和木材防腐等。中药中称皂矾，有燥湿、消积杀虫、止血补血、解毒敛疮的作用。

链接

（二）铁（Ⅲ）盐

重要的 Fe（Ⅲ）化合物有：三氧化二铁 Fe_2O_3 和可溶性铁盐。常用的 Fe（Ⅲ）盐有：三氯化铁 $FeCl_3$、硫酸铁 $Fe_2(SO_4)_3$、硝酸铁 $Fe(NO_3)_3$ 和硫酸铁铵 $NH_4Fe(SO_4)_2$。

溶液中，Fe^{3+} 离子的主要性质有：

1. 氧化性　在酸性溶液中 Fe^{3+} 是中等强度的氧化剂，能把 I^-、$SnCl_2$、SO_2、H_2S、Fe、Cu 等氧化，而本身被还原为 Fe^{2+}。

$$Fe^{3+} + Fe \longrightarrow 2Fe^{2+}$$

$$2Fe^{3+} + H_2S \longrightarrow 2Fe^{2+} + S\downarrow + 2H^+$$

2. 水解性　Fe^{3+} 离子在酸性水溶液中，通常以淡紫色的 $[Fe(H_2O)_6]^{3+}$ 形式存在，它很容易水解，生成的碱式水合离子为黄色。它可形成聚合体：

$$2[Fe(H_2O)_6]^{3+} + 2H_2O = [Fe_2(OH)_2(H_2O)_8]^{4+} + 2H_3O^+$$

这种结构可以看成是多核配位离子，溶液 pH 越高，水解聚合的程度越大，逐渐形成胶体，最后析出红棕色水合氧化铁沉淀。温度升高，水解度增大，酸度降低，水解度减小。

第4节　ds 区元素

一、ds 区元素的通性

ds 区元素包括ⅠB 族元素的 Cu、Ag、Au（也称铜族元素）和ⅡB 族的 Zn、Cd、Hg（也称锌族元素），共六个元素。ⅠB 族、ⅡB 族的价电子构型分别为 $(n-1)d^{10}ns^1$、$(n-1)d^{10}ns^2$。

虽然ⅠB、ⅡB 族元素原子的最外层电子数分别与ⅠA、ⅡA 族原子的最外层电子数相同，但次外层电子数不同，主族原子的次外层是 8 电子结构，副族原子的次外层是 18 电子结构，相差 10 个 d 电子。由于 d 电子的屏蔽效应很小，所以核电荷对外层电子的吸引力强，因此副族元素的原子半径比相应主族元素的原子半径小，电离能高，其化学活泼性比相应主族元素的活泼性小。

ⅠB 族元素原子的 $(n-1)$d 和 ns 电子的能级相差不多，所以 d 电子也能参与反应，从而呈现 +1、+2、+3 氧化态。ⅡB 族元素的 d 电子有较高的稳定性，第二电离能很高，所以氧化数大于 +2 的化合物是不存在的。

铜族元素和锌族元素的原子分别失去 1 个和 2 个电子，变成外层为 18 电子构型的 M^+ 和 M^{2+}，这两种构型的离子具有较强的极化力，本身变形性又大，所以它们的二元化合物有相当程度的共价性。

这两族元素与其他过渡元素类似，易形成配合物，但由于锌族元素的 M^{2+} 离子 d 轨道已填满，电子不能发生 d-d 跃迁，因此其配合物一般无色。

铜族元素和锌族元素单质的熔、沸点较其他过渡元素低，特别是锌族元素，由于其原子半径较大，次外层 d 轨道全充满，不参与形成金属键，所以熔点、沸点更低。其中，汞的熔点在所有金属中最低，常温下就以液态存在。

二、铜的化合物

铜在化合物中主要的氧化态为 +2，其次是 +1，铜的元素电势图如下：

酸性介质（$E_A^\ominus$/V） $Cu^{2+} \xrightarrow{+0.17} Cu^{+} \xrightarrow{+0.521} Cu$（$Cu^{2+}$ 与 Cu 之间：0.3419）

碱性介质（$E_B^\ominus$/V） $Cu(OH)_2 \xrightarrow{-0.080} Cu_2O \xrightarrow{-0.360} Cu$

铜的生理功能和主要食物来源

1. 维护正常造血机能和铁的代谢。
2. 维护中枢神经系统的健康。
3. 保护毛发正常的色素和结构。
4. 维护骨骼、血管、皮肤的正常。
5. 保护肌体细胞免受超氧离子的毒害。

铜缺乏将导致贫血、骨质疏松、皮肤和毛发的脱色素、肌张力的减退和精神运动性障碍。摄入过多的铜可导致肝细胞和红细胞的损伤，症状为恶心、呕吐、腹泻，严重时将昏迷。

铜广泛分布于食物之中。饮用水含铜量随管道输送的类型和水的硬度而变化。奶的含铜量较少。铜的主要食物来源有：黑胡椒、废糖蜜、可可、肝、甲壳类、坚果类、黄豆、种子、油橄榄（绿）、麦麸、香蕉及牛肉等。

链接

（一）铜（Ⅱ）盐

常见的可溶性铜（Ⅱ）盐有蓝色的 $CuSO_4 \cdot 5H_2O$ 和绿色的 $CuCl_2 \cdot 2H_2O$。$CuSO_4 \cdot 5H_2O$ 俗称胆矾，受热后逐步脱水：

$$CuSO_4 \cdot 5H_2O（蓝色）\xrightarrow{102℃} CuSO_4 \cdot 3H_2O \xrightarrow{113℃} CuSO_4 \cdot H_2O \xrightarrow{258℃} CuSO_4（白色）\xrightarrow{750℃} CuO（黑色）+ SO_3$$

无水 $CuSO_4$ 易溶于水，吸水性强，吸水后即显示特征的蓝色，可利用这一性质检验有机液体中的微量水分；也可用作干燥剂，从有机液体中除去水分。$CuSO_4$ 溶液由于 Cu^{2+} 水解而显酸性。

$CuSO_4$ 是制取其他铜盐的重要原料，在电解或电镀中用作电解液或电镀液。$CuSO_4$ 具有杀菌能力，用于游泳池、蓄水池中可防止藻类生长，还可用于消灭植物病虫害。$CuSO_4 \cdot 5H_2O$ 内服可作催吐剂，外用可治疗沙眼、结膜炎等。

无水 $CuCl_2$ 为棕黄色固体，可由单质直接化合而成，它是共价化合物。

在铜(Ⅱ)盐溶液中通入硫化氢,得到黑色 CuS 沉淀,它在水中溶解度很小,$K_{sp}^{\ominus}=6.3\times10^{-36}$,不溶于非氧化性酸,能溶于热稀硝酸。

碱式碳酸铜 $Cu_2(OH)_2CO_3$ 俗称铜绿,是中药铜青的主要成分,它是绿色不溶于水的固体。铜在潮湿空气中慢慢生成的铜锈就是该物质:

$$2Cu + O_2 + H_2O + CO_2 = Cu_2(OH)_2CO_3$$

(二) 铜(Ⅱ)和铜(Ⅰ)的转化

从 Cu^+ 的价层电子结构($3d^{10}$)看,Cu(Ⅰ)化合物应该是稳定的,自然界中也确有含 Cu_2O 和 Cu_2S 的矿物存在。但在水溶液中,Cu^+ 易发生歧化反应,生成 Cu^{2+} 和 Cu,因此在水溶液中 Cu^+ 不如 Cu^{2+} 稳定。从铜的电势图看出,在酸性溶液中:

$$2Cu^+ \longrightarrow Cu^{2+} + Cu$$

$$K^{\ominus} = \frac{[Cu^{2+}]}{[Cu^+]^2} = 8.5\times10^5$$

说明 Cu^+ 歧化反应的平衡常数相当大,反应进行得很彻底。

为使 Cu(Ⅱ)转化为 Cu(Ⅰ),必须有还原剂存在,同时要降低溶液中 Cu^+ 的浓度,使之成为难溶物或难解离的配合物。例如,在热的盐酸溶液中,用铜粉还原 $CuCl_2$,可生成难溶于水的 CuCl:

$$Cu^{2+} + Cu + 2Cl^- = 2CuCl$$

在这个反应中,由于生成了 CuCl 沉淀,降低了 Cu^+ 的浓度,致使平衡向 Cu^+ 歧化反应的相反方向进行。

又如 $CuSO_4$ 溶液与 KI 反应,得不到 CuI_2,而得到白色 CuI 沉淀:

$$2Cu^{2+} + 4I^- = 2CuI + I_2$$

其中 I^- 既是还原剂,又是沉淀剂。

(三) 铜(Ⅰ)和铜(Ⅱ)的配合物

Cu^+ 可与单齿配体形成配位数为 2、3、4 的配合物,其中以配位数为 2 的直线型配离子最为常见,例如:$[CuCl_2]^-$、$[Cu(CN)_2]^-$、$[Cu(SCN)_2]^-$ 等。

Cu^{2+} 与单齿配体一般形成配位数为 4 的正方形配合物,例如:$[Cu(H_2O)_4]^{2+}$、$[Cu(NH_3)_4]^{2+}$、$[CuCl_4]^{2-}$ 等。

此外,Cu^{2+} 还可和一些有机配合剂(如乙二胺等)形成稳定的螯合物。

三、银的化合物

最常见的银的可溶性盐就是 $AgNO_3$,$AgNO_3$ 可作收敛药,用于治疗溃疡等。$AgNO_3$ 晶体对热不稳定,加热到 440℃ 即分解:

$$2AgNO_3 = 2Ag + 2NO_2\uparrow + O_2\uparrow$$

在光照下,$AgNO_3$ 也会按上式分解,微量的有机物可促进 $AgNO_3$ 的见光分解,如 $AgNO_3$ 溶液滴在手上,见光分解,在皮肤上产生 Ag 的黑斑难以洗去。因此 $AgNO_3$ 常保存在棕色瓶内。

$AgNO_3$ 有一定的氧化性($E^{\ominus}_{Ag^+/Ag} = +0.7996V$),在水溶液中可被金属 Cu、Zn 等还原为单质,但并不能氧化 I^-、H_2S 等还原剂。

Ag^+和Cu^+一样,主要形成配位数为2的直线型配离子,例如$[Ag(NH_3)_2]^+$、$[AgCl_2]^-$、$[Ag(S_2O_3)_2]^{3-}$等。其中$[Ag(NH_3)_2]^+$可用于制造保温瓶胆和镜子镀银,反应式为:

$$2[Ag(NH_3)_2]^+ + \underset{\text{(甲醛或葡萄糖)}}{RCHO} + 3OH^- = 2Ag\downarrow + 4NH_3\uparrow + RCOO^- + 2H_2O$$

此反应称为银镜反应,可用来检验醛类化合物。

四、汞的化合物

汞是唯一在常温下呈液态的金属,且容易挥发,汞的蒸汽毒性很大,使用时易洒出。万一洒出,必须尽量收集,遗留在缝隙处的用锡箔回收,因为锡箔可被汞湿润将汞粘起,然后可在缝隙中填上硫磺粉或三氯化铁,它们可将汞反应成化合物HgS或Hg_2Cl_2,而减小毒性。在氧化数为+1的化合物中,+1价汞是以双聚离子$Hg_2{}^{2+}$的形式出现,且比较稳定,汞元素的电势图如下:

酸性介质($E_A^{\ominus}$/V)　$Hg^{2+} \xrightarrow{0.92} Hg_2^{2+} \xrightarrow{0.799} Hg$（$Hg^{2+}$—$Hg$：0.854）

$HgCl_2 \xrightarrow{0.63} Hg_2Cl_2 \xrightarrow{0.2681} Hg$

碱性介质($E_B^{\ominus}$/ V)　$HgO \xrightarrow{0.0934} Hg$

汞对环境的污染

您可能不知道,一只40W的直管日光灯内含有约25ml的水银,如果经焚化炉燃烧,就会污染空气;如果丢在水中,就会变成有机汞,人们饮用后就易引起脑部病变;要是掩埋,则转变成甲基汞,污染地下水源,误饮后引起神经病变。同样的,含汞电池也是一个可怕的污染源,市售各种电池中,只有锂电池不含汞,其他多少都含有汞。

链接

(一)氯化汞和氯化亚汞

氧化汞和盐酸作用可得$HgCl_2$。$HgCl_2$为共价型化合物,熔点较低(280℃),易升华,因而俗名升汞,是中药白降丹的主要成分。$HgCl_2$溶于水,有剧毒,其稀溶液有杀菌作用,外科上用作消毒剂,其水溶液可用于动植物标本的保存,防止虫蛀。

$HgCl_2$可被还原剂还为白色的氯化亚汞Hg_2Cl_2,进一步被还原为黑色的金属汞:

$$2HgCl_2 + Sn^{2+} + 4Cl^- = Hg_2Cl_2\downarrow + [SnCl_6]^{2-}$$

$$Hg_2Cl_2 + Sn^{2+} + 4Cl^- = 2Hg\downarrow + [SnCl_6]^{2-}$$

分析化学中利用此反应鉴定Hg(Ⅱ)或Sn(Ⅱ)。

另外,$HgCl_2$与$NH_3 \cdot H_2O$反应可生成一种难溶解的白色氨基氯化汞沉淀:

$$HgCl_2 + 2NH_3 = Hg(NH_2)Cl\downarrow(\text{白色}) + NH_4Cl$$

此反应可用于鉴定Hg(Ⅱ)离子。

Hg_2Cl_2分子结构也为直线型(Cl—Hg—Hg—Cl),它是白色固体,难溶于水。少量的Hg_2Cl_2无毒,因味略甜,俗称甘汞,为中药轻粉的主要成分。内服可作缓泻剂,外用治疗慢性溃疡及皮肤病。Hg_2Cl_2 也常用于制作甘汞电极。Hg_2Cl_2 见光易分解：

$$Hg_2Cl_2 = HgCl_2 + Hg$$

因此应把它保存在棕色瓶中。

如在 Hg_2Cl_2 溶液中加入 $NH_3 \cdot H_2O$，不仅有白色沉淀，同时有黑色汞析出：

$$Hg_2Cl_2 + 2NH_3 = Hg(NH_2)Cl\downarrow(白色) + Hg\downarrow(黑色) + NH_4Cl$$

此反应可用于鉴定 Hg(Ⅰ)。注意这与 $HgCl_2$ 与 $NH_3 \cdot H_2O$ 的反应是有区别的。

金属汞与 $HgCl_2$ 固体一体研磨可制得氯化亚汞 Hg_2Cl_2：

$$HgCl_2 + Hg = Hg_2Cl_2$$

（二）硫化汞

硫化汞 HgS 的天然矿物叫做辰砂或朱砂，因产于湖南辰州而得名，又因它的颜色是朱红色，故又称朱砂。中药用作安神镇静药。人工合成的朱砂是由汞与硫直接反应，加热升华而成：

$$Hg + S = HgS$$

实验室中，在汞盐溶液中通入硫化氢，得到黑色硫化汞沉淀：

$$Hg^{2+} + H_2S = HgS\downarrow + 2H^+$$

硫化汞是最难溶的金属硫化物，它不溶于盐酸及硝酸，但溶于王水生成配离子：

$$3HgS + 12Cl^- + 2NO_3^- + 8H^+ = 3[HgCl_4]^{2-} + 3S + 2NO\uparrow + 4H_2O$$

第5节　金属元素在医药中的应用

我国地域辽阔，中药种类繁多，应用中药治疗疾病历史悠久。以金属、非金属单质或它们的化合物为成分的药物称为无机药。它们大量存在于矿物和介壳类药材中（故无机药又有矿物药之称），在植物药材中也含有一些无机成分，它们大多与组织细胞中的有机酸结合成盐而存在。无机金属离子在中药中的作用及与人类疾病的发生、发展和临床治疗的关系已逐渐为人们所认识，利用微量元素来预防和治疗疾病也取得了显著的成效。现仅就含所述金属元素的药物的应用作一简介。

碱金属元素中，钠、钾的盐类常作药用，如生理盐水用 NaCl 配制，KCl 用于低血钾症及洋地黄中毒引起的心律不齐，$Na_2S_2O_3$ 治疗疥疮，KI 用于配制碘酊，$NaHCO_3$ 用于治疗酸中毒等。

碱土金属元素中，镁、钙、钡的化合物可供药用。钙是人体中骨骼、牙齿、血液和肌肉组织的组成成分之一，也是维持神经及肌肉组织正常兴奋的必要因素，因此水溶性钙盐广泛用作医药。镁的氧化物及硅酸盐有降低胃液酸度的作用，用作制酸剂。硫酸钡可用作胃肠道造影剂。

氢氧化铝是两性氢氧化物，它能中和胃酸，同时生成的三氯化铝有收敛作用，能保护溃疡面防止出血。用于治疗胃酸过多、胃溃疡及十二指肠溃疡等症。明矾 $KAl(SO_4)_2 \cdot 12H_2O$ 具有收敛作用，外用可治疗皮炎或湿疹，内服有祛痰燥湿、敛肺止血的功效，也常用作净水剂。

砒霜（As_2O_3）是剧毒药物，用于治疗慢性皮炎、牛皮癣等，近年来临床用 As_2O_3 及亚砷酸钾溶液内服治疗急慢性白血病，取得重大进展。As_2S_2 是中药雄黄的主要成分，外用治疗疮疖、疥癣及虫蛇咬伤等，也可内服，许多治疗上述病症的内服药中含有雄黄。

胆矾 $CuSO_4 \cdot 5H_2O$，内服可作催吐剂，外用可治疗沙眼、结膜炎等，$CuSO_4$ 具有杀菌能力，用于游泳池、蓄水池消毒，防止藻类生长，与生石灰配成波尔多液用于消灭植物病虫害。

中药自然铜主含硫化铁 FeS_2，经煅烧后主成分转化为 Fe_2O_3，有散瘀、接骨、止痛的作用，用于跌打损伤等症。轻粉氯化亚汞 Hg_2Cl_2，红粉氧化汞 HgO，均有攻毒去腐的作用，主要用于痈疽溃疡、神经性皮炎等症。Hg_2Cl_2 杀菌力强，但毒性强烈，主要用于配制外科手术器械消毒液。朱砂 HgS，有镇静安神作用，用于治疗癫痫、惊风。

小结

碱金属、碱土金属分别位于周期表中的ⅠA、ⅡA族，价电子层结构为 $ns^{1\sim2}$，其单质的密度小、硬度小、电离能小、导电性好，具有特征火焰颜色，是活泼的金属。其重要的化合物有氢化物、氧化物、氢氧化物、碳酸盐、硫酸盐、氯化物等。

铝是ⅢA族的金属元素，其单质具有良好的导热、导电和延展性，其化合物 $Al(OH)_3$ 为两性化合物，可用于中和胃酸，Al_2O_3 的吸附剂和催化剂；砷是ⅤA族元素，为准金属，其化合物有 As_2O_3 俗称砒霜，有剧毒。

d区元素是ⅢB～Ⅷ族元素，价电子层结构为 $(n-1)d^{1\sim9}ns^{1\sim2}$，因其d电子可参与成键，氧化数多变，单质是密度大、硬度大、熔沸点较高，是导电、导热、延展性好的金属，易形成配合物，化合物多有颜色。其铬的化合物的反应主要是Ⅲ价与Ⅵ价间的转化；锰的化合物主要是+7、+6、+4、+2价，常用的 $KMnO_4$ 是氧化剂，其还原产物决定于介质的酸碱性，在酸性介质中还原为无色的 Mn^{2+}、在中性介质中还原为棕色的 MnO_2，在碱性介质中还原为绿色的 MnO_4^{2-}；铁的化合物主要是Fe(Ⅱ)，Fe(Ⅲ)。

ds区元素是ⅠB～ⅡB族元素，价电子层结构为 $(n-1)d^{10}ns^{1\sim2}$，其单质的活泼性较主族ⅠA、ⅡA元素差。

目标检测

一、A型题

1. 碱土金属的价电子层结构是

A. ns^1　B. ns^2　C. $(n-1)d^{10}ns^1$

D. $(n-1)d^{10}ns^2$　E. $(n-1)d^{1\sim9}ns^2$

2. 金属氢化物都是

A. 强还原剂　B. 强氧化剂　C. 沉淀剂

D. 配合剂　E. 强酸

3. 碱土金属元素 Be、Mg、Ca、Sr、Ba 中半径最大的是

A. Ba　B. Sr　C. Ca

D. Mg　E. Be

4. *d* 区元素的价层电子构型是

A. $(n-1)d^{1\sim9}ns^{1\sim2}$　B. $(n-1)d^{10}ns^1$　C. $(n-1)d^{10}ns^2$

D. $(n-1)d^{1\sim9}ns^1$　E. $(n-1)d^{1\sim9}ns^2$

5. 在所有金属元素中，硬度最大的是

A. Li　B. Fe　C. W

D. Cr　E. Os

6. 在酸性水溶液中若有还原剂使Cr(Ⅵ)转化为Cr(Ⅲ)，溶液的颜色有什么变化

A. 由红变黄　B. 由橙红变绿　C. 由橙变黄

D. 由黄变橙　E. 由无色变绿色

7. 氧化剂高锰酸钾在不同介质中还原产物不同，若为碱性介质，其还原产物为

A. Mn^{2+}　　B. Mn^{3+}　　C. MnO_2

D. MnO_4^{2-}　　E. Mn

8. 在 $Cu(NO_3)_2$溶液中加入 KI 溶液可生成

A. Cu　　B. CuI　　C. CuI_2

D. CuO　　E. $Cu(OH)_2$

9. 向 $Hg_2(NO_3)_2$ 溶液中通入 H_2S 气体将生成

A. HgS 和 Hg　　B. Hg_2S　　C. Hg

D. HgO　　E. $Hg(OH)_2$

10. Fe^{3+}的外层电子结构是

A. $3d^5$　　B. $3d^6$　　C. $3d^54s^2$

D. $3d^64s^2$　　E. $3d^8$

11. 下列化合物中，碰到皮肤会产生黑斑的物质是

A. NaCl　　B. $CuCl_2$　　C. $Cu(NO_3)$

D. $AgNO_3$　　E. $ZnCl_2$

二、B 型题

A. $CuSO_4 \cdot 5H_2O$　　B. ZnO　　C. $HgCl_2$

D. Hg_2Cl_2　　E. HgS

1. 中药称之为朱砂、丹砂或辰砂是
2. 不溶于水的甘汞、轻粉是
3. 胆矾的主要成分是

A. Ca_2CO_3　　B. $Na_2SO_4 \cdot 10H_2O$　　C. $CaSO_4 \cdot \frac{1}{2}H_2O$

D. $MgSO_4 \cdot 7H_2O$　　E. $BaSO_4$

4. 中药珍珠、钟乳石、海蛤壳的主要成分是
5. 常用于胃肠道 X 射线造影的物质是
6. 中药芒硝的主成分是
7. 医疗上用作石膏绷带，称之为熟石膏的是

A. As_2S_2　　B. $CaCO_3$　　C. As_2O_3

D. $HgCl_2$　　E. Fe_2O_3

8. 中药白降丹的主要成分是
9. 雄黄的主要成分是
10. 砒霜的主要成分是

三、简答题

1. 何谓元素的对角相似规则？举例说明。
2. 金属钠、钾应如何保存？若不慎着火能否用水扑灭？为什么？
3. 写出下列中药矿物药的主要成分：玄明粉　煅石膏　砒霜　海蛤壳　明矾
4. 写出碱金属、碱土金属氢氧化物的碱性顺序。
5. 写出下列中药矿物药的名称：

   $CuSO_4 \cdot 5H_2O$；$HgCl_2$；HgS；As_2O_3。

四、完成并配平下列反应式

1. $KH + H_2O \rightarrow$
2. $AsO_4^{3-} + I^- + H^+ \rightarrow$
3. $AsO_3^{3-} + Zn + H^+ \rightarrow$

4. $CaO + H_2O \rightarrow$
5. $Na_2O_2 + CO_2 \rightarrow$
6. $KMnO_4 + H_2S + KOH \rightarrow$
7. $CrO_2^- + H_2O_2 \rightarrow$
8. $Hg_2(NO_3)_2 + NaCl \rightarrow$
9. $K_2Cr_2O_7 + KI + H_2SO_4 \rightarrow$
10. $CuSO_4 + KI \rightarrow$
11. $FeCl_3 + KI \rightarrow$
12. $HgCl_2 + SnCl_2$(适量)$\rightarrow$

实验部分

实验1　仪器的认领和基本操作训练

一、实 验 目 的

1. 认识无机实验常用仪器。

2. 练习清洗玻璃仪器。

3. 练习一些基本化学操作。

二、仪 器 试 剂

仪器:刻度移液管,胖肚移液管,量筒或量杯,容量瓶,酸式滴定管,碱式滴定管,试管,刻度离心试管,烧杯,锥形瓶,表面皿,三角漏斗,布氏漏斗,吸滤瓶(或称抽滤瓶),蒸发皿,直形滴管,玻璃棒,点滴板,洗耳球,试管夹,刷子,试管架,酒精灯,铁圈,铁夹,铁架台,滴定台,滴定管夹,洗瓶,石棉网,托盘天平,水浴锅,离心机

试剂:粗食盐

其他:滤纸,火柴,蒸馏水

三、实 验 内 容

1. 认领仪器　按仪器清单认领仪器,检查玻璃仪器是否破损。

2. 清洗仪器　对于试管、烧杯、量筒、锥形瓶、表面皿等仪器,可在容器中先注入少量水,选择适当大小的刷子蘸取洗衣粉刷洗,然后用自来水冲洗至无泡沫,若仪器内壁的水不聚集成滴也不成股流下,表明仪器清洗干净。否则说明仪器内附着油性污垢,需再刷洗。最后用蒸馏水冲洗 2～3 次,每次洗涤用水约为容器容积的 1/5～1/10。

刷子不好刷洗的器皿可用铬酸洗液洗。尽量倒净容器中的水后,加入少量洗液,转动容器使内壁全部被洗液润湿,并放置片刻,将洗液倒回原瓶(若颜色发绿可倒入废液缸),然后用自来水冲洗干净。最后用蒸馏水冲洗 2～3 次。

3. 基本操作训练——粗食盐的提纯　在托盘天平的左右托盘上放上两张大小相同的纸,然后用药勺取 5g 左右的粗食盐,放在左盘上,砝码放在右盘上,加减砝码至两边平衡,指针在刻度尺中间不动或来回摆动幅度相同。盘上砝码的质量即为称量食盐的质量。将已称取的粗食盐放入烧杯中,用量筒量取 20ml 蒸馏水,用玻璃棒搅拌,为了加速溶解速度,常用加热的办法。一般用三角架,上面放石棉网,然后将烧杯置于石棉网上,在网下用酒精灯加热,边加热边搅拌,直至沸腾为止。移去酒精灯,将烧杯连同石棉网置实验台上,加盖表面皿,静置澄清。对澄清过的食盐溶液和不溶物进行过滤,将不溶物用少量蒸馏水洗涤 2～3 次弃去,留滤液备用。将滤液倾入干燥洁净的蒸发皿内,滤液不能超过蒸发皿容积的 2/3,以免溶液沸腾时向外飞溅。将此蒸发

皿移置于装有石棉网的三角架上，下面用酒精灯加热，当浓缩到蒸发皿底部出现结晶时，立即用玻璃棒搅拌，当快要蒸干时，应用清洁的玻璃漏斗盖住，并撤去酒精灯，直至水分受热继续蒸干为止。为了使晶体更纯，则用重结晶法，即加少量水溶解晶体，然后再蒸发进行结晶、分离。可以用减压过滤法，得到纯净干燥的食盐晶体。减压过滤所用仪器是吸滤瓶和布氏漏斗，把食盐晶体与浓缩液转移至布氏漏斗上，进行抽滤。过滤完毕，应先把连接吸滤瓶的橡皮管拔下，然后关闭水龙头（或停真空泵），以防倒吸。用药勺拨出晶体于称量纸上，用托盘天平称重，计算产率。

四、注意事项

1. 洗液是重铬酸钾的浓硫酸溶液，有强腐蚀性，遇水会大量放热，用时小心。
2. 酒精灯必须在灯熄后才能加酒精，用漏斗加入，体积不超过灯身体积的3/4。
3. 用火柴点燃酒精灯，不可用另一酒精灯来点燃。
4. 盖上灯罩火焰即熄灭，不能用口吹灭。

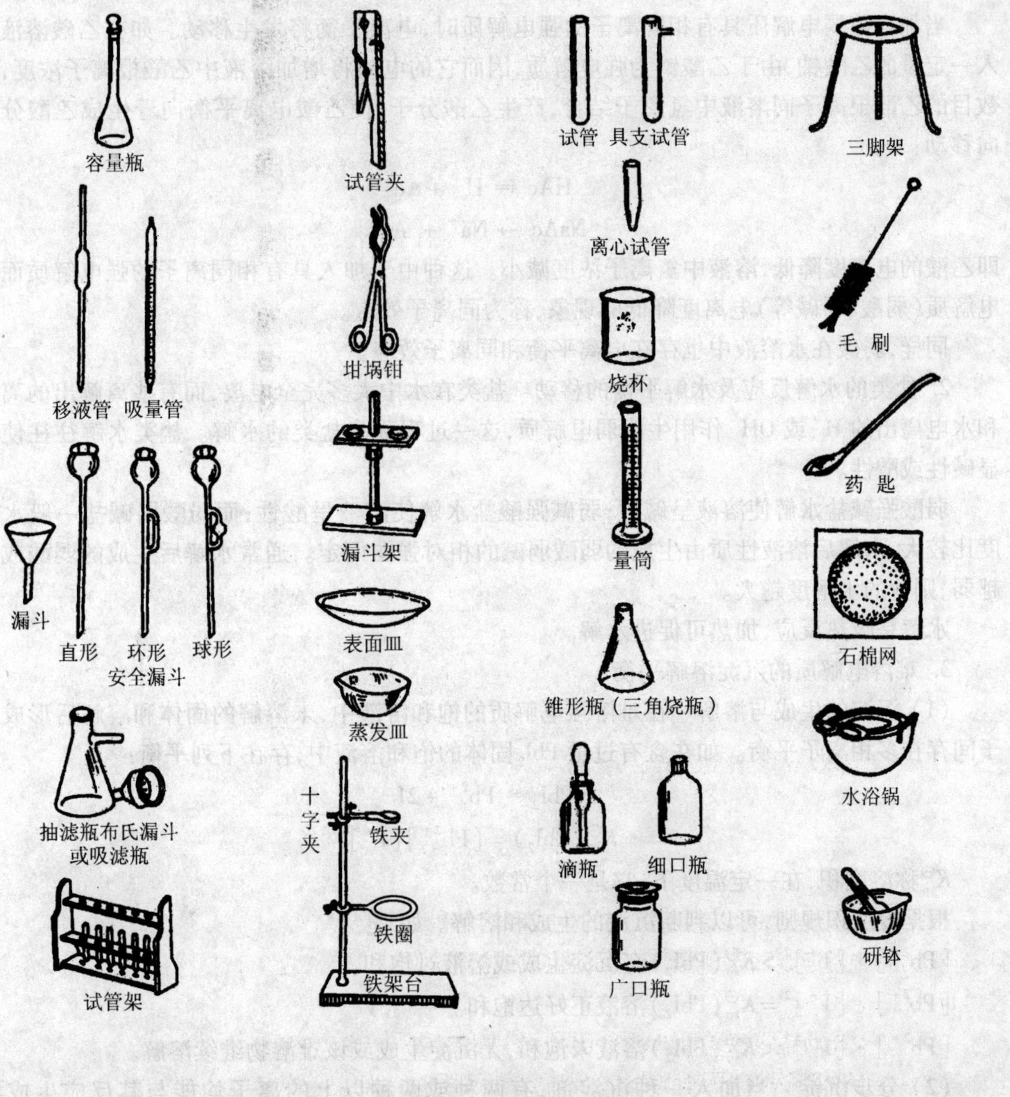

实验2　电离平衡、沉淀平衡与盐的水解

一、实验目的

1. 通过实验进一步了解弱电解质的电离及同离子效应。
2. 了解盐类的水解反应和抑制水解的方法。
3. 了解沉淀溶解平衡和溶度积原理的应用。
4. 学习离心分离和 pH 试纸的使用等基本操作。

二、实验原理

1. 弱电解质电离和同离子效应　若 AB 为弱电解质，则溶液中存在下列电离平衡

$$AB \rightleftharpoons A^+ + B^-$$

当加入与弱电解质具有相同离子的强电解质时，电离平衡将发生移动。如在乙酸溶液中加入一定量的乙酸钠，由于乙酸钠为强电解质，因而它的电离将增加溶液中乙酸根离子浓度，一定数目的乙酸根离子同溶液中氢离子结合，产生乙酸分子，使乙酸电离平衡向着生成乙酸分子方向移动：

$$HAc \rightleftharpoons H^+ + Ac^-$$

$$NaAc \rightarrow Na^+ + Ac^-$$

即乙酸的电离度降低，溶液中氢离子浓度减小。这种由于加入具有相同离子的强电解质而使弱电解质(弱酸、弱碱等)电离度降低的现象，称为同离子效应。

同样，弱碱在水溶液中也存在电离平衡和同离子效应。

2. 盐类的水解反应及水解平衡的移动　盐类在水中大多完全电离，而有些离解出的离子能和水电离出的 H^+ 或 OH^- 作用生成弱电解质，这一过程称为盐类的水解。盐类水解往往使溶液显碱性或酸性。

弱酸强碱盐水解使溶液呈碱性；弱碱强酸盐水解使溶液呈酸性；而弱酸弱碱盐一般水解程度比较大，水解后溶液性质由生成的弱酸弱碱的相对强弱而定。通常水解后生成的弱酸或弱碱越弱，则盐的水解度越大。

水解是吸热反应，加热可促进水解。

3. 难溶电解质的沉淀溶解平衡

(1) 沉淀的生成与溶解　在难溶强电解质的饱和溶液中，未溶解的固体和溶解后形成的离子间存在多相离子平衡。如在含有过量 PbI_2 固体的饱和溶液中，存在下列平衡：

$$PbI_2 \rightleftharpoons Pb^{2+} + 2I^-$$

$$K_{sp}^{\ominus}(PbI_2) = [Pb^{2+}][I^-]^2$$

$K_{sp}^{\ominus}$ 称溶度积，在一定温度下，它是一个常数。

根据溶度积规则，可以判断沉淀的生成和溶解。如果

$[Pb^{2+}] \cdot [I^-]^2 > K_{sp}^{\ominus}(PbI_2)$ 有沉淀生成或溶液过饱和。

$[Pb^{2+}] \cdot [I^-]^2 = K_{sp}^{\ominus}(PbI_2)$ 溶液正好达饱和。

$[Pb^{2+}] \cdot [I^-]^2 < K_{sp}^{\ominus}(PbI_2)$ 溶液未饱和，无沉淀生成或该难溶物继续溶解。

(2) 分步沉淀　当加入一种沉淀剂，有两种或两种以上的离子均能与其反应生成沉淀

时，有的沉淀先析出，有的后析出，称分步沉淀。先后沉淀次序为：需要沉淀剂离子浓度最小的先析出，而需要沉淀离子浓度较大的后析出。如，往含有相同浓度 Cu^{2+} 和 Cd^{2+} 的混合溶液中加入少量沉淀剂 Na_2S 溶液，则由于 CuS 比 CdS 的溶度积小，生成 CuS 沉淀比生成 CdS 沉淀需要的 S^{2-} 要少，所以，CuS 沉淀先析出；继续加入 Na_2S，随着 CuS 沉淀的析出，Cu^{2+} 不断降低，生成 CuS 沉淀需要的 S^{2-} 浓度不断升高，至生成 CuS 和 CdS 沉淀需要的 S^{2-} 浓度相等时，CdS 沉淀才析出。

（3）沉淀的转化　当加入某些试剂后，一种难溶强电解质沉淀可转化为另一种难溶强电解质沉淀，这一过程称沉淀的转化。一般来说，溶度积较大的沉淀易转化为溶度积较小的沉淀。

三、仪器试剂

仪器：试管，试管架，试管夹，离心试管，玻璃棒，量筒，酒精灯，点滴板，洗瓶，水浴锅，离心机

试剂（按实验顺序排列）：

$0.1mol \cdot L^{-1}$ HCl，$0.1mol \cdot L^{-1}$ HAc，$2mol \cdot L^{-1}$ $NH_3 \cdot H_2O$，$2mol \cdot L^{-1}$ HAc，$0.1mol \cdot L^{-1}$ $MgCl_2$，饱和 NH_4Cl，$0.1mol \cdot L^{-1}$ Na_2CO_3，$0.1mol \cdot L^{-1}$ NaCl，$0.1mol \cdot L^{-1}$ $Al_2(SO_4)_3$，$0.1mol \cdot L^{-1}$ Na_3PO_4，$0.1mol \cdot L^{-1}$ Na_2HPO_4，$0.1mol \cdot L^{-1}$ NaH_2PO_4，$0.5mol \cdot L^{-1}$ NaAc，$6mol \cdot L^{-1}$ HCl，$0.1mol \cdot L^{-1}$ Na_2CO_3，$0.1mol \cdot L^{-1}$ $Al_2(SO_4)_3$，$0.1mol \cdot L^{-1}$ $Pb(NO_3)_2$，$0.1mol \cdot L^{-1}$ KI，$0.001mol \cdot L^{-1}$ $Pb(NO_3)_2$，$0.001mol \cdot L^{-1}$ KI，$0.1mol \cdot L^{-1}$ K_2CrO_4，$0.1mol \cdot L^{-1}$ $AgNO_3$，$1mol \cdot L^{-1}$ NaCl

$SbCl_3$ 固体，NH_4Cl 固体，NaAc 固体

其他：锌粒，pH 试纸，砂纸，酚酞指示剂，甲基橙

四、实验内容

1. 强弱电解质比较　取两支试管分别加入 1ml $0.1mol \cdot L^{-1}$ HCl 和 HAc 溶液，用玻棒分别蘸取少许溶液，用 pH 试纸测其 pH，并与计算值比较。

向上述两试管中各加入一小粒锌粒，稍加热后放置（酒精灯加热），观察有何现象。

由实验结果比较 HCl 和 HAc 的酸性有何不同？为什么？

2. 同离子效应

（1）取两支小试管各加入 1ml 蒸馏水，1 滴 $2mol \cdot L^{-1}$ $NH_3 \cdot H_2O$ 溶液及 1 滴酚酞指示剂，摇匀，观察溶液颜色。在其中一管中加入 NH_4Cl 固体少许，振摇后与另一管比较，有何变化？为什么？

（2）取两支小试管各加入 1ml 蒸馏水，2 滴 $2mol \cdot L^{-1}$ HAc 溶液及 1 滴甲基橙指示剂，摇匀，观察溶液颜色。在其中一管中加入 NaAc 固体少许，振摇后与另一管比较，有何变化？为什么？

（3）取两支小试管各加入 5 滴 $0.1mol \cdot L^{-1}$ $MgCl_2$ 溶液，向其中一支试管中加入 5 滴饱和 NH_4Cl 溶液，然后分别向两支试管中加入 5 滴 $2mol \cdot L^{-1}$ 的 $NH_3 \cdot H_2O$，观察两试管中的现象有何不同，为什么？

3. 盐的水解

（1）水解和溶液酸碱性

① 用 pH 试纸分别测 $0.1mol \cdot L^{-1}$ 的 Na_2CO_3、NaCl 和 $Al_2(SO_4)_3$ 溶液的 pH。写出水解的离子方程式，并解释之。

② 用 pH 试纸分别测 $0.1mol \cdot L^{-1}$ 的 Na_3PO_4、Na_2HPO_4 和 NaH_2PO_4 溶液的 pH。酸式盐是否

都呈酸性,为什么?

(2)水解平衡移动

① 温度对水解的影响:在2支试管中分别加入1ml 0.5mol·L^{-1}NaAc溶液,并加1~2滴酚酞指示剂,将其中一支试管加热,观察颜色变化。冷却后颜色有何变化?解释之。

② 同离子效应:取极少量$SbCl_3$固体(火柴头大小)加到盛有1ml水的试管中,观察现象,并测其pH。滴加6mol·L^{-1}HCl,振摇看沉淀是否溶解。最后加水稀释溶液,又有什么变化?解释上述现象,写出有关反应方程式。

③ 相互水解:取两支试管,分别加入15滴0.1mol·$L^{-1}$$Na_2CO_3$和10滴0.1mol·$L^{-1}$$Al_2(SO_4)_3$溶液,用pH试纸测其pH。然后混合,观察现象,写出离子反应方程式。

4. 溶度积原理的应用

(1) 沉淀的生成:向一支试管中加入5滴0.1mol·$L^{-1}$$Pb(NO_3)_2$和3滴0.1mol·$L^{-1}$KI溶液,观察有无沉淀生成。

向另一试管中加入5滴0.001mol·$L^{-1}$$Pb(NO_3)_2$和5滴0.001mol·$L^{-1}$KI溶液,观察有无沉淀生成。试以溶度积原理解释以上现象。

(2) 分步沉淀:在点滴板的两孔中分别加1滴0.1mol·L^{-1}NaCl和0.1mol·$L^{-1}$$K_2CrO_4$溶液,再向其中各滴入1滴0.1mol·$L^{-1}$$AgNO_3$溶液,观察沉淀的生成及颜色。

取一支离心试管,加入3滴0.1mol·L^{-1}NaCl溶液和1滴0.1mol·$L^{-1}$$K_2CrO_4$溶液,稀释至1ml,摇匀,逐滴滴加0.1mol·$L^{-1}$$AgNO_3$溶液(3~5滴),观察沉淀颜色。摇匀后离心,然后将上清液倒入另一试管中,再向试管中加入几滴0.1mol·$L^{-1}$$AgNO_3$溶液,观察沉淀颜色。根据沉淀颜色判断沉淀顺序,并通过计算解释。若第二次出现沉淀仍与前次离心的相同,说明前一离子没有沉淀完全,可重复操作一次。

(3) 沉淀的溶解:向试管中加入10滴0.1mol·$L^{-1}$$MgCl_2$溶液,并滴加数滴2mol·$L^{-1}$$NH_3$·$H_2O$至刚有沉淀出现。再加入少量$NH_4Cl$固体,振摇,观察沉淀是否溶解。用离子平衡移动的观点解释。

(4) 沉淀的转化:取一支离心试管,加入0.1mol·$L^{-1}$$Pb(NO_3)_2$溶液和1mol·$L^{-1}$NaCl溶液各10滴,摇匀,离心分离后弃去上清液,向沉淀中滴加0.1mol·L^{-1}KI溶液,并用力振摇(或用玻棒搅动),观察沉淀颜色变化。说明原因并写出有关反应方程式。

五、注意事项

1. 取用液体试剂时,严禁将滴瓶中的滴管伸入试管内,或用实验者的滴管取试剂,以免污染试剂。试剂取用完要及时将滴管放回原试剂瓶。

2. 用pH试纸测试溶液的性质时,将一小片试纸(1/3条)放在点滴板上(或拿在手中),用洗净的玻璃棒蘸取待测试液,滴在试纸上,观察其颜色的变化。注意:不能把试纸投入被测试液中测试。

3. 正确使用离心机,离心试管要对称放置,以保证其受力平衡,调整转速时不要太快。

4. 试管加热时液体量不得超过试管容积的1/3,管口倾斜45°,管口朝无人处。

5. 锌粒要回收。

六、思考题

1. 试解释为什么Na_2HPO_4和NaH_2PO_4均属酸式盐,但前者的溶液呈弱碱性,后者却呈弱酸性。

2. 同离子效应对弱电解质的电离渡和难溶强电解质的溶解度各有什么影响？
3. 沉淀溶解和转化的条件是什么？

实验3 缓冲溶液的配制与性质

一、实验目的

1. 掌握配制缓冲溶液的原理和方法，并加深对缓冲溶液性质的认识。
2. 练习 pH 试纸的使用等基本操作。

二、实验原理

弱酸及其盐（例如 HAc 和 NaAc）或者弱碱及其盐（例如 $NH_3 \cdot H_2O$ 和 NH_4Cl）的混合溶液，能在一定程度上对外来的酸或碱起缓冲作用，即当另外加少量酸、碱或稀释时，此溶液的 pH 值变化不大，这种溶液叫做缓冲溶液。

三、仪器试剂

仪器：试管，试管架，玻璃棒，量筒，洗瓶，玻璃棒

试剂（按实验顺序排列）：

$0.1mol \cdot L^{-1}$ HAc，$0.1mol \cdot L^{-1}$ HCl，$0.1mol \cdot L^{-1}$ NaOH，$1mol \cdot L^{-1}$ HAc，$1mol \cdot L^{-1}$ NaAc，$0.1mol \cdot L^{-1}$ NaH_2PO_4，$0.2mol \cdot L^{-1}$ Na_2HPO_4，$0.2mol \cdot L^{-1}$ NaOH，（$0.1mol \cdot L^{-1}$，$0.2mol \cdot L^{-1}$）$NH_3 \cdot H_2O$，（$0.1mol \cdot L^{-1}$，$0.2mol \cdot L^{-1}$）NH_4Cl，$0.2mol \cdot L^{-1}$，NaAc

其他：pH 试纸（广泛和精密）

四、实验内容

1. 缓冲溶液的配制

（1）分别测定蒸馏水、$0.1mol \cdot L^{-1}$ HAc 溶液的 pH。

（2）在两支各盛 1ml 蒸馏水的试管中，分别加入 1 滴 $0.1mol \cdot L^{-1}$ HCl 和 NaOH 溶液，测定它们的 pH。

（3）向一只小烧杯中加入 $1mol \cdot L^{-1}$ HAc 和 $1mol \cdot L^{-1}$ NaAc 溶液各 15ml（用量筒尽可能准确量取），用玻璃棒搅匀，配制成 HAc-NaAc 缓冲溶液。用 pH 试纸测定该溶液的 pH，并与计算值比较。

（4）在一支试管中加 10ml $0.1mol \cdot L^{-1}$ NaH_2PO_4 溶液和 1ml $0.2mol \cdot L^{-1}$ Na_2HPO_4 溶液，混合均匀，测定其 pH，并与计算值比较（H_3PO_4 的 $K_{a_2}^{\ominus} = 6.31 \times 10^{-8}$）。

（5）用下列给定试剂设计几种配制缓冲溶液的方案，写出每种试剂的用量（缓冲溶液体积不超过 5ml）。用 pH 试纸测定各缓冲溶液的 pH，并与计算值比较。

给定试剂：NaOH（$0.1mol \cdot L^{-1}$，$0.2mol \cdot L^{-1}$），$NH_3 \cdot H_2O$（$0.1mol \cdot L^{-1}$，$0.2mol \cdot L^{-1}$），NH_4Cl（$0.1mol \cdot L^{-1}$，$0.2mol \cdot L^{-1}$），HCl（$0.1mol \cdot L^{-1}$，$0.2mol \cdot L^{-1}$），NaAc（$0.2mol \cdot L^{-1}$，$1mol \cdot L^{-1}$）。

2. 缓冲溶液的性质

（1）缓冲溶液的稀释：取二支试管和一个小烧杯各加入自制的 HAc－NaAc 缓冲溶液 3ml，然后分别加蒸馏水 5 滴、3ml、30ml，测定 pH，并与原缓冲溶液的 pH 比较，pH 有无变化？

（2）缓冲溶液的抗酸、抗碱作用

① 取两支试管，各加入 5ml 自制的 HAc-NaAc 缓冲溶液，其中一支试管加入 1 滴 0.2mol · L^{-1} HCl 溶液，另一支试管中加入 1 滴 0.2mol · L^{-1} NaOH 溶液，用 pH 试纸分别测定溶液的 pH。

② 取两支试管，各加入 5ml 自制的 HAc-NaAc 缓冲溶液，其中一支试管加入 1ml 0.2mol · L^{-1} HCl 溶液，另一支试管中加入 1ml 0.2mol · L^{-1} NaOH 溶液，用 pH 试纸分别测定溶液的 pH，并与原来缓冲溶液的 pH 比较，pH 有无变化？

分析上述三组实验结果，对缓冲溶液的性质做出结论。

五、注 意 事 项

在配制缓冲溶液时，为获得适宜的缓冲容量，要有适当总浓度，总浓度太低，缓冲容量过小；总浓度太高也不必要，一般为 0.05～0.5mol · L^{-1}。

六、思 考 题

1. 用同离子效应分析缓冲溶液的缓冲原理。
2. 为什么在缓冲溶液中加入少量强酸或强碱时，pH 无明显变化？
3. 怎样来配制 pH 一定的缓冲溶液？

实验 4　乙酸溶液的配制和浓度标定

一、实 验 目 的

1. 学习滴定管的使用。
2. 了解酸碱指示剂的作用。

二、实 验 原 理

乙酸是一元弱酸，其 $K_a = 1.76\times10^5$，其浓度可用标准 NaOH 溶液进行标定。反应方程式为：

$$HAc + NaOH = NaAc + H_2O$$

当反应达到终点时，根据等物质的量反应条件 $c_{酸}V_{酸} = c_{碱}V_{碱}$，可由所给出的 $V_{酸}$和 $c_{碱}$，及滴定终点记录下的 $V_{碱}$，计算出酸的浓度。这一过程就是酸的浓度标定。即：

$$c_{酸} = \frac{c_{碱}\times V_{碱}}{V_{酸}}$$

酸碱中和反应的滴定终点可借助指示剂的颜色变化来确定。一般用强碱滴定强酸或用强碱滴定弱酸时，常用酚酞作指示剂，而用强酸滴定弱碱时常用甲基橙作指示剂。

三、仪器试剂

仪器:25ml 碱式滴定管,250ml 锥形瓶,250ml 量筒,400ml 烧杯,20ml 移液管,玻璃棒,滴定台,滴定管夹,洗耳球,洗瓶

试剂:冰乙酸,0.1mol·L^{-1} NaOH 标准溶液(已知其精确浓度),酚酞指示剂

四、实验内容

1. 0.1mol·L^{-1}乙酸溶液的配制　在一 400ml 烧杯中加入 250ml 蒸馏水,加热煮沸,然后放冷。加入 1.4ml 冰乙酸,用玻棒搅匀。

2. 碱式滴定管的准备　取碱式滴定管,管内加入自来水,检查是否漏水、小玻璃珠转动是否灵活。将滴定管洗净后,用蒸馏水淋洗两至三次,再用少量 0.1mol·L^{-1} NaOH 标准溶液荡洗2~3次,每次 5~10ml。然后装入 0.1mol·L^{-1} NaOH 标准溶液,赶去橡皮管及尖嘴里的气泡,并将液面调至0.00刻度(或 0.00~1.00ml 之间)处。将滴定管夹到滴定台的蝶式夹上。

3. 溶液的标定　取一干净的移液管,先用蒸馏水淋洗 2~3 次,然后用少量所配的乙酸溶液润洗 2~3 次。准确移取 20ml 的乙酸溶液置于一洁净的锥形瓶中,加入约 25ml 新鲜的蒸馏水稀释,再加入 1~2 滴酚酞指示剂,摇匀。

将滴定管中的 NaOH 标准溶液逐滴滴入该锥形瓶内,边滴边摇。滴定刚开始时,碱液滴入,会产生很淡的粉红色,但稍一振摇即消失,这时滴定速度可快些(成串不成线)。随着碱液的继续加入,粉红色消失越来越慢,这时滴定速度要减慢,每加一滴都需充分摇动,至粉红色消失才能滴入下一滴。并用洗瓶冲洗瓶口后再滴,直到出现粉红色且 30s 内不褪去即为滴定终点。记下消耗的 NaOH 体积。

重复滴定 3 次。三次消耗的 NaOH 体积相差不得超过 0.05ml。取平均值计算乙酸浓度。

五、注意事项

1. 实验中用煮沸过的蒸馏水(或新鲜蒸馏水)是为了避免溶在水中的 CO_2对滴定结果产生影响,一定要放冷后使用,否则也会对结果产生影响。

2. 有些仪器要用溶液荡洗,有些不可用溶液荡洗,要注意分清。

3. 滴定前滴定管尖嘴和橡皮管处的气泡一定要除净,滴定过程中也不可引入新的气泡。

六、思考题

1. 碱式滴定管在滴定前为何要赶净气泡?如不赶净对实验结果有何影响?
2. 滴定前和滴定中向锥形瓶内加煮沸过的蒸馏水,是否会影响滴定结果?
3. 滴定接近终点时,为何要用蒸馏水冲洗锥形瓶的口部?
4. 滴定用的锥形瓶是否要用乙酸溶液荡洗,为什么?

实验5　乙酸电离度和电离平衡常数的测定

一、实验目的

1. 测定乙酸的电离度和电离平衡常数。
2. 学习使用 pH 计。
3. 掌握容量瓶、移液管、滴定管等仪器的基本操作。

二、实验原理

乙酸是弱电解质,在水中部分电离,溶液中存在下列平衡

$$HAc \rightleftharpoons H^+ + Ac^-$$

$$K_a^{\ominus} = \frac{[H^+][Ac^-]}{[HAc]} = \frac{c\alpha^2}{1-\alpha}$$

式中:$[H^+]$、$[Ac^-]$、$[HAc]$分别是 H^+、Ac^-、HAc 的平衡浓度;$K_a^{\ominus}$ 为乙酸的电离平衡常数;c 为乙酸的起始浓度;α 为乙酸的电离度。通过对已知浓度的乙酸的 pH 的测定,与氢离子浓度关系计算出溶液的氢离子浓度,根据电离度$\alpha = \frac{[H^+]}{c}$,计算出电离度 α,代入上式即可求得电离平衡常数 $K_a^{\ominus}$。

三、仪器试剂

仪器:25ml 胖肚移液管,5ml 刻度移液管,50ml 容量瓶,250ml 锥形瓶,碱式滴定管,滴定管夹,滴定台,洗耳球,洗瓶,pH 计

试剂: HAc($0.2mol \cdot L^{-1}$),标准缓冲溶液(pH = 4.00),标准 NaOH 溶液($0.2mol \cdot L^{-1}$),酚酞指示剂

四、实验内容

1. 乙酸溶液的标定　用移液管移取 25ml $0.2mol \cdot L^{-1}$ HAc 溶液三份,分别置于三个 150ml 锥形瓶中,各加入1 ~ 2滴酚酞指示剂。分别用 $0.2mol \cdot L^{-1}$ 标准 NaOH 溶液滴定至溶液呈微红色,保持30s 不褪色即为滴定终点。记下所用 NaOH 体积(四位有效数字),要求三次滴定体积误差小于 0.05ml。求出 HAc 溶液浓度(四位有效数字)。

2. 配制不同浓度的乙酸溶液　用移液管分别移取 25ml、5ml、2.5ml 已标定过浓度的 HAc 溶液至三个 50ml 容量瓶中,用蒸馏水稀释至刻度,摇匀。计算各份溶液的浓度。

3. 测定各乙酸溶液的 pH　取 4 只洁净的小烧杯分别用待装溶液荡洗 2 ~ 3 次,再装入该溶液约 30ml,其中 3 份是上述稀释好的三种浓度的乙酸溶液和一份未稀释的原乙酸溶液,由稀到浓排列,分别用 pH 计测其 pH(三位有效数字)。

4. 计算电离度和电离平衡常数　根据所测数据计算各乙酸溶液的电离度和电离平衡常数,并总结出电离度与电离平衡常数与浓度的关系。

五、注意事项

1. 碱式滴定管使用时应挤压小玻璃球的上侧面，以免在滴定过程中引入气泡而使体积计量不准。
2. 测定时玻璃电极的玻璃球要完全浸没于溶液中。
3. 测定顺序从稀到浓。

六、思考题

1. 标定乙酸溶液，可否用甲基橙作指示剂？为什么？
2. 当乙酸溶液浓度变小时，$[H^+]$、电离度和电离平衡常数如何变化？
3. 如果改变所测溶液的温度，则电离度和电离平衡常数有无变化？

实验6　氧化还原反应

一、实验目的

1. 理解氧化还原反应的实质，并掌握电极电势对氧化还原反应的影响。
2. 定性观察浓度及酸度对电极电势的影响。
3. 了解浓度和酸度对氧化还原反应方向及产物的影响。

二、实验原理

氧化还原过程是有电子得失的过程。在反应中，得到电子的物质是氧化剂，失去电子的物质是还原剂。氧化剂和还原剂得失电子的能力大小，即氧化、还原能力的大小，可根据它们的氧化型和还原型物质所组成的电对的电极电势值的相对大小来衡量。电极电势数值较大的电对，其氧化型物质是较强的氧化剂；电极电势数值较小的电对，其还原型物质是较强的还原剂。氧化还原反应是由较强的氧化剂和较强的还原剂反应生成较弱的氧化剂和较弱的还原剂。故根据电极电势可以判断氧化还原反应方向。

借助氧化还原反应而产生电流的装置称为原电池。在一定条件下，原电池的电动势等于两个电极的电极电势之差：$E_{MF}=E_{正}-E_{负}$，根据能斯特方程：

$$E=E^{\ominus}+\frac{0.0592}{n}\lg\frac{[\text{氧化型}]}{[\text{还原型}]}$$

其中[氧化型]/[还原型]表示氧化型一边各物质浓度幂的乘积与还原型一边各物质浓度幂的乘积之比。所以当氧化型或还原型的浓度、酸度改变时，则电极电势值必定发生改变，从而引起电动势 E 的变化。准确测定电动势是用对消法在电位计上进行的。本实验只是进行定性地观察比较，通过伏特计定性表示电压的变化。

浓度和酸度对电极电势的影响，不仅能导致氧化还原反应方向的改变，还能影响氧化还原反应的产物。

三、仪器试剂

仪器：试管，试管架，试管夹，烧杯，玻璃棒，酒精灯，点滴板，洗瓶，盐桥，伏特计，连有导线的铜片、锌片、铁棒、炭棒

试剂：$0.1mol \cdot L^{-1}$ KI，$0.1mol \cdot L^{-1}$ KBr，$0.1mol \cdot L^{-1}$ $FeCl_3$，CCl_4，$0.1mol \cdot L^{-1}$ $FeSO_4$，碘水，溴水，$0.5mol \cdot L^{-1}$ $CuSO_4$，$0.5mol \cdot L^{-1}$ $ZnSO_4$，浓 $NH_3 \cdot H_2O$，$1mol \cdot L^{-1}$ $K_2Cr_2O_7$，$1mol \cdot L^{-1}$ $FeSO_4$，$3mol \cdot L^{-1}$ H_2SO_4，$6mol \cdot L^{-1}$ NaOH，浓 HNO_3，$1mol \cdot L^{-1}$ HNO_3，40% NaOH，$1mol \cdot L^{-1}$ H_2SO_4，$0.001mol \cdot L^{-1}$ $KMnO_4$，$0.1mol \cdot L^{-1}$ $Fe_2(SO_4)_3$，$2mol \cdot L^{-1}$ HAc，$0.1mol \cdot L^{-1}$ $H_2C_2O_4$，NH_4F 固体，饱和 KCl

其他：锌粒，琼脂，红色石蕊试纸，砂纸

四、实验内容

1. 电极电势与氧化还原反应的关系

（1）取两支试管，分别加入 2 滴 $0.1mol \cdot L^{-1}$ KI 和 $0.1mol \cdot L^{-1}$ KBr 溶液，再各加 2 滴 $0.1mol \cdot L^{-1}$ $FeCl_3$溶液，摇匀后各加入 10 滴 CCl_4，加水 10 滴，充分振摇，观察 CCl_4层颜色有何变化。

（2）取两支试管，各加入 5 滴 $0.1mol \cdot L^{-1}$ $FeSO_4$溶液，再分别加入 1 滴碘水和溴水，摇匀后各加入 10 滴 CCl_4，充分振摇，观察 CCl_4层颜色有何变化。

由以上结果比较 Br_2/Br^-、I_2/I^-、Fe^{3+}/Fe^{2+}三个电对的电极电势相对高低，并指出最强的氧化剂和最强的还原剂。

2. 浓度和酸度对电极电势的影响（几组合做或演示）

（1）浓度影响：在两只 50ml 的小烧杯中分别加入 20ml $0.5mol \cdot L^{-1}$ $CuSO_4$和 $0.5mol \cdot L^{-1}$ $ZnSO_4$溶液，在 $CuSO_4$溶液中插入连有导线的 Cu 片，在 $ZnSO_4$溶液插入连有导线的 Zn 片。将两导线分别与伏特计的正、负极相连，用盐桥连通两烧杯，记下伏特计上的示数。

往盛 $ZnSO_4$溶液的烧杯中加入浓氨水并不断搅拌直至生成的沉淀全部溶解。观察伏特计的示数有何变化。

往盛 $CuSO_4$溶液的烧杯中加入浓氨水并不断搅拌直至生成的沉淀全部溶解。观察伏特计的示数有何变化。

利用能斯特方程解释实验现象。

（2）酸度影响：取两只 50ml 的小烧杯，分别加入 20ml $1mol \cdot L^{-1}$ $K_2Cr_2O_7$和 $1mol \cdot L^{-1}$ $FeSO_4$溶液，在 $K_2Cr_2O_7$溶液中插入炭棒，在 $FeSO_4$溶液中插入铁棒。通过导线分别与伏特计的正负极相连，用盐桥连通两烧杯，记下伏特计上的示数。

向盛有 $K_2Cr_2O_7$溶液的烧杯中慢慢加入 $3mol \cdot L^{-1}$ H_2SO_4溶液，观察伏特计的示数有何变化。再向盛有 $K_2Cr_2O_7$溶液的烧杯中慢慢加入 $6mol \cdot L^{-1}$ NaOH 溶液，观察伏特计的示数又有何变化。利用能斯特方程解释实验现象。

3. 浓度和酸度对氧化还原反应产物的影响

（1）浓度影响：取两支试管，各盛一粒锌粒，分别加入 1～2 滴浓 HNO_3和 2ml $1mol \cdot L^{-1}$ HNO_3，观察发生的现象（在通风橱做）。浓 HNO_3还原产物可通过观察生成气体的颜色来判断，但此时看见气体后立即用自来水冲掉，以免污染室内空气。加稀 HNO_3的试管，约 10min 后，将反应溶液倒入一蒸发皿中，用气室法检验有无 NH_4^+ 生成。

气室法检验 NH_4^+：往稀硝酸的反应液中加入3滴40% NaOH溶液，另取一表面皿，黏附一润湿的红色石蕊试纸，盖在蒸发皿上做成气室，置于铁圈上用酒精灯稍加热，观察石蕊试纸是否变色，若试纸变蓝，则表示有 NH_4^+ 生成。

(2) 酸度影响：向三支试管中各加入10滴 $0.1mol \cdot L^{-1}$ Na_2SO_3溶液，再分别加入 $1mol \cdot L^{-1}$ H_2SO_4、蒸馏水和 $6mol \cdot L^{-1}$ NaOH各3滴，摇匀后，往试管中各滴入1~2滴 $0.01mol \cdot L^{-1}$ $KMnO_4$，观察反应产物有何不同。

4. 浓度对氧化还原反应方向的影响　在一支试管中加入10滴 CCl_4、10滴 H_2O 和10滴 $0.1mol \cdot L^{-1}$ $Fe_2(SO_4)_3$溶液，摇匀后再加入5滴 $0.1mol \cdot L^{-1}$ KI溶液，用力振荡，观察 CCl_4层的颜色。

另取一支试管，加入10滴 CCl_4、10滴 $0.1mol \cdot L^{-1}$ $FeSO_4$溶液和10滴 $0.1mol \cdot L^{-1}$ $Fe_2(SO_4)_3$溶液，摇匀后再加入5滴 $0.1mol \cdot L^{-1}$ KI溶液，用力振荡，观察 CCl_4层的颜色，并与上一实验比较有何区别。

在上述两试管中分别加入少许 NH_4F 固体，振荡后，观察 CCl_4层的颜色变化。

5. 酸度、温度对氧化还原反应速率的影响

(1) 酸度的影响：在两支试管中各加入10滴 $0.1mol \cdot L^{-1}$ KBr溶液，在其中一支试管中加入5滴 $1mol \cdot L^{-1}$ H_2SO_4溶液，另一支试管中加入5滴 $3mol \cdot L^{-1}$ HAc溶液，然后向两支试管中各加入2滴 $0.001mol \cdot L^{-1}$ $KMnO_4$溶液，观察并比较两支试管中紫红色褪色的快慢。写出反应方程式，并解释之。

(2) 温度的影响：在两支试管中分别加入10滴 $0.1mol \cdot L^{-1}$ $H_2C_2O_4$溶液、3滴 $1mol \cdot L^{-1}$ H_2SO_4溶液和1滴 $0.001mol \cdot L^{-1}$ $KMnO_4$溶液，摇匀，将其中一支试管稍加热，另一支不加热，观察并比较两支试管中紫红色褪色的快慢。写出反应方程式，并解释之。

五、注意事项

1. 连接电路时，要注意铜片、锌片、导线头等处要用砂纸打磨干净，避免接触不良。
2. 正负极要与伏特计的正负极相应，否则观察不到指针的变化。

六、思考题

1. 通过本次实验，你能归纳出哪些因素会影响电极电势？怎样影响？
2. $K_2Cr_2O_7$在不同酸碱性的溶液中氧化能力是否一样？有何规律？
3. 实验中几次用到 CCl_4，其作用是什么？
4. 两电对的标准电极电势值相差越大，反应是否进行得越快？你能否用实验证明你的结论？

附：盐桥的制法

称取1g琼脂，放在100ml饱和KCl溶液中浸泡一会，加热煮成糊状，趁热加入U形玻璃管（里面不能留有气泡）中，冷却后即成。

实验7　配合物的生成、性质与应用

一、实验目的

1. 了解几种不同类型的配合物的生成，比较配合物与简单化合物、复盐的区别。

2. 了解影响配合平衡移动的因素。

3. 了解螯合物的形成。

4. 熟悉过滤和试管的使用等基本操作。

二、实验原理

由中心原子和一定数目的中性分子或阴离子通过形成配位共价键相结合而成的复杂结构单元称配合单元,凡是由配合单元组成的化合物称配位化合物。在配合物中,中心子已体现不出其游离存在时的性质。而在简单化合物或复盐的溶液中,各种离子都能体现出游离离子的性质。由此,可以区分出配合物生成。

配合物在水溶液中存在有配合平衡:

$$M^{n+} + aL^- \rightleftharpoons ML_a^{n-a}$$

配合物的稳定性可用平衡常数 $K^{\ominus}_{稳}$ 来衡量。根据化学平衡移动的知识可知,增加配体或金属离子浓度有利于配合物的形成,而降低配体或金属离子的浓度则有利于配合物的解离。因此,当有弱酸或弱碱作为配体时,溶液酸碱性的改变会导致配合物的解离。若加入沉淀剂能与中心离子形成沉淀反应,则会减少中心离子的浓度,使配合平衡朝解离的方向移动,最终导致配合物的解离。若另加入一种配体,能与已沉淀的中心离子形成稳定性更好的配合物,则又可能使沉淀溶解。总之,配合平衡与沉淀平衡的关系是朝着生成更难解离或更难溶解的物质的方向移动。

中心离子与配体结合形成配合物后,由于中心离子的浓度发生了改变,因此电极电势值也改变,从而改变了中心离子的氧化还原能力。

中心离子与多基配体反应可生成具有环状结构的稳定性很好的螯合物。很多金属螯合物具有特征颜色,且难溶于水而易溶于有机溶剂。有些特征反应常用来作为金属离子的鉴定反应。

三、仪器试剂

仪器:试管,试管架,离心试管,漏斗,点滴板,洗瓶,离心机,滤纸

试剂:

$0.1mol \cdot L^{-1}CuSO_4$,$2mol \cdot L^{-1}\ NH_3 \cdot H_2O$,95% 乙醇,$0.1mol \cdot L^{-1}HgCl_2$,$0.1mol \cdot L^{-1}KI$,$0.1mol \cdot L^{-1}NaOH$,$0.1mol \cdot L^{-1}\ BaCl_2$,$0.1mol \cdot L^{-1}K_3[Fe(CN)_6]$,$0.1mol \cdot L^{-1}NH_4Fe(SO_4)_2$,$2mol \cdot L^{-1}H_2SO_4$,$0.1mol \cdot L^{-1}FeCl_3$,$0.1mol \cdot L^{-1}\ KSCN$,$2mol \cdot L^{-1}NH_4F$,饱和$(NH_4)_2C_2O_4$,$0.1mol \cdot L^{-1}AgNO_3$,$0.1mol \cdot L^{-1}NaCl$,$6mol \cdot L^{-1}\ NH_3 \cdot H_2O$,$0.1mol \cdot L^{-1}KBr$,$0.1mol \cdot L^{-1}Na_2S_2O_3$,$0.1mol \cdot L^{-1}KI$,饱和 $Na_2S_2O_3$,$0.1mol \cdot L^{-1}Na_2S$,CCl_4,$0.1mol \cdot L^{-1}H_2SO_4$,$0.1mol \cdot L^{-1}$ EDTA,$0.1mol \cdot L^{-1}NiSO_4$,0.25% 邻菲罗啉,1% 二乙酰二肟,乙醚

四、实验内容

1. 配合物的制备

(1) 含正配离子的配合物:往试管中加入1ml $0.1mol \cdot L^{-1}CuSO_4$溶液,逐滴加入 $2mol \cdot L^{-1}$ 氨水溶液,产生沉淀后仍继续滴加氨水,直至变为深蓝色溶液为止。然后加入约4ml 乙醇,振荡试管,观察现象。过滤,所得晶体为何物? 在漏斗下端另换一支试管,直接在滤纸的晶体上逐滴

加入 $2mol \cdot L^{-1}$ 氨水溶液(约 2ml),使晶体溶解(保留此溶液供下面实验用)。写出离子反应方程式。

(2) 含负配离子的配合物:往试管中加入 2 滴 $0.1mol \cdot L^{-1}$ $HgCl_2$ 溶液,逐滴加入 $0.1mol \cdot L^{-1}$ KI 溶液,注意最初有沉淀生成,后来变为配合物而溶解(保留此溶液供下面实验用)。写出离子反应方程式。

2. 配位化合物与简单化合物、复盐的区别

(1) 取两支试管,各加 5 滴实验 1(1) 中所得溶液,在其中一支试管中加入 2 滴 $0.1mol \cdot L^{-1}$ NaOH 溶液,在另一支试管中,滴入 2 滴 $0.1mol \cdot L^{-1}$ $BaCl_2$ 溶液。观察现象,写出离子反应方程式。

另取两支试管各加 5 滴 $0.1mol \cdot L^{-1}$ $CuSO_4$ 溶液,然后在一支试管中加入 2 滴 $0.1mol \cdot L^{-1}$ NaOH 溶液,在另一支试管中,加入 2 滴 $0.1mol \cdot L^{-1}$ $BaCl_2$ 溶液。比较两次实验的结果,并简单解释之。

(2) 在实验 1(2) 中所得溶液中加入几滴 $0.1mol \cdot L^{-1}$ NaOH 溶液,观察现象,写出离子反应方程式。

取一支试管,加入 2 滴 $0.1mol \cdot L^{-1}$ $HgCl_2$ 溶液,再加入 1 ~ 2 滴 $0.1mol \cdot L^{-1}$ NaOH 溶液,比较两次实验的结果,并简单解释之。

(3) 用实验证明铁氰化钾是配合物,硫酸铁铵是复盐,写出实验步骤并进行实验(利用现有的试剂,自行设计步骤,尽可能多设计方案)。

3. 配合平衡的移动

(1) 配合物的取代反应:取 0.5ml $0.1mol \cdot L^{-1}$ $FeCl_3$ 溶液于试管中,加入 1 滴 $0.1mol \cdot L^{-1}$ KSCN 溶液,溶液呈何颜色?然后滴加 $2mol \cdot L^{-1}$ NH_4F 溶液至溶液变为无色,再滴加饱和 $(NH_4)_2C_2O_4$ 溶液,至溶液变为黄绿色。写出离子反应方程式并解释。

(2) 配合平衡与沉淀溶解平衡:在一支中试管中加 3 滴 $0.1mol \cdot L^{-1}$ $AgNO_3$ 溶液,然后按下列次序进行实验(均在同一支试管中进行),并写出每一步的反应方程式:

1) 加 1 滴 $0.1mol \cdot L^{-1}$ NaCl 溶液即有沉淀生成;

2) 加入 $6mol \cdot L^{-1}$ 氨水溶液至上述沉淀刚刚溶解;

3) 加入 1 滴 $0.1mol \cdot L^{-1}$ KBr 溶液至刚有沉淀生成;

4) 加入 $0.1mol \cdot L^{-1}$ $Na_2S_2O_3$ 溶液,边滴边剧烈振摇至沉淀刚刚溶解;

5) 加入 1 滴 $0.1mol \cdot L^{-1}$ KI 溶液至刚有沉淀生成;

6) 加入饱和 $Na_2S_2O_3$ 溶液至沉淀刚刚溶解;

7) 加入 $0.1mol \cdot L^{-1}$ Na_2S 溶液至刚有沉淀生成。

试根据几种沉淀的溶度积和几种配离子的稳定常数的大小加以解释。

(3) 配合平衡与氧化还原反应的关系:取两支试管,各加入 5 滴 $0.1mol \cdot L^{-1}$ $FeCl_3$ 溶液及 10 滴 CCl_4。然后在一支试管中加入 $2mol \cdot L^{-1}$ NH_4F 溶液至溶液变为无色(记下滴数),再加 3 滴 $0.1mol \cdot L^{-1}$ KI 溶液;另一支试管中加入水与前一试管加入的 NH_4F 溶液等量,再加 3 滴 $0.1mol \cdot L^{-1}$ KI 溶液。比较两试管中 CCl_4 层的颜色,解释现象并写出有关离子反应方程式。

(4) 配合平衡和酸碱反应

1) 在一支试管中取 5 滴实验 1(1) 中自制的硫酸四氨合铜(Ⅱ)溶液,加入数滴 $2mol \cdot L^{-1}$ H_2SO_4 溶液,至溶液呈酸性,观察现象,写出反应方程式。

2) 取一支试管,加入 3 滴 $0.1mol \cdot L^{-1}$ $FeCl_3$ 溶液和 1 滴 $0.1mol \cdot L^{-1}$ KSCN 溶液,再逐滴加入 $2mol \cdot L^{-1}$ NaOH 溶液,观察现象,写出反应方程式。

4. 螯合物的形成

（1）取两支试管，1支加入5滴 $FeCl_3$ 和1滴0.1mol·L^{-1} KSCN 溶液和另一支加入6滴 $[Cu(NH_3)_4]^{2+}$ 溶液，然后分别滴加0.1mol·L^{-1} EDTA 溶液，观察现象并解释。

（2）Fe^{2+} 离子与邻菲罗啉在微酸性溶液中反应，生成橘红色的配离子。

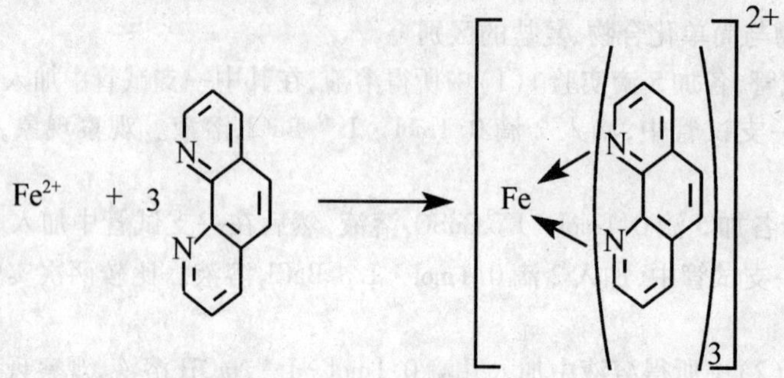

在白瓷点滴板上加1滴0.1mol·L^{-1} $FeSO_4$ 溶液和1滴0.25%邻菲罗啉溶液，观察现象。此反应可作为 Fe^{2+} 的鉴定反应，同时可与用 $FeCl_3$ 溶液作对比试验。

（3）Ni^{2+} 离子与二乙酰二肟反应生成鲜红色的内配盐沉淀。

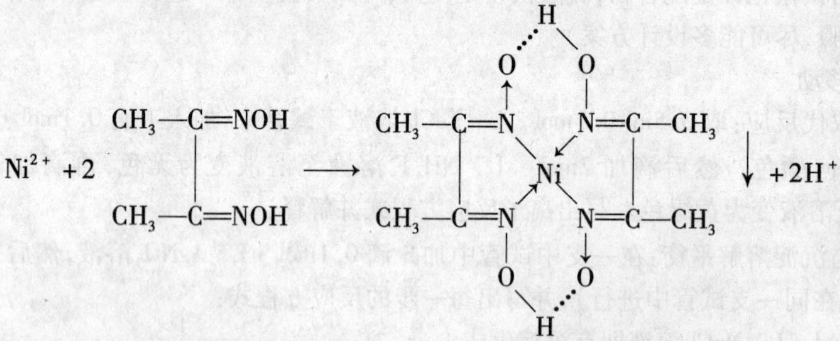

此反应中如 H^+ 离子浓度过大不利于内配盐的生成，但若 OH^- 浓度太高，又会生成 $Ni(OH)_2$ 沉淀。合适的酸度是 pH 为5～10。

在试管中加入2滴0.1mol·L^{-1} $NiSO_4$ 溶液及20滴蒸馏水，再加入1滴2mol·L^{-1} 氨水和2滴1%二乙酰二肟溶液，观察现象。然后再加入1ml 乙醚，摇荡，观察现象。此反应可作为 Ni^{2+} 的鉴定反应。

五、注意事项

1. $HgCl_2$ 毒性很大，使用时要注意安全。切勿使其入口或与伤口接触，用完试剂后必须洗手，剩余的废液不能随便倒入下水道。

2. 在实验3(2)的操作中，要注意：凡是生成沉淀的，沉淀量要少，即到刚生成沉淀为宜。凡是使沉淀溶解的步骤，加入溶液量越少越好，即使沉淀刚溶解为宜。因此，溶液必须逐滴加入，且边滴边摇，若试管中溶液量太多，可在生成沉淀后，先离心弃去清液，再继续进行实验。

六、思考题

1. 总结本实验中所观察到的现象以及影响配合平衡的因素有哪些？

2. 配合物与复盐的主要区别是什么？

3. 为什么硫化钠溶液不能使亚铁氰化钾溶液产生硫化亚铁沉淀，而饱和的硫化氢溶液能使铜氨配合物的溶液产生硫化铜沉淀？

4. 实验中所用EDTA是什么物质？它与单基配体有何区别？

实验8 硫酸亚铁铵的制备

一、实验目的

1. 了解硫酸亚铁铵的制备方法。

2. 练习托盘天平的使用以及加热（水浴加热）、溶解、过滤（抽气过滤）、蒸发、结晶、干燥等基本操作。

二、实验原理

铁溶于稀硫酸后生成硫酸亚铁：

$$Fe + H_2SO_4 = FeSO_4 + H_2\uparrow$$

若在硫酸亚铁溶液中加入等物质的量的硫酸铵，能生成硫酸亚铁铵，其溶解度较硫酸亚铁小；蒸发浓缩所得溶液，可制取浅绿色硫酸亚铁铵晶体。

$$FeSO_4 + (NH_4)_2SO_4 + 6\ H_2O = (NH_4)_2SO_4 \cdot FeSO_4 \cdot 6\ H_2O$$

一般亚铁盐在空气中易被氧化，但形成复盐硫酸亚铁铵后却比较稳定，在空气中不易被氧化。此晶体叫摩尔（Mohr）盐，在定量分析中常用来作配制亚铁离子的标准溶液。

三、仪器试剂

仪器：锥形瓶（250ml），烧杯（50ml、800ml各一只），酒精灯，石棉网，量筒（10ml），漏斗，玻璃棒，布氏漏斗，吸滤瓶，温度计，蒸发皿，小试管，托盘天平，滤纸，水浴锅。

试剂：

酸：$3mol \cdot L^{-1} H_2SO_4$

盐：$(NH_4)_2SO_4(s)$

其他：铁屑，95%乙醇

四、实验内容

1. 硫酸亚铁的制备　台秤称取2g铁屑，放入锥形瓶中，再加入10ml $3mol \cdot L^{-1} H_2SO_4$溶液，用一小烧杯盖住瓶口（防止过度挥发），水浴加热（温度低于80℃）至不再有气体冒出为止。反应过程要适当补充些热水，以保持原体积，趁热过滤。滤液接到清洁的蒸发皿中，用约2ml热水（小试管装水在水浴中预热）洗涤锥形瓶及漏斗上的残渣。

2. 硫酸亚铁铵的制备　根据加入的H_2SO_4的量，计算所需$(NH_4)_2SO_4$的量，称取$(NH_4)_2SO_4$，并参照表1的数据将其配成饱和溶液，将此溶液倒入上面制得的$FeSO_4$溶液中，并保持混合溶液呈微酸性。在水浴上蒸发、浓缩至溶液表面刚有结晶膜出现，放置，让其慢慢冷却，即有硫酸亚铁铵晶体析出。观察晶体颜色。用布氏漏斗抽气过滤，尽可能使母液与晶体分离完全,再用少量乙醇洗去晶体表面的水分(继续抽气过滤)。将晶体取出,摊在两张干净的滤纸之间,并轻压吸干母液。用托盘天平称重,计算理论产量和产率。

表1 不同温度时硫酸铵的溶解度

温度/℃	溶解度/(g·100g 水$^{-1}$)	温度/℃	溶解度/(g·100g 水$^{-1}$)
0	70.6	40	81.0
10	73.0	60	88.0
20	75.4	80	95.3
30	78.0	100	103.3

五、注意事项

1. 铁屑与稀 H_2SO_4在水浴下反应时,产生大量的气泡,故水浴温度不要高于 80℃,否则大量的气泡会从瓶口冲出,影响产率,此时应注意一旦有泡沫冲出要补充少量水。

2. 铁与稀 H_2SO_4反应生成的气体中,大量的是 H_2,还有少量 H_2S、PH_3等气体,应注意打开排气扇或保持室内通风。

3. 若铁屑含油污,需用 10% Na_2CO_3溶液和去氧蒸馏水洗净。

六、思考题

1. 在反应过程中,铁和硫酸哪一种物质应过量,为什么?实验中为什么必须注意通风?

2. 混合溶液为什么要呈微酸性?

3. 浓硫酸的浓度是多少?如何用浓硫酸配制 40ml 3mol·L^{-1} H_2SO_4溶液?在配制过程中应注意些什么?

实验9 铬、锰、铁

一、实验目的

1. 了解铬(Ⅲ)、锰(Ⅱ)、铁(Ⅱ)、(Ⅲ)氢氧化物的生成和性质。

2. 熟悉铬、锰、铁各种主要氧化态之间的转化。

3. 了解铬(Ⅵ)、锰(Ⅶ)化合物的氧化还原性以及介质对氧化还原反应的影响。

二、实验原理

铬(Cr)、锰(Mn)、铁(Fe)依次属于ⅥB、ⅦB 和Ⅷ族元素,在化合物中 Cr、Mn 的最高价态和族数相等。Fe 的最高价则小于族数。Cr 常见氧化态为 +3、+6;Mn 为 +2、+4、+6、+7;Fe 为 +2、+3。

$Cr(OH)_3$灰绿色,两性;$Mn(OH)_2$白色,碱性;$Fe(OH)_2$白色,碱性;$Fe(OH)_3$棕色,两性极弱;$Mn(OH)_2$和 $Fe(OH)_2$极易被空气氧化为 $MnO(OH)_2$(棕黑)和 $Fe(OH)_3$(棕)。

由Cr(Ⅲ)氧化成Cr(Ⅵ),需加入氧化剂,且在碱性介质中进行,如:

$$2CrO_2^- + 3H_2O_2 + 2OH^- = 2CrO_4^{2-} + 4H_2O$$

而Cr(Ⅵ)还原成Cr(Ⅲ),需加入还原剂,且在酸性介质中进行,如

$$Cr_2O_7^{2-} + 3S^{2-} + 14H^+ = 2Cr^{3+} + 3S + 7H_2O$$

铬酸盐和重铬酸盐在溶液中存在下列平衡:

$$2CrO_4^{2-} + 2H^+ = Cr_2O_7^{2-} + H_2O$$

加酸或碱可使平衡移动。一般重铬酸盐溶解度比重铬酸盐大,故在$K_2Cr_2O_7$溶液中加入Pb^{2+},实际生成$PbCrO_4$黄色沉淀。

Mn(Ⅵ)由MnO_2和强碱在氧化剂$KClO_3$的作用下加强热而制得,绿色锰酸钾溶液极易歧化;

$$3MnO_4^{2-} + 4H^+ = 2MnO_4^- + MnO_2 + 42H_2O$$

K_2MnO_4可被Cl_2氧化成$KMnO_4$。

$KMnO_4$是强氧化剂,它的还原产物随介质酸碱性不同而异。在酸性溶液中MnO_4^-被还原成Mn^{2+},在中性溶液中被还原为MnO_2,在强碱性介质中被还原成MnO_4^{2-}。

Fe^{3+}和Fe^{2+}均易和CN^-形成配合物,Fe^{2+}与$[Fe(CN)_6]^{4-}$反应、Fe^{3+}与$[Fe(CN)_6]^{3-}$反应均生成蓝色沉淀或溶胶,前者称普鲁士蓝,后者称滕氏蓝。最近,被证明它们的结构相同,为$[KFe^{II}(CN)_6Fe^{III}]$。

三、仪器试剂

仪器:试管,试管架,洗瓶

试剂:

酸:(2mol·L^{-1},6mol·L^{-1})H_2SO_4,2mol·L^{-1}HAc,3% H_2O_2

碱:(2mol·L^{-1},6mol·L^{-1})NaOH,KOH(s)

盐:0.1mol·L^{-1}$KCr(SO_4)_2$,0.1mol·L^{-1}$K_2Cr_2O_7$,0.1mol·L^{-1}$Pb(NO_3)_2$,0.1mol·L^{-1}KSCN,2mol·L^{-1}$(NH_4)_2S$,0.1mol·L^{-1}$MnSO_4$,0.01mol·L^{-1}$KMnO_4$,0.1mol·L^{-1}$FeCl_3$,0.1mol·L^{-1}KI,0.1mol·L^{-1}$K_4[Fe(CN)_6]$,0.1mol·L^{-1}$K_3[Fe(CN)_6]$,0.1mol·L^{-1}$(NH_4)_2Fe(SO_4)_2$,$KClO_3$(s),MnO_2(s),Na_2SO_3(s),$(NH_4)_2Fe(SO_4)_2·6H_2O$(s),PbO_2(s)

其他:$CHCl_3$或淀粉溶液,Cl_2水

四、实验内容

1. Cr(Ⅲ)化合物

(1) $Cr(OH)_3$的产生:取两只试管,分别注入0.1mol·L^{-1}$KCr(SO_4)_2$5滴和2mol·L^{-1}NaOH 1~2滴,观察灰绿色$Cr(OH)_3$的沉淀生成。

(2) $Cr(OH)_3$的两性:向上两试管中分别滴加2mol·L^{-1}H_2SO_4和2mol·L^{-1}NaOH,有何变化?

(3) Cr(Ⅲ)被氧化:向上面制得$NaCrO_2$溶液中加入3% $H_2O_2$3~4滴并加热,观察现象的变化,写出反应式。

2. Cr(Ⅵ)化合物

(1) 溶液中CrO_4^{2-}与$Cr_2O_7^{2-}$间的平衡移动:

取4滴0.1mol·L^{-1}$K_2Cr_2O_7$,用数滴2mol·L^{-1}NaOH,观察颜色变化,再加入数滴2mol·

$L^{-1}H_2SO_4$，颜色又有何变化？

取4滴0.1mol·$L^{-1}K_2Cr_2O_7$溶液滴加0.1mol·$L^{-1}Pb(NO_3)_2$，观察$PbCrO_4$沉淀的生成。

(2) Cr(Ⅵ)的氧化性：取4滴0.1mol·$L^{-1}K_2Cr_2O_7$溶液，加2滴2mol·$L^{-1}H_2SO_4$酸化，再加2滴2mol·$L^{-1}(NH_4)_2S$溶液，微热，观察现象及颜色变化。

3. 锰(Ⅱ)化合物

(1) $Mn(OH)_2$的生成和性质：在10滴0.1mol·$L^{-1}MnSO_4$溶液中，加5滴2mol·$L^{-1}NaOH$，立即观察现象(不振摇)，放置后再观察现象有何变化？

(2) Mn(Ⅱ)的被氧化：往试管中加入少许$PbO_2(s)$、2ml 6mol·$L^{-1}H_2SO_4$及1滴0.1mol·$L^{-1}MnSO_4$；将试管用小火加热，小心振荡，静置后观察溶液转为紫红色，写出反应式，并用电极电势说明之。

4. 锰(Ⅵ)化合物

(1) K_2MnO_4的生成：在一干燥小试管中放入一小粒KOH和约等体积的$KClO_3$晶体(尽可能少取)，加热至熔结一起后，再加入少许MnO_2，加热熔融，至熔结后，使试管口稍低于试管底部，强热至熔块呈绿色，放置，待冷后加4ml水振荡，溶液应呈绿色。写出反应式。

(2) K_2MnO_4的歧化：取少量上面自制的K_2MnO_4溶液，加入稀乙酸，观察溶液颜色的变化和沉淀的生成。

5. 锰(Ⅶ)化合物　取三支试管各加入2滴0.1mol·$L^{-1}KMnO_4$溶液，其中第一支加入5滴1mol·$L^{-1}H_2SO_4$，第二支加入5滴蒸馏水，第三支加入5滴6mol·$L^{-1}NaOH$，然后分别加数滴0.1mol·$L^{-1}Na_2SO_3$溶液，观察各试管所发生的现象。写出反应式，并做出介质对$KMnO_4$还原产物影响的结论。

6. 铁(Ⅱ)化合物　向试管中加入2ml蒸馏水、1~2滴2mol·L^{-1} H_2SO_4酸化，然后向其中加入几粒硫酸亚铁铵晶体；在另一支试管中煮沸1ml 2mol·L^{-1} NaOH，迅速加到硫酸亚铁铵的溶液中去(不要振摇)，观察现象。然后振摇，静置片刻，观察沉淀颜色的变化，解释每步操作的原因和现象的变化。

7. 铁(Ⅲ)化合物

(1) 向0.1mol·$L^{-1}FeCl_3$溶液中滴加2mol·L^{-1} NaOH，观察现象并写出反应式。

(2) 在0.1mol·$L^{-1}FeCl_3$溶液中，滴入0.1mol·L^{-1}KI溶液，观察现象，设法检验所得产物是什么？

8. Fe(Ⅱ)、Fe(Ⅲ)的配合物

(1) 在5滴0.1mol·$L^{-1}FeCl_3$溶液中，加1滴0.1mol·$L^{-1}K_4[Fe(CN)_6]$，观察普鲁士蓝蓝色沉淀(或溶胶)形成。

(2) 在5滴0.1mol·$L^{-1}(NH_4)_2Fe(SO_4)_2$溶液中，加1滴0.1mol·$L^{-1}K_3[Fe(CN)_6]$，观察滕氏蓝蓝色沉淀(或溶胶)的形成。

(3) 在5滴0.1mol·$L^{-1}(NH_4)_2Fe(SO_4)_2$溶液中，加入1滴2mol·$L^{-1}H_2SO_4$及0.1mol·L^{-1} KSCN溶液1滴，观察有无现象变化？然后再滴加3% H_2O_2溶液1滴，观察颜色的变化。写出反应式。

五、注意事项

1. 在酸性溶液中，MnO_4^-被还原成Mn^{2+}，有时会出现MnO_2的棕色沉淀，这是因溶液的浓度不够及$KMnO_4$过量，与生成的Mn^{2+}反应所致：

$$2MnO_4^- + 3Mn^{2+} + 2H_2O = 5MnO_2 \downarrow + 4H^+$$

2. Fe^{3+}呈淡紫色，由于水解生成$[Fe(H_2O)_6(OH)]^{2+}$而使溶液呈棕黄色。

六、思考题

1. 如何鉴定Cr^{3+}或Mn^{2+}的存在？
2. 怎样存放$KMnO_4$溶液？为什么？
3. 试用两种方法实现Fe^{2+}和Fe^{3+}的相互转化。

实验10　氯化铅溶度积常数的测定

一、实验目的

1. 了解用离子交换法测定难溶电解质溶度积的原理和方法。
2. 学习离子交换树脂的一般使用方法。
3. 进一步训练酸碱滴定的基本操作。

二、实验原理

离子交换树脂是高分子化合物。这类化合物具有可供离子交换的活性基团，具有酸性交换基团（如磺酸基-SO_3H、羧酸基-COOH）能和阳离子进行交换的叫阳离子交换树脂。具有碱性交换基团（如-NH_3Cl）能和阴离子进行交换的叫阴离子交换树脂。本实验中采用的是1×7强酸型阳离子交换树脂，这种树脂出厂时一般是Na^+型，即活性基团为-SO_3Na，如用H^+把Na^+交换下来，即得H^+型树脂。

一定量的饱和$PbCl_2$溶液与H^+型阳离子树脂充分接触后，下列交换反应能进行得很完全。

$$2R—SO_3H + PbCl_2 = (R\text{-}SO_3)_2Pb + 2HCl$$

交换出的HCl，可用已知浓度的NaOH溶液来滴定。根据物质的量反应条件即可算出二氯化铅饱和溶液的浓度，从而可求得$PbCl_2$的溶解度和溶度积。其计算公式如下：

$$c_{NaOH} \cdot V_{NaOH} = c_{HCl} \cdot V_{HCl} = 2c_{PbCl_2} \cdot V_{PbCl_2}$$

$$c_{PbCl_2} = \frac{c_{NaOH} \cdot V_{NaOH}}{2V_{PbCl_2}}$$

$$[Pb^{2+}] = c_{PbCl_2},\ [Cl^-] = 2c_{PbCl_2}$$

$$K_{sp}^{\ominus}(PbCl_2) = [Pb^{2+}] \cdot [Cl^-]^2 = c_{PbCl_2} \cdot [2c_{PbCl_2}]^2 = 4(c_{PbCl_2})^3$$

已有Pb^{2+}交换上去的树脂可用不含Cl^-的$0.1mol \cdot L^{-1}$ HNO_3溶液进行淋洗，使树脂重新转化为酸型，称之为再生（可由实验准备室统一处理）。

三、仪器试剂

仪器：碱式滴定管（2支），移液管（25ml），量筒（50ml），小烧杯（100ml），锥形瓶，铁架台，滴定台架，棉花，螺旋夹，吸耳球，广泛pH试纸，长玻棒试剂：

酸：HNO_3(0.1mol·L^{-1})

碱：NaOH(0.05mol·L^{-1})

盐：$PbCl_2$饱和溶液

其他：酚酞指示剂，1×7 强酸型阳离子交换树脂

四、实验内容

1. 装柱　在离子交换柱内装入少量水，将下部空气排掉，底部填入少量棉花。用小烧杯往柱中装入带水的阳离子交换树脂(已事先处理好的氢型树脂)，至净柱高(不算水的高度)约15cm。如装入水太多，可松开螺旋夹，让水慢慢流出，直到液面略高于树脂后夹紧螺旋夹。在以上操作中，一定要使树脂始终浸在溶液中，勿使溶液流干，否则气泡进入树脂柱中，将影响离子交换的进行。若出现少量气泡，可加入少量蒸馏水，使液面高出树脂，并用玻璃棒搅动树脂，以便赶走气泡，若气泡量多，必须重新装柱。

2. 交换与洗涤　先用蒸馏水洗涤交换柱，使流出的溶液的 pH 显示中性，夹好螺旋夹。

用移液管精确吸取 25ml $PbCl_2$饱和溶液，放入离子交换柱中。控制交换柱流出液的速度，每分钟 25～30 滴，不宜太快。用洁净的锥形瓶承接流出液。待 $PbCl_2$饱和溶液接近树脂层上表面时，用 40ml 蒸馏水分批洗涤交换树脂，直至流出液呈中性(流出液仍接在同一锥形瓶中)。在整个交换过程中，勿使流出液损失。

3. 滴定　在全部流出液中，加入 1～2 滴酚酞指示剂，用标准 NaOH 溶液滴定至终点，即出现粉红色 30s 不褪色。

<u>数据记录与结果处理：</u>

室温/℃

$PbCl_2$饱和溶液的用量 V/ml

NaOH 标准溶液的浓度 c/mol·L^{-1}

滴定前滴定管上的读数 V_1/ml

滴定后滴定管上的读数 V_2/ml

NaOH 标准溶液的用量(V_2-V_1)/ml

$PbCl_2$的溶解度 S/mol·L^{-1}

$PbCl_2$的 $K_{sp}^{\ominus}(PbCl_2)$测定值

$PbCl_2$的 $K_{sp}^{\ominus}(PbCl_2)$参考值

分析误差产生的原因。

五、注意事项

1. 整个树脂柱中不能有气泡，否则会影响离子交换的进行。

2. 一旦加入 $PbCl_2$的饱和溶液，流出液就要换一洁净锥形瓶承接，且洗涤液也承接在此锥形瓶中，不得损失。

3. 滴定操作只能有一次，故滴定时务必谨慎小心。

六、思考题

1. 离子交换过程中，为什么液体的流速不宜太快？

2. 为什么在交换洗涤过程中要保持液面高于离子交换柱?

实验 11　银氨配离子配位数的测定

一、实 验 目 的

1. 了解银氨配离子配位数的测定方法。
2. 测定银氨配离子的配位数和稳定常数。

二、实 验 原 理

向含有一定量 KBr 和 NH_3 的水溶液中滴加 $AgNO_3$ 溶液，直到刚出现的 AgBr 沉淀不消失（溶液混浊）为止。在此混合溶液中同时存在着配合平衡和沉淀平衡：

$$Ag^+ + nNH_3 \rightleftharpoons [Ag(NH_3)_n]^+$$

$$K^{\ominus}_{稳} = \frac{[Ag(NH_3)_n]^+}{[Ag^+][NH_3]^n}$$

$$Ag^+ + Br^- \rightleftharpoons AgBr\downarrow$$

$$[Ag^+][Br^-] = K^{\ominus}_{sp}(AgBr)$$

作为配合剂的 NH_3 和沉淀剂 Br^- 同时争夺溶液中的 Ag^+，在一定条件下，建立配合-沉淀的竞争平衡：

$$AgBr(s) + nNH_3 \rightleftharpoons [Ag(NH_3)_n]^+ + Br^-$$

$$K^{\ominus} = \frac{[Ag(NH_3)_n^+][Br^-]}{[NH_3]^n} = K^{\ominus}_{稳} \times K^{\ominus}_{sp}(AgBr)$$

整理上式得

$$[Ag(NH_3)_n^+][Br^-] = K^{\ominus}[NH_3]^n$$

两端取对数即得直线方程：

$$\lg[Ag(NH_3)_n^+][Br^-] = n\lg[NH_3] + \lg K^{\ominus}$$

将 $\lg[Ag(NH_3)_n^+][Br^-]$ 对 $\lg[NH_3]$ 作图，可得一条直线，其斜率即为 $[Ag(NH_3)_n^+]$ 的配位数 n。由截距可求得 $K^{\ominus}$，根据 $K^{\ominus}_{sp}(AgBr)$ 的数值，可计算出 $[Ag(NH_3)_n^+]$ 的稳定常数。

$[Br^-]$、$[NH_3]$、$[Ag(NH_3)_n^+]$ 皆指平衡时的浓度，可近似按以下方法计算：

设平衡体系中，最初所取的 KBr 溶液和氨水的体积分别为 V_{Br^-}、V_{NH_3}，浓度分别为 $[Br^-]_0$、$[NH_3]_0$，加入 $AgNO_3$ 溶液的体积为 V_{Ag^+}，浓度为 $[Ag^+]_0$，混合溶液的总体积为 $V_{总}$，则：

$$V_{总} = V_{Br^-} + V_{NH_3} + V_{Ag^+}$$

$$[Br^-] = [Br^-]_0 \times \frac{V_{Br^-}}{V_{总}}$$

$$[NH_3] = [NH_3]_0 \times \frac{V_{NH_3}}{V_{总}}$$

$$[Ag(NH_3)_n^+] = [Ag^+]_0 \times \frac{V_{Ag^+}}{V_{总}}$$

三、仪器试剂

仪器：碱式滴定管，酸式滴定管，移液管(25ml)，小烧杯(100ml)，锥形瓶，滴定台架

试剂：$AgNO_3$(0.01mol·L^{-1})，KBr(0.01mol·L^{-1})，$NH_3 \cdot H_2O$(2mol·L^{-1})，凡士林

四、实验内容

用酸式滴定管(最好用棕色的)装0.01mol·L^{-1} $AgNO_3$溶液，用碱式滴定管装2mol·L^{-1} $NH_3 \cdot H_2O$，把液面都调至零刻度，夹在滴定台上。

用移液管移取25ml已知准确浓度的KBr溶液，加到洗净烘干的250ml锥形瓶内，由碱式滴定管加入12.00ml $NH_3 \cdot H_2O$氨水后，再从酸式滴定管中滴入0.01mol·L^{-1} $AgNO_3$溶液，不断振荡锥形瓶，刚开始出现不消失的混浊时，停止滴定。记录所用$AgNO_3$溶液的体积V_{1Ag^+}，加入的V_{Br^-}=25.00ml，V_{NH_3}=12.00ml。这是第一次滴定。

继续向同一锥形瓶中加入3.0ml氨水，使两次所加氨水的累计体积为15.00ml，然后继续滴加$AgNO_3$溶液，同样滴至刚出现不消失的混浊为止。记录两次累计用去$AgNO_3$溶液的体积V_{2Ag^+}，V_{Br^-}=25.00ml，V_{NH_3}=15.00ml。这是第二次滴定。

继续滴定4次，记录加入氨水的体积，累计分别为19.00ml、24.00ml、31.00ml、45.00ml时，滴入$AgNO_3$溶液的累计体积为V_{3Ag^+}、V_{4Ag^+}、V_{5Ag^+}、V_{6Ag^+}。

计算各次滴定中的$[Br^-]$、$[Ag(NH_3)_n]^+$、$[NH_3]$、$\lg[Ag(NH_3)_n^+][Br^-]$及$\lg[NH_3]$，计算结果填入表2。

表2 数据记录表

滴定序号	1	2	3	4	5	6
V_{Br^-}/ml						
V_{NH_3}/ml						
V_{Ag^+}/ml						
$V_{总}$/ml						
$[Br^-]$/mol·L^{-1}						
$[NH_3]$/mol·L^{-1}						
$[Ag(NH_3)_n^+]$/mol·L^{-1}						
$\lg[Ag(NH_3)_n^+][Br^-]$						
$\lg[NH_3]$						

五、注意事项

1. 本实验用的锥形瓶必须是干燥的，量取KBr溶液的体积时要非常准确；如瓶壁不干或KBr量取稍不准确，将会影响$AgNO_3$用量及$V_{总}$，从而影响n值。

2. 滴定终点的确定也很重要，要以刚产生白色混浊又不消失为止。在接近出现混浊时要1滴或半滴地加入$AgNO_3$溶液。

六、思 考 题

1. 为什么本实验中所用锥形瓶必须是干燥的,并且滴定过程中也不能用水冲洗瓶壁?
2. 滴定时,若加入的 $AgNO_3$ 溶液已过量,有无必要弃去瓶中溶液,重新进行滴定?
3. 实验中 KBr 溶液取量为什么必须准确?

附　录

附录一　无机酸、碱在水中的电离常数(298K)

弱酸或弱碱	分子式	分步	K_a^0(或 K_b^0)	pK_a^0(或 pK_b^0)
砷酸	H_3AsO_4	1	6.30×10^{-3}	2.20
		2	1.05×10^{-7}	6.98
		3	3.16×10^{-12}	11.50
亚砷酸	H_3AsO_3	1	6.03×10^{-10}	9.22
硼酸	H_3BO_3	1	5.75×10^{-10}	9.24
碳酸	H_2CO_3	1	4.17×10^{-7}	6.38
		2	5.62×10^{-11}	10.25
氢氰酸	HCN		6.17×10^{-10}	9.21
过氧化氢	H_2O_2	1	2.24×10^{-12}	11.65
		2	1.0×10^{-25}	
铬酸	H_2CrO_4	1	1.05×10^{-1}	0.98
		2	3.16×10^{-7}	6.50
氢氟酸	HF		6.61×10^{-4}	3.18
亚硝酸	HNO_2		5.13×10^{-4}	3.29
磷酸	H_3PO_4	1	7.59×10^{-3}	2.12
		2	6.31×10^{-8}	7.20
		3	4.37×10^{-13}	12.36
亚磷酸	H_3PO_3	1	5.01×10^{-2}	1.30
		2	2.51×10^{-7}	6.60
氢硫酸	H_2S	1	1.32×10^{-7}	6.88
		2	7.08×10^{-15}	14.15
硫酸	H_2SO_4	2	1.02×10^{-2}	1.99
亚硫酸	H_2SO_3	1	1.26×10^{-2}	1.90
		2	6.31×10^{-8}	7.18
硫氰酸	HSCN		1.41×10^{-1}	0.85
偏硅酸	H_2SiO_3	1	1.70×10^{-10}	9.77
		2	1.60×10^{-12}	11.80
硫代硫酸	$H_2S_2O_3$	1	2.52×10^{-1}	0.60
		2	1.90×10^{-2}	1.72

续表

弱酸或弱碱	分子式	分步	K_a^0(或 K_b^0)	pK_a^0(或 pK_b^0)
甲酸(蚁酸)	HCOOH		1.80×10^{-4}	3.74
醋酸	HAc		1.75×10^{-5}	4.756
草酸	$H_2C_2O_4$	1	5.37×10^{-2}	1.27
		2	5.37×10^{-5}	4.27
氨水	$NH_3\cdot H_2O$		1.74×10^{-5}	4.76
羟胺	$NH_2OH\cdot H_2O$		9.12×10^{-9}	8.04
氢氧化钙	$Ca(OH)_2$	1	3.72×10^{-3}	2.43
		2	3.98×10^{-2}	1.40
氢氧化铅	$Pb(OH)_2$	1	9.55×10^{-4}	3.02
		2	3.0×10^{-8}	7.52
氢氧化银	AgOH		1.10×10^{-4}	3.96
氢氧化锌	$Zn(OH)_2$		9.55×10^{-4}	3.02

录自:杭州大学化学系分析化学教研室. 分析化学手册. 第2版. 基础知识与安全知识(第一分册). 北京:化学工业出版社,1997;105－152

附录二 难溶化合物的溶度积(291～298K)

难溶化合物	K_{sp}^0	难溶化合物	K_{sp}^0	难溶化合物	K_{sp}^0
卤化物		CuCl	1.2×10^{-6}	$Co(OH)_2$新析出	1.58×10^{-15}
AgCl	1.8×10^{-10}	BiI_3	8.1×10^{-19}	$Co(OH)_3$	1.6×10^{-44}
AgBr	5.2×10^{-13}	氢氧化物		$Pb(OH)_4$	3.2×10^{-66}
AgI	8.3×10^{-17}	CuOH	1.0×10^{-14}	$Sn(OH)_2$	1.4×10^{-28}
Hg_2Cl_2	1.3×10^{-18}	$Al(OH)_3$(无定形)	4.57×10^{-33}	$Sn(OH)_4$	1.0×10^{-56}
Hg_2I_2	4.5×10^{-29}	$Cr(OH)_3$	6.3×10^{-31}	$Bi(OH)_3$	4.0×10^{-31}
$PbCl_2$	1.6×10^{-5}	$Mg(OH)_2$	1.8×10^{-11}	$Ca(OH)_2$	5.5×10^{-6}
$PbBr_2$	4.0×10^{-5}	$Hg(OH)_2$	3.0×10^{-26}	$Cd(OH)_2$新析出	2.5×10^{-14}
PbI_2	7.1×10^{-9}	$Hg_2(OH)_2$	2.0×10^{-24}	$Zn(OH)_2$无定形	2.09×10^{-16}
PbF_2	2.7×10^{-8}	$Fe(OH)_3$	4.0×10^{-38}	$Zn(OH)_2$晶,陈	1.2×10^{-17}
CaF_2	2.7×10^{-11}	$Fe(OH)_2$	8.0×10^{-16}	$Ti(OH)_3$	1.0×10^{-40}
BaF_2	1.04×10^{-6}	$Cu(OH)_2$	2.2×10^{-20}	硫化物	
MgF_2	6.5×10^{-9}	CuOH	1.0×10^{-14}	Bi_2S_3	1.0×10^{-97}
SrF_2	2.5×10^{-9}	$Ni(OH)_2$新析出	2.0×10^{-15}	PbS	1.0×10^{-28}
CuI	1.1×10^{-12}	$Mn(OH)_4$	1.9×10^{-13}	Cu_2S	2.5×10^{-48}
		AgOH	2.0×10^{-8}	MnS 无定形	2.5×10^{-10}
CuBr	5.3×10^{-9}	$Pb(OH)_2$	1.2×10^{-15}	MnS 晶形	2.5×10^{-13}

续表

难溶化合物	K_{sp}^0	难溶化合物	K_{sp}^0	难溶化合物	K_{sp}^0
α - NiS	3.0×10^{-19}	$CdCO_3$	5.2×10^{-12}	磷酸盐	
β - NiS	1.0×10^{-24}	$SrCO_3$	1.1×10^{-10}	$Ca_3(PO_4)_2$	2.0×10^{-29}
γ - NiS	2.0×10^{-26}	$ZnCO_3$	1.4×10^{-11}	$CaHPO_4$	1.0×10^{-7}
FeS	6.3×10^{-18}	铬酸盐		$Co_3(PO_4)_2$	2.0×10^{-35}
Hg_2S	1.0×10^{-47}	Ag_2CrO_4	1.1×10^{-12}	$CoHPO_4$	2.0×10^{-7}
HgS 红色	4.0×10^{-53}	$BaCrO_4$	1.2×10^{-10}	$Cu_3(PO_4)_2$	1.3×10^{-37}
黑色	1.6×10^{-52}	$PbCrO_4$	2.8×10^{-13}	$MgNH_4PO_4$	2.5×10^{-13}
α - CoS	4.0×10^{-21}	$SrCrO_4$	2.2×10^{-5}	$Mg_3(PO_4)_2$	$10^{-23}\sim10^{-27}$
β - CoS	2.0×10^{-25}	$CaCrO_4$	7.1×10^{-4}	$BiPO_4$	1.26×10^{-23}
CuS	6.3×10^{-36}	$Ag_2Cr_2O_7$	2.0×10^{-7}	$Ni_3(PO_4)_2$	5.0×10^{-31}
		氰化物及硫氰化物		$FePO_4$	1.3×10^{-22}
As_2S_3	2.1×10^{-22}	CuCN	3.2×10^{-20}	$Pb_3(PO_4)_2$	8.0×10^{-43}
Ag_2S	6.3×10^{-50}	CuSCN	4.8×10^{-15}	$PbHPO_4$	1.3×10^{-10}
SnS	1.0×10^{-25}	AgSCN	1.0×10^{-12}	Ag_3PO_4	1.4×10^{-16}
SnS_2	2.0×10^{-27}	$Hg_2(CN)_2$	5.0×10^{-40}	Al_3PO_4	6.3×10^{-19}
α - ZnS	1.6×10^{-24}	$Hg_2(SCN)_2$	2.0×10^{-20}	$Ba_3(PO_4)_2$	3.4×10^{-23}
Sb_2S_3	1.5×10^{-93}	硫酸盐		BaP_2O_7	3.2×10^{-11}
碳酸盐		Ag_2SO_4	1.4×10^{-5}	$Zn_3(PO_4)_2$	9.0×10^{-33}
Ag_2CO_3	8.1×10^{-12}	$BaSO_4$	1.1×10^{-10}	$Sr_3(PO_4)_2$	4.0×10^{-28}
$BaCO_3$	5.1×10^{-9}	$CaSO_4$	9.1×10^{-6}	其他	
$CaCO_3$	2.8×10^{-9}	Hg_2SO_4	7.4×10^{-7}	$Cu(IO_3)_2$	7.4×10^{-8}
$CoCO_3$	1.4×10^{-13}	$PbSO_4$	1.6×10^{-8}	$K_2[PtCl_6]$	1.1×10^{-5}
$CuCO_3$	2.34×10^{-10}	$SrSO_4$	3.2×10^{-7}	BiOCl	1.8×10^{-31}
$FeCO_3$	3.2×10^{-11}	草酸盐		$Zn_2[Fe(CN)_6]$	4.1×10^{-16}
$MnCO_3$	1.8×10^{-11}	$Ag_2C_2O_4$	3.5×10^{-11}	Mg-8-羟基喹啉	4.0×10^{-16}
$MgCO_3$	3.5×10^{-8}	$BaC_2O_4\cdot H_2O$	2.3×10^{-8}	Zn-8-羟基喹啉	5.0×10^{-25}
$NiCO_3$	6.6×10^{-9}	BaC_2O_4	1.6×10^{-7}	AgAc	4.4×10^{-3}
Hg_2CO_3	8.9×10^{-17}	$CaC_2O_4\cdot H_2O$	4.0×10^{-9}	$K[B(C_6H_5)_4]$	2.2×10^{-8}
$PbCO_3$	7.4×10^{-14}	$CdC_2O_4\cdot 3H_2O$	9.1×10^{-8}	$K_2Na[Co(NO_2)_6]$	2.2×10^{-11}

录自:1. James G. Speight. Lange's Handbook of Chemistry. McGraw-Hiu. 2005

2. 杭州大学化学系分析化学教研室. 分析化学手册. 第 2 版. 基础知识与安全知识(第一分册). 北京:化学工业出版社,1997:99 - 105

附录三 标准电极电位表(291 ~298K)

1. 在酸性溶液中

电极反应	$E_A^\ominus$/V
$Li^+ + e^- = Li$	−3.045
$K^+ + e^- = K$	−2.931
$Ba^+ + 2e^- = Ba$	−2.912
$Sr^+ + 2e^- = Sr$	−2.899
$Ca^{2+} + 2e^- = Ca$	−2.868
$Na^+ + e^- = Na$	−2.714
$Mg^{2+} + 2e^- = Mg$	−2.372
$Al^{3+} + 3e^- = Al$	−1.662
$Mn^{2+} + 2e^- = Mn$	−1.185
$Se + 2e^- = Se^{2-}$	−0.924
$Cr^{2+} + 2e^- = Cr$	−0.913
$Zn^{2+} + 2e^- = Zn$	−0.7618
$Cr^{3+} + 3e^- = Cr$	−0.744
Ag_2S(固) $+ 2e^- = 2Ag + S^{2-}$	−0.691
$Ga^{3+} + 3e^- = Ga$	−0.56
$As + 3H^+ + 3e^- = AsH_3$	−0.608
$H_3PO_3 + 2H^+ + 2e^- = H_3PO_2 + H_2O$	−0.499
$2CO_2 + 2H^+ + 2e^- = H_2C_2O_4$	−0.49
$S + 2e^- = S^{2-}$	−0.476
$Fe^{2+} + 2e^- = Fe$	−0.447
$Cr^{3+} + e^- = Cr^{2+}$	−0.407
$Cd^{2+} + 2e^- = Cd$	−0.403
$Se + 2H^+ + 2e^- = H_2Se$	−0.36
$PbSO_4$(固) $+2e^- = Pb + SO_4^{2-}$	−0.3588
$In^{3+} + 3e^- = In$	−0.3382
$Tl^+ + e^- = Tl$	−0.3363
$Co^{2+} + 2e^- = Co$	−0.280
$H_3PO_4 + 2H^+ + 2e^- = H_3PO_3 + H_2O$	−0.276
$Ni^{2+} + 2e^- = Ni$	−0.257
AgI(固) $+ e^- = Ag + I^-$	−0.1522
$Sn^{2+} + 2e^- = Sn$	−0.1375
$Pb^{2+} + 2e^- = Pb$	−0.1262
$2H^+ + 2e^- = H_2$	0.000
$AgBr$(固) $+ e^- = Ag + Br^-$	+0.0713

续表

电极反应	$E_A^\ominus$/V
$S_4O_6^{2-} + 2e^- = 2S_2O_3^{2-}$	+0.08
$TiO^{2+} + 2H^+ + e^- = Ti^{3+} + H_2O$	+0.1
$S + 2H^+ + 2e^- = H_2S$(气)	+0.142
$Sn^{4+} + 2e^- = Sn^{2+}$	+0.151
$Cu^{2+} + e^- = Cu^+$	+0.17
$SbO^+ + 2H^+ + 3e^- = Sb + H_2O$	+0.212
$SO_4^{2-} + 4H^+ + 2e^- = H_2SO_3^{2-} + H_2O$	+0.2172
$AgCl$(固) $+ e^- = Ag + Cl^-$	+0.223
$HAsO_2 + 3H^+ + 3e^- = As + 2H_2O$	+0.2475
Hg_2Cl_2(固) $+ 2e^- = 2Hg + 2Cl^-$	+0.2681
$BiO^+ + 2H^+ + 3e^- = Bi + H_2O$	+0.302
$VO^{2+} + 2H^+ + e^- = V^{3+} + H_2O$	+0.337
$Cu^{2+} + 2e^- = Cu$	+0.3419
$Fe(CN)_6^{3-} + e^- = Fe(CN)_6^{4-}$	+0.36
$2H_2SO_3 + 2H^+ + 4e^- = S_2O_3^{2-} + H_2O$	+0.40
$4H_2SO_3 + 4H^+ + 6e^- = S_4O_6^{2-} + 6H_2O$	+0.51
$Cu^+ + e^- = Cu$	+0.521
I_2(固) $+ 2e^- = 2I^-$	+0.5355
$H_3AsO_4 + 2H^+ + 2e^- = H_3AsO_3 + H_2O$	+0.560
$MnO_4^- + e^- = MnO_4^{2-}$	+0.564
$2HgCl_2 + 2e^- = Hg_2Cl_2$(固) $+ 2Cl^-$	+0.63
O_2(气) $+ 2H^+ + 2e^- = H_2O_2$	+0.695
$Fe^{3+} + e^- = Fe^{2+}$	+0.771
$Hg_2^{2+} + 2e^- = 2Hg$	+0.7986
$Ag^+ + e^- = Ag$	+0.7996
$AuBr_4^- + 2e^- = AuBr_2 + 2Br^-$	+0.805
$AuBr_4^- + 3e^- = Au + 4Br^-$	+0.854
$Cu^+ + I^- + e^- = CuI$(固)	+0.86
$NO_3^- + 3H^+ + 2e^- = HNO_2 + H_2O$	+0.934
$AuBr_2^- + e^- = Au + 2Br^-$	+0.957
$HIO + H^+ + 2e^- = I^- + H_2O$	+0.99
$HNO_2 + H^+ + e^- = NO$(气) $+ H_2O$	+0.99
$VO_2^+ + 2H^+ + e^- = VO^{2+} + H_2O$	+1.00
$AuCl_4^- + 3e^- = Au + 4Cl^-$	+1.002
Br_2(液) $+ 2e^- = 2Br^-$	+1.066
Br_2(水) $+ 2e^- = 2Br^-$	+1.087

续表

电极反应	$E^{\ominus}_{A}$/V
$ClO_4^- + 2H^+ + 2e^- = ClO_3^- + 3H_2O$	+1.189
$IO_3^- + 6H^+ + 5e^- = 1/2I_2 + 3H_2O$	+1.195
MnO_2(固) $+ 4H^+ + 2e^- = Mn^{2+} + 2H_2O$	+1.224
O_2(气) $+ 4H^+ + 4e^- = 2H_2O$	+1.229
$Cr_2O_7^{2-} + 14H^+ + 6e^- = 2Cr^{3+} + 7H_2O$	+1.33
$ClO_4^- + 8H^+ + 7e^- = 1/2Cl_2 + 4H_2O$	+1.339
Cl_2(气) $+ 2e^- = 2Cl^-$	+1.3583
$HIO + H^+ + e^- = 1/2I_2 + H_2O$	+1.45
$ClO_3^- + 6H^+ + 6e^- = Cl^- + 3H_2O$	+1.451
PbO_2(固) $+ 4H^+ + 2e^- = Pb^{2+} + 2H_2O$	+1.455
$ClO_3^- + 6H^+ + 5e^- = 1/2Cl_2 + 2H_2O$	+1.47
$HClO + H^+ + 2e^- = Cl^- + H_2O$	+1.482
$BrO_3^- + 6H^+ + 6e^- = Br^- + 3H_2O$	+1.4842
$Mn^{3+} + e^- = Mn^{2+}$ (7.5mol、L^{-1} H_2SO_4)	+1.488
Au(Ⅲ) $+ 3e^- = Au$	+1.498
$MnO_4^- + 8H^+ + 5e^- = Mn^{2+} + 4H_2O$	+1.51
$BrO_3^- + 6H^+ + 5e^- = 1/2Br_2 + 3H_2O$	+1.52
$HBrO + H^+ + e^- = 1/2Br_2 + H_2O$	+1.596
$H_5IO_6 + H^+ + 2e^- = IO_3^- + 3H_2O$	+1.601
$HClO + H^+ + e^- = 1/2Cl_2 + H_2O$	+1.628
$HClO_2 + 2H^+ + 2e^- = HClO + H_2O$	+1.645
$MnO_4^- + 4H^+ + 3e^- = MnO_2 + 4H_2O$	+1.679
$Au^+ + e^- = Au$	+1.68
PbO_2(固) $+ SO_4^{2-} + 4H^+ + 2e^- = PbSO_4$(固) $+ 2H_2O$	+1.691
$Ce^{4+} + e^- = Ce^{3+}$	+1.72
$H_2O_2 + 2H^+ + 2e^- = 2H_2O$	+1.776
$Co^{3+} + e^- = Co^{2+}$	+1.92
$S_2O_8^{2-} + 2H^+ + 2e^- = 2H_2O$	+2.01
$O_3 + 2H^+ + 2e^- = O_2 + H_2O$	+2.076
$FeO_4^{2-} + 8H^+ + 3e^- = Fe^{3+} + 4H_2O$	+2.1
F_2(气) $+ 2e = 2F^-$	+2.866
F_2(气) $+ 2H^+ + 2e^- = 2HF$	+3.053

2. 在碱性溶液中

电极反应	$E_B^{\ominus}$/V
$Ca(OH)_2 + 2e^- = Ca + 2OH^-$	-3.02
$Ba(OH)_2 + 2e^- = Ba + 2OH^-$	-2.99
$La(OH)_3 + 3e^- = La + 3OH^-$	-2.76
$Mg(OH)_2 + 2e^- = Mg + 2OH^-$	-2.69
$H_2BO_3^- + H_2O + 3e^- = B + 4OH^-$	-2.5
$SiO_3^{2-} + 3H_2O + 4e^- = Si + 6OH^-$	-1.697
$HPO_3^{2-} + 3H_2O + 2e^- = H_2PO_2^- + 3OH^-$	-1.65
$Mn(OH)_2 + 2e^- = Mn + 2OH^-$	-1.456
$Cr(OH)_3 + 3e^- = Cr + 3OH^-$	-1.3
$Zn(CN)_4^{2-} + 2e^- = Zn + 4CN^-$	-1.26
$ZnO_2^{2-} + 2H_2O + 2e^- = Zn + 4OH^-$	-1.215
$As + 3H_2O + 3e^- = AsH_3 + 3OH^-$	-1.21
$CrO_2^- + 2H_2O + 3e^- = Cr + 4OH^-$	-1.2
$2SO_3^{2-} + 2H_2O + 2e^- = S_2O_4^{2-} + 4OH^-$	-1.12
$PO_4^{3-} + 2H_2O + 2e^- = HPO_3^{2-} + 3OH^-$	-1.05
$Zn(NH_3)_4^{2+} + 2e^- = Zn + 4NH_3$	-1.04
$SO_4^{2-} + H_2O + 2e^- = SO_3^{2-} + 2OH^-$	-0.93
$P + 3H_2O + 3e^- = PH_3$(气) $+ 3OH^-$	-0.87
$2NO_3^- + 2H_2O + 2e^- = N_2O_4 + 3OH^-$	-0.85
$S_2O_3^{2-} + 3H_2O + 4e^- = 2S + 6OH^-$	-0.74
$Co(OH)_2 + 2e^- = Co + 2OH^-$	-0.73
$SO_3^{2-} + 3H_2O + 4e^- = S + 6OH^-$	-0.66
$PbO + H_2O + 2e^- = Pb + 2OH^-$	-0.576
$Fe(OH)_3 + e^- = Fe(OH)_2 + OH^-$	-0.56
$S + 2e^- = S^{2-}$	-0.508
$NO_2^{2-} + H_2O + e^- = NO + 2OH^-$	-0.46
$Cu(OH)_2 + 2e^- = Cu + 2OH^-$	-0.224
$O_2 + H_2O + 2e^- = HO_2^- + OH^-$	-0.146
$CrO_4^{2-} + 2H_2O + 3e^- = Cr(OH)_3 + 5OH^-$	-0.13
$HgO + H_2O + 2e^- = Hg + 2OH^-$	+0.0977
$[Co(NH_3)_6]^{3+} + e^- = [Co(NH_3)_6]^{2+}$	+0.108
$IO_3^- + 2H_2O + 4e^- = IO^- + 4OH^-$	+0.15
$IO_3^- + 3H_2O + 6e^- = I^- + 6OH^-$	+0.26
$O_2 + 2H_2O + 4e^- = 4OH^-$	+0.401
$IO^- + H_2O + 2e^- = I^- + 2OH^-$	+0.485
$MnO_4^- + 2H_2O + 3e^- = MnO_2 + 4OH^-$	+0.595
$ClO_3^- + 3H_2O + 6e^- = Cl^- + 6OH^-$	+0.62
$ClO^- + H_2O + 2e^- = Cl^- + 2OH^-$	+0.89
$O_3 + H_2O + 2e^- = O_2 + 2OH^-$	+1.24

录自：杭州大学化学系分析化学教研室．分析化学手册．第2版．电化学分析（第4分册）．北京：化学工业出版社，1997：159－165

附录四 配合物的稳定常数* (293 ~ 298K, I = 0)

配位体	金属离子	n	$\log\beta_n$
氯配合物	Ag^+	1,2,4	3.04;5.04;5.30
	Cd^{2+}	1,2,3,4	1.95;2.50;2.60;2.80
	Co^{3+}	1	1.42
	Cu^+	2,3	5.5;5.7
	Cu^{2+}	1,2	0.1;-0.6
	Fe^{2+}	1	1.17
	Fe^{3+}	2	9.8
	Hg^{2+}	1,…,4	6.74;13.22;14.07;15.07
	Pt^{2+}	2,3,4	11.5;14.5;16.0
	Sb^{3+}	1,…,6	2.26;3.49;4.18;4.72;4.72;4.11
	Sn^{2+}	1,…,4	1.51;2.24;2.03;1.48
	Tl^{3+}	1,…,4	8.14;13.60;15.78;18.00
	Zn^{2+}	1,…,4	0.43;0.61;0.53;0.20
溴配合物	Ag^+	1,…,4	4.38;7.33;8.00;8.73
	Bi^{3+}	1,…,6	2.37;4.20,5.90,7.30,8.20,8.30
	Cd^{2+}	1,…,4	1.75;2.34;3.32;3.70
	Cu^+	2	5.89
	Hg^{2+}	1,…,4	9.05;17.32;19.74;21.00
	Pb^{2+}	1,…,4	1.77;2.60;3.00;2.30
氨配合物	Ag^+	1,2	3.24;7.05
	Cd^{2+}	1,…,6	2.65;4.75;6.19;7.12;6.80;5.14
	Co^{2+}	1,…,6	2.11;3.74;4.79;5.55;5.73;5.11
	Co^{3+}	1,…,6	6.7;14.0;20.1;25.7;30.8;35.2
	Cu^+	1,2	5.93;10.86
	Cu^{2+}	1,…,5	4.31;7.98;11.02;13.32;12.86
	Fe^{2+}	1,2	1.4;2.2
	Hg^{2+}	1,…,4	8.8;17.5;18.5;19.28
	Ni^{2+}	1,…,6	2.80;5.04;6.77;7.96;8.71;8.74
	Pt^{2+}	6	35.3
	Zn^{2+}	1,…,4	2.37;4.81;7.31;9.46
氰配合物	Ag^+	2,3,4	21.1;21.7;20.6
	Cd^{2+}	1,…,4	5.48;10.60;15.23;18.78
	Cu^+	2,3,4	24.0;28.59;30.30
	Fe^{2+}	6	35.0
	Fe^{3+}	6	42.0

续表

配位体	金属离子	n	$\log\beta_n$
	Hg^{2+}	4	41.4
	Ni^{2+}	4	31.3
	Zn^{2+}	1,…,4	5.3;11.70;16.70;21.60
氟配合物	Al^{3+}	1,…,6	6.11;11.12;15.00;18.00;19.40;19.80
	Fe^{2+}	1	0.8
	Fe^{3+}	1,2,3,5	5.28;9.30;12.06;15.77
	Mn^{2+}	1	5.48
	Sb^{3+}	1,…,4	3.0;5.7;8.3;10.9
	Sn^{2+}	1,2,3	4.08;6.68;9.50
碘配合物	Ag^{2+}	1,2,3	6.58;11.74;13.68
	Bi^{3+}	1,…,6	3.63;-;-;14.95;16.80;18.80
	Cd^{2+}	1,…,4	2.10;3.43;4.49;5.41
	Cu^{+}	2	8.85
	Hg^{2+}	1,…,4	12.87;23.82;27.60;29.83
	Pb^{2+}	1,…,4	2.00;3.15;3.92;4.47
硫氰酸配合物	Ag^{+}	1,…,4	4.6;7.57;9.08;10.08
	Cu^{+}	1,2	12.11;5.18
	Cd^{2+}	1,…,4	1.39;1.98;2.58;3.6
	Fe^{3+}	1,…,6	2.21;3.64;5.00;6.30;6.20;6.10
	Hg^{2+}	1,…,4	9.08;16.86;19.70;21.70
硫代硫酸配合物	Ag^{+}	1,2	8.82;13.46
	Cd^{2+}	1,2	3.92;6.44
	Cu^{+}	1,2,3	10.27;12.22;13.84
	Fe^{3+}	1	2.10
	Hg^{2+}	2,3,4	29.44;31.90;33.24
乙二胺四乙酸	Al^{3+}	1	16.11
$[(HOOCCH_2)_2NCH_2]_2$	Bi^{3+}	1	22.8
	Ca^{2+}	1	11.0
	Cd^{2+}	1	16.4
	Co^{2+}	1	16.31
	Co^{3+}	1	36.0
	Cr^{3+}	1	23.0
	Cu^{2+}	1	18.7
	Fe^{2+}	1	14.83
	Hg^{2+}	1	21.80
	Mg^{2+}	1	8.64
	Ni^{2+}	1	18.56

续表

配位体	金属离子	n	$\log\beta_n$
	Pb^{2+}	1	18.3
	Sn^{2+}	1	22.1
	Zn^{2+}	1	16.4
乙酰丙酮配合物 $CH_3COCH_2CH_3$	Al^{3+}(30℃)	1,2	8.60;15.5
	Cu^{2+}	1,2	8.27;16.34
	Fe^{2+}(30℃)	1,2	5.07;8.67
	Fe^{3+}(30℃)	1,…,3	11.4;22.1;26.7
	Ni^{2+}	1,…,3	6.06;10.77;13.09
	Zn^{2+}(30℃)	1,2	4.98;8.81
柠檬酸配合物** $[(HO_2CCH_2)_2C(OH)CO_2H]$	Ag^+HL^{2-}	1	7.1
	$Al^{3+}L^{3-}$	1	20.0
	$Cu^{2+}L^{3-}$	1	14.2
	$Fe^{2+}L^{3-}$	1	15.5
	$Fe^{3+}L^{3-}$	1	25.0
	$Ni^{2+}L^{3-}$	1	14.3
	$Zn^{2+}L^{3-}$	1	11.4
磺基水杨酸配合物 $HO_3SC_6H_3(OH)CO_2H$	Al^{3+}(0.1mol/L)	1,…,3	13.20;22.83;28.89
	Cd^{2+}(0.1mol/L)	1,2	16.68;29.08
	Co^{2+}(0.1mol/L)	1,2	6.13;9.82
	Cr^{3+}(0.1mol/L)	1	9.56
	Cu^{2+}(0.1mol/L)	1,2	9.52;16.45
	Fe^{2+}(0.1mol/L)	1,2	5.90;9.90
乙二胺配合物 $H_2NCH_2CH_2NH_2$	Ag^+	1,2	4.70;7.70
	Cd^{2+}	1,…,3	5.47;10.09;12.09
	Co^{2+}	1,…,3	5.91;10.64;13.94
	Co^{3+}	1,…,3	18.7;34.9;48.69
	Cu^+	2	10.80
	Cu^{2+}	1,…,3	10.67;20.00;21.00
	Fe^{2+}	1,…,3	4.34;7.65;9.70
	Hg^{2+}	1,2	14.3;23.3
	Mn^{2+}	1,…,3	2.73;4.79;5.67
	Ni^{2+}	1,…,3	7.52;13.84;18.33
	Zn^{2+}	1,…,3	5.77;10.83;14.11
草酸配合物 HOOCCOOH	Al^{3+}	1,…,3	7.26;13.0;16.3
	Co^{2+}	1,…,3	4.79;6.7;9.7
	Cu^{2+}	1,2	6.23;10.27

续表

配位体	金属离子	n	$\log\beta_n$
	Fe^{2+}	1,…,3	2.9;4.52;5.22
	Fe^{3+}	1,…,3	9.4;16.2;20.2
	Mn^{2+}	1, 2	3.97;5.80
	Mn^{3+}	1,2,3	9.98;16.57;19.42
	Ni^{2+}	1,…,3	5.3;7.64; ~8.5
	Pb^{2+}	1,2	4.91;6.76
	Zn^{2+}	1,…,3	4.89;7.60;8.15
酒石酸配合物	Bi^{3+}	3	8.30
$(HOOCCHOH)_2$	Ca^{2+}	1,2	2.98;9.01
	Cu^{2+}	1,…,4	3.2;5.11;4.78;6.51
	Fe^{3+}	3	7.49
	Hg^{2+}	1	7.0
	Pb^{2+}	1,3	3.78;4.7
	Zn^{2+}	1,2	2.68;8.32
铬黑T配合物	Ca^{2+}	1	5.4
	Mg^{2+}	1	7.0
	Zn^{2+}	1,2	13.5;20.6
二甲酚橙配合物	Bi^{3+}	1	5.52
	Fe^{3+}	1	5.70
	Hf(Ⅳ)	1	6.50
	Ti^{3+}	1	4.90
	Zn^{2+}	1	6.15

* 摘自:James G. Speight. Lange's handbook of chemistry. McGraw-Hiu. 2005

* * 摘自:杭州大学化学系分析化学教研室. 分析化学手册.(第二版)基础知识与安全知识(第一分册). 北京:化学工业出版社,1997:153－173

说明:β_n为配合物的累积形成常数,即

$\beta_n = K_1 \times K_2 \times K_3 \times \cdots \times K_n$

$\log\beta_n = \log k_1 + \log k_2 + \log k_3 + \cdots + \log k_n$

例如:Ag^+与NH_3的配合物

$\log\beta_1 = 3.24$ 即 $\log K_1 = 3.24$

$\log\beta_2 = 7.05$ 即 $\log K_1 = 3.24$ $\log K_2 = 3.81$

参考答案

第1章

一、是非题

1. − 2. + 3. + 4. − 5. − 6. + 7. − 8. + 9. + 10. +

二、A型题

1. C 2. B 3. C 4. D 5. B 6. D 7. D 8. E 9. A 10. E 11. C 12. B

三、填空题

1. 2.27L 2. 0.1mol 3. 小于10^{-9}m 4. 75% 5. 18g,6.02×10^{23} 6. 71,0.05 7. 恰能阻止渗透现象继续发生而达到动态平衡的压力;8. 两溶液间有半透膜存在,膜两侧溶液浓度不相等;9. 308,278;10. 0.10。

四、名词解释

1. 在水溶液中能电离的物质;2. 表示某一特定数目的基本单元粒子为集体数及其倍数的物理量;3. 1摩尔物质在一定条件下所具有的体积;4. 只允许溶剂分子自由通过而溶质分子很难透过的膜。

五、计算题

1. 34g;2. 6.18g;3. 0.2mol,6.02×10^{22},6.4g;4. 63g;5. 650ml;6. 9 × 1.8 = 16.2gNaCl,加水至1800ml;7. 18.4mol · L^{-1};8. 44.8L;9. 1mol,0.5mol;10. 1.12L;11. 16.7g,0.292mol · L^{-1}。

第2章

一、是非题

1. + 2. − 3. − 4. − 5. + 6. + 7. − 8. −

二、A型题

1. E 2. A 3. D 4. D 5. A

三、填空题

1. 反应快慢程度 2. 浓度、压强、温度和催化剂 3. 浓度、压强和温度 4. 加快,左,不会 5. 气体 6. 在一定条件下,反应是双向的,即两个方向相反的反应可以同时进行。

四、计算题

1. $K_c^{\ominus}$(0.045)

2. (1) HCl 15832Pa,O_2 22164.8Pa,H_2O 31664.1Pa (2) 73.14

3. (1) 0.85mol (2) 0.98mol,4. 0.87.3.11

4. 略

第3章

一、是非题

1. − 2. − 3. + 4. − 5. − 6. − 7. + 8. − 9. + 10. +

二、A型题

1. B 2. B 3. C 4. D 5. C 6. A 7. C 8. D 9. B

三、B型题

1. B 2. D

四、填空题

1. H^+,OH^- 2. 1.0×10^{-7}mol/L,1.0×10^{-14},水的离子积常数 3. 强电解质,弱电解质,弱电解质 4. 7.35 ~ 7.45 5. 浓度,温度 6. =,>,< 7. 碱,红 8. 酸性,碱性,中性。

五、名词解释

1. 弱电解质是在水溶液中只能部分电离的物质。

2. 电离度是指溶液中已电离的电解质分子数占电解质分子总数的百分数。

3. 溶液的pH氢离子浓度的负对数。

4. 缓冲溶液指能对抗外来少量强酸、强碱和水的稀释而保持溶液的pH几乎不变的溶液称为缓冲溶液。

5. 盐类水解在水溶液中,盐的离子与水中的H^+或OH^-结合成弱电解质的反应。

六、计算题

1. 12 2. 10ml加水至1000ml 3. =7,5.28 <7,8.72 >7 4. 1.8×10^{-5}和4.2×10^{-4} 5. 4.74,4.76,4.77 6. (1)9.24,(2) 5.28,(3) 1.7 7. $[H^+]=40/350=0.114mol\cdot L^{-1}$显酸性

第4章

一、是非题

1. – 2. – 3. – 4. + 5. + 6. –

二、A型题

1. E 2. A 3. D 4. E 5. A 6. C 7. B 8. E

三、简答题

1. 答:在一定温度下,难溶强电解质达到沉淀溶解平衡时,溶液中各离子浓度幂的乘积是一常数。该常数称为溶度积常数,简称溶度积。以$K_{sp}^{\ominus}$表示。

任意条件下,难溶溶强电解质溶液中,各离子浓度幂的乘积称为浓度积,以Q_c表示。

两者区别:Q_c表示难溶强电解质达到或未达到沉淀溶液平衡状态时,各离子浓度幂的乘积。$K_{sp}^{\ominus}$表示难溶强电解质达到沉淀溶解平衡状态时,离子浓度幂的乘积。

2. 略 3. 略

四、计算题

1. (1)2.5×10^{-7},有沉淀 (2)2.4×10^{-4},有沉淀(用活度:2.21×10^{-5}有沉淀) (3)5×10^{-10}有沉淀 (4)4.4×10^{-12},有沉淀

2. 7.1×10^{-9};1.1×10^{-10};1.32×10^{-10}

3. (1)$6.5\times10^{-5}mol\cdot L^{-1}$ (2)$1.2\times10^{-3}mol\cdot L^{-1}$ (3)$2.5\times10^{-18}mol\cdot L^{-1}$

4. $2.67\times10^{-7}>7.1\times10^{-9}$有沉淀生成

5. $2.15\times10^{-2}mol\cdot L^{-1}$,$4.4\times10^{-4}mol\cdot L^{-1}$

6. 1.77,3.2

7. 2.0~7.1之间

8. $3.6\times10^{-28}\sim1.6\times10^{-23}$之间

9. $[Ag^+]$分别为1.8×10^{-7},3.32×10^{-5},氯化银先沉淀

10. 大于2.97即开始沉淀

第5章

一、是非题

1. – 2. – 3. + 4. – 5. – 6. + 7. + 8. + 9. – 10. –

二、A型题

1. E 2. D 3. A 4. C 5. B 6. E 7. B 8. E 9. A 10. D

三、填空题

1. $(n-1)d^{10}ns^1$,$(n-1)d^{10}ns^2$ 2. n,l;n,l,m;n,l,m,m_s

3. 减小,增大 4. 能量最低原理,泡利不相容原理,洪特规则 5. $[Ar]3d^{10}4s^1$,四,ⅠB,ds区

四、简答题

1. (1) $1s^22s^22p^4$,(2) $1s^22s^22p^63s^23p^3$,(3) $[Ar]3d^74s^2$,(4) $[Kr]4d^{10}5s^2$

2. (1) ns^2,(2) $(n-1)d^{10}ns^2$,(3) $(n-1)d^5ns^2$,(4)ns^2np^3,(5) ns^2np^6

3. (1) $1s^22s^22p^4$, $1s^22s^22p^6$, (2) $[Ar]3d^64s^2$, $[Ar]3d^5$, (3) $[Kr]4d^{10}5s^1$, $[Kr]4d^{10}5s^0$

(4) $[Ar]3d^{10}4s^24p^5$, $[Ar]3d^{10}4s^24p^6$

4. 共分5个区:s区 $ns^{1\sim2}$,p区 $ns^2np^{1\sim6}$,d区 $(n-1)d^{1\sim9}ns^{1\sim2}$,ds区 $(n-1)d^{10}ns^{1\sim2}$ f区 $(n-2)f^{1\sim14}$ $(n-1)d^{0\sim2}ns^2$

5. 0,1,±2 6. 18 7. 半径较小的是(1)Ca (2)Mg (3)Be (4)P

8. (1)$r_{Mg}<r_{Ca}$,$I_{Mg}>I_{Ca}$ (2)$r_{Cl}<r_{Br}$,$I_{Cl}>I_{Br}$ (3)$r_K>r_{Fe}$,$I_K<I_{Fe}$ (4) $r_P<r_{Al}$,$I_P>I_{Al}$

9. 略 10. 略

第6章

一、是非题

1. − 2. − 3. − 4. − 5. + 6. + 7. + 8. −

二、A型题

1. C 2. A 3. E 4. A 5. B 6. B 7. C 8. E 9. A 10. B

三、B型题

1. A 2. B 3. D 4. E 5. A 6. D 7. C 8. B 9. E 10. E 11. B 12. A 13. D 14. C

四、简答题

1. 略 2. 略

3. (1)因为是非极性分子之间,只有色散力;(2)He为非极性分子,H_2O为极性分子,故存在诱导力和色散力;(3)是非极性分子之间只有色散力;(4)是极性分子故存在取向力、诱导力、色散力;(5)同(2);(6)存在取向力、诱导力、色散力,还有氢键。

4. (1) $Zn^{2+}>Fe^{2+}>Ca^{2+}>K^+$因为$Zn^{2+}$为18电子构型,$Fe^{2+}$9~17电子构型;$Ca^{2+}$氧化数大于$K^+$

(2) $Si^{4+}>Al^{3+}>Mg^{2+}>Na^+$,此处是同一周期,主要与离子的电荷大小有关。

5. (1) AgF因F半径小,电负性大,极化作用不强,键型主要为离子型;AgCl→AgBr→AgI随着半径增大,离子极化作用增强,键型由离子键向共价键过渡,故难溶于水,且溶解度依次减小。

(2)也因为极化作用增强,电子跃迁时的能级差减小,吸收可见光中能量较低的长波的波长,故显示的是较短波长的颜色,便依次加深。

第7章

一、是非题

1. − 2. + 3. + 4. −

二、A型题

1. B 2. D 3. C 4. A 5. E 6. B 7. E 8. D 9. C 10. C

三、B型题

1. A 2. C 3. D 4. A 5. B 6. A

四、填空题

1. 氧化还原 2. 弱,强 3. ClO_2^-,ClO_3^-,ClO^- 4. 还原,氧化 5. −3,−1,−3,−1,+6

五、简答题

1. $Pt|Br_2(l)|Br^-(c_1)\parallel I^-(c_2)|I_2(c_2)|Pt$;正极反应(还原反应):$Br+2e=2Br^-$,负极反应(氧化反应):$2I_2=2I^-+2e$;电池反应:$Br_2+2KI\rightarrow I_2+2KBr$

$$\lg K^{\ominus}=\frac{Z(E^{\ominus}_{正}-E^{\ominus}_{负})}{0.0592}$$

2. 产生的气体是氢气,反应式为:$2H^++Zn=Zn^{2+}+H_2\uparrow$;$HAc=H^++Ac^-$由于NaAc的加入使醋酸的电离平衡左移,氢离子浓度降低,而使前一反应速度下降。

六、计算题

1. (1) $E^{\ominus}_{MF}=E^{\ominus}_{IO_3^-/I_2}-E^{\ominus}_{Br_2/Br^-}=+1.20-1.066>0$ 故反应正向进行;

(2) $E_{Br_2/Br^-}=E^{\ominus}_{Br_2/Br^-}+\frac{0.0592}{n}\lg\frac{[Br_2]}{[Br^-]^n}=1.066+0.0592\lg\frac{1}{10^{-4}}=+1.30V$

$E=1.20-1.30=-0.10<0$ 此时反应逆向进行；

(3) $E_{IO_3^-/I_2}=E^{\ominus}_{IO_3^-/I_2}+\frac{0.0592}{10}\lg\frac{[IO_3^-]^2[H^+]^{12}}{[I_2]}=1.20+\frac{0.0592}{10}\lg(10^{-4})^{12}=+0.92V$

$E=0.92-1.066=-0.15<0$ 此时反应逆向进行；

2. (1)各电对的标准电极电势为 −2.714，−1.662，−0.1375，+0.151，+0.3419，最强的氧化剂是电极电势较高的氧化型物质，此组为 Cu^{2+}，最强的还原剂为 Na；

(2)各电对的标准电极电势为 +2.866，+1.3583，+1.087，+0.5355，最强的氧化剂为 F_2，最强的还原剂为 I^-；

(3)各电对的标准电极电势为 +1.51，+1.679，+0.564，最强的氧化剂是 MnO_4^-/MnO_2 电对中的 MnO_4^-，最强的还原剂为 MnO_4^-/MnO_4^{2-} 电对中的 MnO_4^{2-}；

(4)各电对的标准电极电势为 −0.744，−1.2，+0.133，−0.13，最强的氧化剂是酸性介质中 $Cr_2O_7^{2-}/Cr^{3+}$ 电对中的 $Cr_2O_7^{2-}$，最强的还原剂为碱性介质中 CrO_2^-/Cr 电对中的 Cr。

3. (1)电池符号式为：$Cu|CuSO_4(0.5mol\cdot L^{-1})\parallel AgNO_3(0.5mol\cdot L^{-1})|Ag$；

(2)正极反应为：$Ag^++e=Ag$；负极反应为：$Cu=Cu^{2+}+2e$；

电池反应为：$2Ag^++Cu=2Ag+Cu^{2+}$ 电池电动势

$E_{Ag^+/Ag}=E^{\ominus}_{Ag^+/Ag}+0.0592\lg0.5=0.7996-0.0178=0.7818V$

$E_{Cu^{2+}/Cu}=E^{\ominus}_{Cu^{2+}/Cu}+\frac{0.0592}{2}\lg0.5=0.3419-0.0089=0.333V$

(3) $E_{MF}=0.7818-0.333=0.4488V$

(4)若在铜电极中加氨水，因能形成铜氨配合物，故降低铜离子浓度，故降低负极的电极电势，而使电池电动势上升，若在银电极中加入氨水，因能形成银氨配合物，故降低银离子浓度而降低银电极电势（正极），故电池电动势下降。

4. (1) $E^{\ominus}_{MF}=0.3419-0.7996=-0.4755V<0$，故反应逆向进行；

(2) $E^{\ominus}_{MF}=0.151-0.5355=-0.3845V<0$，故反应逆向进行；

5. $E^{\ominus}_{H^+/H_2}=0.00V$；$E^{\ominus}_{Zn^{2+}/Zn}=-0.7618V$

$\lg K^{\ominus}=\frac{2\times0.7618}{0.0592}=25.74$ $K^{\ominus}=5.45\times10^{25}$ 从平衡常数看可知反应趋势很大。

6. $E^{\ominus}_{Ag^+/Ag}=0.771-0.0592\lg0.531=+0.787V$

7. $+0.0726V$，5.2×10^{-13}

七、配平并完成下列反应（略）

第8章

一、是非题

1. − 2. + 3. − 4. + 5. − 6. + 7. + 8. − 9. − 10. +

二、A型题

1. A 2. A 3. C 4. D 5. A 6. D 7. C 8. A 9. B 10. E

三、填空题

1. 4，Ni^{2+}，en，N，二氯化二乙二胺合镍（Ⅱ） 2. CN^- 3. 凡是能接受电子对的物质 4. +2 5. 4，N 6. d^2sp^3，正八面体，低白旋 7. 4，2 8. O 9. $K[Cu(SCN)_2]$ 10. 高，低

四、简答题

1. 略

2. 二硫代硫酸合银（Ⅰ）酸钠，Ag^+，$S_2O_3^{2-}$，2

三草酸合钴（Ⅲ）离子，Co^{3+}，$C_2O_4^{2-}$，6；

二氯二氨合铂（Ⅱ），Pt^{2+}，NH_3，Cl^-，4；

三氯化三乙二胺合钴（Ⅲ），Co^{3+}，$H_2N\text{-}CH_2\text{-}CH_2\text{-}NH_2$，6

氯化二氯四水合铬（Ⅲ），Cr^{3+}，H_2O，Cl，6

五、计算题

1. 总反应式为 $AgBr + 2NH_3 \rightarrow [Ag(NH_3)_2]^+ + Br^-$

$K^{\ominus} = K_{sp}^{\ominus} \times K_{稳}^{\ominus} = 5.2 \times 10^{-13} \times 1.1 \times 10^7 = 5.7 \times 10^{-6}$较小

AgBr 几乎不溶解，设其在 $1.0mol \cdot L^{-1}$ 氨水中的溶解度为 $x mol \cdot L^{-1}$

$K^{\ominus} = x^2/1 = 5.7 \times 10^{-6}$，$x =$ 已知$(AgBr) = 2.4 \times 10^{-3} mol \cdot L^{-1}$

2. 总反应式为 $AgCl + 2NH_3 \rightarrow [Ag(NH_3)_2]^+ + Cl^-$

$K^{\ominus} = K_{sp}^{\ominus} \times K_{稳}^{\ominus} = 1.8 \times 10^{-10} \times 1.1 \times 10^7 = 1.98 \times 10^{-3}$较小

设其在 $6.0mol \cdot L^{-1}$ 氨水中的溶解度为 $x mol \cdot L^{-1}$

$K^{\ominus} = x^2/(6-2x)^2 = 1.98 \times 10^{-3}$，$x/(6-2x) = 4.45 \times 10^{-2}$，$x = 0.245 mol \cdot L^{-1}$。

因为此溶解度大于 AgCl 固体的量，故全部溶解，

即 $[Ag(NH_3)_2]^+$、Cl^- 离子的浓度为 $0.10mol \cdot L^{-1}$，NH_3 的浓度为 $5.8mol \cdot L^{-1}$。

因为 $K_{稳}^{\ominus} \dfrac{[Ag(NH_3)_2^+]}{[Ag^+][NH_3]^2}$ 故银离子浓度为

$$[Ag^+] = \frac{[Ag(NH_3)_2^+]}{K_{稳}^{\ominus}[NH_3]^2} = \frac{0.10}{1.1 \times 10^{-7} \times 5.8^2} = 2.7 \times 10^{-10}$$

如果加入 KCl 固体 $Q_c = 0.30 \times 2.7 \times 10^{-10} = 8.1 \times 10^{-11} < K_{sp}^{\ominus}$，不产生 AgCl 沉淀。

3. $\lg K_{稳}^{\ominus} = \dfrac{(0.3419 + 0.030) \times 2}{0.0592} = 12.56$，$[Cu(NH_3)_4]^{2+}$ 的稳定常数为 3.67×10^{12}。

4. $\lg K^{\ominus} = \dfrac{(0.0028 + 0.45) \times 1}{0.0592} = 7.65$，$K^{\ominus} = 4.45 \times 10^7$

反应正向进行。

第9章

一、A 型题

1. E 2. D 3. C 4. D 5. E 6. B 7. C 8. B 9. D

二、B 型题

1. C 2. E 3. B 4. D 5. A 6. A 7. D 8. E 9. A 10. D

三、填空题

1. $F_2 > Cl_2 > Br_2 > I_2$，$F^- < Cl^- < Br^- < I^-$ 2. 三，VA 族，p 区 3. $Na_2S_2O_3 \cdot 5H_2O$，$NaHCO_3$ 4. ns^2np^5 5. NH_3、HCl 6. 氟、氯、溴、碘、砹

四、完成并配平下列反应方程式

1. $2Na_2S_2O_3 + I_2 \rightarrow Na_2S_4O_6 + 2NaI$
2. $2KMnO_4 + 5H_2O_2 + 3H_2SO_4 \rightarrow 2MnSO_4 + K_2SO_4 + 5O_2 + 8H_2O$
3. $Na_2S_2O_3 + 2HCl \rightarrow 2NaCl + SO_2 + S\downarrow + H_2O$
4. $Na_2SO_3 + S \rightarrow Na_2S_2O_3$
5. $H_2O_2 + KI \rightarrow 2KOH + I_2$
6. H_2SO_4(浓) $+ 2HBr \rightarrow SO_2\uparrow + Br_2 + 2H_2O$
7. $SiO_2 + 4HF \rightarrow SiF_4 + 2H_2O$
8. $C + 4HNO_3$(浓) $\rightarrow CO_2\uparrow + 4NO_2\uparrow + 2H_2O$
9. $3Br_2 + 6OH^- \rightarrow BrO_3^- + 5Br^- + 3H_2O$
10. $Cl_2 + 2OH^-$(稀) $\rightarrow ClO^- + Cl^- + H_2O$

五、简答题

1. 在ⅢA 族～VA 族中，由上到下低氧化态比高氧态化合物稳定的现象，在化学上称为“惰性电子对效应”。

2. 漂白粉是次氯酸钙和氯化钙的混合物，它的有效成分是次氯酸钙。漂白粉放入水中（水中一般溶有少量 CO_2）能产生次氯酸；与空气中的水蒸汽和二氧化碳作用也能产生次氯酸，因而具有漂白作用。

3. 氢卤酸中的氢直接与氧原子连接，随着卤素从上至下电负性下降，氧原子上的电子云密度增大，对氢的吸引力增加，故氢氧键能较大，断裂较困难，故酸性下降。

4. 因为 H_2S 是酸性气体，且有还原性，浓 H_2SO_4 有氧化性，不能用，固体碱和它能发生中和反应，不能用，只能用 $CaCl_2$ 进行干燥。

5. 因为玻璃中有效成分为 SiO_2，它能与氢氟酸作用放出四氟化硅而腐蚀玻璃。

6. 因碘为非极性物质，难溶于水，但与 KI 作用生成 KI_3 则易溶，但却仍具有碘有性质。

7. 大苏打为 $Na_2S_2O_3 \cdot 5H_2O$，其水溶液中的硫代硫酸根具有还原性和配位性，可将 X_2 还原为无毒的 X^-，卤离子与金属离子可形成稳定的配合物而达到解毒之功效。

8. 硼酸为一元弱酸，因为它本身不会电离出 H^+，而是由于 H_3BO_3 的缺电子性，加合了水中的 OH^-，释放出水中的 H^+ 而显弱酸性。

第10章

一、A 型题

1. B 2. A 3. A 4. A 5. D 6. B 7. D 8. B 9. A 10. A 11. D

二、B 型题

1. E 2. D 3. A 4. A 5. E 6. B 7. C 8. D 9. A 10. C

三、简答题

1. 周期表中，第二周期的某些元素的性质与其右下方的元素的性质的相似，这一关系称为对角相似规则。例 Be 与 Al，Li 与 Mg，B 与 Si。

2. 金属钠、钾应放在煤油中保存，若不慎着火不能用水扑，因为它们较水轻，且与水发生剧烈反应，反而会使火势更加扩散开来。

3. 玄明粉 Na_2SO_4；煅石膏 $CaSO_4 \cdot 1/2H_2O$；砒霜 As_2O_3；海蛤壳 $CaCO_3$；明矾 $KAl(SO_4)_2 \cdot 12H_2O$。

4. 碱金属、碱土金属氢氧化物的碱性顺序为：

$LiOH < NaOH < KOH < RbOH < CsOH$

$Be(OH)_2 < Mg(OH)_2 < Ca(OH)_2 < Sr(OH)_2 < Ba(OH)_2$

5. $CuSO_4 \cdot 5H_2O$ 胆矾；$HgCl_2$ 升汞；HgS 朱砂；As_2O_3 砒霜。

四、完成并配平下列反应式

1. $KH + H_2O \rightarrow H_2\uparrow + KOH$
2. $AsO_4^{3-} + 2I^- + 2H^+ \rightarrow AsO_3^{3-} + I_2 + H_2O$
3. $AsO_3^{3-} + 3Zn + 9H^+ \rightarrow AsH_3\uparrow + 3Zn^{2+} + 3H_2O$
4. $CaO + H_2O \rightarrow Ca(OH)_2$
5. $2Na_2O_2 + 2CO_2 \rightarrow 2Na_2CO_3 + O_2\uparrow$
6. $2KMnO_4 + H_2S + 2KOH \rightarrow 2K_2MnO_4 + S\downarrow + 2H_2O$
7. $2CrO_2^- + 3H_2O_2 + 2OH^- \rightarrow 2CrO_4^{2-} + 4H_2O$
8. $Hg_2(NO_3)_2 + 2NaCl \rightarrow Hg_2Cl_2 + 2NaNO_3$
9. $K_2Cr_2O_7 + 6KI + 7H_2SO_4 \rightarrow Cr_2(SO_4)_3 + 3I_2 + 4K_2SO_4 + 7H_2O$
10. $2CuSO_4 + 4KI \rightarrow 2CuI + 2K_2SO_4 + I_2$
11. $2FeCl_3 + 2KI \rightarrow 2FeCl_2 + I_2 + 2KCl$
12. $2HgCl_2 + SnCl_2$(适量)$\rightarrow Hg_2Cl_2\downarrow + SnCl_4$

《无机化学》教学基本要求

一、课 程 简 介

无机化学是化工类各专业的一门基础化学课，它的任务是为学生提供必要的化学基础理论，基本知识和基本操作技能，培养学生严谨的科学态度和理论联系实际的作风，从而为后续各专业课程的学习打下良好的基础。

本课程的内容，既要注意本学科的系统性，又要注意药学类各专业的需要。为此，课程分为基本理论和元素化学两部分。基本理论部分讲述四大平衡以及它们之间的关系、物质结构等；而元素部分按周期系分为非金属元素、金属元素，简要讲述主要元素及化合物的性质。实践部分包括基本操作、验证理论和某些化合物的性质等内容，以增加学生的感性认识。

本课程总学时 90 学时，其中理论课 64 学时，实验课 24 学时，机动 2 学时。

二、课程教学目标

（一）知识教学目标

1. 理解四大平衡的原理、理论公式和应用；了解原子结构与物质结构的关系。
2. 会正确使用常用的实验仪器，会利用现有的试剂配制溶液，了解酸、碱及配合物的性质。学会观察实验现象，正确书写实验报告。
3. 为后续化学课程的学习打下坚实的基础。

（二）能力培养目标

1. 通过理论课的教学，培养学生的逻辑思维、独立分析问题和解决问题的能力。
2. 通过实验课教学，训练学生的观察、思考、综合归纳和动手能力。
3. 激发学生钻研化学问题的兴趣，增强学习的主动性和自觉性。

（三）思想教学目标

1. 贯彻唯物辩证法、理论联系实际的原则。
2. 提高学生综合素质，培养学生严谨、求实、讲求效率的科学态度和工作作风。
3. 培养学生刻苦钻研、勇于探索、团结协作的精神。
4. 培养学生良好的道德修养、服务意识和社会实践能力。

三、教学内容和要求

本课程的教学内容分为基础模块、实验模块和选学模块。基础模块和实践模块是本专业的必学内容，选学模块根据学生实际情况选择使用。

基础模块

教 学 内 容	教学要求		
	了解	理解	掌握
一、非电解质稀溶液			
（一）物质的量			
1. 物质的量及其单位		√	
2. 摩尔质量		√	
3. 气体摩尔体积	√		
（二）溶液的浓度			
1. 分散系的概念	√		
2. 溶液的浓度			√
（三）溶液的渗透压			
1. 渗透现象和渗透压		√	
2. 渗透压与溶液浓度的关系		√	
二、化学反应速率和化学平衡			
（一）化学反应速率			
1. 化学反应速率的概念与表示方法		√	
2. 影响化学反应速率的因素		√	
（二）可逆反应与化学平衡			
1. 可逆反应与化学平衡	√		
2. 标准平衡常数			√
（三）化学平衡的移动			
1. 浓度或分压对化学平衡的影响		√	
2. 压强对化学平衡的影响		√	
3. 温度对化学平衡移动的影响		√	
三、电解质溶液			
（一）弱电解质的电离平衡			
1. 电离度及影响电离度的因素		√	
2. 水的电离与溶液的 pH			√
3. 一元弱酸（碱）的电离平衡及其计算			√
4. 多元弱酸的电离		√	
5. 同离子效应与盐效应		√	
（二）缓冲溶液			
1. 缓冲作用原理及 pH 的计算			√
2. 缓冲溶液的组成		√	
3. 缓冲溶液的选择及配制			√
（三）盐类的水解			
1. 各种类型盐的水解		√	
2. 影响水解平衡移动的因素		√	

续表

教学内容	教学要求		
	了解	理解	掌握
（四）酸碱理论			
1. 阿累尼乌斯酸碱理论		√	
2. 酸碱质子理论		√	
3. 酸碱电子理论		√	
四、难溶强电解质的沉淀-溶解平衡			
（一）溶度积原理			
1. 溶度积常数			√
2. 溶度积与溶解度的关系			√
3. 溶度积规则		√	
（二）沉淀的生成与溶解			
1. 沉淀的生成与转化			√
2. 沉淀的溶解		√	
3. 同离子效应与盐效应		√	
五、原子结构与元素周期系			
（一）原子的结构			
1. 原子的组成		√	
2. 核外电子运动的特征	√		
（二）核外电子运动状态和电子的排布			
1. 核外电子运动状态的描述	√		
2. 多电子原子的原子轨道能级		√	
3. 原子核外电子的排布（电子结构）			√
（三）原子的电子层结构和元素周期系			
1. 原子的电子层结构与周期系		√	
2. 元素某些性质的周期性		√	
六、分子结构			
（一）离子键			
1. 离子键的形成与特点		√	
2. 离子的特征	√		
（二）共价键			
1. 价键理论		√	
2. 杂化轨道理论			√
（三）分子的极性			
1. 非极性键和极性键		√	
2. 分子的极性和偶极矩		√	

续表

教 学 内 容	教学要求		
	了解	理解	掌握
（四）分子间的作用力与氢键			
1. 分子间的作用力		√	
2. 氢键		√	
（五）离子极化			
1. 离子极化作用的强弱	√		
2. 离子的变形性大小		√	
3. 离子极化对无机化合物的性质的影响		√	
七、氧化还原反应			
（一）氧化还原反应			
1. 氧化还原反应的实质	√		
2. 氧化数		√	
3. 氧化还原反应方程式的配平			√
（二）电极电势			
1. 原电池		√	
2. 电极电势		√	
（三）电极电势的影响因素			
1. 能斯特方程式		√	√
2. 浓度对电极电势的影响			√
3. 酸度对电极电势的影响		√	
4. 沉淀生成对电极电势的影响		√	
5. 配合物的生成对电极电势的影响		√	
（四）电极电势的应用			
1. 判断氧化剂和还原剂的相对强弱		√	
2. 判断氧化还原反应进行的方向		√	
3. 判断氧化还原反应进行的程度		√	
4. 元素电位图及其应用		√	
八、配位化合物			
（一）配位化合物的基本知识			
1. 配位化合物的组成及类型		√	
2. 配合物的命名			√
（二）配合物的化学键理论——价键理论			
1. 价键理论的基本要点	√		
2. 外轨型和内轨型配合物		√	
（三）配位平衡			
1. 配合物的稳定常数		√	
2. 酸碱电子论与配合物的稳定性		√	
3. 配位平衡的移动		√	

续表

教 学 内 容	教学要求		
	了解	理解	掌握
九、非金属元素			
（一）卤素			
1. 卤族元素	√		
2. 卤素单质的化学性质		√	
3. 卤化氢和氢卤酸		√	
4. 卤化物		√	
5. 卤素含氧酸及其盐		√	
（二）氧和硫			
1. 氧族元素的通性	√		
2. 化合物	√		
（三）氮和磷			
1. 氮族元素的通性	√		
2. 化合物		√	
3. 磷酸及其盐	√		
（四）碳和硅			
1. 碳族元素的通性	√		
2. 化合物	√		
（五）硼			
1. 硼族元素的通性	√		
2. 化合物	√		
十、金属元素			
（一）碱金属和碱土金属			
1. 碱金属和碱土金属的通性		√	
2. 单质的性质	√		
3. 氢化物、氧化物与氢氧化物	√		
4. 重要的盐类	√		
（二）铝和砷			
砷的化合物		√	
（三）*d* 区元素			
1. *d* 区元素的通性	√		
2. 铬的化合物		√	
3. 锰的化合物		√	
4. 铁的化合物		√	
（四）*ds* 区元素			
1. *ds* 区元素的通性	√		
2. 铜的化合物		√	
3. 银的化合物	√		
4. 汞的化合物		√	

实践模块

序号、单元题目(对应基础模块单元序号)	教学内容	教学要求		
		初步学会	学会	熟练
二、电离平衡、沉淀平衡与盐的水解			√	
三、缓冲溶液的配制与性质			√	
五、乙酸电离度和电离平衡常数的测定			√	
六、氧化还原反应			√	
七、配合物的生成、性质与应用			√	
八、硫酸亚铁铵的制备			√	
九、铬、锰、铁			√	
十、氯化铅溶度积常数的测定			√	

选学模块

序号、单元题目(对应基础模块单元序号)	知识内容	实践内容
绪论	无机化学的研究对象及内容 化学的学习方法 化学与医药学的关系	一、仪器的认领和基本操作训练
一、非电解质稀溶液	(三)溶液的渗透压 3. 等渗、低渗和高渗溶液	
三、电解质溶液	(四)强电解质溶液理论 1. 活度和活度系数 2. 离子强度	四、乙酸溶液的配制与浓度标定
四、难溶强电解质的沉淀-溶解平衡	(三) 沉淀反应的某些应用 1. 在药物生产上的应用 2. 在药物质量控制上的应用	
八、配位化合物	(四) 配位化合物的应用(自学) 1. 检验和分离 2. 作掩蔽剂、沉淀剂 3. 在医药方面的应用 4. 在生物方面的应用	十一、银氨配离子配位数的测定
十、金属元素	(一) 碱金属和碱土金属 4. 重要的盐类 (二) 铝和砷 1. 铝及其化合物 (五) 金属元素在医药中的应用	

四、学时安排

序号	知识内容	教学要求		
		理论	实践	合计
1	非电解质稀溶液	4	3	7
2	化学反应速率和化学平衡	4		4
3	电解质溶液	9	6	15
4	难溶强电解质的沉淀溶解平衡	5	3	8
5	原子结构与周期系	9		9
6	分子结构	8		8
7	氧化还原反应	8	3	11
8	配位化合物	7	6	13
9	非金属元素	5		5
10	金属元素	5	3	8
机动		2		2
总计		66	24	90

五、说　　明

1. 本课程教学基本要求采用模块结构表述，其中：

(1)选学模块的学习可利用机动学时、第二课堂，也可不学。

(2)机动学时用于习题讨论与测验或学习选学内容。

2. 本课程教学基本要求对理论知识的要求分为知道、理解、掌握。

(1)知道：对所学的知识点有初步的认识，能说出要点、大意。

(2)理解：对所学的知识点有进一步的认识，能对其做出完整、确切的表述，并能运用它来分析有关的化学现象和进行简单的计算。

(3)掌握：在理解的基础上，对所学的知识点有更进一步的认识，较为全面地把握其化学意义、应用范围，并能较灵活地运用它们解决有关的化学问题。

对实践(实验)内容的要求分初步学会、学会、熟练掌握：

(1)初步学会：能在老师指导下进行实验。

(2)学会：能在老师指导下根据实验要求独立进行观察、分析和归纳，找出实验的方法。

(3)熟练掌握：能在老师指导下，在学会基础上，对实验中出现的问题，能进行分析，找出解决问题的方法，并能举一反三，运用到其他方面，解决具体问题。

3. 教学过程多采用讲授、模型演示、实验、讨论、多媒体等教学手段。

4. 可通过讨论、提问、实践操作、书面考试等方法对学生综合评价。

5. 对在学习和应用上有创新的学生应特别给予鼓励。